KB248424

20세기 한국시론 2

20세기 한국시론 2

한국현대시학회 편

머리말

대학에서 한국의 현대문학이 하나의 학문으로 자리 매김을 하게 된 것은 그리 먼 일이 아니다. 누구나 아는 바와 같이 각 대학의 국문학과에 한국현대문학 강좌가 설강되기 시작한 것은 1960년대부터였다. 현대문학 전공 학자가 전임 교수로 등장하기 시작한 것도 이 무렵이다. 따라서 그 이전의 한국현대문학에 대한 논의는 학문이라기보다는 비평의 수준에 머물렀고 그것도 소위 문단비평이 대부분이었다.

한국 최초의 대학이라 할 일제 강점기 시절의 '경성제국대학 조선어과'는 그 출발부터 이미 '조선어'와 '조선 고문학'을 대상으로 하였지 현대문학은 논외였다. 여러 가지 이유가 있었겠으나 현실적인 여건으로 볼 때도 아마 그리될 수밖에 없었을 것이다. 당시에는 현대문학이라고 불릴 수 있는 창작 문학작품들이 대학에서 논의할 만큼 양적으로 축적되지도 못했고, –설령 이들을 연구대상으로 한다 하더라도– 작품을 객관적으로 평가하는 데 필요한 시간적 거리도 확보되어 있지 않았기 때문이다.

그러나 이후 40여 년이 지난 오늘 특히 2000년대에 들어서면서 대학에서의 한국문학연구는 격세지감을 느끼게 할 만큼 괄목할 만한 성장을 이룩하였다. 가히 한국현대문학연구의 르네상스를 맞이하지 않았나 하는 느낌이 든다. 이는 물론 대학에서 우수한 인력이 다수 배출되고 그들이 기울인 각고의 노력이 거둔 성과에서 기인하는 것이지만 그에 앞서 그간 한국문학작품의 생산이 과거에 비해 양적인 면에서나 질적인 면에서 크게 신장된 것과도 무관하다 할 수 없을 것이다. 요즘 한국문학작품의 수준이 노벨상 수상 후보로 논의될 만큼 세계의 주목을 받고 있다는 것은 다 아는 바와 같다. 따라서 그만큼 대상이 될 자료로서의 창작품이 풍부하고 우수하니 연구 또한 활성화될 수밖에 없을 것임은 두말할 필요가 없다.

그럼에도 불구하고 아직 미완의 숙제가 하나 남아 있었다. 문학이론의 핵심이자 창작의 토대라 할 우리 문학의 시론(詩論, Poetics) 즉 '한국현대시론'이 확립되지 못했다는 점이다. 그것은 아마도 시인 자신들과 연구자가 공히 책임 져야 할 문제일지도 모른다. 전자의 경우는 지금까지는 아직 자신의 성숙한 시론을 제시할 수 있는 시인이 우리 시단에 그리 많지 않다는 사실에서, 후자의 경우는 그 지향하는 학문적 태도의 편향성에서 설명될 수 있을 것이기 때문이다. 그 결과 지금까지 대학에서의 한국 현대문학연구는 한국의 시론이 아닌 외국-서구의 시론을 추종하거나 그 방법론에 전적으로 의존하여 한국의 시를 논의할 수밖에 없었던 것이 사실이다. 이유야 어떻든 이는 한국의 현대문학 연구를 학문적 사대주의에 빠트릴 위험을 지녔다는 점에서 우리 학계가 언제인가는 극복하지 않으면 아니 될 사안이었다.

그런데 이번에 그 같은 문제들을 해결하기 위한 본격적인 노력으로서 우리 학계의 젊고 패기 있는 시론 교수들이 본서를 간행하게 되었다. 즉 우리 현대 시사에서 객관적으로 평가받은 대표적인 시인들의 시론을 수합하여 이를 자료적 차원으로부터 비평적 차원으로 상승시키고 나아가 문예학적 이론으로 정립하여 명실공히 통시적인 관점에서 한국현대 시론으로 체계화시킨 것이다. 경하할 일이다. 물론 첫 시도라는 점에서 미흡한 점이 없지도 않다. 연구자들의 문학적 관심이나 지향이 다양해서 그 체계의 틀이 다를 수 있다는 점, 부분적으로 자료수집이 불충분한 면도 있다는 점, 그 대상이 된 시인들이 아직 생존하고 있어 그들의 시론이 앞으로 어떻게 전개되어 갈지 불확실하다는 점, 시인의 시론을 검토함에 있어 그 창작과정과 철저하게 비교 분석하는 노력이 부족했다는 점 등이 그것이다.

그러나 모든 일이 그렇듯이 한 입에 배부를 수는 없다. 다만 이로써 주춧돌은 놓은 셈이니 그 모자라는 부분은 앞으로 부지런히 보완하여 서구 시론에 버금가는 한국현대시론의 확립을 기약할 뿐이다. 선구적인 업적이라는 그 한가지만으로도 본서의 간행은 우리 학계의 근래에 보기 드믄 업적이 될 것이다. 필자 여러분들의 노고를 진심으로 치하한다.

2006년 12월

서울대학교 인문대학 교수

한국현대시학회 고문

오세영

차 례

제 3 부 존재탐구의 새로운 지평

제 1 부 전통미학의 확장

제 2 부 모더니즘과 감각

제1부 실험 혹은 아방가르드

김춘수

송욱

조향

이승훈

김춘수의 무의미시론 연구

1. 서 론

김춘수는 일련의 시론을 발표하면서 '시쓰기'의 본질이 과연 무엇이며 자신의 시쓰기가 어떠한 과정을 통해 성립되었는가를 이론적으로 해명하려 시도하였다. 그가 발표한 시론은 크게 두 시기로 나누어 살펴볼 수 있다. 즉 『한국현대시형태론』(해동문화사, 1959), 『시론(작시법)』(문호사, 1961), 『시론(시의 이해)』(송원문화사, 1971)까지의 시론이 초기시론에 해당되며, 『의미와 무의미』(문학과지성사, 1976), 『시의 표정』(문학과지성사, 1979) 등이 후기시론에 해당된다.[1)] 그의 초기 시론은 주로 시의 형태적 측면에 관

---

* 남기혁 / 군산대학교 교수

1) 김춘수가 발표한 시론은 『김춘수전집2-시론』(문장, 1984)에 함께 묶여 있다. 본고는 『김춘수전집2-시론』을 텍스트로 활용할 것이며, 인용의 출처를 밝힐 때는 별도의 각주없이 본문내에서 해당면을 병기할 것이다.
본고의 연구 대상인 '무의미시론'에 대한 주요 연구 서지는 다음과 같다.
문혜원, 「김춘수의 시와 시론에 나타나는 이미지 연구」, 『한국 현대시와 모더니즘』, 신구문화사, 1996.
박윤우, 「김춘수의 시론과 현대적 서정시학의 형성」, 『한국현대시론사』(향천 김용직 박사 회갑기념 특집호), 모음사, 1992.

심이 모아지고 있는 바, 운율・행과 연의 구분・자유시 발달과정・상상과 공상・이미지와 비유 등에 대한 이론적 해명이나 문학사적 조망을 거듭하고 있는 점이 주목된다. 그의 초기시론은 "형태적 질서를 통해 외부 세계와의 단절을 꾀하고자 하는 의도"[2]를 보여주고 있다는 점에서 그의 전 생애를 관통하는 미적 태도, 즉 시의 자율성에 대한 옹호를 읽어낼 수 있다. 하지만 그의 본격적인 창작시론은 자신이 실험한 무의미시론의 창작 원리를 이론적으로 설명한 '무의미시론'에서 펼쳐진다.

본고에서 집중적으로 살펴볼 대상은 김춘수의 후기시론, 즉 '무의미시론'이다. 『意味와 無意味』(1976)를 통해 완성을 본 무의미 시론은, 초기시 이래 부단히 변모해온 시쓰기의 방법론적 모색을 시인 스스로 종합한 것이다. 그의 시론은 자신이 쓴 시에 대해서 해설을 가하는 대가(大家) 비평적 방식을 취하고 있다. 무의미 시론이 논리적으로 얼마나 정합적인가 따지기보다는, 시론 쓰기를 통해 드러난 자의식의 정체를 밝히는 것이 더 필요한 이유가 여기에 있다. 따라서 무의미시론이 출현하게 된 동기를 김춘수 시의 변모과정을 통해 추적하는 한편, 시쓰기의 자의식이 초래한 무의미시의 실체를 확인하는 작업이 병행되어야 한다[3].

무의미 시론에서 김춘수가 보여준 시쓰기의 자의식은 실존 의식과 관련되어 있다. 사실 김춘수의 시쓰기를 이해하는 출발점은 그 스스로 고백한 '고통 콤플렉스' 혹은 그가 경험한 한계상황을 이해하는 데 있다. 그는 일본 유학 시절에 경험한 투옥이나 한국 전쟁 체험 등을 통해 끊임없이 죽음의 공포에 사로잡혔다. 이러한 실존의 위기로부터 벗어나

김동환, 「김춘수 시론의 논리와 그 정체성」, 『한국 현대시론사 연구』, 한계전 외, 문학과 지성사, 1998;김춘수연구 간행위원회, 『김춘수 연구』, 학문사, 1982.

2) 김동환, *op.cit.*, 291쪽.

3) 오세영, 「김춘수의 무의미시」, 『한국현대문학연구』 15, 한국현대문학회, 2004. 필자 역시 「김춘수 전기시의 자아인식과 미적 근대성」, 『한국시학연구』제1호, 한국시학회, 1998; 「김춘수 '무의미시'의 자아 인식과 시간 의식」, 『문학사와 비평연구』 7, 문학사와비평연구회, 2000 등을 통해 김춘수의 시적 변모를 고찰한 바 있다.

존재의 구원에 도달할 수 있는 유일한 탈출구('생의 구원', 358쪽.)를 김춘수는 시쓰기에서 찾았다. 시쓰기가 자신을 역사(현실)의 구속에서 벗어나게 할 수 있다고 믿었기 때문이다. 실제로 그는 초기시 이래 지속적으로 시와 역사(현실)의 분리 문제에 관심을 기울여 왔으며, 무의미시는 이러한 탈역사주의의 결정판이라 말할 수 있다. 그의 탈역사주의는 역사(현실)에 대한 지독한 혐오감에서 비롯한 것이다. 하지만 그것은 김춘수 자신이 '절대' 혹은 '무한'으로 표현하고 있는 유토피아적 세계에 대한 갈망에서 비롯한 것이며, 이는 경험적 현실 세계에 대한 부정 의식과 밀접한 관련이 있다. 때문에 김춘수의 탈역사주의를 단순한 현실도피 의식과 등치시키면 무의미 시론이 지니고 있는 의의가 제대로 포착되기 어려워진다.

한편 김춘수의 시론은 그와 정반대의 위치에 있다고 평가되는 김수영의 시론과 마찬가지로 시쓰기에 대한 민감한 자의식을 보여주고 있다. 이들이 보여준 시쓰기의 자의식은 현대사회에서 시쓰기의 본질과 위상이 그 이전의 사회와는 사뭇 다를 수밖에 없다는 사실을 보여주는 것이다. 도구적 이성이 인간의 실존을 억압하게 된 현대적 상황 아래서, 전통적 의미의 서정시 쓰기가 과연 가능한 것인가? 만일 그것이 가능하지 않다면 시쓰기의 새로운 전략은 무엇이 되어야 하는가? 김춘수의 무의미시론은 김수영의 온몸의 시론과는 정반대 지점에서 이런 문제들에 대한 모더니스트로서의 반성을 제기하고 있다. 무의미시론이 획득하고 있는 미적 모더니티에 관심을 기울여야 하는 이유가 여기에 있다.

김춘수의 시와 시론에 나타난 미적 모더니티는 두 가지 차원에서 검증되어야 한다. 하나는 김춘수가 '순수(시)'라고 표현하고 있는 것을 해명하는 차원이며, 다른 하나는 그의 이미지론이 도달한 탈(脫)이미지(혹은 이미지 부정)의 세계가 어떠한 시간 의식 위에 기초하고 있는가를 해명하는 차원이다. 본고는 전자의 문제를, 서정시가 어떤 방식으로 역사

(현실, 본질, 이데아, 신)로부터 벗어나 소위 '절대적 현존'(das absolute Präsens)[4]에 도달하는가의 문제 즉 서정시의 미적 자율성에 대한 인식의 문제와 관련시켜 논의할 것이다. 한편 후자의 문제를 밝히기 위해 본고는, 창작방법의 층위에서 '자유연상'이 초래한 대상에 대한 인지방식의 변화를 분석하고, 여기서 나타난 시간의식이 사회와 역사 현실에 대해 어떠한 의미를 지니는지 함께 살펴보고자 한다.

2. '解脫' — '생의 구원'으로서의 시쓰기

김춘수의 초기시에서 '절대'의 세계를 표현하는 원리는 아날로지(analogy)이다[5]. 아날로지의 시학은 비유와 상징을 통해 개별자와 보편자, 자아와 세계, 현상과 본질을 이어줌으로써, 각각의 시어가 일정한 관념의 구체적인 형상(이미지)으로 기능하게 하는 수사적 전략을 사용하는 것이다. 이때 기본 전제가 되는 것은 시적 주체의 주관적인 체험이 시의 언어 속에 그대로 보존되며, 동시에 개인적 경험은 일반적 진리로 직접 전화된다는 것이다. 여기서 시적 주체의 경험과 그러한 경험의 재현은 서로 구별되지 않는다. 상징(그리고 비유)이란 감각에 앞서 발생하는 이미지와, 그 이미지가 제시하는 초감각적 총체성 사이의 직접적인 통합체에 기초한 것이기 때문이다[6]. 김춘수 시론의 변화 과정을 살펴볼 경우

---

4) '절대적 현존'이란 말은 문학 외적인 것으로 환원될 수 없는 문학 자체의 자기준거성을 가리키는 말이다. 보러는 이 용어를 문학작품에서 엿볼 수 있는 이성의 붕괴, 무시간성, 탈역사적 상태이나, 혹은 문학 작품의 미적인 독특성을 가리키는 말로 사용하고 있다. K. H. Bohrer(최문규 역), 「시간과 상상력—문학의 절대적 현존」, 『절대적 현존』, 문학동네, 1988, 216-276쪽 참조.

5) 「김춘수 전기시의 자아인식과 미적 근대성」, 『한국시학연구』 제1호, 한국시학회, 1998, 85-92쪽.

6) P. de Man, *Blindness And Insight*, Univ. of Minnesota Press, 1983, 188-189쪽.

상징과 비유에 대한 태도의 변화가 두드러짐을 알 수 있다. 그는 초기시론에서 비유와 상징, 그리고 이미지에 비교적 긍정적인 태도를 견지하고 있고 있었지만, 무의미시론을 정립한 『의미와 무의미』(1976)에 와서는 상징과 비유에 대해 부정적인 태도를 보여 주고 있다.

이러한 태도의 변화는 김춘수 자신의 시쓰기 방식의 전환과 밀접한 관련이 있다. 그는 자신이 무의미시 이전의 시 창작 과정에서 비유와 상징, 그리고 양자를 통해 형성되는 이미지에 집착하였던 이유를 "관념에의 기갈"(382쪽) 때문이었다고 밝히고 있다. 그는 관념의 대체물로서 비유·상징·이미지를 중시했던 것이다. 하지만 그는 어느 순간 "어떤 관념은 말의 피안에 있다"(384쪽)는 인식에 도달한다. 시의 형상을 통해 표현할 수 없는 '관념'이 존재함을 깨닫게 된 것이다. 이 깨달음은 김춘수에게 '관념 공포증'(384쪽)을 초래하였다. 그는 관념공포증에서 벗어나기 위해 부단한 노력을 기울였다. 가령 「부다페스트에서의 소녀의 죽음」의 경우처럼, 시적 언어를 "제구실의 가장 좁은 한계", 즉 관념 전달의 보조 수단으로 활용해 보는 것도 그 한 예이다. 그러나 그가 발견한 "말의 새로운 모습"은 이제 시적 언어에 대한 인식의 전환을 요구하게 된다. 마침내 그는 관념 전달이나 소통(communication)을 전제로 사용되는 언어, 즉 대상(절대관념)을 표현하기 위한 도구로 사용되는 언어를 시에서 배제하기에 이른 것이다.[7)]

시의 언어가 관념 전달의 도구로 사용될 때, 시는 대상의 재현 혹은 모방(mimesis)에 머물 수밖에 없으며, 결국 대상을 재현하는 언어는 대상에 구속될 수밖에 없다. 김춘수가 "대상(관념)과 표현된 언어 사이에 어

---

7) 대상 재현의 언어를 거부하고 단순한 소통에서 벗어난 언어의 비밀스러운 결합을 추구할 때, 언어와 언어 외적 대상 간의 일치와 통일적 관계에 바탕을 두고 있는 인간중심적 사유방식에 대한 비판과, 동시에 유토피아적 세계에 대한 암시가 가능하다. 최문규, 「예술지상주의의 비판적 심미적 현대성」, 『탈현대성과 문학의 이해』, 민음사, 1996, 59쪽 참조.

떤 틈을 주지 않"(250쪽)는 비유적 심상에서 벗어남으로써, 비로소 시인은 시적 자유를 얻을 수 있다고 본 이유도 여기에 있다. 그 대신에 그는 시의 이미지와 언어를 '게임'(유희, 379쪽)에 근접시키려 했다. 유희란 일체의 목적성에서 벗어난 무상의 행위이다. 의미나 대상에 구속되지 않는 언어와 이미지들의 유희를 통해 시인은 자유를 얻을 수 있으며, 이 자유가 시인의 관념 공포증을 극복할 수 있는 유일한 방법론이 되는 것이다. 결국 김춘수가 무의미시에서 발견한 자유란 언어를 사물화(Verdinglichung)[8]한 대가로 얻어진 것임을 알 수 있다. 김춘수는 피안(초월적 세계, 관념) 앞에서 하나의 '물체'로 굳어져 버리는, 혹은 관념의 전달 불가능성('무능') 때문에 "의미가 분말이 되어 흩어지는"(384쪽) 언어를 시의 언어로 받아들인다. 김춘수는 이를 "있는 것(존재)의 덧없음", 혹은 "허무"(384쪽)라고 표현하고 있다.

김춘수의 시론에 나타난 관념(전달)의 부정은 언어의 의미작용(signification) 일체를 부정한 것이란 점에 특징이 있다. 실제로 그의 무의미시는 시니피앙과 시니피에의 결합을 부정하고, 언어의 소통적 가능성을 원천적으로 봉쇄하고 있다. 그가 말하는 시의 '순수성'이 단순히 탈정치성이나 탈목적성, 혹은 순수 서정성에 그치지 않고, 보다 급진성을 지니는 이유가 여기에 있다. 요컨대 자기준거적 언어가 자기준거적인 시의 절대적인 기반이 되는 것이다. 김춘수가 발견한 "말의 새로운 모습"은 궁극적으로 서정시와 체험, 서정시와 현실 사이의 연속성을 거부하고, 역사와 현실(혹은 이데아)로 환원될 수 없는 서정시의 절대적 현존을 실현하는

8) 언어의 사물화에 대한 징후는 개별적 은유가 경험적 연관을 결핍하는 데서, 또는 발화의 논리적 연관성이 사라진 데서 찾아볼 수 있다(D. Lamping(장영태 역), 『서정시의 이론과 역사』, 문학과지성사, 1994, 272쪽 참조). 김춘수의 무의미시는 일반적인 은유에서 벗어나 절대은유를 지향하였으며, 공통영역이 좁은 이미지들을 결합시키거나 시의 언어를 음성 기호 차원으로 분해하기도 하였다. 이러한 방법들은 무의미시가 언어의 사물화에 기반하고 있음을 보여주는 것이다.

밑바탕이 된다. 이 과정에서 시적 주체는 비로소 체험(역사, 현실, 관념)과 분리된 문학적 자아로 거듭날 수 있게 된다. 김춘수는 「나목과 시」라는 시에서 이를 '解脫'이라는 말로 표현한 바 있다.

김춘수가 선택한 '해탈'의 방법론은 동시대의 모더니스트 김수영이 선택한 '풍자'의 방법론과 좋은 대조를 이룬다.[9] 김춘수는 자신의 시론에서 여러 차례 김수영에 대한 대타의식을 피력하고 있다. 물론 그는 김수영이 선택한 참여의 방향과 정반대의 방향(현실도피)으로 나아감으로써, 시인으로서의 정체성과 함께 문단적 위상을 확보할 수 있다고 믿었다.

> 詩와 生活을 구별 못 하는 사람을 나는 로맨티스트라고 부른다. 시작이 생활의 전부가 아니라는 것을 괴테는 疾風怒濤期를 겪으면서 깨달았다. 그러나 딜란 토마스라든가 김수영은 훌륭한 시를 남긴 로맨티스트다. 이 두 시인에게 시작은 숙명이었다. 그들의 죽음까지가 시작의 연장선상에 있다. (중략) 비전문가적 처신은 시를 생의 救援이게 한다. 시작은 생활로부터의 解放이기 때문이다.(357쪽)

이 글에서 김춘수는 "詩와 生活을 구별 못하는 사람"을 로맨티스트로 규정하고, 로맨티스트로서 훌륭한 시를 남긴 대표적 시인 중의 하나로 김수영을 들고 있다. 김춘수에 의하면 김수영은 "죽음까지가 시작의 연장선상에 있다"는 것이다. 여기서 시와 생활의 미분리는 시와 체험의 미분리라는 말로 대치될 수 있다. 주지하고 있는 바와 같이 김수영의 '참여시론'은 "시작은 <머리>로 하는 것이 아니고, <심장>으로 하는 것도 아니고, <몸>으로 하는 것이다. <온몸>으로 밀고나가는 것이다."[10]라는 말로 요약된다. 이러한 '온몸'의 시학의 궁극적 지향점은 시인의 현실 참여이며, 시쓰기 자체를 현실적 행동으로 간주하는 것이다. 따라서

9) 김현은 '해탈'과 '풍자'의 대비를 통해 김춘수와 김수영의 차이를 설명한 바 있다. 김현, 「김춘수에 대한 두 개의 글」, 『책읽기의 괴로움』, 민음사, 1984 참조.

10) 김수영, 「시여, 침을 뱉어라」, 『김수영전집2』, 민음사, 1981, 250쪽.

김수영의 시론에서 시인의 체험(김수영의 말로는 '생활현실')과 시는 분리될 수 없다. 김수영의 시에 나타난 냉소적인 현실 풍자는 시쓰기를 '생활'의 일부로, 즉 역사적 실천 행위로 받아들였기 때문에 가능한 것이었다.

여기서 김춘수 시(론)와 김수영 시(론)의 분기점이 형성된다. 두 시인은 모두 동시대의 모순된 현실에 주목하였고, 또한 그것이 초래한 실존의 위기를 극복하기 위해 시쓰기를 감행하고 있다. 그리고 이것이 다시 '언어'에 대한 자의식으로 연결된다는 점도 공통적이다. 그런데 현실 내부에서 현실을 풍자함으로써, 실존의 위기를 초래한 현실을 교정하려는 의지를 보여준 김수영과 달리,[11] 김춘수는 현실에서 벗어나 고립된 주체의 내면 세계에서 '生의 救援'을 모색하고 있다. '생의 구원'이란 '해탈'의 다른 이름이며, 그것은 김춘수 자신이 인정하고 있듯이 '현실도피'의 태도이다.

김춘수의 '해탈'은 말의 의미를 배제할 때 가능해진다. 그는 시어의 무의미성을 통해 시의 무의미성에 도달할 수 있으며, 이것이 세계의 무의미성을 폭로하고 그러한 세계에서 벗어나는 유일한 방법이 된다고 보았다. 이러한 관점은 시가 '넌센스'일 수 있는 이유를 시의 존재방식 그 자체에서 찾은 김수영과 큰 차이를 보여준다. 김수영은 "모든 시의 미학은 무의미", 즉 "침묵의 미학과 통한다"고 지적하면서, 그럴 경우 시의 언어 그 자체가 의미를 갖느냐 갖지 않느냐는 중요한 문제가 아니라고 주장하였다.[12] 결국 김수영은 "풍자냐, 해탈이냐" 중에서 풍자의 길, 즉

---

11) 김수영의 시는 생을 구원하는 문제, 즉 참다운 실존을 억압하는 현실의 부조리함과 싸우는 문제에 집중하고 있다. 그럴 때 그의 시는 '시'의 방향보다 '산문'의 방향으로 나아가게 된다. 그는 이런 시쓰기의 방향을－하이데거의 용어를 빌어－'세계의 개진'이라고 말하고 있다. 그는 시의 본질이 개진과 은폐의, 세계와 대지의 양극의 긴장 위에 서있다는 전제 아래, 자신이 전개한 "시에 있어서의 산문의 확대작업은 <노래>의 유보성에 대해서는 침공적이고 의식적이다"라고 말하였다. 이어서 그는 이 작업이 "이를 테면 38선을 뚫는 길"(*Ibid*, 251쪽)에 목적이 있다고 밝혔다.

12) 김수영은 김춘수의 무의미시론을 비판하면서, "그(김춘수－인용자 주)가 말하는

세계의 개진으로 나아간 것이다. 이에 비해 김춘수는, 김수영에 대해 "무진 압박"을 느끼면서 해탈의 길, 그것도 시어의 무의미성으로 축소된 시의 무의미성 추구의 길로 나아간 것이다.

무의미시는 '생의 구원'(357쪽)이라는 개인적 실존 문제와 관련된 것이다. 이때 생의 구원이란 당연히 생을 구원하는 것이 아니라, 생으로부터 자아를 구원하는 것을 의미한다. 그렇다면 시쓰기가 '생의 구원'이 될 수 있는 이유는 무엇인가? 김춘수는 그 이유를 시쓰기와 생활(체험, 관념)의 분리에서 찾고 있다. 물론 시쓰기와 생활을 이분법적으로 나누는 김춘수의 생각은 주관적이고 자의적인 것이다. 그런데 그는 시와 생활의 이분법을 정당화하기 위해, 일련의 이항 대립을 만들어 낸다. 가령 '나'와 '우리'를 철저히 분리하고, '우리'를 말하는 것에 대해 혐오감을 드러내는 것이 그 예이다.[13] '나'와 '너', '나'와 '그(들)'의 연대에 대한 감각이 '우리'의 감각을 낳는 데 비해, '우리'를 거부하는 의식은 철저하게 타자를 부정하고 고립된 자아의 경계를 유지하려는 내면 의식과 관련된 것이다. 더 나아가 그는 시와 산문, 도피와 참여, 이미지와 관념(이데올로기, 사회, 역사와 민족), 완전과 불완전, 영원한 시간과 역사적 시간 등과 같은 선명한 이항 대립을 설정하였다. 그리고 이 구도를 한치도 벗어나려 하지 않았다는 점에서 그의 시론은 특징적이다.

<의미>가 들어있든 안 들어있든 간에" 상관없이 "좋은 의미의 넌센스는 진정한 시에는 어떤 시에도 있는 것"이며, 그것이 참여시든 아니든 간에 "모든 시의 미학은 무의미－크나큰 침묵의－미학으로 통한다"고 주장하였다. 시어의 무의미성을 통해 시의 무의미성에 도달하는 김춘수의 방법과는 큰 차이를 보이는 것이다. 김수영은 "먼저부터 <의미>를 포기하고 들어"가는 김춘수의 방법을 비판하면서, "<의미>를 껴안고 들어가서 그 <의미>를 구제함으로써 무의미에 도달하는 길"을 무의미의 진정한 방법으로 제시하고 있다. 김수영, 「변한 것과 변하지 않은 것」, 『김수영전집2』, 민음사, 1981, 244-245쪽 참조.

13) 그에 의하면 한계 상황(죽음의 공포)에 처(경험)해 본 인간은 현실에 대한 혐오와 절망에 빠질 수밖에 없으며, 그럴 때 한 개인이 '나'의 문제가 아니라 '우리'의 문제를 말하는 것은 적어도 시의 차원에서는 성실한 것이 아니라고 보았다.

김춘수의 이항대립적 사유는 실존 의식에 기반을 두고 있다. 그런데 그의 실존의식은 김수영과는 달리 철저하게 탈역사적 지평 위에서 작동하고 있다. 역사(현실)란 불완전한 것이기 때문에, 그것으로부터 도피해서 완전하고 영원한 세계를 꿈꾸는 것에 시쓰기의 본질이 놓여 있다는 믿음이 있었기 때문이다. 하지만 그의 시론의 밑바탕을 이루는 형이상학적 초월의 문제는 고립된 자아의 내면의식에서 주관적으로 상상된 것일 뿐이다. 그의 내면의식을 밖에서 들여다보는 타자의 시선을 의식하지 않고 있기 때문이다. 다만 남과 결별하고 '내세계'의 울타리 내에서 고립된 존재로 살아가겠다는 지독한 현실 혐오가 그의 시론의 중심을 이루며, 이렇게 사는 것만이 "리얼리스틱하게"사는 것이라고 그는 보았다.

김춘수는 '생의 구원'으로서의 시쓰기라는 말로 자신이 행하는 시쓰기의 정체성을 설명하고 있다. 김춘수는 체계의 폭력 앞에서 무너져 내리는 자아의 경계를 지켜내기 위해, 즉 "나의 자아를 관철하기 위"해 "관념 · 의미 · 현실 · 역사 · 감상"(389쪽)으로부터 등을 돌린 것이다. 김춘수의 이러한 탈역사주의적 사유의 근저에는 세계상실감이 자리잡고 있다. 자아와 대상, 개별자와 보편자, 현상과 본질이 극단적으로 분리되는 상황을 목도한 시인으로서 세계상실감은 피할 수 없는 운명이었을 것이다. 무의미한 언어(혹은 이미지)의 유희 속에서 "허무의 빛깔"을 읽어내려는 김춘수의 내면의식에는 이 세계상실감이 깊숙이 작용하고 있다. 요컨대 세계상실감은 허무를 낳고, 이 허무는 무의미의 '기교'를, 이 '기교'는 다시 세계상실감과 허무를 낳는 의식의 악순환[14)]이 이루어지게 된다. 이러한 의식의 악순환에서 벗어나려면 자기동일적 자아라는 허구를 버릴 수 있어야 한다. 즉 타자—그것이 신이든 인간이든 간에—의 언

---

14) 이 용어는 절망이 기교를 낳고 기교가 다시 절망을 낳는다고 말한 이상의 경우를 분석(111쪽)하면서 김춘수가 사용한 말이지만, 김춘수 자신에게도 적용될 수 있는 말이다.

어를 통해 나의 언어를 비추어 볼 때 비로소 허무가 초극될 수 있기 때문이다. 그러나 김춘수의 시론에서 타자는 자아를 구성하는 외적(내적) 계기가 되지 못한다. 타자를 자아의 실존을 위협하는 요인으로 파악하고, 자기 경험의 외부로 밀어냈기 때문이다. 그러나 애초에 타자와의 대화나 소통을 부정하는 독백주의가, 서정시의 절대적 현존을 가능하게 했다는 점은 김춘수 시(론)의 또다른 역설이라 말할 수 있다.

3. '이미지'에서 '脫이미지'로

김춘수는 1961년판 시론과 1971년판 시론을 통해 심상이란 "<언어가 사람들의 마음에 그리는 心的形像을 가리키는 것이다.>"(154쪽)라는 시학의 개념규정을 인용하고 있다. 이어서 그는 이미지가 관념(체험)을 구체화하는 심적 작용과 관련된다는 사실을 정확하게 지적하고 있다. 그런데 『의미와 무의미』(1976)에 와서 김춘수는 이미지에 대한 시학의 개념 규정을 포기하고 있다. 물론 『의미와 무의미』에서도 시쓰기의 자의식은 '이미지'라는 용어로 모아지고 있다. 하지만 「터미놀로지의 망언」라는 소항목에서, 김춘수는 자신이 더 이상 "이미지에 대한 해석의 정확성"을 염두에 두지 않는다고 밝히고 있다. 이 말은 '탈이미지' 혹은 '초이미지'(394쪽)로 나아가려는 김춘수의 의도[15]를 담고 있다.

이러한 이미지관의 변화는 '비유'에 대한 평가절하로 연결된다. 1961년의 『시론』에서 김춘수는 은유란 "어떤 말과 다른 어떤 말이 합해져서 (그와 동시에) 본래 있던 그들의 자리를 옮기면서(운반되면서) 본래 그들이

15) 그는 "이미지를 이념의 반영으로 본다면, 나는 내 시에서 이미지를 가지지 못한다. 이념이 나에게는 없기 때문이다"(360쪽)고 단정하고 있다.

가졌던 의미를 떠나(초월하여) 새로운 의미의 세계를 만들어내는 것"(141쪽.)이라는 시학의 정의를 수용하고 있다. 1971년의 『시론』에서는 이러한 은유 개념과 함께, 고석규의 은유론을 끌어들이고 있다. 즉 "시인이 한 개의 隱喩를 얻은 순간이란 그것을 高速撮影하면 그의 존재가 變身하는 瞬間이요, 그의 精神이 形而上學的으로 超越하는 瞬間"이기 때문에 "언어의 metaphor는 존재의 metamorphosis고 동시에 또 정신의 metaphysics라고 할"(269쪽) 수 있다는 것이다. 김춘수는 고석규의 이러한 존재초월론적 비유관에 대해 그다지 부정적인 태도를 취하지는 않았던 것으로 보인다.

이런 태도는 이미지의 제시 방법에 대한 논의에서도 유지된다. 1961년의 『시론』은 소위 '상상'과 '공상'론을 소개하는 것[16] 이외에 이미지 제시방법에 대해 분명하게 언급하지 않았다. 그러나 1971년의 『시론』은 이미지를 '서술적인 것'과 '비유적인 것'으로 나누고 있다. 이어서 그는 비유적 이미지에는 다시 직유, 암유(은유), 상징, 풍유 등이 포함된다고 밝히고 있다. 비유적 이미지, 상징적 이미지를 모두 비유적 이미지에 포함시켜 이해하고 있지만, 그의 이미지 분류는 신비평의 이미지 분류를 거의 그대로 수용한 것으로 보인다[17]. 하지만 1971년의 『시론』에서 김춘수는 비유에 대해 다소 부정적인 입장을 취하기 시작하였다. 즉 존재초월론적 비유에 대한 관심과는 다른 각도에서, 관념을 전달하는 비유

---

16) 김춘수는 이미지를 설명하기 위해 "상상은 이성을 감각적인 심상과 합체케 한다"는 코울리지의 상상력 이론을 끌어들여, "관념을 구체화하는 데 있어 적절한 심상을 찾고, 또 심상과 심상을 적절히 결합시켜 가는 힘이 상상이라 하겠으니 상상이란 어떤 작용의 결과가 아니라 작용 그 자체인 것이다."라는 말을 덧붙이고 있다. 물론 그는 초기 시론에서 <한정된 사물의 관조>를 중시하는 흄(T. E. Hulme)의 '공상' 개념을 코울리지의 상상 개념에 대립시켜 이미지의 새로운 가능성을 인정하고 있지만, 그의 초기 이미지론이 낭만주의적 시학의 전통에 기울어 있다는 것은 분명하다. 김춘수, 『김춘수 전집2 – 시론』, 1984, 154-157쪽.

17) 이에 대해서는 문혜원, 「김춘수 시와 시론에 나타난 이미지 연구」, 『한국현대시와 모더니즘』, 신구문화사, 1996 참조.

적 이미지를 비판하고, 그 대신 서술적 이미지를 옹호하기 시작한 것이다. 서술적 이미지란 "이미지가 관념의 도구"(246쪽)가 아니라 "심상 그 자체를 위한 심상"(243쪽)으로 쓰인 것을 가리킨다. 그에 의하면 관념을 말하기 위한 도구로서 쓰여지는 비유적 심상에서 "심상이 불순해"지는 것과 달리, 서술적 이미지는 "일종의 純粹詩"에 근접한다는 것이다. 이미지의 여러 유형을 분류하고 이를 가치론적으로 서열화하는 관점은 물론 자의적인 것이다. 하지만 그것은 『의미와 무의미』(1976)의 탈이미지론을 예비하는 것이라는 점에서 주목된다[18].

한편 1971년의 『시론』은 "本義와 喩義의 癒合에 있어 共通性이 많은 것을 선택하는" 비유적 이미지를, 공통 영역이 적은 이미지들을 "폭력적 강제적"(259쪽)으로 결합시키는 '래디컬 이미지'와 비교하고 있다. 그는 래디컬 이미지의 예로 초현실주의자들의 데뻬이즈망 기법(260쪽)을 제시하면서, 절대은유 즉 "은유 그 자체가 목적인 경우 은유는 관념을 잃고, 하나의 심상으로서만 머무르게 된다"고 하면서, 결국 래디컬 이미지는 서술적 심상으로 변화되고, 시는 순수해진다고 말하고 있다.

『의미와 무의미』(1976)는 1971년의 『시론』에서 논의된 존재 초월적인 비유나 비유적 이미지에 대해 보다 명확하게 부정적 태도를 표명하고 있다. 특히 무게중심을 서술적 이미지 쪽으로 이동시키면서 서술적 이미지에 대한 논의를 심화시키고 있는 점이 주목된다. 그는 "이미지란 대상에 대한 통일된 전망을 두고 하는 말이라면 나에게는 이미지가 없다. 이 말은 나에게는 일정한 세계관이 없다는 것이 된다. 즉 허무만이 있을

---

18) 이러한 태도의 변화 리듬에 대한 가치평가의 변화에서도 발견된다. 1961년의 『시론』에서 김춘수는 언어의 음악적 요소(리듬)을 "너무나 절대시할 적에는 (중략) 시가 무의미해질 위험이 있다 (중략) 언어의 의미성을 다치지 않는 한도 내에서 리듬을 중시해야 할 것이다"(143쪽)라는 말로써, 시적 의미(소통)의 중요성을 강조였다. 그러나 1971년의 『시론』에서는 의미보다 리듬(혹은 주술)을 보다 중시하는 것으로 관점이 바뀌었다.

뿐이다"(388쪽)라고 말하면서, 서술적 이미지를 다시 "대상이 있는 이미지"와 "대상이 없는 이미지"로 나누고 있다. 여기서 "대상이 있는 이미지"란 정지용이나 박목월의 시에서 나타나는 사생(寫生)파적인 이미지를 가리키는 것이다. 그런데 김춘수는 "이미지가 대상을 가지고 있는 이상 대상을 위한 수단이 될 수밖에 없"어서 그 이미지는 불순해진다고 주장하고 있다. 이어서 그는 "언어와 이미지가 대상을 잃음으로써 대상을 無化"시키고 "자유를 얻"[19]을 때, 시의 "언어와 이미지는 詩人의 바로 실존 그것"(372쪽)이라고 말하고 있다.

이제 대상이 무화된, 혹은 대상이 "붕괴"된 이미지는 '무의미시'의 가장 중요한 토대가 된다.

> 같은 서술적 이미지라 하더라도 사생적 소박성이 유지되고 있을 때는 대상과의 거리를 또한 유지하고 있는 것이 되지만, 그것을 잃었을 때는 이미지와 대상은 거리가 없어진다. 이미지가 곧 대상 그것이 된다. 현대의 무의미시는 시와 거리가 없어진 데서 생긴 현상이다. 현대의 무의미시는 대상을 놓친 대신에 언어와 이미지를 실체로서 인식하게 되었다고 할 수 있다.(369쪽)
>
> 대상이 있다는 것은 대상으로부터 구속을 받고 있다는 것이 된다. 그 구속이 긴장을 낳는다. 긴장이 몹시 팽팽해질 때 반 고호의 風景들이 된

---

19) 김춘수는 이미지 사용 방법을 대상에 대한 자아의 자유라는 관점에서 조망하고 있다. 그 대상이 있는 서술적 이미지는 비록 "대상에 대하여 판단중지(대상을 괄호 안에 집어넣고 있다)의 상태에 있기 때문에 하나의 방관자적 입장에 설 수 있"지만, "대상을 가지고 있는 그만큼 자유롭지는 못하"(376쪽)다고 평가하면서 대상을 놓친 서술적 이미지와 비유적 이미지의 중간 지점에 대상이 있는 이미지를 위치시킨다. 김춘수에 의하면 '현상학적 판단 중지'란 "묘사된 어떤 상태만을 인정하되 그 상태에 대한 판단(관념의 설명)은 삼가"하는 것으로서, "가치관의 입장으로는 일종의 회의주의가 되는"(396쪽) 것이라고 말하고 있다. 그러나 그는 대상이 있을 때 이미지는 결국 일정한 관념, 혹은 정서와 결부될 수밖에 없음을 자작시 「인동 잎」에 대한 해설(386쪽)을 통해 밝히고 있다. 결국 그는 관념으로부터 자유를 얻는 방법은 대상이 없는 이미지를 통해 일체의 의미 연관에서 분리되는 방법밖에는 없다는 인식에 도달하게 된다.

> 다. 그것들은 물론 풍경(대상)이긴 하지만, 풍경 이상의 그 무엇이다. <무의미>라고 하는 것은 기호이론이나 의미론에서의 그것과는 전혀 다르다. 어휘나 센텐스를 두고 하는 말이 아니라, 한 편의 시작품을 두고 하는 말이다. (중략) <무의미>라는 말의 차원을 전혀 다른 데서 찾아야 한다. 다시 말하면 이 경우에는 반 고흐처럼 무엇인가 의미를 덮어씌울 그런 대상이 없어졌다는 뜻으로 새겨야 한다. (중략) 대상이 없어졌으니까 그만큼 구속의 굴레를 벗어난 것이 된다. 聯想의 쉬임없는 파동이 있을 뿐 그것을 통제할 힘은 아무 데도 없다. 비로소 우리는 현기증나는 자유와 만나게 된다.(이상 377쪽)

김춘수가 말하는 무의미시의 본질은 무엇인가. 그것은 한편의 시작품 내에서 대상의 소멸(붕괴)로 인해 야기되는 통일된 이미지의 소멸, 즉 "연상의 쉬임없는 파동"에 의해 이루어지는 이미지의 자유로운 연쇄와, 여기서 야기되는 통일된 의미(혹은 관념) 전달의 소멸이라고 말할 수 있다. 대상이 있는 서술적 이미지의 경우, 관찰자(시적 자아)는 현상학적 판단중지에 기초하여 대상을 묘사하는 데 그친다. 그러나 이 경우에도 주체(관찰자)와 대상 사이에 생긴 '거리'로 인해, 주체가 대상에 일정한 관념(의미)을 덮어씌울 개연성이 여전히 남게 된다. 그러나 일체의 통일된 대상을 소멸시키고 주체의 자유연상에 의해 자유롭게 이미지의 유희를 즐길 때, 이제 이미지 그 자체가 시의 대상이 되며 시의 언어는 의미 차원을 뛰어넘어 절대 자유에 도달하게 된다. 결국 무의미시란, 대상의 소멸 그리고 대상에 대한 거리의 소멸을 통해 도달하게 되는 가장 "순수한 예술"의 상태, 즉 "언어에서 의미를 배제하고 언어와 언어의 배합, 혹은 충돌에서 빚어지는 음색이나 의미의 그림자나 그것들이 암시하는 第二의 자연" 상태를 가리키는 것이다. 김춘수는 무의미시가 가치관의 공백, 즉 '허무의 아들'이라고 피력하고 있거니와, 이러한 절대적 허무(자유)에 도달하기 위해 그는 이미지 자체에서 벗어나는 것, 즉 "脫이미지" 혹은 "超이미지"가 필요하다고 역설한다. 그리고 그 구체적인 방법으로 그는 '리듬'을 내세운다.

> **念佛을 외우는 것은 하나의 리듬을 탄다는 것이다. 이미지로부터 해방된다는 것이다.** 脫이미지이고 超이미지다. 그것은 구원이다. 이미지는 뜻이 그리는 상이지만 리듬은 뜻을 가지고 있지 않다. 뜻으로부터 우리를 해방시켜 준다. **이미지만으로는 詩가 되지만 리듬만으로는 呪文이 될 뿐이다. 시가 이미지로 머무는 동안은 시는 구원이 아닐는지도 모른다.**
>
> 이미지를 지워버릴 것. 이미지의 소멸—이미지와 이미지의 연결이 아니라(연결은 통일을 뜻한다), 한 이미지가 다른 한 이미지를 뭉개 버리는 일. 그러니까 한 이미지를 다른 이미지로 하여금 消滅해 가게 하는 동시에 그 스스로도 다음의 제3의 그것에 의하여 꺼져가야 한다. 그것의 되풀이는 리듬을 낳는다. 리듬까지를 지워버릴 수는 없다. 그것은 無의 소용돌이이다. 이리하여 詩는 행동이고 논리다.(394-395쪽, 인용자 강조)

> 한 행이나 또는 두 개나 세 개의 행이 어울려 하나의 이미지를 만들어 가려는 기세를 보이게 되면, 나는 그것을 사정없이 처단하고 전연 다른 활로를 제시한다. 이미지가 되어 가려는 과정에서 하나는 또 하나의 과정에서 처단되지만 그것 또한 제3의 그것에 의해 처단된다. 미완성의 이미지들이 서로 이미지가 되고 싶어 피비린내 나는 칼싸움을 하는 것이지만, 살아 남아 끝내 자기를 완성시키는 일이 없다. **이것이 나의 修辭요 나의 기교라면 기교이겠지만 그 뿌리는 나의 自我에 있고 나의 의식에 있다. (중략) 이것이 내가 본 허무의 빛깔이요 내가 만드는 무의미의 詩다.** 잭슨 플록의 그림에서처럼 가로세로 얽힌 軌跡들이 보여주는 생생한 단면—현재, 즉 영원이 나의 詩에도 있어 주기를 나는 바란다. 허무는 나에게 있어서 영원이라는 것의 빛깔이다.(388-389쪽, 인용자 강조)

의식의 통제를 받는 '자유연상'과 '자동기술'을 통해, 끊임없이 이미지의 생성과 소멸을 반복하는 것, 그래서 마침내 시의 언어를 '주문'과 같은 상태로 만드는 것이 무의미시를 '제작'하는 방법이다. 요컨대 무의미시론은 체험과 관념의 구체적 형상으로서의 이미지라는 개념을 포기하고, 이미지 부정으로 나아간 것이다. 이 과정에서 '리듬'의 중요성을 재발견하고 있는 점은 주목할 만한 일이다. 무의미 시론에서 리듬은 이미지(의미)가 극단적으로 소멸되고, 소리(음향)의 이미지만이 남은 상태를 가리킨다. 따라서 소리의 반복적 이미지가 낳게 되는 주술적 효과가 무의미시에서 중요한 요인이 된다. 이 주술적 효과의 핵심은 도취에 있으며, 이는 뒤에서 밝힐 '명상'의 시간성의 중요한 기반을 이룬다.

4. 언어의 유희와 허무의 초극

김춘수의 무의미시론은 탈이미지론, 이미지 부정론으로 귀결되었다. 그런데 탈이미지나 무의미성에 도달하는 데 있어서 김춘수는 시적 주체의 능동적인 역할을 강조하고 있다. 이는 김춘수가 시적 주체의 무의식이나 '꿈'에 완전히 의존하는 방법이 아니라, 주체의 의식(지성)을 통해 이미지가 응고되는 것을 감시하는 방법을 중시하고 있는 데서 알 수 있다. 사실 '의식적'으로 관념을 배제한다는 김춘수의 말을 뒤집어서 이해하면, 무의미시론이 관념 혹은 의미에서 완전하게 자유로운 것이 아님을 알 수 있다. 김춘수는 무의미시론에서 지속적으로 '절대'(관념, 의미, 신, 이데아 등)에 대해 관심을 기울이고 있다. 그가 '관념'에서 벗어나려고 한 이유는 관념 그 자체 때문이 아니라, 관념이 형상을 억압하고, 이념이 언어를 억압하는 상황을 부정하기 위해서이다.[20] 언어로 표현될 수

---

20) 김춘수의 '관념'은 허위의식으로서의 관념이 아니라, 역사와 이데올로기를 초월한 상태, 따라서 '무한', '신', '이데아', '영원' 등 언어적 표현을 초월한 절대적인 그 무엇을 가리킨다. 이러한 '절대'의 세계, 혹은 '영원'의 세계는 김춘수에 의하면 언어로 표현될 수 없으며, 말은 그 앞에서 "분말"이 되어 흩어져 버린다. 김춘수는 말로 표현할 수 없는 '절대'의 세계를 포착하기 위해서 새로운 시적 전략을 구사하게 된다. 그것은 바로 미메시스적인 방법, 즉 언어의 재현기능이나 언어의

없는 관념을 포착하기 위해, 즉 '절대'를 시적으로 포착하기 위해, 김춘수는 대상·언어·이미지를 버리는 전략을 취한 것이다. 언어로 표현(전달)될 수 있는 관념은 언어를 대상 모방(mimesis)의 수단으로 전락시키고, 그 스스로 '이데올로기'(허위의식)에 머물 수밖에 없기 때문이다.

무의미시에서 '절대'와 '영원'은 묘사를 통해 재현되는 것이 아니라, 상이한 이미지의 병치 혹은 비동시적인 것의 동시적 제시를 통해 '순간'의 시간성 속에서 갑작스럽게 현현한다. 묘사와 재현의 방식은 통사적인 연속성이 유지된 언어를 통해, 그리고 완결된 체험에 대한 통일적 이미지 제시를 통해 '절대'에 형상을 부여하려는 것이다. 반면 무의미시는 비완결적이고 비동시적인 이미지나 체험(사건)의 동시화를 통해, 영원한 세계가 스스로 자신의 모습을 현현하는 순간을 포착하려 한다. 이제 시인은 관념 앞에서 스스로 부서지는 말들에 현혹되지 않고, 혹은 말로 표현될 수 없는 '어떤 관념'에 구속됨이 없이, 자아의 극단적인 자유연상 과정을 통해 혹은 언어의 유희를 통해 그 관념이 저절로 드러나는 순간(영원한 현재)을 기다리면 된다. 이 기다림의 자세야말로 김춘수의 초기시가 보여주었던 '절대'에의 맹목적 동경과 그 좌절에서 벗어날 수 있는 득의의 방법론이라 말할 수 있다.

물론 절대의 순간적 현현을 기다리는 자세는 주체가 수동적 위치로 물러선다는 것을 의미하지는 않는다. 오히려 무의미시론은 언어의 새로운 수사적 가능성과 시간의식의 급진적인 전환을 모색하였다. 서로 공통 영역이 좁은(혹은 전혀 없는) 이미지들의 병치란, 비동시적인 이미지(사건)의 동시적인 제시를 의미한다. 그럴 때 한 편의 시 내부에, 혹은 작품들 간에 통일된 이미지는 형성될 수 없으며, 이미지와 체험은 끝내 비완

의미작용을 부정하고, 시니피앙의 자유로운 '유희'(언롱과 같은), 그리고 '자유연상'에 의해 서로 연결될 수 없는 이미지를 동일한 작품 속에 불연속적으로 병치하기 등을 활용하는 것이다.

결의 상태에 머물게 된다. 이 비완결성은 김춘수에게 일종의 '불안'을 안겨주지만, 그는 도피하지 않고 불안에 정면으로 대결함으로써 불안과 허무를 초극하려 한다.21) 이는 김춘수가 말하는 "말의 새로운 모습", 혹은 "수사"의 새로운 전략으로 나타난다. 가령 불연속적 이미지 제시의 끊임없는 되풀이를 통해 시의 언어를 일종의 '呪文' 상태로 근접시키는 것, 그래서 시의 언어를 음성이나 음향의 상태에 근접시키는 것이다. 그럴 때 무의미시의 수사는 자기준거적인 언어에 기반하게 된다. 이제 시의 언어는 단순히 시니피앙의 유희에 머물게 되며, 이 유희가 시적 주체를 절대적인 자유로 인도한다.

자기준거적 언어가 시적 주체에게 안겨주는 절대적 자유는 대상에 대한 인지방식의 변화와 관련하여 설명될 수 있다. 무의미시란 비동시적인 것의 동시성, 즉 서로 다르기 이를 데 없는 사건(이미지)들을 공간의 통일성을 고려하지 않은 채 동시성 안에서 가시화하는 '수사'를 활용하는 것이다. 그럴 때 "개별적인 대상들과 과정들을 상호분리시킨 채 빠른 순서로 파악하는 새로운 인지 방식"22)이 생겨난다. 이러한 인지 방식은 동시성의 질서 속으로 다른 시간적인 질서들을 지양시킬 수 있다. 이 때 모든 사물들은 똑같이 중요하거나, 또는 동시에 아무 것도 아닌 것으로 나타날 수밖에 없다. 이제 그것들은 상이성과 임의성을 통해서 서로 교환 가능한 것으로 작용하며, 시의 종결에 이르러서도 결코 평온에 이르지 못하는 관찰자의 재빠르게 교차되는 눈길 안에서 이것들은 표면적으로 인지된 그리고 그것의 시각적인 음향적인 자극으로 환원된 현상들로 변하게 되는 것이다. 김춘수가 무의미시론에서 누차 리듬(혹은 呪文)을

21) 김춘수는 여러 차례 무의미시가 "허무의 빛깔"을 갖고 있다고 말하고 있거니와, 여기서 '허무'란 일체의 기성 관념－그것이 이데올로기이든 단순히 가치관이든 간에－을 부정할 때 생기는 가치관의 공백 상태를 가리키는 것이자, 동시에 세계를 '아무 것도 아닌 것'으로 파악하는 극단적인 세계 부정 의식을 가리키는 것이다.

22) 대상에 대한 인지방식의 변화에 대한 논의는 D. Lamping, *op.cit.*, 271-272쪽 참조.

강조한 것은 이러한 인지방식의 변화를 설명하기 위한 것으로 보인다.

이제 대상은 '투시'나 '개관'이 아니라, 사물의 언뜻 훑어봄(Überfliegen)을 통해 인지된다. 여기서 '언뜻 훑어봄'의 방식은 관찰자의 시야가 '도약'하는 것을 의미한다. 김춘수는 "대상이 있는 서술적 이미지"에서는 대상에 대해 일정한 거리가 생겨난다고 보았는데, 이 거리는 대상을 투시하거나 개관할 수 있는 거리를 가리킨다[23]. 요컨대 '거리'는 시간의 질서 속에서, 대상이 지니고 있는 공간적 질서를 재현할 수 있는 가능성을 시적 주체에게 남겨둔다. 하지만 대상에 구속되는 방식, 즉 시적 주체가 시간의 질서에 종속되는 방식을 통해서는 —김춘수 자신이 기대하는— 절대(영원)의 현현은 이루어질 수 없다. 김춘수의 무의미시론은, 관찰자의 '언뜻 훑어봄', 혹은 '도약'을 통해 사물(이미지)들의 연관성이 일과성(Flüchtigkeit)의 시야 안에서 해체되고, 사물(이미지)들이 자유롭게 활용될 수 있다는 점을 정확하게 인식하고 있다. 그럴 때 무의미 시는 시간의 전통적인 표상뿐만 아니라, 공간의 전통적인 표상들마저도 그 의미를 상실하게 만든다. 이제 시간과 공간은 모두 '연속성'(Sukzession)이 아니라 동시성(Stimultaneität)으로 경험되는 것이다. 그럴 때 실제의 시 창작에서 시적 주체는 "사물의 윤곽들과 함께 자아의 윤곽"[24]마저도 상실하고, 순간의 시간 속에서 해체된다.

결국 무의미시의 수사적 전략은 자아와 언어를 사물화하고, 자아와 대상을 동시에 해체하려는 전략이다. 이 사물화의 전략은 경험 연관이 결핍된 은유(절대은유)나 발화의 논리적 연관성이 결핍된 언어에서 그 징후를 발견할 수 있다. 다다이즘 시에서와 같이 의미 없는, 혹은 의미가

---

23) 이 경우 관찰자는 연속성의 관점에서 대상을 주도 면밀하게 묘사할 수 있다. 대상이 있는 서술적 이미지의 예로 김춘수가 제시한 바 있는 정지용이나 박목월의 시에서 시의 언어가 — 비록 문법적으로는 그렇지 않더라도 — 통사적 연속성을 유지할 수 있는 것도 이 때문이다.

24) D. Lamping, *op.cit.*, 273쪽.

비어있는 음소 내지 음소들의 결합(음성시)은 언어의 사물화를 극단적으로 추구한 결과이다. 결국 무의미시론의 수사 전략[25)]은 언어를 무효화(depotentiation)하려는 전략이며, 시의 언어를 자기준거적 언어에 기초를 두게 하는 것이다. 그럴 때 일종의 '주문'이나 '수수께끼' 상태에 도달하게 된 시의 언어는 언어의 소통 가능성을 근원적으로 부정함으로써, 서정시를 일체의 경험 연관에서 해방시켜준다.

경험 연관에서 해방된 자기준거적 언어는 시간 의식의 급진적인 전환으로 이어진다. 언어가 일체의 경험(의미) 연관에서 벗어날 때, 시의 언어와 이미지는 연속성(김춘수의 용어로는 '통일성')의 시간 질서에서 벗어난다. 즉 일체의 시간 흐름이 무화(정지)되고, 과거도 없고 미래도 없는 단지 '현재'만이 유일한 시간으로 인지되는 것이다. 이 현재의 시간은 시간의 연속적인 전개를 '단절'시키는 '순간'의 시간, 즉 영원한 현재인 것이다.

김춘수가 무의미시의 창작을 통해 영원한 현재의 시간을 "기다린다"고 했을 때, 이 영원한 현재의 시간은 시간 진행이 급격하게 단절(Bruch)되는 '순간'을 가리킨다. 이 '순간'은 그가 그토록 갈망했던 "非在의 세계"(387쪽)를 엿볼 수 있는 시간, 즉 모방적인 언어로는 표현 불가능한 '절대'와 '영원'의 세계가 갑작스럽게 현현하는 시간이다. 무의미시는 바로 '비재'가 현현하는 순간의 시간성 위에 성립되기 때문에, 불완전한 역사의 시간을 부정하고 시간의 완성을 이룰 가능성을 확보하게 된다[26)].

25) 김춘수의 무의미시가 『처용단장』3부에 이르러 음소 단위로 해체된 말들의 결합으로 이루어진 것이 그 한 예이다. 김춘수가 실험하는 무의미시의 수사 전략은 주어의 부재나, 명사와 서술어 기능의 의도적인 축소, 동일한 서술어 어미의 반복 사용을 통해 얻어지는 음성적 효과의 극단적인 추구 등에서 발견된다. 이러한 일련의 방식들은 근본적으로 '언어의 무효화'를 추구하는 것이며, 이는 모더니즘에서 나타나는 언어의 위기와 연결된 것이다. '언어의 무효화'에 대해서는 M.Bradbury & J. McFarlane (ed), *Modernism: 1890-1930,* Harmonds- worth:New York, 1976, 329쪽 참조.

26) 시간관의 이러한 급진적인 전환은 시간을 동질적인 시간 단위의 의미없는 연쇄로

여기서 김춘수의 무의미시론에 나타나는 몇 가지 모호성이 해명될 수 있다. 그는 애초에 일체의 관념에서 벗어나려면 말에서 의미를 배제해야 한다고 주장하였다. 그리고 의미가 배제된 말들의 '구멍'(388쪽)을 통해 허무를 보게 된다고 고백하였다. 그런 그가 "참으로 誠實하다면 허무는 언젠가는 초극되어야 한다. 성실이야말로 허무가 되기도 하고 허무에 대한 制動이 되기도 한다. 이리하여 새로운 意味(對象), 아니 意味가 새로 소생하고 대상이 새로 소생할 것이다. <도덕적 긴장>이 진실로 그때 나타난다."(379쪽)고 말하고 있다. 무의미시가 일체의 대상, 의미, 이미지를 부정하는 것이며, 그래서 '허무의 빛깔'을 엿보는 것이라는 점을 고려한다면, 김춘수의 이 말은 자기 모순적인 것으로 보인다.

그러나 절대(비재)가 현현하는 순간의 시간을 "기다"리는 것, 즉 자신의 시에도 "영원"(389쪽)이 있어주기를 바라는 것이 무의미시론의 숨은 의도이다. 그것은 바로 김춘수가 초기시 이래 간직하여 왔던 "무한"에 대한 동경과 갈망이 결코 포기된 것이 아님을 보여준다. 다만 그는 새로운 방법으로 종래의 욕망을 실현하려 한 것이다. 다른 말로 하면 김춘수는 결코 비재의 세계를 포기한 것이 아니라, 그 세계가 언어로는 표현 불가능한 것임을 눈치채고 그것이 순간적으로로 현현되기를 기다리는 방식을 취한 것이다.

따라서 그 '순간'은 허무가 되기도 하고, 동시에 허무에 대한 제동(초극)이 되기도 한다. 이 말은 무의미시에서 '의미'(대상)가 배제되는 동시에, 새로운 '의미'(대상)가 소생하게 된다는 것을 의미한다. 김춘수가 비유적

간주하는 근대의 양화된 시간 개념이나, 혹은 미래의 시간 속에 유토피아를 설정하고 그 유토피아를 향해 역사가 진보한다고 믿은 진보주의적 역사관의 직선적 시간 의식에 대해 정면으로 도전하는 것이다. 즉 의미 없는 시간의 연쇄나, 미래(진보)를 향해 스스로를 용도 폐기하는 현재라는 시간 관념에서 벗어나 매순간이 '절대'(영원)가 현현하는 통로로 인식되는 것이 무의미시론이 간직하고 있는 시간 의식의 핵심인 것이다.

이미지에서 느꼈던 구속감(부자유)이 무의미시에서 다시 '도덕적 긴장'이라는 형태로 나타나는 이유도 여기에 있다. '절대'가 현현하는 순간을 기다리는 것은 일차적으로 현실 속에서의 관습화된 진리나 도덕을 부정하고 '순수'를 지향하는 것이다. 하지만 '순수'가 관습화된 진리나 도덕을 부정한다는 그 자체는 이미 도덕적인 가치 평가를 내포한 것이다.

5. 명상의 시간성과 무의미시론의 딜레마

무의미시론은 합리성과 유용성에 의해 지배되는 경험 세계에 대항하여, 그리고 일체의 관념과 진리, 이데올로기로부터 독립하여, 서정시가 절대적으로 현존할 수 있는 가능성을 열어 놓았다. 김춘수는 자신의 무의미시가 가장 순수한 상태의 시, 즉 순수시에 도달하였다고 단언하면서, 이를 김수영의 참여시와 대비시키고 있다. 물론 그가 말하는 순수시란 애초엔 이미지의 순수성만을 가리킨 것이다. 즉 이미지가 관념 전달의 도구로 사용되는 것이 아니라, 이미지 그 자체를 목적으로 하는 것이 순수시인 것이다. 그러나 순수 이미지를 만들기 위해 자아는 대상(경험영역)에서 분리된 채, 일종의 '방심상태'(자유)에서 "순수자아"의 자동기술법으로 시를 써가야 한다. 이 말은 순수한 명상(Kontemplation)[27] 행위를 통해 자아와 대상을 동시에 소멸시킨다는 것을 의미한다. 현재적 자아의 의식을 소멸시킬 때 자아와 대상은 모두 역사성에서 벗어나게 된다.

이 순수한 자아의 명상 행위에는 "代償行爲가 있을 수 없다." 시쓰기는 "대상을 놓친 <나>가 그냥 그러고 있는 유희에 지나지 않는다."(380쪽) 김춘수는 이러한 시쓰기 행위를 초현실주의의 자동기술법을 통해 설명

27) K. H. Bohrer, *op. cit.*, 265쪽.

하고 있거니와, 그에게 있어서 자동기술법은 단순한 '기교'(위장된 자유) 차원에 머무는 것이 아니라,[28] 초기시 이래 간직해왔던 시정신(혹은 절대에 대한 동경)을 실현하는 유일무이한 방법이 된다. 사실 무의미시론에서 김춘수는 여러 차례 '방심상태', '자유연상', '前意識' 등에 대해 말하고 있거니와,[29] 순간의 시간성 혹은 무시간성에 관여할 때 시적 자아는 자연적, 사회역사적 시간에서 빠져 나오게 된다. 이는 무의미시의 시적 자아가 사물에 대한 관습적인 관찰을 중지하고 대상의 지각에 있어서 일정한 의도를 배제하는 가운데, 순수하게 "스스로에의 침잠"[30](명상의 상태)에 돌입하는 것에서 확인될 수 있다. 이러한 명상의 상태에서는 시간의 손실 혹은 정지가 완전하게 이루어진다. 이러한 정지된 시간 위에 '영원'이 "있어주기를"(현현하기를) 김춘수는 바라고 있다. 이때 시적 주체는 '영원'이 현현하는 시간(순간)에 도취되고자 한다.[31]

김춘수의 무의미시론이 도달한 명상, 혹은 도취는 심미적 상상력의 고유한 시공간을 창출해낸다. 이 시공간에서는 "어떤 보편적인 이념이

---

28) 그는 초현실주의의 자동기술법이 "시의 문제"가 아니라 "인간의 문제"이며, "詩의 革命이라기보다 人間의 革命을 위한 시(또는 藝術)를 수단으로 선택했을 뿐"(380쪽)이라는 사실을 정확하게 인식하고 있다. 따라서 그는 한국의 초현실주의 시인들이 자동기술법을 단순히 문학적 교양으로 받아들이고, 기교와 위장된 자유에 머물렀기 때문에 '시지상주의적 초현실주의자'(381쪽)가 되고 말았다고 비판하였다. 이 비판은 상당 부분 김춘수 자신에게도 적용될 수 있을 것이다. 하지만 그는 "代償行爲"에서 벗어난 자기준거적 언어가 인간(생활, 현실)에 대해 혁명적인 가능성을 내포하고 있다는 점을 정확하게 인식하고 있다.

29) 오세영 교수는 이러한 특징들을 들어 김춘수의 '무의미시'의 기본적인 토대가 초현실주의라고 지적하면서, 김춘수가 자신의 시쓰기를 굳이 '무의미시'라고 지칭한 이유를 "초현실주의 시의 아류로 비판받을 것에 대한 두려움"과 "자신의 시론을 독창적인 것으로 호도하고자 하는 전략"때문이라 설명한다. 그는 김춘수의 무의미시가 "주관을 주관적으로 표출한 시의 한 유형으로서 시인의 내면의식 즉 무의식을 언어에 의해 회화적으로 묘사한 초현실주의 시의 한 변종 혹은 아류"에 불과하다고 평가한다. 이에 대해서는 오세영, *op.cit*. 참조.

30) K. Bohrer, *op.cit*., 266쪽.

31) 명상(혹은 몽상)은 "절대적으로 현존하는 시간을 경험하"는 시간 도취의 핵심을 이룬다. *Ibid*., 241쪽 참조.

지각되는 것이 아니라 독특한 삶의 흔적만이 지각"[32]될 수 있다. 실제로 김춘수의 시 '처용' 연작을 살펴보면, 시인의 유년기와 처용설화가 교묘하게 병치되어 있다. 그런 가운데 시인의 경험은 파편화된 이미지로 해체되며, 시적 체험의 원천을 이루는 삶은 '흔적'들로서만 지각될 뿐이다. 김춘수가 말하는 대상이 없는 서술적 이미지란, 자아를 일체의 경험 연관에서 해방시키고 서정시를 순수한 관조의 지평 위에서 작동하게 하는 구체적인 창작 방법을 가리킨다. 대상을 버림으로써, 그리고 경험 연관에서 벗어남으로써 확보되는 명상과 도취의 시공간은, 이제 김춘수 자신이 그토록 혐오하였던 부정적인 시대 현실에 대응할 수 있는 내면적 거점으로 작동하게 된다.

그러나 순수한 의미에서 '명상'은, "주체가 자신의 개체성 및 의지를 망각하며 순수한 주체로 존재하"기 때문에 관조자와 관조가 더 이상 구분될 수 없는 상태[33]를 가리킨다. 이런 점에 비추어 보면 무의미시론에 나타나는 명상은 한계가 있음을 알 수 있다. 김춘수의 시론에서는 관조자와 관조가 분리되고 있다. 시적 자아가 완전한 방심 상태에 도달하지 못하고 있는 것이다. 이는 무의미시론의 명상(즉 '자유연상')이 무의식에 대한 의식의 통제를 강조하고, 이미지의 응고를 감시하고 봉쇄하는 주체로서 '나의 자아'를 강조하고 있는 점에서도 확인된다. 물론 그의 무의미시론은 이미지의 자유로운 결합을 강조함으로써, 대상적 이미지 자체의 완전한 현존을 통해 대상의 역사성마저도 완전히 지양시키고자 하였다. 하지만 무의미시론은 이러한 행위 일체를 통제하는 자아의 능동적인 역할을 상소함으로써, 순수한 명상이 지니고 있는 현실 부정의 가능성을 약화시키고 있다.

무의미시론의 이러한 한계를 김춘수 자신은 인식하고 있었던 것으로

---

32) *Ibid.*, 250-251쪽.
33) *Ibid.*, 266-267쪽.

보인다. 그 스스로 자신의 시쓰기 방법이 단지 "修辭"나 "技巧"에 머무는 것이 아닌가 회의하고 있기 때문이다[34]. 이런 회의는 무의미시론이 표방하는 시적 인식과, 그것이 지닌 내면적 동기 사이에 불일치가 존재하고 있음을 보여준다. 만일 자신의 시쓰기가 수사나 기교 차원을 벗어나려면, 그러한 시쓰기에 현존재의 모든 것을 내걸어야 할 것이다. 그것은 대상의 소멸 뿐만 아니라, 자아의 소멸을 감내할 때 가능하다. 그러나 무의미시론에서 시인은 결코 자아를 포기하려 하지 않는다. 따라서 무의미 시의 전략은 자기동일적 자아를 유지하려는 내적 욕망을 교묘한 방식으로 위장하는 수사나 기교 차원으로 전락할 수밖에 없다. 또한 '자아'에 대한 지나친 집착 때문에 무의미시의 방법은 끝내 도구 합리적인 세계에 대한 근원적인 부정으로 나아가지 못하였다. 무의미가 기교 이상을 뛰어넘을 수 없다면, 무의미는 자아와 현실의 연관을 은폐하는 '탈'(위장) 이상의 의미를 지니지 못하기 때문이다.

무의미시(론)은 자아의 자기보존 욕망에서 근본적으로 자유롭지 못하였다. 이는 김춘수가 사회적·도덕적 주체와 문학적 자아의 차이를 명백하게 인식하지 못한데서 연유하는 것이다[35]. 전자가 자기보존 행위를 절대이념으로 삼고 있는 것이라면, 후자는 의식적인 자기보존 행위를 지양시키는 것이다. 그런데 무의미시론에서 김춘수는 자기보존의 욕망을 완전히 버리지 못한 채, 문학적 자아의 자리에 사회적·도덕적 자아를 놓고 시론을 전개하였다. 그는 표면적으로는 현실(대상)에서 분리된 순수 자아를 말하지만, 이 순수 자아는 끊임없이 현실적 자아로 환원된다. 김춘수가 자신의 시쓰기의 근원을 이루는 '생의 구원'으로서의 시쓰기를, 생을 구원하는 문제가 아니라 생으로부터 자신을 구원하는 것에

34) 물론 김춘수는 "수사"나 "기교"의 차원에 머문 자동기술법이 "詩作의 진정한 方法"이라 할 수 있는 "放心狀態(自由)에 도달하지 못하고 단순한 僞裝"(372쪽)의 차원에 머물 수밖에 없다는 것을 잘 인식하고 있다.

35) *Ibid.*, 268쪽.

한정시켜 설명하는 이유가 여기에 있다.[36]

무의미의 시쓰기 방식은 이상이나 조향 등 초현실주의 시인들에게서 발견된다. 그리고 김춘수 스스로 자기의 방법론의 정당성을 기존의 시사에서 찾고 있다. 그런 만큼 무의미시론이 확보할 수 있는 '새로움'의 의의는 제한될 수밖에 없다. 하지만 김춘수의 무의미시(론)가 시쓰기의 새로운 가능성을 제시하였다는 것은 부정할 수 없다. 구체적으로 말하면, 김춘수가 제기한 시쓰기 방식은 서정시의 절대적 현존—이에 대응하는 김춘수의 용어는 '순수'이다—과 관련된 것이다. 무의미시의 수사 전략이 결국 아무 것도 말하지 않음, 혹은 의미하지 않음에 있다면, 그래서 서정시(혹은 시인)가 결국 현실에 대해서 '침묵'[37]으로 남아 있는 것이라면, 이는 결국 서정시와 서정시의 언어가 문학외적인 것으로 환원되지 않는 자기준거성에 도달하게 된다는 것을 의미한다. 즉 절대적 현존에 도달하는 것이다.

이제 절대적으로 현존하는 서정시는 경험 세계에 대해서 비동일자(타자)로 남게될 뿐만 아니라, 역사성으로 환원될 수 없는 심미적인 것의 자율성을 통해 역사를 무화시키는 위치로 격상하게 된다. 김춘수가 리듬을 통해 이미지의 응고를 제거하고 시의 언어를 '주문'의 상태로 끌어올리려 했던 것은, 시의 언어를 마치 '수수께끼'와 같은 상태에 도달하게 하려는 수사 전략이다. 이 수사 전략은 서정시를 '차이로서의 소통'에 근접시킨다. 그럴 때 서정시와 사회 역사적인 배경간의 '어긋난 상태'[38]가 지속될 수 있다. 무의미시는 이 '어긋난 상태'를 통해 주체와 객체 사이의 화해 불가능한 갈등과 내립을 강조함으로써, 현실을 전복

36) 김춘수가 초현실주의의 비합리적이고 심미적인 범주들이 지니고 있는 "인간의 혁명"(380쪽)의 가능성 앞에서 주저하면서 결국 "시의 혁명"에 함몰되고 말았던 것도 같은 차원에서 이해될 수 있다.

37) 김수영, 「변한 것과 변하지 않은 것」, 『김수영전집2』, 민음사, 1981, 245쪽.

38) K. H. Bohrer, *op.cit.*, 310쪽.

(혹은 해체)시킬 수 있는 가능성을 얻게 된다. 김춘수는 언어로는 표현불가능한 '영원'과 '절대'가 상이한 이미지의 얽힘을 통해 순간의 시간성 위에서 현현하기를 "기다"리고 있는데, 이는 절대(혹은 영원)가 현현하는 순간이 궁극적으로 역사적 시간을 "폭파"[39]하는 유토피아적 비전과 관련이 있기 때문이다. 따라서 무의미시(론)이 도달하게 된 새로운 시간의식과 수사 전략, 혹은 서정시를 현대 사회의 외부에 절대적 타자로 위치시키려는 아이러니의 정신은 서정시의 미적 모더니티를 확보하는 중요한 원천이 된다고 말할 수 있다.

하지만 무의미시론에서도 김춘수는 자아의 순수성을 보존하려는 헛된 욕망에서 벗어나지 못했다. 어떤 의미에서 보면 이것은 무의미시를 "불순"하게 만든다고 말할 수 있다. 실제로 그의 무의미시가 초기시 이래 지속적인 관심사항이었던 자아정체성 확보와 알게 모르게 관여되어 있는 것도 무의미시가 지닌 "불순"함을 보여준다. 가령

> "나의 詩作은 나의 생활에서의 體驗이 言語를 불러 언어의 질서 속으로 자기를 變容케 하려는 노력이 되고 있다는 것을 의식한다. 詩作하면서 나는 나의 人格을 본다"(460쪽)

라고 말을 할 때, 김춘수 자신은 그것을 "功利와는 인연이 먼 無償의 行爲"라고 말은 하고 있지만, "자신의 인격" 자체를 신비화하는 것에 그의 시쓰기가 온전히 바쳐지고 있음(즉 불순함)이 명백하게 드러난다. 시쓰기의 근원을 순수한 자아에 두는 것만큼 더 순수한 것은 없을 것이다. 하지만 자아의 순수성을 유지하기 위해 특정한 시쓰기 방식을 고수하려는, 그래서 일체의 수사적 전략과 형태실험을 '가면'으로 활용하는 것만큼 더 불순한 것도 없을 것이다[40]. 문제는 미적인 차원에서 자기

---

39) W. Benjamin, 『발터 벤야민의 문예이론』, 반성완 역, 민음사, 1983, 355쪽.
40) 한편 시쓰기를 통해 자신의 인격을 볼 때, 시인은 "생활에서의 체험"으로 회귀하

동일적 자아를 절대적인 존재로 승화시키는 태도를 거부하고, 주체 파멸과 주체 현존의 변증법을 지속시키는 것이다. 서정적 자아가 현대사회에 대해 비판적 자아로서 기능하려면, "자기 자신과의 완전한 일치를 전제로 삼는 주체에도 저항을 하며, 구조의 통일성과 폐쇄성에 저항하는" 자아가 되어야 한다. 그러한 자아는 순수한 자아인 동시에, 차이와 구분 같은 심미성을 통해 <다른 것>을 감지하게 해주는 사회적인 주체가 되는 것이다[41]. 그런데 김춘수의 무의미시(론)는 자기동일적 자아라는 허상에 사로잡혀, 주체 파괴와 주체 현존의 변증법을 포기하고 고립된 자아의 내면 의식 속에 갇혀버렸다. 그 때문에 무의미시(론)는 예술지상주의 시의 현실비판 기능을 적극적으로 펼쳐 보이지 못했던 것이다. 요컨대 무의미시(론)의 기본 전제가 자아와 대상의 동시적 부정에 있음에도 불구하고, 자아의 부정보다 대상의 부정에 전념하였던 것이 무의미시(론)의 딜레마가 생겨난 궁극적인 원인이 되었다.

6. 맺음말

순수－참여, 순수시－참여시의 이분법은 궁극적으로 논리적 허구에 불과한 것이며, 문단적 감각에 기원을 두고 있는 것이다. 이런 관점에서라면 무의미 시론이 '순수'한가 아니면 '불순'한가를 판단하는 것은 무의미시론을 평가하는 데 아무런 도움이 되지 않는다. 문제는 김춘수가 제기한 '순수'의 문제가 서정시의 새로운 현존 방식, 혹은 시쓰기의 새

게 된다. 이는 탈이미지론이 애초에 의도하였던 시와 생활(체험)의 분리라는 공리를 스스로 위반하는 것이다. 실제 김춘수의 무의미시가 유년 체험에서 길어 올린 이미지들로 많은 부분을 채우고 있다.

41) 최문규, *op.cit.*, 80-82쪽 참조.

로운 자의식에 어떻게 연결되는가를 현실 연관을 고려하면서 살펴보는 작업일 것이다.

본고에서 필자는 이 문제를 해명하기 위해 무의미시론이 궁극적으로 시론을 쓰는 자아, 더 나아가 시를 쓰는 자아의 실존적 동기, 즉 '생의 구원'으로서의 시쓰기에 연결된다는 전제를 내세웠다. 생의 구원으로서의 시쓰기는 자기준거적인 언어와 이미지, 그리고 기법에 대한 자각 위에, 서정시의 절대적 현존의 가능성을 확인하는 차원으로 전개되었다. 하지만 역으로 '생의 구원'이라는 문제, 즉 무의미시의 궁극적 근원을 '자아'에 두려는 불순한 동기가 무의미시론에 개입되어 있다. 이 때문에 그의 시론은 논리적 완결성에 도달할 수 없었다. 그의 무의미시(론)가 시어 그 자체의 무의미성과는 관련 없이 도달할 수 있는 침묵의 미학, 즉 서정시의 존재방식으로서의 '무의미의 미학'에 주목하지 못한 것도 이와 밀접한 관련이 있다. 김춘수는 말의 의미성을 부정함으로써 서정시의 무의미성에 도달하는 좁은 통로를 선택함으로써, 궁극적으로 침묵(무의미)의 미학이 현실에 대해서 지닐 수 있는 적극적 의의를 놓치고 만 것이다.

김춘수의 무의미 시론이 서정시의 절대적 현존을 통해, 모더니티에 대한 전면적인 부정의 가능성을 보여주었음에도 불구하고, 자기 세계의 순수성에 대한 집착으로 귀결된 이유는 어디에 있을까? 아마 이는 그의 무의미시론이 시를 쓰는 자아와 시론을 쓰는 자아를 명백하게 구별하지 못한 것과 관련이 있을 것이다. 그의 무의미 시론이 자신의 무의미시를 해명하는 차원에 머물렀던 것, 그래서 시쓰기의 자의식을 드러내는 데 시론의 많은 부분을 할애했던 것 등은 자기 완결적인 시론의 성립을 가로막은 것으로 보인다. 그는 시쓰기를 통해 자기 인격을 들여다본다고 했는데, 사실 그는 시론쓰기를 통해서도 자기 인격을 들여다보는 행위를 멈추지 않았다. 따라서 시론쓰기 역시 시쓰기와 마찬가지로 자아를

'구원'하는 행위에 지나지 않았던 것이다. 이러한 자기모순은 무의미시(론)의 다양한 가능성을 제약하고 있다. 그의 시론이 끝내 자신의 시쓰기에 대한 변호로 일관한 점, 무의미시의 방법적 가능성을 초현실주의 이론에 의탁해서 설명할 수밖에 없었던 점, 자기 완결적이고 심층적인 논의로 확대되지 못한 채 내적으로 모순되고 논리적으로 상충되는 에세이적 진술에 머물렀던 점은 이러한 저간의 사정을 잘 보여주는 것이다.

▸▸▸ 참고문헌

김춘수, 『김춘수전집2 시론』, 문장사, 1982.(이하의 책은 모두 이 전집에 수록되어 있음)
______, 『한국현대시형태론』, 해동문화사, 1959.
______, 『시론(작시법)』, 문호사, 1961.
______, 『시론(시의 이해)』, 송원문화사, 1971.
______, 『의미와 무의미』, 문학과지성사, 1976.
______, 『시의 표정』, 문학과지성사, 1979.

송 욱

새로운 전통 수립을 위한 시학

1. 문학 연구의 방법 — 동서양의 비교

우리의 근대사는 봉건주의와의 단절 및 제국주의에의 대항이라는 이중적인 문제 상황 속에서 전개되어 왔다. 그 결과 근대문학 역시 전통의 올바른 계승과 근대적 이념의 성취라는 두 가지 과제를 동시에 해결해야 하는 난관 속에서 표류하게 된다.[1]

송욱은 이러한 현실 속에서 근대적 이념을 지닌 올바른 전통을 문학 속에서 재정립하는 데 노력한 시인–비평가[2]이다. 지금까지 송욱에 대한 연구는 시집 또는 비평집에 대한 서평이나 개별적인 작품평[3] 모더니

* 이새봄 / 서울대학교 국어국문학과 박사과정

1) 윤지영, 「'혁명적 我空'과 '사랑의 證道歌'」, 『송욱연구』, 역락, 2000, 326쪽.

2) 1925년 충남에서 출생하였으며 1950년 3월과 4월에 걸쳐≪문예≫지에 <薔薇>와 <비오는 窓>을 서정주의 추천을 받아 등단하였다. 이후 시집 『誘惑』(1954), 『何如之鄕』(1961), 『月精歌』(1971)와 시선집 『나무는 즐겁다』(1978), 유고시집 『詩神의 住所』(1981)를 발표하였다. 또한 동시에 『詩學評傳』(1963)을 비롯하여 『文學評傳』(1971), 『東西事物觀의 比較』(1970), 『님의 沈默 全篇 解釋』(1974), 『文物의 打作』(1978)을 발표한 비평가이기도 하다.

3) 구중서, 「薔薇」, ≪월간문학≫, 1976. 6.

즘이나 다른 시인을 다루며 부분적으로 다루는 단평[4]의 경우가 많은 부분을 차지한다. 이러한 연구는 대개 초기 시집 『하여지향』에 무게 중심을 두고 언어 유희나 풍자에 초점을 맞추는 경향이 있다. 최근에는 송욱의 시세계와 시론을 시집별, 비평집별로 평가하고 그의 생애를 정리한 송욱 연구집이 나왔으며[5], 그 전에도 송욱의 전체 시작 과정을 '사변적 문체'라는 범주 안에서 고찰한 글[6]과 송욱의 전체 시세계가 지닌 변이를 살펴 그가 시에서 이루고자 하는 것은 정신적 죽음으로부터의 부활임을 밝힌 글[7]이 있다. 또한 송욱을 시인-비평가로 인식하고 그의 현상학적 사유와 창작 과정에 주목하여 송욱 시에 나타나는 질서와 주된 이미지, 말에 대한 인식의 변모과정 및 시적 자아와 세계의 관계 등을 밝혀낸 논문도 나왔다.[8]

몇몇 연구자들이 송욱의 전체 시세계를 고찰하고는 있으나, 송욱의 전체 시세계와 시론을 살펴보는 것은 쉬운 일이 아닌데, 그 까닭은 시작(詩作) 뿐만 아니라 자신의 전공인 영문학을 중심으로 불문학과 한국문학, 나아가 서양철학과 동양철학에 대한 폭넓은 탐색을 보였기 때문이다.[9] 그러나 송욱의 시론은 처음 『詩學評傳』에서 『文物의 打作』에 이르기까지

이상섭, 「부끄러운 한국문학과 경이로운 동양사상」, 『문학과 지성』, 1978.
정한모, 「宋稶詩集 '月精歌'」, 『韓國現代詩의 現場』, 博英社, 1983.

4) 김종길, 「한국 현대시에 끼친 엘리어트의 영향」, 『엘리어트』, 문학과 지성사, 1989.
윤정룡, 「1950년대 한국 모더니즘 시 연구」, 서울대 박사학위논문, 1992.
윤정룡, 「전후 모더니즘 시론의 새로운 양상」, 『한국 현대시론사 연구』, 문학과지성사, 1998.
최두석, 「현대성론과 참여시론」, 『한국 현대시론사 연구』, 문학과지성사, 1998.
정한모, 「한국 현대시 略史」, 위의 책.

5) 김학동 외, 『송욱 연구』, 역락, 2000.
이승하 편, 『송욱』, 새미, 2001.

6) 한계전, 「사변적 문체와 사상탐구의 형식」, 『한국현대시 연구』, 민음사, 1989.

7) 김유중, 「부활에의 꿈-宋稶論」, ≪현대문학≫, 1991. 7.

8) 曺美暎, 「宋稶 詩 硏究-現象學的 創作過程을 중심으로」, 서울대 석사학위논문, 1994, 1쪽.

9) 조미영, 위의 논문.

큰 변화 없이 이어진 것이 있다고 여겨지는데, 그것은 우리에게 현대에까지 계승된 전통이 없다는 판단 아래 시도하는 새로운 전통의 모색이다. 송욱은 그 모색의 방법으로 비교의 방법을 써서 서양의 시론 중 좋은 것과 동양의 것 중 좋은 것을 변증법적으로 종합하여, 한국의 시세계에 새로운 전통을 수립하기 위한 기초를 닦으려 하였다. 구체적으로 살펴보면, 송욱은 보들레르, 말라르메, 발레리와 엘리어트 또 사르트르, 메를르 퐁티 등의 서양 시인, 철학자들과 공자, 노자, 장자 등의 동양 철학자들의 사상을 비교하고 평가하며 종합한다.

먼저 송욱이 제일 처음 발표한 비평집 『시학평전』의 서문을 보면 그의 시론이 세 가지 목표를 지니고 있음을 알 수 있다. 첫째는 작품 그 자체를 면밀하게 분석하는 소위 실지비평이고, 둘째는 동양과 서양의 문학배경을 비교하여 그 차이와 대조되는 면을 밝히는 것이며, 셋째는 시창작의식과 시작의 과정을 드러내는 것[10]이다. 그 다음으로 발표된 『문학평전』의 서문에서도 마찬가지로 자신의 비평방법이 동양과 서양을, 문학과 사상의 전통·정치와 사회의 차이 등의 측면에서 비교해 보는 것[11]임을 밝히고 있다. 이런 방법론은 마지막 비평집인 『문물의 타작』에 이르기까지 지속된다. 그렇다면 이 방법론이 겨누는 것은 무엇인가. 영문학을 전공하고 불문학에 이르기까지 조예가 깊었던 송욱이 서양의 문학세계와 이론을 한국의 문단과 학계에 소개하는 것이었는가. 아니면, 학문의 무게 중심이 동서양의 비교에 있었던 것인가. 앞으로 살펴보겠지만, 영문학을 포함한 외국의 문학적 배경과 지식은, 그리고 그 비교의 방법은 송욱에게 있어 오히려 한국의 문학을 연구하기 위한, 한국의 전통을 새롭게 수립하기 위한 징검다리의 역할을 하는 것에 지나지 않았다.

---

10) 송욱, 『시학평전』, 3쪽.
11) 송욱, 『문학평전』, 4쪽.

한국 근대문학의 형성 과정에서 서구문학의 충격과 영향이 한국문학 자체의 자양과 전통으로부터 완전히 일탈하면서 진행 되었는가 아닌가 하는 점은 임화 이래로 한국문학사를 서술하거나 한국문학자체의 성격을 판단하는 데 중요한 기준이 되어왔다.[12] 이러한 문학사적 관점에서 볼 때, 한국의 관점에서 서양과 동양의 전통을 수용하고 종합하려한 송욱의 모색은 그 의의가 크다 하겠다. 여기서는 송욱의 비평집을 중심으로 송욱이 새로운 전통의 재창조를 위해 노력한 결과물을 정리하는 것을 목적으로 하며, 송욱이 상재한 3권의 비평집 『시학평전』, 『문학평전』, 『문물의 타작』과 유고시집 『시신의 주소』를 중심으로 시론과 시세계의 일단을 살펴보고자 한다.

2. 네 가지 문제 – 역사, 시, 외국 문학, 한국 말

먼저, 송욱이 지니고 있었던 문제 의식이 무엇인지 구체적으로 살펴볼 필요가 있다.

> 고등학교를 졸업하고 대학은 동양사학과를 가려고 했는데 그 동기는 한국의 역사를 배워 일제에 대항하여 독립 운동을 하려는 것이었습니다. (중략) 사람은 현실 세계만으로는 만족할 수 없고 역시 상상력을 통하여 본 세계가 참으로 행복한 세계일 것이라는 생각에서였죠. 확실히 내 경우는 시를 쓰기 시작한 뒤부터 시를 안 쓴 때보다 훨씬 행복감을 느꼈읍니다. 그 뒤 영문과에 진학을 하였는데 영문과를 택한 이유는 시를 쓰는 데 여러 가지 모범으로 삼을 만한 작품을 많이 읽어야 하는데,

12) 조영복, 「한국 현대시에 있어 모더니티의 발현과 자기 정체성 확립 과정 연구」, 『한국 현대 문학의 전통과 모더니티 연구』, 서울대학교 한국문화연구소 84회 학술발표회, 2001.

> 그 당시 내가 가장 자신 있던 외국어는 영어이고 또 영시는 상당히 풍부할 것이다. 그러니 英詩를 배워 내가 시를 쓰는 데 도움을 받자는 의도에서였읍니다. 그러니까 나는 처음부터 영문학 자체를 위해 영문학을 공부해 보겠다는 생각은 전혀 없었고 근본 목적은 한국 말로 시를 쓰는 데 도움을 얻기 위한 것이었읍니다.[13](밑줄, 인용자)

위의 인용은 학생들의 요구로 <외래문학 수용상의 제문제점>이라는 주제로 강연한 것의 일부이다. 송욱은 여기에서 동양사학과를 가려고 했을 정도로 한국의 역사와 현실에 관심이 많았음을 말하고 있다. 그러나 결국 영문과를 택했는데, 그것은 '사람은 현실 세계만으로는 만족할 수 없'기 때문이며, 시를 쓰면서 쓰지 않을 때보다 더 큰 행복감을 느꼈기 때문이었다. 또 국문학이 아닌 영문학을 택한 동기는 영문학 자체를 공부하기 위한 것이 아니라 영시를 배워 한국 말로 시를 쓰기 위함이라고 밝히고 있다. 즉 송욱에게 있어 문학 공부는 시를 쓰기 위한 일종의 수련의 과정이었으며, 비평도 그 연장선상에 있었다. 송욱의 비평이 시작(詩作)과 밀접한 관련이 있다는 것은 6·25를 겪고 난 후의 경험과 기타의 내용을 쓴 시를 모아 출판한 시집 『何如之鄕』의 이해를 돕기 위해 『詩學評傳』을 썼다는 진술에서도 드러난다.[14]

간단한 글이지만, 이 글은 송욱의 시론을 연구하는 데 있어 많은 시사점을 준다. 여기서 문제가 되는 것은 네 가지이다. 첫째는 송욱이 식민지 시대에 청소년기를 보낸 만큼 역사에 대한 의식이 강했다는 점이고, 둘째는 시란 상상의 세계이며, 현실의 세계와 다른 이 상상의 세계를 통해 진정한 행복을 느낄 수 있다는 점으로, 언어로써 새로운 상상의 세계를 구축할 수 있다는 것이다. 세째는 송욱에게 있어 영문학이란 시를 쓰기 위한 공부 과정이라는 것, 넷째는 송욱이 한국 말로 시를 쓴다

---

13) 宋稶, 「外來文學 受容上의 제문제점」, 『文物의 打作』, 문학과지성사, 1978, 69쪽.
14) 위의 책, 69쪽.

라는 것을 강하게 인식하고 있다는 점이다.

첫 번째 문제는 송욱이 영향을 받은 엘리어트의 역사의식과 관련되어 있다. 엘리어트의 수용은 전후의 무질서한 현실을 딛고 일어서려는, 모더니스트나 전통주의자들 모두에게 보편적으로 나타나는 현상으로서, '몰개성'이라든가 '역사의식'이라든가 하는 개념들이 핵심적인 범주로 인식・소개된다.[15] 전통을 바탕으로 한 이 역사의식은 송욱이 『시학평전』에서 1930년대 모더니즘의 기수 김기림을 비판하고, 『문물의 타작』에서 한용운의 시를 극찬하는 이유가 된다.

두 번째 문제는 개인의 상상적 세계와 말(언어)과 관련이 있는 것으로 퐁쥬와 메를로 퐁띠의 영향을 받아 "사물과 말"의 관계에 대한 천착으로 나아가게 된다. 유고시집 『시신의 주소』에서는 이에 관한 많은 시와 단상이 수록되어 있다. 그 중 일부는 베른렌느의 <시작법>이 그러하듯이 일종의 시론이라 할 만한 시작품도 포함되어 있어 주목을 요한다.

세 번째 문제는 영문학을 위시하여 불문학, 나아가서 서양의 철학, 사상으로까지 확대된 관심사이며, 송욱의 '바람직한 전통 세우기'의 중요한 한 축이 된다. 다른 한 축은 한국, 나아가 동양의 철학, 사상이며 송욱은 이 둘의 비교를 거친 종합을 통해 한국 문학의 전통이 재정립되기를 희망한다. 즉, 한국의 현대시를 풍부히 하기 위해 동서양의 모범을 연구하는 것은 한국 문학의 좌표와 방향을 설정하는 토대가 되는 것이다.

네 번째 문제는 한국 말로 시를 쓴다는 것이었는데, 이것은 두 번째 문제와 밀접한 관련을 지닌다. 또한 한국이 아닌 동양과 서양의 시론과 사상을 수용한다고 해도 결국은 한국 말로 시를 쓰는 문제로 귀결됨을 암시한다. 송욱이 한국 말, 즉 한국어로 시를 쓴다는 의식을 강하게 지녔다는 점은 동시대 시인들의 언어 의식과의 비교를 통해 그 의의가 더욱 돋보일 것으로 생각된다.

---

15) 송기한, 『한국 전후시와 시간의식』, 태학사, 1996, 72쪽.

정리하면, 송욱에게 중요한 화두는 개인적인 인간성과 역사 의식을 담은 한국 말로 쓰인 시이다. 이 중 첫 번째 문제인 역사 의식을 3장에서 다루고, 두 번째와 네 번째 문제인 언어, 한국 말로 된 시에 대해서는 4장에서 다루도록 하겠다. 세 번째 문제는 다른 문제에 대한 방법론의 성격을 지니고 있기 때문에 따로 논의하지 않기로 한다.

3. 전통 · 역사의식

이제 보다 집중해서 송욱의 전통과 역사 의식에 대해 살펴보기로 한다. 앞에서 말했듯이 송욱의 모색에서 계속되고 있는 것은 한국의 전통을 재창조하는 것이다. 이것의 실천적 방식은 『시학평전』의 「미국 신비평과 한국의 시전통」과 『문학평전』의 「기분의 시학과 뉘앙스의 시학－김억 · 시몬즈 · 소월 · 베르레에느」에서 찾아볼 수 있다. 전자에서 송욱은, 미국 신비평가 브룩스Cleanth Brooks가 테니슨의 시 <눈물, 덧 없는 눈물TEARS, IDLE TEARS>을 역설과 아이러니의 방법으로 구조분석한 것을 비판적으로 원용하여, "동짓둘 기나긴 바믈"로 시작하는 황진이의 유명한 시조를 분석한다. 그러면서 역설과 아이러니는 어디까지나 날카롭고 모진 효과를 설명하기에 주로 쓸모가 있지, 동양의 시가 지닌 배경의 넓이나 내면의 공간 혹은 거리에서 오는 안정감 혹은 초월감을 다루기에는 그리 마땅하지 않다고 결론을 내린다.[16] 후자에서는 김억을 연구하는 데 있어 그 동안 소홀히 다루어진 아더 시몬즈와의 관계를 집중 조명하며, 시몬즈의 <氣分詩學>, 김억의 <純實詩學>, 소월의 <陰影詩學>의 영향관계로 파악하고 있다. 위 글들에서 송욱이 황진이의 시조

16) 송욱, 「미국 신비평과 한국의 시전통」, 『시학평전』, 일조각, 1963, 135쪽 참조.

자체, 그리고 그 시조에서 찾을 수 있는 내면적 거리를, 또한 김억과 소월이 시몬즈와 베르렌느를 수용한 시학을 한국의 전통 중 하나로 간주하고 있음을 알 수 있다.

즉, 송욱이 생각한 전통이란 고전문학 작품 그 자체만을 말하는 것이 아니라, 고전적 가치를 더욱 살릴 수 있는 태도도 포함하는 것이다. 이와 관련하여, 송욱은 엘리어트가 말한 전통에 깊은 영향을 받았다는 사실을 지적할 수 있다. 전후 다른 시인들처럼 송욱 역시 대학 재학 시부터 엘리어트와 프랑스 상징주의 시인에 대한 각별한 관심을 가지고 있었으며 엘리어트와 보들레에르를 관련시켜 졸업 논문을 쓰기도 했다.[17] 시론에 있어서는 엘리어트적인 성향이, 시에 있어서는 보들레르적 성향이 두드러지게 나타났다고 볼 수도 있다. 송욱은 임화와 달리 서구문예의 영향을 수용한 것을 이식이라고 부정적으로 보지 않았으나, 현대문학사에서 서구 문학론이 올바르게 도입되었다고 생각하지 않는다.[18] 다시 말하면, 송욱에게 있어 서구문예는 우리의 전통을 뿌리 뽑거나 여위게 하는 것으로 여겨지지 않았으며, 따라서 지양되어야 할 것이 아니었다. 그렇다고 해서 추종할 대상도 아니었다. 그에게 있어 서구 문예는 정확히 이해한 다음 비판적으로 또한 선별적으로 수용해야 할 타자였던 것이다. 1930년대는 물론이거니와 1960년대까지도 아직 서구의 이론이 정확하고 제대로 번역되고 소개되지 못했던 상황임을 고려할 때, 그의 지적은 적절했다고 볼 수 있다.

> 기림의 시와 시론을 읽고 느끼는 것은 그가 시간의식, 그리고 이와 관계가 있는 전통의식과 역사의식을 자기 작품 속에 구현할 만큼 가지고 있지 않았으며, 또한 내면성이나 정신성을 거의 모르는 시인이고 비

17) 김종길, 위의 글, 132쪽.
18) 진순애, 「송욱 시론의 비교문학적 연구」, 『한국현대시와 정체성』, 국학자료원, 2001, 198쪽.

평가였다는 슬픈 사실이다. 역사의식과 전통의식이 없이 어떻게 참된 모더니즘이 가능하며, 내면성이 풍부하지 않고 어떻게 훌륭한 시인이 될 수 있겠는가! 그는 '현재에도 살아있는 과거'를 몰랐기 때문에 과거의 모든 것을 등지고 무엇이든지 새로운 것을 따르는 것이 모더니즘이라는 그릇된 생각을 가지고 있었다.[19]

위의 인용에서 송욱이 김기림의 시와 시론을 비판할 때 준거가 되는 것은 엘리어트의 역사 의식이다. 아이러니컬하게도 엘리어트가 한국 문단에 처음 소개된 것은 1930년대에 최재서와 김기림에 의해서였다. 이 두 비평가는 모국어의 문학을 현대화하고자 하는 뜨거운 염원을 가진 영문학도라는 공통점이 있다.[20] 모국어의 문학을 현대화하고자 하는 바람은 송욱 역시 가지고 있던 것이다. 그렇다면 송욱과 김기림의 차이, 즉, 송욱이 김기림을 비판하는 점은 무엇인가. 이를 위해서는 엘리어트의 역사 의식은 어떤 것인지 알아볼 필요가 있다.

만일 전해 내려가는 전통의 유일한 형태가 우리 바로 앞 세대의 성과를 맹목적으로 혹은 소심하게 고수하면서 그들이 간 길을 따라가는 것이라면, <전통>은 확실히 거부되어야 할 것이다. 우리는 그런 단순한 물줄기들이 오래가지 못하고 모래 속에 파묻히고 마는 것을 많이 보아왔다. 게다가 새로움은 되풀이보다 나은 것이다. 전통이란 이보다 훨씬 더 광범한 의의를 가진 문제이다. 그것은 물려받을 수는 없고, 그것을 획득하려면 큰 노력에 의하지 않으면 안 된다. 전통은 우선 역사 의식을 내포하는데, 이 의식은 25세 이후에도 계속 시인이기를 원하는 사람에게는 거의 필수불가결한 것이라고 할 수 있다. 이 역사 의식은 과거의 과거성에 대한 인식뿐 아니라 과거의 현재성에 대한 인식도 포함한다.[21](밑줄, 인용자)

19) 宋稶, 『詩學評傳』, 일조각, 1963, 186쪽.
20) 김종길, 위의 글, 121쪽.
21) T. S. 엘리어트(황동규 編), 「전통과 개인의 재능」, 『엘리어트』, 문학과지성사, 1989, 144-145쪽.

위의 인용은 영국의 전통을 공고히 하려는 의도를 가지고 엘리어트가 쓴 글이다. 여기서 엘리어트는 전통이란 단순히 물려받는 것이 아니라 획득하기 위해 노력을 해야하는 것이며 역사 의식을 내포해야 하는 것이라고 말한다. 그리고 이 역사 의식은 '25세 이후에도 계속 시인이기를 원하는 사람에게는 거의 필수불가결'일 정도로 중요하다고 말한다. 이러한 전통에 대한 생각이 1930년대의 시인과 전후의 시인에게 중요한 것으로 다가온 이유는 그 당시에 우리에게 전통이 없다는 인식 때문이었다. 전통의 상식적인 의미는 역사적으로 전승된 물질문화, 사고와 행위양식, 문화양식이다. 그런데 서양의 문화와 사상이 가져다 준 충격과 영향으로 우리의 것은 모두 낡은 것이라는 관념이 광범위하게 형성되었으며, 전쟁은 그나마 형성된 전통도 무화(無化)시켜버렸다. 시에 관해서도 상황은 마찬가지였는데, 특히 운율에 있어서 자유시의 내재율이 도입된 뒤에 전통적인 음보에 의한 운율은 거의 사라져버렸다. 이런 시기에 송욱은 다음과 같은 시를 쓴다.

薔薇밭이다. / 붉은 꽃닢 바로 옆에
푸른 잎이 우거져 / 가시로 햇살 받고
서슬이 푸르렀다.

벌거숭이 그대로 / 춤을 추리라.
눈물에 씻기운 / 발을 뻗고서
붉은 해가 지도록 / 춤을 추리라.

장미밭이다. / 핏방울 지면
꽃닢이 먹고 / 푸른 잎을 두르고
기진하며는 / 가시마다 살이 묻은
꽃이 피리라.[22]

---

22) 宋稶, 『誘惑』, 思想世界, 1954, 35-36쪽.

'薔薇' 전문이다. 이 시는 송욱의 초기 대표작이라 할 만큼 많이 연구되었으며, 송욱이 염두에 둔 한국의 '오랜 전통적 리듬의 재형성'[23]이 드러난 시이다. 현대시에서 내재율이라는 용어가 도입되면서 한국시의 리듬은 사라지고 말았으며 송욱은 바로 그런 점에 대해 비판적 태도를 취한다.[24] 이 시에 나타난 운율은 2음보의 율격의 변형인데, 첫행 '薔薇밭이다.'의 1음보와 3연의 5, 6행의 3음보를 제외하면 대체로 2음보이다. 송욱이 시의 형식에서 전통적 리듬을 재형성하려고 했다면, 시의 내용에서는 감성을 치열하게 드러내려고 했다. 이것은 이 시가 의도의 시이며 모더니즘 계열의 시라는 것을 말해 준다.[25] 이런 의미에서 이 시는 시론뿐만 아니라 시작에 있어서도 서양과 동양의 두 가지 전통을 종합하려 한 것을 상징적으로 보여준다.

4. 한국 말로 된 시와 사물

상상력의 작용으로 새로운 세계의 창조를 추구하던 송욱은 그 매개가 되는 말에 한층 더 주목하게 된다. 이러한 데에는 메를로 퐁티의 수용에 힘입은 바 크다. 송욱은 초기에 사르트르의『존재와 무』에 주목했으나 후에 메를로 퐁티의『지각의 현상학La Phenomenologie de la Perception』(1945)을 읽고 난 후에는 이 책에 더 주목하게 된다. 송욱은 메를리 퐁티의 책에서 '사르트르의『존재와 무』보다는 훨씬 훌륭하게 현상학과 인간이라는 존재가 밝혀지고 있'으며 '언어와 표현의 문제가 하나의 중심을 이루고 있'어서 그의 생각에 주목하지 않을 수 없다고 말한다.[26]

---

23) 윤정룡,「1950년대 한국 모더니즘 시 연구」, 서울대 박사학위논문, 1992, 120쪽.
24) 윤정룡, 위의 논문, 121쪽.
25) 구중서, 위의 글, 232쪽.

가) 이 귀절에서 흐르는 물이 얼마나 생생하게 그 모습을 드러내는지 온몸에 차가운 물보라를 뒤집어쓰는 듯한 감촉까지 느낄 지경이다. 물소리는 <콸콸>—<주루루>—<솰솰>—<으르르 콸콸>—이처럼 미묘한 擬聲音의 차이를 이용하여 <연달아> 힘차게 높아지고 있다. (중략)작자도 연대도 모른다는 이 노래는 그대로 우리 겨레의 천재를 보여 주고 있다. 그리고 시대가 아무리 달라져도 우리 말의 장점과 함께 항상 새로운 빛을 토할 그러한 천재가 바로 이 귀절에서 반짝이고 있는 것이 아닐까? 그야말로 詩神은 여기서 한 번 멋진 춤을 추며 모기를 풍기고 있는 것이다. 또한 이 귀절에서 우리가 흡족하게 생각하는 것은 훌륭하게, 그리고 힘차고 줄기차게 표현된 그 <생명감>과 <운동감>이다.[27] (밑줄, 인용자)

나) 나는 생각할 때 반드시 胃腸과 상의하기로 했다. 내 양과 창자는 내가 생각하는 대로는 움직이지 않기 때문이다. 아마도 그들 나름으로 생각이 있는 모양이다. 즉 그들은 自然의 思考方式을 따라서 움지기는 것 같다. 그들은 飮食이라는 外界를 받아들여서 내 肉體라는 內界의 生命에 필요한 것만을 골라서 消化하고 나머지는 모두 배설한다.

양과 창자! 그들은 이처럼 內界와 外界를 調和하는, 나와 萬物이 一體가 되는, 天地와 나 사이를 이어주는 바로 무지개! 구름다리! 내 목숨을 하루하루 나날이 이어주는, 그러나 보이지 않는 아아 무지개 구름다리……[28] (밑줄, 인용자)

다) 詩와 노동자나 농민의 관계가 어떠하든지간에 詩는 母國語의 眞髓를 무지개처럼 빛내야 한다.[29] (밑줄, 인용자)

가)는 흔히 <유산가>라고 불리는 잡가에 대한 평이다. 우리는 여기에서 시인의 유고시집 제목 『시신의 주소』의 의미를 짐작할 수 있는 단초를 얻는다. 시신이 존재하는 곳은 바로 우리말의 장점이 빛을 발하는 재

26) 「表現의 哲學 — 모리스 메를로 퐁티의 경우」, 위의 책, 123쪽.
27) 宋稶, 「民謠의 人間像」, 『文物의 打作』, 문학과 지성사, 1979, 51쪽.
28) 宋稶, 앞의 시집, 103쪽.
29) 宋稶, 위의 시집, 99쪽.

능이 빛나는 시 구절이다. 나)는 송욱이 양과 창자라는 소화기관이 외계와 내계를 이어주며 나와 만물이 조화할 수 있게 해주는 것이라는 데에서 천지와 나를 이어주는 무지개라고 말하는 일기의 한 부분이다. 다)는 시가 어떤 내용을 다루든지 간에 시는 일단 모국어의 진수를 보여주어야 한다는 내용의 일기의 한 부분이다. 그런데 짧은 일기이기 때문이기도 하지만 '무지개처럼 빛내야 한다'란 표현의 해석은 그리 쉽지 않다. 우선은 무지개가 빛나는 것처럼 빛나야한다는 미적인 측면의 의미로 생각할 수 있다. 그리고 가)와 나)를 염두에 두면 언어의 기능, 특히 시어의 성격을 어떻게 생각하고 있는지 드러내주는 글이라고 해석할 수도 있다. 결국 가), 나), 다)를 종합해 보면 시신(詩神)이 존재하는 곳, 나아가 사는 곳은 사물과 시어가 절묘한 결합을 하는 곳 즉 무지개임을 알 수 있다. 그만큼 시에서 언어의 문제는 중요하고, 송욱에게 있어서 언어는 세계를 인식하는 중요한 창이며, 사물에 꼭 맞는 언어를 붙여주는 것이 더할 나위 없이 중요한 일인 것이다.

그런데 송욱이 '우리 겨레의 천재를 보여 주고' 있다고 평가하는 작품이 <유산가>라는 것은 주목을 요한다. 그는 '미묘한 의성음의 차이'를 활용하여 사물을 생생하게 느낄 수 있게 하여 '우리 말의 장점'을 효과적으로 표현하였기 때문에 이 작품을 고평하고 있다. 이는 송욱이 또 다른 지면에서 '말과 사물이 화촉을 밝히는 일이 시'[30]라고 말한 데에서도 증명된다. 물론 여기서 말하는 언어란 한국어이다.

> 말과 事物, 그리고 몸이 가지는 관계를 主題로 삼아 요지음 한두달 동안에 쓴 작품 네 편 [「내마음에(其一을)」, 「말과 事物(其二)」, 「말은 造物主(其三)」, 「말과 물(其四)」을 말함－편자]을 한데 모아 「말을 위한 四重奏」라고 題號을 달아 본다.[31]

---

30) 宋稶, 위의 시집, 96쪽.
31) 宋稶, 위의 시집, 97쪽.

인용문에서처럼 송욱은 말과 사물, 몸이 가지는 관계에 대해 시를 썼는데, 이쯤해서 송욱이 말과 사물의 관계를 다룬 시－꼭 <말을 위한 사중주> 안에 들지 않더라도－를 살펴보도록 하겠다. 베르렌느의 <시작법>이 그의 시론의 일단을 보여주듯이 송욱의 시 중 일부 역시 그의 시론의 일단을 보여주기 때문이다.

> 가) 아아 처음으로 마지막으로! // 詩人에게는 말뜻이 들린다, 말소리가 달린다. 風景이 드린다, 情景이 달린다. 하늘이 들린다, 땅이 달린다. // 詩人에게는 머리가 달린다, 염통이 들린다. 핏줄이 힘줄이, 무성한 숲이 달린다. 뼈다귀가 바위처럼 들린다. 산지사방으로 뻗은 핏줄 속을, 마치 실개울처럼 피가 울리며 달린다. 아아 살이 눈사태난다! // 아아 처음으로 마지막으로![32]

> 나) 새가 열매를 까먹듯이 / 말이 事物을 까먹는다
> 말은 나르다가 앉았다가 한다 / 事物이 나무처럼 메아리치게……[33]

> 다) 몸에 붙지 않는 옷이 있고 말이 있다 / 그러나 몸에 붙는 옷처럼 말이 내 몸에 붙는다
> 마치 영자처럼 귀신처럼 붙는다 / 말을 거울삼아 나를 비춰 본다
> 말 속에 있는 내가, 황홀한 내가 바깥세상을 비추어 본다
> (중략)
> 어디 입에 맞는 말이 많을까? / 뜻이 게눈 감추듯 한다![34]

> 라) 말이 사물을 잡지 않는다 / 마디마디 성깃한 사이에서
> 세상이 숫저운 마디 사이에서 / 말이 부피없는 가락처럼 칼날처럼 춤추며 노래하며 베어재친다……
> 말이 칼춤을 춘다－ / 뼈에 붙은 살, 얽힌 힘줄은 어떻게 하나?
> 소를 각뜬다 세상을 각뜬다 본뜬다 / 칼날이 이지러진다 이가 빠진다
> 말도 事物에 부대끼어 이가 빠진다[35]

---

32) 宋稶, 앞의 시집, 5쪽.
33) 宋稶, 위의 시집, 20쪽.
34) 宋稶, 위의 시집, 19쪽.

가)는 <아아 처음으로 마지막으로> 전문이다. 이 시는 '아아'라는 감탄사로 시작하고 있거니와, '처음으로' 동시에 '마지막으로' '詩人에게 말뜻이 들린다'라는 감격으로 이루어졌다. 그런데, 처음이자 동시에 '마지막으로'라는 점이 문제적이다. 처음으로 사물의 존재와 정확히 대응하는 언어의 순간을 느낀 감격을 노래하고 있는 듯 하나, 그것이 동시에 마지막으로 느끼는 것이라는 점에서 그 순간이 지극히 짧은 찰나이며 또다시 기약할 수도 없는 황홀하지만 아쉬운 순간임을 알게 된다.

나)는 <말과 事物> 전문이다. 이 시에서도 역시 말과 사물의 관계에 대해 이야기하고 있는데, 말이 사물의 의미를 나르는 것이 항상 성공적이지는 않음이 드러난다. 그럼에도 시인은 '사물이 나무처럼 메아리치'는 것을 기대하며 '말이 사물을 까먹'을 지라도 말로써 사물을 나르려는 시도를 멈추지 않는다.

다)는 <말과 몸>의 일부분이다. '몸에 붙지 않는 옷'처럼 말도 사물에 잘 맞지 않을 때가 있다. 그러나 가끔은 '몸에 붙는 옷처럼 말이 내 몸에 붙는' 수도 있다. 이 때의 말은 '귀신처럼 붙는다'. '귀신이 곡할 노릇'이란 말도 있듯, 몸에 붙는 말의 경지는 신품(神品)의 경지이다. 영절스러운 것이다. 이 경지에 이르게 되면 시인은 '황홀'해지며 그 말로서 바깥 세상을 비추어 본다. 그러나 이 경지 역시 오래 지속되지는 않는다. '뜻이 게눈 감추듯' 하는 것이다. 흔히 '게 눈 감추듯 한다'란 속담은 음식을 매우 빠르게 먹을 때를 이르는 말로 사용되는데 이 시에서는 말과 사물이 일치하는 순간이 매우 짧음을 비유하는 뜻으로 쓰였다. 송욱의 초기 시에서 자주 사용되던 언어 유희가 사용된 구절이다.

라)는 <事物의 諺解> 일부분이다. 언해란 「杜詩諺解」나 「訓民正音諺解」처럼 한문을 우리말로 풀이한 것이나 그 책을 가리키는 말이다. 여기서는 언해의 뜻을 어려운 것을 해독하여 쉬운 것으로 풀이한 것 정

35) 宋稶, 위의 시집, 35쪽.

도로 이해해도 될 듯 하다. '사물의 언해'는 '의'의 쓰임에 따라 '사물을 언해함' 또는 '사물이 하는 언해'로 해석할 수 있다. 전자의 것으로 해석할 경우 주체가 대상을 인식하고 풀이하는 것으로, 후자로 해석할 경우는 대상이 주체를 응시하는 것으로 생각할 수 있다. 그 두 가지 의미 중 하나를 취사선택할 필요는 없으며 오히려 그 두 가지 의미를 모두 포함하고 있는 것으로 보는 것이 타당하다. 이른바 '상호주관성'이다.

상호주관성이란 현상학의 용어로 현상학적 경험과 관련이 있다. 인간의 경험은 스스로의 영역과 기능에 자폐된 용기(容器)가 아니라 경험된 것으로서의 세계를 우리 삶과 의식의 공통기반으로 유지하는 연속성을 거의 본능적으로 이해한다.[36] 송욱은 말의 감각적 영역을 되찾아 사물을 존재론적 원상태로 회복하려는 움직임을 통해 타인과 나 사이의 상호주관성 내지는 자아의식의 폐쇄된 공간 속에서 벗어나 의사소통의 가능성을 모색하려고 한 것이다.[37] 그러나 이러한 시도는 위에서 인용한 시들이 보여주듯 원래가 성공할 수 없는 것이다. 그래서 후에 송욱은 노자의 초월적 세계로 나아가게 된다. 그럼에도 불구하고 그가 시론에서 우리 말의 감각에 주목하고, 시작에서 그것을 실현하려 노력한 것은 그 자체로 의미가 있다 하겠다.

5. 위대한 시인의 전범 — 한용운

송욱의 한용운에 대한 비평을 알아보는 것으로 송욱의 시론을 살피는 결론을 대신하고자 한다. 송욱이 한용운을 위대한 시인이라고 평한 근

36) 김영민, 『현상학과 시간』, 까치, 1977, 138쪽.
37) 연혜진, 「사물과 말, 초월성의 시학—'문물의 타작' 연구」, 『송욱 연구』, 역락, 2000, 311쪽.

거에 송욱의 시론이 압축적으로 담겨있으며, 따라서 그 근거를 알아보는 것이 송욱의 시론을 보다 쉽게 이해하게 해 줄 것으로 기대되기 때문이다. 송욱은 『님의 침묵 전편 해석』을 쓰고 기회가 있을 때마다 한용운의 시세계를 찬양하다시피 고평한다.[38)]『시학평전』에서의 「유미적 초월과 혁명적 아공(我空)」과 『문물의 타작』에서의 「시집 '님의 침묵'의 구조-칼날과 불덩이」[39)]에 이르기까지 한용운에 대한 관심은 초지일관 계속된다.

가) 나는 시를 문화의 표정이라고 했다. 다시 말하면 우리는 현재 무서운 문화와 사상의 공백기에 살고 있다. 긴눈으로 볼 때 우리 신문학이 낳은 두드러진 시인은 소월과 한용운 두 사람밖에 없는 성싶다. 한용을 어른의 시인이라고 하면 소월은 사춘기에 있는 독자를 위한 거의 감상만을 다룬 시인이다. 그렇다면 외국의 시인과 견줄 수 있는 현대 시인은 이 나라에서는 한용운뿐이라는 결론이 어쩔 수 없이 나오게 된다.[40)]

나) 타고오르의 詩集 『園丁』[41)]과 『님의 沈默』을 읽고 두드러지게 느끼게 되는 것은 **타고오르에게는 社會와 歷史가 없고 더군다나 革命은 찾아볼 수 없다는 사실이다.** 그는 오로지 絶對者의 花園에서 꽃을 가꾸며 生命의 靈的結合과, 個別的生命이 絶對者에게 대하여 느끼는 동경을 <아름답게> 노래하는 冥想의 詩人이란 인상을 강하게 준다. 그러나 일생을 修道와 民族運動에 아울러 바친 萬海가 보기에는 社會와 歷史的使命을 벙서나서 絶對的原理에만 봉사하는 생활은, <깨어진 사랑>에 울고 혹은 <떨어진 꽃>을 슬퍼하는 것과 같다.[42)](굵은 글씨, 작가)

---

38) 한용운에 대한 고평이 간단하게나마 언급되어 있는 글은, 「作家精神과 歷史意識」, 「外來文學 受容上의 제문제점」, 「現代詩의 世界」 등이 있다.

39) 이 글은 『'님의 침묵' 全篇 解說』에 수록되었던 논문인데, 후에 『文物의 打作』에 재수록 되었다. 이는 그만큼 이 글을 중요시하고 있었다는 증거이며, 이는 송욱이 한용운에게 몰두했으며 고평했다는 것을 드러내준다고 생각된다.

40) 宋稶, 「現代詩의 世界」, 위의 책, 87쪽.

41) 원정(園丁)이란 정원사란 뜻이다.

42) 宋稶, 「唯美的 超越과 革命的 我空」, 『詩學評傳』, 311-312쪽.

다) 시에는 인간성의 모든 면이 드러나 있어야 한다. 지성 · 정서 · 육체 이런 것은 개인으로 보아도 빼놓지 못할 요소이거니와 우리는 사회와 역사와 세계성을 노래하여야 하고, 마지막에 종교를 노래해야 한다.[43] (밑줄, 인용자)

송욱이 한용운을 위대한 시인의 전범으로 보는 까닭에는 몇 가지가 있는데, 가)에는 송욱이 왜 한용운을 주목하는지 그 이유의 한 가지가 암시되어 있다. 그것은 문화와 사상의 공백기, 즉 전수되어 오는 전통이 부재한 현실 속에서 한용운은 전통을 적극적으로 받아들이고 세운 '어른의 시인'이라는 점이다. 김소월 또한 신문학(근대문학)이 낳은 훌륭한 시인이지만, 사춘기의 문학이라는 점에서 한용운에 미치지 못한다. 이 지적은 엘리어트의 '이 의식은 25세 이후에도 계속 시인이기를 원하는 사람에게는 거의 필수불가결한 것'이라는 말이 떠오르게 하는 대목이다. 여기서의 의식이란 앞에서도 살펴보았듯이 전통 의식, 역사 의식이다. 나)는 한용운의 시 <타골의 詩 [THE GARDENER]를 읽고>에서 한용운이 인도의 시인 타고르를 찬미함과 동시에 그의 몰역사성을 비판했다는 것을 말하며, 그 이유를 설명하는 부분이다. 당시의 인도 역시 영국의 식민지였음을 생각할 때 타당하다 하겠다. 다)는 서정주가 우수한 서정시인이나 정서만으로 시를 쓴 한계가 있다며 언급한 지적으로, 시에는 개인적인 인간성(지성 · 정서 · 육체) 뿐만 아니라 사회와 역사와 세계성도 드러나야 하며, 나아가 종교까지 노래하여야한다는 주장이다. 뒤집어 말하자면, 한용운의 시에는 위에서 언급한 모든 것이 드러나 있다는 것이다.

우선 개인적인 인간성에 해당하는 지성, 정서, 육체는 각각 한용운의 불교 철학(선)과 사랑에 관한 시로 수렴된다고 할 수 있다. 사회와 역사와 세계성은 식민지 치하에서의 역사 의식을 바탕으로 한 민족운동, 독

---

43) 宋穢, 「徐廷柱論」, 『文物의 打作』, 문학과지성사, 1978, 94쪽.

립운동이라는 실천적인 면에서도 찾아볼 수 있고, 그 면모가 시에서도 문학적 형상화를 거쳐 충분히 드러난다. 이런 까닭에 송욱은 다음과 같이 말한다.

> 시집 『님의 沈默』은 證道歌인 <당신의 詩>이기 때문에 <좋은 文章>인 시를 넘어선다.
>
> 우리는 이제 증도가와 사랑의 시가 합친 시집, 현대의 모국어로 된 사랑의 증도가를 90편이나 가진 사실을 알게 되었다.[44]

위의 인용은 만해 한용운의 시집 『님의 沈默』에 대한 평이다. 한용운은 2장에서 살펴보았던 송욱에게 중요한 화두였던 개인적인 인간성과 역사 의식을 담은 한국 말로 쓰인시를 성공적으로 쓴 시인이다. 게다가 "불교라는 우리 전통 사상의 정수를 몸에 지닌 까닭"[45]에 시를 종교로까지 승화시킨 것이라고도 볼 수 있는 것이다. 이로써 한용운은 송욱이 중요하게 생각했던 점들을 모두 해결한 시인임으로 평가되고 있음을 알 수 있다. 나아가 송욱은 『님의 沈默』을 중국, 일본, 그리고 우리나라 밖에는 없는 禪 사상을 시로 구현하였으며 현대의 모국어로서 "세계에서 오직 한 권밖에 없는 <사랑의 증도가>에 틀림 없다"[46]고 평가하고 있다.

결론적으로 말해, 송욱은 전통이 부재한 현실 속에서 새로운 전통을 세우려는 시학을 시도하였다고 말할 수 있다. 그것은 역사의식과 더불어 비평의식을 내포하고 있으며, 민감한 언어의식을 전제하고 있었다. 그리고 송욱의 주저 『시학평전』, 『문학평전』 그리고 『문물의 타작』은 서구의 여러 이론을 비교적 정확하게 소개한 최초의 지시라 할 수 있으며, 단순한 소개가 아니라 한국의 상황에 맞게 비판적으로 수용하였으며, 적용하였다는 데에서 그 의의를 찾을 수 있다.

---

44) 宋稶, 「'님의 침묵'의 구조－칼날과 불덩이」, 위의 책, 119쪽.
45) 宋稶, 「現代詩의 世界」, 위의 책, 87쪽.
46) 宋稶, 위의 글, 119쪽.

▸▸▸ 참고문헌

송 욱, 『시학평전』, 일조각, 1969.
_____, 『님의 침묵 전편해설』, 한국문화연구소, 1970.
_____, 『문학평전』, 일조각, 1975.
_____, 『문물의 타작 : 송욱평론집』, 일조각, 1975.
_____, 『동서사물관의 비교』, 문학과지성사, 1978.

조 향

아방가르드와 원시주의의 활력

1. 1950년대의 아방가르드

아방가르드 문학은 1930년대 김기림, 이상, 삼사문학, 오장환 등에 의해 한차례 전성기를 구가하고 그에 따른 문학적 성과도 어느 정도 거둔 바 있다. 아방가르드의 이론과 실천을 소개한 김기림, 극한의 실험정신과 문학적 깊이를 동시에 보여준 이상, 우리 문학사 최초로 구성된 아방가르드 문학그룹인 삼사문학 동인, 그리고 전위적 실험을 다양하게 보여준 아방가르드 장시 「전쟁」[1]을 쓴 오장환 등이 대표적이다. 이후 아방가르드 시학은 자동적으로 소멸의 길로 접어들었으며, 해방 공간에 들어서서는 자취를 감추어 버렸다. 그러나 이 흐름은 한국전쟁 이후 우리 시사에 다시 등장하여 당대 시와 이후 한국시에 상당한 영향을 끼치었다. 해방 전 일본을 통해 순화되거나 재해석되어 들어오던 여러 사조

---

* 박현수 / 경북대학교 교수

1) 오장환의 「전쟁」은 발표되지 않은 작품으로 제작 연도는 알려지지 않고 다만 일제 검열을 통한 출판허가 일시(1935. 1. 6)만 알려져 있다. 오장환, 「전쟁」, 『한길문학』, 1990. 7.

들의 난립이 40년대 파시즘 하의 퇴조를 거쳐 해방기와 한국전쟁 후에 대부분 소멸하였음에도 불구하고 아방가르드 계열이 중요한 시적 유파로 지금까지 계승되고 있는 것은 전후 아방가르드의 영향이라 할 수 있다. 전후 아방가르드 시들이 한국현대시사에서 중요한 이유도 여기에 있다.

해방 전까지 정립(鼎立)하던 리리시즘, 리얼리즘, 모더니즘(다다, 초현실주의 등의 아방가르드 포함[2]))의 삼각 구도가 전후에 와서 완전히 와해되고 리리시즘과 모더니즘의 대립만이 남게 되었다. 전후 리얼리즘 시의 소멸은 이데올로기 전쟁으로서 한국전쟁이 50년대를 열면서 아(我)와 비아(非我)의 구별이 분명해지고, 그에 따른 이념적 선택으로 문인들의 지형도가 급격하게 달라졌기 때문이며, 동시에 탈일상적인 전쟁 체험이라는 특수한 경험이 문학의 내질을 바꾸어 놓았기 때문일 것이다. 그러나 본질적으로 볼 때 전후 시적 구도의 변화는 전쟁의 참상에 의한 내면적 변화보다는 사회적 조건이라는 현실적인 변화에 기인하는 바가 크다. 맑시즘의 사유와 연계되어 현실 비판적인 시 창작을 담당하였던 일군의 시인들은 자의든 타의든 대거 북으로 이동하였으며 그 공백은 보수적인 성향을 지닌 전통 서정시인들의 휴머니즘적 체제 옹호로 보충되었다.

전후 모더니즘도 내용상의 변화를 겪게 된다. 그것은 리얼리즘의 소멸과 달리 주로 문학사적 문맥, 혹은 심리적인 변화와 맞물려 있다. 전후 모더니즘은 주로 후반기 동인에 의해서 전개되었는데, 조향의 회고에 따르면 이들은 실제 한국전쟁 이전에 모더니즘을 의식적으로 추구한 문학그룹이다.[3] 전쟁 전에 결성되었지만 이들의 활동은 주로 전쟁 중에

---

2) 본고는 모더니즘과 아방가르드의 불연속성에 주목하여 두 사조를 이질적인 것으로 다룬다. 모더니즘은 주로 이미지즘으로 대표되는 영미 주지주의 계통의 문학적 경향을 말하고, 아방가르드는 표현파, 미래파, 다다, 초현실주의 등의 과격한 실험의식을 지닌 문학적 경향을 의미한다. 이 두 사조의 차이에 대해서는 오세영, 「모더니즘, 포스트모더니즘, 아방가르드」(『한국근대문학론과 근대시』, 민음사, 1996) 참조.

이루어졌다. 박인환, 김경린, 김규동, 김차영, 이봉래, 조향 등으로 이루어진 후반기 동인은 구체적인 전후 현실에 대하여 거리를 유지하면서 주로 미학적인 시도에 집중하였다. 그리고 이들이 추구한 시적 경향을 보면 거의 대부분이 영미 이미지즘 계열의 주지적 경향을 기본적으로 지니고 있으며, 거기에 다다와 초현실주의의 실험성이 가미된 아방가르드 경향을 보여주고 있다.[4] 그들의 시는 기존의 서정시가 지닌 직설적 감정 표현을 거부하고, 문맥으로부터 단절된 관념적인 어휘의 조합과 근대문명에 대한 비관적 인식을 주요 특성으로 하고 있다. 그들 시의 공통점은 이미지즘의 투명성과 결별한 탈문맥적인 수사학에 있으며, 이는 아방가르드의 수사학에 근접해 있다. 그들 중 조향이나 이봉래의 경우가 가장 전위적이라 할 수 있으며 나머지는 철저하지 못한 면이 있으나 대체로 단순한 이미지즘의 시와 다른 경향, 즉 아방가르드적인 경향을 지향한다. 작품뿐 아니라 그들의 에피소드에서도 이런 전위적 경향이 드러난다. 조향이 김경린, 이봉래와 초현실주의의 아시체(雅屍體) 놀이를 모방한 합작시를 발표하여 논란을 일으키거나, 박인환이 시를 거꾸로 쓰는 연습을 한 에피소드를 볼 때[5] 그들이 표방하는 여러 지향은 아방

---

3) 후반기 결성 시기에 대해서는 의견이 분분하지만 김경린, 조향, 박차영의 언급을 고려할 때 1949년 후반이나 50년 초반 사이로 보는 것이 자연스럽다. 조향의 연보에는 1949년, ≪주간국제≫의 <후반기 문예 특집>의 '노트'에는 1950년 1월, <신시론>을 <후반기>로 개제하였다고 한다. 조향, 『조향전집2』, 열음사, 1994(이후 이 전집은 『조향전집2』로 표시함); 김경린, 『한국모더니즘시운동대표동인시선』, 앞선책, 1994. 조향에 따르면 해방 이후 민족진영 시인들에 염증을 느끼고 1949년 상경하여 이한직, 김경린, 박인환, 김차영 등과 동인을 결성하고 원고를 모아 박인환의 편집까지 마쳤지만 전쟁으로 조판이 모두 녹아 결국 동인지를 발간하지 못하였다고 한다. 조향, 「20년의 발자취」, ≪자유문학≫, 1958. 10; 조향, 「후반기의 시말기」, 『세월이 가면』, 근역서재, 1982.

4) 김경린은 이미지즘 계열로 김경린, 박인환, 김수영, 김규동 등을, 초현실주의 계열로 조향을, 이 둘의 혼합적 경향으로 이봉래, 김차영을 들고 있다. 김경린, 앞의 책, 27쪽.

5) 조향에 따르면 합작시를 ≪민주신보≫에 실은 후 설창수의 반박이 있었다고 한다. 조향, 「인환과 '후반기'」, 『박인환전집』, 문학세계사, 1986, 250쪽. 박인환이 시를

가르드와 친연성이 있었던 것이다.[6] 이들이 해방 이전 모더니스트들과 달리 자신의 지향을 분명하게 인식하고 있는 것은, 주로 일본을 통하여 아방가르드 이론과 작품에 대한 풍부한 사전 지식을 지니고 있었기 때문일 것으로 보인다.[7]

아방가르드에 비하여 영미 이미지즘 계열의 주지적 경향은 하나의 문학적 사조로서 존재하기에는 너무 보편적인 성격을 지녔으며 따라서 규정의 강제성이 다소 미약하였다. 현대성의 주요 특성이 탈마법화의 도구로서 합리성이나 논리성을 강조하는 데 있기 때문이다. 그래서 모더니즘 즉 영미 모더니즘에서 강조하였던 주지적 요소들은 현대시의 모든 부분에 흡수되어 내면화되었다. 사실상 1930년 중반 이후 주지적 경향을 강조하는 모더니즘은 아방가르드와 달리 현대시 특히 서정시에 많이 흡수되어 실질적으로 소멸해버린다. 전후 서정시가 김소월의 전통적인 서정시와 달리 지적인 측면을 많이 포함하고 있는 것도 이런 흐름과 연계되어 있다. 후반기 동인은 주지적인 경향과 다소 다른 길, 즉 전위적인 길을 걸어가고 있었다. 후반기의 등장으로 당시 전시문단이 "그들이 내세운 바 모더니즘의 전위성과 실험성에 충격을 받았던 것"[8]이라는 언급은 주로 후반기의 아방가르드적인 특성에 주목한 평가라 할 수 있다. 따라서 50년대 전후시의 두 대립은 정확하게 말하자면 서정시와 아방가

마지막 행부터 거꾸로 쓰는 연습을 했다는 일화는 김규동, 『시인의 빈 손』, 소담출판사, 1994, 114-115쪽 참조.

6) 후반기 동인들이 "문학의 혈통으로 따진다면 아무래도 이상이야말로 우리와 제일 가깝다" 하여 그들이 주축이 되어 1952년 이른봄에 이상 15주기 문학행사를 개최한 것도 그들의 문학적 지향을 암시해준다. 김규동, 앞의 책, 48-49쪽.

7) 이들의 대부분은 일본의 아방가르드 계열 문학 잡지 ≪詩と詩論≫을 통해 아방가르드를 이해하거나 일본에서 직접 아방가르드 문학활동을 한 이들이었다. 조향, 김규동은 전자의 경우, 김경린, 이봉래는 후자의 경우이다. 조향, 「20년의 발자취」, 『조향전집2』, p.41쪽; 김규동, 앞의 책, 51쪽; 김규동, 「'후반기' 동인시대의 회고와 반성－부정과 우상파괴의 시학」, ≪시와시학≫, 1991 봄.

8) 김영철, 「50년대 모더니즘에서의 <후반기> 동인의 역할」, ≪인문과학논총≫ 30, 건국대 인문과학연구소, 1998, 19쪽.

르드의 대결이라 할 수 있을 것이다.

아방가르드의 새로운 부활 한가운데 조향이 있다. 조향은 아방가르드의 이론과 작품에 대한 지식을 일본이나 기타 경로를 통하여 얻었으며, 그것을 편집광적으로 연구하고 독창적으로 소화하여 많은 논의를 남긴다. 이전의 아방가르드 문학이 작품 중심이었다면 조향은 작품과 이론의 균형을 이루어낸 경우라 할 수 있다. 조향 시론의 독자성은 크게 두 가지 측면에서 발견되는데, 첫째는 아방가르드에 대한 원시주의적 시각이고 둘째는 청각에 초점을 맞추어 아방가르드를 새롭게 해석한 것이다. 이런 측면은 그간 아방가르드 시학에서 별로 강조되지 않은 것으로 조향이 독자적으로 공을 들여 새롭게 해석한 부분이라 할 수 있다. 본고에서는 논의의 분량상 이 두 가지 측면 중 전자에 초점을 맞추어 조향 시론의 독자성을 밝히고자 한다.[9]

2. 사고원리로서의 프리미티비즘

조향이 이해한 초현실주의는 자신의 "데뻬이즈망의 시학"으로 대표되는 예기치 않은 이미지의 갑작스런 결합을 의미하는 좁은 의미의 초현실주의가 아니라, 표현주의, 입체주의, 미래주의, 다다이즘, 초현실주의 등을 포괄하는 넓은 의미의 초현실주의 즉 아방가르드 전체를 의미한다. 아방가르드의 대표로 초현실주의를 일컫는 것은 그것이 아방가르드의 가장 후기에 나타나 이전의 실험의식을 계승·종합하였기 때문이다. 초현실주의를 표방한 일본의 잡지 ≪시와 시론≫의 초창기에 미래

---

9) 후자에 대해서는 박현수 「조향시론연구－청각론을 중심으로」, ≪정신문화연구≫, 103호, 2006. 6 참조.

파, 입체파, 초현실주의 등의 논의가 혼재되어 있는 것도 이런 까닭이다. 또한 조향이 이끌었던 '초현실주의연구회'의 동인지 ≪아시체≫, ≪오브제≫ 등에 실린 시들에 그림, 사진 몽타쥬, 형태 실험시 등이 주류를 이루고 있음도 초현실주의와 아방가르드의 동일시를 보여주는 예가 된다. 그래서 우리 시사에서 초현실주의는 아방가르드의 제유적 표현이라 할 수 있다.

조향이 애초에 서정시를 쓰다가 아방가르드 시학에 관심을 기울이게 된 것은 ≪시와 시론≫이나 북원극위의 시론집 등 일본의 전위문학을 통해서였다. 서구 아방가르드 서적을 쉽게 접근하기 어려운 시대에, 그 매개 역할을 해준 ≪시와 시론≫은 30년대와 이후 우리 모더니즘의 성황에 이론 및 실천의 중요한 근거를 제공해준 잡지였다. 조향을 비롯한 후반기 동인들 역시 새로운 시의 모습을 이 잡지를 통해 상상하였다.[10] 한국의 모더니즘과 아방가르드 문학의 상당 부분이 이 잡지의 모방에서 시작된 것임은 부인하기 힘들다.[11] 그럼에도 이상 같은 경우 일본의 아방가르드가 도달하지 못한 차원에 도달하였다는 평가를 받을 정도로 수준 높은 창조성을 보여주었다.[12] 조향 역시 자신이 선택한 아방가르드

---

10) "수돈 형이 가지고 있던 ≪시와 시론≫이라는 계간지나, 북원극위의 시론집 『하이브로오의 분수』 등을 읽게 되자 나는 거기에 시의 새로운 세계가 있는 것을 발견했었다.", 조향, 「20년의 발자취」, 『조향전집 2』, 41쪽.; 김규동은 피난지 부산에서 양병식으로부터 ≪시와 시론≫ 12권을 받았을 때의 감격과 이를 둘러싸고 벌어진 이야기를 기록하고 있다. 김규동, 앞의 책, 51쪽.

11) 아직 구체적으로 비교된 바 없지만, 김광균의 "길은 한줄기 구겨진 넥타이처럼 풀어져"(「추일서정」, ≪인문평론≫, 1940. 7.)도 ≪시와 시론≫ 4집(1929. 3.)에 실려 있는 "길은 넥타이와 같이 지쳐 마을로 굽이들 때(街道はネクタイのやうに疲れて村へ迪りつき)"라는 구절의 반향으로 보인다.

12) 가와무라 미나토는 이상을 "문학적 천재의 영웅전설", 그의 시를 "일본의 모더니즘이 일본의 식민지 지배하의 조선에 낳아놓은 하나의(이상한!) 귀자(鬼子)"라 부른다. 일본의 모더니즘 시가 기존의 일본적 정서에 습윤되어 있는 반면 이상의 시는 그런 무게로부터 자유로워 더 전위적인 시를 창작하였다는 평가이다. 가와무라 미나토, 유유정 역, 「모더니스트 이상의 시세계」, ≪문학사상≫, 1987. 10.

시학을 새로운 차원에서 창조적으로 수용하고자 노력하였다. 그의 시론 중 창조적인 시각을 부여하려는 노력이 가장 잘 드러나는 것이 아방가르드의 가치를 원시주의에서 찾고, 그것의 의미를 우리 시가의 전통과 연계시키려는 부분이다.

조향은 아방가르드의 본질을 원시주의적 속성에서 읽어낸다. 그에 따르면 아방가르드와 원시주의의 연계는 양식이나 소재적인 차원이 아니라 정신적 지향에서 실마리를 찾을 수 있는데, 그 중심에 있는 것이 반이성주의다.

> 일절의 어법의 속박(관습)에서의 해방을 노렸으며, 개인을 도그마(Dogma)와 형식과 규칙·규범의 바깥으로 해방하는 운동이 다다 운동이었으며, 이런 주장을 하는 문학·예술은 극단적인 반이성주의가 되지 않을 수 없었다. 곧 원시주의(Primitivism)의 범주 안에 그 현주소가 있었다.[13)]

조향은 다다이즘의 본질을 원시주의에서 찾고 있다. 그가 말하는 원시주의는 일반적으로 말하는 "원시부족 예술이나 문화에 대한 현대 예술가들의 관심"[14)]을 의미하는 것이 아니다. 원시주의는 현대 예술에서 크게 두 가지 경향을 지닌다. 첫 번째는 1890년의 상징주의와 아르누보로부터 1940년 미국의 추상표현주의에 이르기까지, 원시적 인공물을 예술 발전을 위한 모델로 주도적으로 사용하는 일련의 경향을 가리킨다. 다른 하나는 다다이스트나 초현실주의자들의 원시주의적 경향이다. 이것은 원시 예술과의 직접적인 관련이 없는데, 이 때의 원시주의는, 원시적인 사유에 흥미를 지니고 사고와 시각의 근원적인 모델에 접근하기 위한 시도로 이해된다.[15)] 전자를 "문체적 원시주의(stylistic primitivism)"[16)]

---

13) 조향, 「초현실주의개설」, 『조향전집2』, 345쪽.

14) Rubin, William, "Modernist Primitivism: An Introduction", *Primitivism in 20th Century Art*, New York : Museum of Modern Art, 1984, p.1.

라 한다면, 후자는 '원형적 원시주의'라 부를 수 있을 것이다. 전자는 예술의 새로움을 추구하기 위해 비서구적, 비문명 지역의 원시예술에 관심을 갖고 이를 주로 양식적 측면에서 모방·재창조하는 것이고, 후자는 원시적 사유에 담긴 정신적 지향과 원형적 사고 패턴에 주목하여 현대문명의 제문제에 대응하는 것이다. 물론 이 두 가지 경향은 완전하게 구별되지는 않는다. 원시주의의 핵심 의미요소인 '원시'라는 것이 기본적으로 현대문명과 거리가 있는 어떤 항목을 함유하고 있는 과거시제이기 때문이다. 그 과거시제에는 문명화 이전의 정신적·물질적인 요소가 동시에 포함되어 있다. 다만 전자의 경향은 현대 예술에 영향을 끼친 아프리카 조각과 같은 물질적·형태적 요소를, 후자의 경향은 위기의 현대에 있어서 원시적 사유가 지닌 원형적 요소의 가치를 강조한다는 점에서 차이가 날 뿐이다.

인용문에서 조향은 기본적으로 '원시주의'라는 개념을 두 번째 의미로 사용하고 있다. 원시주의를 "극단적인 반이성주의"와 연계시키는 것은 이성의 절대적 통제로부터 자유로운 원시상태의 사유패턴과 정신적 지향이 아방가르드의 반이성주의와 유사하다는 인식을 바탕으로 한다. 아방가르드의 존재 이유는 이성중심주의에 대한 반발에 있으며 그는 이것을 원시주의라 불렀다. 계몽주의적 이성은 인간의 무한한 진보, 문명의 무한한 발전에 대한 확신을 요구하였지만, 세계대전을 거치면서 이 이성에 대한 회의가 극도로 확산되었다. 이때 이성중심주의의 타자로 등장한 것이 원시주의이다. 원시주의는 "문명의 위기의식으로부터 일어나거나 그 위기의식을 표시"[17]하는 것이기 때문이다. 이를 김기림은 "원시성의 동경, 그것은 현대예술의 어떤 위대한 불만의 표현"[18]이라고

---

15) Colin Rhodes, *Primitivism and Modern Art*, London: Thames and Hudson, 1994, p.7.
16) 위의 책, p.7.
17) Bell, Michael, 김성곤 역, 『원시주의』, 서울대학교출판부, 1985, 103쪽.
18) 김기림, 『김기림 전집2』, 심설당, 1988, 86쪽.

적절하게 지적한 바 있다. 조향에 따르면 다다이즘은 제1차 세계대전 중 취리히의 반전 망명인의 "원시반응적 발작", 즉 "인류가 쌓아올린 모든 가치체계에 대한 파괴행위"[19]의 연장에 놓인다. 그래서 인용문에서처럼 다다이즘 시학이 목표로 한 "일절의 어법과 속박(관습)에서의 해방"이란 현대문명의 위기의식의 문학적 반영이 된다.

조향은 아방가르드적 원시주의의 구체적인 예시를 우리나라의 문학사와 연계시킴으로써 원시주의의 공허한 일반론도 극복하고 동시에 원시주의의 소재주의도 극복한다. 그는 현대문명의 위기의식을 반영한 다다이즘의 음향시에 주목한다. 음향시는 시 전체를 의미로부터 고립된 의성어로 가득 채운 극도의 추상시다. 조향은 이 음향시의 기원을 "nonsense verse(무의미시)"에서 찾으며 그것이 원시인의 언어와 관련되어 있다고 본다. "원시인들은 어린애와 마찬가지로, 말을 그 음(音)을 위해서 즐기며, 리드미칼한 말을 모아서, 별 뜻이 없는 노랠 곧잘 불렀다"는 것이다. 그 예로 제시되는 것이 우리의 "주문·주술적 입타령"[20]으로서, 「군마대왕」, 「길군악」 같은 고려가요이다. 그가 아방가르드의 극한적인 형태인 음향시를 논하면서 고려가요를 끌어들이는 것은 그것의 기원을 과거에서 찾가 위해서가 아니라, 아방가르드의 잠재태가 인간의 사유에 그만큼 보편적이라는 사실을 환기시키기 위해서이다. 아방가르드에 있어서 양식적 유사성보다는 정식적 지향의 보편성이 그에게는 더 중요하게 여겨졌던 것이다.

그가 아방가르드를 우리 시의 전통과 연계시키는 것은 단순한 소재주의적 발견이 아니라 아방가르드에 대한 이해가 그만큼 여유로워졌음을 의미한다. 해방 이전의 아방가르드 이해는 번역의 수평적 이동에 불과하여 해석적 지평이 개입될 여지가 없었다. 해방 이후 조향에 의해 아방

---

19) 조향, 「초현실주의 개설」, 『조향전집2』, 344쪽.
20) 위의 책, 347쪽.

가르드 시학의 특성이 더 심층적으로 이해되면서 우리 시가의 전통과 연계시키는 여유가 생긴 것이다. 그리고 또 이것은 아방가르드의 신기성이 지닌 태생적 결함인 시간적 고립을 극복하고자 하는 의도의 표현으로 볼 수 있다. 아방가르드의 기원을 당대에 고립시키는 것이 아니라 과거의 우리의 전통과 소통하게 함으로써 박래품으로서의 외래사조를 토착화할 공간을 마련하는 것이다. 이런 능동적 수용의 측면은 다음 장에서 후술하겠지만 아방가르드 논의에 동양고전적 지식을 적극적으로 활용하여 창조적인 해석을 가하는 데에서 찾아볼 수 있다.

이처럼 조향은 원시주의를 분명하게 인식하고 뚜렷한 관점 하에 통일적으로 사용하고 있다. 앞에서 살펴보았듯이 그의 원시주의는 소재주의로 추락할 '문체적 원시주의'가 아니라 원시적 사유로부터 어떤 암시를 이끌어내려는 '원형적 원시주의'이다. 그가 초현실주의에 담긴 원시주의의 가치를 "정신의 순수성 · 원시성"에서 찾는 데에서 이 점을 확인할 수 있다.

> 초현실주의 운동은, 이 근대 휴머니즘에 대한 짙은 회의에서 출발하여, 근대 휴머니즘을 지탱하고 있는 여러 가치에 대해서, 그 가치의 하이어라아키(hierarchy)에 대해서, '존재'의 백지 환원을 무기로서 싸움을 건 것이다. (…) 순수화 운동! 순수존재에의 강렬한 지향! 노자(老子)의 '박(樸)' 사상이다. 그것은 곧 초현실주의적 프리미티비즘(Primitivism)이다.
>
> 초현실주의가, 정신신경증, 정신병의 세계에다 눈을 주는 것도 정신의 순수성 · 원시성 때문인 것이다. (…) 초현실주의를 꿰뚫고 나간 프리미티비즘은, '무자각한 무구성(無垢性)'(어린이 · 정신병 · 미개인 등의 순수성)과는 선 하나를 그어 버린, 전투적이라고도 할 수 있는, 자각적, 의식적인 표현 행위의 전개에 의해 수행된 것임을 알아야 할 것이다. 그것은 곧, 사고 원리로서의 프리미티비즘이다.[21]

---

21) 위의 책, 355-356쪽.

조향이 초현실주의를 "낙관적이고 기만적인 합리주의에 의하여 묶여져 있는, 이른바 근대 이후의 휴머니즘의 가치관"에 대한 비판으로 이해한 것은 아방가르드의 이해의 기본적 바탕이다. 이 가치관이 앞에서 비판하였던 이성중심주의의 가치관이다. 초현실주의는 이성에 의해 왜곡된 이 세계를 원점으로 돌려 노자의 '박' 사상과 같은 원시적 순수상태를 회복하는 데 목표를 둔다. 그것이 초현실주의의적 원시주의의 목적이다. 원시주의에 대한 그의 옹호는, 현재의 모든 가치를 부정하고 실제적으로 원시적 상태로 돌아가야 한다고 주장하고 실천하였던 고갱과 같은 나이브한 차원이 아니다. 그는 이념상 목표로서의 이상화된 원시상태와 실제적인 원시상태의 유치한 동일시로부터 거리를 두고 있다. 인용문에서처럼 그는 이 원시주의가 추구하는 순수성이 자연발생적 원시성과 무관한 것임을 분명하게 지적하고 있다. "어린아이 · 정신병 · 미개인"의 순수성은 "무자각한 무구성"이다. 그것은 수동적이며 자연발생적이어서 거부된다. 왜냐하면 현대 예술의 가장 중요한 특성은 자연발생적인 것이 아니라 의식적이고 자각적인 데 있기 때문이다. 1930년대에 김기림이 시에 있어서 자연 발생적인 자인(存在)의 측면이 아니라 졸렌(當爲)에 입각한 주지적인 측면을 강조한 것은 이미 상식이 되어 버렸다. 이 근원적인 원칙에 입각하여 조향 역시 "초현실주의적 프리미티비즘"은 "전투적이라고도 할 수 있는, 자각적, 의식적인 표현 행위의 전개에 의해 수행된 것임"을 강조한다. 그는 이런 원시주의를 "사고 원리로서의 프리미티비즘"이라고 명명한다.

"사고 원리로서의 프리미디비즘"은 원시 상태의 정신적 지향을 강조하는 '원형적 원시주의'와 동궤에 놓인다. 이는 아프리카나 동양의 예술품을 현대 예술의 모델로 가져온 문체적 원시주의와 근원이 다르다. 문체적 원시주의는 전위적인 신기성을 해결하기 위해 식민지의 약탈품을 신비화한 제국주의의 산물이라는 점에서 한계를 지닌다.22) 이것은 또한 소재주의의 한계이기도 하다. 소재주의는 아방가르드의 실험처럼 처음에 낯설었던 소재가 널리 알려져 식상한 것이 되면, 새로운 것을 찾기 위해 탐색의 공간을 확장하는 데 힘을 쓴다. 그들은 신기성의 희생물을 찾는 약탈자의 이미지를 지니고 있다. 그래서 아방가르드에 나타나는 끊임없는 새로움에 대한 갈망, 실험지상주의의 피로를 "진정한 저주"23)로 부르는 것도 무리가 아니라 할 수 있다. "새로움의 신화"24)를 추구하는 아방가르드의 예술적 속성은 제국주의의 속성과 유사하다. 이것은 역사적 아방가르드의 속성이자 그 한계이기도 하다. 이후 1950년대의 후기 아방가르드는 이런 소재주의, 실험지상주의와 거리를 유지한다. 후반기 동인이 포말리즘적 실험보다는 실험정신의 내면화에 더 주의를 기울인 것도 이런 맥락에서 이해할 수 있다.

조향의 말처럼 "초현실주의는 무엇보다도 먼저, 인식과 생의 개혁"25)이라면 그 핵심인 원시주의 역시 금방 식상해져버리는 순간성에 모든 것을 거는 소재주의를 극복해야 한다. 이런 노력은 아방가르드와 원시주의가 지닌 본질적인 가치에 주목하여 그것을 현대의 아포리아를 돌파해나가는 에너지로 승화시키는 창조적 행위가 된다. 그런 가치는 소재가 아니라 원시적 사유의 정신적 지향과 관련되어 있다. 조향의 원시주의는 바로 이 점을 지향하고 있다. 그의 "사고 원리로서의 프리미티비즘"은 자각적이고도 의식적으로 이루어지는 "원시적인 사유에 흥미를 지니고, 사고와 시각의 근원적인 모델에 접근하기 위한 시도",26) 즉 원

---

22) 원시주의는 제국주의와 밀접한 관련을 지닌다. 로디스가 "식민주의는 사실상 원시주의에 대한 이론의 핵심"이라 말하는 것도 이런 맥락이다. Colin Rhodes, 앞의 책, 7쪽.

23) Marino, Adrian, 「아방가르드는 어떻게 정의되는가」, 오생근 역, ≪외국문학≫, 1984, 여름 63쪽.

24) Poggioli, Renato, 박상진 역, 『아방가르드 예술론』, 문예출판사, 1996, 301쪽.

25) 조향, 「초현실주의 개설」, 『조향전집2』, 356쪽.

26) Rhodes, Colin, 앞의 책, 7쪽.

형적 원시주의이다. 조향의 이런 지향은 아방가르드에 대한 적극적 의미 부여이자 동시에 창조적 이해의 소산이라 할 수 있다.

3. 마법적 원시주의의 가능성

조향의 "사고 원리로서의 프리미티비즘"의 독특함은 마법적 세계관에 대한 적극적인 해석으로 나타난다. 우리는 이를 마법적 원시주의 혹은 심령학적 원시주의라 부를 수 있을 것이다. 영혼이라는 말이 아방가르드와 더불어 나타나는 일은 그리 흔한 경우가 아니다. 우리 시의 경우 영혼은 1920년대 상징주의 시에서 전면적으로 등장하였다. 이 때 영혼은 번역어의 일종이었지만 당대의 미학적 요청에 부응한 용어였다. 1920년대의 '폐허'를 계몽주의에 의해 정신이 말살된 세계로 보고, 초월성의 확보라는 미학적 요청에 의해 '영혼'이라는 어휘가 전면적으로 사용되었다는 최근의 논의는 영혼이라는 시어가 지닌 문학사적 의미를 이해하는 데 시사하는 바가 있다.[27] 영혼이라는 어휘는 상징주의 이후 그 빈도가 크게 줄어들게 된다. 그런데 우리는 이 어휘를 조향의 아방가르드 해석에서 다시 만나게 된다.

영혼은 원시주의의 또 다른 요소이다. 영혼은 신비주의와 연계되어 있다. 20세기 초에 접신론, 심령신비학, 점성술 등의 신비주의적인 운동들이 유행하였는데 이는 원시주의 중 신비적 측면에 초점을 맞춘 것이다. 자신의 저서에서 주로 이런 경향만을 강조한 바 있는 벨은 "현대의 원시주의는 19세기 말과 20세기 초에 대두된 무의식과 반이성적 영역에

---

27) 박현수, 「1920년대 동인지의 '영혼'과 '화원'의 의미」, ≪어문학≫ 90, 한국어문학회, 2005. 12.

대한 일반적 관심의 일부"[28]라고 정의한다. 이런 관점에서 조이스나 예이츠, 로렌스의 신비주의를 원시주의로 해석하는 것이 가능해진다. 신비주의와 원시주의의 접점은 원시적 세계에 보편적이었던 애니미즘처럼 세계와 자아의 소통을 믿는 주관주의와 마법적 세계관이다. 조향은 원시주의의 이런 정신적 지향에 많은 관심을 보인다.

아방가르드의 영혼은 주로 20세기의 새로운 과학을 통해 등장한다. 조향은 「이십세기 문예사조」라는 글에서 "네모가 반듯한 실증적 지성이던 19세기의 과학"이 "고도의 추상적 지성인 20세기 과학"으로 바뀌면서 영혼이 등장하게 되었음을 언급한다.[29] 조향에 따르면 민코프스키의 '세계 공간', 양자론, 심리학, 생리학 등의 기반에 놓인 고도의 추상성으로 인해 실재에 대한 인식의 변화가 생겼다. 그가 예를 들고 있듯이 양자론의 전자나 원자, 분자는 이미 '일상의 물질'이 아니라 초현미경적 실재인 것이다. 20세기 과학은 그동안 "이지만능주의(理智萬能主義)"로만 볼 수 있던 세계가 얼마나 편협하고 일면적인 것이었는지를 적나라하게 보여주었다. 새로운 과학은 기존 과학의 '관찰', '객관주의' 등을 부정하고 대신 불확정성의 원리, 상대성의 원리 등을 근본원리로 취한다. 이런 전문지식의 나열은, 새로운 과학은 과거의 과학과 달리 영혼이 귀환할 수 있는 여지를 남겨두었다는 사실을 강조하는 데로 귀결된다.

> 미시적 추상의 세계로 실험의 도정이 호화로워진 현대과학은, 드디어 고대적 허영, 마술의 세계, 혹은 신비불가사의한 정신현상의 영역에다 과학의 이름으로서 메쓰를 넣기 시작했으니, 이야말로 과학적 방법론에 의한 영혼에의 노스탈쟈가 아닐 수 없다.
>
> Psychical research, 곧 Spiritualism, Magnetism, Automatism(슈르레알리슴에 있어서의 자동기술법이 아니고, 여기서는 심령학에 있어서의 그것을 말

28) Bell, Michael, 앞의 책, 92쪽.
29) 조향, 「이십세기 문예사조」, 『조향전집2』, 70쪽.

함), Thaumaturgy, Ghost-hunting, Telepathy, Clair-Voyance(Second Sight), 사후의 생명에 관한 연구, 혹은 정신분석학 등, 고전과학에서는 손도 댈 수 없었던 영(靈)의 심층부로 20세기의 탐험대는 파고들어간 것이다.[30]

조향이 새로운 과학을 보는 관점은 특이하다. "신비불가사의한 정신현상의 영역"에 과학이 메쓰를 가한다고 할 때 일반적인 독법은 이 과학의 활약을 통해 신비 혹은 비과학의 제거, 즉 호르크하이머와 아도르노가 말한 "탈마법화"[31]로 나아가는 것이다. 이쯤에서 신비한 정신적 영역까지 해부하여 그 비밀을 밝혀낼 수 있다고 믿는 과학의 오만이 언급될 만하다. 『시와 시론』의 필진의 한 사람인 아부지이(阿部知二)는 바로 이런 과학의 오만을 주지주의론의 출발로 삼은 사람이다. 그는 『주지적 문학론』의 「심연 앞에서」라는 글에서 "예술에 있어서 존중되는 것은 가장 깊은 혼돈을 가장 긴밀한 질서에 의해 표현하는 힘이다. (…) 예술은 세계의 혼돈에 대항하는 인간의 저항이다"라고 말하는데 이 혼돈이라는 것은 그가 제목으로 삼은 심연과 관계가 깊으며, 이것은 「주지적 문학론」에서 이모션의 심연으로 표현된다.[32] 그의 주지론은 이 심연을 어떻게 할 것인가에 대한 방법적 탐색이라 할 수 있다. 이 심연은 심리학에서 잠재의식이라 지칭될 수 있는 모호성(obscurity)과 동일한 것으로, 낭만주의자들이 신비라고 생각한 것이다. 그는 주지적 방법이 심연을 명료하게 하는 일이 가능함을 보증해준다고 믿는다.[33] 이제 신비는 심리학이라는 과학에 의해 그 자체의 베일을 벗고 나신을 드러내어야 한다. 모호하고 해석불가능하여 혼돈이나 심연으로밖에 지칭될 수 없었

30) 위의 책, 70쪽.

31) Horkheimer, M. and Adorno, Th. W., 김유동 외 옮김, 『계몽의 변증법』, 문예출판사, 1995, 23쪽.

32) 阿部知二, 「主知的文學論(抄)」, 『詩と詩論－現代詩の出發』, 冬至書房新社, 1980, pp.29-40. 여기에는 「深淵の前に」, 「主知的文學論」, 「方法論の問題」가 실려 있다.

33) 阿部知二, 위의 책, 35쪽.

던 영역이 이제 과학의 메쓰를 받고 질서의 상태로 전환된다. 그래서 그가 주장하는 주지적 문학은 "종래 무한성과 신비성을 그 성질로 하는 이모션의 심연을 '주지적 방법'에 의해 탐구하는 것"이 된다.[34] 새로운 과학은 신비주의의 옹호가 아니라 신비주의의 탈마법화를 추구하는 존재인 것이다. 이런 인식은 주지적 경향이 강하게 나타나는 영미모더니즘의 주요 특징이지만 일본 아방가르드도 공유하고 있는 특징이다.[35]

하지만 조향은 아부지이와 전혀 다른 방향으로 나아간다. 그는 새로운 과학의 등장을 "과학적 방법론에 의한 영혼에의 노스탈쟈"로 해석한다. 과학적인 방법이 오히려 신비주의적 영역의 확대를 가져온다는 의미이다. 새로운 과학이 영혼의 구축(驅逐)이 아니라 영혼의 귀환을 재촉하는 것이다. 그래서 새로운 현대과학의 의의를 "현대의 신비경의 재발견을 위한 다양한 새로운 방법론의 탐구"에서 찾는다. 같은 글에서 그가 "현대인으로부터 미치광이로 보일 위험을 무릅쓰고도 나는 유령의 존재를 믿고 있다"[36]는 샤르르 리쉐의 말을 인용할 때, 그의 입장이 분명하게 드러난다. 인용문에서 심령 연구 곧 강신술, 최면술, 요술, 텔레파시, 투시 등이 정신분석학과 동등하게 처리되고 있다는 점도 특징적이라 할 수 있다. 이 과학과 비과학 혹은 초과학의 편차가 무시되어 이들이 등가로 놓이면서, 초현실주의는 원시주의와 가장 밀접한 관련을 지닌 사조가 된다. 그 연결고리는 '오토마티즘'이다.

> '오오토마티즘'은 현대심령학에서도 쓰는 방법인데, 심령학과 정신분석학, 그리고 정신분석학과 초현실주의와의 밀접한 친등관계를 생각해 볼 때, 그것이 동일한 원리임을 짐작할 수 있는 것이다. 다른 점이 있다면, 영매에 귀신이 접해서 영매의 의사(意思)에서 독립된 귀신의 의사가

---

34) 阿部知二, 위의 책, 37쪽.

35) 그의 「主知的文學論」은 ≪詩と詩論≫ 5집(1929년 9월)에 실려 있다. 다음해 그의 논의는 한 권의 책으로 출간된다. 阿部知二, 『主知的文學論』, 厚生閣書店, 1930.

36) 조향, 「이십세기 문예사조」, 『조향전집2』, 70쪽.

> 절로 기록되는 것이 심령학에 있어서의 자동기술법인 대신에 슈르에 있어서의 방법으로서의 자동기술법은 ‘꿈’의 상태를 시인이 의식적으로 유기(誘起)하여 기록하는 것이다. 의식적으로 꿈꾸는 현대의 환시자들이다.[37)]

“오오토마티즘”은 심령학에 나오는 말로, 강신 상태의 영매가 영혼의 말을 대신 전하는 영매술을 의미한다. 심령학과 초현실주의에서 동시에 사용되고 있는 이 말에 조향은 상당한 흥미를 보이며, 차이보다는 “동일한 원리”에 더 관심을 갖는다. 초기의 초현실주의가 “영적 신비주의를 지향”[38)]하고 마법이나 영매니 하는 말을 사용하긴 하지만, 거기에서는 꿈과 환상에 대한 옹호에서 더 나아가지는 않는다. 「제1차 선언」에서 브르통 스스로 ‘영매’니 ‘마술’이라는 말을 쓰고 있긴 하지만 그가 말하고자 하는 것은 ‘위대한 내부의 발견’일 뿐 어떤 신비한 존재가 외부에 따로 존재하여 영향력을 행사한다는 심령술의 신비적 비전과는 거리가 있다. 그는 인간 내부의 자유로운 상상력을 꿈과 환상에서 발견하고 프로이트로부터 그 타당성을 빌려온다. 꿈, 환상은 무의식의 다른 현현일 뿐이다. 이것은 브르통이 「초현실주의 제1차 선언」에서 수포와 함께 자동기술법으로 작품을 쓰고 나서, 수포가 “신비적 정신에 빠져”[39)] 표제 형식으로 여러 단어를 배열함으로써 오류에 빠진 점을 비판할 때, “나는 초현실적 언어의 예언적인 효과를 믿지는 않는다”[40)]고 말할 때 확인된다. 그러나 브르통의 이런 관점은 「제2차 선언」에 오면 많이 바뀐다. 그는 그의 선언서 각주에 영매의 실재, 점성술, 연금술에 대한 신뢰를 보여준다. 이런 변화는 다소 의외라서 모리스 나도는 브르통이 “갑자기 초

---

37) 위의 책, 106-107쪽.

38) 송재영, 「초현실주의의 역사와 미학」, ≪현대시사상≫ 25, 1995 겨울, 77쪽.

39) T. Tzara, A. Breton, 송재영 역, 『다다/쉬르레알리슴 선언』, 문학과지성사, 1987, 131쪽.

40) T. Tzara, A. Breton, 위의 책, 153쪽.

현실주의가 어떤 종류의 비교적(秘教的)인 탐구에 무관심한 것은 불가능"41)하다고 인식하게 되었음을 강조하며, 그 갑작스러움을 "갑자기"라는 말에 담아 표현한 바 있다. 조향은 제2차 선언 후의 브르통에 주목하고 있는 듯하다.

외래사조의 선택과 해석에 자신의 성향을 투사하는 것은 일종의 창조적 과정이라 할 수 있다. 조향은 초현실주의가 프로이트의 정신분석학적 차원에 머물러 있기를 원하지 않았다. 그가 제1차 선언의 브르통보다, 제2차 선언의 그를 더 신뢰한 것은 단순히 그의 취향의 문제로 국한될 수는 없다. 그가 제시하는 '심령학-정신분석학-초현실주의'의 흐름은 브르통이 분명하게 해명하지 않은 신비주의적 지향을 논리적으로 정리하려는 적극적인 해석의 일종이자 창조적 사유의 결과라 할 수 있다. 이 흐름은 논리적 비약이 많이 개입된, 신비주의 차원의 흐름이라 할 수 있다. 심령학과 초현실주의는 그 자체로 연결되기 어렵기에 오토마티즘(자동기술법)을 매개로 심령학과 초현실주의를 연결한다. 이때 정신분석학은 과학 이전의 심령학과 과학 이후의 초현실주의의 교집합을 지니는 매개 학문으로 존재한다. 그러나 정확하게 말하자면 프로이트의 정신분석학은 심령학과 무관하다. 그럼에도 조향이 이것을 하나의 흐름으로 묶고자 한 이유는 무엇일까. 그것의 확인은 곧 조향의 초현실주의가 선 자리의 확인이 될 것이다. 다음과 같은 글이 이 문제의 해명에 유용할 것이다.

'내적 독백'이라는 수법에 의하여 파들어 내어지는 이상야릇한 인간의 무의식의 세계 곧 미시적 세계는 한 걸음 더 나아가서 '환상소설'의 환시적 세계에까지 가 버렸다. 거기엔, 앞서 말한 바와 같이 '눈에 뵈지 않는 사람(Invisible man)'이며, '투명 인간'들이 얼마든지 왕래하게 된다. 현대의 심령과학에서 말하는 '유체'의 세계다. 이리하여 '유령'의 세계

41) 모리스 나도, 민희식 역, 『초현실주의의 역사』, 고려원, 1985, 167쪽.

> 와의 교통이 가능하게 되어 있다. 인간은 19세기적 비좁은 현상계에만 얽매여 있는 존재는 이미 아니고 추상된 현실 곧 본질적인, 절대적인 세계라고 유추되는 '저쪽(beyond)'과의 왕래를 하고 있는 것이다. (…) 고전 과학적 지식의 덕택으로 영원히 철통같이 막혀 있다고만 생각되던 '저쪽'에의 벽은 없어져 버렸다.[42)]

그는 '내적 독백'이라는 소설 수법을 신비주의적 버전으로 해석한다. 여기에서도 내적 독백과 '환상소설'의 결합에는 논리적인 비약이 개입되어 있다. 내적 독백이 '의식의 흐름'의 수사학적 변환이라 할 때 그것이 환상소설로 나아가는 길은 지극히 협소하다. 조향은 현대심령학과 초현실주의를 관계 맺을 때처럼, 내적 독백과 환상소설의 그 미약한 인과관계를 주관적으로 강화하고 있다. 그 인과관계의 미약함만 넘어서면 그 다음의 이야기는 자연스럽게 이어진다. 환시적 세계, 투명인간, 그리고 현대의 심령과학 등은 논리적 연결 고리를 분명하게 지니고 있다. 그렇다면 처음 단계의 논리적 허점에 주목해야 할 것이다. 그가 숨기고 싶은 것이 이 부분일 것이기 때문이다. 이 부분의 분석을 통해 이 부실한 교량을 급하게 가설함으로써 그가 성급하게 가닿고 싶어 하는 곳이 드러난다.

조향은 내적 독백이라는 소설 기법에는 크게 관심이 없으며, 비약을 통해서라도 그 다음 이야기로 넘어서려는 조급함을 보인다. 처음 그 기법이 "무의식의 세계 곧 미시적 세계"로 설명되는 것은 자연스럽다. 문제는 그 세계를 "한 걸음 더 나아가서" 환상소설의 "환시적 세계"와 등가로 놓는 데 있다. 무의식의 세계가 외면적으로 볼 때 논리적 인과를 지니지 않는 꿈과 몽환의 세계이긴 하지만 제임스 조이스의 소설에서 확인되다시피 현대심리소설에서 그 세계는 환시적 세계와 바로 등가가 되지 않는다. 조향이 전후 서독의 헤르만 카삭크의 「흐름 뒤란의 도시」,

42) 조향, 「현대소설론－소설의 고현학」, 『조향전집2』, 172쪽.

바르진스키의 「죽은 사람의 나라로」 등을 "'저승'을 그린 작품"으로 언급한 것을 보면, 문맥상 그가 말하는 환상소설은 죽음을 매개로 심령학적 세계를 다룬 작품으로 규정될 수 있다. 그는 이런 환상소설을 일종의 소재주의로 파악하고 있는데, 이런 소설의 경향이 무의식의 세계와 다른 차원에 놓임은 물론이다. 중요한 점은 조향이 이 두 세계를 "한 걸음 더 나아가서" 성급하게 등가로 놓으면서 도달한 곳이 현대 심령과학의 "유체의 세계"라는 사실이다.

조향에 의해서 '내적 독백'은 최종적으로 심령과학의 '유체의 세계', '유령의 세계'에 도달하였다. 그는 냉혹한 이성이 철저하게 지배하는 "이지만능주의(理智萬能主義)"[43]의 세계에서 이런 초과학적 세계의 부분적인 부상에 상당히 과장된 포즈로 의미를 부여한다. 그에게 있어서 심령학적 원시주의, 혹은 마법적 원시주의는 이 세계의 한계를 돌파하는 유용한 방식을 제공하는 이념으로 인식된다. 그에 따르면 현대는 "19세기적 비좁은 현상계"의 평면성에 갇혀 있다. 이 현상계는 "고전과학적 지식의 덕택으로 영원히 철통같이 막혀 있"던 세계로서 기존의 입체성을 상실하고 편협하고 일면적인 세계로 축소되었다. 그는 이 세계의 평면성을 뚫고 "추상된 현실 곧 본질적인, 절대적인 세계라고 유추되는 '저쪽(beyond)'과의 왕래"를 꿈꾼다. 아방가르드에 담겨 있는 마법적 원시주의는 이 평면적 세계에 균열을 가하여 이 세계를 다층적, 입체적으로 변형시키는 에너지를 제공한다. 그가 꿈꾸는 세계는 동인지의 서문에 시적으로 표현된 '일요일'과 닮아 있다.

> 새까만 밤의 장막에다 권총을 쏘아 주면 동그만 구멍이 팡 뚫어진다. 환한 햇살이 퍼붓는 동그만 저쪽이 동그랗게 뵌다. 고 구멍이 일요일이다. 사람들은 옹기종기 여게 모여 있다. 갈매기도 끼룩거리고.[44]

---

43) 조향, 「이십세기 문예사조」, 위의 책, 70쪽.
44) 조향, 「일요일의 이야기－선언 같은 것」, 『조향전집2』, 61쪽.

"새까만 밤의 장막"으로 표현되어 있는 이 세계는 권태로 가득한 일상의 요일이다. '일요일'은 이 '장막'으로 표현된 세계의 평면성을 뚫고 생긴 입체적 세계이다. 그 속에서 우리는 "환한 햇살"과 "사람들"과 "갈매기"를 새롭게 만나게 된다. 시에서 이 세계는 소녀가 "ㅡ아이 어쩜 바다가 이렇게 똥구랗니?" 하고 감탄을 하며 세계를 새로운 시선으로 바라보게 만드는 소녀의 "뚫린 손바닥의 구멍"[45]이 된다. 조향에 있어서 이 세계는 일종의 포즈가 아니다. 그것은 신비적 비전에 의해서 다층적인 현실 속에 실재할 수 있는 세계가 된다. 이런 세계는 보들레르의 "초자연"[46]과 등가의 세계이다. 그는 이 세계를 단순히 상상력의 확장이 가져오는 가공의 세계로서가 아니라 현실적인 효력을 지닌 실재의 세계로 받아들이고자 한다. 그가 시인을 두고 "옛날의 주술사의 후예", "고도로 세련되고 복잡해진 현대의 원시인"[47]이라 한 것은 단순한 수사학이라 보기 힘들다. 그가 현대과학의 이름으로 이 초월적 세계를 호명하는 것은 과학이 실재를 담보하거나 최소한 거기에 힘을 실어줄 수 있다고 믿기 때문이다. 지금까지 다룬 조향의 마법적 원시주의는 그가 초현실주의를 기법적인 차원이 아니라 원형론적, 혹은 사상사적 차원에서 수용하는 또다른 근거가 된다.

4. 산업사회와 아방가르드의 원시주의적 활력

아방가르드(특히 초현실주의)를 원시주의와 연계시키는 방법은 몇 가지 있을 수 있다. 기법적, 구조적, 사상사적 유사성을 추구하는 방법이 그

---

45) 조향, 「EPISODE」, 『조향전집1』, 11쪽.
46) 조향은 보들레르의 "초자연과 아리러니"를 언급하고, 초자연을 "현실의 일상성을 초월한 세계를 말하는 것"으로 해석한다. 조향, 「시어론」, 『조향전집2』, 316쪽.
47) 조향, 「시의 발생학」, 『조향전집2』, 200쪽.

것이다. 이 중 가장 단순한 방법이 기법적 측면의 유사성을 지적하는 것이다. 조향은 원시주의를 기법적인 측면에서 손쉽게 초현실주의와 연계시킬 수 있었겠지만 그것을 피하고 있다. 흔히 원시주의의 특성을 "어느 한쪽의 조화되지 않거나 어떤 면에서는 서로 혐오하는 두 형태 사이의 상호작용"[48]으로 보기 때문에, 이런 특성을 초현실주의의 돌발적인 이미지의 결합과 연계시키는 것은 어려운 일이 아니다. 그러나 기법 차원의 유사성은 표면적인 유사성에 그칠 확률이 높아 본질적인 연관성을 보여주는 데 실패한다. 이는 곧 문체적 원시주의의 한계이기도 하다.

다음으로 구조적 유사성을 지적하는 것인데, 이는 초현실주의의 사상적 기반인 프로이트적 무의식의 성격과 관련된다. 프로이트가 강조한 무의식은 이성의 통제 하에 놓인 의식의 세계에 대한 거부, 논리적 · 합리적 세계와 무관한 질서로 이루어진 새로운 세계의 발견이라는 의미를 지닌다. 그럴 때 무의식은 의식이 개입되기 이전의 또다른 '원시적 세계'로 인식될 수 있다. 이런 특성으로부터 초현실주의의 심리적 경향이 "인류 발전의 초기, 즉 의식, 이성적 사고의 성장 이전 단계와 관련된다는 점에서 무의식에 대한 초현실주의자들의 관심은 원시주의로 고려될 수 있다"[49]는 주장이 나올 수 있다. 그러나 이런 측면에서 출발하는 원시주의는 또다른 소재주의로 떨어지고 만다. 근대 이성이 스며들지 않은 원시적 사유를 잘 담고 있는 원시적 모델은 신화밖에 없기 때문에, 이런 경향은 신화를 일련의 소재로 다루는 매너리즘으로 귀결되고 만다는 한계를 지닌다. 또한 근원적으로 이런 접근은 무의식의 반이성적 성격과 원시주의적 원시상태의 질적인 차이 때문에 그다지 설득력을 지닌다고 할 수 없다. 조향은 앞에서 이미 자각적, 의식적인 차원에서 양자의 차이를 구별한 바 있다.

---

48) Bell, Michael, 앞의 책, 104쪽.
49) Rhodes, Colin, 앞의 책, 162쪽.

이런 단순비교를 벗어나는 것이 바로 조향이 추구한 정신사적 측면의 접근이라 할 수 있다. 조향은 초현실주의를 기법적인, 혹은 구조적인 차원에서 단순 비교하지 않고 그것이 지닌 정신사적 측면에서 심층적으로 접근하고 있다. 우리는 이것을 원형적 원시주의를 통해 살펴본 바 있다. 해방 이전까지의 모더니즘과 아방가르드의 전반적인 이해가, 앞에서 살펴본 가장 낮은 단계의 기법 중심으로 이루어진 점을 생각할 때 정신사적 접근은 조향의 창조적 이해의 한 단면을 보여주는 것으로 평가할 수 있다.

조향의 정신사적 접근이 가장 빛을 발하는 부분은 현대산업사회의 특성과 초현실주의의 원시주의를 연계시키는 방식이다. 조향이 초현실주의의 원시주의에 관심을 기울이는 결정적인 이유는 바로 이것이 현대문명이 야기한 "인간소외라는 세기의 병을 치료할 수 있는 처방전"[50]이 될 수 있다는 믿음에 있다. 「산업사회에 있어서 문학(예술)이 가야할 길」이라는 글에서 그는 그 처방전을 두 가지 현대사상에서 찾고 있는데, 그것은 "철학에 있어서의 하이데거의 원초적인 존재론과 문학예술에 있어서의 초현실주의의 원시주의"[51]이다. 그는 하이데거의 존재론과 초현실주의의 원시주의를 별개의 사상으로 다루는 것이 아니라 서로 긴밀하게 연계된 것으로 보고 있다. 그에 따르면 하이데거의 후기 철학인 원초적인 존재론은 이 세계가 "존재에서 현존재(존재물)에로라는 도정"을 따라 타락의 길을 걷고 있다는 문제적 상황에 대한 대응에서 비롯된 것이다. 그래서 그 존재론은 소크라테스 이전의 시기, 즉 "존재가 그 진상에 있어서 포착되었던 '원초'의 시대"의 회복을 목표로 삼는다. 소크라테스 이전에 존재하였던 "원초"는 이후 플라톤, 아리스토텔레스에 의해 은폐되어, 그들에 의해 주관성의 시대가 시작된다. 그것이 근대 데카르트,

50) 조향, 「산업사회에 있어서 문학(예술)이 가야 할 길」, 『조향전집2』, 366쪽.
51) 위의 책, 366쪽.

라이프니츠, 칸트, 헤겔을 거쳐 "존재 대신에 유재자 전체의 기체로 된 인간의 그 주체성이 철저히 존재자를 지배"하여 세계는 상(像)으로 변질되고, 모든 것의 근거로서의 존재는 망각되어 이 세계에는 인과적 근거만이 유효하게 존재하게 되는 문제적 상황이 형성되었다. 이런 주관적 이성이 철학의 중심이 되어 권력 의지, 니힐리즘의 극한을 거쳐 기술이 지배하는 "고향상실"의 현대에 도달한 것이다. 조항은 이런 과정을 한마디로 요약하여 "존재와 존재자를 혼동하여 존재자를 존재로 착각한 인간의 오만한 무지가 오늘날의 산업사회·기계시대의 비극을 초래한 것"으로 파악하고, 이 비극을 "소크라테스 이전의 존재의 '원초'기로 되돌림으로써 인간의 병·시대의 병을 치유하자는 것이 하이데거의 심산"이라고 단언한다.[52] 이 때의 '원초'는 자연발생적인 과거의 원시가 아니라 지각적, 의식적으로 추구되어야 할 원시임은 물론이다.

하이데거의 '존재'에 새로운 해석을 가함으로써 조항은 초현실주의적 원시주의를 하이데거의 실존주의에 연계시킨다. 그는 하이데거의 '존재'를 '무(無)'로 파악한다. 존재는 존재자에게 자기를 묻혀서 존재자를 밝은 곳에다 밀어놓고 자신은 가뭇없이 숨어버리기 때문이다. 이것을 심리학적 차원으로 해석하여 그는 하이데거의 '존재'는 곧 '무의식'[53]이라 판단한다. 의식이 말(심상)을 의식면(밝은 면)에다 밀어내어서 존재자로 만드는 순간 자신은 숨어버린다는 점에서 하이데거의 '존재－존재자'와 '무의식－의식'의 기능적 유사성이 성립한다. 하이데거의 '존재'는 동양의 '무(無)'를 거쳐 프로이트의 '무의식'에 도달함으로써 초현실주의와 연결고리를 지니게 된다. 그는 초현실주의를 하이데거의 실존주의로 해석하고 그 연결고리로 동양의 고전을 차용한다. 서양이론을 동양적인 시각과 겹쳐서 논의하는 이런 부분에서 그의 독창적인 사유를 엿볼 수

52) 위의 책, 366-369쪽.
53) 위의 책, 369쪽.

있다.[54] 이는 그 이론이 지닌 근원적인 보편성을 강조하고, 자신의 사유로 뿌리를 내린 사상의 깊이를 보여주는 역할을 한다.

하이데거를 거쳐 아방가르드를 원시주의의 시각에서 접근한 것은 결국 어떤 점을 부각시키기 위한 것일까. 이의 확인을 통해 그에게 있어서 아방가르드는 단순한 문예사조, 일시적 유행이 아니라, 현대산업사회에서도 여전히 작동하는 어떤 잠재적 가능성의 일종이었음이 밝혀질 수 있을 것이다. 그 가능성은 다음과 같은 언급에서 구체화된다.

> 이렇게 하여 초현실주의자들의 사고의 원리는 원시주의(primitivism)였다. 원시주의는 곧 순수주의다. 순수주의는 어린아이이며 미개인이며 광인처럼 자연상태에 있어서의 그것이 아니고 단호한 노력으로서 현실의 울타리를 뛰어넘는 것이다. (…) 하이데거의 원초적 존재론이나 초현실주의의 원시주의는 현실의 부조리(산업사회의 그것도 포함)를 말끔히 떨어버린 순수상태에서 새로운 재출발을 꾀하는 작업이다. 거기에는 새로운 초창기의 봐이탤러티(vitality)가 넘쳐 흐리고 있으며 새로 마련된 코오스로 세계는 내닫게 될 것이다.[55]

여기에서 강조하는 '활력'은 근대 합리주의의 경직성에 의해 상실된 현대의 긍정적 가치이다. 이 활력이 사라진 세계에는 권태만이 난무하게 된다. 근대 사상의 중요한 주제가 권태였던 것도 이 활력의 상실과 관련된다. 조향은 이 활력의 르네상스를 꿈꾸고 있다. 그 활력의 한가운데 있는 것이 원시주의이다. 김기림 역시 원시적 조야함이 지닌 활력을 강조한 바 있다.[56] 그러나 김기림의 논의가 단순하고 평면적인 데 비해 조향의 논의는 깊이와 폭을 지닌 입체적인 논의이다. 지금까지 살펴보

---

54) 조향은 하이데거의 '존재'를 노자의 사상과 연계하여 해석한다. '존재'를 존재자를 존재자이게 하는 무제약자로 보면서 노자의 '道'와 연계시키고, 존재가 은밀하여 눈에 뵈지 않는 특성을 들어 노자의 '希, 夷, 微'와 연결시킨다. 위의 책, 367쪽.

55) 위의 책, 370-371쪽.

56) "조야는 힘의 상태다. 그것은 또한 건강의 발로다." 김기림, 앞의 책, 87쪽.

았듯이 조향은 그 활력을 원시주의의 정신사적 요소, 마법적 지향을 통해 구체적으로 논의한 바 있다.

물론 하이데거의 '원초', 원시주의의 '원시'라는 개념이 얼마나 실질적인 효력을 지니며, 그 활력의 구체적인 내용이 무엇인가 하는 문제가 남는다. 물론 우리는 그것을 이데올로기의 피할 수 없는 결함으로 치부할 수 있다. 하지만 조향이 추구하는 원시주의의 활력은 구체적인 측면이 강하다. 그는 다른 논의에서 언어적인 측면에 초점을 맞추어 원시주의의 활력에 대해 설명한다.

> 원시어는 구상적인 영상어였다. "알공킨(Algonkin)어의 한 마디 한 마디가 사상파(Imagism) 시인의 소품과도 흡사한 것이다"(Edward Sapir「언어」에서)에서도 알 수 있을 것이다. 원시어, 원시어법은 현대인의 무의식 속에서 잠자고 있는 은유어들이다. 시가 가난해졌을 때, 우리는 이러한 무주제(無主題) 은유어들의 재개발작업을 통하여 매너리즘에 빠진 시에다 새로운 활력을 부여할 수 있을 것이다.[57]

그는 구체적으로 시의 문제에 입각하여 원시주의의 활력에 대해 다룬다. 인용문에서처럼 아방가르드에 내재된 원시주의가 매너리즘에 대한 타격이었듯이, 원시어는 현대시의 궁핍에 대한 대안이 될 수 있다. 초현실주의의 이미지는 즉물적인 구상성이 살아 있는 이미지이며 이는 "다면성격(多面性格)·다시각성(多視覺性)"을 지닌 입체적인 이미지이다. 조향은 원시어에 남아 있는 이런 구상적인 활력에서 현대시의 새로운 돌파구를 찾고 있다. 그러나 그는 원시주의의 소박한 동경, 즉 원시어의 단순한 발굴에 그치지 않는다. 그가 원시어를 "현대인의 무의식 속에 잠자고 있는" 것으로 정의하고, 이를 "재개발"할 대상으로 인식하고 있다는 사실에서 이를 확인할 수 있다. 이 원시어의 활력은 현재 우리의 무

57) 조향, 「파트라지의 미궁에서 쉬르의 회랑으로」, 『조향전집2』, 338쪽.

의식 속에 이미 내재되어 있는 것으로 전제되어 있다. 우리가 현대 문학의 권태와 무기력을 극복하기 위해서는 그것을 재개발하는 자각적이고도 의식적인 노력이 필요한 것이다.

아방가르드를 원시주의의 시각에서 접근한 것은 결국 이 새로운 문학이 합리주의에 질식된 이 세계의 권태를 해소시키며 일차원적 세계에 새로운 활력을 줄 수 있다는 판단 때문이다. 우리는 그 활력을 원시주의라는 이름으로 잠재되어 있는 반이성주의와 마법성에서 확인한 바 있다. 조향은 자신이 선택한 아방가르드가 1930년대에 이미 시효가 완료된 문예사조의 복고적 부활이 아니라, 현대산업사회의 문제를 근원적으로 해결해줄 수 있는 정신사적 기획으로 인식했다. 그의 아방가르드 시론의 가치가 높이 평가되어야 하는 이유가 여기에 있다. 다시 말하여 그에게 있어서 아방가르드는 단순한 문예사조, 일시적 유행이 아니라, 현대산업사회의 부조리를 극복하여 의식적으로 새로운 활력을 얻을 수 있는 정신사적 기획이었던 것이다.

5. 결 론

원시주의와 아방가르드의 관계를 지적한 것은 물론 조향만이 아니다. 김기림 역시 원시주의에 대한 글(「현대예술의 원시에 대한 욕구」)을 남기고 있다. 그러나 그는 원시성을 "단순과 암시"로 파악하여 원시적 조야함의 활력을 강조하지만, 그것을 그의 오전의 시론과 연계되는 "원시적 명랑"으로 축소시키고 만다. 또한 전반적으로 평면적인 시각을 벗어나지 못하고 있다. 이에 비하여 조향은 아방가르드와 원시주의에 대한 깊이 있는 이해를 바탕으로 창조적으로 해석하고 있다.

조향의 시론은 아방가르드와 원시주의가 지닌 본질적인 가치에 주목하여 그것을 현대의 아포리아를 돌파해나가는 에너지로 승화시키는 창조적 행위로 나타난다. 그의 "사고 원리로서의 프리미티비즘"은 원시예술의 재료를 현대 예술의 모델로 사용하는 소재주의적인 접근, 즉 문체적 원시주의가 아니라, 원시적 사유의 정신적 지향에서 근대의 문제상황을 자각적이고도 의식적으로 해결하기 위한 원형적 원시주의이다

이 원시주의의 독창적인 이해가 그의 마법적 원시주의로 나타난다. 영혼, 유령과 같은 초과학에 대한 그의 관심은 단순한 호사가의 취미가 아니다. 심령학적 원시주의, 혹은 마법적 원시주의는 고전과학의 편협함에 의해 축소된 이 세계의 평면성을 극복하여 이 세계의 한계를 돌파하는 유용한 방식을 제공하는 이념이다. 아방가르드에 담겨 있는 마법적 원시주의는 이 평면적 세계에 균열을 가하여 이 세계를 다층적, 입체적으로 변형시키는 에너지를 제공한다.

조향은 자신이 선택한 아방가르드가 1930년대에 이미 시효가 완료된 문예사조의 복고적 부활이 아니라, 현대산업사회의 문제를 근원적으로 해결해줄 수 있는 정신사적 기획으로 인식했다. 그것은 아방가르드의 본질을 원시주의에서 찾은 그의 통찰에 잘 드러난다. 그의 아방가르드 시론의 가치가 높이 평가되어야 하는 이유가 바로 여기에 있다.

▸▸▸ 참고문헌

『조향전집2 시론·산문』에 미수록된 작품은 '(미수록)'으로 표기함.

조향, 「역사의 창조」, ≪죽순≫ 6, 1947.
___, 「설문」, ≪죽순≫ 6, 1947.
___, 「양과 질과 파행」, ≪평화일보≫, 1948. 9. 2. (미수록)
___, 「정리기서 본궤도로－작금 영남문화제의 개관」, ≪서울신문≫, 1949. 9. 4. (미수록)
___, 「현대시 단상」, ≪서울신문≫, 1949. 10. 26-28. (미수록)
___, 「현실의 규정 문제」, ≪해동공론≫ 49, 1949. (미수록)
___, 「실험 없는 세대」, ≪서울신문≫, 1950. 1. 26.
___, 「시의 감각성」, ≪문학≫ 6권4호, 1950. 5. (미수록)
___, 「이십세기 문예사조」, ≪사상≫ 1,2,4호, 1952.
___, 「구관조」(소설), ≪아리랑≫ 1, 1953. (미수록)
___, 「현대시의 역정」, ≪현대문학≫ 1호, 1954. 11.
___, 「CORTI씨 기관계외」, ≪국어국문학≫ 9, 10호, 1954.
___, 「네오 슈레알리슴－시론산책」, ≪신태양≫, 10, 12월호, 1956. 10-12. (미수록)
___, 「우리의 좌표－동인지 ≪현대문학≫의 변」, ≪시작≫ 6집, 1956. (미수록)
___, 「현대소설론」, ≪한글문예≫ 1호, 1956.
___, 「봄을 등진 이야기」, ≪문필≫ 1호, 1957.
___, 「시의 발생학」, ≪국어국문학≫ 16, 1957.4.
___,「저항하는 결정체」, ≪국제신문≫, 1957. 12. 28. (미수록)
___, 「데뻬이즈망의 미학」, ≪신문예≫, 1958. 10. (미수록)
___, 「20년의 발자취」, ≪자유문학≫, 1958. 10.
___, 「장미와 수녀의 오브제」, ≪현대문학≫, 1958. 12. (미수록)
___, 「현대시론(초)」, 『대학국어(현대문학)』, 자유장, 1958.
___, 「시의 표기도 마땅히 우리말로」,≪신문예≫, 1959. 5. (미수록)
___, 「DADA운동의 회고」, ≪신조문학≫ 창간호, 1959.
___, 「1959년 시단총평」, ≪문학≫ 3호, 1959.
___, 「Scenario 문학론」, ≪동아≫ 1호, 동아대학교, 1961.
___, 「교수, 학생 앙케이트」, ≪동아≫ 3호, 동아대학교, 1963.
___, 「CORK 장치의 실내악」, ≪동아≫ 3호, 동아대학교, 1963.
___, 「DADA, DADA, DADA」, ≪일요문학≫ 1집, 1963.

____, 「성격학 연구」, 《동아논총》 1집, 1963. (미수록)
____, 「대학, 지성, 인생관, 세계관」, 《동아》 4호, 동아대학교, 1964.
____, 「멋에 관하여」, 《국제신보》, 1964. 4. 6. (미수록)
____, 「고전문학론」, 《문학춘추》 2권6호, 1964. (미수록)
____, 「시의 고현학」, 《문학춘추》 2권6호, 1964. (미수록)
____, 「시의 고현학(1)」, 《문학춘추》, 1964. 6.
____, 「선언서」, 《아시체》, 1974.
____, 「자동기술법론」, 《아시체》, 1974. (미수록)
____, 「시어론」, 《시문학》 49, 50호, 1974. 8.
____, 「초현실주의 사상과 기교－자동기술론」, 《아시체》 1975. (미수록)
____, 「초현실주의 사상과 기교－Objet론」, 《오브제》, 1978. (미수록)
____, 「토속성이 묻어 있는 메르헨」, 《시문학》 101호, 1979. 12. (미수록)
____, 「초현실주의 사상과 기교－해학」, 《오브제》, 1980. (미수록)
____, 「초현실주의 개설」, 《명대》 11집, 명지대학교, 1981.
____, 「파트라지의 미궁에서 쉬르의 회랑으로」, 《시문학》 126호, 1982. 1.
____, 「초현실주의와 현대문학의 방향」, 《시문학》 136호, 1982. 11.
____, 「후반기의 시말기」, 《세월이 가면》, 근역서재, 1982.
____, 「산업사회에 있어서 문학(예술)이 가야할 길」, 《명대》 14집, 명지대학교, 1983.
____, 「안장현의 『잊을 수 없는 사람들』을 읽고」, 《시문학》 138호, 1982.
____, 「초현실주의 사상과 기교－물체시 난만」, 《오브제》, 1984. (미수록)
____, 「시와 의의」, 『한국모더니즘대표시선집』, 1987 여름. (미수록)
____, 「시의 이교도」, 미발표 원고. (미수록)
____, 「Cummings는 가다」, 미발표 원고. (미수록)

이승훈

非對象의 시론에서 不二의 시론까지

1. 문제제기

인간이란 본래 수구성, 보수성, 관성, 모방성, 반복성을 강하게 지향한다. 이것은 好惡의 문제가 아니며 是非의 문제 또한 아니다. 인간들이 살아가는 나날의 삶이란 것은 거의 90퍼센트 이상이 고정관념에 의하여 이루어진다는 연구결과야말로 이 점을 뒷받침하기에 충분하다. 이것은 경제학적 측면에서 볼 때 인간들이 그들의 생물학적, 심적 에너지를 절약하는 방식이며, 유전학적 측면에서 본다면 문화적 DNA의 자기복제를 지속시켜 가려는 추동력의 한 양상이다.

시인이 시를 쓰는 데도 위와 같은 논리가 그대로 적용된다. 많은 시인들이 기존의 시에 대한 개념과 양식에 대해 크게 의심하지 않은 채, 수구성, 보수성, 모방성 등에 의하여 시창작을 시작하고 지속한다. 그것은 매우 편리하고 안전한 삶의 방식이다. 그리고 이것은 시라는 문화적 DNA가 자기복제를 계속하려는 속성에도 잘 부합되는 방식이다.

---

* 정효구 / 충북대학교 교수

그러나 이런 방식을 거부하는 시인이 있다. 날카로운 자의식 속에서 <시란, 시인이란, 시쓰기란 무엇인가>라고 한 치의 양보도 없이 극단까지 질문하며, 그에 대한 답을 스스로 마련하는 가운데 기성의 전통적인 시와 구별되는 새로운 시와 시론을 내놓는 경우이다. 여기엔 엄청난 에너지가 투여되며, 반시적 저항성이 갖는 계보불명의 외로움이 있고, 문화적 DNA의 자기복제성을 부정하는 이단적 불협화음이 들어 있다. 이승훈은 바로 이와 같은 시와 시론의 감행자이다.

그의 시론은 엄청난 에너지가 투여된 만큼 <진지하고>, 반시적 저항성을 갖는 만큼 <낯설며>, 자기복제의 관성을 부정하는 만큼 <창조적>이다.

1963년 ≪현대문학≫지로 등단한 이래 이승훈은 시와 더불어 시론을 부지런히 써왔다. 그는 자신의 난해한 시쓰기에 대해 자신만의 독자적인 시론으로 그것을 설명하고 보충하는 가운데 자기정리를 하였고, 더 나아가 우리 시단의 보수적인 시론을 문제 삼으며 새로운 시론의 장을 열어가는 데 공헌하였다. 그의 이와 같은 시론은 그의 시쓰기와 늘 동행하는 파트너이면서 동시에 우리 시단과 시사에 반시의 시론 혹은 부정의 시론을 열어놓은 장본인으로 그 의미를 부여받을 수 있다.

2. 非對象의 시론

이승훈의 시론집 『非對象』은 그의 초기시론의 실상을 알려주는 가장 좋은 자료이다. 그는 자신의 이 시론집을 통하여, 책의 제목으로 사용되기도 한, 이른바 <비대상의 시> 혹은 <비대상의 시론>을 본격적으로 집중하여 주창한다. 그가 사용한 용어이기는 하지만 <비대상>이라는 말이 조금 어색하기는 하다. 그러나 <대상>이란 말 앞에 놓인 <非>가 <無>, <脫> 등의 의미를 함께 갖고 있는 것으로 이해하면 크게 문제될 것이 없다.

이승훈에게서 <비대상의 시와 시론>이 출현하게 된 원천은 "한 세상 우리는 어떻게 살아가야 하는가"[1]라는 무거운 인생론을 토대로 삼고 있다. 이 질문은 진부한 듯하나 심각한, 그러면서 정답을 찾기 어려운 물음이다. 이 질문에 답하지 않고도, 모방과 관성에 의하여 자동화된 삶을 살아가는 것이 얼마든지 가능하나, 이승훈은 처음부터 끝까지 이 질문을 화두처럼 붙들고 그것의 해결과 탐구에 시간을 바쳤다. 그 결과 그는 소위 <반시론>과 <부정의 시론>을 끌어낼 수 있었으며, 그것은 이전의 어떤 시론과도 구별되는 소위 <탈자동화된> 시론으로 그 의미를 부여받을 수 있게 된 것이다.

이승훈이 내놓은 비대상의 시론은 대상과 세계를 무화시키는 일로부터 시작된다. 이것을 말하기는 쉬울지 몰라도 실천하고 감당하기는 참으로 어렵다. 여기서 그가 대상과 세계를 무화시킨다는 것은 자연으로서의 대상이든, 일상으로서의 대상이든, 자신의 무의식을 제외한 모든 것을 괄호 속에 집어넣는다는 뜻이다. 그에게 시쓰기란 인생론의 일종인 자기존재의 증명이었거니와 그는 그 자기존재의 증명이 무의식의 발견과 탐구에 의하여 이루어진다고 생각하였던 것이다. 그에게 있어서 자신을 증명할 수 있는 것 가운데 어느 것에 의해서도 훼손되거나 왜곡되지 않은 순수지대는 그 자신 속에 존재하는 무의식의 세계라고 생각되었다. 대문자 <I>로서의 자기존재에 대한 증명이 그렇게 중요한 것인가, 그리고 그 일이 무의식의 발견과 탐구로 가능하기는 한 것인가, 라는 물음 앞에서 이승훈의 태도와 응답에 동의할 수 없다면 그의 비대상 시론을 더 이상 논의하기가 어려울 것이다. 그러나 시쓰기란 인생론

---

1) 이승훈, 『非對象』, 민족문화사, 1983, 15쪽.

으로서의 자기존재 증명에서 비롯되는 개성적 행위이며, 근대성과 현대성을 논하는 자리에서 가장 중요한 존재가 대문자 <I>로서의 개인이자 자아이며, 무의식은 20세기가 발견한 개인의 가장 넓고 깊고 본질적인 해저에 속하는 것임을 이해한다면, 이승훈의 이와 같은 비대상 시론의 출현과 그에 대한 탐구의 열의를 충분히 이해하며 그의 말에 집중할 수 있을 것이다.

앞에서도 언급했듯이, 그는 초기의 비대상의 시론에서 자아의 무의식을 중심에 놓고 세계인 대상을 지워버렸다. 세계인 대상이란 그에게 "인간의 관념 혹은 유동하는 꿈의 세계에 지나지 않을지도 모른다"[2]는 생각이 엄습했기 때문이다. 결국 세계인 대상이란 조작되고 구성된 <幻>이자 방편으로서의 <幻>이고, 더 나아가 부재하는 존재에 불과하다는 것이 그의 생각이다.

이처럼 대상을 부정하고 무화시키는 일은 이미 존재하는 세계로서의 대상의 실재를 그대로 긍정하고 그에 순응하거나 그와 화해하며 살아가는 신본주의, 자연중심주의, 대상중심주의, 세계중심주의에 정면으로 맞서는 일이다. 먼저 있는 대상이란 실재라기보다 부재의 환상에 불과하며, 오로지 존재하고 확신할 수 있는 것은 <나>이며 나의 무의식이라는 주장이야말로 보수적인 세계관과 반대의 자리에 서 있기 때문이다.

이승훈은 왜 이토록 대상을 부정하며 자아를 주창하였을까? 그리고 그 가운데서도 자아의 무의식을 자기 존재의 중심으로 규정하였을까? 그것은 앞서 말한 바와 같이 세계인 대상은 <幻>일 뿐만 아니라, 그 <幻>이란 절대적인 실재와 현실의 모양을 하고 인간들에게 엄청난 억압성, 폭력성, 강요성, 인공성, 작위성 등을 행사하며 무모하게 작동하기 때문이다. 이런 <환>에 의해 만들어진 세계와 사회, 그리고 그 속의 인간은 진정한 모습을 상실한 형국이며, 그럼에도 불구하고 그것을 받아

---

2) 위의 책, 16-17쪽.

들일 때 그 속에는 엄청난 자기소외가 깃든다고 그는 생각하는 것이다.

자아의 무의식, 그곳은 대상과 세계의 대표적 존재인 사회의 규범이나 제도 그리고 가치나 윤리에 편안히 적응하거나 순응하지 못하고 외로움, 불안, 우울 등으로 시달리던 그가 찾아낸 이른바 <고향>과 같은 곳이기도 하였다. 그는 여기서 자유, 순수, 평화, 안정, 해방 등과 같은 긍정적 감정을 얻을 수 있을 것 같다는 상상을 하였다.[3] 달리 말하면 그는 대자적 세계인 대상, 사회 등과 구별되는 즉자적 세계를 갈망하였고, 그 즉자적 세계의 구체적 장소로 찾아낸 곳이 자아의 무의식이었던 것이다. 그곳은 대자적 세계로서의 인간들이 만든 어떤 인간적, 사회적 관념과 조작도 끼어들지 않은 곳이다. 그는 이와 같은 즉자적 지대로서의 고향과 같은 무의식의 세계를 만나고 그것을 드러내는 것이 바로 진정한 자기존재 증명이며 시쓰기의 실체가 되어야 한다고 생각하였던 것이다.

즉자적인 세계란 자크 라캉이 말하는 <실재계>와 다르지 않다. 그러니까 이승훈은 대자적 세계인 상징계를 부정하고 떠나서, 실재계를 지향한 것이다. 상징계는 말 그대로 만들어진 인간적인 상징들의 세계이지만, 실재계는 환으로서의 상징이 끼어들기 이전에 즉자적으로 실재하는 세계인 것이다. 상징계에 살면서도 그가 자신을 증명하고 신뢰할 수 있는 곳, 그리고 가고 싶은 곳은 실재계였던 것이다.

하지만 이런 순수성을 갖고 있다 하더라도, 그가 찾아낸 즉자적 세계로서의 무의식의 세계는 그것을 들여다보면 그럴수록 형태가 없는 리듬, 파편, 에너지, 흐름 등으로 명료한 포착이 불가능할 뿐만 아니라 그에게 실존의 실재가 지닌 현기증을 안겨준다. 하지만 이것이 진면목이

---

3) 이승훈은 이 점에 대해 다음과 같이 고백하고 있다 : <영혼이 활동하는 무의식의 나라에서 모든 인간들은 일상적 삶의 허위로부터 초월한다. 거기서 그들은 고향을 발견한다. 거기서 사람들은 모든 삶의 참된 에너지와 만나게 되는 것이다.>,위의 책, 11쪽.

라면 그것을 있는 그대로 표출하는 것이 자기존재를 그대로 보여주는 일이라고 그는 생각한다. 그는 이러한 즉자적 세계이자 실재계이며 무의식의 세계를 드러내는 데 집중하였고, 그것은 난해하였지만 그에게 새로운 시쓰기와 새로운 시론의 창조를 가능하게 하였다.

그러나 그가 언어를 버리지 않는 한, 그의 무의식을 드러내는 일은 바로 그 언어에 의하여 이루어져야만 하였다. 언어란 사회적 산물로서 상징계의 대표적인 도구이기 때문에 그가 집중하는 즉자적 세계를 드러내는 일에 한계를 지닌다. 그는 여기서 개인상징으로 언어의 상징성과 도구성이 지닌 한계를 넘어보려 하였지만, 개인상징이 지닌 소통의 어려움과 그 개인상징조차도 실은 언어라는 도구의 한 형태라는 점을 상기할 때, 그것은 쉽게 풀리지 않는 과제로 남을 수밖에 없었다. 그는 이런 과제수행의 어려움을 <방법론적 긴장>이라는 말로 표현하기도 하였다. 요컨대 언어로 무의식, 실재계, 즉자적 세계를 드러내는 일엔, 그것의 가능성과 불가능성 사이에서 발생할 수밖에 없는 긴장이 스며 있다고 보는 것이다.

이승훈의 이런 비대상의 시론은 대상보다 자아를 우선시한다는 점에서 자아중심주의에 근거해 있다. 세상에 내가 <있다>는 그 사실의 증명이 훼손되지 않은 <무의식>을 표출하는 일과 등가를 이룬다는 점에 동의를 하든 아니 하든 간에, 그의 애착과 기대는 자아 쪽에 가 있기 때문이다.

대상을 배제한 자아와 그 속의 무의식이 이처럼 대접을 받으며 시의 핵심으로 승격된 적은 이전의 우리 시론에 거의 없다. 이승훈은 이상과 김춘수의 경우를 그의 선배로 거론하며 그들에게서 비대상성을 읽어낸다. 그러나 이들에게서 그 흔적을 찾아본다 하더라도 이승훈의 비대상 시론은 매우 이질적이다. 물론 1960년대의 ≪현대시≫ 동인들에게 이런 경향은 보편적이었지만 그것을 이승훈만큼 발전시켜 자기화한 경우는 찾아보기 어렵다.

이승훈은 비대상의 시론을 통하여 자아와 세계의 심저를 재발견하고 강조한 셈이다. 세계인 대상이란 물리적으로 말할 때 에너지의 흐름에 불과하다는 사실, 자아라는 존재 역시 에너지의 흐름인 무의식이 형태를 입고 나타난 것에 지나지 않는다는 사실을 그는 인식하고 역설한 셈이다. 여기서 사회화, 관념화, 인간화, 형태화되기 이전의 대상에 대한 그의 인식과 자아에 대한 그의 인식은 동일하게 실재계를 본질로 본 데서 비롯된 것이다. 그 속에는 유동하는 에너지와 그 흐름이 있고, 나와 너를 구별하지 않는 전일성이 있고, 삶과 죽음이 한몸인 충동이 있을 뿐이다. 그 세계는 심리학적 용어를 써서 다르게 말하자면 오이디푸스 이전 단계라고도 할 수 있다. 이런 세계는 언제나 우리를 부르면서 보이지 않는 곳으로부터 우리를 조종하고 충동질하고 움직이게 한다. 그곳은 쉽게 찾아들기 어렵고 표상하기도 어렵지만 인간과 자아의 고향이자 원천이고 시원이다.

그렇다고 하여 죽음이 오기 전에 우리가 사회화되고 인간화된 소위 아버지의 법칙과 그 세계를 벗어나 그곳으로 온전히 돌아간다는 것은 불가능하다. 우리는 이미 이성과 사회적 규범과 가치의 지배를 받고 있으며, 그것에 물들어 있으며, 그 삶을 완전히 포기하거나 무시할 수 없기 때문이다. 그것은 이승훈이 비대상의 시론을 말하면서도 언어를 포기할 수 없는 것과 마찬가지이다.

그러고 보면 이승훈의 비대상 시론은 상징계에서 실재계를 만나고자 하는 노력의 산물이다. 달리 밀하면 실새세에 서서 상징계를 바라보고자 한 사람의 담론이다. 그나저나 시라고 하는 양식이 상징계의 산물이고, 언어 또한 상징계의 도구이며, 자아중심주의 역시 상징계에서 비롯된 것이므로, 그가 시를, 언어를, 자아를 버리지 않는 한, 실재계를 만나고자 하는 싸움은 더욱 큰 에너지를 요구할 수밖에 없으며, 그가 <방법

론적 긴장>이라고 말한 긴장은 더욱 치열해질 수밖에 없다.

그러나 상징계를 넘어선 곳에서 존재를 찾고 입증하고자 했던 그의 지적 모험이자 시적 모험이고 인생론적 모험인 이 일은, 반성 없이 상징계에 순응하며 그 속에서 맴돌거나 작은 차이만을 만들어내는 경우와 달리, 상징계의 우월성과 지배성에 큰 균열을 가져다 준 것임에 틀림없다. 개인적으로 볼 때, 그것은 이승훈에게 힘겨운 투쟁의 현장이었지만, 상징계의 억압을 넘어서 그만의 <고향>에서 은밀히 자유의 맛을 맛보는 기쁨도 선사하였을 것이다. 그러나 상징계는 주류이고, 그가 서 있는 비대상의 영역은 어디까지나 소수의 방외지대이다.

3. 非主體의 시론

앞서 논의한 이승훈의 비대상의 시론은 대상을 대담하게 지워버리려는 점에서 획기적이지만, 그에 반하여 자아를 부각시켰다는 점에서 여전히 부담을 안고 있는 셈이다. 자아를 주체라고 바꾸어 말한다면, 그는 주체를 제1의적인 것으로 삼았고, 그 주체란 무엇인가라는 질문을 제기하였으며, 그 결과 무의식이 주체의 핵심이라는 결론을 내렸다. 이러한 자아중심주의를 보여주면서 그는 자아의 본질에 대한 희구를 근저에 깔고 있었던 것으로 판단된다. 그가 자아의 내면에서 발견한 무의식은 그 본질의 다른 이름과 같았으며, 그는 이 본질로서의 무의식에 애정을 넘어 집착까지 드러내었다고 보아도 무리가 없을 것이다.

그런 점에서 그가 무의식을 말하였을 때, 그 무의식은 '주체의 주체'에 해당되는 것이었다. 이것을 무의식중심주의라고 말하면 어떨지 모르겠다. 따라서 즉자적 세계, 곧 실재계에 대한 그의 꿈은 중심주의가 갖는 방해요인을 스스로 내장시키고 있었던 셈이기도 하다.

앞장에서도 말했듯이 언어, 자아, 시 등은 여전히 상징계의 산물이고, 이들은 실재계와 대립적 존재들인 것이다. 이런 긴장과 갈등 속에서 이승훈은 페르디낭 드 소쉬르와, 자끄 데리다를 중심으로 한 해체주의자들의 철학을 만난다. 이런 만남은 그의 시론을 발전시켜 나아가는 데 엄청난 계기이자 사건이 된다. 그는 소쉬르에게서 시니피앙과 시니피에의 관계가 필연적인 아닌 <자의적>이라는 점을 배웠으며, 데리다를 중심으로 한 해체주의자들에게서 삶은 본질이 부재하는 시니피앙의 유희과정이라는 것을 보았다. 그리고 세상은 <차이>로만 존재하며 삶은 이 유희과정 속에서 영원히 <지연>된다는 점도 전해 들었다. 이와 같은 내용은 대상을 지워버리고 주체의 문제와 그 주체의 자기존재 증명을 위한 본질의 문제에 집중하던 그에게 인식의 전환을 가져다주는 충격적인 것이었다. 그는 이 일을 통하여 주체중심주의와 무의식중심주의 그리고 자아의 본질에 대한 애착을 버리게 되었으며 실재계와 상징계의 갭에서 오는 우울과 불안과 <방법론적 긴장>도 조금이나마 완화시키게 되었다.

일반적으로 인간들이 사는 세상을 가리켜 기호 혹은 언어로 이루어졌다고 할 때, 시니피앙과 시니피에의 관계가 자의적이라는 사실은 이 인간세상의 모든 것이 일시적인 방편성과 상대적인 도구성을 지닌 것에 지나지 않는다는 것을 의미한다. 그리고 언어가 세상을 왜곡하지만, 그 왜곡은 영원한 것이 아니라 얼마든지 다른 왜곡으로 대치될 수 있는 왜곡이며, 그런 것들로 이루어진 세상이란 이와 같은 언어들의 일시적 결합이 빚어내는, 그야말로 가까스로 봉합된 형태에 불과하다는 것이다. 이런 관점에서 볼 때, 세상은 그만큼 위태롭고, 그만큼 자유롭고, 그만큼 허술하며, 그만큼 허무하다.

이승훈은 이런 인식 위에서 주체의 두 가지 층위를 생각한다. 그것은 현실에서 행동하는 주체와 언어 속의 진술하는 주체이다. 이 둘은 영원히 하나로 결합되거나 일치될 수 없는 <틈>을 갖고 있으며, 그런 점에서 행동하는 주체라고 생각한 자아의 무의식조차도 시라는 언어형식으로 표현되는 한, 그 틈 사이에서 불일치를 드러낼 수밖에 없다는 것이다.

현실 속의 인간이 먼저이고 언어가 인간을 묘사하는 것처럼 보이지만, 실은 언어가 인간세상을 구성한다는 이른바 언어의 구성주의적 입장에 서서 보면, 행동하는 주체는 비록 그 본질이 있다 하더라도 그것에의 언어적 도달이란 불가능하다. 더욱이 본질이 없다면 세상은 자의적인 언어로 이루어진 구성체의 흐름과 과정에 불과하다는 것이 그대로 진실이다.

여기서 이승훈은 행동하는 주체의 본질 유무와 관계없이, 언어로 이루어진 구성체로서의 세계 속에서 그 주체의 본질은 부재하는 것이나 마찬가지라는 생각을 한다. 그렇다면 무엇이 남는가. 행동하는 주체의 본질도, 행동하는 주체도 부재한다면, 언어로 구성된 시니피앙의 유희만이 남을 뿐이다. 이승훈에게, 세계는 그런 점에서 시니피앙의 유희, 기호들의 유희, 언어들의 놀이가 벌어지는 장에 불과하다는 인식이 깃든다. 시라는 것도 이 언어로 구성된 세계라면, 그것 역시 시니피앙의 유희, 기호들의 놀이, 언어들의 연극에 불과한 것이라고 그는 생각하는 것이다. 그러니까 그의 시쓰기뿐만 아니라 모든 시인들의 시쓰기는 이와 같은 심각한 유희를 하는 일이다.

행동하는 주체와 그 주체의 본질이 부재한다는 인식은 그로 하여금 <주체의 소멸>에서 비롯된 <비주체의 시론>을 내어놓게 한다. 그런데 이와 같은 주체의 부재와 소멸을 말함으로써 그는 인생론적인 차원에서 실재계로 더욱 가까이 다가가는 계기를 마련하였으며, 시론적인 측면에서 보자면 대상도, 주체도 없고, 오직 언어만이 시를 만들고 존재한다는 이론을 산출하게 되었다.

사실, 삶이 시니피앙의 유희라고 규정짓고 그것을 수용할 때, 삶은 얼마나 경쾌해지는가. 그리고 대상은 물론 주체의 소멸을 수용할 때, 우리는 죽음과 즉자와 고향의 모습을 가진 실재계 쪽으로 얼마나 편안하게 다가갈 수 있는가. 이 정도가 되면 시를 쓰는 일을 비롯한 문화행위와 사회행위 그리고 인류사 전체는 언어가 만든 진지한 가설무대와 다르지 않다. 요컨대 언어 혹은 기호라는 강력한 인간적 도구에 의하여 구축되고 해체되고 변형되는 심각한 버라이어티 쇼가 연출되는 곳과 같은 것이다.

대상과 주체의 죽음, 그리고 언어의 현존 속에서 그의 <비빔밥 시론>과 <시도 없고 시적인 것도 없다> 등과 같은 시론이 탄생된다. 그가 말하는 <비빔밥 시론>을 보면 시란 비빔밥을 먹는 행위처럼 본질도 목적도 없이 비빔밥의 재료인 언어들을 비비며 변형시키며 그 과정에 참여하는 것과 같다는 것이다. 처음과 끝, 서론과 결론, 중심과 주변이 순서대로 또는 위계적으로 엄격하게 존재하는 것이 아니라 이들이 예측할 수 없는 자유로움 속에서 파편처럼, 그러나 유연하게 만나고 헤어지고, 섞이고 흩어지는 일을 계속하며 비빔밥이라는, 시라는 언어구성체를 예측할 수 없는 방향으로 이룩한다는 것이다.

대상과 주체의 소멸 및 부재 속에서 그가 유일하게 방법적으로 인정하는 언어의 구성체는 제도, 규범, 문화 등의 다른 이름이다. 그러므로 그에게 시라든가 시적인 것이라는 것 역시 제도, 규범, 문화 등의 일종으로만 존재하지 그 본질과 실체가 없는 존재이다. 제도와 문화로서의 시와 시적인 것은 <개방개념 open concept>으로만 존재하고, 그 유동성과 무한성 속에서 시와 시적인 것은 수도 없이 다양한 모습으로 수없이 탄생된다.

그러나 언어구성체인 세계와 현실은 상징계이다. 언어로 이루어진 시도 그런 점에서 상징계이다. 즉자적 세계인 실재계를 지향하고 그곳을 자신의 착지점으로 삼고자 하는 그에게 이런 언어적 상징계를 인정하고 그도 계속하여 언어로 시라는 상징계를 구축한다는 것은 일면 모순돼 보인다. 시도, 시적인 것도 없는데, 상징계의 언어로 시를 계속하여 쓴다는 것은 이율배반적인 것처럼 보인다는 말이다.

그러나 나는 여기서 생각한다. 시니피앙의 유희로서의 그의 시쓰기는 상징계의 옹호라기보다 방편으로서의 상징계 속에서 죽음과 같은 실재계의 삶을 사는 방식이라고 말이다. 그러니까 그는 이 땅에서 상징계의 언어로 실재계의 꿈을 실현하고 있는 것이다. 이승훈이 시론의 이견으로 최동호와 논쟁을 벌인 것은 실재계에서 시를 쓰거나 본 사람과, 상징계에서 시를 쓰거나 본 사람의 차이 때문이라고 생각된다. 실재계에서 시를 바라보는 이승훈이 최동호에겐 위험스럽게 여겨졌고, 상징계에서 시를 바라보는 최동호가 이승훈에겐 지나치게 <상징계적 건강성>을 역설하고 있는 것으로 보였던 것이다. 부연하자면, 이승훈과 최동호는 그들의 언어의 이면을 보면 실재계에 대한 지향성을 갖고 있다는 점에서 유사한 측면이 있다. 다만 이승훈이 부정과 해체와 소멸을 통해 실재계에 도달하고자 한다면, 최동호는 긍정과 수용과 재창조를 통하여 그곳에 이르고자 하는 것이 다르다. 흔히 전자를 해체시론으로, 후자를 정신주의 시론으로 부르거니와, 이것은 그들이 지닌 방법적 차이를 반영하는 것으로 생각된다.[4)]

다시 이승훈의 시론으로 돌아가기로 하자. 대상의 소멸과 주체의 부재로 인하여 이승훈에게 남은 것은 대자적 세계의 표상인 언어구성체와

---

4) 이승훈과 최동호의 논쟁은 다음과 같이 전개되었다, 먼저 최동호가 1996년 ≪문학사상≫ 10월호의 월평 「시의 부정·해체 그리고 시적 생성」에서 이승훈의 시와 시론에 대해 비판을 가했다. 이에 이승훈은 같은 해 ≪문학사상≫ 11월호에 「"시적인 것은 없고 시도 없다"」는 글로 최동호의 비판에 반론을 가하였다. 이후 1997년 1월호 ≪문학사상≫에서 김준오가 「새로운 시의 지평을 열기 위한 논쟁」이란 글로 두 사람의 견해를 정리하며 종합해 주었다.

즉자적 세계의 표상인 실재계이다. 언어와 물질, 문화와 에너지, 유와 무, 인위와 무위의 거리가 이들 사이에 존재한다. 그 거리는 이승훈이 타협하거나 해결하기를 기다리는 거리이다. 이것은 어찌 보면 시를 쓰는가 그만 두는가 하는 문제와도 다르지 않다. 시쓰기가 시니피앙의 유희라지만 그것이 멋진 유희가 되도록 하는 일엔 유희 못지않은 언어적 노동과 긴장이 개입되거니와, 그 언어들 속엔 늘 의미가 따라다니기 때문이다. 대상과 주체를 부정하였지만, 아직 방법적으로나마 언어를 지키고 사용하고 긍정하는 자의 고민인 것이다.

4. 非言語의 시론

상징계에서 살아가며 그 사회적 행위와 가치의 구현과 확산에 자신이 있는 사람에겐 그 상징계적 사회가 고향과 같다. 우리는 그런 사람을 가리켜 사회적으로 성공한 사람이라고 부른다. 그러나 이승훈처럼 이런 일이 낯설고 <방안>에서 <혼자 놀기>를 지속하는 사람에겐 또다른 고향이 필요하다. 그 고향은 다른 무엇일 수도 있지만, 앞장에서 나는 이승훈과 관련하여 무의식, 즉자적 세계, 실재계 등과 같은 것이 그에게 고향과 같은 존재라고 언급하였다. 이런 곳은 상징계적인 사회적 행위와 그 가치가 무화되거나 무력화된 세계이다.

그러나 시쓰기는 제아무리 상징계로부터 벗어나고자 하여도 그것이 지닌 언어의 속성으로 인하여, 그리고 그것이 공표된다는 점으로 인하여 상징계 안을 완전히 벗어날 수가 없다. 이 딜레마를 이승훈은 충분히 알고 있으며, 그와 관련하여 다음과 같은 고백을 하고 있다.

① 언어도 버리자. 언어도 버리고 시를 쓴다? 과연 언어를 버리고 시를 쓸 수 있는가? 최근의 화두이다.[5)]

② 열세 번째 시집을 묶는다, 무슨 말이 필요하랴? 나도 없고 대상도 없고 언어만 남았다. 그러나 이 언어도 버려야 하리라. 언어도 버리는 심정으로 이 심정도 버리는 심정으로 시를 써야 하리라, 언어는 나를 사랑하지 않고 나는 언어에서 벗어날 수도 없다. 오늘도 바람 부는 세상 해질 무렵 시 한 줄 쓴다.[6)]

③ 언어도 버려야 한다는 것은 언어도 버리는 심정으로 시를 쓰는 태도이고 다시 이런 심정도 버리는 태도를 뜻한다. 말하자면 언어도 헛것이지만 언어도 헛것이라는 생각도 버리는 심정으로 시를 쓰는 행위이고 최근의 화두가 그렇다. 따라서 최근의 나를 지배하는 것은 아공법공을 언어와 결합시키는 문제이고 거꾸로 언어를 아공법공과 결합시키는 문제이다. 결합이 아니라 회통이고 그런 점에서 최근에 나는 언어를 중심으로 아공법공에 대해 생각하고 있다. 이런 공의 세계는 불립문자의 세계이고 언어는 이런 세계에 닿기 위한 뗏목에 지나지 않는다. 그러므로 언어를 버리는 심정은 뗏목까지 버리는 심정과 통하지만 버리는 심정은 버리는 행위가 아니다. 어디까지나 그런 심정으로 시를 쓴다는 것, 왜냐하면 어떤 방법으로든 시는 언어를 수단으로 하기 때문이다. 언어가 없다면 시가 없다.[7)]

위의 인용문 속에 들어 있는 공통된 내용은 언어를 버린다는 것이다. 대상을 가장 먼저 버리고, 주체를 다음에 버린 그가, 이제 언어를 버린다는 고백을 위 인용문 속에서 하고 있는 것이다. 그는 언어에 대한 탐구와 언어와의 싸움에서 <언어는 나를 사랑하지 않고 나는 언어에서 벗어날 수도 없다>는 결론을 얻어낸 것이다. <언어가 나를 사랑하지

---

5) 이승훈, 「비대상에서 禪까지」, ≪작가세계≫ 64, 2005 봄, 30쪽.
6) 이승훈, 「시인의 말」, ≪비누≫, 고요아침, 2004.
7) 이승훈, 「비대상에서 禪까지」, ≪작가세계≫ 64, 2005 봄, 37쪽.

않는다>는 것은 무슨 의미인가. 그것은 언어의 도구성, 방편성, 폭력성, 억압성을 재확인하는 말이라 생각된다. 언어는 이미 문명사 속의 첨단 기계나 시스템처럼 그 자체의 관성과 영역을 만들면서 독자적인 존재처럼 살아가고 있는 것이다. 인간들이 언어를 만들었지만, 언어 자체가 이미 인간과 대적할 만한 세력을 형성하며 오히려 인간을 만드는 단계로 접어들고 만 것이다.

그런 언어를 두고 언어가 나를 사랑하지 않는다는 인식을 해야 하는 시인의 마음은 처참할 것이다. 더욱이, 그럼에도 불구하고 나는 시인으로서 언어로부터 벗어날 수 없다는 인식을 할 때, 그것은 더욱더 괴로운 일이 될 것이다. 그러면 언어가 자신을 사랑하지 않는 것을 알면서도 자신은 언어로부터 벗어날 수 없다는 이 인식 앞에서 이승훈은 어떤 극복책을 내어놓는가.

그 극복책을 앞의 인용문 ②와 ③에서 볼 수 있다. 그 내용을 여기에 옮겨보면 <언어도 버리는 심정으로 이 심정도 버리는 심정으로 시를 써야> 한다는 것이며, <언어도 헛것이지만 언어도 헛것이라는 생각도 버리는 심정으로 시를 쓰는> 것이라는 점이다. 말하자면 언어에 대한 아무런 인간적 생각도 없이 시를 쓰는 것을 뜻한다.

언어를 사용하되, 그것이 언어라는 점도, 그것을 버려야 한다는 점도, 그것이 헛것이라는 점도, 또 그 무엇도 다 버리는 심정으로 시를 쓴다는 것은, 언어사용의 실재계화라고 말할 수 있다. 즉 인위의 언어를 무위의 것처럼 사용하는 일이다. 그것은 無心의 경지에서 언어를 만나는 것이다. 그리고 언어와 자아가 실재계의 차원에서 하나가 되고자 하는 행위이다.

사회적 삶이란 유형무형의 도구적 존재와의 싸움이다. 그 속에 대상과 자아가 있고, 그리고 시인의 경우엔 언어가 있다. 이승훈이 이 세 가지를 다 버리기로 한 것은 사회적 삶의 도구성과 그로 인한 투쟁성을 넘어서겠다는 것이다.

이승훈이 이런 지점에서 불교를, 그 가운데서도 禪을 만난 것은 시의 적절하다. 모든 것을 실재계로 돌리는 것이 禪이라면, 이승훈이 그동안 비대상의 시론에서 시작, 비주체의 시론을 거쳐, 비언어의 시론으로 접어들면서 부정할 수 있는 것을 다 부정한 것은 이미 그가 실재계 쪽으로 삶과 시쓰기의 대부분을 이끌어갔다는 것과 같기 때문이다.

실재계는 모든 것을 <nothing>으로 돌리지만, 그 <nothing>은 비극적인 <nothing>이 아니다. 이승훈은 앞의 인용문 ③에서 <아공법공>이라는 말을 사용하면서 궁극적으로 자신이 <空>에 도달하고자 한다는 언급을 하였다. 여기서 <空>은 실재계의 다른 이름으로 볼 수 있다. 그것은 분명 없는 것이지만 있는 것이며, 허한 것이지만 실한 것이고, 부정이지만 긍정이다. 아니 이런 구분 자체를 넘어서는 역동적, 모순적 운동체이다.

이승훈처럼 언어를 버릴 때, 시어와 일상어 사이, 시적인 것과 비시적인 것 사이의 단절된이분법이 와해된다. 시는 그저 그가 지닌 몸의 흐름의 연속선상에 놓이게 되고, 그 몸은 실재계에 닿아 있다. 그러니까 그는 실재계를 시화하는 것만큼 모든 것을 버리고 우주의 흐름에 몸을 싣고 말하는 것이다.

시도, 삶도, 어찌 보면 궁극적으로는 실재계라는 무위의 道에 편안히 몸을 싣기 위한 투쟁의 과정이고 안간힘이라고 한다면, 이승훈의 시론이 전개돼온 여정은 인간과 그들의 삶의 이해에 큰 도움을 줄 뿐만 아니라 이승훈 개인을 위해서도 매우 바람직한 길을 찾은 것처럼 보인다. 인위의 시쓰기를 무위의 장으로 돌려놓는 일, 상징계의 시쓰기를 실재계의 흐름으로 돌려놓는 일, 도구로서의 언어를 존재하는 몸으로 돌려놓는 일, 본질의 배타성(중심성)을 해체의 포용성으로 돌려놓는 일, 이런 일들이 이승훈의 비언어시론과 관련해서 도출될 수 있는 내용들이다.

4. 不二의 시론

인간사는 是非의 역사이고 好惡의 역사이며 分別의 역사이다. 이것은 인간사를 질서 있게 만드는 대신 인간을 억압하고 동시에 그들의 자연스러운 모습을 크게 변형시켰다. 인간사의 일환으로 나타난 시론 역시 이런 인간사의 모습을 그대로 드러낸 것에서 크게 벗어나지 않는다.

초기엔 자아를 세우듯 그만의 인간적인 시론을 세우고자 한 이승훈은 끝으로 언어를 버림으로써 인간사 너머에서나 가능한 <불이의 시론>으로 나아가고 있다. 그는 是非와 好惡와 分別이 상징하는 이 세상의 모든 <경계>를 해체시키고 그들을 실재계, 즉 공의 위치에서 연결시키고 회통시키는 시론을 형성하고자 한 것이다.

어떻게 인간이 是非, 好惡, 分別, 對立 등을 넘어설 수 있을까? 이미 무엇을 선택한다는 것 자체가 이런 것들을 반영하는 것일 터인데 말이다. 시인이 시를 쓸 때에도, 역시 언어의 선택은 이런 것들을 반영하는 행위가 아닌가?

그러나 이승훈이 <불이의 시론>에서 말하는 것은 無心과 無爲로서의 삶과 시쓰기가 이루어지는 일이다. 이것은 시인이 실재계인 공을 체화한 자리에서 가능하다. 실재계의 실상을 체화한 사람에겐 모든 것이 불이로 보이기 때문이다. 즉 이것과 저것, 있는 것과 없는 것, 하는 것과 하지 않는 것이 다르면서 같고, 같으면서 다르다. 더 정확히 말한다면 다르지도 않고 같지도 않다.

그는 자신의 시쓰기를 이처럼 하지 않으면서 하는 것, 무위이면서 유위인 것, 무심한 것이면서 유심한 것, 부재하면서 존재하는 것 등으로 구현하고자 하는 것이다. 문화적, 사회적, 심리적 자아정립을 위하여 긴장하고 불안해 한 사람에게 이와 같은 실재계의 발견과 체화는 그간의 불균형을 치유하는 데 큰 역할을 한다고 본다. 이승훈은 그 스스로도 말했듯이 자아중심주의자였고, 모더니스트였고, 편애를 사랑하는 사람이었다. 그는 자연이나 일상 같은 것을 아예 염두에 두지 않으려 했고, 인간의 편에서 시를 통하여 견디려 하였고, 사회와 단절된 폐쇄된 방에서 홀로 놀고자 하였다. 이것이 바로 앞에서 말한 자아중심주의, 모더니스트, 편애 등의 내용이다. 이것은 진지하고 결백한 것이지만 시인을 고통스럽게 한다. 그는 자신의 의도성과 관계없이 생물이고 자연이고 우주이며 공이기 때문이다. 거칠게 말한다면 그런 진지성과 결백성을 넘어선 세계의 실재계의 산물이기 때문이다. 따라서 그는 풀어야 할 숙제를 갖고 있었던 셈이다. 자아를 풀고, 모던을 풀고, 편애를 풀고, 독방을 푸는 것이 그것이다.

이승훈에게 이런 풀림은 초기의 무의식과 다른 참다운 실재계의 발견과 더불어 이루어졌고 그것은 그로 하여금 불이의 시론을 논할 수 있게 만든 것이라 생각된다. 그러니까 이승훈은 초기부터 실재계와 같은 것을 원하였다. 그러나 그가 발견하고 의식한 무의식은 실재계의 참모습과 다른 세계였다. 그는 이것이 그것이라고 믿었지만, 그 믿음은 반드시 옳은 것이 아니었다. 그가 초기에 발견한 무의식에 비하면 그가 최근에 발견한 선불교적 의미에서의 실재계인 공은 그 스케일이나 역할에 있어서 비교가 되지 않는다. 그러나 그가 초기에 발견한 무의식은 실재계의 은유와 같은 것으로 그 의미가 있다.

이승훈은 불이의 시론을 전개하면서 다음과 같이 통이 큰 말을 하고 있다.

> 삶에도 시에도 무슨 본질, 실체는 없고 그런 점에서 자성이 없고 그저 있는 것이고 사는 것이고 쓰는 것이다. 영원은 없다. 소멸이 진리다. 아무 생각 없이 쓰고 아무 생각 없이 산다. 삶이 시이고 시가 삶이다. 아니 삶과 시는 같은 것도 아니고 다른 것도 아니다. 이 모순을 사랑하자. 모순 자체가 삶이고 진리이다. 시는 써도 되고 쓰지 않아도 된다. 부처

님의 가르침이다.[8)]

언어니, 의미니, 시니 하는 것은 실재계의 측면에서 보자면 잉여이고 사치이다. 이승훈도 그렇게 말하였다. 그러나 잉여와 사치를 즐기고 그것에 목숨을 걸 수밖에 없는 게 상징계 속의 인간들이다. 이승훈은 위 인용문에서 이런 점을 암시하며 <그저 있는 것이고 사는 것이고 쓰는 것>이며, <아무 생각 없이 쓰고 아무 생각 없이 산다>는 파격적인 말을 내놓고 있다. 그리고 마침내 <시는 써도 되고 쓰지 않아도 된다>고 한다. 이것은 그가 언어니, 의미니, 시니 하는 것들이 잉여이며 사치라는 것을 아는 데서 나온 것이고, 그렇다 하더라도 이런 것들이 죽음으로 가는 우리들의 길을 지연시키는 것이라는 점을 또한 알고 인정하는 데서 나온 것이다. 실재계의 엄습을 견디는 일이 언어, 의미, 시 등과 같은 상징계의 놀이이고, 상징계의 놀이를 절대화할 수 없도록 만드는 것이 또한 실재계의 힘이라는 생각이다. 이런 양자의 겹침과 모순 속에 인간들이 놓여 있으니, 이승훈의 <불이의 시론>은 그 점을 간파한 결과이다. 이렇게 본다면 이승훈의 <불이의 시론>에서 실재계와 상징계가 서로 다르면서 같고, 같으면서 다르다.

이승훈은 이제 상징계의 일원으로 자아정립을 하기 위하여 말에 힘을 주지 않고 시를 쓸 것이다. 그런가 하면 두통을 앓으면서 의미에 집착하여 시를 쓰지 않을 것이다. 그리고 족적을 남기려고 계보를 생각하며 시를 쓰지 않을 것이다. 만약 그렇지 않다면 그것은 이승훈의 불이의 시론이 이론으로는 잘 정립되었지만, 아직 관념성을 많이 지니고 있기 때문일 것이다.

이승훈의 시론이 전개되는 과정을 보면서, 나는 시쓰기는 물론 시론의 탐구도 유기체로서의 개인의 건강성을 지향하는 과정이 아닌가 하는

---

8) 위의 글, 41쪽.

생각을 해본다. 자아를 정립하는 일도, 그것을 해체하는 일도, 그리고 상징계의 일원이 되는 것도, 실재계를 맞이해 들이는 것도, 이들을 소통시키는 것도, 모두 건강한 자아의 성취과정과 다르지 않다는 것을 보았기 때문이다.

이승훈은 개인적으로, 사회적으로, 심리적으로, 내면적으로, 시인으로서, 가족구성원으로서 그에게 다가온 콤플렉스와 불균형을 <불이의 시론>까지 오면서 열심히 보살피고 탐구하고 풀어내었다. 반시론과 부정의 시론이라고 그의 시론을 이름 붙일 수 있을 만큼 그는 이들의 해결을 위하여 기존의 것들을 위반하고 비판하고 부정하고, 고집을 피우면서 외길을 왔다. 그러나 그 외길의 끝에서 그는 <불이의 시론>을 창조하게 되었거니와, 이것 역시 선불교적 차원을 반영한다는 점에서 세속의 시론과는 이질적이지만, 배제했던 것들을 인정하면서 그의 내외적 균형찾기와 콤플렉스를 풀어내는 데는 성공적이었다는 판단이 든다. 이런 것을 보면 시론은 배우는 것이 아니라, 개개인이 자신의 절실성 위에서 그 자신을 풀어가는 창조의 길이라는 생각을 하게 된다. 그리고 그 창조과정은 바로 유기체의 건강한 균형찾기의 과정과 함께 한다는 생각을 하게 된다.

▸▸▸ 참고문헌

이승훈, 『반인간』, 조광출판사, 1975.

______, 『시론』, 고려원, 1979.

______, 『비대상』, 민족문화사, 1983.

______, 『시작법』, 문학과비평사, 1988.

______, 『포스트모더니즘시론』, 세계사, 1991.

______, 『모더니즘시론』, 문예출판사, 1995.

______, 『해체시론』, 새미, 1998.

______, 『시적인 것은 없고 시도 없다』 집문당, 2003.

______, 『과정으로서의 나－탈근대주체이론』, 푸른사상, 2003.

김승희, 「형이상학적 트리스탄의 떠도는 시니피앙」, ≪현대시학≫, 1990. 2.

______, 「상징계 무너뜨리기에 바쳐진 시니피앙들의 카니발」, ≪현대시학≫, 1992. 2.

김준오, 「한국모더니즘시론의 사적 전개」, ≪현대시사상≫, 1991 가을.

박찬일, 「주체분열에서 주체부정으로」, ≪유심≫, 2003 봄.

서준섭, 「‘바깥’으로의 사유－이승훈의 시론에 나타난 근대적 주체, 시개념의 해체에 대하여」, ≪현대시≫, 2002. 11.

윤호병, 「해체시대의 시연구를 위한 길잡이」, ≪시와반시>≫, 1998 가을.

______, 「하이－모더니스트 이승훈－모더니즘에서 불교까지」, ≪시와시학≫, 2004 겨울.

이만식, 「나는 누구인가 나는 있는가」, ≪시와사상≫, 1996 여름.

이재복, 「허무와 소멸의 미학－비대상과 해체시론을 중심으로」, ≪심상≫, 1999. 6.

정효구, 「이승훈의 시와 시론에 나타난 자아탐구의 양상과 그 의미」, ≪어문논총≫ 7집(충북대 외국어교육원), 1998.

제2부 리얼리즘의 다양한 층위

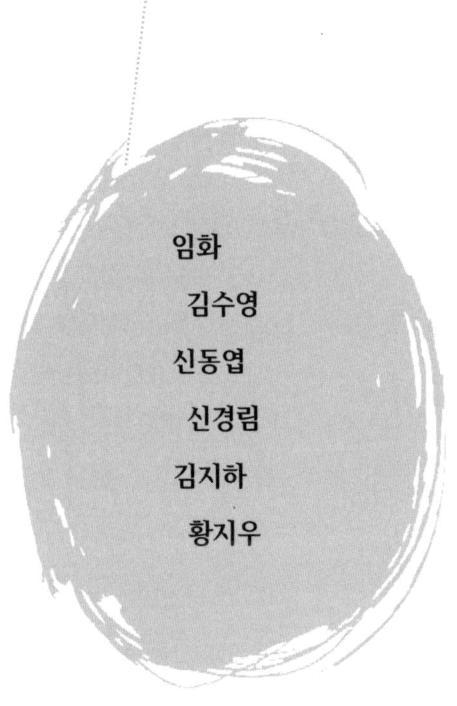

임화

김수영

신동엽

신경림

김지하

황지우

임 화

시적 리얼리즘을 통한 근대 극복의 열망과 좌절

1. 머리말

시인 임화는 식민지와 분단과 전쟁이라는 한국 근대사의 소용돌이 속에서 화려하게 명멸해간 시대의 풍운아이자 비극적 인물이다. 그는 조국이 사라진 식민지에서 태어나 한국의 근대를 세계사적 보편성 위에 올려놓기 위해 사회주의 이념을 선택하였고 그에 따라 계급문학을 옹호하였으며, 그 과정에서 민족을 발견하였고 또 민족의 분단을 넘어서고자 노력하였으나 도리어 그 이념의 덫에 걸려 희생당한 비극의 주인공이다. 여기서 '시인' 임화라고 하였는바 과연 그는 한국 현대시사에서 매우 중요한 시인이었지만, 그에 대한 수식어는 이에 그칠 수 없다. 그는 '조선의 발렌티노'라는 명성을 얻었던 미남 배우였으며, '조선 신문학사'를 집필한 문학시기었다. 또 사회주의 혁명을 꿈꾼 혁명가이기도 하다. 그러나 그에게 붙여진 호칭 가운데 빛나는 또 하나는 한국 근대문학비평사에서 가장 주목되는 '문학비평가' 임화가 아닐까 싶다.

* 김윤태 / 인하대학교 전임연구원

임화와 그의 문학에 대한 연구는 1988년 월북 작가 해금 이전부터 이미 진행되었으며, 해금 이후 오늘에 이르기까지는 헤아릴 수 없이 많을 것이다. 그 연구의 대부분은 그가 시인이자 비평가, 문학사가라는 점에서 시, 비평, 그리고 문학사 분야에 걸쳐 두루 이루어져 왔다. 임화 연구에서 가장 독보적인 위치는 점하는 것은 김윤식의 저작이다. 그는 이미 1970년대 초반 한국 근대비평사를 정리하는 자리에서 일종의 평론가론으로서 「임화 연구」를 명저 『한국 근대문예비평사 연구』의 부록으로 삽입하기도 하였다. 이것이 아마도 본격적인 임화 연구의 시발일 것이다. 이후 임화의 소설론이나 문학사론을 중심으로 적지 않은 연구 논문이 나왔고, 그 성과들을 종합적으로 정리하여 하나의 완성된 전기 연구로 집대성되었다.

그러나 그의 시 비평에 대한 연구는 그리 많지 않다. 그것은 아마도 임화가 이론 비평이나 소설 비평에 더 많은 성과를 남긴 때문이기도 하거니와, 후대 연구자들의 관심도 그 분야로 더 많이 쏠려 있었기 때문일 것이다. 사실 임화의 글에서 본격적인 시론이라 할 만한 것은 별로 없다. 몇 편의 시 비평만이 주목될 뿐이다. 또 그의 시 비평을 연구한 경우에도, 대부분이 임화의 시세계 탐구나 비평 연구를 수행하면서 부수적・보완적으로 다루고 있는 따름이다. 혹은 동시대의 시인평론가들의 시론을 다룰 때 함께 임화의 시론이 거론되고 있는 정도에 그치고 있다.[1)]

현대시론에 관한 본격적인 연구의 장을 열었던 것은 한계전의 『한국 현대시론 연구』(1983)일 것이다. 이 연구는 근대 초기의 자유시론의 정착과정을 소상하게 해명한 점과, 김기진과 박영희의 시론을 러시아

---

1) 임화만을 문제삼은 논문으로는 김주언(「임화 시론 연구」, 단국대 석사논문, 1992)과 윤여탁(「임화의 시론과 서술시의 전개」, 『시의 논리와 서정시의 역사』, 태학사, 1995) 등이 있을 뿐이다.

문학과의 상관성을 통해 비교문학적으로 밝혀낸 것 등에서 단연 돋보이는 저작이다. 여기서는 임화는 단지 박용철의 시론을 다룰 때 부수적으로 언급될 뿐이다. 그 외의 선행 연구성과[2]에서도 임화 시론의 비중에 그다지 크지 않은 편이라 하겠다. 다만 한 연구[3]에서 필자가 1930년대 카프의 시론을 다루면서 임화의 시론을 중심으로 논지를 전개한 바 있다.

임화 시론만을 다룬 것은 아니지만 주목할 만한 성과로 오형엽의 논문[4]이 있는데, 이는 김기림・임화・박용철 세 사람의 시론을 구조적 연구 방법으로 접근한 잘 정리된 글이다. 필자도 위 세 시인으로 대표되는 1930년대 당시의 시적 경향 사이에서 벌어졌던 이른바 '기교주의' 논쟁과 근대성의 인식 방법에 주목하면서, 특히 김기림의 모더니즘 시론과 임화의 리얼리즘 시론을 거칠게나마 다루었다.[5]

본고는 필자의 기존 논지를 따르고자 한다. 먼저 임화 시론의 전개를 시대적 추이에 따라, 그리고 기교주의 논쟁과정의 논리에 맞춰 서술하려고 한다. 이는 임화의 시론이 당대 시 비평들과의 논쟁과정에서, 또한 끊임없는 자기비판을 통해 발전해가고 있음에 특히 주목하고자 하는 것이다. 그리고 그 전개양상을 다시 종합적으로 정리하여, 임화 시론의 성격과 특징을 근대성이라는 화두와 관련하여 파악하려고 한다.

---

2) 정종진, 『한국현대시론사』, 태학사, 1988; 한국현대문학연구회 편, 『한국현대시론사』, 모음사, 1992; 이승훈, 『한국현대시론사』, 고려원, 1993; 백운복, 『한국현대시론사 연구』, 계명문화사, 1993 등.

3) 졸고, 「1930년대 프로시론의 전개와 양상」, 한계전 외, 『한국현대시론사연구』, 문학과지성사, 1998.

4) 오형엽, 「1930년대 시론의 구조적 연구」, 고려대 박사학위논문, 1998.

5) 졸고, 「1930년대 한국 현대시론의 근대성 연구」, 서울대 박사논문, 1999. 본고는 이 논문의 일부를 약간 수정하고 재정리한 것임을 밝혀둔다.

2. 임화 시론의 전개 양상

2.1. 대중화 논쟁과 프롤레타리아 리얼리즘 시론의 전개

(1) 대중화 논쟁과 예술운동의 볼셰비키화

1930년대 초 임화의 비평은 아직은 본격적인 단계라 하기 어렵다. 일본에서 귀국한 지 안 되었다는 것도 한 이유겠지만, 그는 일단 카프라는 조직체를 정비하고 장악하는 데에 더 많은 능력을 투여한 것으로 보인다.[6] 적어도 임화의 비평은 1932년까지는 일 년에 겨우 두어 편씩밖에 발견되지 않는다. 그러나 1933년에 이르면－그는 이 시기에 카프를 완전 장악하게 된다－ 훨씬 많은 양의 평론이 눈에 띈다. 주로 조직의 정비에 활동의 중심을 두었던 1930년대 앞의 몇 년은 따라서 문단 헤게모니를 장악하기 위한 비평 활동이 위주일 수밖에 없었다. 임화 단독의 비평적 관점이라기보다 카프 조직체 전반이 어떠한 방향으로 나아갈 것인가, 라는 문제를 중심으로 비평 활동이 이루어졌던 것이다.

1920년대 중후반 신경향파 문학과 카프 초기의 시문학에서 중요한 역할을 담당했던 팔봉 김기진이 제기한 프로시의 대중화 문제[7]는 이후에도 여러 논자들에 의해 간헐적으로 언급되기는 하였지만, 팔봉이 상찬해 마지않던 임화의 '단편서사시'에 대하여 정작 임화 자신이 비판함으로써 대중화론은 새로운 단계로 접어들게 된다. 대중화 논쟁의 시발은 팔봉의 「변증적 사실주의」(≪동아일보≫, 1929.2.25-3.7)에 대하여 염상섭의 반론 「토구・비판 삼제」(≪동아일보≫, 1929.5.4-15)가 있었고, 이에 대해 임

6) 김윤식, 『임화 연구』, 문학사상사, 1989, 299-336쪽 참조.

7) 대중화 문제는 주로 소설 장르를 중심으로 전개되어, 시의 대중화에 대해서는 그다지 연구의 관심을 받지 못한 편이다. 팔봉의 시 대중화론에 대해서는 문혜원, 「팔봉 김기진의 시론 연구」, 한계전 외, 『한국 현대시론사 연구』, 문학과지성사, 1998 참조.

화가 「濁流에 抗하여」(≪조선지광≫, 1929.8)를 통해 양자를 비판한 데 있다. 곧 팔봉의 반론 「예술운동에 대하여」(≪동아일보≫, 1929. 9. 20-22)가 뒤를 이었고, 다시 임화가 「김기진군에 답함」(≪조선지광≫, 1929. 11)으로 재비판하였다. 그에 대해 팔봉이 「예술운동의 일년간」(≪조선지광≫, 1930. 1)로 응수하였는데, 이 글 말미에서 팔봉은 임화의 시 「네거리의 순이」, 「우리 오빠와 화로」, 「우산 받는 요코하마의 부두」 등을 높이 평가하였다.

그 이전에도 팔봉은 임화의 「우리 오빠와 화로」를 평가하면서 "그 골격으로서 있는 사건이 현실적이요 실재적이요 오빠를 부르는 누이동생의 감정이 조금도 공상적 과장적이 아니며 전체로 현실 분위기 감정의 파악이 객관적 구체적으로 되었고 그리고 그것은 한 개의 통일된 정서를 전파하는 동시에 감격으로 가득찬 한 개의 생생한 소설적 사건을 안전에 전개하고 있다"[8]고 하고 이에 대해 '단편서사시'라는 명칭을 부여하여 프로시가의 전형으로 내세운 바 있었다. 이에 반하여 단편서사시에 대하여 임화와 같은 카프 소장파 내부에서의 비판이 있었다. 먼저 김두용이 팔봉의 현실추수주의를 비판하고 선전선동을 위주로 한 투쟁적인 문학관을 제기한 것에 호응하여, 단편서사시에 나타난 감상적이고 낭만적인 요소에 대한 권환과 안막의 신랄한 비판이 잇따랐다.[9]

뿐만 아니라 부르주아 민족주의 계열의 정노풍의 비판이 있었다. 정노풍은 임화의 시 「양말 속의 편지」가 프롤레타리아 전위의 생활단상을 서사시적으로 노래하였다고 평가한 다음, 서사시적 표현 기능에 있어 파인 김동환에 비해 평면적이라는 것, 표현기술에 유의하여 보다 큰 대중적 효과를 획득하도록 노력하라는 비판을 가했다.[10] 이에 대해 시평으로서는 처음이라 보이는 글 「蘆風 詩評에 抗議함」(≪조선일보≫, 1930.5.15-19)에

8) 김기진, 「단편서사시의 길로」, ≪조선문예≫, 1929, 5, 47-48쪽.
9) 이에 대한 자세한 것은 최두석, 「단편서사시론에 대하여」, 『리얼리즘의 시정신』, 실천문학사, 1992 참조.
10) 정노풍, 「三月詩壇概評」, ≪대조≫, 1930, 4, 40-41쪽.

서 즉각적인 반박으로 대응했다.

그러나 무엇보다도 주목할 점은 임화 자신의 자기비판이다. 그는 「시인이여! 일보 전진하자!」에서 당시 예술운동이 봉착했던 딜레마를 분석·진단하는 한편, 자신의 단편서사시에 대한 자기비판을 감행함으로써 프로시의 수준을 새로운 단계로 견인하고자 하였다. 우선 자기비판부터 살펴보자. 임화는 이전에 자신의 창작적 실천이 진정으로 프롤레타리아에 복무하지 못하였음을 반성하고, 시 「네거리의 순이」를 예로 들면서 그것이 프롤레타리아의 현실을 올바르게 반영하지 못하였음을 다음과 같이 비판하였다.

> 불행히도 우리는 종이 위에서 흥분하였으며 머리 속에서 노동자를 만들고 철필을 쥐고 ××의 심리를 분석하였을 뿐이다.
>
> 비가 와도 5월의 태양만 부르고 누이동생과 연인을 까닭없이 ×××를 만들어서 자기 중심의 욕망에 포화되어 나자빠졌다. 네거리에서 順伊를 부르고 꽃구경 다니며 동지를 생각했다.
>
> 이러한 프롤레타리아가 사실로 있을 수가 있는가? 이 조선의 급전하는 현실 속에.[11]

그러나 1929년 초부터 시에서는 사실적 경향을 나타냈는바, 자신의 「우리 오빠와 화로」로부터 그 출발을 잡고 있다. 그로부터 "과거의 개념적인 절규의 낭만주의는 일변하여 소위 사실주의적 현실"로 이행하기에 이르렀다는 주장이다. 그럼에도 불구하고 시인 자신의 '소시민적 허약' 체질 탓으로 "소부분의 사실성은 감상주의 비××적 현실의 예술화로 전화"되고 말았다는 것이 자기비판의 요지이다. 따라서 시의 진정한 대중화를 위해서 시인은 "×××× ××의 생활 속으로 들어가는 것과 노동자 농민의 생활감정을 자기 생활감정으로" 삼아 "××적 예술가의 조직

---

11) 임화, 「시인이여! 일보 전진하자!」, ≪조선지광≫, 1930. 6.

을 확립하고 일체의 악경향과 투쟁"해야 한다고 결론지었다.

아울러 당시의 정세를 분석하고 카프가 처한 예술운동 상의 딜레마를 ① 카프의 조직적 미력화, 특히 중앙지도부의 기회주의적 태도와 ② 소부르계급의 진보성의 완전한 포기와 개량주의화에 따른 프롤레타리아 예술의 역할 증대 등에서 찾고, 이를 극복하기 위한 방편으로 ① 예술운동의 주체 세력 강화를 위한 투쟁(조직의 강화)과 지도부 내의 기회주의적 경향에 대한 결연한 투쟁, ② 예술상의 민족개량주의 및 소부르주아 표현주의와의 무자비한 투쟁을 통한 프롤레타리아 시의 건설, ③ 성장하는 근로대중의 욕구를 자기 예술로 하는 시인의 임무 등을 제시하면서, 시의 대중화와 프롤레타리아화를 본격적으로 제기하고 나섰다. 임화의 자기비판도 이러한 맥락 위에서 이루어진 것임은 물론이다.

이같은 주장은 기본적으로는 볼셰비키화 방침과 관련된 조직론의 관점 위에 서 있다고 할 수 있다. 이전의 정치적 대중주의의 오류를 비판하고 예술조직의 강화를 통해 난관을 돌파하려 한 것이다. 이는 예술적으로는 소부르주아적 낭만주의를 극복하고 리얼리즘의 발전을 도모하려 한 것이며, 시인의 임무와 역할에 중점을 두어 프롤레타리아의 생활을 체득하여야 한다는 시인의 실천 문제를 동시에 제기한 것이다. 요컨대 시의 프롤레타리아화로 일보 전진할 것을 긴급 제의하고 있는 것이다.

1930년대 초 제기된 예술운동의 볼셰비키화 방침은 팔봉 식의 대중화를 지양하고 볼셰비키 대중화로 이행해가는 과정으로서, 창작방법 상으로는 프롤레타리아 리얼리즘으로 표출되었던 것이다. 이 시기의 프롤레타리아 리얼리즘은 볼셰비키화 방침에 따라 조지론 우위의 관점에서 '프롤레타리아 전위의 눈'이 강조되고 '무기로서의 예술'론이 강화된 형국으로 나타났다.

예술 조직의 문제와 선전·선동에 중점을 둔 예술운동의 볼셰비키화와 그에 따른 예술대중화론은 『카프시인집』(1931)이나 평양 고무공장 쟁의 현장에서의 호응[12]과 같은 부분적인 성과를 얻어내긴 하였지만, 더 많은 한계를 드러냈다고 하겠다. 전위 중심의 관념주의적 한계와 아지·프로 위주의 예술 창작이 강한 교술성을 노출함으로써, 당시 카프의 시론은 대중화를 이루기 위한 올바른 형상화에 대한 방법적 탐색을 진전시키지 못하였고 시적 리얼리즘의 측면에서도 그다지 큰 성과를 이루어내지 못하고 말았다.[13] 그것은 또한 예술운동의 볼셰비키화란 것이 카프 조직체의 것이지 카프 예술작품의 것이 아니라는 문제와도 걸리는 것이다.[14]

(2) 프롤레타리아 리얼리즘 시론의 한계와 극복과정

카프의 제 2차 방향전환이라 할 볼셰비키화 방침은 1931년 조공 재건위 사건과 관련된 일본 동경의 '무산자'사 소속의 소장파들이 검거됨으로써 커다란 위기에 봉착한다. 이른바 카프 제 1차 검거로 인해 프롤레타리아 문학운동은 크게 위축되고 프롤레타리아 리얼리즘론 역시 현실적으로 더 이상 전개되기 어려운 지경에 이른다.

이러한 침체와 혼란의 와중에서 백철은 일본 좌파이론가 장원유인(藏原惟人)의 이론에 기대어 유물변증법적 창작방법을 제안하였다. 즉 그는 프롤레타리아 시의 일부가 기계주의적 인식으로 말미암아 좌우편향적 오류를 범하였으며, 이의 극복을 위해서는 유물변증법적 세계관으로 현상을 파악하고 이것을 프롤레타리아 문학의 예술방법에 적용시킬 것을

12) 가령 임화의 시 「양말 속의 편지」(1930. 3)는 1930년 1월에 있었던 부산의 조선방직공장의 파업을 제재로 한 것으로, "1930년 봄 평양에서 개최된 신간회 강연 막간에 (중략) 군중이 수차의 재독을 가지고 임화의 「양말 속의 편지」를 환영"했다고 김남천은 전한다. 노동조합 회의석상에서, 또 평양 고무공장의 쟁의 현장에서 노동자들에게 큰 호응을 받았다는 것이다. 김남천, 「임화에 관하야」, ≪조선일보≫, 1933. 7. 23 참조.

13) 당대 시의 리얼리즘에 대해서는 윤여탁, 『리얼리즘시의 이론과 실제』, 태학사, 1994 참조.

14) 김윤식, 『임화 연구』, 문학사상사, 1989, 18-319쪽.

주장하였다.[15] 나아가 그는 장원유인의 「예술적 방법에 대한 감상」을 본떠서 「창작방법 문제－계급적 분석과 시의 창작」[16]을 발표하였다. 그 글의 요지는 프롤레타리아 리얼리즘은 유물변증법적 창작방법 문제로 수정되어야 한다는 것이다. 그리고 이는 조선 프롤레타리아 예술운동과의 구체적 관련 하에서 제기되어야 하며, 창작과 계급적 분석이라는 기준 아래에서 창작방법을 문제삼아야 한다는 것이다. 그가 창작방법의 기준으로 삼는 중요한 한 축인 '계급적 분석'이란 "복잡한 사회현실양상에 대하여 관념적으로 또는 속류유물론적으로 이해하지 않고 적확한 의미에서 사회적 본질을 계급적으로 파악하며 인식하며 분석해 가는 것을 의미하는" 것으로서, 그같은 분석 위에서 제작된 작품의 요건을 몇 가지로 제시하였다.

그러한 기준에 의거하여 그는 "진정한 의미로 계급적 분석 위에서 제작된 작품이 없다"고 『카프시인집』을 분석하고 있다. 개개의 작품을 들어 비판하는데, 특히 김창술의 「오월의 훈풍」「가신 뒤」 등이 기계적인 고정화을 벗어나지 못한 작품이라고 자세히 지적하고 있다. 결론적으로 유물변증법적 창작방법을 실천적으로 체득하기 위하여 우선 실천에 대한 현실각탈(却脫)주의를 가급적 속히 청산하고, 연구에 대한 조직적 행동(카프 내의 연구회, 대중과의 간담회 등), 문학 써클과 노농통신에 대한 조직적 행동 등에 대하여 합법성을 획득해야 한다고 마무리지었다.

이어서 백철은 「1933년도 조선문단의 전망」에서도 조직활동의 활발화, 출판물의 확립과 강화, 파시즘문학을 비롯한 부르주아 문학에 대한 투쟁과 더불어 유물변증법적 창작방법 문제의 해결을 최우선 과제로 제기하고 있다.[17] 그러나 백철의 주장은 일본 프롤레타리아 문학의 이론

15) 백철, 「유물변증법적 이해와 시의 창작」, 『프롤레타리아시』, 1931. 9.
16) ≪조선일보≫, 1932. 3. 6-20.
17) 백철, 「1933年度 朝鮮文壇의 展望」, ≪東光≫ 40호, 1933. 1, 459쪽.

을 그대로 수입하여 기계적으로 추수한 것에 불과할 뿐이어서[18], 그의 유물변증법적 창작방법론[19]은 더 이상의 이론적 진전을 보여주지 못하였다. 백철은 1933년에 와서 「문예시평」(1933.3.2-8)을 통해 러시아에서 유물변증법적 창작방법 대신에 사회주의 리얼리즘이 새로운 창작 슬로건으로 등장했음을 소개하고 있다. 그러나 조선에서는 여전히 유물변증법적 창작방법의 적용이 충실치 못했기 때문에 그 새로운 슬로건의 도입을 유보하는 태도를 보였다.[20]

유물변증법적 창작방법론에 대한 임화의 평가와 비판은 훨씬 후에 있었다.[21] 즉 이 창작방법론이 카프운동 전반을 지배할 만큼 충분히 소화되지 못하였고, 오히려 1928년 이후의 방향전환론의 하나인 '예술운동의 볼셰비키화'의 결함 아래서 프롤레타리아 시가 신음하고 있었다는 평가가 그것이다. 게다가 유물변증법적 창작방법론이 예술운동의 결함을 본질적으로 개혁, 진화시킨 것이라고도 보지 않았다. 이것은 임화 자신을 포함하여 당시 카프 진영의 모든 문인들에게 해당되는 문제이다.

그러나 당시에는 임화는 여전히 볼셰비키적 관점에서 백철 시와 평문에 대한 비판을 통해 이미 백철의 소론이 갖는 한계를 어느 정도 간파하고 있었다. 우선 임화는 당시 백철의 비평이 "극좌적 편향에 기울어"

---

18) 백철의 글 「창작방법 문제-계급적 분석과 시의 창작」은 일본의 좌파 문학이론가 藏原惟人의 「예술적 방법에 대한 감상」(≪나프≫, 1931. 9-10 ; 김영석 외 역, 『예술론』, 개척사, 1948)를 개작한 것이다. 또 서삼부(西杉夫)에 따르면, 백철의 이론이 장원유인의 영향 하에 있었음을 지적하고 있다(『프롤레타리아 시의 달성과 붕괴』, 해연서방, 1977).

19) 이 시기 소설비평과 관련해서도 신유인이 이 창작방법론을 백철보다 약간 일찍 들고 나왔지만, 큰 반향을 얻지 못하였고 우경적 이론이라는 비판을 받았다. 역사문제연구소 문학사연구모임, 『카프문학운동연구』(역사비평사, 1989), 99-100쪽 참조.

20) 그러나 이후 사회주의 리얼리즘론은 추백의 평론이 1933년 11-12월에 연재되면서 활발한 논의가 이루어지게 된다. 한효·김남천·안함광·김두용 등이 이를 둘러싸고 이른바 '창작방법 논쟁'을 벌임으로써 유물변증법적 창작방법론의 한계가 분명하게 밝혀지기에 이른다.

21) 임화, 「進步的 詩歌의 昨今」, ≪풍림≫ 2집, 1937. 1, 14쪽.

졌음을 지적하고, 그에 반해 시인으로 백철에게 "로맨티즘의 殘滓와 知識階級的 惡臭가 붙어 있음"을 비판하였다.[22] 계속해서 다음과 같이 비판하였다.

> 내가 지금 기억하고 있는 지극히 근소한 작품 가운데는 아직 한 사람의프롤레타리아 시인으로서 가질 독특한 작가적 성격이 형성되지 못한 것 같고, 또 일종의 추상성—金海剛씨등의 시에서 보는 것과는 전연 그 성질을 달리한 – 다시 말하면 노래불러지고 있는 사실 그것이 훌륭한 ××적 辭句와 격렬한 기분에 의하여 형성되었음에도 불구하고 어디인지 읽는 사람의 마음이 '이것이 진실이다'하고 찌르는 요소–이것은 예술에 있어서 치명적 요소일 것이다 – 가 희소한 것 같았다.
>
> 시가 단순히 言葉의 아름다움 혹은 그 격정적인 성질로서가 아니라 그 말이 전하고 그 말과 말 사이를 흘러 넘치고 있는 혁명적 감정 그것이 비로소 시를 만들고, 시로 하여금 대중의 가슴을 숨이 막히게 두드리는 요인일 것이다.[23]

임화의 지적에는 우선 소부르주아 출신의 시인 백철이 프롤레타리아 시인으로서 세계관적 혹은 계급적 관점이 결여되어 있음을 가장 중요하고 보고 있는 것이다. 그래서 작시술의 미숙이나 언어구사 능력의 부족 때문이 아니라, 시적 대상에 대한 시인의 인식태도를 임화는 문제삼고 있는 것이다.[24] 바꾸어 말하면 임화는 세계의 변혁을 근본 임무로 하는 실천자로서 시인을 규정하고 있는 것이다. 결국 임화는 시인의 실천 문제에 중점을 두고 있는데, 그것은 다름 아닌 '조직적 생활의 단련'을 지칭하는 것이다. 그러한 조직 훈련의 기회를 가지지 못했던 백철의 불행을 동시에 시석하면서, 그것이 결국 시인 혹은 비평가로서 정치적 무관심과 통하는 것이라 보았다. 따라서 백철을 멘셰비키적 투항주의자로

---

22) 임화, 「同志 白鐵君을 論함」, ≪조선일보≫, 1933. 6. 14.
23) 같은 곳.
24) 위의 글, 1933. 6. 16.

규정한 임화의 '백철론'에 담긴 임화의 관점은 궁극적으로 문학예술에서 계급적 당파성을 강조하는 것으로 귀착된다. 그것은 예술운동의 볼셰비키화에 따른 시의 프롤레타리아화와도 긴밀히 연결되는 문제인 것이다. 그 저간에는 임화의 다음과 같은 생각이 예술에 대한 기본적인 인식 태도로 자리잡고 있었던 것이다.

> 그[백철-인용자]가 창작적 방법을 말한 이론적 노작 가운데에서 표시되어있는 것으로 시인 작가들에게 대하여 '기술에 눈을 돌려라!'라는 것과 같은 슬로간을 강요하여 마치 예술적 방법이 다른 내용과 형식의 문제의 기계론적 이론의 형식적 방면을 말하는 것과 같은 대단히 그릇된 견해를 갖은 일도 있었다. 우리들의 예술과정에 있어서 방법론의 문제가 다른 모든 문제로부터 형이상학적으로 추상되어 나온 것으로 변증법적 세계관으로서의 본질예술도정 그것이 객관세계를 일정한 정도로 반영하는 것이라는 변증법이 인식론적 방면에 대한 철학을—예술과 인식사이에 레닌적 설정에 대한 변증법을 다른 죽은 논리학과 구별하는 ××적 본질에 대한 완전한 무이해가 표명되어 있었다.[25]

2) 시의 낭만성 논쟁과 임화의 리얼리즘 시론

(1) 시의 낭만성 논쟁과 풍자시 논쟁

카프의 1차 검거로 인해 프롤레타리아 문학계는 더 이상 볼셰비키화 방침을 수행해갈 수 없는 지경에 이르렀으며, 그 방침 자체의 경직성과 고정화로 말미암아 새로운 활로를 모색해야 할 형편에 놓이게 되었다. 그 모색의 방향은 시의 낭만성에 대한 논의로부터 가닥이 잡혀가게 되는데, 이는 이원조·이정구·임화 등에 의해 제기된다. 그 낭만성 논의의 요지는 프롤레타리아 시의 '우렁찬 시' 일변도 혹은 센티멘탈 로맨티시즘으로의 경사 모두를 지양하고 혁명적 로맨티시즘을 도입해야 한다

---

25) 위의 글, 1933. 6. 17.

는 것이었다.[26] 이 점에서 볼셰비키 예술론 내지 프롤레타리아 리얼리즘론의 도식화·고정화로부터 탈출해낼 실마리를 풀어나간 것은 아무래도 이정구의 문제 제기[27]에서부터 찾아야 할 것이다.

물론 이정구의 문제 제기는 당시 소련에서 제기되고 있던 사회주의 리얼리즘론의 한 요소인 혁명적 낭만주의에 영향받은 것이었다. 그는 임화의 시 「우리 오빠와 화로」 「우산 받는 요코하마의 부두」 등이 센티멘탈리즘의 오류에 해당하는 것으로 김기진 같이 약한 사람이나 울릴 뿐이라고 하면서, 로맨티시즘은 프롤레타리아 리얼리즘으로 추이해 가는 과정에서 나타나는 과도적인 형태라고 규정하였다. 아울러 라프(RAPP)에서 제기되고 있는 '새로운 로맨티시즘, 즉 혁명적 로맨티시즘'을 수용할 것을 주장하고 있다. 이어서 이정구는 "예술은 비판적이어야 하며 ××[혁명-인용자]적이어야 한다"고 하면서 예술가가 無思想的 寫眞師가 되어서는 안된다고 하였다. 또한 권환의 풍자시 「冊을 사르면서-힛틀러의 부르는 노래」(≪조선일보≫, 1933.7.29)가 단지 폭로를 위한 시에 불과하다고 비판하기도 하였다.

이에 대해 임화[28]는, 이정구의 비판이 자신의 시가 가진 약점인 감상주의를 부르주아적 감상주의와 구별하지 못하고, 또 우연이란 의식되지 않은 필연성임에도 불구하고 자신의 시가 우연성에 의존한 시라는 곤봉만을 내리치는 기계주의라고 반박하였다. 그와 함께 프롤레타리아시가 발생 초기부터 계급적·문화적 기반의 취약으로 인해 부르주아 소시민 인텔리층에 의해 생겨날 수밖에 없었으며, 따라서 낭만주의를 완전히 정화해내지 못했던 한계를 인정하였다. 그렇기 때문에 "프로시로부터

26) 이명찬, 「1930년대 후반 현실주의 시의 전개과정」, 『문학과논리』 창간호, 태학사, 1991, 279쪽.

27) 이정구, 「시에 대한 감상-그대의 로맨티시즘을 버려라」, ≪조선일보≫, 1933. 9. 19-23.

28) 임화, 「33년을 통하여 본 현대 조선의 시문학」, ≪조선중앙일보≫, 1934. 1. 1-12.

부르조아적인 요소인 낭만주의를 비판한다고 .우리들의 시로부터 시적인 것, 즉 감정적·정서적인 것을 축출해버"려, 결국 프롤레타리아 시단에는 이른바 '뼉다귀' 시가 횡행한 것이라 자기비판하기에 이른다.

아울러 임화는 풍자문학이 프롤레타리아문학이 처한 외적인 곤란을 초월하는 하나의 방법적 고안으로 제기될 때만이 유의미하다고 전제한 후, 그러나 풍자라는 것이 대상에 대한 적극적인 증오가 아니라 냉소적 부정에 불과한 것이므로 결국 소시민적 부정 내지 주지적 부정과 공통되는 것이라고 비판하였다. 이러한 관점에서 권환의 풍자시도 "諷刺하는 主體에 依하야 노래되지 안코 客體의 입을 通한 만큼 詩의 現實感과 批判力이 同時에 稀薄"해지고 있다고 비판적으로 인식하였던 것이다.[29)]

그러나 이정구[30)]가 임화의 반박이 정당하다고 시인하게 됨에 따라 낭만성 논쟁은 더 이상 발전하지 않게 된다. 이정구는 전체적으로는 시인하면서도, 부분적으로는 임화의 시가 그 형상화 과정에서 "意識的·無意識的 또는 直覺的으로 感傷的 形象을 表現했기 때문에" 시에 나타난 구체적 사실이 센티멘탈리즘에 눌렸다는 점을 강조하는 데 그쳤다.

임화의 이른바 '뼉다귀' 시에 대한 자기비판은 시의 본질적인 측면을 간과했던 프롤레타리아 리얼리즘 시론의 경직성에 대한 부정이었다. 이는 향후 임화가 주창하는 낭만주의론의 논리적 출발점이라고 봐도 큰 무리가 없을 것이다. 이로써 프롤레타리아 리얼리즘 시론은 외적으로는 현실상황의 악화에서 기인하겠지만, 내적으로는 프롤레타리아문학운동 이론의 자체 논리에 의거해서도 파산하게 되었다. 즉 혁명적 낭만주의의 도입으로 프롤레타리아 시론은 사회주의 리얼리즘 논쟁과 더불어 새로운 단계로 접어들지 않을 수 없게 된 것이다.

---

29) 위의 글, 1934. 1. 12.
30) 이정구, 「시에 나타난 우연성의 해석」, 『형상』, 1934. 3.

한편 풍자시에 대해서 비판적이었던 임화는 나중에는 오히려 이를 긍정하는 태도로 변모하게 된다. 즉 "「뼈다귀만의 詩」로부터 自然發生的인 打開 努力은 權煥君의 「힛틀러의 노래」「蔣介石의 노래」 等 若干의 作品에서 發見할 수 있는 諷刺詩에의 傾向"이 프롤레타리아시가 개척할 시의 방향이자 양식상의 경향으로 높이 평가되어야 한다고 주장하였다.[31] 이러한 풍자시에 대한 변모된 평가는, 낭만적 경향의 수용이 '뼈다귀' 시를 벗어나지 못했던 기왕의 프롤레타리아 리얼리즘 시론의 경직성에서 탈피하고자 하는 노력이었다는 지적과 궤를 같이 하는 것이다.

(2) 낭만주의에 대한 임화의 관점 변화—혁명적 낭만주의의 수용

그러면 실제 비평에 있어서 임화는 낭만주의에 대하여 어떠한 평가를 내리고 있는가? 카프가 해산하던 그해에 씌어진 평문 「담천하의 시단일년」에서 임화는 낭만주의를 두 가지로 나누어서 생각하는 듯하다. 보수적 낭만주의와 진실한 낭만주의라는 두 범주이다. 전자에 대해서는 1920년대 이래로 잔존해오던 문학경향으로서, 복고주의로 융합되어 나타난다고 파악한다. 후자에 대해서는 당시 프롤레타리아 시가 나아가야 할 방향 모색과 더불어 제기되었던 것이다. 낭만주의에 대한 이러한 범주적 이해는 비록 양자를 직접적으로 맞세우지는 않았지만, 적어도 임화가 낭만주의 내부의 차별성에 주목하고 그것을 범주화시키려 한 점은 인정된다.

먼저 임화의 보수적 낭만주의 비판을 자세히 살펴보자. 이에 대해서는 시조부흥운동에 대한 비판으로 포문을 열고 있는데, 시조를 복고주의의 대표적 현상으로 파악하고 있다. 또 김기림의 글[32]을 인용하면서,

31) 임화, 「진보적 시가의 작금」, ≪풍림≫ 2집, 1937. 1, 15쪽.
32) 김기림, 「신춘조선시단전망」, ≪조선일보≫, 1935. 1. 1-5.

그가 주요한·김동환·박종화·김소월 등의 복고풍을 비판한 것에 동의하는 한편, 그들의 답보 내지 후퇴가 본질적인 것임을 지적치 않은 것을 비판하였다. 나아가 임화는 김안서·이광수·이병기·김석송 등의 문학까지를 '詩의 無思想性의 主張'으로 규정하고 진보적 사상의 반대자로서 전진을 정지하였다고 비판하였다. 요컨대 그들의 "自由詩型으로부터 定律詩에로의 後退"가 바로 낭만적인 민족주의 사상의 문학적 표현이라고 보면서, 이 보수적 낭만주의는 결국 "中世的 過去에 對한 浪漫的 感傷과 結合한 것"이라고 규정짓는다. 그리고 이들의 "性格的 特徵은 「志士」와 옛날 「吟遊詩人」的인 生活的 無關心과 그와 가튼 超然함이며, 空然한 大言壯語가 그 言語的 特徵이"라고 비판적으로 조망하였다.[33]

그러나 임화가 낭만주의 자체를 부정적으로 이해한 것 같지는 않다. 다만 낭만주의를 시대상황의 추이와 더불어 그 역사적 한계를 정확하게 파악하려고 한 것이다. 그는 1920년대 전반기의 문학적 주류를 낭만주의로 설정하고, 그것을 극복하는 방향으로 새롭게 등장한 문학사적 적자를 경향시로 규정하였던 것이다. 가령 1920년대의 낭만파와 1930년대 기교파를 비교하는 대목를 보면 알 수 있다.

> 相和, 懷月, 月灘은 悲嘆하고 絶望하고 現實을 否定만 한 것이 아니라, 自然主義에서까지 그들을 區別하는 最重要한 要因은 그들이 激烈한 現實에 對한 憎惡로 充滿하였고 그 一偶에는 不斷히 焦燥하면서도 暗黑 가운데서摸索하는 精神이 숨어 있었든 때문에 그들의 詩는 활줄같이 우렁찻다.[34]

이에 반해 기교파, 그 중에서도 박용철과 같은 '보수적 기교파'를 부정

33) 임화, 「담천하의 시단 일년」, 『문학의 논리』, 학예사, 1940, 611-618쪽.
34) 임화, 「기교파와 조선 시단」, 위의 책, 662쪽.

적 낭만주의로 규정하고 비판적으로 공격하였던 것이다. 그같은 관점 위에서 그는 1930년대 중반의 프롤레타리아 시를 평가하면서 그 대개의 시인들이 "慘憺한 肉體的 運命에" 처해 있고 "조직적 모체의 붕괴", 즉 카프의 해산으로 말미암아 상당히 타격을 입었음을 전제하고 있다. 그 가운데서도 이찬, 양우정, 이정구, 안용만, 그리고 임화 자신이 시대에 대한 통찰을 놓치지 않으려 고투하고 있음을 밝히고 있다.

> 爲先 우리들의 詩의 特徵은 昨今 以來로 强化된 時代的 重壓을 가장 明確히 反映하고 있는 點이다. 進化된 諸勢力의 一體的인 後退의 그림자가 이들의 詩에는 歷歷히 反映되어 있다. 이 反映은 大部分 悲劇的 敗北에 對한아픈 肉感과 그 가운데서도 아직 모든 것을 放棄하지 않고 自己의 弱點을追求하고, 그것으로 새롭은 길을 摸索하고, 다시 歷史的 前進의 大道로 이러서랴는 悲壯한 格鬪가 그 基本的 性格이 되어 있음은 不可避한 일이다.
>
> 勿論 이 가운데는 깊은 暗黑과 絶望 가운데서 죽엄과 같은 敗北의 슬픔을 노래한 것도 없지 않다. 그러나 自己의 弱點에 對한 無慈悲한 追求는 그들을 未來에로의 勇氣를 가진「히로이즘」을 喚起치 않을 수가 없을 것이다.
>
> 그들은 歷史的 過程 中에 自己(인텔리)의 位置를 잊어버리거나 過信치는決코 않는다. 反對로 그 弱點을 大膽히 認識하고 그것을 是正할랴는 불같은努力이 表現되어 있다.[35]

그러나 한편 자신들에게서 발견되던 소시민적 감상주의에 대한 비판 역시 호되게 가하고 있다.[36] 임화는 당시 경향시인들의 "詩의 大部分이 個人的 內省的인 自己追求로만 向하고" 있는바, 이것은 곧 "嘆息과 咏嘆에로 通하기 쉬운 것"이라고 하면서 그 내성적 경향이 지나친 나머지

35) 임화,「담천하의 시단 일년」, 위의 책, 639쪽.
36) 위의 글, 639-640쪽 그리고「진보적 시가의 작금」(1937. 1), 16쪽에서도 역시 비슷한 논지의 주장을 펴고 있다.

"잘못하면 한 個 懷古的 感傷主義로 逸脫하기 쉬운 危險"이 있다고 경고하고 있다. 특히 그는 이찬의 시를 주목하면서 이 위험성을 지적하였다. 즉 이찬의 시에 대하여 "詩的 領域의 身邊雜事的 限界로의 退却과 咏嘆的 韻律에 依하야 表示되고 있다. 이곳에는 眞實한 浪漫主義 대신에 感傷主義가 자리잡기 쉬운 것이다"라고 말하였다. 계속해서 임화는 우리 시가 나아가야 할 방향까지 제시하고 있는데, 시는 "前進하고 있는 客觀的 過程을" 올바로 評價하여야 하며 "또 個性을 社會的 全體 위에서 노래"해야 한다고 함으로써 리얼리즘적인 태도를 견지한다.

그러나 임화는 개인적 내성적 자기추구와 회고적 영탄만을 꼬집어 경향시를 일방적으로 비판한 것이 아니라, 새로운 길의 모색과 그러한 노력에도 주목하고 있다. 이러한 모색과정을 안용만의 시 「강동의 품」에서 읽어내고 있는바, 이에 대해 임화는 "眞實한 詩의 民族性이고, (……) 그의 浪漫主義야말로 참말의 「로만치카」이다"[37]라고 격찬하였다. 여기에서 그는 '진실한 낭만주의'라는 개념을 사용하고 있음에 주목할 필요가 있다. 임화가 이 개념을 사용한 것이 1935년 12월(「담천하의 시단 일년」)이고, 뒤에서 살펴 볼 '낭만적 정신'론이 제기된 것이 1934년 4월(「낭만적 정신의 현실적 구조」)인 것을 미루어보면, '진실한 낭만주의' 개념은 그가 낭만적인 것을 사실적인 것과의 관계 속에서 재평가한 이후에 정착된 것임을 알 수 있다. 진실한 낭만주의는 "미래에로의 용기를 가진 히로이즘"이란 임화의 지적에서 보듯이 혁명적 영웅주의와 관련된 개념이라 볼 수 있다. 즉 그것은 사회주의 리얼리즘을 구성하는 한 중요한 요소인 혁명적 낭만주의의 다른 이름인 것이다.

(3) 임화의 '낭만적 정신'론과 리얼리즘

사실 임화 문학론의 요체는 말할 것도 없이 리얼리즘이다. 그럼에도

37) 임화, 앞의 글, 642쪽.

불구하고 그가 그 동안 일정 부분 비판해오던 낭만주의에 대해 상당한 의의를 부여하게 된 것은 변화라면 변화이고 진전이라면 진전인 셈이다. 물론 그 낭만주의론은 상황 악화의 대응물로 제창된 것이며, 정치와 예술을 분리하는 탈정치주의적인 분위기에 대한 비판으로서 미래에 대한 신념을 강조한 것이다.[38] 낭만주의론이 제기된 것은 1934-36년 사이로, 이 시기에 카프는 내부적 동요(전향)와 맹원의2차 검거, 해산으로 이어지는 조직 와해의 길을 걷고 있었다.

이러한 분위기 속에서 제출된 이른바 임화의 '낭만적 정신'은 "文學上에서 主觀的인 것으로 表現되는 모든 것을 浪漫的인 것이라 부르며 그것이 寫實的인 것의 客觀性에 대하여 主觀的인 것으로 現顯하는 意味에서"[39] 이름붙여진 미학적 개념인 것이다. 그는 '낭만적 정신'을 특정 시대의 특정한 문학적 경향으로 보지 않고 사실적인 것과 더불어 하나의 원리적 범주로 파악하고 있다.

> 文學的 現實의 世界라는 것은 客觀과 主觀의 相剋的 運動에서 現實的인것과 浪漫的인 것의 矛盾되는 關係 가운데서 形成되며, 反對로 文學的 現實은 現實的인 것과 浪漫的인 것으로 全部가 還元되기 때문이다. 이러한 意味에서 文學에 있어 寫實的=敍事的인 것과 浪漫的=抒情的인 것은 眞實로 原理的인 兩大의 範疇다.[40]

여기서 위 진술이 옳은가 그른가의 문제가 중요한 것이 아니다. 그가 문학의 원리적 범주로서 낭만적인 것/사실적인 것의 관계를 통일적으로 파악하고자 한 것이 중요한 것이다. 그리고 그는 그것들에 주관/객관을 대응시키고 있다. 즉 임화가 '낭만적 정신'론에서 해명하고자 한 것은

---

38) 이훈, 「1930년대 임화의 문학론과 근대성」, 민족문학사연구소 편, 『민족문학과 근대성』(문학과지성사, 1995), 415쪽.
39) 임화, 「낭만적 정신의 현실적 구조」, 앞의 책, 7쪽.
40) 위의 글, 8쪽.

바로 주관성의 역할인데, 이를 주객변증법을 통해 이해하고 있다는 점이 중요한 것이다. 즉 그는 '낭만적 정신'론에서 창작 과정 내부에 인간의 의식성, 주관이 불가결하며, 그것과 객체의 연관 속에서 형상화가 이루어진다는 인식에 도달했던 것이다.[41]

그리고 임화에게 있어 낭만적 정신은 곧 낭만주의를 뜻하지 않는다. 그는 문학사에 나타난 여러 문학적 경향이나 조류를 바로 이 두 원리적 범주의 역사적 운동 형태로 파악하고 있기 때문이다. 이렇게 파악하는 데에는 두 가지 점을 전제하고 있다. 그 하나는 문학이란 지배계급의 세계관의 반영이라는 것, 다른 하나는 문학이란 객관적 현실의 반영이라는 것이다. 이 전제들이 마르크스주의 문학론의 기본항임은 상식에 속한다. 전자가 문학의 계급성이란 미학적 개념과 관련되는 것이라면, 후자는 미학적 원리로서 리얼리즘의 기본적 속성에 해당하는 것이다. 임화 문학론의 핵심이 리얼리즘이라고 했거니와, 이즈음 임화가 생각하는 리얼리즘은 아래 인용에서 지적되는 바와 같이 비본질적이고 쇄말적인 일상사를 소묘하기만 하는 정태적인 트리비얼리즘(흔히 자연주의로 지칭되는 개념)이 아니라 '움직이는 본질적인 성격의 특징을 파악하'려는 역동적인 개념인 것이다. 과거의 리얼리즘이 '沒我的 客觀主義'인 데 반해, 낭만적 정신이 결합된 리얼리즘은 그것을 극복하는 것임을 분명히 하였다.

> 진실한 낭만적 정신—역사주의적 입장에서 인류 사회를 광대한 미래로 인도하는 정신이 없이는 진정한 사실주의도 또한 불가능한 것이다.
> 즉 주관과 객관을 진실로 통일하고, 현실 가운데서 비본질적인 일상성의 속악한 제2의적 쇄사에만 종사하는 것이 아니라, 그것을 제거하고 혹은 그것을 뚫고 들어가 그 가운데 움직이는 본질적 성격의 제특징을 파악하는 것이, 우리들의 새로운 창작이론과 문학의 이상이다.
> 그렇지 않으면 일상성의 속악한 실재에 만족하고 본질을 빼어놓고

41) 신두원, 「임화의 현실주의론 연구」, 서울대 대학원, 1991, 20쪽.

비본질적 쇄사에만 종사하는 표면적인 공허한 리얼리즘에 트리비얼리즘에 그치고 만다.[42)]

그러나 임화가 주관을 낭만성으로, 객관을 사실성으로 대체한 것은 상당한 문제점을 내포하고 있다. 그가 진실한 낭만적 정신이 없이는 진정한 사실주의도 불가능하다고 했다손 치더라도, 인식론적 범주의 개념을 예술 형상화방식과 등치시키는 것은 올바르지 않다. 형상화 방식으로서의 낭만화와 사실적 모사에는 각기 나름대로 주관과 객관의 상호연관이 어떤 형태로든 내재되어 있게 마련이다. 이러한 한계는 결국 리얼리즘에다가 낭만적 정신(혹은 낭만주의)을 결합시키는 결과를 낳았다. 이는 아마도 사회주의 리얼리즘의 한 중요한 계기로 파악되는 혁명적 낭만주의 개념을 수용한 데서 기인한다.

또한 임화가 강조한 주관적 계기란 당파성인바, "現實的인 夢想, 現實을 爲한 意志, 그것이 이 浪漫的 精神의 基礎이다"라고 한 구절에서 보이듯이 당파성을 객관 현실로부터 찾지 않고 단지 몽상과 의지에서 찾고 있는 것은 결국 그의 낭만주의론이 주의(主意)주의적 성격을 벗어나지 못했음을 드러낸다.[43)] 이 점은 「위대한 낭만정신」(1935)이란 글에 이르면 더욱 분명해진다. "이 浪漫主義는 强하게 歷史的이고 無比하게 社會的이며 根本 性格에 있어 리얼리즘으로써 自己를 形成한다"[44)]고 하는 대목에 이르면 일견 리얼리즘론과 낭만주의론이 역위(逆位)되는 듯한 인상마저 느껴진다. 이것은 '낭만적 정신'과 낭만주의를 범주적으로 혼돈하여 사용하고 있기 때문에 발생하는 것이기도 하다. 애초 낭만적 정신은 진정한 리얼리즘에 이르는 중요한 계기로 파악하다가, 나중에는 낭만주의라는 문학적 경향으로 격상시키는 개념적 혼란과 동요를 왕왕

42) 임화, 앞의 글, 20-21쪽.
43) 위의 글, 22-23쪽 참조.
44) 임화, 「위대한 낭만적 정신」, 앞의 책, 41쪽.

드러내고 있는 것이다. 그는 낭만적 정신을 '창조하는 몽상'이라 규정하고, 당시 조선 문학의 특징으로 꿈의 결핍을 지적하였다. 그러면서 작가들에게 생생한 낭만주의 혹은 몽상의 낭만주의를 제안하고 있다. 그가 "몽상의 낭만주의는 결코 작품에 있어서의 사실성을 제외하는 것은 아니다"[45]라고 주장하더라도, 사정은 별반 다르지 않다.

이후 임화는 1937년에 이르러 다시 이를 자기비판하는 것을 확인할 수 있다.[46] 그가 '낭만적 정신'론을 제출하게 된 본래적 계기가 "시의 리얼리티를 고매한 시대적 로맨티끄 가운데서 찾으려 했던" 데 있었으나, "시적 리얼리티를 현실의 구조에서 찾는 대신 정신을 가지고 현실을 규정하려는 역도(逆倒)된 방법" 때문에 오류에 빠졌다고 반성하고 있다. 따라서 자신의 낭만주의론이 그 의도와는 무관하게 "신리얼리즘[사회주의 리얼리즘－인용자]으로부터의 주관주의적 일탈의 출발점이었"음을 아프게 인정하였다. 즉 "문학에 있어 주체성의 문제를 낭만주의적으로밖에 이해 못한" 탓이라는 것이다. 그러나 자신의 낭만주의론을 반리얼리즘으로 오해하는 데 대해, "나는 결코 리얼리즘 대신에 로맨티시즘을 주장한 것이 아니다"고 하면서, 그것은 "관조주의로부터 고차적 리얼리즘으로 발전하기 위한 한 계기로서" 제안한 것임을 분명히 하였다. 결국 임화가 말하는 혁명적 낭만주의는 "주관의 토로에서가 아니라 객관적 현실과 주체가 실천적으로 교섭하는 데서 일어나는 고매한 파토스"[47]를 의미하는 것이다. 그가 말한 '고매한 파토스'로서의 혁명적 낭만주의가 사회주의 리얼리즘에서 아주 중요한 구성적 계기임은 이미 널리 알려진 사실이거니와, 이것은 예술적 주체가 현실에서 새로운 맹아를 발견하고 그것의 전망을 예술적으로 형상화하는 능력으로 이해되고 있다.[48] 이러

45) 임화, 위의 책, 37쪽.
46) 임화, 「사실주의의 재인식」, 위의 책, 84-99쪽.
47) 위의 글, 88쪽.
48) 에르하르트 욘, 『마르크스－레닌주의 미학입문』, 임홍배 역, 사계절, 1988, 181쪽.

한 리얼리즘과 낭만주의의 결합을 통해서 임화는 전망의 형상화를 기도하였고 이를 '전형' 개념과 연관시킴으로써 리얼리즘론을 구체화시키게 된다.[49]

3) 기교주의 논쟁과 임화의 시론

(1) 기교주의 논쟁의 성격과 경과

잘 알려진 바와 같이 '기교주의 논쟁'은 한국 현대시론의 이론적 발전에 크게 기여한, 1930년대의 대표적인 문학 논쟁이다. 기교주의 논쟁이라 함은 1935년 카프가 해산되는 시기를 즈음하여 임화와 김기림, 박용철 삼자 간에 벌어진 시 일반에 관한 논쟁을 말한다. 이는 시사(詩史)의 흐름에 대한 점검으로부터 시의 창작과정론 및 내용—형식의 문제에 이르기까지 시 전반에 걸친 이론적 과제를 둘러싸고 각기 관점을 달리하는 세 명의 비평가에 의해 진행되었다. 임화—김기림—박용철로 대표되는 당시 시적 경향이 상호 경쟁하는 가운데 벌어진 이 논쟁은 시단의 헤게모니뿐만 아니라 이론적 우위를 다투면서, 그들 간의 예술적·사회적 인식의 차이를 날카롭게 보여주고 있다는 점에서 매우 문제적이다.

'기교주의'[50]라는 용어의 본래적 의미를 좇을 경우, 이 논쟁의 핵심은 김기림과 박용철 간의 공박 속에 있다. 그러나 삼자 간의 논쟁 구도라는 점에서 보자면, 논쟁의 직접적인 계기는 임화가 「曇天下의 詩壇 一年」(≪신동아≫, 1935. 12)에서 김기림의 기교주의를 비판한 데서 비롯한

---

49) 이에 대해서는 신두원, 앞의 글, 1991, 21-22쪽. 아울러 임화의 리얼리즘론 일반에 대해서는 신두원의 앞의 글과 이훈, 「1930년대 임화의 문학론 연구」, 서울대 박사학위논문, 1993을 참조.

50) '기교주의'라는 용어는 김기림이 만들어낸 것으로서, 그는 "詩의 價値를 技術을 中心으로 하고 體系化하려고 하는 思想에 根底를 둔 試論"(「기교주의 비판」, 『시론』, 138쪽)이라고 규정한 다음, 이것이 예술지상주의와는 다른 차원에 속하는 미학적인 문제라고 범주화한 바 있다.

다. 물론 기교주의 논쟁이 본격적으로 진행된 것은 1935년 말경 임화로부터이지만, 그 이전에 불씨는 이미 1933년경 김기림에 의해 지펴져 있었다. 즉 김기림은 모윤숙의 시집 『빛나는 지역』이 센티멘탈리즘의 범람이라고 지적하면서 그러한 경향과의 청산을 강력히 내세웠고[51], 또 박용철이 "詩論으로 쎈티멘탈리즘을 主張하였"다고 하면서 그 점에서 자신과 대척점에 선다고 함[52]으로써 일찍이 논쟁을 예고한 바 있다.

이에 대해 박용철이 "金起林氏의 技巧主義 詩論이라는 것은 筆者가 全能力을 傾注해서 擊破하고저 하든 多年의 宿題"[53]이라고 한 것을 미루어보면, 이 논쟁이 논리 이전에 감정적으로도 얼마나 서로 대립해 있었나 하는 것을 짐작할 수 있다. 이후 박용철은 「乙亥詩壇總評」(≪동아일보≫, 1935. 12. 24-28)에서 김기림의 "새로움의 의식적 탐구"에 대해 본격적인 비판을 가하기 시작한다. 신기함을 좇는 '의상사'로서의 시론(김)과 '생리'의 시론(박)으로 김기림과 자신을 구별지으면서, 박용철은 "藝術 以前이라고 부르는 表現될 衝動"[54]을 핵심으로 하는 선시론(先詩論)을 제기하였다. 그가 내세운 '선시적'인 것이란 일종의 포에지(시정신)에 해당하는 것으로, 이것이야말로 낭만주의에서 말하는 천재의 영감과 같은 것이지 않을 수 없다. 결국 이들 두 사람의 이론적 입각점은 각각 시의 인위적 창작이라는 주지주의(김)와 시란 자연스러운 감정의 유로(流露)라는 낭만주의(박)로서, 그것들의 이론적 차이만큼이나 서로 매우 다른 것이었다.

---

51) 김기림, 「모윤숙의 리리시즘-시집 『빛나는 지역』을 읽고」, ≪조선일보≫, 1933 10. 29-31.

52) 김기림, 「1933年 詩壇의 回顧」, 『시론』, 81쪽.

53) 박용철, 「技巧主義說의 虛妄」(≪동아일보≫ 1936. 3. 18-25), 『박용철전집』 2권, 시문학사, 1940, 17쪽.

54) 박용철, 「技巧主義說의 虛妄」, 위의 책, 18쪽.

(2) 기교주의 논쟁 속에서의 임화의 논리

임화는 김기림과의 논쟁에서 김기림의 전체주의 시론에 나타난 내용과 기교의 관계양상에 대하여 비판적인 문제 제기를 하였다. 그에 앞서 김기림은 1920년대의 낭만주의 시와 경향파 시를 기교적 미성숙(형상화의 부족)이라는 점에서 비판하고, 그것의 극복을 기교주의에서 찾았으나 그 기교주의조차 기교 편향으로 흘러 시의 일면화에 빠져버렸으므로, 사상과 기교가 통일된 '전체로서의 시'로 나아가야 한다고 주장하였다.[55] 이에 대해 임화는 기교파 시를 "市民詩의 現代的 後裔"라고 규정하고, 그것의 등장배경을 ① 진보적 시가(즉 경향파 시)에 대한 부자유한 객관적 분위기의 확대와, ② 1920년대 낭만주의 시와 경향파 시의 약점에 대한 편승에서 찾고 있다. 이어 기교파의 주장이 급진적인 소시민의 주관적 환상의 산물이며, 경향파와는 달리 사상성을 거세한 양식상의 점차적인 변형만이 남아 있다고 하였다. 이렇게 전제한 다음, 일단 김기림의 기교주의에 대한 자기비판을 긍정하였으나, 그러나 김기림의 전체주의 시론이 단순한 一線的 思惟過程[56]에 불과하며 또 지성과 감성의 분리, 사유하는 두뇌와 감각하는 신경의 분리에 근거한 이분법적 사고이고 형식논리적이라고 비판하였다.

이러한 임화의 비판에 대하여 다시 김기림은 자신의 시론이 우로부터, 경향파의 시론이 좌로부터 서로 접합될 수 있음을 예상함으로써[57], 임화의 비판을 수긍하고 현실에 대한 적극적인 관심을 제의한다. 김기림에게 있어 현실에 대한 관심은 훗날 전체주의 시론에서 '모더니즘과 사회성의 종합'이란 말로 표현되었으나, 그 사회성의 내용과 그것의 예

---

55) 김기림, 「기교주의 비판」, 『시론』, 133-144쪽.

56) 이는 김기림이 우리 근대 시사의 변천과정을 1920년대 낭만주의 시→ 경향파 시→ 기교주의 시→ 전체주의 시라는 발전도식으로 파악하는 것을 말한다. 임화, 「曇天下의 詩壇 一年」, 『文學의 論理』, 학예사, 1940, 618-637쪽 참조.

57) 김기림, 「詩와 現實」, 『시론』, 144쪽.

술적 표현방식에 대해서는 구체성을 결여하고 있었다. 김기림이 말한 사회성이 카프 식의 프롤레타리아 리얼리즘이나 소비에트의 사회주의 리얼리즘을 지칭한 것인지는 불분명하나, 당시 김기림에게는 적어도 서구 작가들의 반파시즘인민전선을 의식하고 있었던 것이 아니었을까 라는 짐작이 드는 점이 어느 정도 있다. 이념의 좌우를 떠나 파시즘의 도도한 진군 앞에 위기의식을 느낀 서구의 양심적인 작가들의 좌우합작에 대해, 저널리스트이기도 한 김기림의 정치적 감각은 예민해져 있었다고 볼 수 있을 것이다.

그러자 또 다시 임화는 김기림의 긍정적 반응을 의식한 듯, 기교파 내에서 김기림의 상대적 진보성을 인정하였다.

> 全體主義라는 氏[김기림-인용자]의 槪念 가운데는 內容과 形式을 同列에놓는 等價的 均衡論의 餘薰이 적지 않음에 不拘하고 詩 가운데 生活現實이차지할 重要한 자리를 작만하고 있음은 事實이다. (……) 現實－詩的 內容의 重要點－에 對한 接近의 이러한 漸進的인 反省의 路線은 技巧主義에서 成長한 誠實한 詩人이 自己完成의 길 우에서 것는 바 거의 典型的인 코스일 것이다.58)

이같이 김기림을 진보적 기교주의자로 규정하는 한편, 경향파 시의 기교적 미성숙을 인정하고서 김기림의 전체주의 시론의 논리구성상의 문제점을 다음과 같이 지적하였다.

> 오직 이「內容과 技巧의 統一」가운데는 兩者가 等價的으로 均衡되어 있는 것이 아니라, 이 統一은 爲先 全體로서의 兩者를 可能케 하는 物質的 現實的 條件으로 成立하고 그것에 依存하며, 同時에 內容의 優位性 가운데서 兩者가 스스로 形式論理的이 아니라 辨證法的으로 統一되는 것이다.

58) 임화,「技巧派와 朝鮮詩壇」, 앞의 책, 645-646쪽.

> 이 「統一」과 「全體」에 辨證法的 理解를 缺할 때, 均衡論, 形式論理가 君臨하는 것이며, 起林氏의 全論文을 通하야 이것에 對한 明確한 解答을 얻지 못한 것임으로, 「全體」라는 槪念이 形式論理的 餘薰을 傳한다고 나는 말한 것이다.[59]

이처럼 양자 사이에는 비교적 우호적인 논전이 벌어졌지만, 김기림의 내용-형식의 분리라는 관점이 한계로 지적될 만큼 임화의 유물변증법적 인식과 김기림의 자유주의적 전망 사이에는 심연이 가로놓여 있었던 것이다. 김기림의 단선적 혹은 형식논리적 사유방식은 결국 고정된 것의 장면 변화만을 문제삼는 것인데 반해, 임화의 논리는 사물이나 현상을 변화・발전하는 것으로 파악하는 변증법적 인식인 것이다. 임화가 지적하듯이, 김기림의 문학사에 대한 이해가 계급 분화 이전의 개념에 의거하여 근대시를 파악하는 것이므로, 그의 전체주의 시론 역시 자유주의적・소시민적 전망에 근거한 위기극복의식에 불과할 따름이다. 임화가 김기림을 비판한 요지는, 전체주의 시론이 결국 이론적으로는 관념론적 이원론에 기초한 형식논리인 것이며 의식상으로는 소시민의 계급적 한계를 뛰어넘지 못하였다는 것이다.

한편 박용철과의 논쟁에 임하는 임화의 태도는, 김기림에 대한 비교적 우호적인 태도에 비해, 훨씬 적대적이다. 임화가 먼저 「曇天下의 詩壇一年」라는 글에서 김기림, 정지용, 신석정을 대표적인 기교파 시인으로 규정하여 이들을 비판하였던 사실에 대해 박용철이 반발하고 나섬으로써, 둘 사이의 논쟁이 시작되었다. 위 글에서 임화는 "詩人일 수 있는 名譽와 그 資格은 그가 時代現實의 本質을이나 그 刻刻의 細細한 轉移의 가장 敏捷하고 正確한 認知者이며, (……) 時代的 精神의 가장 率直大膽한 代辯者인 데서 비로소 可能한 것"[60]으로 보았는데, 이를 통해

59) 위의 글, 666쪽.
60) 임화, 「曇天下의 詩壇一年」, 앞의 책, 611쪽.

그는 시대정신을 대변하는 시인의 의식과 실천, 즉 리얼리스트로서 시인의 시각을 강조하였다. 이에 대해 박용철은 "詩人은 이것[현실의 본질-인용자]을 認知할 뿐 아니라 령혼의 가장 깊은 속에서 그것을 체험하는 사람"으로서, "모든 깊이를 가진 自身을 한 송이 꽃으로 한 마리 새로 또는 한 개의 毒茸으로 變容시킬 수 있는 能力에 있다"[61]고 하여 임화의 소론에 반박하고 나섰다. 즉 박용철은 시인의 임무를 넘어서서 시적 변용을 시론의 핵심 문제로 파악한 것이다.

이어 박용철은

> 아름다운 辨說 適切한 辨說을 누가 사랑하지 않으랴 그것은 우리 人生의기쁨의 하나다. 詩가 言語를 媒材로 하는 以上 最後까지 그것은 一種의 辨說이라고 볼 수도 있다. 그러나 그것은 結晶되고 凝縮되여서 그 가운데의一語一語가 日常用語와 外觀의 相異함은 없으나 詩的 構成과 秩序 가운데서 昇華된 存在가 되어야 한다.[62]

라고 하여 임화를 변설주의자로 규정하고 자신의 '변설 이상의 시론'을 제기하였다. 박용철은 그 이전에 하우스만(A. E. Housman)의 「시의 명칭과 성질」을 번역한 글에서 "詩는 말해진 內容이 아니요, 그것을 말하는 方式이다. (……) 意味는 智性에 屬하는 것이나 詩는 그렇지 않다"[63]라고 함으로써 소위 '패러프레이즈 異端'(Heresy of Paraphrase)[64]을 제기한 바 있다. 하우스만이 이 용어를 직접 사용하지는 않았지만, 그의 글 「시의 명

---

61) 박용철, 「乙亥詩壇總評」, 앞의 책, 87쪽.

62) 위의 글, 93쪽.

63) 박용철, 「詩의 名稱과 性質」, 앞의 책, 60쪽.

64) '패러프레이즈 異端'이란 C. 브룩스가 1947년 처음 사용한 비평용어로서, 시는 패러프레이즈화될 수 없다는 것이다. 즉 시에서 형식은 내용과 분리될 수 없으며, 진술이 시의 다른 요소들보다도 결코 우월하지 않다는 견해이다. 이에 대해서는 한계전, 앞의 책, 135-147쪽 참조.

칭과 성질」에서 이미 패러페이즈론에 근접하는 수준을 보여주었으므로, 이를 통해 자신의 시론을 정립해간 박용철 또한 이 논리를 빌어 임화와 맞섰던 것이다.

이러한 박용철의 비판에 직면하여 임화는 「기교파와 조선시단」에서 기교파 내에서 진보파와 보수파를 나누어 전자에 김기림을, 후자에 박용철을 놓고서 양자에 대해 다르게 접근하였다. 즉 김기림에게는 상대적 진보성을 인정하고 비교적 긍정하는 태도를 취했으나, 박용철에게는 수구적 기교주의자라고 규정하여 비판적인 자세를 취하고 있다. 그러면서 박용철의 시론이 감정의 변설에 국한되었음을 비판하고 생활의 좋은 변설, 새로운 세계의 창조적 몽상의 변설로 나아가야 한다고 임화는 주장하였다.[65]

논쟁에서 임화가 시인의 사회적 임무와 역할에 대해 강조점에 둔 데 비해, 박용철은 창작과정의 비밀을 해명하고 시인은 단지 그것을 말하는 자로 규정함으로써, 서로 쟁점이 다소 엇갈리는 형국이 되고 말았다. 또한 박용철은 시의 내용, 즉 변설 자체에 대한 규명보다는 실제적인 시 창작과정에 주력을 둔 반면, 임화는 변설의 내용성, 즉 내용 우위의 시론을 개진하였던 것이다. 따라서 이들 양자 사이의 논쟁은 시의 본질에 대한 이해의 초점을 달리한 채 서로 다른 주장만을 반복함으로써 일견 감정적인 대립의 양상을 더욱 첨예하게 드러냈다. 다시 말해 애초 기교주의 논쟁의 시발이 되었던 당시 시단의 여러 경향에 대한 진단과 모색이란 주제는 이들에게 와서 실종되어버리고, 쟁점이 다른 곳으로 이동하는 모습으로 진행되어버려 결국 논쟁은 적절한 결말을 보지 못한 채 평행선을 달리며 흐지부지되었다.

---

65) 임화, 「技巧派와 朝鮮詩壇」, 앞의 책, 659-660쪽. '창조적 몽상'은 앞서 보았듯이 임화가 주창한 '낭만적 정신'에 해당하는 다른 표현이다. 혁명적 낭만주의를 핵심 요소로 하는 사회주의 리얼리즘론을 견지한 임화의 관점을 엿볼 수 있다.

(3) 논쟁의 의미와 임화의 관점

김기림의 시론이 창작방법 자체를 문제삼은 것이라면, 박용철의 시론은 창작과정의 문제, 즉 시인과 시의 관계 문제로 귀착된다. 박용철이 시인의 개성을 중시하고 시인은 천재적 영감에 의거한다는 낭만주의적 관점(표현론)에 근거한다면, 김기림은 몰개성의 시론과 시인의 지성과 의식적 창작을 문제삼는 모더니즘 시론을 대변한다. 김기림의 관점은 시의 객관적 존재를 중시하는 절대주의적 관점이면서도, 점차 현실에 대한 관심을 강화하게 되면서 넓은 의미에서의 모방론적 관점으로 옮겨가게 된다. 이로써 김기림은 처음부터 반영론적 관점을 견지했던 임화와 크게 다르지 않게 된다. 다만 근대와 근대 극복이라는 문제에 대해 두 사람이 어떻게 대응하고자 하였는가에서는 상당한 차이를 보인다.[66] 이에 반해 박용철은 근대라는 문제 자체와는 전혀 관련을 갖지 않는다. 그의 현실관은 프롤레타리아 계급의 성장과 봉건지주 계급의 몰락이라는 근대적 사회의 양상에 대한 비관적 인식에 기초해 있으며, 그 위에 박용철의 순수시론은 지탱되어 있다. 결국 그의 순수시론은 근대 이전의 농촌공동체적 세계질서에 기반한 토착 부르주아지(지주)의 보수적 세계관 위에 놓인 현실도피론 또는 감상적 낭만주의로 표상된다.[67]

임화의 프로시론은 그의 출신성분과 관계없이 새로이 성장하는 프롤레타리아의 계급적 이해를 반영하는 리얼리즘 문학을 지향한다. 그는 마르크스주의에 의거하여 문학을 "思想(그것을 哲學이라고 假定하고)과 같이 獨自의 方法으로 現實을 認識하는 한 觀念形態 卽 廣義의 思想의 一形態"[68]라 하여 인식론적인 관점을 드러낸다. 문학을 현실인식의 수

66) 이에 대해서는 졸고, 「1930년대 한국 현대시론의 근대성 연구」, 서울대 박사학위 논문, 1999 참조.

67) 이 점에서 낭만주의가 그 자체로는 칸트의 예술적 자율성을 이론적 근간으로 태어난 근대적 인식의 산물이지만, 박용철의 경우 근대성의 경험에 대한 미적 대응으로서 미달에 지나지 않다고 필자는 본다.

단으로 파악하는 그의 관점은 시인의 역할을 "가장 敏捷한 時代現實의 感知者이고 그것이 만드러내는 時代的 精神의 最良의 意味의 傳聲機"[69]라고 규정하기에 이른다. 임화의 시론이 문학을 계급적 현실의 인식 수단으로 파악하고 그것의 실천을 통해 변혁을 도모하는 한, 그것은 자본주의적 근대를 철폐하고 미래의 현재화를 기도하는 역사철학적 근대성의 징후를 강하게 띤다.

그런데 김기림의 경우 시가 현실(인생)과 일정한 관련을 지닌다는 견해를 제시함으로써, 임화의 리얼리즘적 인식에 다가가는 듯하다. 그러나 김기림이 시인을 '계급적 무뢰한'으로, 시를 '생활의 여기이자 배설물'로 파악하는 한[70], 시인을 시대정신의 전성기로, 시를 현실 투쟁의 무기로 파악하고자 하는 카프의 관점과는 거리가 있을 수밖에 없다. 오히려 김기림의 관점은 시를 인생비평(criticism of life)이라고 한 에즈라 파운드나 S. 스펜더 같은 서구 모더니스트들의 견해와 흡사하다.[71]

아무튼 이들 삼자 간의 논쟁은 1930년대 당시 상호경쟁하던 시단의 형편을 이론적인 차원에서 압축적으로 보여준 것이다. 김영랑·박용철·정지용·신석정 등으로 대표되는 '시문학파'의 순수서정시 계열과 김기림·김광균·이상 등의 모더니즘시 계열, 그리고 임화·박세영·이찬·안용만 등이 보여주는 계급적 현실의 리얼리즘적 경향은 각각 그 부문의 주도적 비평가인 박용철·김기림·임화에 의해 이론적으로 밑받침된 것이다. 이들의 경쟁적인 시론의 개진은 결국 우리 근대시의 이론적 수준을 한 단계 고양시켰을 뿐만 아니라 시론의 체계화라는 측면에서도 유의미한 것이었다. 그리고 그것은 1930년대에만 국한되는 것이

68) 임화, 앞의 책, 58-59쪽.

69) 위의 책, 609쪽.

70) 김기림, 「시인과 시의 개념」, ≪조선일보≫, 1930. 7. 24.

71) R. W. Stallman(ed.), *The Critic's Notebook*, University of Minnesota Press, 1950, p.42-45 참조.

아니라 그 이후 한국 근대시 이론의 형성과 발전에 중요한 초석이 되었다.

3. 임화 시론의 근대성의 성격과 의미

임화가 선택했던 사회주의 이데올로기는 역사의 합법칙적 발전에 입각하여 자본주의적 근대를 폐절시키고 새로운 단계의 사회로 이끌어갈 '근대 이후'의 패러다임으로 간주되었다. 그러나 1980년대 말 현실사회주의 몰락은 부르주아자유주의=근대/사회주의=근대 이후라는 믿음에 금이 가는 결정적인 사건이 되었다.[72] 애초 사회주의는 진보의 불가피성과 바람직함을 인정하였으나, 자유주의자들의 하향식 개혁에 의심을 품고 아래로부터의 혁명을 꿈꾸었다. 그런데 결국 그것은 방법적 차이일 뿐, 사회주의는 부르주아 자유주의의 수사적 변형에 지나지 않는다는 것이다. 레닌주의가 실천된 지구의 곳곳에서 그동안 기술의 근대성이 해방의 근대성에 대한 우위를 얻었다는 것이다. 임화 역시 사회주의 이데올로기를 통해 '근대 이후'를 지향하였으나 그것이 여전히 '근대'의 일부임을 알지 못했다.

임화가 생각하는 '근대'에 대해 알기 위해서 먼저 그가 근대문학을 어떻게 파악하고 있는지부터 살펴보자. 임화는 근대문학을 "근대적 정신과 근대적 형식을 갖춘 질적으로 새로운 문학"이라고 보고, 근대정신에는 시민정신을, 근대적 형식에는 자유로운 산문 형식을 들고 있다. 그리고 언어의 문제에 주목하고 있는데, 한문에서 벗어나 한글에 의한 언문일치로 된 문학을 조선의 근대문학으로 본 것이다. 즉 그에게서 근대

---

72) 월러스틴에 의하면 사회주의의 몰락은 이미 1968혁명에서 그 조짐이 드러났다고 한다. I. 월러스틴, 앞의 책 참조.

문학은 자본주의 시대의 민족문학임이 전제되어 있다. 근대정신을 시민정신으로 본 것은 적어도 부르주아 자유주의 이데올로기와의 관련을 염두에 둔 것일 터이다. 그래서 그는 근대문학의 과제를 반제 반봉건에다 두고 있다. 그러나 토대의 미숙성으로 말미암아 시민계급의 역량이 미약하였고 그 결과로 과제 수행에 불철저했던 약점을 비판하였다. 1920년대 중반 카프의 출현 이전까지를 적어도 시민문학의 시기를 잡고서, 그 이후 프롤레타리아문학이 헤게모니를 획득하는 것으로 이해한다. 따라서 프롤레타리아문학은 시민문학이 이룩하지 못한 과제와 프롤레타리아문학 자체의 과제라는 이중의 과제를 짊어진 것으로 파악한다. 즉 근대성의 쟁취와 근대의 철폐를 동시적으로 수행해야 하는 어려움에 처해 있다는 것이다.

임화가 근대시의 역사를 이해하는 방식도 동일하다. 현실적 토대와 상부구조 간의 내적 연관을 통해 전자의 규정적 역할을 전제하는 역사적 유물론에 의거하여, 그는 먼저 조선의 근대적 시가가 생성된 사회적·역사적 토대부터 규명해 들어간다. 조선 자본주의의 특이한 상태와 그것을 받치고 있는 부르주아의 상태에 의해 조선 근대적 시가의 물질적·사회적 조건을 점검하고 있다. 다시 말해 경제적 낙후성과 봉건적 관계의 잔존, 외국 자본의 침투로 인해 독자적 성장이 저해된 민족 부르주아가 역사적 변혁 과정에서 주도권을 상실한 점, 제국주의에 대해 타협적인 시민계급의 속물화 과정(소부르주아지화) 등으로부터 조선의 근대 시가가 생성된 황량한 토대를 찾는다. 이러한 황량한 토대에 의해 규정된 상부구조로서의 근대 시가의 주된 양식을 낭만주의로 규정하고, 이를 부르주아 문학에 대입시킨다. 그리고 이 같은 낭만주의, 즉 부르주아 문학 자체가 이루지 못한 과제에다가 이를 극복해야 하는 과제가 프롤레타리아 문학에 부여된 것이 조선 문학의 특수성으로 본 것이다. 이러한 조건 위에서 낭만주의와 리얼리즘을 근대성이란 관점에서 대비시킨다. 즉 그는 낭만주의가 회고적, 환상적, 주관적 속성을 지닌 것으로 파악하는 반면, 리얼리즘이 '現代性'을 그리고 있다고 규정한다.[73)]

그러면 임화가 말한 '리얼리즘이 그리는 현대성',[74)] 즉 근대성(모더니티)이란 무엇인가? 그것은 한마디로 계급적 현실이라 할 수 있다. 자본주의적 근대화가 빚어낸 부정적인 양상으로서 계급 분화와 대립은 역사적 필연이며, 문학예술은 그러한 계급적 현실을 '실천'하는 행위인 것이다. 따라서 문학의 예술성을 규정하는 것은 문학적 행위의 주체로서의 계급의 세계관이 된다. 계급적 현실을 실천하는 주체는 계급적 현실 모순의 담지자인 프롤레타리아트가 되는 것이며, 이에 따라 시인이 프롤레타리아 출신이 아니라 하더라도 적어도 프롤레타리아의 세계관, 즉 계급의식을 지녀야 하는 것이다. 그리고 그 계급적 현실을 문학적으로 실천하는 방식으로는 재현과 반영에 의거한 리얼리즘의 예술방법론이 요청하였던 것이다.

이럴 경우, 임화의 시론에서는 시인의 역할이 아주 중요하게 부각된다. 「시의 일반 개념」(≪삼천리≫, 1936. 1)이란 글에서 시는 시인의 손을 떠나는 순간 이미 객체가 되고 과거뿐 아니라 미래에도 자유로운 상태가 되는데, 이때 시가 시인에 대하여 자유로울수록 시와 그것의 결과에 대한 시인의 책임은 일층 강고한 것이 된다고 주장하였다. 이러한 논리로 허위의 시와 진실한 시를 구별하고, 그 기준으로 시인의 윤리적 책임을 강조하였다. 예술 창조자로서의 시인의 심미성이나 형상화 능력보다

---

73) 임화, 「33년을 통하여 본 현대 조선의 시문학」, ≪조선중앙일보≫, 1934. 1. 1-12.

74) 여기서 임화가 말한 '현대성'이란 그가 살고 있는 당대적 현실의 현대적 성격을 말하는 것으로, 마르크스-레닌주의의 교의에 입각하여 당대의 사회구성체(자본주의)가 빚어내는 제 모순과 그것을 극복하려는 일련의 운동에 임화는 주목하였던 것이다. 따라서 계급적 현실로서의 '근대성'을 예술작품 속에 담아내는 '실천'적 예술방법이 바로 리얼리즘인 것이며, 그 실천은 자본주의적 근대를 절멸하고 사회주의적 유토피아를 현재화하려는 혁명적 실천인 것이다. 즉 임화의 리얼리즘은 당파성에 의거하여 세계관과 생생한 현실과의 교섭을 지시하는 실천적 예술방법론이다.

시인의 윤리성을 강조하는 이러한 논리는 문학보다 정치를 우위에 놓는 것과 다를 바 없다. 윤리로 환원되는 문학이란 정치적 슬로건이나 도덕 교과서로 추락할 위험이 늘 존재하는 것이다. 당시 카프의 시들이 강한 정론성과 교술성을 지녔던 것도 이같은 윤리적 환원론에 다름 아니다. 이는 시를 예술적 자율성의 차원에서 파악하지 않고 역사발전의 합법칙성 속에서 예술의 사회적 기능으로 치환해버리는 약점을 가질 수밖에 없는 것이다. 결국 이러한 임화의 관점은 주체의 이성과 자기동일성, 선형적 발전사관에 근거한 역사철학적 근대성에 뿌리를 두고 있는 것이다.

또 한편 「시와 시인과 그 명예」(≪학등≫, 1936. 1)에서는 명예로운 시인의 조건으로 ① 진실한 생활 능력과 투철한 현실 관찰력, ② 시적 전위성, ③ 현실에 대한 과학자와 동일한 진리 탐구의 열의를 지적하고 있다. ①에서는 결국 리얼리스트여야 시인으로서의 명예를 지닌다는 것을 지적한 것으로, 리얼리즘 문학론에서 가장 중요한 요소의 하나로서 항상적으로 언급되어온 항목이며, ②도 역시 프롤레타리아 전위로서 계급적 현실의 전선에 나서는 시인의 임무를 명예롭게 보는 것을 의미한다. 시적 전위와 계급적 전위로서의 시인의 존재를 거의 분리하여 파악하지 않고 있음에서도 보듯이,' 임화의 시론은 시의 존재보다는 시인의 존재에 대한 탐구에 중점이 놓인다. 그리고 ③에서 말하는 과학성은 변증법적 유물론의 세계를 지칭하는 것으로 보인다. 이 과학성에 의해 추구된 진리란 '객관적 실재를 이성으로 파악하여 구성한 본질적 법칙'을 의미하는 것으로, 그 안에는 이성적 주체의 자기동일성, 주체의 인식에 의해 재현되는 실재, 실재를 구성하는 본질적 법칙, 그리고 그 법칙의 합목적적인 진보의 개념이 함축되어 있다.[75)]

또 이 진리의 탐구는 '명확한 언어'에 의해 표현된다고 하였는데, 그것은 함축적이고 음악적이며 풍부한 연상을 가진 말로서 시적 언어를

75) 오형엽, 앞의 글, 128쪽.

지칭한다. 이는 원론적인 수준에서의 시적 언어에 대한 이해에 불과한 것이고, 임화가 말하는 진리 혹은 문학적 진실과는 무관한 듯하다. 그러나 곧 이어 그의 관점을 명료하게 제시한다. "시에 있어서의 미학적 조건과 대중성 공리성의 조건은 시인 자신의 외견상으로 국한된(당파적으로!) 입장이 객관적으로는 만인의 미래의 입장과 통일된 진보적 시에서 비로소 근본적으로 일치되는 것입니다." 이 대목에서 임화의 당파성 우위의 시론이 확인된다. 미학성이나 공리성, 대중성이란 것들도 모두 만인으로 통칭된 프롤레타리아 계급의 당파적 관점에 의해서만 올바르게 구현된다는 것 아니겠는가.

미학적 개념으로서 당파성은 원래는 레닌에 의해 정식화된 것이다.[76] 레닌에 의하면, 당파성은 프롤레타리아 문화의 특수한 특질을 지칭하는 것으로, 혁명적 노동자계급과 예술의 의식적이며 공공연한 결합을 의미하는 말이다.[77] 이 당파성 문제는 마르크스 레닌주의 예술론에서 예술적 진리와 밀접한 관련을 가진다. 마르크스 레닌주의미학에 따르면 예술적 진리는 예술가에 의해서 창조된 작품의 특질이라고 규정된다. 그리고 예술적 진리의 본질적인 계기는 작품의 의미 내용이 생활 형상을 단순히 모방하거나 복사하는 것이 아니라 현실의 본질적인 특징의 의미 내용과 일치시키는 것이라고 본다.[78] 즉 작품과 현실의 의미가 일치하는 것, 이것은 리얼리즘의 방식에 다름 아니며, 이 일치가 올바르고 정확하게 이루어지려면 예술가의 눈이 중요한 요소로 부각된다. 이 눈이 바로 당파성인 것이다. 임화가 위의 ①과 같이 시인의 '진실한 생활 능력과 투철한 현실 관찰력'을 강조한 것도 이와 직결되는 것이다. 그리고 주체의 실천 개념을 강조하고 현실의 본질적 법칙에 대한 과학적 탐구

---

76) 레닌, 「당조직과 당문학」, 『레닌의 문학예술론』, 논장, 1988 참조.
77) M. S. 까간, 『미학강의 2』, 새길, 1991, 233쪽.
78) 에르하르트 욘, 『마르크스 레닌주의 미학입문』, 사계절, 1988, 112쪽.

열의를 말할 때도 거기에는 당파성 개념이 전제되어 있다.

주체의 문제가 근대철학의 중심 주제였음은 다 아는 사실이거니와, 근대철학의 지반으로서 주체와 진리의 문제 설정을 마르크스는 '실천' 개념을 통해 재정립하였다. 실천 철학에서는 '실천'을 주체로서 인간의 존재론적 본질로 간주한다. 그리고 실천은 목적의식적이고 의식적인 인간의 활동을 의미한다. 루카치의 경우, 인식의 주체이자 객체인 계급을 통해, 그 계급의 실천을 통해 대상과 주체의 분리가 극복되며, 이로써 총체성의 이념이 실현될 수 있다고 본다. 이러한 위치를 갖는 유일한 계급이 프롤레타리아라는 것이다.[79] 이와 같은 실천 철학은 결국 프롤레타리아 계급의 존재론인 셈이다.

마르크스주의 역사유물론은 자본주의 생산양식의 역사적 성격을 분석하고 나아가 생산수단 소유관계의 변혁을 통해서, 그리고 프롤레타리아의 정치권력을 통해서 새로운 사회를 건설하는 문제를 사고하도록 하였다. 이 변혁을 위해서는 분산적이고 고립된 개개의 대중들을 프롤레타리아트의 계급의식으로 의식화하고, 이를 통해 그들을 전체 계급을 구성하는 통일적 조직으로 묶어세움으로써 프롤레타리아트라는 주체가 형성된 것이다. 이 계급의식은 부르주아 이데올로기 속에 매몰된 대중들의 자연발생적 활동으로부터 생겨나는 것이 아니고 외부에서, 과학으로서 추구되어야 하며 목적의식적 실천을 통해 대중들 속에 주입되는 것이다.[80] 임화의 관점이 바로 이 위에 서 있음은 말할 나위 없거니와, 임화에게서 실천의 문제 역시 프롤레타리아 계급의 혁명적 실천이다. 그에게서 예술적 실천은 혁명적 실천을 위한 한 수단 혹은 과정으로 파악된다. 그가 무게를 더 두고 있는 것은 결국 혁명적 실천의 문제이고, 예술적 실천은 오히려 그 이후의 문제이다. 그러하기에 그는 시인의 조

79) 루카치, 『역사와 계급의식』, 거름, 1986, 57, 87쪽.
80) 이진경, 『맑스주의와 근대성』, 문화과학사, 1997, 57-58쪽.

직적 실천활동을 강조하고, 계급적 당파성에 미달하는 백철을 비판할 수 있었던 것이다. 그러나 예술적 실천이 혁명적 실천과 완전히 분리되어 있는 것은 아니다. 다만 임화의 예술적 실천은 실제 창작의 기술, 김기림 식으로 말하자면 기교라든지 시의 형식적인 측면에 대한 배려의 결여로 나타난 것이다. 그 점에 김기림이 카프의 문학을 편내용주의로 규정하는 근거가 있다.

프롤레타리아문학을 근대 이후를 지향하는 문학으로 규정한 초기 프롤레타리아문학론은 근대문학을 부르주아문학으로 봄으로써, 서로 대립적인 것으로 인식하였다. 따라서 그 문학의 방법으로 제기된 것이 과격한 '프롤레타리아 리얼리즘론'이었던 것이다. 그러나 1930년대 후반에 이르면, 이에 대한 반성이 제기되고 프롤레타리아문학이 이중의 과제를 수행해야 한다는 점에서 근대성과의 조화를 꾀하게 된다. 이 점에서 그는 프롤레타리아문학의 과제를 '진정한 의미의 민족 문학의 건설'이라 규정하였는바, 가령 민족 형식(주로 언어에 국한되지만)에 대한 관심이나 민족문화 유산의 계승에 대한 태도의 변화로 나타난다.[81)]

민족문학에 대하여 임화는 "'형식에 있어서는 민족적이고 내용에 있어서는 국제주의 정신'으로 대중을 교육하고 그 힘의 강화를 목적으로 하는"[82)] 문학으로 규정하였다. 여기서 '형식에 있어서는 민족적이고 내용에 있어서는 국제주의 정신'이란 슬로건은 1925년 5월 18일 '동방근로인민공산주의대학' 연설에서 스탈린이 표방했던 '사회주의적 내용에 민족적 형식'이라는 정식화에서 비롯한다.[83)] 국제주의 정신이란 프롤레타리아트의 세계관을 의미함은 당연하다. 민족적 형식은 주로 언어적 측면에서의 접근에 해당하는데, 이에 대한 탐색은 「언어의 마술성」이란

---

81) 이훈, 「1930년대 임화의 문학론과 근대성」, 민족문학사연구소, 『민족문학과 근대성』, 문학과지성사, 1995, 413-414쪽.

82) 임화, 「언어와 문학: 특히 민족어와의 관계에 대하여」, ≪문학 창조≫, 1934. 6, 24쪽.

83) H. Ermolaev, *Soviet Literary Theories* 1917-1934, University of California Press, 1963, p.47.

글을 중심으로 이루어지고 있다. 서구에서 근대의 민족문학은 자본주의의 발달에 따라 형성되었고, 따라서 언어의 근대적인 성격의 확립은 민족문학을 이루는 데 필수 요건이 된다. 그래서 민족어의 통일에 의해서 언어의 합리성과 심미성·민중성을 획득하여 창조성과 교육적인 효과를 가져야 한다는 것이다.[84] 이같은 언어에 대한 임화의 인식은 근대성 탐구의 기본항인 것이다. 그러나 언어 문제를 시의 형식이나 기술의 문제에까지 끌고 가 세분화하는 깊이 있는 탐색은 이루어지지 않고 추상적인 논의의 수준에서 멈추어버리는 아쉬움이 있다. 이 점 역시 김기림으로부터 리얼리즘 문학이 '말의 소홀'에 빠졌다는 비판의 빌미가 되고도 남는다.

임화가 프롤레타리아문학을 문학적 근대 기획의 일환으로 보는 것과 근대 이후의 문학적 기획으로 보는 것 사이에서 동요하는 모습을 보였지만, 반제반봉건의 과제가 유효한 식민지적 현실에서 임화가 견지했던 역사철학적 근대성은 여전히 그 해방적 성격을 지니고 있다고 본다. 유토피아에 대한 열망이 현재화하였다는 점에서 그 역사철학적 근대성은 해방적 기능을 일부 담지하고 있는 것이다. 리얼리즘론에서 고매한 파토스로서 낭만주의를 수용하고자 한 것도 그러한 기획의 예술적 고투였을 것이다.

그러나 역사철학적 근대성에 기반한 임화의 문학적 기투는 '근대 이후'를 상정하였지만, 결국 역사의 패배자로서의 자기 운명의 덫으로부터 벗어나지 못한 것이다. 그는 자신이 선택했던 사회주의 체제에서조차 자신의 꿈을 실현시키기도 전에 죽음을 맞이하는 운명을 맞았다. 이는 역사철학적 근대성의 해방적 성격과는 반대로 그것이 지닌 한계, 즉 논리적 강압성과 총체성의 관점으로 역사를 파악한 탓이었는지도 모른다.

84) 임화, 「언어의 마술성」, 앞의 책.

5. 맺음말

이상에서 본고는 1930년대 임화의 시 비평을 대상으로 하여 그 시론의 전개 양상과, 그 시론에 담겨진 근대성의 내용에 대해 살펴보았다. 임화의 시론은 1930년대 한국 현대시론에서 김기림·박용철의 시론과 더불어 가장 주도적인 이론적 거점으로서 리얼리즘 문학을 대표하는 것이었다. 근대성의 쟁취와 근대의 철폐라는 이중적인 과제를 동시에 짊어지었던 식민지 한국의 현실 가운데서, 임화는 김기림의 모더니즘 지향과는 다른 방향에서 이 과제를 수행해간 대표적인 시인이자 시이론가였다.

임화는 카프의 볼셰비키화 조직 방침이 확정되는 1930년을 전후한 시기부터 활발한 비평 활동을 하는데, 자신의 단편서사시를 둘러싸고 벌어진 시의 대중화 논쟁으로부터 자기비판을 감행하면서 프롤레타리아 리얼리즘 시론을 정초시켰다. 예술조직의 문제와 대중에 대한 선전선동에 중점을 둔 이 시론은 관념적이면서 동시에 강한 교술성을 띰으로써, 예술적 성취란 점에서 어느 정도 한계를 드러냈다. 이에 대한 반성과 사회주의 리얼리즘의 영향으로 임화는 이전까지 비판적이었던 낭만주의의 장점에 대해 주의를 기울인다. 그리하여 그의 리얼리즘론에 낭만적 정신을 도입하여 당시의 문학적 위기 상황을 돌파하려고 하였다. 그것은 주객변증법과 당파성 개념을 통해 한 차원 더 높은 리얼리즘에 이르고자 한 것이었다. 이러한 그의 시론은 역사적 유물론에 근거하여 프롤레타리아의 혁명적 실천을 문학적 측면에서 이루어냄으로써, 자본주의적 근대의 종결과 사회주의 건설이라는 근대 이후를 기획하였던 것이다.

임화는 계몽기획으로서의 근대성 본연의 가치에 주목하여 봉건적인 것, 전근대적인 것을 비판하고 '해방의 서사'를 통해 근대정신을 완성하려 했다. 김기림이 사회적 근대로부터 자율적인 미적 근대성의 추구를 통하여 해방의 근대성에 이르고자 한 데 반해, 임화는 유토피아적 미래 전망을 현재화함(역사철학적 근대성)으로써 해방의 근대성에 도달하고자 한 것이다. 전자의 모더니즘적 방법과는 달리, 후자는 리얼리즘이라는 예술적 방법을 통하여 근대문학의 완성을 꾀했던 것이다.

임화 시론의 근대적 성격은 프롤레타리아 예술의 독자성을 마르크스 레닌주의 철학에 의거하여 계급적 현실과 주체로서의 프롤레타리아트와 당파성, 그 매개로서 세계관과 실천의 문제를 통해 이루어내고자 한 데 있다. 따라서 강한 정론성을 띌 수밖에 없는데, 그것은 반영론에 입각한 리얼리즘의 방법으로 이론적 무장을 한 것이었다. 이는 역사적 유물론과 변증법적 유물론이라는 마르크스주의 철학의 양대 교리를 바탕으로 한 것으로, 그것의 예술적 실천을 통해 근대로서의 자본주의를 극복하고자 한 것이다. 이성적 주체의 인식에 의해 반영되는 객관적 실재라는 진리의 개념은 바로 역사철학적 근대성에 다름 아니다. 그 근대성은 계급해방과 더불어 식민지 약소국의 과제로서 반제반봉건에 충실함으로써 해방적 성격을 담지하였지만, 타자성을 배제한 주체의 동일성과 논리적 강압성으로 인해 부정적인 측면도 드러내기도 했다.

이상과 같이 요약되는 임화의 시론의 전개와 그 성격적 특징은 김기림·박용철과 더불어 이루어진 기교주의 논쟁을 통하여 더욱 선명하게 드러난다. 낭만주의에 기반한 박용철의 시론은 현실도피적 태도와 보수적인 세계관적 기반으로 인해 근대성 미달로 파악되며, 이와 대립적이었던 임화와 김기림의 논리는 반대편에서 서로 다가가는 양상을 보이게 된다. 비록 세계관적 기반과 예술적 방법에서 서로 상이하였지만, 위기상황에 대한 인식적 공유와 논리적 자기 갱신의 과정을 거쳐 그들은 각기 근대성에 직면하고자 했던 것이다. 즉 근대성의 해방적 성격을 인식하고 파악하는 데 있어서 그들은 적어도 방식은 달랐을망정 한 방향을 향해 있었던 것이다.

기교주의 논쟁은 한편 당시 시단의 동향과 전망을 이론적인 차원에서 압축해 보인 것이다. 이 논쟁을 통해 리얼리즘, 모더니즘, 낭만주의로 대표되는 이 세 문학적 경향은 당대를 넘어 우리 현대시문학사에 있어 주요한 흐름을 형성시켰다. 뿐만 아니라 한국 현대시의 이론의 형성과 발전에도 커다란 기여를 하였던 것이다.

▸▸▸ 참고문헌

임화, 『문학의 논리』, 학예사, 1940.
___, 「시인이여! 일보 전진하자!」, ≪조선지광≫, 1930. 6.
___, 「進步的 詩歌의 昨今」, ≪풍림≫ 2집, 1937. 1.
___, 「同志 白鐵君을 論함」, ≪조선일보≫, 1933. 6. 14.
___, 「33년을 통하여 본 현대 조선의 시문학」, ≪조선중앙일보≫, 1934. 1. 1-12.
___, 「진보적 시가의 작금」, ≪풍림≫ 2집, 1937. 1.

김수영

존재 시론의 이론적 근거와 그 구체적인 발현 양상

1. 서론 : 김수영의 시론, 무엇이 문제인가

많은 경우, 김수영은 전후 시단을 대표하는 참여시인의 한 사람으로 이해되고 있다. 그의 텍스트에 등장하는 현실에 대한 비판 및 참여의 정신과 소시민적 일상성의 태도, 그것에 대한 탈피에의 노력과 좌절 등은 리얼리즘적인 관점에서 보았을 때, 참여시의 한 특징적인 양상으로 보아도 될만한 충분한 근거를 갖추고 있는 것처럼 보이기 때문이다.

일각에서는 이러한 참여론적인 이해에 맞서, 모더니즘의 시각에서 김수영 문학의 특성들을 이해하려는 노력이 꾸준히 있어왔다. 이들의 주장에 따른다면 김수영에게 있어 더욱 중요한 것은 시라는 양식의 기존 규정을 과감히 깨고 개혁시켜보려 한 의지라는 것이다. 일상어와 산문적 신술의 과감한 도입, 생활 주변의 일들과 시대상의 반영, 변혁에의 의지 등은 모더니즘의 특성과 맥이 닿아 있는 바, 이런 관점에서 볼 때 그의 문학은 넓은 의미의 전후 모더니즘의 연장선에서 이해하는 것이

* 김유중 / 한국항공대학교 교수

타당하다는 견해이다.

그가 과연 참여 시인이냐 모더니즘 시인이냐 하는 문제는 실로 애매한 감이 없지 않다. 보는 각도에 따라서 참여적인 성격도, 또한 모더니즘적인 성격도 드러나고 있다고 생각되기 때문이다. 경우에 따라서, 그는 이들 양자 사이를 교묘하게 오가면서 자신의 문학적 성가를 높여왔다고도 볼 수 있다.

그렇다면 그의 문학이 이처럼 참여적이면서 동시에 모더니즘적인 인식을 지니게 된 근본 원인은 과연 어디에 있는가. 이 글은 이와 같은 의문을 그의 시론을 통해 해명해보려는 노력으로부터 출발한다. 필자는 그것의 근본 원인은 김수영 문학의 근간이라고 할 수 있는 존재론적 태도에 놓여 있다고 이해한다. 존재론이라고 했을 때, 여기서 직접적인 검토의 대상이 되는 것은 그와 그의 문학에 직접적으로 영향을 미친 것으로 이해되는 하이데거의 존재론적 형이상학과의 관계이다.

김수영에 대한 하이데거의 존재론적 형이상학의 영향 문제를 거론코자 할 때 결코 빼놓을 수 없는 것이 바로 그가 남긴 두 편의 산문 「반시론」과 「시여, 침을 뱉어라」일 것이다. 여기서 그는 직접 하이데거의 중요성을 거론하면서, 그 이론에 상당히 공감하는 태도를 보이고 있다. 그러나 이 지점에서 우리가 좀더 유의해서 보아야 할 것은, 실제 그의 글들을 하이데거와 비교해보면, 전체적으로 적잖은 영향을 받은 것이 사실이기는 하지만 하이데거적인 범주와 맥락을 벗어난 대목도 일부 발견된다는 점이다.

이러한 특징은 일견 하이데거에 대한 그의 이해가 그만큼 철저하지 못했던 점도 하나의 원인일 수 있다. 그러나 그것과는 별도로, 시론의 전개 과정에서 그가 논리의 상당 부분을 하이데거에 의지하였던 것은 사실이지만, 다른 한편으로는 처음부터 자기 나름의 시론 내지는 시관의 바탕을 깔고, 그것을 합리화하기 위한 방편으로 하이데거를 끌어 들였던 것은 아닌가라는 의문이 들기도 한다. 이들 양자의 가능성 가운데 어느 편이 좀더 강조될 필요가 있는지에 대해서는 이후의 작업을 통해 꼼꼼하게 따져보아야 할 일이거니와, 분명한 것은 그가 남긴 이들 시론의 논지가 하이데거의 존재 사유의 틀을 바탕으로, 그 핵심적인 내용들을 자기 나름의 관점에서 재해석하고 정리, 종합한 결과라는 점이다.

그렇다면 그와 하이데거의 논지가 과연 어떤 점에서 같고 어떤 점에서 차이가 나는지, 또 차이가 난다면 그러한 차이를 가져오게 한 근본 원인은 무엇인지, 이상의 문제점들에 대해 세부적으로 심도 있게 파고들어 검토해볼 필요가 있는 것으로 보인다. 이 글은 이와 같은 기본적인 사항들에 대해 충분한 주의를 기울이면서, 앞서 언급했던 김수영의 두 편의 시론에 나타난 존재 사유의 특징적인 국면들을 하이데거 예술론에서 강조하고 있는 존재론적 원리와 비교해봄으로써 검출해내고자 하는 목적에서 작성된 것이다.

2. 논의의 본격화에 앞선 기초 정리 작업

김수영 시론의 핵심이 하이데거 형이상학의 근본 원리로 이해되는 존재 사유와 맞닿아 있다고 했을 때, 이와 같은 연결이 과연 어떤 경로를 통해 이루어졌는가를 따져보는 일은 필수 불가결한 과정이라고 할 수 있다. 기존의 연구물들 가운데에는 일찍이 이 점에 착안하여 이들 양자의 이론 사이의 관련 양상을 비교, 검토한 예가 더러 있었다.

김윤식[1], 이승훈[2], 성지연[3], 정영훈[4] 등의 논의가 그것으로, 이들은

---

1) 김윤식, 「김수영 변증법의 표정」, 황동규 편, 『김수영 전집』 별권, 민음사, 1983. (이하 『김수영 전집』에서 인용시에는 『전집』으로 줄인 후 권수로 표기토록 함. 이 글은 1982년에 처음 발표된 것임.

각각 하이데거에 대한 기본 이해의 바탕 위에 김수영 시론의 특징적인 양상을 정리하려 하였다는 점에서 공통점을 보인다. 그러나 김수영의 시론을 대상으로 한 기존의 이러한 연구물들은 그 의의와 더불어 그 나름의 한계 또한 지니고 있는 것으로 생각될 수 있다. 대개의 경우, 하이데거 형이상학의 원리에 대한 개념적 이해가 부족하고, 특히 하이데거가 그의 예술론에서 강조한 존재론적인 예술관의 기본틀을 정확히 짚어내지 못하고 있다. 더군다나 김수영과 하이데거, 이들 양자 사이의 접점과 분기점을 해명하려는 노력은 거의 이루어지지 않았다고 해도 과언이 아니다.

이러한 한계에 대한 인식과 함께, 앞으로의 논의를 한층 효과적으로 이끌어나가기 위해서는, 무엇보다도 먼저 김수영 특유의 글쓰기 방식에 내재하는 몇 가지 특징적인 국면들에 대한 이해가 선행되지 않으면 안 된다. 그러므로 연구자는 그의 시론에 관한 보다 진전된 결론을 도출하기 위하여, 본격적인 논의 이전에 반드시 고려에 넣어야 할 사항들에는 어떤 점들이 있는지 간략하게나마 정리해볼 필요성을 느낀다.

첫째, 김수영 시론의 전반적인 특징이라고도 볼 수 있겠지만, 시와 관련된 그의 글들은 한결같이 생경한 형이상학 용어의 남발과 심한 논리적 비약, 개념들간의 도식적인 관계 설정 등으로 인해 정확한 맥락 파악조차가 쉽지 않다는 점이 우선 지적되어야 할 것이다. 이 가운데 용어 등은 주로 하이데거의 저작들을 참고로 하면 어느 정도 해결 가능한 일일 것이나, 그럴 경우에도 전체적인 대의 파악을 위해서는 뒤에 지적된 두 가지 문제점들에 대해서도 동일하게 주의를 기울이지 않으면 안 된

2) 이승훈, 「<시여, 침을 뱉어라>의 분석」, 『한국 시의 구조 분석』, 종로서적, 1987. 이승훈, 「김수영의 시론」, 『한국 현대 시론사』, 고려원, 1993.

3) 성지연, 「김수영 시 연구」(연세대 석사학위논문, 1995) 제 4장 1절, <대지의 은폐와 세계의 개진－하이데거 읽기> 부분.

4) 정영훈, 「김수영의 시론 연구」, ≪관악어문연구≫, 서울대학교 국어국문학과, 2002.

다. 요컨대 글 전체의 내용에 대한 이해가 미흡한 상태에서 부분만을 따와 인용한다거나, 용어에 대한 축어적 해석에만 매달릴 경우에는 자칫 김수영의 본래 의도를 왜곡할 소지가 언제든 발생할 수 있다는 점에 항상 신경을 써야 한다.

둘째, 위 사실과 관련하여 또 하나 마땅히 주목하여야만 할 것은 김수영이 하이데거의 몇몇 형이상학적 용어와 개념들을 따왔다고 해서, 이러한 사실이 곧 하이데거에 대한 그의 이해가 완벽했다거나 혹은 그가 하이데거를 전적으로 추종한 증거라고 받아들여서는 곤란하다는 점이다. 후술될 논의를 통해 보다 상세하게 밝힐 터이지만, 애초 김수영이 하이데거의 존재 사유에 강한 매력을 느꼈던 것은 명백한 사실이나, 실제 이들 양자의 시각을 비교해보면 거기에는 결코 간과할 수 없는 차이점 또한 내재해 있음이 발견된다. 요컨대 그러한 차이점들의 구체적인 내용과 그 발생 원인에 대한 체계화된 인식 및 해명이야말로 우리가 그의 시론에 주목하는 첫째 이유이자 이 글의 최종 목표라 할 것이다.

셋째, 궁극적으로 김수영이 관심을 가졌던 것은 시라는 양식 자체에 대한 존재론적 관점에서의 새로운 모색이라는 사실 역시 유의하지 않으면 안 된다.[5] 여기서는 필히 '모색'의 의미가 강조될 필요가 있다. 다시 말해서 표현법 상 두드러진 다소간의 과격함이나 단호함에도 불구하고, 김수영에게 있어서조차 이 논의는 하나의 가능성에 대한 탐문이자 시도일 뿐, 체계적으로 완비된 결론의 형태로 제시되었던 것은 아니라는 점이다. 다만 그는 자신의 시론의 부족한 부분을 특유의 과장섞인 표현 등을 통해 가리고자 했을 뿐이다. 그러므로 이러한 그의 표현법 상의 특성들을 제대로 감안하지 않고 읽었을 경우에는 자칫 엉뚱한 결론에 도달

5) 단, 김수영의 시론이 존재론적인 관점에 치중하였다고 해서 이 말이 곧 그가 현실에 대해서는 무감각하다는 의미와 혼동되어서는 안될 것이다. 그의 시론이 지향하는 존재론적인 입장이란 어디까지나 현실에 대한 긴장된 인식의 토대 위에서만 가능한 것인 때문이다.

할 가능성도 있다.

물론 세부적인 내용에 들어가 본다면, 여기서 지적된 고려 사항들 외에도 추가되어야 할 몇몇 사안이 있을 수 있을 것이다. 그러나 보다 체계적인 논의를 위해서는, 적어도 이상 위에서 지적된 사항들에 대한 고려만큼은 앞으로의 논의 과정에서 언제든 충분히 반영되지 않으면 안 된다는 것이 연구자의 기본 입장이다.

3. 하이데거 예술론에 나타난 존재 사유의 기본 구도

이상의 논의를 통해서도 어느 정도 드러났듯이, 김수영 시론에 나타난 존재론적 특성을 이해하기 위해서는 일단 하이데거 예술론의 기본 구조부터 이해할 필요가 있으며, 그 가운데서도 특히 '세계'와 '대지'의 개념 및 이들 양자간의 관계에 대한 체계적인 이해가 전제되어야만 한다. 사실 이 점은 김윤식에 의해 일찌감치 지적된 바가 있다. 앞서의 평문에서 김윤식은 이 때의 세계란 '외계에 있어서의 대상의 총화를 뜻하는 것도 아니며 환경을 말하는 것도 아니고, 모든 사람이 다 자기의 세계를 갖고 있다는 뜻에서의 세계'를 지칭하는 것으로, 또 대지에 대해서는 '지구라는 뜻도 유성의 의미도 흙도 아니고 존재의 보충적 반대물'을 지시하는 의미로 해석한다.[6] 이러한 정의는 잘못된 것이라고 할 수는 없겠지만, 일반인들은 물론이고 하이데거 전공자조차도 선뜻 동의하기 힘든 의미론적 모호성을 지니고 있다. 이같은 결함은 그 뒤의 연구자들에게서도 고스란히 반복되고 있는 형편인데, 연구자의 판단으로는 적어도 이 점에 대한 체계적인 정리와 이해 문제가 선결되지 않는다면 더

6) 김윤식, *op. cit.*, 313쪽.

이상의 심도 있는 논의는 불가능하다고 생각된다.

3.1. '세계 *Welt*'

데카르트적인 의미에서의 세계란 단순히 존재자 전체[7]를 모아놓은 개념에 불과하다. 우주라는 공간 속에는 인간과 동식물을 비롯한 각종 사물들이 분포되어 있다. 이 경우 세계는 이와 같이 일정한 부피와 면적, 그리고 형태와 운동 등을 지닌 사물들의 연장된 총체, 즉 '연장된 사물 *res extensa*'[8]로 이해된다. 그는 이러한 연장 실체로서의 세계에 대해 '사유하는 사물 *res cogitans*[9]'이라 할 수 있는 인간의 정신이 마주선다고 보았다. 다시 말해서 인간과 세계의 관계는 인간 정신(주체)에 특별한 지위를 부여하는 한편, 이를 통해 연장된 사물로 이해되는 외부 세계(객체)를 철저하게 지배하며 제압하는 그런 관계이다. 이 때의 지배와 제압은 너무도 철저한 것이어서, 그 속에서 세계는 하나의 통일된 상으로서 파악되며, 그것은 또한 주체인 인간 정신 앞에서 잘 짜여진 하나의 조직적인 체계로 서게 된다. 이와 같은 관계 설정은 명백하게 주객 이원론적인 입장에 바탕을 둔 것으로, 가치 중립성을 내세운 근대의 자연 과학적 합리주의 세계관은 사실상 이러한 주체 중심의 이원론적인 인식으로부터 출발한다고 할 수 있다.

그런데 하이데거의 경우는 데카르트적인 세계관에 맞서, 이러한 기존의 관계를 그 특유의 존재론적인 관점에서 재정립하려 한다. 이 관점에 따른다면, 인간은 하나의 사물을 접할 때에도 결코 가치 중립적인 상태에서 대하지 않는다. 예컨대 인간에게 나무는 가구나 집을 만드는 데 드

7) 마르틴 하이데거, 최상욱 역, 『세계상의 시대』, 서광사, 1995, 41쪽.

8) 마르틴 하이데거, 이기상 역, 『존재와 시간』, 까치, 1998. 제 1부 1편 3장 19절 「연장된 사물로서의 "세계"에 대한 규정」 참조.

9) *Ibid.*, 132쪽.

는 유용한 재료이거나, 아니면 시원한 그늘을 제공해주는 고마운 존재로 다가온다. 이렇게 인간은 자신의 주변에 있는 모든 사물의 가치를 실천적인 관점에서 해석하고 살아간다.[10] 때문에 인간의 세계 체험에는 언제나 이미 이와 같은 실천적인 가치 인식이 내재되어 있다고 이해된다.

하이데거는 이와 같은 특성을 지닌 인간 존재를 '현존재 *Dasein*'로 규정한다. 현존재에게 세계란 반드시 무언가를 위한 구체적이고 복잡한 연관성[11]을 지닌 의미망으로 해석된다. 이 경우 연관에 수반되는 각각의 구체성과 복잡성은 현존재로 하여금 하나의 통일된 상 속에서, 질서정연한 체계 속에서의 세계 파악을 불가능하게 만든다. 세계는 이처럼 단순히 가치 중립적인 차원에서 해석되거나 논의될 성질의 것이 아니다. 그러한 것들은 모두 현존재를 둘러싼 그때 그때의 삶의 구체적인 존재 방식과 기반을 모조리 탈각시킴으로써만 얻을 수 있는 추상적인 구성물에 불과하다.

주체와 객체, 주관과 객관, 내면과 외부 따위의 이분법적인 인식에 입각한 데카르트 식의 세계 이해 방식은 이 지점에서 결정적으로 비판의 대상이 되고 만다. 주체에 부여되었던 기존의 우월적 지위 또한 단호히 부정된다. 이와 같은 주체 중심의 종속적인 세계관을 거부하는 대신, 하이데거는 인간 정신과 세계 사이의 관계를 좀더 실존적이고 대등한 관계로 이해해보려 노력한다. 이와 함께 그는 추상적이고 통일된 상으로서 이해되는 세계를 파생적 세계로 규정하고, 이를 구체적인 삶과의 연관 속에서 성립되는 자신의 근원적 진리의 세계와 구분한다.

하이데거에게 있어 세계는 현존재인 인간이 존재자들과 끊임없이 만

---

10) 진중권, 「마르틴 하이데거, 진리의 신전」, 『현대 미학 강의 – 숭고와 시뮬라르크의 이중주』, 아트북스, 2003, 79쪽.

11) 이러한 연관을 하이데거는 Bezüge des Um-zu, 즉 '위하여 연관'이라고 명명하고 있다.
마르틴 하이데거, *op. cit.* (1998), 262쪽.

나고 교섭하는 과정에서 탄생되는 어떤 구체적인 지평, 경계, 내지는 국면이다. 그러므로 그 세계는 현존재인 인간과 주변 존재자들과의 사이에서 펼쳐지는 개별적인, 그리고 구체적인 상호 관계를 통해서만 도출된다. 모든 인간이 각기 그 나름의 세계를 지니고 있다고 했을 때, 우리가 반드시 고려에 넣어야 할 사실은 바로 이 점이다.[12] 궁극적으로 그것은 인간이 '존재할 수밖에 없는 한 그 속에 들어서 있어야 할, 언제나 비대상적인 것'[13]으로 이해된다.

3.2. '대지 *Erde*'

현존재인 인간은 하나의 세계를 창조하기도 하며, 또 그것을 무너뜨리기도 한다. 이 말은 하이데거적인 의미에서의 세계란 고정된 실체가 아닌, 항상 살아 숨쉬며 변화하는 역동적인 개념임을 뜻한다. 그런데 이때 세계가 지닌 창조적인 역동성을 가장 잘 반영하는 예로는 예술 작품을 들 수 있다. 하이데거에 따르면 예술이란 결코 사물(객체)의 재현이나 예술가(주체)의 주관성의 표현에만 그치는 것이 아니다. 근원적인 의미에

12) "세계란 눈앞에 셀 수 있거나 혹은 셀 수 없는 것, 친숙하거나 낯선 것 모두를 단순히 모아 놓은 것이 아니다. 그렇다고 또한 세계는, 사물적 존재자 전체를 위해 상상적으로 고안되어 거기에 첨가된 관념상의 테두리인 것도 아니다."
마르틴 하이데거, 오병남외 역, 『예술 작품의 근원』, 예전사, 1996, p.53.
앞서 인용된 김윤식의 설명은 이런 관점에서 바라볼 때 보다 명확하게 그 맥락이 이해될 수 있을 것이다. 즉, 그의 말대로 모든 사람이 다 자기 나름의 세계를 가지고 있다고 했을 때, 여기서의 세계를 단순히 개개인마다 지닌 주관 세계의 의미로 받아들여서는 곤란하다. 더불어 이 개념은 데카르트의 경우와는 달리 존재자 전체를 지칭하는 개념이 아니라는 점을 다시 한번 강조해두고자 한다. 데카르트적인 의미에서의 세계는 나무나 돌, 풀과 같은 존재자들이 그 부분 부분을 이루며 세계 구성의 일부로 참여하지만, 하이데거 식의 설명에 따른다면 이들은 결코 세계를 가질 수 없다. 오직 현존재로서의 인간에게만 하나의 세계를 창조할 권리와 의무가 부여되는 것이다.

13) *Ibid.*, 58쪽.

서의 예술은 망각된 존재의 본질적인 국면을 찾아내어 일깨워줌으로써, 존재 자체의 진리에 도달하고자 하는 행위를 의미한다.

역사상 존재했던 많은 인간들은 이와 같은 예술 활동을 통해 각기 그들이 창조한 고유한 세계를 드러낸 바 있다. 작품이란 이 경우 이들 인간이 그들 각자의 입장에서 한 세계를 열어 세운 결과물인 것이다. 이 과정에서 필연적으로 세계와 대지 사이의 대립, 투쟁을 통한 역동적인 긴장 관계가 발생하게 되는데, 존재의 진리를 겨냥한 이와 같은 긴장 관계의 역동성이야말로 예술 작품의 성립 근거이며 존재 의의라고 할 수 있다.

그렇다면 이 때 하이데거가 말하는, 세계와의 긴장 관계를 형성하는 대지의 숨은 의미는 과연 무엇인가. 하이데거에 의하면 대지란 '인간이 자신의 거주를 그 위에, 또 그 가운데 마련하는 터'이며, 더불어 '모든 발현하는 것들이 그 자체로 되어 되돌아가는 그 곳'[14]이라고 설명된다. 알기 쉽게 풀이하자면, 그것은 그 내부에 존재하는 존재자 및 존재자에 관계된 모든 것들을 지탱해주는 일종의 존립 근거이자 기반[15]이라 할 수 있다. 이러한 대지의 좀더 정확한 의미를 알아보기 위해서는, 다음과 같은 세 가지 층위에서의 순차적인 접근 방식을 택하는 것이 바람직할 것이다.

첫째, 작품을 이루는 재료 속에 간직된 질료적 차원으로서의 대지가 존재한다. 하나의 작품을 이루는 여러 가지 재료들, 예컨대 돌, 나무, 청동, 물감, 언어, 소리 등은 작품 속에서 각각 그것이 지닌 묵직함과 육중함(돌), 단단함과 유연함(나무), 견고함과 광택(청동), 명암(물감의 색채), 울림(언어), 부르는 힘(소리) 등의 질료적 성격[16]을 그대로 간직하고 있다. 질료 속에 내재하는 이와 같은 특성들을 자연 과학적 합리성에 입각한

---

14) *Ibid.*, 50쪽.

15) "대지는 모든 것을 지탱하면서 우뚝 선 채 자신을 폐쇄된 것으로 유지하고자 애쓰면서 모든 존재자를 자신의 법에 따르게 하도록 한다." *Ibid.*, 78쪽.

16) *Ibid.*, 54-55쪽.

계량적 시도를 통해 밝혀보려는 노력은 결코 그것의 특성과 본질(진리)에 다가서는 올바른 방법이 되지 못한다. 오직 작품 속에서만이 이러한 질료적 특성들은 그 고유한 차원으로 되돌려져서 나타나며, 나타남과 동시에 감추어져 간직된다.

둘째, 작품에 의해 창조된 세계 속에서 미처 포착되지 않은 상태로 남아 있는 것으로서의 자연 역시 대지의 개념에 포함될 수 있을 것이다. 이 때 예술은 자연의 본질을 밝혀줄 수 있는 유력한 한가지 방법으로 인정된다. 그러나 제 아무리 예술이 그런 기능을 지니고 있다 하더라도, 작품을 통해 자연 속에 내재하는 모든 본질적인 국면들을 낱낱이 파헤쳐서 드러내주기는 어렵다. 작품이 밝혀 표현해낼 수 있는 것은 그 가운데 극히 한정된 부분일 뿐이다. 이 때 작품에 의해 창조된 세계 속에는 포착되어 드러난 자연의 한 본질적인 국면과 더불어, 제대로 포착되지 못하고 누락되는 여타의 국면들이 반드시 있게 마련이다. 그러므로 이러한 국면들을 함께 지닌 것으로서의 자연은 그 자체 대지적 성격을 지닌다.

셋째, 보다 크고 일반적인 개념에 있어 대지란 '역사적인 현존재가 이미 그 속에 던져져 머물고 있는 곳'[17]과 관계된다. 이런 설명에 따른다면 각각의 역사적 민족에게는 각기 그들 나름의 대지가 존재한다. 이 경우 대지는 각 민족이 그 위에 머물면서 스스로를 폐쇄하는 근거이다. 민족은 바로 이와 같은 대지 위에서 모든 존재자들과 더불어(그것이 드러나든, 감추어져 있든 관계없이) 머물게 된다.

3.3. '세계'와 '대지'의 투쟁으로서의 예술 — 무엇을 위한 투쟁인가?

그렇다면 예술 작품 속에서, 이러한 세계와 대지가 대립하고 투쟁하

17) *Ibid.*, 95쪽.

면서 또한 동시에 서로를 고양시킨다는 말은 무엇인가. 그 가운데 작품이 이들 세계와 대지의 투쟁을 선동하면서 세계를 열어 세우고 대지를 불러 세운다는 것의 의미는 무엇인가. 이 질문에 답하기 전에 우리가 먼저 살펴야 할 사실은 세계와 대지는 비록 서로에 대해 대립하고 투쟁하기는 하지만, 그렇다고 해서 그것이 결코 동떨어져 있다거나, 완전히 분리된 상태에서 이해될 수 있는 개념이 아니라는 점이다.[18] 오히려 이들은 상대방을 인정하는 한에서만 비로소 자신의 존재를 보다 선명하게 부각시킬 수 있는 상보적인 관계를 형성하고 있다. 그러기에 그들은 서로 대립하고 투쟁하는 가운데서도 서로를 고양시킬 수 있는 것이다.

한 세계가 창조될 때, 그 세계는 기존의 대지 속에 은폐된 존재자들의 존재 양태들, 그것의 감추어진 존재론적 기반과 근거들을 백일하에 드러내며 폭로한다. 세계의 창조는 이러한 드러남, 즉 탈은폐의 양식과 더불어 동시적으로 진행되는 사건이다. 그러나 이 때의 드러남이란 단지 잠정적인 것일 뿐이다. 세계의 정립이 본격화됨과 동시에, 대지는 스스로의 역동성을 통해 내적 폐쇄성을 강화하는 방향으로 나아간다. 심지어는 창조된 세계의 새로운 존재론적 진리 지평조차가 이러한 대지의 움직임으로부터 자유롭지 못하다. 대지는 세계를 감싸안으며, 그것을 자기 내부에 묶어두고자 한다.[19] 그에 대해 세계는 필사적으로 그러한 은폐 기도로부터 벗어나, 자신만의 새롭고도 독자적인 존재의 진리 지평을 펼쳐 보이고자 애를 쓴다.

이 때, 세계와 대지 간의 이와 같은 역동적인 긴장 관계를 보다 잘 드러내주는 것이 바로 예술 작품이다. 작품은 하나의 세계를 창조한다. 동시에 작품은 그것의 기반으로서 존재하는 대지의 의미 또한 부각시킨

---

18) "세계와 대지는 본질적으로 다르다. 그러나 그들은 또한 결코 서로 분리될 수 없다. 세계는 대지 위에 근거하고, 대지는 세계에 걸쳐 우뚝 솟아 있다." *Ibid.*, 58쪽.
19) "반면 세계는 감추면서 간직하는 것이기에 그때그때의 세계를 자신 가운데로 끌어들여 자신 가운데 묶어두고자 한다." *Ibid.*, 58쪽.

다. 작품이 세계를 열어 세우며, 대지를 불러 세운다는 말의 의미는 이러하다. 그런데 세계의 속성이란 스스로 개시하는 것이기에 어떤 폐쇄도 참지 못한다. 반면에 대지는 감추면서 간직하고자 하는 것이기에 스스로를 외부로 내밀어 보이지 않으려 한다.[20]

세계와 대지의 이러한 속성, 즉 개시성과 폐쇄성은 필연적으로 이들 양자간의 투쟁을 유발한다. 그러나 이 투쟁은 단순히 불화나 반목에서 비롯된 투쟁과는 근본적으로 다르다. 왜냐 하면 그것은 투쟁 속에서 도리어 상대를 고양시키는 투쟁이기 때문이다. 세계가 열어 세울 수 있는 근거는 대지의 폐쇄성을 의식하기에 가능한 것이며, 역으로 대지가 자기 폐쇄적인 속성을 지니게 되는 것은 세계의 개시성을 전제로 할 경우에 한해서이다. 만일 이들 가운데 어느 한 쪽이 몰락하게 되면 나머지 또한 급격하게 그 힘을 잃고 오그라드는 것은 이런 이치 때문이다.

작품이 이들 양자의 투쟁을 통해서 도달하고자 하는 것은 존재 자체의 진리, 그것의 본질이다. 존재의 진리는 곧 본질적인 의미에서의 진리이며, 따라서 이와 같은 진리에 도달하기 위한 투쟁이란 필연적으로 근원 투쟁 *Urstreit*[21]의 성격을 띠게 마련이다. 참된 예술 작품은 인간으로 하여금 세계와 대지 사이의, 개시성과 폐쇄성 사이의 투쟁을 통해 이와 같은 존재의 참된 진리, 진리의 본질이 무엇인가를 그것의 근원에서부터 철저하게 고뇌하게 만든다. 그런 까닭에, 하이데거에게 있어 예술이란 '작품 가운데서 존재자의 진리를 샘솟게'[22] 하는 것이며, 그런 의미에서 그것은 결국 '진리의-작품-속으로의-정립'[23]으로 규정된다.

요컨대 예술은 존재의 진리와 그 속에 내재하는 진리의 본질을 추구하는 탁월한 한 가지 방식이다. 그런데 이 때 이러한 추구를 가능케 해

20) Loc. cit.
21) *Ibid.*, 67쪽.
22) *Ibid.*, 98쪽.
23) *Ibid.*, 97쪽.

주는 것, 그리하여 거기에 도달코자 하는 근원적인 고뇌를 가능케 해주는 것이 바로 예술 작품을 중심으로 펼쳐지는 세계와 대지 사이의 투쟁인 것이다. 그 투쟁은 존재 자체의 진리를 겨냥한 것이기에 근원적인 투쟁으로 이해된다. 그리고 이 과정에서 세계와 대지는 이러한 투쟁의 성립을 위해서는 반드시 필요한 핵심 개념들인 것이다.

4. 김수영 시론에 나타난 존재 사유의 특징적인 양상

4.1. 「반시론」의 경우 : '다른 입김'의 뜻—모험과 이행으로서의 존재

김수영이 남긴 두 편의 시론, 「반시론」과 「시여, 침을 뱉어라」에 나타난 존재 사유의 특징적인 국면들은 하이데거 예술론에 나타난 이와 같은 기본 골격을 대부분 그대로 차용하고 있음을 알 수 있다. 기본적으로 그가 시에 대해 '반시'를 주장하고, '시여, 침을 뱉어라'라고 소리 높이 외친 이면에는 시와 시인, 그리고 시작 활동과 관련된 그의 존재론적인 인식이 잠재해 있다. 따라서 그것은 단순히 기존 시론의 무조건적인 거부나 현실 참여 정신의 맹목적인 강조만을 염두에 두고 취해진 행동은 아니다. 시라는 하나의 존재를 통해 존재 자체의 근원과 본질을 새롭게 규명하고, 나아가서는 그것과 연관된 모든 존재론적 진리의 세계를 자유롭게 모색, 정립해보고자 하는 의지의 표현인 것이다.

「반시론」은 이와 같은 모색 의지를 구체화한 것으로, 그의 존재 시론이 무엇으로부터 연원하는지를 뚜렷이 알 수 있게 해주는 글이다. 존재의 본질을 향한 그의 모색은 일차적으로 기존의 정형화된 존재 이해 방식을 부정하고 허물어뜨리려는 시도로부터 출발한다. 이 말을 김수영

식으로 바꾸면 '기정 사실은 그의 적'[24]이라는 말로 집약시킬 수 있을 것이다. 즉, 시를 통해 그가 바라는 것은 다름 아닌 본질로서의 존재다. 이를 위해서는 우선 기존의 관점에서 별다른 의심없이 가치롭게 생각되는 것들과 명백한 진리로 인정받는 것들을 과감히 떨쳐 버릴 수 있어야 한다. 하나의 고정된 가치 체계나 진리 개념에 전적으로 얽매이는 태도란 바람직스럽지 못하다. 이 같은 태도는 어차피 그가 지향하는 존재의 본질적인 국면과는 거리가 먼 것이기 때문이다.

하이데거의 「릴케론」을 인용하면서, 그가 그 속에 나오는 릴케의 다음과 같은 싯귀에 특별히 주목의 눈길을 보낸 것은 바로 이런 이유에서이다.

> 노래는 욕망이 아니라는 것을 곧 알게 될 것이다.
> 그것은 급기야는 손에 넣을 수 있는 사물에 대한 애걸이 아니라는 것을 알게 될 것이다.
> 노래는 존재다. 신으로서는 손쉬운 일이다.
> 하지만 우리들은 언제 존재할 수 있겠는가? 그리고 우리들은 언제
> 신의 명령으로 대지와 성좌로 다시 돌아갈 수 있게 되겠는가?
> 젊은이들이여, 그것은 뜨거운 첫사랑을 하면서 그대의 다문 입에
> 정열적인 목소리가 복받쳐 오를 때가 아니다. 배워라
> 그대의 격한 노래를 잊어버리는 법을. 그것은 아무짝에도 소용없는 것이다.[25]

이 시의 핵심은 노래(시)란 결코 욕망이 아니며, 사물에 대한 애걸이 아니라는 점에 놓여 있다. 욕망이니, 사물에 대한 애걸이니 하는 것은 노래, 즉 시에 대한 기존의 인식과 가치관에 얽매이는 데서 비롯되는 것이라 할 수 있다. 이러한 욕망이나 애걸을 미련 없이 벗어 던질 수 있을

---

24) 「시인의 정신은 미지」, 『전집』 2, 187쪽.
25) 「반시론」, 『전집』2, 262쪽에서 재인용.

때, 진정한 노래(시)는 시작된다. 다시 말하면 노래가, 시가, 진정한 의미에서의 존재가 되기 위해서는 무엇보다도 먼저 기존의 인식과 가치에 얽매인 이러한 욕망과 애걸로부터 철저하게 벗어나야 한다.

그러나 보통의 평범한 인간에게는 그것이 쉬울 까닭이 없다. 어찌 보면 그것은 그를 둘러싼 모든 기존의 관계들로부터 완전히 빠져 나와, 스스로를 고립된 상태로 묶어두지 못하는 이상에는 거의 불가능에 가까운 일이다.[26] '노래는 존재다. 신으로서는 손쉬운 일이다. / 하지만 우리들은 언제 존재할 수 있겠는가?'라는 반문 속에서, 우리는 신과는 구분되는 평범한 인간으로서의 한계를 다시 한번 확인하게 된다.

인간이 곧 신일 수는 없다. 그러나 적어도 어느 순간만큼은 신에 상당히 근접한 역할을 담당하는 경우가 있을 수 있다. '모험'과 '이행'의 의미가 강조되는 것은 바로 이 지점이다. 중요한 것은 이 때의 모험과 이행이란 눈앞에 이미 펼쳐지고 있는 현실 세계의 빠른 변화에 적응하고, 그것을 따라잡기 위해 마련된 개념이 아니라는 점이다. 그것은 어디까지나 새로운 세계, 김수영 식으로 표현한다면 '여직까지 없었던 세계'[27]의 지평을 전제로 함으로써만이 의미를 지닐 수 있는 개념이다. 그렇다면, 인간에게 이와 같은 모험과 이행을 가능케 해주는 것, 즉 새로운 세계를 펼칠 수 있는 힘과 권위를 부여하는 것은 과연 무엇인가. 우리는 여기에서 릴케가 말한 '다른 입김'의 참 의미를 발견할 수 있게 되

26) 여기서 김수영이 자신의 생활 방식을 일종의 '자발적 감금 생활', '적극적 감금 생활'에 비유하여 이야기한 점에 유의할 필요가 있다. 또 한가지, 일상 생활에서부터 오는 피로를 잊기 위해 그가 가끔씩 취한 방법은 술을 마시고 창녀와 하룻밤을 보내는 것이다. 그리고 새벽에 거리로 빠져 나오면 그 때 비로소 '이방인의 자유의 감각'을 경험하게 되고, 또한 등교길에 나온 여학생들을 바라보며 '때묻지 않은 순간', '가식 없는 순간'을 경험하게 된다고 설명한다. 이와 같이 기존의 꽉 짜여진 사회 생활의 구도에서 빠져 나와 가끔씩 일탈된 행동을 해봄으로써, 역으로 기존의 질서에 물들지 않은, 존재 자체에 대한 순수한 시선을 유지할 수 있다는 것이 그의 생각이었던 듯하다. *Ibid.*, 257쪽 참조.

27) 「시여, 침을 뱉어라」, 『전집』2, 252쪽.

는 것이다.

> 참다운 노래가 나오는 것은 다른 입김이다.
> 아무것도 바라지 않는 입김. 신의 안을 불고 가는 입김.
> 바람.[28]

'다른 입김'. 그것은 비록 인간의 입에서 나온 것이긴 하지만, 또한 '신적인 입김'(고트프리드 헤르더)으로 이해되기도 한다. 한편에서 볼 때 그것은 현실적인 어떠한 욕망에도 얽매이지 않는, '아무 것도 바라지 않는 입김'이다. 그런데 이 입김이 있기에, 인간은 비로소 숲 속을 뛰어 다니는 동물들과 구분된다.[29] 뿐만 아니라, 이 입김을 통해서 시인은 기존의 틀에 박힌 방식의 노래(시) 대신 그만의 참다운 노래(시)를 부를 수 있는 것이며, 또한 그것을 통해 존재의 본질과 근원에 도달하는 발판을 마련하게 되는 것이다. 하이데거는 이에 대해 '모험을 더 하는 존재가 모험을 한다면 그만큼 모험을 더 한다고 볼 수 있는 입김'이며, 이 입김이야말로 그대로 '언어의 본질'을 뜻하는 것[30]이라고 설명한다.

시란 곧 본질로서의 언어와 연관된 것이라는 하이데거의 견해를 참고로 한다면[31], 이 입김은 인간적인 동시에 신적인 입김이라고 할 수 있다. 진정한 시인은 현실의 질서 속에 안주하며 생활하는 평범한 인간들로서는 좀처럼 꿈꾸기 어려운, 하나의 열린 세계를 창조하기 위해 시작에 몰두한다. 이 과정에서 그에게 반드시 필요한 것이 이와 같은 입김이다. 세계를 창조하는 것. 그것은 어디까지나 신의 몫일 것이다. 그러나

---

28) 「반시론」, 『전집』 2, 261-262쪽에서 재인용.
29) *Ibid.*, 262쪽. 헤르더의 「인류의 역사 철학적 고찰」 인용 부분 참조.
30) 마르틴 하이데거, 전광진 역, 「시인의 사명은 무엇인가」, 『하이데거의 시론과 시문』, 탐구당, 1978, 129쪽.
덧붙여 하이데거는 이 문장에서 릴케가 말한 '모험을 더 하는 존재'란 '시인'을 의미한다고 설명하고 있다.
31) 이 문제에 대해서는 졸고, *op. cit.*, 126-128쪽 참조.

이 경우 시인에 의해 창조된 세계는 신이 창조한 세계에 버금가는 중요성을 지닌다. 존재의 본질에 도달하기 위한 근원적인 모색은 그러한 시인의 시작 활동, 즉 시인에 의한 세계 창조 과정 속에서만 이루어질 수 있다.

김수영의 시 「미인」은 이상에서와 같이 하이데거 존재 시론에 나타난 특성들을 그 나름으로 창작 과정에서 적용시켜 본 텍스트이다. 이 시에 대해 김수영은 상당한 자부심을 가지고 있었던 듯하다. 자신의 시론을 전개하는 자리에서, 이례적으로 전문까지 인용해가며 자화 자찬 식의 해설을 덧붙여 놓고 있다. 그러나 그와 같은 그의 자부심과는 달리, 이 시가 앞서 설명된 하이데거의 존재 시론적 사유 구조를 효과적으로 반영하고 있다고 보기는 힘들다. 단지 사유의 단초만을, 그것도 반어적 형식을 거친 우회적인 접근을 통해 드러내고 있을 따름이다.

드러난 미흡함에도 불구하고 우리가 이 시의 내용을 완전히 무시하기 어려운 것은, 이와 같은 중간 과정을 통해 김수영이 마침내 하이데거가 강조하는 '모험'과 '이행'에 담긴 존재론적 의미를 확실하게 인지하기 시작한다는 점이다. 이전까지 그는 막연하게나마 이러한 종류의 문제의식을 머릿속에 떠올리고 있었던 듯 하나, 그것을 명료하게 정리된 상태에서 이해한 것 같이 보이지는 않는다. 그러나 이 시 창작과 더불어, 그는 이 점에 대해 비교적 확실한 자기 인식을 갖게 된 것으로 보인다. 그가 당대의 참여시를 후진적이라고 비판하는 근거가 여기에 있다고 할 수 있다.

4.2. 「시여, 침을 뱉어라」의 경우 : '이행'의 참모습
—세계와 대지의 역동적 긴장 관계

세계와 대지의 갈등과 투쟁 속에서, 기존의 진리는 곧 비진리와 동일시[32]된다. 적어도 본질적인 차원에서 본다면 그렇다는 이야기다. 김수영이 시에 대해 반시를 주장한다고 했을 때, 이 말은 바로 이런 맥락에서 이해되어야 한다. 즉 그는 결코 기존의 시에 대한 인식을 포기하고 일방적으로 반시에로 달려가는 데서 머물고자 한 것은 아니다. 그것은 시와 반시 사이의 끊임없는 대립적 긴장 관계 속에서, 시라는 존재 자체에 내재하는 생생한 근원적 진리의 세계를 펼쳐 보이는 것을 목표로 한 행동이다. 이럴 때 반시는 곧 시가 되고, 시는 또한 반시가 된다. 그리고 그 속에서 진리는 끊임없이 스스로를 부정하는 '힘'에 의해 근원적 진리, 진리의 근원으로서의 자신의 위상을 유지할 수 있는 것이다. 모든 존재는 이러한 역동적인 긴장 관계의 틀 위에서 비로소 진리 세계의 새로운 지평을 열 수 있는 힘을 가지게 된다. 그가 '힘으로서의 시의 존재'[33]를 거듭 강조한 것은 이런 이유에서이다.

기존의 논의들에서 불충분하게 해명된 부분 또한 바로 이 점이라 할 수 있다. 다시 말해서, 김수영의 시론이 하이데거의 존재 사유에 기초하고 있다고 할 때, 정작 중요시되어야 할 점은 그가 「시여, 침을 뱉어라」에서 강조했던 일련의 도식, 즉 ① '시를 쓴다는 것=형식=예술성=사랑=대지의 은폐=시의 원리' ② '시를 논한다는 것=내용=현실성=모험=세계의 개진=산문의 원리'와 같은 도식 속에서의 등치된 관계항들 사이의 대립쌍, 그 양 극 사이의 대립 구도가 아니라, 그것들 사이에 펼쳐진 긴장 관계의 역동성일 것이다. 그러한 긴장 관계의 역동성을 통해서만이, 존재로서의 시의 본질을 향한 모색은 제대로 작동할 수 있기 때문이다. 김수영이 '시의 본질은 이러한 개진과 은폐의, 세계와 대지의 양극의 긴장 위에 서있는 것'[34]이라고 했을 때, 이 진술에 있어 본질적인

32) 마르틴 하이데거, *op. cit.* (1996), 75쪽.
33) 「시여 침을 뱉어라」, 『전집』 2, 249-254쪽의 부제
34) *Ibid.*, 251쪽.

것은 이러한 양 극 사이의 긴장이다.

비록 김수영이 양 극이라는 표현을 쓰긴 했지만, 이들 사이의 대립은 결코 이분법적인 고정된 인식틀에 의해 유지되는 폐쇄성을 지닌 개념과는 거리가 멀다. 그것은 대지와 세계와의 관계에서 보듯 상보적인 성격을 지닌 개념이며, 그런 만큼 이들 사이의 관계란 다분히 유동적이며 가변적인 관계로 해석될 뿐이다. 이들은 서로를 의식하는 가운데 대립하고 투쟁한다. 그러면서 동시에 서로를 고양한다. 이와 같은 관계 속에서 변하지 않는 것, 고정된 것이라곤 아무 것도 없다. 김수영은 하이데거 예술론에 나타난 존재 사유의 이러한 본질적 성격을 누구보다도 철저하고 명확하게 이해하고 있었던 것이다. 그런 까닭에, 그는 자신이 지향하는 본질로서의 시가 결국에는 이러한 이분법적인 대립을 허물고 등장하는 어떤 새롭고 참신한 존재임을 자신 있게 주장한다. 이 문제와 관련하여 그가 마지막 단계에서, 자신이 주장하는 존재로서의 시의 본질에 대해, '형식은 내용이 되고, 내용이 형식이 된다'[35]라고 해설한 대목은 이상에서와 같은 그의 이해를 잘 대변해주는 대목이라 할 수 있다.[36]

존재의 본질이란 언제든 이러한 역동적인 긴장 관계 속에서만 스스로를 드러낸다. 그리고 그것은 끊임없는 '이행'을 통해 스스로를 지속적으로 새롭게 재정립함으로써만이, 다시 말해서 대지의 폐쇄성을 의식하면서 새로운 세계를 연속적으로 열어 세울 수 있을 때만이 자체의 본질로서의 성격을 유지할 수 있다. 어찌 되었건 이행이, 그것도 끊임없는 이행이 핵심 요건이라 했을 때, 그러한 이행의 중간 과정에서 존재의 본질에 대한 개념적인 정의나 서술이 현실적으로 과연 가능하겠는가라는 의

35) *Ibid.*, 254쪽.

36) 하이데거의 예술론은 사실상 이와 같은 이원론적 입장, 즉 예술 작품을 내용과 형식의 종합으로 이해하려는 전통적인 시각의 부정으로부터 출발한다. 여기서 내용과 형식 간의 정태적 대립 관계는 세계와 대지 사이에 펼쳐지는 역동적 긴장 관계 속에서 해소된다.

문이 제기될 수 있을 것이다. 이 점에 대해 김수영은 처음부터 명쾌하게 그 자신의 입장을 다음과 같이 밝혀놓고 있다.

> 나의 시에 대한 사유는 아직도 그것을 공개할만한 명확한 것이 못된다. 그리고 그것을 조금도 부끄럽게 생각하고 있지 않다. 이러한 나의 모호성은 시작을 위한 나의 정신 구조의 상부 중에서도 가장 첨단의 부분을 차지하고 있는 것이고, 이것이 없이는 무한대의 혼돈에의 접근을 위한 유일한 도구를 상실하는 것이 되기 때문이다. (중략) 시인은 시를 쓰는 사람이지 시를 논하는 사람이 아니며, 막상 시를 논하게 되는 때에도 그는 시를 쓰듯이 논해야 할 것이다.[37]

요컨대 시라는 존재의 본질은 이행 과정을 통해서만 파악되며, 그것도 한번의 이행이 아닌 끊임없는 이행을 전제로 하는 것이라고 한다면, 이는 결국 그것의 본질이 어떠한 것인가에 대한 일관된 정의나 개념적인 서술은 불가능하다는 의미로 해석될 수밖에 없을 것이다. 그러기에 위에서와 같은 진술이 가능한 것이며, 한 걸음 더 나아가 '시인은 자기가 시인이라는 것을 모른다'[38]와 같은 표면상 지극히 모순된 것처럼 느껴지는, 역설적인 진술이 가능해지는 것이다.

무언가를 잘 안다는 것은 이미 그것에 얽매여 있다는 말이며, 따라서 그 무언가를 바라보는 관점이 이미 확고부동하게 고정되어 있다는 말과 통한다. 역동적인 긴장 관계 속에서 이행을 거듭하는 존재에겐 이러한 앎을 통해 본질에 다가서는 것은 처음부터 불가능하다. 본질이란 오직 기존의 폐쇄적이고 고정된 스스로의 존재론적 기반을 끊임없이 의심하고 부정함으로써만, 그리하여 마침내는 넘어서서 스스로를 재정립하고자 하는 모험과 이행 속에서만 주어질 수 있을 뿐이다.

스스로의 존재를 부정하면서, 또한 스스로의 존재를 재정립한다는 것.

---

37) 「시여, 침을 뱉어라」, 『전집』 2, 249쪽.
38) *Ibid.*, 251쪽.

이것이 바로 김수영이 그의 시론에서 강조하고 있는 존재의 모험과 이행의 참 모습이다. 이 과정 속에서 시는 스스로의 본질을 한번도 명시적인 형태로 드러내지 않는다. 명시적으로 설명될 수 있는 것은 이미 본질과는 거리가 멀기 때문이다. 오히려 그 본질은 이와 같은 지속적인 자기 파괴와 자기 생성의 '과정'을 통해서만 자신의 모습을 드러낸다.

다음에서 김수영이 말하고 있는 '온몸의 시학'이란, 그러한 '과정'의 중요성을 좀더 철저하게 강조하기 위한 표현으로 볼 수 있다.

> 사실은 나는 20여년의 시작 생활을 경험하고 나서도 아직도 시를 쓴다는 것이 무엇인지 잘 모른다. 똑같은 말을 되풀이하는 것이 되지만, 시를 쓴다는 것이 무엇인지를 알면 다음 시를 못 쓰게 된다. 다음 시를 쓰기 위해서는 여직까지의 시에 대한 사변을 모조리 파산을 시켜야 한다. 혹은 파산을 시켰다고 생각해야 한다. 말을 바꾸어 하자면, 詩作은 <머리>로 하는 것도 아니고, <심장>으로 하는 것도 아니고, <몸>으로 하는 것이다. <온몸>으로 밀고 나가는 것이다. 정확하게 말하자면, 온몸으로 동시에 밀고 나가는 것이다.[39]

김수영이 온몸에 의한 온몸의 이행을 주장했을 때, 이는 결국 자신의 전 존재를 건 이행이라는 의미로 받아들여질 수 있다. 그에게서 시작이란, 이처럼 전 존재를 내건 모험과 이행을 통해, 존재 자체의 근원적인 본질에 다가설 수 있는 가능성을 여는 작업이다. 그리하여, 이러한 이행의 의미는 곧 시의 이행이자 시인의 이행이며, 이는 결국 존재 자체의 이행으로 재해석될 수 있을 것이다.

4.3. 하이데거 존재 시론과의 차이점

여기까지만 살펴본다면 김수영의 시론은 하이데거 존재 시론의 기반

---

39) *Ibid.*, 249-250쪽.

위에, 이를 충실히 이해하고 따른 결과물인 것처럼 보인다. 그러나 앞서 밝혔듯이, 김수영은 하이데거를 충실히 수용하였으되, 그 나름의 독자적인 시각 또한 확보해보려 한 흔적을 남겨놓고 있다. 이 점은 특히 그가 모험과 이행의 구체적인 양상으로서 '자유'와 '혼란'의 중요성을 언급한 대목에서 발견된다. 이 지점에서 그에게 영감을 던져준 이로는 영국 출신의 시인인 로버트 그레이브스 *Robert Graves*를 들 수 있다. 그레이브스는 그의 초기 시론을 통해, 당시 서방 세계에 진정한 의미에서의 '자유'가 결여되어 있음을 다음과 같은 방식으로 지적한다.

> 그(서방 측의 자유 세계의) 시민들의 대부분은 群居하고, 인습에 사로잡혀 있고, 순종하고, 그 때문에 자기의 장래에 대해 책임을 질 것을 싫어하고, 만약에 노예 제도가 아직도 성행한다면 기꺼이 노예가 되는 것도 싫어하지 않을 정도다. 하지만 종교적 정치적, 혹은 지적 일치를 시민들에게 강요하지 않는 의미에서, 이 세계가 자유를 보유하는 한 거기에 따른 혼란은 허용되어야 한다……[40]

존재의 본질을 찾기 위한 모색에는 무엇보다도 개인과 사회의 자유가 필요하다. 김수영이 획일주의를 극도로 경계한 것은 이 때문이다. 김수영은 그레이브스가 언급한 이 대목을 인용하면서, 마지막의 '혼란은 허용되어야 한다'라는 구절에 대해 특별한 관심을 표명하고 있다. 그에게 혼란이란 진정한 의미에서의 존재의 자유를 의미하며, 그것은 또한 존재에 대한 근원적인 사랑이 빚어낸 결과로 해석되기 때문이다.[41] 이 때 혼란은 존재의 본질을 찾기 위한 모험과 이행 과정에서 필수적인 것이 된다. 다시 말해서 김수영이 자유나 사랑을 혼란과 동일시[42]하였던 이

---

40) *Ibid.*, 253쪽에서 재인용.

41) 그는 이와 같은 혼란을 다름 아닌 '자유와 사랑의 동의어'로 이해하고 있다. Loc. cit.

42) '이러한 자유와 사랑의 동의어로서의 <혼란>의 향수가 문화의 세계에서 싹트고

유는, 그것이 존재의 본질을 향한 이행 과정에서 필연적으로 부딪칠 수밖에 없는 현상이라 보았기 때문이다.

자유와 혼란에 대한 이와 같은 이해는 사실상 하이데거 존재론의 기본 관점과는 상치되는 것이다. 하이데거에게서 자유란 혼란과 같이 무제약적인 것, 방종에 가까운 것과는 거리가 멀다. 도리어 그것은 역사적인 차원에서 반드시 다가오게 될 '드높은 필연성'[43]과 관계 있는 개념으로 이해된다. 이 필연성의 과정에는 오직 시대의 궁핍함을 인식한 현존재의 시인으로서의 사명감, 존재자들의 결단과 모험이 있을 뿐, 혼란이 스며들 여지가 없다. 혼란이란 이 경우 하이데거가 보기에 존재의 자유, 존재에게 부여된 이와 같은 역사적 필연성의 의미를 제대로 인식하지 못한 결과 빚어진 현상에 불과하다고도 할 수 있을 것이다.

마찬가지로 하이데거는 근대라는 궁핍한 시대에 처한 모든 존재자들의 존재론적 위험과, 이러한 위험성에 대해 일찌감치 예감한 시인의 예언자적인 고독 및 그것의 극복을 위한 모험 문제를 심각하게 거론하기는 했어도, 이러한 위험이나 모험을 혼란에로 연결시키지는 않았다. 다시 말해서 하이데거에게 있어 본질과 근원을 향한 존재의 이행이란 새로운 세계를 연속적으로 창조하며 나아가는 존재 자체의 일사불란한 변이 과정을 의미한다.

이 점에 관한 한, 김수영은 하이데거와 뚜렷하게 구분된다. 그가 '자유'의 중요성을 강조했을 때, 이 말의 의미는 기본적으로는 '방종'과 동일시된다. 단 그것이 우리가 우려하는 방종, 즉 생산적인 아무런 목표나 결과

있는 것은, 그것이 아무리 미미한 징조에 불과한 것이라 하더라도 지극히 중대한 일이다.' Loc. cit.

43) 하이데거는 이 문제에 대해 다음과 같이 설명한다.
"횔덜린의 귀에는 '시인이란 자유로운 것. 제비처럼'(제4권 169면)이라고 들린다. 그렇지만 이 자유라 함은 방종이나 망상이 아니라 드높은 필연성인 것이다."
마르틴 하이데거, 「횔덜린과 시의 본질」, *op. cit.* 1978, 28쪽.

가 주어지지 않는 방종과 근본적으로 구분되는 것은 이러한 자유로서의 방종에는 반드시 '사랑'이 개입된다는 점이다.44) 여기서의 사랑이란 말할 것도 없이 그것의 대상이 되는 존재에 대한, 존재를 향한 사랑을 의미한다. 요컨대, 김수영에게서 자유는 이처럼 존재에 대한 사랑이 개입된 행위이며, 그 과정에서 혼란이나 방종은 필수 불가결한 요소로 인정된다.

여기서 김수영이 말하는 혼란이, 그의 존재 시론이 지향하는 최종적인 목적이 아닌 것만은 분명하다. 이 때의 혼란이란 존재의 본질에 다가서기 위한 중간 단계에서, 필수적으로 거쳐가지 않으면 안될 하나의 과정이자 현상일 뿐이지, 그 자체가 이행의 결과와 동일시되거나 할 성질의 것은 못 된다. 다시 말하면 혼란을 중심으로 한 그와 하이데거와의 차이점은 중간 단계에서의 차이점인 것이다. 그러나 그것이 비록 과정상의 문제에 불과한 것이기는 하나, 결코 허술히 넘겨버릴 수 없는 중요성을 지닌다. 존재의 본질이나 근원적인 진리에 대한 해석에 이르기까지, 전연 다른 방향으로 전개될 수도 있는 것이기 때문이다.

이러한 차이는 물론 하이데거의 이론에 대한 김수영의 이해 부족에서 나온 것일 수도 있다. 그러나 설령 그것이 이해 부족의 결과라 할지라도, 김수영의 평소 성향으로 미루어볼 때, 존재의 이행 문제와 결부된, 이와 같은 자유와 혼란에 대한 그의 긍정적인 해석은 상당한 의미를 지닌다. 특히 기존의 많은 연구물들에서 지적되어온 참여 시인으로서의 그의 이미지는 사실상 이 점을 간과하고서는 제대로 해명되기 힘들다. 그의 참여 시론은 획일주의에 저항하는 이와 같은 자유와 혼란의 의미

---

44) "도대체 요즈음의 저널리즘이 <자유는 방종이 아니다>라는 말을 꾸준히 계몽하고 있는 것 같은데, 이건 제가 생각하기에는 우스운 말입니다." 「요즈음 느끼는 일」, 『전집』 2, 33쪽.
"다만 자유의 방종은 그 척도의 기준이 사랑에 있다는 것만을 말해두고 싶습니다. 사랑의 마음에서 나온 자유는 여하한 행동도 방종이라고 볼 수 없지만, 사랑이 아닌 자유는 방종입니다." *Ibid.*, 35쪽.

까지가 개입된 그 나름의 존재 시론의 일종이라고 할 수 있다.

하이데거와 비교해본다면, 존재의 본질 이해에 관한 한, 김수영의 경우가 훨씬 더 개방적이고 자유주의적인 시각을 유지하고 있다고 할 수 있다. 그가 자유라고 했을 때, 이 말은 하이데거적인 의미에서의 역사적 필연성과는 무관한 개념이다. 그것은 오히려 자유 의지에 가까운 개념으로 이해되는 것이 옳을 것이다. 김수영 역시 그의 시론에서 하이데거가 강조하였던 예언자적인 의미의 중요성에 대해 인정하고는 있지만, 그에게서 시인에게 부여된 이러한 예언자적인 성격보다도 더 중요하게 다가왔던 것이 바로 비판적 지식인으로서의 풍모라고 할 수 있다. 현실에 대한 적극적인 비판과 부정을 통해서만 존재는 언제든 새로운 이행을 거듭할 수 있으며, 더불어 이러한 이행 과정을 통해서만 진정한 의미에서의 모더니티에의 접근이 가능하다고 보았기 때문이다.

이와 같은 입장을 견지함으로써 그가 역사적인 면에서 의도한 것은 단 한 가지, 시대에 결코 뒤떨어지지 않는 절대적인 의미에서의 현대시를 쓰는 시인이 되겠다는 일념이었다. 이 때, 그가 말한 '현대'의 지향점이 어디인지는 그조차도 알지 못한다. 그는 다만 죽음이 그의 앞길을 가로막는 그 순간까지, '무한대의 혼돈'[45]이 허락되는 끊임없는 이행 과정을 통해서, 존재의 새로운 지평이 열리는 세계의 창조를 꿈꾸며 쉼 없이 노력해나갈 것을 주장할 뿐이다.

5. 결 론 : 모더니즘과 리얼리즘을 넘어서
— 그의 시론이 남긴 과제

모더니즘과 리얼리즘이 그간 우리 학계 내부에서 대립적인 시선을 유

---

45) 「시여, 침을 뱉어라」, 『전집』 2, 249쪽.

지한 채 서로에 대해 자기 방식의 우월성만을 내세워 왔던 점을 감안한다면, 김수영에 대한 양측 모두의 호의적인 평가는 이례적인 일로 받아들여진다. 분명한 것은 김수영의 문학에는 모더니즘의 틀에서도, 그리고 리얼리즘의 틀에서도 중요하게 부각될 수 있을만한 문제 의식들이 다같이 포함되어 있는 것이 사실이다. 그러나 더욱 중요한 것은 그의 문학 속에서 우리가 이와 같은 모더니즘과 리얼리즘이라는 사유의 이분법적인 갈래를 동시에 극복할 수 있는 길을 엿보게 된다는 점이다.

하이데거의 존재론은 이러한 극복 시도의 과정에서 그에게 시적 사유의 기본 틀을 제공한 중요한 원천이라고 할 수 있다. 그것은 곧 근대라는, 현재 우리가 처한 지평의 미학적 극복 문제와, 다가올 미래의 새로운 존재론적 가능성에 대한 모색과 탐색이라는 문제 의식을 동시에 제공한다. 그것은 그에게 모더니티를 넘어선 모더니티와, 리얼리티를 넘어선 리얼리티의 출현 및 이들 양자의 접근 가능성에 대한 모색을 촉발시킨 직접적인 요인이라고 볼 수 있다. 이러한 인식의 기초 위에, 그는 자신의 시론에서 하이데거 존재론의 취약점까지를 보완한 새로운 의식 세계를 제시해보려 노력하였다.

궁극적으로 김수영이 시작 활동을 통해 목표로 했던 것은 '여직까지 없었던 세계가 펼쳐지는 충격'[46]이라고 할 수 있다. 그러나 그는 다음 순간, 자신이 아직까지도 시를 통해 이러한 충격을 던져주지 못하고 있음을 인정한다. 그리고 그 이유로, 그 스스로가 새로운 문학에의 용기가 없기 때문이라고 솔직히 고백한다. 이러한 그의 고백으로부터, 우리는

46) *Ibid.*, 252쪽.
이 때 그가 말하는 '세계'나 '충격'이라는 용어는 명백히 하이데거적인 의미에서 사용된 개념임을 염두에 둘 필요가 있다. 이 경우 충격이란 한 세계의 열림을 통해, 그 속에 존재하는 모든 존재자들에게 다가오는 현상으로 이해된다. '충격'에 대한 개괄적인 이해는 이기상, 「존재 진리의 발생 사건에서 본 기술과 예술」, 『하이데거의 존재 사건학』, 서광사, 2003, 196쪽. 참조.

존재의 이행이라는 문제가 얼마나 어려운 일인가를 단적으로 알 수 있게 된다. 그것은 스스로가 속한 안정된 기반을 벗어날 수 있는 용기를 지닌 자만이, 그리하여 불안한 미지의 지평에로 자신의 전 존재를 기꺼이 내던질 수 있는 자만이 성취할 수 있는 경지인 까닭이다.

그런 의미에서 김수영이 시론은 존재론적 가능성에 대한 일종의 모색이며, 탐색의 의미가 강하다. 더불어 그의 시작(詩作)은 어디까지나, 그리고 언제까지나 시작(始作)일 뿐이다. 그와 같은 시작에의 의지 속에 그의 시론이 지향하는 본질적인 의미가 은닉되어 있는 것이다. 다음 인용문은 그런 그의 시론의 시작적 특성들을 압축적으로 제시하고 있는 구절로 이해될 수 있을 것이다.

> 시도 시인도 시작하는 것이다. 자유의 과잉을, 혼돈을 시작하는 것이다. 모기 소리보다도 더 작은 목소리로 시작하는 것이다. 모기 소리보다도 더 작은 목소리로 아무도 하지 못한 말을 시작하는 것이다. 아무도 하지 못한 말을. 그것을.[47]

47) *Ibid.*, 254쪽.

▸▸▸ 참고문헌

김수영, 『김수영전집2 산문』, 민음사, 1981.
김유중, 「김수영 시의 모더니티(3)－'시간에 대한 형이상학적 성찰」, ≪국어국문학≫ 134, 국어국문학회, 2003. 9.
_____, 「김수영 시의 모더니티(4)－'언어'에 대한 존재론적인 이해」, ≪어문학≫ 82, 한국어문학회, 2003. 12.
성지연, 「김수영 시 연구」, 연세대 석사학위논문, 1995.
이기상, 『하이데거의 존재 사건학』, 서광사, 2003.
_____ · 구연상, 『「존재와 시간」 용어 해설』, 까치, 1998.
이승훈, 『한국 시의 구조 분석』, 종로서적, 1987.
_____, 『한국 현대 시론사』, 고려원, 1993.
정영훈, 「김수영의 시론 연구」, ≪관악어문연구≫ 27, 서울대 국어국문학과, 2002. 12.
조달곤, 「자유의 이행으로서의 김수영 시론－「시여, 침을 뱉어라」를 중심으로」, ≪어문학≫ 75, 한국어문학회, 2002. 3.
진중권, 『현대 미학 강의－숭고와 시뮬라르크의 이중주』, 아트북스, 2003.
마르틴 하이데거, 『하이데거의 시론과 시문』, 전광진 편역, 탐구당, 1978.
_____________, 『세계상의 시대』, 최상욱 역, 서광사, 1995.
_____________, 『예술 작품의 근원』, 오병남 외 역, 예전사, 1996.
_____________, 『존재와 시간』, 이기상 역, 까치, 1998.
F. W. 폰 헤르만, 『하이데거의 예술 철학』, 문예출판사, 1997.

시원의 지향과 선지자적 시인관

1. 서 론

신동엽(1950-1969)은 1960년대 시에 두드러졌던 모더니즘이나 전통적 서정시라는 흐름에서 가장 멀리 동떨어져 있는 존재라고 볼 수 있다. 모더니즘과 서정시에서 시인은 예술이라는 자율적인 영역에서 상대적인 자유를 누리는 개별적이고 단독적인 존재에 가깝다. 그러나 신동엽은 이러한 예술의 자율성을 사회와 역사에 대해 발언하고 참여하는 방향으로 돌렸다. 그의 시론에는 현실에 대한 각성과 역사에 대해 참여하려는 태도가 어느 시인의 시론보다 강하게 드러난다.

그러나 그가 대표적인 '참여 시인', '민족 시인'으로 불리는 데 비해 그의 시론은 정치적 현실이나 민족 문제에 대해 직접적으로 드러내고 있지는 않으며 비유적이고 거시적인 세계인식을 바탕에 깔고 있을 뿐이다. 그의 시론은 그의 시와 맞물려 해석적 코드를 형성하는 중요한 부분이다.[1] 신동엽에 대한 연구는 학계의 접근과 더불어 도가나 아나키즘과

* 곽명숙 / 서울대 기초교육원 강사

1) 신동엽의 시와 시론이 강한 상관성을 띠고 있다는 데 주목한 김창완은 신동엽의 시 작품을 신화와 원형적 관점에서 이해하고자 하였다. 그는 우주적 순환이라는 보편적인 원형적 사고가 신동엽이 시론에서 전개한 '원수성 → 차수성 → 귀수성

같은 사상적 측면과의 관련성, 기호학이나 상상력이라는 방법론적 분석 등 논의의 폭이 확장되었으며, 최근에는 탈식민주의와 생태주의라는 코드에서 새로운 논의의 심화가 이루어지고 있다.[2] 신동엽의 시가 참여시나 민중시라는 한정된 의미망을 넘어 보다 근본적인 문화론의 맥락에서 이해될 수 있는 바탕에는 서구 문명에 대한 비판과 그 폐해를 극복하고자 하는 인식이 그의 시론에 깔려 있기 때문이다. 이 글에서는 신동엽의 시론에서 강조하는 정신의 성격과 그 대안적 상상력, 그리고 이것들이 전개되면서 역설하는 시인의 모습을 구체적으로 살펴보고자 한다. 신동엽이 품었던 서구적 문명에 대한 대안적인 상상력을 이 글에서는 유토피아 의식과 관련지어 논의할 것이다. 신동엽의 시론에서 당연한 듯이 거론되었지만 진지하게 탐색되지 못한 유토피아 의식이라는 특징은, 현실 참여와 관련된 사실주의적 평가나 미학적 분석 이전에 그의 시세계에 나타나는 정신적 에너지의 원형질을 밝혀 줄 수 있을 것이다.

2. 정신론의 성격

신동엽의 시론은 독특한 개성을 지니고 있는데, 그것은 인류 문명 전

세계'로 이행하는 순환에 기반을 두고 고통스러운 현실을 벗어나 과거로 되돌아가려는 의식에 나타난다고 보고 있다(김창완, 「신동엽 시 연구」, 한남대 박사학위논문, 1993)

2) 신동엽에 대한 이전 연구들에 대해서는 강형철, 「신동엽 시 연구」, 숭실대 박사학위논문, 1999 참조. 대표적인 논저들을 모아놓은 것으로는 구중서 · 강형철 편, 『민족 시인 신동엽』, 소명출판사, 1999 참조. 최근의 탈식민주의와 생태주의와 관련된 논의로는 다음을 참조. 김석영, 「신동엽 시의 탈식민성 연구」, 영남대 박사학위논문, 1999. 김석영, 「신동엽의 근대문명 비판과 생태주의적 상상력」, ≪한국어문학회≫, 2000. 10. 이경수, 「'아사녀'의 행방 : 신동엽의 '탈식민적' 글쓰기」, ≪서정시학≫ 통권21호, 2004 봄. 김석영, 「신동엽 시의 서구 지배담론 거부와 대응」, ≪상허학보≫ 14집, 2005. 2. 송기한, 「신동엽의 시와 생태학적 상상력」, ≪어문논총≫ 2호, 어문학회, 2004.

체에 대한 거시적인 시야와 그 시적 논리에 충만한 비유에서 비롯된다고 말할 수 있다. 그의 평론이나 시론에는 정치적 견해의 표출이나 구체적인 창작방법의 개진이 나타나 있지는 않다. 그는 현실과 역사에 대한 상상적 대안을 구상함으로써 시가 사회와 현실에 참여해야 하는 근거를 찾는다. 그의 시론에는 풍요롭지만 정돈되지 않은 혼합된 사유의 덩어리들이 떠돌고, 개념보다는 이미지로 사유하며 의욕이 너무 앞선 혼란된 비유들이 가득 차 있다.

시적인 논리로 역사를 그려내는 그의 시론은 「시인정신론」(≪자유문학≫, 1961. 2.)과 「詩人・歌人・詩業家」(≪대학신문≫, 1969. 2. 34)에서 가장 두드러지게 개진되고 있다. 그외 월평이나 단상, 기타 평론들은 이 두 편의 글에 전개된 문명관과 시인관에 뿌리를 대거나 중복되고 있다. 「시인정신론」과 「시인・가인・시업가」는 각각 문단 데뷔 초기와 작고 직전에 발표된 글이지만 그의 시에 대한 생각과 시인관에 크게 변화가 없음을 확인할 수 있다. 문단 데뷔작인 장시 <이야기하는 쟁기꾼의 대지>라는 신춘문예 당선작도 이러한 시론에 나타나는 인류의 문명사에 대한 원대한 파악을 바탕으로 하고 있다고 할 수 있다. 그의 월평들에서 당시 시단의 풍조라고 수사학에의 경도를 비판하는 목소리도 그가 지닌 시와 시인에 대한 존재론에 입각하여 나오고 있다. 신동엽의 대표적인 시론인 「시인정신론」은 시인의 존재를 문명사적인 위치에서 파악하고 '정신'적인 측면에서 이야기하고 있다는 것이 특징적이다.

정신은 대단히 포괄적인 의미를 내포하고 있으며 유사한 내용을 지닌 범주들과 인접되어 있다. 즉 정신은 마음, 심리, 혼 내지 영혼, 이성, 의식, 사유(mind, psyche, spirit, reason, consciousness, thought) 등의 단어들과 하나의 계열을 이루는데, 정의를 하려든다면 철학적인 곤경을 느끼게 하는 개념이다. 신동엽의 시론에서 '정신'은 '소원(小圓)', '대원(大圓)'[3]과 같은

3) 신동엽은 '소원(小圓)', '대원(大圓)'이라는 말로 정신적인 넓이를 비유하는데, '소원'

비유로 나타나기도 하지만, 그가 '시인 정신'에서 말하는 '정신'에 가장 잘 어울릴 수 있는 번역어는 독일어로 정신을 뜻하는 Geist일 것이다. 독일어에서 Geist는 영혼을 뜻하는 Seele와 비교되어 쓰인다 '정신(Geist)'을 영혼과 함께 인간이라는 존재자의 존재 방식이자 존재 가능성이라고 본 슈타이거는 양자의 차이를 두고, "영혼은 회감(回感; Erinnerung)속에 떠오르는 전경의 유동성이다. 한편 정신은 보다 큰 전체적인 것을 자체 속에 제시하는 기능적인 것(Funktionalität)"[4]이라고 말한다. 그에 따르면 '회감(Erinnerung)'이 일어나는 서정시는 영혼으로 충만되어 있지만 정신성이 결여되어 있기도 하다.[5]

신동엽 시인은 회감 속에 유동하는 서정시에 머물기를 거부하였다. 그는 장시에 서사적인 것을 담고자 하였으며, 시론에서 영혼의 유동성이나 찰나적인 떨림을 포착하는 서정시를 넘어서 정신성을 강조하였다. 이러한 정신성을 강조하는 시론에서는 시와 시인의 비분리성이 나타난다.[6] 시와 시인을 분리하지 않는 시론에서 문제는, 시가 정결하거나 뜨겁기 이전에 시인이 정결하고 뜨거워야 하는 것이며, 따라서 시인은 인격자가 되어야 한다는 것이다. 신동엽이 시를 문제 삼기 이전에, 시인을 문제삼고 있는 것은 이러한 정신성을 강조한 구도 때문이다.

> 시란 바로 생명의 발현인 것이다. 시란 우리 인식의 전부이며 세계

은 눈과 모이와의 두 치 간격을 직경으로 하여 한바퀴 돌려 그린 원으로 눈앞의 모이만을 쪼아 다니는 닭의 정신을 두고 한 말이다. 이처럼 현대인들은 지성인이라고 불리지만 그 정신적 둥근 원은 고층건물 사이, 숙소와 직장과 오락장 사이, 개념과 개념과의 거리 등을 직경으로 한 작은 원에 불과하다고 표현한다. 반면 과거의 불교저술가들의 정신적 넓이는 현상학자들의 그것보다 훨씬 먼 '대원'이라는 것이다. 「시인정신론」 참조.

4) 에밀 슈타이거, 『시학의 근본개념』, 이유영 · 오현일, 삼중당, 1978, 286쪽.

5) 위의 책, 96쪽.

6) 김윤식, 「근대시사 방법론 비판」, 『한국문학의 근대성과 이데올로기 비판』, 서울대학교 출판부, 1987, 59-60쪽.

> 인식의 통일적 표현이며 생명의 침투며 생명의 파괴며 생명의 조직인 것이다. 하여 그것은 항시 보다 광범위한 정신의 집단과 호혜적 통로를 가지고 있어야 했다.
>
> 그래서 하나의 시가 논의될 때 무엇보다도 먼저 그것을 이야기해 놓은 그 시인의 인간정신도와 시인혼이 문제되어져야 하는 것이다. 철학, 과학, 종교, 예술, 정치, 농사 등 현대에 와서 극분업화된 이러한 인간이 가질 수 있는 모든 인식을 전체적으로 한 몸에 구현한 하나의 생명이 있어, 그의 생명으로 털어 놓는 정신어린 이야기가 있다면 그것은 가히 우리시대 최고의 시가 될 수 있을 것이다.[7)]

신동엽이 말하는 시인정신의 정신은 영혼의 유동성보다는 이성에 가깝겠지만, 흔히 말하는 '도구적 이성(instrumentelle Vernunft)'[8)]과도 구별된다. 도구적 이성이란 목적을 이루기 위해 가장 효율적으로 판단하는 이성의 개념이다. 이성의 이러한 도구적인 계산가능성이나 유용성의 척도들과 달리 신동엽이 말하는 정신은 세계와 전체에 대해 종합적이고 통일적인 의식에 가깝다. 그것은 하이데거가 정신을 두고 말한 "근원적으로 통일하고 의무를 부여하는 정신적인 힘"[9)] 내지 "존재의 현성(現成)을 향한 근원적으로 기분지어진 인식하는 결의성"[10)]이라는 형이상학적인 관념에 가까워 보인다. 세계의 타락과 몰락을 조망하고 그것을 근원적으로 통일하고자 하는 인식과 문명사에 대한 의지와 결의를 내비친다는 점에서 그러하다. 신동엽이 말하는 '시인 정신'은 한편으로는 '혼'의 내면성과 열정을 지니고 있으면서 다른 한편으로 역사와 문명을 인식하고 소명으로 이끄는 역사에 대한 의지라고 할 것이다.

---

7) 신동엽, 「시인정신론」, ≪자유문학≫, 1961. 2. (이하 신동엽의 평문과 시작품들은 『신동엽전집』(이하 『전집』), 창작과비평사, 1980(증보판) 인용) 『전집』, 372쪽.

8) 올바른 이성이 단순히 목적과 수단의 관계를 규제하는 것을 넘어 목적을 이해하고 반성하는 도구라면, 도구적 이성은 목적과 수단이 전도되어 이성이 자기유지의 도구로 전락한 상황을 지칭하는 개념이다. M. 호르크하이머 · Th. W. 아도르노, 『계몽의 변증법』, 김유동 외역, 문예출판사, 1995, 60쪽 역주 참조.

9) J. 데리다, 『정신에 대하여-하이데거와 물음』, 박찬국 역, 동문선, 2005, 109쪽.

10) 위의 책, 111-112쪽. 하이데거의 정신에 대한 강연 중에서 재인용.

3. 원시주의적 유토피아의 지향

신동엽의 시론에 나타나는 역사인식은 일종의 원시주의적 유토피아의 구도 내에서 이뤄지고 있다. 신동엽의 시세계가 지닌 선구성과 진취성을 유토피아라고 부를 때[11] 이는 부정적인 의미의 낭만적이고 도피적인 유토피아와 구별되어 사용된다. 기존의 연구에서 신동엽의 유토피아 의식은 동학의 영향을 받아 생명사상을 지닌 유기체적 성격을 지닌 유토피아[12], 생태주의적인 사랑과 무정부주의적인 자유와 평화에 대한 갈망을 담은 유토피아[13], 낙원의식[14] 등으로 설명된 바 있다. 유토피아적인 구도 속에서 그의 시론의 핵심 테제는 '시원으로의 복귀'와 '전경인의 도래'라고 말할 수 있다. 여기에서 '시원'을 뜻하고 있는 포괄적인 비유가 '대지'이며 그 대지로의 복귀를 위한 씨앗이 '전경인'이자 바로 '시인'이다. 이 핵심 테제가 설명해야 할 크고 작은 세목들과 함축들이 너무 많다는 것이 그의 산문이 지닌 한계라고 할 수 있는데, 그의 시론은 산만하지만 직관적 정신에서 뿜어나오는 강한 힘과 개성을 지닌 비유들로 가득차 있다.

신동엽의 시론의 개성은 문명에 대한 거대한 순환을 그려내는 데에서 두드러지게 나타난다. 다음 글은 그의 문명관을 자신의 독특하고 신비주의적인 표현으로 체계화시키고 있다는 점에서 문제적일 것이다.

> 잔잔한 해변을 原數性世界라 부르자 하면, 파도가 일어 공중에 솟구치는 물방울의 세계는 次數性世界가 된다 하고, 다시 물결이 숨자 제자

---

11) 김경복, 「신동엽 시의 무정부주의」, 『한국 아나키즘시와 생태학적 유토피아』, 다운샘, 1999, 386쪽.

12) 박지영, 「유기체적 세계관과 유토피아 의식－신동엽론」, 『1960년대 문학연구』, 깊은샘, 1998.

13) 김경복, 앞의 글.

14) 송기한, 「생태학적 상상력과 낙원의식」, ≪현대시≫, 2005. 3.

> 리로 쏟아져 돌아오는 물방울의 운명은 歸數性世界이고.
>
> 땅에 누워있는 씨앗의 마음은 원수성 세계이다. 무성한 가지 끝마다 열린 잎의 세계는 차수성 세계이고 열매 여물어 땅에 쏟아져 돌아오는 씨앗의 마음은 귀수성 세계이다. (중략)
>
> 우리 현대인의 교양으로 회고할 수 있는 한, 有史 이후의 문명역사 전체가 다름아닌 인종계의 여름철 즉 차수성 세계 속의 연륜에 속한다고 나는 생각한다.[15)]

'원수성(原數性) 세계', '차수성(次數性) 세계', '귀수성(歸數性) 세계'라는 말로 그는 시원에서 만개한 후 다시 시원으로 돌아가는 문명 세계의 도정을 표현하고 있다. 여기에서 '수(數)'란 인간의 힘을 초월한 천운(天運)과 기수(氣數)를 말하는 것으로 운(運)이나 운수(運數)와 상통하는 동양 역학적인 발상에서 나온 용어라 할 수 있다. 성경도 한 편의 시라고 생각한 신동엽은 비유와 직관으로 자신이 구상한 문명 체계를 그려내고 있으며, 인류가 귀의해야 할 방향을 가리킨다. 씨앗에서 생명이 발화하여 다시 씨앗으로 돌아가는 커다란 '宇宙環'으로 파악하고 있는 것이 그의 기본적인 우주관이자 문명관이다. 인간의 문명은 문명수(文明樹)라는 커다란 나무에서 가지들이 뻗어가듯 분업과 건축을 거듭하고 번성하지만 '불안, 부조리, 광기성'에 짓눌리며 개개인들은 분업문화 속에 맹목기능자로 전락하고 있다는 것이다. 그리고 거대한 공장기구와 시장과 왕궁의 권력자가 수천 수만의 목숨을 흡수하여 문명탑 위에 군림하고 있고, 현대인은 그 문명수 나뭇가지의 위에 올라가려 애쓰지만 서구적인 노력으로는 바벨탑의 공허밖에 돌아올 것이 없다. 이러한 공허와 쇄말의 상태에서 열매가 땅으로 돌아가듯이, 대지를 이탈하고 고향을 버린 현대인은 이제 '귀수성세계의 대지'로 돌아가야 한다는 것이다.

위에서 인류의 역사적 발전은 선험적 연역의 형태로 개진된다. 신동

15) 신동엽, 「시인정신론」, 『전집』, 365쪽.

엽은 한편으로 역사적 발전의 연역적 논리에 따라 인류와 인류 역사에 대한 단일한 전망을 제시하겠다는 욕망을 내보이며, 다른 한편으로 인류 역사가 나아가야할 길을 선창해야겠다는 사명감을 피력한다. 현재의 모순과 한계를 극복한 대안적 장소를 과거의 어떤 이상적인 삶의 전형에서 찾고자 하는 모습은 일종의 유토피아라고 할 수 있다. 유토피아는 그 어원에서 'u-topia', 즉 '비(非) 장소'이다. 여기에서 토마스 모어가 만든 조어법은 애매한 두 가지 의미를 함축하게 된다. 그것은 'eu-topia'라는 첫 두음이 생략된 철자로서 '좋은-장소'도 함께 지니기 때문이다. 지금 여기보다 더 나은 좋은 공간을 뜻하면서 동시에 그러한 장소는 어디에도 있지 않음을 동시에 함축한다. 그것은 지금, 여기가 아닌 곳이며, 그러한 점에서 현실에 대해 초월적이다. 이 초월성은 두 가지 의미를 지니는데, 하나는 '현실에 존재하지 않음'이고 다른 하나는 '지금 여기를 벗어남'이다. 전자의 의미, 즉 토마스 모어(Thomas More)가 고안해 낸 단어에서는 "아무 데도 존재하지 않는 곳"을 의미하며, 그것은 이승에는 결코 존재할 수 없는 천상의 꿈이라고 부정적으로 해석되곤 한다. 이러한 유토피아는 환상을 길러내고, 필연적으로 환멸을 낳으며, 잘못을 정당화하는 데 악용되는 부정적인 측면을 지니고 있기도 하다. 그러나 긍정적인 의미에서 실질적인 합리성에 대해 판단할 수 있다면 유토피아는 역사에 대한 대안들을 상상하는 힘을 지닐 수 있다. 예술에 있어서 어떠한 긍정적인 유토피아적 형상을 허락하지 않았던 아도르노의 미학과 달리[16], 예술이란 유토피아를 미리 보여줄 수 있는 '선현(先現, Vor-schein)'의 장소로 본 블로흐는 현실에 대해 부정하고 미래를 예기하는 긍정적 의미로서 유토피아의 원리를 고찰한 바 있다. 그는 결핍(Mangel)에서 출발

16) 아도르노는 유토피아를 가상이나 위안에 빠지지 않게 하려면 예술이 유토피아로 되지 말아야 한다고 말한다. 예술은 절대적인 부정성을 통해 유토피아를 말할 수 있을 뿐이라고 본다. T. W. 아도르노, 『미학이론』, 홍승용 역, 문학과지성사, 1984, 61쪽.

하는 자기보존과 자기확장의 충동을 통해 현존하는 나쁜 것들에 대한 부정(Nein)과 앞으로 다가올 좀더 나은 것에 대한 긍정(Ja)의 태도로 이어져 실천적이고 혁명적인 관심과 희망의 정서로 상승한다고 본다.17) 대부분의 유토피아 사회상은 두 가지 지향을 갖는데, 하나는 노동으로부터 자유로워진 인간의 삶이고, 다른 하나는 품위로 가득 찬 '인간화(Menschwerdung)'된 세상을 지향한다. 이러한 유토피아는 이상사회를 표상하므로 일종의 당위의 세계이고, 현실에 대한 비판과 개혁을 위한 제안을 하는 규범의 세계이기도 하다.18)

신동엽의 시론에서 비유적으로 설정된 원수성 세계는 근대적 세계의 병폐를 비판하는 척도이자 이상사회를 표상하는 표준이 되고 있다. 근대 사회에 존재하지 않지만 또한 근대 사회를 벗어난 긍정적인 상태를 상상하는 것이다. 근대사회에서 개인들은 도시 생활과 대중매체 등 복수화된 생활 세계 속에서 미확정적이고 세분화되어 혼란된 정체성을 지니고 있지만, 이에 비해 전근대 사회의 개인들은 보다 확고하고 일관된 세계를 살았다.19) 신동엽이 차수성이라고 부른 세계는 근대사회의 분업화·파편화·복수화된 사회이고, 원수성의 세계는 이러한 근대화 이전의 세계, 그리고 귀수성 세계의 설정은 근대 사회를 극복한 보다 확고하고 안정된 사회에 대한 희원을 보여주는 것이다.

---

17) 에른스트 블로흐, 『희망의 원리 1』, 박설호 역, 열린책들, 2004, p.255. 여기에서 희망은 아직 성취되지 못한 자기동일성을 향해 있는 본질적인 충동을 가장 구체적으로 현현하는 '기대정서(Erwartung-Affekt)'이고, '아직-의식되지-않은 것(das Noch-Nicht-Bebußt)'이다.

18) 임철규, 『왜 유토피아인가』, 민음사, 1994, 13쪽.

19) Peter L. Berger, Brigitte Berger, Hansfried Kellner, The Homeless Mind : Modernizaion and Consciousness, New York : Random House, 1973. 77쪽. 사회는 생활의 의미 중심이 될 수 있는 '고향 세계(home world)'의 자기 완결성과 신빙성을 약화시킨다. 따라서 근대인은 안주할 곳을 잃은 '고향상실 상태'(homelessness)를 겪게 되고 그로 인한 정체성의 혼란과 상실감을 체험하게 된다. 말하자면 형이상학적으로 안주할 수 있는 땅을 상실한 것이다. 신동엽의 '대지'는 그러한 정신적 고향과 상통한다고 할 것이다.

> 우리 인류문명의 오늘이 있은 것은 오직 분업문화의 성과이다. 그러나 그뿐 그것은 다만 이 다음에 있을 방대한 종합과 발췌를 위해서만 유용할 뿐이다. 분업문화를 이룩한 기구 가운데 <人>은 없었던 것이다. 분업문화에 참여한 선단적 기술자들은 이 다음에 올 <綜合人>을 위해서 눈물겹게 희생되어져 가는 수족적 실험체들에 지나지 않을 것이다. <全耕人>의 개념은 오늘 문명인들의 혐오와 멸시의 대상이 되고 있다. 片人들의 맹목기능자적 집단발효에 의하여서만 자재로이 개미집은 이루어지고 개미집은 부서져 가고 있기 때문이다. 그것은 흡사 거품무리와 같은 것이다. 하여 그들이 집단작업으로 받들어 이룩한 축조물이란 다름아닌 次數世界的이요, 强集的인 현상 건축인바 그 하나가 언어문화요 또 하나가 조형문화이다.[20]

위의 인용문은 신동엽이 현대문명에 대해 진단하고 있는 대목이다. 그는 무엇보다도 분업문화의 폐단을 비판하고, 이 분업화로 인해 각각의 인간이 단편화 파편화되어 있다고 본다. 이러한 문명인에게 전근대적인 '전경인', 즉 대지를 일구고 전일적으로 자신의 노동과 사상이 합일되어 있는 자는 부정되었다는 것이다. 그는 현대 사회의 분업문화는 미래에 올 '종합인'에 의해 극복되어야 할 대상이라고 본다. '조형적 내지 언어적 건축'으로 일컬어지는 국가, 정의, 진리, 학문 등의 정신문화와 '대지'로 비유되는 '생의 물질적 근거'가 괴리되어 있다는 진단에서 인류 문명의 문제점을 찾는다. 인류의 문명은 그 괴리의 격차가 벌어질수록 무의미와 광기성에 매몰된다는 것이 그의 진단이고 그것을 치유하는 길은 '원수성의 세계'로 돌아가는 '귀수성의 세계'를 추구하는 것이라는 당위적인 진술이 나타나는 것이다.

그리고 그는 그러한 귀수성세계의 대지로 돌아가야 할 씨앗이 '전경인(全耕人)'이라고 말한다. 그가 생각하는 전경인은 일종의 종합인(綜合人)'이다. 여기에서 유추되는 '종합인'으로서의 성격은 니체의 '초인(超人)'을

20) 신동엽, 「시인정신론」, 『전집』, 367쪽.

연상시킨다. 니체 역시 서구 근대문명의 파국을 뛰어넘는 또다른 인류의 출현을 두고 '초인' 개념을 썼듯, 신동엽의 전경인은 개개의 분업화되고 파편화된 근대인의 상태를 극복하고 완전한 조화를 이루는 인물로서 생명의 활기에 가득 찬 인간이라 할 수 있다.

> 우리들은 백만인을 주워 모아야 한 사람의 全耕人的으로 세계를 표현하며 全耕的인 실천생활을 대지와 태양 아래서 버젓이 영위하는 全耕人, 밭갈고 길쌈하고 아들 딸 낳고, 육체의 중량에 합당한 量의 발언, 세계의 철인적 · 시인적 · 종합적 인식, 온건한 대지에의 향수적 귀의, 이러한 실천생활의 통일을 조화적으로 이루었던 완전한 의미에서의 全耕人이 있었다면 그는 바로 歸數性世界 속의 인간, 아울러 原數性 世界 속의 체험과 겹쳐지는 인간이었으리라.[21]

육체노동과 정신노동의 통일, 감성과 지성의 통일, 생활과 의식의 통일, 세계에 대한 종합적인 인식, 대지에 대한 귀의 등등 전경인은 원수성의 체험을 기억하고 귀수성의 가능성을 실천하는 인물이다. 그러한 전경인적인 영혼과 육체를 체득한 자가 시인과 철인(哲人)이라는 것이다.

신동엽의 문명관은 인간 역사 과정과 인간적 제도와 성취물들에 대한 숙고를 통해 일종의 연대기적인 원시주의에 이른다. '연대기적인 원시주의chronological primitivism'는 인류 역사의 초기 단계가 가장 최상이며, 국가적 종교적 예술적 단계들에 있어서 원초적 기원을 이후의 시기보다 낫고, 유년 시절이 성년 시절보다 낫다고 여긴다. 한마디로 역사의 연속에서 최상의 단계를 발견하기 위해서는 그 기원으로 돌아가야만 한다고 주장한다.[22] 그러나 신동엽은 인류 역사 과정을 지속적인 타락으로 여기기보다는 다시 본래의 훼손되기 이전의 '황금시대' 혹은 '에덴동산'

---

21) 위의 책, 369-370쪽.

22) Philip p.Wiener(ed.), *Dictionary of the History of Ideas : Studies of Selected Pivotal Ideas* vol. Ⅲ, New York : Charles Scribner's 1978, 577쪽.

같은 시기를 상정하고 있고, 그러한 시대로 복귀하여야 한다고 본다는 점에서 서양의 일반적인 '원시주의'와 다른 성격을 지닌다.[23] 신동엽의 시를 두고 '미래적 원시주의'[24]라고 한 평자의 용어는 이러한 맥락에서 나온 것으로 보인다. 이러한 '원시주의'는 일방적인 과거에 대한 호사가적인 취향이나 퇴행적인 향수가 아니라 현재에 대한 상상적 대안으로서 훼손되지 않은 과거의 재도래를 강조하고 있다는 점에서 '시원으로의 복귀' 내지 '시원의 회복'이라고 보는 것이 보다 적절할 것이다. 신동엽의 상징적인 시어 가운데, 이러한 시원과 상통하는 것이 '대지'이고 이 대지성을 회복한 순수한 인간성의 구현체가 '알몸'이다. 그는 이러한 순수한 시원을 가리고 방해하는 것을 비유하여 '껍데기'라고 부르고 있다.

그러나 이러한 미래 역사의 전개에 대한 필연성은 논리적으로 입증될 수 있는 것도 아니며 그의 글 자체도 논리성을 띠고 있지도 않다. 무엇보다도 그가 이 글을 썼던 1960년대의 산업화와 비교해 볼 때 현대문화의 발전은 놀랄 만한 도약을 이루었으며, 고도 자본주의의 성장은 단순한 분업의 가속화에 머물지 않고 새로운 기술발전과 그에 따른 패러다임의 전환을 이끌어 내고 있다. 신동엽의 문명관에 대해 역사나 문명의

23) 원시적 세계관의 중요한 특징으로는 정령론(animism), 자연에 대한 외경심(natural piety), 그리고 그것들이 표현되는 제식(rituals)이라고 할 수 있다. 서구 작가 중 로렌스, 멜빌, 엘리어트, 콘라드, 예이츠, 워즈워드 등을 들 수 있는데, 이들의 작품에서 신화적 감성의 재창조와 원시적 모티프의 의식적 사용은 각기 다른 도덕적, 상상적 세계를 나타내준다. Michael Bell, 『원시주의(Primitivism)』, 김성곤 역, 서울대 출판부, 1985, 14쪽. 그러나 대부분의 경우 원시의 공포와 광휘는 현재의 위엄을 돋보이게 하거나, 워즈워드의 경우 연대기적으로 머나먼 또는 문명이전의 세계로 돌아갈 필요가 없다는 문명인의 충일한 감정을 구현하고 있다는 점은 신동엽이 보여주는 과거에 대한 시선과 차이를 지닌다. 김경복은 신동엽의 원시주의를 아나키즘적인 초기 사회에 대한 희망과 연관지워 해명한 바 있다. 앞의 글, 396-398쪽.

24) 김응교, 「신동엽 시의 장르적 특성」, 『사회적 상상력과 한국시』, 소명출판, 2002, p.21. 이 글에서는 신라를 탐구하는 서정주의 '시대적 원시주의'와 대비를 시켜 설명한다. 미당의 그것이 추상적인 과거에로의 '회상'이라면, 신동엽의 그것은 미래 설정을 위해 과거를 '채용'하는 것이라고 말한다.

종말과 비교해 진위를 판단한다는 것은 무모하며 무의미하기는 하지만, 분업화는 현대 사회에서 물질문화와 정신문화에서 동시에 진행되는 현상이며 정치 경제적 사회구조 내지 물질문화에 의해 추동되고 변화되는 측면을 간과할 수는 없는 일이다. 신동엽의 문명비판이 일종의 상부구조에 해당하는 정신문화적 측면를 개조하고 변경함으로써, 즉 '대지'라는 정신적 고향으로 회복함으로써 서구적 근대문명의 병폐를 치유할 수 있다는 것은 일종의 단순화된 도식에서 나오는 낙관론에 가깝기도 하다.

그러한 한계에도 불구하고 그의 시론에서 과거－현재－미래의 시간적 계기가 다시 순환되는, '과거로의 복귀 또는 과거의 재도래'라는 시간 구조를 바탕으로 하고 있다는 점은 주목해 볼 필요가 있다. 이러한 시간 구조로 말미암아 그는 서구적인 문명관, 즉 직선적인 진보주의 내지 개발주의에 대해 거리를 두고 효과적으로 비판할 수 있었다. 서구적인 문명에서는 개발과 진보의 논리를 내세워 자연에 대한 지배뿐만 아니라 인간 자신의 지배를 통틀어 타자에 대한 지배를 합리화한다. 그러한 서구적 문명을 비판하고 일종의 '인간의 자연화'를 꿈꾼 신동엽은 서구 문명에 대한 반성과 비판이라는 점에서 탈식민주의와 생태주의를 예견하였다고 할 것이다.

4. 선지자적 시인관의 초월성

신동엽은 현대 사회의 가장 큰 병폐로 자신이 지적했던 전문화·분업화의 한계를 극복하지 못한 시인에 대해 "盲目技能者", '기능자'로서의 시인이란 의미에서 "시업가(詩業家)"라고 비판한다. 그러한 시인들은 '세계의 통일적 인식'으로서의 시가 아닌 언어의 유희만 흉내내고 있으며,

여기에는 인간의 "原初的인 詩精神"이 소실되었다는 것이다.[25] 그가 생각하는 원초적인 시정신은 시원처럼 그의 의식에 놓여 있는 고대의 시인에게서 찾아진다. 즉, 시가 "정치·종교·예술의 종합적 顯現體로서 민중 앞에 빛났"던 "인류문화의 위대했던 黎明期"에 "詩人의 王國"을 상정하고 있는 것이다.[26] 그가 말하는 시인의 왕국은 시가 씨족이나 부락공동체의 정신적 주역을 맡고 있던 시대이다. 그러한 과거를 강력한 희원하는 그는 근대의 분업화의 '소원(小圓)'을 뛰어넘어 "세계의 본질을 통찰하는 눈, 그리하여 자아를 갈아엎는 부단한 수도자의 자세"를 갖는 <시인>을 대망한다. 그는 '공동체의 운명과 반도의 역사성, 동서의 문명에 대한 통찰을 통해 민중에게 구원의 그림자를 던져주어야 한다'는 소명과, 시인이 민중 속에 동참하여 "민중의 정열과 지성을 구제할 수 있는 민족의 예언자"가 되어야 한다고 피력한다.

> 하여 내일의 시인은 제왕을 실직케 할 것이며, 제주를 실업케 할 것이며 스스로 천기를 예보할 것이다.(중략) 그는 인간의 모든 원초적 가능성과 귀수적 가능성을 한 몸에 지닌 全耕人임으로 해서 고도에 외로이 흘러 떨어져 살아가는 한이 있더라도 문명기구 속의 부속품들처럼 곤경에 빠지진 않을 것이다.
>
> 하여 시인은 선지자여야 하며 우주지인이어야 하며 인류발언의 선창자가 되어야 할 것이다. [27]

그의 시인에 대한 기대는 예술의 분야를 넘어서 신념과 종교의 차원에 육박한다. 위의 인용문에서 "시인은 선지자여야 하며 우주지인이어야 하며 인류발언의 선창자가 되어야 할 것"이라는 대목은 그가 생각하는 시인이 가져야 하는 소명의식(Sendung)을 단적으로 표현하고 있다. 이

---

25) 신동엽, 「8월의 文壇」, ≪중앙일보≫, 1967. 8.

26) 신동엽, 「60년대의 시단 분포도」, ≪조선일보≫, 1961. 3. 30-31.

27) 신동엽, 「시인정신론」, 전집, 372-373쪽.

러한 시인은 언어세공사나 직업적인 시인과는 구별되는 '철인(哲人)'과 같은 존재로 여겨진다. 시인과 철인이란 단어에 직업적인 '家'가 붙지 않으며 '人'이 붙는 용어법을 두고 그는 이 둘이 공통적으로 '天職'을 받고 태어난 자들이라고 해석한다. 철인과 시인에 차이가 있다면, 철인은 인생과 세계의 본질을 맑은 예지로 통찰하고 비판하는 것이고, 시인은 여기에 한층 더 "다스운 감성으로 통찰하여 언어로 승화시키는 사람"이라는 점이라고 설명한다. 그가 생각하는 시인은 즉 전문적인 직업인으로서의 '시업가(詩業家)'나 정신의 각성과 고뇌 없이 '부드러운 가슴만으로 노래'하거나 '손끝재주를 부리'는 '歌人'[28]과는 다른 차원에 존재하며, '철인'의 경지로 초월하는 것이다.

신동엽이 그리고 있는 시인은 철인의 머리와 농부의 손을 지닌 존재라고 할 수 있다. 그는 시작(詩作)을 '쟁기질'에 비유하는데, 그것은 창조와 변혁을 상징한다. 곧 현재의 부정적인 현실을 갈아엎고 미래의 도래를 위한 새로운 씨앗을 뿌리고 정신이 만개할 대지를 일구는 것이 '쟁기질'이다. 1959년 ≪조선일보≫ 신춘문예에 당선된 다음의 시에서 그러한 비유는 일찍부터 나타난다.

> 간 밤에 밟히워 간 가난한 목숨들의 冥福을 위하여. 지금 어디선가 아우성치고 있을 못된 餓鬼들의 鎭魂을 위하여. 그리고는 내일날 太陽빛 찬란히 빛나 있을 死刑執行場내, 꽃바람 부는 郊外, 잔디밭 언덕으로 끌려나갈 아름다운 人類들의 눈물을 위하여.(중략) 먼 훗날, 당신이 서 있을 대지를 쪼개고 솟아 나올 始生代 岩層 깊숙이 우리의 大敍事詩를 새겨 넣기 위하여
>
> —<이야기하는 쟁기꾼의 大地> 제 2화

위의 시에서 뜻하는 쟁기질은 '대서사시'를 새겨넣는 작업이고, 지금

28) 신동엽, 「시인 · 가인 · 시업가」, 『전집』, 392쪽.

근대 문명의 껍데기에 가려진 '대지'를 쪼개고 나올 '시생대'의 원시성을 회복시키는 일이다. 이 '서사시'는 가난과 역사 속에서 구원받지 못한 불행과 상처들을 추억하는 것이다. 또 다른 한편으로는 화해와 용서를 위한 것이기도 하다. 자신의 시세계를 서사적 장시 <금강>으로 마무리할 것을 선언하는 듯한 이 시구는 자신의 시론을 또 다른 시적 비유로 드러내고 있는 대목이기도 하다. 그는 '먼 훗날' 미래의 대지에 새로운 '시생대'가 도래할 것이며, 그곳에 자신의 시가 마치 씨앗처럼 뿌려지고 새겨질 것이라고 말한다. 그의 어투는 다분히 선지자적 목소리를 내며 소명의식으로 충만해 있다. 여기에서 대지를 갈고 씨를 뿌리는 행위는 미래에 대한 기투(project)이며 시원의 도래를 위해 역사에 헌신하는 시인의 창작행위를 뜻한다.

정신이 역사를 근거짓는다는 것, 인간의 미래에 도래할 것을 위한 소명의식, 이것은 시인 휠덜린에 기대어 민족의 역사적 사명(geschichtlche-Sendung)을 강조하고 언어의 운명에 대해 문제 삼았던 하이데거의 사상과 상통하는 면이 있다.[29] 하이데거는 휠덜린에 대한 강의에서 '근원적으로 통일하는 통일성'인 정신의 '통일하는' 본질을 강조한 바 있다. 여기에서 유럽 문명의 위기에 처해 무력화된 정신이 시인의 혼을 통해서 역사를 근거짓는다. 신동엽이 말하고 있는 시인은 이러한 관점과 유사하게 역사에 대한 사명을 짊어진 존재이다. 종합과 통일의 정신적 능력을 지닌 시인이 그러한 힘을 지니고 있다고 보고 있기 때문이다. 그러나 하이데거의 사유와 신동엽의 사유는 전자가 자민족 우위의 배타적인 언어관에서 도출한 언어 자체에 대한 철학적 사유를 통한 것이며 육체와 정신을 나누는 형이상학적인 기체(基體)주의의 망령(revenant)과 기독교주의에 오염된 정신[30]을 말하는 것에 대비하여, 후자는 육체와 합일되는 정

29) M. 하이데거, 『시와 철학-휠더린과 릴케의 시세계』, 소광희 역, 박영사, 1975 참조.
30) J. 데리다, 앞의 책, 131쪽 참조.

신의 성격을 강조하였다는 점을 지적할 수 있다.

신동엽도 시가 "궁극에 가서 종교가 될 것"이라고 말한 바 있지만, 이때 종교는 원시사회에서 정치, 군사, 과학, 철학, 예술이 분화되기 이전에 종합되어 제사장에 의해 실현되었던 때의 종교성과 흡사하다. 즉 신동엽이 기대하는 '전경인'으로서의 시인은 '인간의 원초적, 귀수성적' 존재이자 정신이며, 이 점에서 시인은 대지에 깊숙이 결부되어 있는 정신이기도 하다. 대지의 성격은 인위적인 문명과 기술에 가려지지 않은 '物性'의 성질을 띠고 있는 것이고 순수한 '생명'을 지닌 것이라고 할 수 있다. 신동엽의 시론에 나타나는 정신과 사상은 훼손되지 않은 자연 그대로의 생명과 알몸으로 돌아가기 위해 강조되는 것이다. 그에게 있어서 궁극적으로 "시란 바로 生命의 發言인 것"[31]이며, 문명의 습속과 인습을 벗어 던지고 "새빨간 알몸으로 돌아와"[32] 있어야 하는 것이다.

태초적인 물성과 생명의 순수성을 고스란히 간직하고 있는 언어는 기교적이고 장식적인 '시를 위한 시'의 언어와 다르다. 그에게는 언어가 지닌 '이해불가능성'이나 '의미의 결정불가능성'과 같은 해체적인 사유가 끼어들 틈이 없다. 정신과 언어를 순수하게 결합시키려고 한 그의 시론은 한편으로는 원시적인 건강성을 회복하고자 하는 염원을 보여주었지만, 다른 한편으로 문명의 타락을 거부하는 태도가 문명 자체를 거부하는 길이 된다면 시인을 '예언자'나 '구도자'로 강요하는 또다른 초월주의를 낳을 수도 있다. 인간을 사물화하는 개념인 정신은 현존재의 각자의 나(自我), 바로 자신의 고유한 존재에는 무관심하다는 초월주의를 띄기 때문이다.[33] 신동엽의 시작품이 담아내고자 하는 역사의 현실성과 별개로 그의 시론 자체에서는 시인의 존재에 대한 초월적 지위가 강조되고 있는 것이다.

---

31) 신동엽, 「신저항시운동의 가능성」, ≪다리≫, 1971. 10.
32) 신동엽, 「시인 · 가인 · 시업가」, 『전집』, 363쪽.
33) J. 데리다, 앞의 책, 34쪽.

5. 결 론

신동엽은 한국 현대 시사를 통해 누구보다도 지속적이고 강렬하게 유토피아 의식을 드러냈으며, 그 유토피아는 현대 서구 문명의 한계에 대한 대안적 상상력의 결과였다. 그는 원수성－차수성－귀수성이라는 순환적인 문명관에 입각하여 서구적 문명의 파산과 그에 대한 극복을 상상했으며, 그것을 극복하는 길은 '전경인'과 같은 종합인의 도래라고 보았다. 전경인은 현대의 분업화되고 파편화된 정신이 아닌 대지에 입각하여 인류와 문화를 종합하는 인물이다. 이러한 문명관에서 신동엽은 시인은 '전경인'이자 '철인'이어야 한다고 주장하였다. 이것은 당대에 있어서 언어의 세공에 치중하는 시단을 강하게 비판하는 태도에서 나온 것이며, 더 나아가 탐욕과 전쟁, 개인주의와 소외로 치닫고 있는 서구적 근대 문명에 대한 대안이자 정신과 사상적 부자유의 질곡을 겪고 있는 한국 문학의 활로를 모색하고자 한 것이라 할 수 있다. 그의 이러한 시인관은 시인이 시대의 예언자가 되어야 하며 자유로운 정신의 소유자가 되어 현실에 대해 발언해야 할 것을 일종의 소명의식처럼 강조한다.

신동엽의 시론은 그 유토피아 의식에서 오는 강렬한 힘과 정신적인 강직성, 현실에 대한 투철한 태도 등을 보여준다는 점에서 서구적인 시론에 대비되는 독자성을 지니고 있다. 그러나 그의 시론은 물질문화와 정신문화의 이분법에 기초하여 기술과 정신력에 의해 진보하는 물질문화가 정신문화와 분리할 수 없는 성격의 것이라는 점을 간과하고 정신성의 측면에 강조를 두고 있는 한계를 보여준다. 결국 이것은 서구적 문명에 대해 동양적이고 인류적인 차원의 사유와 사상을 긍정한 것은 의미가 있으나 자칫 또 하나의 우월주의적인 전복에 불과한 사유가 아닌가 하는 우려를 갖게 한다. 신동엽의 시론이 원시주의적인 생명력에 대한 긍정성을 강조한 것이 복고주의적인 것이 아닌가 하는 혐의를 받는 까닭이 여기에 있을 것이다. 그러나 시인의 시론이 반드시 과학자나 학자의 체계적이고 논리정합적인 이론이 될 필요는 없을 것이다.

신동엽의 시론은 강한 소명의식과 선지자적 시인관을 표방한 저항적 유토피아주의를 담고 있다. 그것은 낭만주의적이고 공상적인 성격으로서의 유토피아주의가 아니라 문학적 예술적 창조성의 원천으로서, 모더니즘의 미학적 부정성(Negativity)과 달리 현실에 기반하여 1960년대의 한국적 상황에 대해 유토피아주의로 대결하고자 한 것이라 할 수 있다. 그러나 그것이 현실과의 비판적 긴장력을 잃게 된다면 전제적이고 복고적인 민족주의에 함몰되거나 정치적 선동주의로 오해될 소지도 지니고 있다. 그러나 분단이라는 민족 현실과 급변하는 근대화의 상황 속에서 정신성과 생명의 가치를 시의 근본으로 삼고자 한 그의 시론은 한국 현대시사에 중요한 균형추가 될 것이다.

▸▸▸ 참고문헌

신동엽, 「詩人精神論」, ≪자유문학≫, 1961. 2.

_____, 「六十年代의 詩壇 分布圖—新抵抗詩運動의 可能領을 展望하며」, ≪조선일보≫ 1961. 3. 30-31.

_____, 「詩와 思想性—技巧批評에의 忠言」, ≪동아일보≫, 1963. 12. 11.

_____, 「7月의 文壇—工藝品같은 現代詩」, ≪중앙일보≫, 1967. 7. 19.

_____, 「8月의 文壇—낯선 外來語의 作戱」, ≪중앙일보≫, 1967. 8.

_____, 「9月의 文壇—확트인 이야기로 빛을 본 母國語들」, ≪중앙일보≫, 1967. 9.

_____, 「地脈속의 噴水」,≪한국일보≫, 1968. 6.

_____, 「詩人. 歌人. 詩業家」,≪대학신문≫, 1969. 3. 24.

_____, 「鮮于煇씨의 홍두깨」, ≪월간문학≫, 1969. 4.

_____, 「新抵抗詩運動의 可能性」, ≪다리≫, 1971. 10.

脫이데올로기적인 저항의 논리

1. 脫이데올로기적인 시론과 시

신경림의 문학적인 관심은 일상에 집중되어 있다. 그의 작품에는 그가 만났던 이웃사람들과 자신의 친척들, 그리고 낯선 사람들의 일상적인 얘기들이 세세히 기록되어 있다. 반세기에 걸쳐 이룩한 그의 문학세계를 가득 메우는 것들은, 이러한 개인들과 시인 사이의 만남과 대화를 통해서 알게 된 日常事이다. 이러한 그의 문학적 특성을 다시 논의에 붙이는 까닭은 일상 재현 과정에 나타난 탈이데올로기적인 면모를 새롭게 검토하기 위해서이다. 다시 말해서 신경림의 시론과 시에는 이데올로기의 압력으로부터 벗어나서 수많은 개인들의 일상사를 재현한 중차대한 의미가 있음을 밝히고자 한다.

1970년대에 민족문학론의 화려하고 풍성한 開花는 필연적인 면이 있다. 현실권력이 보여준 탄압의 강도가 클수록 그에 상응하는 저항의 강도도 커지기 때문이다. 그런데 문제는 현실권력의 '부정성' 못지않게 민

* 강정구 / 경희대학교 강사

족문학론의 전개에서도 '부정성'이 발생한다는 사실이다. 이 부정성은 '민중' 이데올로기로 설명될 수 있다. 민족문학론은 일상 속의 개인들을 역사 변혁의 투쟁적 주체로서의 '민중'으로 규정하려는 경향이 강하다. 지젝(S. Zizek)의 논리를 참고하면, 일단 일상적인 존재가 '민중'으로 규정되면 원래부터 '민중'인 것처럼 상징화되고, 다양한 투쟁의 면모들이 상상되고 논의된다.[1] '민중'을 "피지배・피압박자로서의 역사의 주체"[2]나, "역사적으로 자기 회복에 의해 다시 역사의 주인으로 되어 가고 있는 사회적 존재"[3]로 논의한 것이 그 대표적인 경우이다.

이러한 민족문학론에 따르면, 신경림 문학세계의 '민중'은 종종 비판이나 오해의 대상이 되기도 한다. 가령 구중서는 그의 문학에 "분단상황에 대한 체질적인 저항감이 없다"고 하고, 백낙청은 "통일에 대한 뜨거운 정열"인 "자연발생적인 열정이 좀 약"[4]하다고 비판했다. 신경림이 1970년대의 촌민・도시빈민들을 통일지향적인 '민중'으로 체험하기란 곤란했는데, 민족문학론 논자들은 그의 시론과 시가 그러한 '민중'을 형상화하기를 요구했던 것이다. 한편 윤영천이 시 「편지」에 나온 장바닥의 생선장수 아주머니를 "역사변혁의 주체로서의 민중"[5]으로 설명하는 것은 일종의 오해이다. 장바닥의 평범한 아주머니도 '민중'으로 왜곡된 것이다.

그러나 신경림의 문학적인 미덕과 가치는 그가 현실권력에 저항하면서도 민족문학론의 '부정성'에서 최대한 벗어나려는 탈이데올로기적인

---

1) S. Zizek, 이수련 역, 『이데올로기라는 숭고한 대상』, 인간사랑, 2002, 181-184쪽 참조.
2) 백낙청, 「민중이란 누구인가」, 『인간해방의 논리를 찾아서』, 시인사, 1979, 146-167쪽 참조.
3) 박현채, 「민중과 문학」, 김병걸・채광석 편, 『민족, 민중, 그리고 문학』, 지양사, 1985, 75쪽.
4) 고은 외, 「내가 생각하는 민족문학(좌담)」, ≪창작과비평≫ 1978 가을호, 30쪽, 32쪽.
5) 윤영천, 「예술가의 사회적 책무」, 『서정적 진실과 시의 힘』, 창작과비평사, 2002, 179쪽.

저항의 논리를 지니고 있다는 점에 있다. 그는 민족문학론의 자장권 안에 있으면서도 '민중' 이데올로기의 관점이 아니라, 그러한 이데올로기를 배제하려는 태도를 가지고 일상을 바라본 자이다. 이 글은 그의 시론적・시적 특성이 탈이데로기적인 논리를 지니고 있음을 규명하고자 하는 문제의식을 갖는다.

신경림은 근대화를 주도하는 '국민'이나 변혁적 주체인 '민중'으로 상징화된 자들이 아니라 그러한 상징화로는 설명될 수 없는 불가사의한 개인들을 주목한다. 그의 문학에 나온 주요 인물들은 단선적인 이데올로기의 경향을 보여주지 않는다. "쉴 새 없는 싸움질과 아귀 다툼이" 있는 "서울이 좋"(「골목」)다는 '이발 최씨'처럼 근대화를 주도하지는 않지만 근대화의 발전논리를 수긍하는 자도 있고, "비료값도 안나오는 농사 따위야/아예 여편네에게나 맡겨"(「농무」) 두는 자처럼 현실에 저항하지 않지만 원한과 분을 견디지 못하는 자도 있다.

이처럼 이데올로기적인 관점으로는 '규정할 수 없는' 자의 일상을 재현하는 것에서 신경림 문학의 독특한 느낌이 생산된다. 이러한 그의 재현 태도는 탈식민주의적이고 탈구조주의적인 방법을 연상케 한다. 그의 문학은 이데올로기의 '시선'(the eye)에 사로잡힌 채로 상징계(the symbolic)에 기입된 개인들의 '응시'(the gaze)를 재현하기 때문이다[6]. 신경림 문학의 주인은 '국민'도 '민중'도 아닌 존재들, 또는 근대화에 동조하거나 현실권력에 비판・대항하는 모습이 서로 뒤섞인 채로 살아가는 '혼성성'(hybridity)의 존재들이다.

개인들의 일상을 재현하는 것은 현실권력 대 민족문학론으로, 또는 자본주의 대 사회주의 이데올로기로 양분화된 대립구조를 '탈'하고자 하는 한 방법으로 정립될 수 있다. 왜냐하면 여태까지 '민중'으로 해석되었던 일상적인 개인의 새로운 면모를 밝힘으로써 기존 '민중' 담론의

6) H. Bhabha, 나병철 역, 『문화의 위치』, 소명출판, 2002, 225-226쪽 참조.

틀을 부수고자 하기 때문이다. 신경림의 시론과 시는 '민중' 이데올로기에서 벗어나려는 경향을 일관되게 보여준다. 이제 그의 시론과 시를 탈이데올로기적인 관점에서 순서대로 살펴보기로 한다.

2. 민족문학론을 넘어서는 '민중'시론

신경림의 '민중' 시론은 민족문학론이면서도 동시에 그것을 넘어선다는 점에서 역설적이다. 1970-80년대의 논의는 "민중의 문학, 민중을 위한 문학"[7]이라는 심정적인 민중주의를 출발점으로 하여서, 역사 변혁의 투쟁적 주체로서 '민중'을 규정하는 민족문학론을 도착점으로 삼고 있는 것처럼 보인다. 그런데 그의 논의에서 '민중'이란 투쟁적 주체로 이론화되면서도 자기 체험에 바탕을 둔 일상인으로 제시된다는 점에서 이론과 체험을 혼성시킨 존재이다. 따라서 그의 '민중' 시론은 민족문학론 내부의 '균열'과 '저항' 가능성을 보여준다.

이러한 사실은 그의 민족문학론이 출발되는 평론 「문학과 민중」(1973)에서부터 확인된다. 이 글에서 그가 지향하는 문학은 "민중의 생활감정에 뿌리박은 문학, 나아가서 민중의 감정과 사상을 결합시키고 승화시키는 문학"[8], 즉 민중문학 혹은 민족문학이다. 그는 이러한 지향성을 전제로 하여 우리 근대문학에서 '민중'을 다룬 일군의 작가들을 대상으로 민족문학론을 구성하고 있다. 특히 4·19 혁명 이후의 문학이 '민중에 대한 자각'을 보인다는 점에서 관심을 가진다. 김수영, 신동엽, 조태일, 김지하, 방영웅, 이문구, 황석영 등이 그러한 자각을 보여주는 작가들인

7) 신경림, 「문학과 민중」, ≪창작과비평≫ 1973, ≪문학과 민중≫, 민음사, 1977, 47쪽에 재수록.

8) 신경림, 같은 글, 45쪽.

데, 그 중에서 방영웅을 비교적 높게 평가한다. 그 이유 중의 하나는

> (중략, 방영웅의 소설은—편집자 주) 마치 우리 형제의, 우리 친구들의, 우리 이웃들의 얘기 같아 더없이 절실하고 눈물겹다. 한 촌로가 있어서 그가 아무렇게나 지껄이는 말에도 울기도 하고 웃기도 하고 분노하기도 했던 경험을 필자는 가지고 있[9]

기 때문이다. 방영웅의 소설에 등장하는 인물들과 그 인물들의 형상화된 모습은 신경림에게 너무나 익숙한 것이었다. 아무 보잘것없는 '한 촌로'의 지껄임이란 그가 고향 생활에서 '경험'하던 일상사였기 때문이다.

이처럼 신경림은 평범한 일상 속의 개인들을 '민중'으로 생각하고 있었다. 그런데 신경림의 '민중'이란 당시의 백낙청이 주장했던 "시민 혁명의 완수"를 위한 "미지 · 미완의 인간상"[10]이나 김지하가 보여줬던 고통과 비애로부터의 부정과 저항의 존재[11]와는 다소 거리가 있다. 백낙청이나 김지하의 '민중' 논의가 '압박에서 해방으로'라는 드라마를 가진 '이론'이라고 한다면, 신경림의 '민중' 논의는 자신의 '경험'을 보여주는 심정적인 이야기이기 때문이다. 그의 논의는 당대의 '민중' 논의에 비해서 미세한 차이 또는 '균열'을 가지고 있었다.

이러한 '균열'은 민족문학론의 투쟁적인 경향이 강화되는 1970년대 후반에 오면 분명하게 드러난다. 특히 그의 평론과 시집 후기 사이에는 상당한 간극이 존재한다. 그의 「민중문학의 참길」(1978)에서

> ① 지배계층에 대한 피지배 계층 전체 ② 지식인에 상대되는 개념으로서의 대중 ③ 근대주의에 대한 반대개념인 농민 ④ 무엇보다도 민족

9) 신경림, 같은 글, 70쪽.
10) 백낙청, 「시민 문학론」, 『민족문학과 세계문학Ⅰ』, 창작과비평사, 1978, 14쪽.
11) 김지하, 「풍자냐 자살이냐」, 『민족의 노래 민중의 노래』, 동광출판사, 1984, 174-190쪽 참조.

> 사의 발전이라는 측면에서 우리의 절대명제와 염원, 혹은 현실 모순을 극복하는 자. 분단 이후에는 통일의 주체세력[12)]

으로 규정된 '민중'의 의미가, 그 자신의 시집 후기에서는 일상에서 만난 평범한 '사람들'로 바뀐다. 예를 들어

> ① 나는 내가 자라면서 들은 우리 고장 사람들의 얘기, 노래, 그 밖의 가락 등을 시 속에 재생시킴으로써 그들의 삶이며 사상, 감정 등을 드러내겠다는 생각을 했었다.[13)]
>
> ② 고생하면서 어렵게 사는 내 이웃들의 생각과 뜻을 내 시는 외면하지 않겠다고 다짐한 바도 있지만, 그 다짐에 그다지 충실했던 것 같지도 않다.[14)]
>
> ③ 나는 내 시가 이들의 삶을 위해서 조금이라도 도움이 되었으면 하고 생각을 한다. 적어도 내 시가 그들의 생각이나 정서를 담아내지 않으면 안된다는 생각을 한다.[15)]

고 말할 때의 그 '사람들'이다.

신경림은 그의 평론에서는 당대의 민족문학론을 선도하는 듯이 '민중'의 현실변혁을 주장하지만, 정작 자신의 시를 앞에 놓고는 '우리 고장 사람들', '내 이웃'의 '얘기, 노래, 그 밖의 가락', '사상, 감정'과 '생각이나 정서'를 담아내려고 노력한다. 그는 백낙청을 위시로 한 당대의 민족문학론에 흡수되고 동조하면서도 동시에 민족문학론에서 벗어나려는 역설을 보이고 있다.

그 역설이 발생하는 이유는 아마도 '이론'의 부정성과 밀접한 관계가 있는 듯하다. 민족문학론은 일상적인 개인들을 역사 변혁의 투쟁적 주

---

12) 신경림, 「민중문학의 참길」, 『삶의 진실과 시적 진실』, 전예원, 1982, 29-32쪽 요약.
13) 신경림, 「시집 뒤에」, 『새재』, 창작과비평사, 1979, 149쪽.
14) 신경림, 「후기」, 『달넘세』, 창작과비평사, 1985, 145쪽.
15) 신경림, 「책 뒤에」, 『가난한 사랑노래』, 실천문학사, 1988, 121쪽.

체로서의 '민중'으로 이데올로기화한다. 평범한 개인들의 모습을 변혁적 주체로 재구성한 측면이 다분히 있는 것이다. 현실권력의 압박이 커질수록 민족문학론에서는 '민중'의 투쟁적 일면이 강화되고, 또 그럴수록 '이론'과 실재(real) 사이의 괴리도 커지게 된 것이다.

신경림은 자신의 체험을 바탕으로 한 '민중'을 논의했기 때문에 민족문학론이 규정한 '민중'에 심정적으로 이질감을 느꼈을 것으로 추측된다. 비록 그 자신도 변혁적 주체로서의 '민중'을 주장했지만, 그의 논의 속에는 언제나 일상 속의 평범한 개인들이 '혼성'되어 있었다. 이것이 바로 민족문학론 내부의 '균열'을 의미하는 지점이자, 민족문학론의 '부정성'을 넘어선 신경림 시론의 독특한 지점이기도 하다. 그는 민족문학론의 내부에서 그 '이론'에 저항한 시론을 구성한 자이다.

3. 일상을 재현하는 시

신경림의 시는 좌우,이데올로기의 압력에서 벗어나려는 노력을 보여준다. 그 노력은 1990년을 전후로 크게 구분된다. 왜냐하면 이 시점은 현실 사회주의의 붕괴로 인하여 이데올로기의 부정성이 담론의 표면에 부각된 시기였기 때문이다. 그의 시는 그 이전에는 주로 개인과 시인 사이의 일상적인 만남과 대화의 방법을 통해서 민족문학론의 獨我論的인 혹은 자기대화적인 '민중' 이데올로기를, 그리고 그 이후에는 사유의 전복과 반성을 통해서 거대서사와 '나'에 대한 허위의식(이데올로기)을 벗어나고자 한다.

1) 대화와 만남의 기록

시집 『농무』에서 『길』까지의 시편들은 대화와 만남의 기록이 중심 된다. 시인은 직접 사람들을 만나 얘기하면서 그들의 過去事를 듣거나, 그들 옆에서 대화와 소문을 슬며시 엿듣는다. 그래서 그의 시에는 민족문학론의 독아론적인 '민중'이 아니라 일상 속의 개인들이 다양한 모습으로 형상화되어 있다. 그가 형상화한 개인들은 통시적으로는 독재, 해방과 식민지, 한일합방의 시기까지, 공시적으로는 농촌과 도시빈민가, 수몰지구와 북한강변를 중심으로 한 전국토의 구석구석에 펴져있다. 그의 시는 시공간적인 확산 과정을 통해서 이데올로기적인 이분법에서 벗어나 있는 개인들의 진실을 찾아낸다.

일상을 살아가는 개인들의 형상화를 가장 잘 볼 수 있는 것은, 그가 새로 재기해서 발표한 시 「겨울밤」(1965)이다.

> 우리는 협동조합 방앗간 뒷방에 모여
> 묵내기 화투를 치고
> 내일은 장날, 장꾼들은 왁자지껄
> 주막집 뜰에서 눈을 턴다.
> 들과 산은 온통 새하얗구나. 눈은
> 펑펑 쏟아지는데
> 쌀값 비료값 얘기가 나오고
> 선생이 된 면장 딸 얘기가 나오고,
> 서울로 식모살이 간 분이는
> 아기를 뱄다더라. 어떡할거나.
> 술에라도 취해 볼거나. 술집 색시
> 싸구려 분 냄새라도 맡아 볼거나.
> 우리의 슬픔을 아는 것은 우리뿐.
> 올해는 닭이라도 쳐 볼거나.

—「겨울밤」 부분

위의 시에서는 시적 화자와 그의 이웃들 사이의 대화 장면이 형상화되어 있다. 이 대화에는 시적 화자의 자기중심적인 화법이 끼어 들 틈이 없다. '우리'라는 대명사는 시적 화자의 목소리조차 분명히 구별되지 않음을 보여준다. '쌀값 비료값 얘기'나 '면장 딸'과 '분이'의 얘기는 누가 누구에게 설득할 것을 목적으로 하지 않는다. 다만 '우리' 각자는 이런 일을 알고 있고 그것을 말할 뿐이다. 가리타니 코오진(柄谷行人)에 따르면, 이런 대화는 내가 타당하다는 것은 다른 사람도 타당하다는 독아론적인 사고방식이 아니다. 독아론적인 사고방식은 이데올로기를 유포시키는 자기대화(모놀로그)에 어울리지만[16], 대화는 불특정한 발화자들이나 수용자들이 양자가 서로 다름을 인정한 상태에서 진행되기 때문이다.

따라서 이러한 대화를 형상화한 그의 시에는 이데올로기가 침투하기 어렵다. "닭이라도 쳐 볼거나"하는 '우리'의 욕망은 자본의 욕망에, 그리고 "우리의 슬픔을 아는 것은 우리뿐"이라고 하는 '우리'의 비애는 현실권력에 대한 전복의 욕망에 쉽게 대응되지 않는다. '우리'는 '국민'이나 '민중'을 '혼성'하고 있는 존재들이다.

신경림은 이러한 대화의 방법을 활용하여서 우리의 근대사를 바라보는 이데올로기적인 이분법의 관점을 제거한다. 가령 「남한강」(1981)에서 일상적인 사건들은 식민주의/민족주의의 이분법적인 시각으로는 쉽게 파악되지 않는다. 자기 '누이'를 임신시켰다는 이유로 '대장간집 작은아들'이 '왜놈'인 '나가야마'를 살해했는데 그의 행동은 민족주의적인 것이라고 보기 어렵다. 그의 살인은 '나가야마'를 '일본'으로 추상화시키는 한에서 민족주의적인 성격을 가지는 듯이 보이지만, "왜놈의 하녀살이에/우쭐대는 누이가 미"워 "왜놈 몽땅 쳐죽이겠다"는 그의 말로 미루어 볼 때에 충동적인 개인의 성격이 상당히 작용한 듯하다. 그리고 이러한 '왜놈'에 대한 충동적인 복수는 일본에 대한 심리적인 열등감에 기인

16) 柄谷行人, 『탐구1』, 송태욱 역, 새물결, 1998, 13-14쪽 참조.

한다는 혐의마저 느끼게 만든다.

시인은 분단의 문제에 대해서도 좌우 이데올로기를 넘어서고자 하는 노력을 보여준다. 시집 『달넘세』에 나온 휴전선 부근에서 죽은 원혼들 사이의 대화를 들어보자.

우리도 이렇게 함께 앉았으니 이것이 화해인가.
서로 쏘고 찌른 상처 매만지며 함께 앉았으니까.
아닐세, 우린 서로 미워한 일 없지.
아닐세, 우린 옛날로 돌아가면 되지.

—「새벽」 부분

위의 시에서 '휴전선을 떠도는 혼령'들은 좌우 이데올로기의 충돌로 인한 전쟁의 희생양들이다. "서로 쏘고 찌른 상처" 때문에 휴전선부근에서 죽은 원혼들이다. 그렇지만 그들은 한쪽이 다른 쪽을 원망하거나 적대시하지 않는다. 오히려 좌익 혹은 우익 이데올로기의 '칼날'을 세우지 않고 서로를 용서한다. 그 용서의 방법은 원래부터 "서로 미워한 일 없"으니 '옛날'로 돌아가는 것이다. 좌우 이데올로기의 대립으로 엉킨 감정을 다시 풀고 일상('옛날')으로 복귀하자는 것이다.

이데올로기를 넘어서고자 하는 시인의 태도는 통시적이 아니라 공시적으로 살펴봐도 동일하다. 그는 『가난한 사랑노래』에서 북한강변 사람들과, 『길』에서 국토 곳곳의 사람들과 만나서 대화할 때에도, 그리고 거의 모든 시집에서 도시빈민과 촌민, 수몰민과 실향민・탈향민과 얘기를 나눌 때에도 이데올로기적인 관점에서 벗어나서 일상 속의 개인적인 진실을 찾으려고 한다.

이제 남의 얘기가 돼버린 농사걱정에
짐짓 맥이 빠지다가도
고향까지 고속도로가 뚫린다는 새 소문에

새삼 신바람들이 나는 중복

내후년엔 봉고차 빌려 타고 가자꾸나
고향 학교 운동장에서 한바탕 치자꾸나
(중략)

—「중복」 부분

고향을 얘기하는 자는 자기 진정성을 토로하는 자이다. "다리를 저는 이발사"의 고향 얘기가 그러하다. 그는 타향에서 그럭저럭 살지만, '농사걱정'도 하고 "고향까지 고속도로가 뚫린다는 새 소문에/ 새삼 신바람"을 느끼는 자, 즉 회향하고 싶은 자이다. 물론 탈향자라면 누구나 회향하지 못하는 사연이 있지만 그럼에도 불구하고 그에게도 고향은 가장 소중하고 진실한 존재론적인 근원이자, '내후년' 쯤엔 "봉고차 빌려 타고" "고향 학교 운동장에서 한바탕 치"고 싶은 삶의 희망이 있는 안식처이다.

이처럼 시인의 시에는 개인과의 대화를 통해서 이데올로기적인 관점으로는 포착할 수 없는 미시적이고 다종다양한 삶의 진실을 드러낸다. "사람은 착은 게 제일이랑께/ 그저 착하게 사는 게 제일이랑께"(「줄포」)라는 농사꾼들의 대서쟁이 김장순 씨의 소박한 삶의 태도나, "세상은 그렇게 얕은 것도 아니라고/ 세상은 또 그렇게 깊은 것도 아니라고"(「김막내 할머니」)라는 술장사 '김막내 할머니'의 관조적인 세계 인식, 그리고 "우리가 배운 것은 두려움이니/조물주의 뜻을 따르리라는 두려움이니/ 꼴이나 베고 밭이나 매면서/ 한과 가난을 노래로 푸는 우리를/ 겁쟁이라 이르지 말라"(「정선아리랑」)고 하는 정선의 노래꾼 김병하의 겸손한 인생관 등이 그러한 예가 된다.

2) 전복과 반성의 사유

시집 『쓰러진 자의 꿈』에서 『뿔』까지의 시편들에서는 '민중' 이데올로기를 전복하고 시인의 삶을 반성하는 서술이 중심이 된다. 현실 사회주의의 붕괴 이후, 신경림이 관심을 갖는 것들은 주로 역사와 '민중'에서 가족, 性, 기만, 책임의식 등으로 바뀐다. 그는 역사가 진보하고 '민중'이 변혁의 주체라는 이데올로기가 해체된 일상을 주목한다. 그리고 이러한 거대서사의 붕괴와 해체는 시적 관심의 방향이 자기 자신에게로 향하는 계기가 된다. 그는 '나'에 대한 관념에도 허위의식(이데올로기)이 내재돼 있음을 자각하고 반성한다.

현실 사회주의 붕괴의 충격 중 하나는 '민중' 이데올로기도 그 '부정성' 때문에 붕괴될 수 있다는 사실이다. 아래의 시에서는 '민중'과 '역사' 발전에 대한 시인의 심경 변화가 솔직히 드러나 있다.

꼴뚜기젓 장수도 타고 땅 장수도 탔다
곰배팔이도 대머리도 탔다
작업복도 미니스커트도 청바지도 타고
운동화도 고무신도 하이힐도 탔다
서로 먹고 사는 얘기도 하고
아들 며느리에 딸 자랑 사위 자랑도 한다
지루하면 빙 둘러앉아 고스톱을 치기도 한다
세상 돌아가는 이야기 끝에
눈에 핏발을 세우고 다투기도 하지만
그러다가 차창 밖에 천둥 번개가 치면
이마를 맞대고 함께 걱정을 한다
한 사람이 내리고 또 한 사람이 내리고……
잘 가라 인사하면서도 남은 사람들 가운데
그들 가는 곳 어덴가를 아는 사람은 없다
그냥 그렇게 차에 실려 간다

다들 같은 쪽으로 기차를 타고 간다

—「기차」 전문

흔히 승객은 '민중'으로, 기차는 歷史로 비유되는 것이 민중시의 문법이라면, 위의 시는 이 문법에서 크게 어긋나 있다. 위의 시에서 서술된 '그들'과 '기차'는 데리다(J. Derrida)의 차연(differance) 개념을 빌려 설명하면, "아무것도 의미하지 않으며 더 이상 진보사관적인 '의미'의 최종 단계로 나아가지 않"[17]기 때문이다. '그들'은 '꼴뚜기젓 장수', '땅 장수', '곰배팔이', '대머리', '작업복', '미니스커트', '청바지', '운동화', '고무신', '하이힐'로 각각 구별되고, '그들'의 도착지점도 "한 사람이 내리고 또 한 사람이 내리"는 것으로 보아 서로 다르다. 또한 '기차'도 "다들 같은 쪽으로" 향하기는 하지만 발전과 진보의 史觀을 만들지 못하고 있다. 오히려 "그들 가는 곳 어덴가를 아는 사람은 없"다는 구절에서는 진보사관의 종말이 암시되기도 한다. '그들'과 '기차'는 이와 같은 다양성과 이종성을 통해서 '민중' 이데올로기를 전복한다.

이러한 차연의 '기차'가 가장 중요시하는 것은 반성이다. 흥미로운 것은 '기차'의 알레고리가 『뿔』에까지 이어지면서 생산적인 반성을 보여준다는 사실이다. 이데올로기를 전복했던 반성은 "이렇게 서둘러 달려갈 일이 무언가", "이르지 못한들 어떠랴"(「특급열차를 타고 가다가」)라는 구절에서 자기 욕망의 절제로 나타나고, "오지 않는 열차를 기다리기에도 지쳐" "스스로들 열차가 되어 서로가 서로를 태"(「아름다운 열차」)운다는 구절에서는 單數的·單線的이 아니라 複數的·複線的인 역사를 만들고 싶어하는 소망으로 전개된다.

거대서사에 대한 반성은 반성하는 주체인 자기 자신에 대한 관심을 동반하기 마련이다. 시집 『어머니와 할머니의 실루엣』과 『뿔』에서는 할

---

17) J. Derrida, 「입장들」, 『입장들』, 박성창 편역, 솔출판사, 1992, 74쪽.

아버지와 할머니, 아버지와 어머니를 대상으로 한 가족서사가 많이 나타나 있다.

일생을 아들의 반면교사로 산 아버지를
가엾다고 생각한 일도 없다, 그래서
나는 늘 당당하고 떳떳했는데 문득
거울을 보다가 놀란다, 나는 간 곳이 없고
나약하고 소심해진 아버지만 있어서

—「아버지의 그늘」 부분

'기차'가 역사에서 이데올로기를 제거하는 매개물이라면, 위의 시에서 '거울'은 시적 화자인 '나'의 일생에서 '나'에 대한 허위의식(이데올로기)을 제거하는 매개물이다. '아버지'와의 우연한 만남, 그것은 '기차'가 우연히 발견된 것이 아니듯이 필연적이다. '거울'을 보는 순간, '나'의 상징적 이미지는 "나약하고 소심해진 아버지"가 된다. '나'가 '아버지'로부터 진보 또는 발전한 존재라는 생각은 일종의 허위의식으로 전복되고, '나'의 일생은 '아버지' 일생의 반복일 뿐이다. '나'는 진보의 역사가 아니라 반복의 역사라는 작은 '기차'를 타고 있었던 셈이다.

이처럼 '나'에 대한 허위의식을 제거하는 매개물인 '거울'은, 자기 기만을 드러내는 '고장난 사진기'("내 사진기는/내가 바라는 것만을 찍어주는 고장난 사진기"(「고장난 사진기」))로, 그리고 위선적인 性을 질타하는 모차르트의 'K331'의 선률("두려워 떨던 시골 소녀가 보인다/위선의 검은 보자기를 뚫고 솟아오르던 내/억압된 욕망의 환성이 들린다")로, 자기 양심을 '매질하'는 '빗줄기'("내가 세상을 뜨는 날/벗어놓고 갈 헌 옷과 신발을/허위와 나태의 누더기를/차고 모진 빗줄기로 매질하면서")로 변주된다.

그리고 시인의 반성적 태도는 세상을 함께 사는 사람들에 대한 책임의식으로 변화된다. 그는 자신의 주변인들이 겪고 있는 소외감과 고통에 대해서 마치 자신의 일인 것처럼 관심을 가진다.

도살장 앞에서 죽음을 예감하고
두어 방울 눈물을 떨구기도 하지만 이내
살과 가죽이 분리되어 한쪽은 식탁에 오르고
다른 쪽은 구두가 될 것을 그는 모른다
사나운 뿔은 아무렇게나 쓰레기통에 버려질 것이다

—「뿔」 부분

오늘날 '뿔'이 '사나운' 이유는 내면에 있다. '뿔'은 한번쯤 '사나'울 수 있다는 (존재)가능성이 아니라, "한번도 쓴 일이 없다"는 비존재성 때문에 시적 화자에게 영향력을 행사한다. 시적 화자가 불쌍한 소에 대한 책임의식을 느끼기 때문이다. 시적 화자의 마음은 소가 '주인'에게 대드는 대항적인 태도 때문이 아니라, '도살장 앞'으로 끌려가 '살과 가죽이 분리'되고 음식과 '구두'로 해체되고 "쓰레기통에 버려"지는 수동적인 태도 때문에 괴로운 것이다.

이러한 시인의 책임의식은 동시대에 중요한 의미를 갖는다. 왜냐하면 책임의식이란 사람들 사이에서 서로 소통하고 배려할 수 있는 사회적 가치가 됨과 동시에, 인간애를 유지할 수 있는 초역사적 가치가 되기 때문이다. 예를 들어 "너무 쉽게 그들을 버리는 나를 증오"(「隣人」)하는 시적 화자의 태도는 '그들'에 대한 관심과 배려의 소망에 다름 아니고, "세상을/보지 못하는 꿈이 만들어 오히려 살아 있는 것들이/거꾸로 세상을 아름답게 바꾸어갈 것이다"(「맹인」)라는 생각은 아름다운 인간애를 구현하고자 하는 초역사적인 갈망이다.

4. 결 론—새로운 저항의 논리를 위하여

신경림의 시론과 시는 탈이데올로기적인 방법으로 일상을 재현했다. 그리고 이러한 재현을 통해서 이데올로기의 이분법적인 대립구조에서 벗어나고 있음을 보여줬다. 민족문학론은 현실권력에 대한 저항문학의 역할을 해야 했는데, 그의 작품은 민족문학론의 자장권 안에 있으면서도 민족문학론의 부정성에서 벗어나려는 문학적 고투의 결과였다. 이 글은 그의 시론과 시에서 일상의 탈이데올로기적인 재현 양상을 살펴봤다.

먼저, 그의 '민중' 시론은 민족문학론이자 민족문학론을 넘어서는 역설적인 성격을 가졌다. 그의 '민중' 논의는 자신의 체험에서 시작하여, '압박에서 해방으로'라는 드라마를 가진 민족문학론으로 발전했다. 그렇지만 그의 '민중' 시론은 자기 체험을 바탕으로 한 일상적인 개인들을 '민중'으로 '혼성'시켰기 때문에, 민족문학론의 투쟁적 민중론을 넘어설 수 있었다. 그의 '민중' 시론은 민족문학론 내부의 '균열'을 일으키고 '이론'에 저항한 면모가 있었다.

그리고, 그의 시에서는 1990년 전후를 경계로 하여서 전기에는 대화와 만남의 방식으로, 후기에는 전복과 반성의 방식으로 이데올로기에서 탈피하려는 노력을 보여줬다. 전기의 시편들은 주로 대화와 만남의 기록이었다. 이 때 대화는 독아론적인 자기대화와는 달리 대화상대자들이 서로 다름을 인정하는 소통의 방식이었다. 이 대화의 방식이 중요한 이유는 독아론적인 '민중' 이데올로기의 유포를 제한함으로써 일상을 드러냈다는 점이다. 시 「새벽」과 서사시의 경우처럼 전쟁과 해방, 식민지와 한일합방의 시기로 이어지는 통시적인 축과, 시 「중복」과 「김막내 할머니」의 경우처럼 도시와 농촌, 국토 곳곳으로 퍼지는 공시적인 축의 짜임은 평범한 개인들이 체험한 複數的·미시적인 근대의 일상을 재구성하는 것이 됐다.

후기의 시편들은 주로 전복과 반성의 사유를 중심으로 서술됐다. 현실 사회주의 붕괴의 충격은 사회주의 이데올로기, 역사의 진보, 변혁적 주체로서의 '민중' 등의 '의미'를 차연시키는 계기가 되었다. 시 「기차」 3에서는 역사와 '민중'에 대한 관점의 변화를 보여줬다. 거대서사에 대한 반성은 반성하는 주체에 대한 관심으로 변했다. 시인은 자신의 가족서사, 그리고 자신의 성, 기만, 양심 등을 토로하면서 '나'에 대한 허위의식(이데올로기)을 반성했다. 이러한 반성은 시 「뿔」에서처럼 소외된 개인들을 외면하지 못하는 내면의 책임의식을 보여줬는 점에서 그 가치가 있었다.

지금까지 신경림의 시론과 시를 대상으로 하여 민족문학론을 해체 · 재구성하고 그 부정성을 극복하는 양상을 살펴보았다. 그의 문학세계는 여전히 민족문학론이고 민중시로 분류된다. 그렇지만 민족문학론과 민중시의 '민중' 이데올로기를 넘어서는 탈이데올로기적인 의미를 지닌다는 점은 다른 민족문학론 · 민중시와 차별되는 지점이다. 왜냐하면 그의 '민중' 시론과 민중시는 '민중' 담론의 부정성을 체험적인 일상에서 보충 · '혼성' · 재구성하고 있기 때문이다.

이런 의미에서 그의 '민중'은 선험적인 것이 아니라 생산적인 것이다. 그는 '민중'을 찾으려고 했던 것이 아니라, 그가 함께 하던 사람들이 '민중'이 된 것이다. 마찬가지로 그가 쓰려던 것이 민중시가 아니라, 그가 만난 사람들에 대한 기록이 민중시가 된 것이다. 결과적으로 그의 시론과 시는 '민중'을 이데올로기의 이분법적 사유구조에 가두는 것이 아니라 그러한 구조를 벗어나는 해방의 주체로 재정립한다. 이 점에서 그의 시론과 시는 민중 담론에 새로운 위상을 부여하고, 동시에 문학의 저항논리를 새로운 방법으로 열어주고 있다. 이데올로기에 맞서는 또 다른 이데올로기가 아니라, 이데올로기를 벗어나는 탈식민적, 탈구조적인 모델은 한국문학의 저항성 자체를 새롭게 검토하게 만든다.

▶▶▶ 참고문헌

신경림, 「문학과 민중」, ≪창작과비평≫, 1973.
_____, 「농촌현실과 농민문학」, ≪창작과비평≫, 1972.
_____, 「김광섭의 시세계」, ≪창작과비평≫ 1975.
_____, 「나의 문학적 도정」, ≪제1회 만해문학상 수상소감≫, 1974, ≪문학과 민중≫, 민음사, 1977에 재수록.
_____, 「나의 시·나의 시론」, ≪문학과 민중≫, 민음사, 1977.
_____, 「무엇을 어떻게 쓸 것인가」, ≪정경문화≫, 1982.
_____, 「민중문학의 참길」, ≪이화≫, 1978.
_____, 「나는 왜 시를 쓰는가」, 단대신문, 1979.
_____, 「이 시대의 참된 목소리를」, ≪한국문학≫, 1982.
_____, 「시와 민요」, ≪월간독서≫, 1978.
_____, 「우리 시대의 참다운 문학」, 숭전대 신문, 1982.
_____, 「시와 이데올로기」, 대학신문, 1979.
_____, 「시정신과 역사의식」, 홍대학보, 1982.
_____, 「왜 농촌문학이 우리 문학에서 중요한가」, 덕성여대 신문, 1982.
_____, 「우애와 사랑의 시」, ≪창작과비평≫, 1975.
_____, 「역사의식과 순수언어」, 한신대학보, 1981.
_____, 「시의 정직성을 중심으로」, ≪창작과비평≫, 1979.
_____, 「시와 메시지의 전달기능」, ≪마당≫, 1981.
_____, 「시의 리리시즘에 대하여」, ≪마당≫, 1981.
_____, 「삶의 진실과 시적 진실」, ≪마당≫, 1982.
_____, 「시인의 사명」, ≪마당≫, 1982.
_____, 「시를 바로 읽기 위해서」, ≪마당≫, 1982.
_____, 「≪전봉준≫과 ≪망향≫」, ≪마당≫, 1982.
_____, 「시에 있어서의 자기 목소리」, ≪마당≫, 1982.
_____, 「내 시의 뒷이야기」, ≪삶의 진실과 시적 진실≫, 전예원, 1982.

고 은 외, 「내가 생각하는 민족문학(좌담)」, ≪창작과비평≫, 1978 가을.
구중서 외, 「한국 시의 반성과 문제점(좌담)」, ≪창작과비평≫, 1977 봄.
김영현 외, 「새로운 연대의 문학을 위하여(좌담)」, ≪창작과비평≫, 1990 가을.
김우창 외, 「시인과 현실(좌담)」, ≪신동아≫, 1973. 7.

신경림 · 김우창, 「시는 무엇을 위해 쓰는가(대담)」, ≪한국문학≫, 1978. 11.
신경림 · 김사인, 「신경림의 시세계와 한국시의 미래(대담)」, ≪오늘의 책≫, 1986 봄.
신경림 · 이희중, 「우리시의 정체성을 생각한다(대담)」, ≪현대시학≫, 1991. 2.
신경림 · 금동철, 「시를 통해 삶의 본질을(대담)」, ≪시와시학≫, 1988 여름.
염무웅 외, 「80년대의 문학(좌담)」, ≪창작과비평≫, 1985. 10.
구중서, 「1970년대와 80년대의 민중시학」, ≪현대시≫, 1994. 5.

생성의 시학

1. 서 론

매우 다양하고 폭넓은 독서와 이념적인 스펙트럼을 포괄하고 있는 김지하 시인의 시론과 그의 사상적 편력 또는 주유(周遊)를 따로 분리해 보는 것은 거의 불가능해 보인다. 하지만 개념적 사유를 기반으로 하는 철학사상과 구체적인 감각을 중시하는 문학은 어떤 측면에서 서로 공존할 수 없는 성질의 것이라고 할 수 있다. 문학이나 철학사상 역시 각기 나름대로 '말할 수 없는 것'에 대해 접근하려 한다는 점에서 일치하지만, 직관을 근간으로 하는 문학과 인지(cognition)의 형식에 일정한 제한을 가하는 철학 또는 사상 사이엔 건널 수 없는 심연이 자리하고 있다. 예컨대 김지하 시에서 간혹 엿볼 수 있는 관념의 과잉 또는 관념화 경향은 다분히 이러한 두 공존할 수 없는 영역의 충돌 내지 불화에서 온다. 합리성과 일반화, 보편성과 정합성을 그 특징으로 하는 철학적이고 논리적인 세계가, 개별적이며 구체적인 경험의 세계를 중시하는 문학예술

---

* 임동확 / 한신대학교 강사

세계를 과도하게 간섭하거나 개입할 경우 시적 파탄 내지 공소화가 일어날 수 있다

하지만 문학예술과 철학사상은 공통적으로 근원적인 진리와 의미를 묻고 답하는 표현의 형식과 관계한다는 측면에서 한편으로 일치점이 있다. 인간이 경험하는 외적 대상에 대한 이해와 체험을 반성적으로 점검하고 성찰한다는 점에서 문학예술과 철학사상은 서로 다르면서도 또 같은 뿌리를 공유한다. 김지하의 문학과 사상이 조화롭게 어울릴 수 있는 것도 이 지점이다. 그의 생명사상이 자신을 둘러싼 세계에 대한 이지적이고 지성적인 자기이해 과정에서 탄생한 것이라면, 그의 문학 역시 이러한 생명사상 추구와 함께 하는 자신의 존재론적인 근거와 의미구현을 추구하는 과정과 맞물려 있다. 전자가 개별 존재자의 보편화에 관계한다는 점에서 그들의 차이에 주목하는 후자와는 어쩔 수 없는 괴리가 있지만, 모두 근원적인 진리와 의미 또는 자기실현과 연결되어 있다는 점에서 두 세계가 딱히 적대적이라고 말할 수 없는 것이다.

그러한 김지하 문학을 뒷받침하는 주된 사상사적인 흐름은, 세계를 변화의 관점에서 읽어내는 생성의 사유이다. 세계를 물질이 아닌 생명의 세계로 보면서 탄생시킨 그의 생명사상은 생명과 경험 그리고 전일성을 강조한다는 점에서 생성의 사유와 긴밀하게 연결되어 있다. 어떤 본질을 추구하기 위해 특정한 유형의 추상의 길을 걷는 기계론적인 사유방식보다는, 모든 존재하는 것들이 상호 작용하는 열린 체계의 관계적이고 유기적인 존재로 보는 생성의 사유가 그의 생명사상의 튼실한 기반이다. 또한 이러한 생성적 사유와 끊임없는 교호작용 속에서 탄생한 것이 그의 문학론이자 시론이라고 할 수 있다.

그에 대한 엇갈린 평가는 여기에서 기인한다. 단적으로 그에 대한 일부의 비판은 다분히 그의 문학과 사상에 내재한 이러한 생성의 사유를 간과한데서 온다. 세계를 인과율이 지배하는 기하학적이고 법칙적인 것

이 아니라 살아있는 그대로의 자연이자 생명의 흐름으로 이해하려는 생성의 사유에 대한 몰이해나 편견이 그에 대한 오해와 비판의 한 원인으로 작용하고 있다. 김지하를 대표하는 생명사상을 옹호하든 비판하는 측이든 이점을 간과하는 한, 그는 여전히 '풍문' 속에 떠도는 한국문학사의 미아 내지 이단아일 뿐이다.

따라서 이 글에서는 그의 시 텍스트에 구현된 생성론적인 인식틀 또는 사유문법의 전개과정과 의미, 의의 등을 밝히는 것을 일차 목표로 한다. 또한 그것이 그의 생명사상 또는 생태학적 상상력에 어떻게 작용하고 있으며, 그의 시론을 구성하는데 어떻게 효과적으로 작용하고 있는지 살펴보고자 한다. 특히 그의 시론이 단지 하나의 문학적 세계관에 만족하지 않고 유기적 전체성 곧 각기 나름의 생명력을 가진 하나의 전체로 보는 '전일적 사유'(holistic thinking)와 연결되고 있으며, 무엇보다도 이것이 어떻게 오늘날의 지배적인 패러다임의 변혁 운동과 더불어 '경물' 또는 '모심' 등으로 대표되는 타자의 윤리학으로 발전해 갈 수 있었는지를 살펴보고자 한다.

2. 생성의 사유와 '활동하는 무'

김지하는 일찍이 "현실은 부단히 운동"하며 "현실은 사실의 토대 없이 불가능하고 동시에 사실의 극복 없이 불가능하다"[1]고 선언한 바 있

1) 김지하, 「현실동인 제1선언」, 『김지하전집 제3권(미학사상)』, 실천문학사, 2002, 95쪽. 참고로 김지하는 1969년 10월 민족민중미술의 운동의 기치 아래 미술평론가 김윤수, 화가 오윤 등과 함께 '현실동인'을 결성하고 「현실동인 제1선언-통일적 민족미술론」을 발표한 있으며, 이는 그해 11월 조태일 시인이 주재하던 ≪시인≫지에 그의 대표시 가운데 하나인 「황톳길」 등으로 데뷔하기 직전에 이뤄졌다는 점에서 그의 초기 문학관을 알아보는데 중요한 단서가 된다.

다. 또한 현실은 단순히 사실의 집적이나 파편화가 아니라, 특수하면서도 보편적인 사실들 간의 충돌과 통일, 집중과 압축, 현전과 선택 속에 형성되는 그 어떤 것이라고 말한 바 있다. 곧 현실은 그 본질을 개시하고 있는 현상이며, 본질은 역으로 현상 속에서 드러나는 것으로서 그러한 현상과 본질을 함께 드러내는 것이 그가 말하는 현실주의의 진정한 의미였다고 할 수 있다.[2)]

하지만 '실체/속성'으로 나눠 후자를 실재로 여기는 전통적인 실체론적 실재관에 가려, 현실을 추상적인 논리의 통일이 아닌 구체적인 역동성에서 파악하려는 그의 유기적 실재관은 간과되어 왔다. 그의 시 텍스트에 대한 형식주의적 연구이든, 이미지나 내재적 원리에 바탕한 현상학적이고 주제론적인 접근이든 간에, 근본적으로 개체성과 차이를 내재화하는 그의 생성론적 사유를 간과함으로써 근본적으로 복수적이고 반(反)-전체주의적이며 반(反)-신학적인 그의 시 텍스트의 특성을 추상화하는 결과로 이어졌다고 할 수 있다.

다시 강조하지만, 분명 그는 처음부터 현상의 문제보다는 본질의 세계에 더 비중을 두는 순수한 개념적 사유의 서구의 형식논리와 일정한 거리를 두어 왔다. 또한 세계를 운동과 변화의 관점에서 보되 여전히 존재, 본질, 개념의 논리라는 형식의 논리를 틀에서 자유롭지 못하는 변증논리와도 일정한 거리를 유지하고 있다.[3)] 대신 그는 순수한 '사유' 행위

2) 그가 볼 때 자연주의의 오류는 현실을 사실적 직접성만으로 보는 데서 발생하며, 추상주의는 사실과 현상을 추상화하여 관념적인 본질이나 순수유를 찾으려 했던 데에서 오류가 발생한다. 위의 글, 94쪽 참조.

3) 구체적으로 모순 또는 대립을 근본원리로 하여 사물의 운동을 설명하려고 하는 논리인 변증법은 운동과 변화(change)를 도입했다는 점에서 순수한 사유 속에서 본질을 찾으려는, 동일률(同一律)을 근본원리로 순수 개념적 사유의 형식논리와 일정한 거리를 유지한다. 하지만 사물에 관한 모순이나 대립 또는 부정을 매개로 하여 고차원의 통일을 꾀하는 변증법은 여전히 존재, 본질, 개념의 논리라는 형식논리의 틀을 벗어나지 못한다. 즉 그의 서구 변증법에 대한 비판은 근본적으로 대립과 투쟁의 논리이기에 어떤 화합이나 통합을 포착하지 못하는 헤겔적인 변증법의 한계에

속에서 본질을 찾는, 추상적이고 형식적인 형식논리나 변증 논리보다 직접적인 '경험' 속에서 현상하는 인식하는 생성 논리적 사유방식을 추구하고 있다. 동일성을 유지하기 위해 운동과 변화를 철저하게 부정하는 양자택일적 사유 방식이기보다는 현실세계 또는 우주 전체를 하나의 커다란 사건이자 과정으로 보는 사유문법을 택하고 있다. 세계는 끊임없이 변화하기에 고정되거나 안정된 실체가 없는, 그러기에 늘 새롭게 생성되는 역동적인 변화와 운동의 관점에서 해석하고자 한다. 즉 그에게 있어서 세상의 모든 존재들은 실체로서 '있음'(being)이 아니라 끊임없이 무엇인가 '되어가고 있음'(becoming)에 불과하다.

따라서 그는 초기부터 현실과 관념, 현상과 본질, 실체와 속성을 이분법적으로 파악하는 데서 오는 사회현실에 대한 문학의 수동적 반영 내지 재현을 주장하는, 이른바 모사리얼리즘 입장과 일정한 거리를 유지해 왔다고 할 수 있다. 오히려 그는 그들 간의 부단한 간섭과 개입, 동시적 교환과 흐름에 주목하면서 주체와 삶, 살림과 죽임 등을 역동적인 운동원리에서 파악하고자 하는 입장에 서 있었다고 보는 것이 옳다. 예컨대 일반적으로 내용과 형식의 이분법에 의해, 형식적인 것으로 분류되어온 고유의 가락과 장단, 울림과 그늘, 빛깔과 냄새 등에 대한 새로운 이해와 접근이 대표적이다.[4] 민중적 미의식의 핵심으로 지적한 바 있는 특유의 '신명론'을 통해, 그는 소리나 리듬과 같은 시의 비의미적 자질들이 의미적 자질들과 상호작용하며 초래하는 어떤 효과에 대해 주목해왔다. 즉 그는 '신명론'을 통해 우선 시적 리듬이 단지 형식 또는 수사학적 층위에 그치지 않으며, 시적 언어의 이질 혼성성은 음유이나

대한 비판에 다름 아니다.

4) 그는 예외적이라고 할만큼 형식문제에 집착하는데 문단에 등단한 이후 최초로 발표한 「풍자냐 자살이냐」를 비롯 「민족의 노래 민중의 노래」, 「민중문학의 형식문제」, 「현실동인 제1선언」, 「생명의 미술로!」 등의 문학적이고 미학적인 산문이 그 증거라고 할 수 있다.

형태소, 어휘소나 문장들보다 앞서 있었던 억양 등으로 나타나거나 시적 언어 안의 음악성과 무의미를 발생시킨다는 점을 분명히 하고 있다. 또한 시 텍스트를 특수화하고 작품 구조의 통합성을 보증해주는 시적 지배인자의 하나인 시적 리듬이 지속적으로 시의 의미생성에 기여한다고 말하고 있다.

그가 민요나 판소리 등 전통문화에 내재한 민족적 형식 문제나 율려운동 등을 통해 시적 음악성을 유난히 중시했던 까닭도 여기에 있다. 그는 시 내부의 리듬적이고 음악적인 요소를 양적이고 실체적인 요소로 보는 것이 아니라, 규정 불가능한 혼이 깃든 생명 자체의 신비한 흐름이나 에너지의 운동으로 보고 있다. 즉 그에게 있어 전통 예술 속에 내재한 신명은 시적 운율이나 음악성은 각기 기본 단위로 분해할 수 있거나 계량화할 수 있는 것이 아닌, 각각의 요소들이 즉흥적으로 무궁하게 교차하고 생성 변화하는 생명 에네르기의 일종이다. 또한 동시에 결코 양적이고 존재적으로 측정될 수 없는, 유한한 인식의 틀로 가둘 수 없는 무한의 혼돈 또는 무의 일종이다. 예컨대 생활언어 속의 도치법 등 수사법과 동사·형용사의 주변부에 놓여있는 조사·부사·형용사 등 품사와 언어적 색채와 울림, 빛깔과 그늘 등을 의미하는 '신명은 '이것이다 저것이다'라고 '말로는 뭐라고 딱 집어 말할 수 없는', 무규정적이고 비개념적인 그 어떤 것일 뿐이다.[5] 즉 그것은 어떤 자족적인 실체가 아니라는 점에서 그 자체로서는 아무 것도 아닌 비어 있는 것에 불과하지만, 동시에 그것은 어떤 역동적인 힘을 가졌다는 점에서 플라톤이 말하는 '코라'(khôra)와 유사하다. '신명'으로 대변되는 문학의 형식적이고 언어적인 요소들은 논리적이고 개념적인 언어로 정의될 수 없다는 점에서 '없는 것'이라고 할 수 있지만, 작품 형성에 무한히 작용하고 있다는 점에서 '활동하는 무' 또는 '창조하는 무'이다.

---

5) 「민중문학의 형식문제」, 앞의 책, 74-75쪽 참조.

그의 '무(無)의 시학'은 여기에서 파생한다. 곧 신명으로 대표되는 그의 형식론은 일차적으로 문학적 형식을 장식적이거나 기능적인 면에서 접근하는 것이 아니라 그것들이 능동적인 문학적 효과에 주목했던 결과이다. 또한 시의 토대라고 할 수 있는 운율조직이나 소리반복, 리듬 등이 갖고 있는 우발적인 특성들이 시의 의미구조에 영향을 미치며, 체계적으로 독자의 사고에 영향을 미치는 결정적인 요소라는 점을 의식한 결과에 다름 아니다. 특히 시적 리듬이나 음악성은 단지 형식적이고 기능적인 문제에 그치는 것이 아니라 인간을 비롯한 생물과 무생물, 물질과 기계 등 모든 존재를 죽임에서 되살리는 기능을 하는 그 어떤 힘을 의미한다. 동시에 서로 친교·공생·해방·통일하는 약동하는 생명의 물결의 일종이다. 그야말로 모든 것을 아우르고 놓아주면서, 그 모든 것이 살아 뛰뛰게 하는 '활동하는 무'가 바로 신명이며 시적 리듬의 진정한 의미라고 할 수 있다.[6] 단지 형식적이고 기계적인 접근으로만 해석될 수 없는, 내면에 울려나오는 생의 충만한 체험이 곧 신명이며, 예컨대 붕어가 평소 거스르기 힘든 물줄기를 단번에 약동하는 신기(神氣)와 유사한 그 어떤 것이 그가 말하는 신명이라 할 수 있다.[7]

3. 가난과 내면생성, 그리고 각비(覺非)

<벌거벗은 내 생각의/새 뿌리가 자라는 곳/뒷골목의 시궁창 까마귀 벌판>

—「뒷골목의 시궁창 까마귀 벌판」 일부

---

6) 김지하, 「서문」, 『검은 산 하얀 방』, 분도출판사, 1986, 14-15쪽 참조.
7) 김지하, 「우금치 현상」, 『생명』, 솔, 1992, 190-191쪽 참조.

김지하가 기억하는 6·25 이후 60년대 이전의 한국 사회에 대한 포괄적 인상은 '가난'이다. 당시 그는 물질적 차원이든 정신적 차원이든, 개인이든 사회든, 서울이든 지방이든, 상층부든 하층민이든 모두가 한결같이 '가난'하다고 보았다. 그래서 그는 가장 우선적으로 그러한 '가난'이 없어져야 한다고 생각으로 대학시절부터 민주화와 민족통일 등 사회변혁운동에 가담하게 된다. 이른바 '빵문제'가 해결돼야 자신도 모르게 기괴해지고 비열해진 내면화된 가난을 극복할 수 있다고 믿었기 때문이었다.[8] 하지만 그는 단지 정치 사회적인 입장에서만 '가난'의 문제에 접근하지 않았다. 인간의 삶의 밑바닥에 도사린 '짐승 같은 어둠의 정체'인 '가난'을 실존론적인 관점에서 수용하여 그의 초기시와 청년기적인 삶의 정향성의 출발점으로 삼았다. 그리고 그가 말하는 가난은 물리적이고 가시적인 것이 아니라 어떤 허기진 영혼이 노래 부를 때 어김없이 함몰되는 음악성의 지옥인 '에어포켓' 혹은 '블랙홀', 그의 시 속의 비트(beat) 등을 의미한다. 특히 그 정신보다 더 깊은 '영의 가난'은 내용이 아니라 형식, 그 형식보다 더 깊다는 장단 또는 호흡을 뜻한다.[9] 무엇보다도 그 '가난'은 한 명의 개인 또는 시인의 내면에 생성시키는 그 어떤 미묘한 움직임을 가리킨다. 살아 움직이는 복잡하고 모호한 감각경험을 한정하는 언어적 정식으로는 포착할 수 없는, 그 어떠한 신념체계와도 관계가 없는 경험의 깊이 또는 느낌을 지칭한다.

구체적으로 그가 볼 때 가난하고 불행한 사람은 궁지에 몰리면 입과 눈 등의 감각을 닫아버린다. 가난이 가져다주는 동물적이고 본능적인 방어기제이다. 하지만 이것은 단지 방어기제로 끝나는 것이 아니라 정반대로 '여백'이나 '틈', 또는 '소통성'(疏通性)으로 기능한다. 한편으로

8) 김지하, 「깊이 잠든 이끼의 샘」, 『김지하 서정시 100선 꽃과 그늘』, 실천문학사, 1999, 186쪽 참조.

9) 위의 글, 187쪽 참조.

가난은 인간의 내면을 비열하고 기괴하게도 만드는데, 이 지점에 필요한 것이 '가난'을 '창조'로 바꾸는 '각비'(覺非)이다. 곧 '가난' 속에서 참된 초월의 진정한 '빛'을 찾아내는, 창조적 응시와 개입과 변형이 요구된다. 그리고 그의 초기 시 속에서 악마적 성격의 '가난'과 반대로 창조적 에너지로 이끄는 '가난', 그리고 시적인 것과는 거리가 먼 캄캄한 죽음으로서 '가난'이 복합적으로 뒤엉켜 나타난다.10)

그의 '가난'에 대한 탐색과 성찰은 '생명' 탐구로 이어진다. 특히 초기 '생명파' 시대의 서정주와 딜런 토마스의 생명주의의 영향과도 무관하지 않는 생명에 대한 지속적인 그의 관심은, 일종의 혼란기를 거쳐 그 어떤 이데올로기나 정치 프로그램의 개입도 없는, 세계와 역사와 성스러운 모든 가치 자체에 대한 원생명의 반역 내지 반란으로 이어진다. 1960년 4월 혁명이 그 결정적인 계기였다. 그는 4월 혁명을 계기로 우리문화연구회 등의 활동을 통해 민족문화에 대한 탐색을 본격화했으며, 고향 목포로의 귀향 체험을 통해 모든 이념이나 사상체계를 넘어서는 그 어떤 생명의 환희 또는 기쁨의 세계와 조우한다. '땅끝'으로 상징되는 가난이나 고통의 극한에서 시적 뿌리는 물론 개인적이고 민족구성원으로서의 정체성을 찾으며, 무엇보다도 참된 삶이 생성하는 자리를 발견하고자 하는 의지로 나타난다.11)

그러나 한편으로 이러한 생명세계로의 귀환은 그가 직접 체험한 6·25 한국전쟁 등 참혹한 죽임과 패배에 의한 비극에도 불구하고 종국엔 그 죽임의 역사를 끌어안은, 수천 수만년 진행돼온 수많은 사람들의 내면 생성의 역사에 대한 관심과 밀접하게 관련되어 있다. 그는 역사적 비극과 그 비극의 한계 안에서나마 죽음을 선택하는 '결단'을 내렸을 때, 그 비극의 맞은편에 역사가 아닌 영성적인 내면으로부터 솟아나는, 실체가

10) 위의 글, 188-191쪽 참조.
11) 위의 글, 194-197쪽 참조.

아닌 무한한 생성으로서의 생명에 대한 짙은 연민의식과 유대감이 일어난다고 보았다. 예컨대 그의 초기 대표시 가운데 하나인 「황톳길」에 '새푸른 하늘', '짙푸른 탱자나무', '뛰어오르는 숭어떼', '희디흰 메밀꽃' 등은 '가마니 속에 네가 죽은 곳'으로 대변되는 역사적 비극 또는 죽임의 사태를 넘어서는 생명현상의 초월성을 의미한다. 아비의 죽음을 이어 그 죽음의 자리로 아들이 나아가는 결단을 통해, 인간의 잘못된 역사를 우주생성에 근거해서 깨닫는 '각비'(覺非)가 이뤄진다.

그의 생명시학은 여기에서 발원한다. 즉 비록 쓸쓸하고 남이 알아주지 않은 아비의 뒤를 따라 아무도 보는 이 없는 바닷가 한모퉁이에 거적 덮인 죽음으로의 길일지라도 기어이 따라가는 것이 매서운 '각비'라고 부르는 결단을 의미한다. 하지만 그것을 통해 아비의 차원을 이미 갱신하며 새로운 차원의 내면성의 무궁생성에 참여하는 것이 그가 말하는 생명시학의 핵심이다. 생명시학으로서 각비는 생명의 안쪽인 우주적 영성과 '자유로운 혼(魂)' '혼의 자유'인 '무(無)'의 창조적 활동을 바탕으로, 안팎의 고통에도 굴하지 않는 끝없는 결단을 의미한다. 즉 하늘 마음과 사람의 마음이 하나가 되는 것, 아비 마음이 자식의 마음과 일치하는 것을 뜻하는 '각비' 또는 '결단'은 현대적 개념으로 '사회적 소통'이자 '우주 사회적 공공성'을 가리킨다. 다시 말해, 아비와 아들 사이의 사랑과 결단, '각비'가 바로 민족적이면서 전 사회적이고 우주적인 공공성, 진정한 삶과 세계변혁의 철학적 근거가 된다.12)

4. 그늘과 흰 그늘, 혹은 율려와 영성

김지하가 사회운동가 내지 혁명가보다는 시인으로서 자신의 정체성

12) 위의 글, 212-213쪽 참조.

을 분명히 하기 시작한 것은, 사람의 마음이 변하지 않고서는 근본적으로 삶과 세계를 변혁할 수 없다는 깨달음을 통해서 이다. 사회변혁을 위한 여러 변혁론이나 저항투쟁이 전혀 무의미한 것은 아니지만, 제도나 체제 같은 외형적 변화만으로 삶과 세계가 달라질 수 없음을 자각하면서 문학과 예술을 통한 문화운동으로의 방향전환을 시도한다.[13] 그가 제창한 율려운동이나 율려학회 역시 그 연장선상에 놓여 있다. 새로운 시대와 세대의 예술적 핵으로 지명한 바 있는 율려를 통해 감성적이고 예술적이며 미적인 감동을 통해 인간뿐만 아니라 우주만물을 해방하고, 각기 나름의 우주성을 자기 초월로 나아가게 하는 변화를 추구하고자 한다.[14] 곧 사회변혁 운동이 아닌 문화운동의 일환으로서 율려는 인간이 지구 생명이나 생태계, 나아가 우주를 바꿀 수 있다는 신념을 그 바탕으로 하고 있다.[15]

구체적으로 율려는 빛과 어둠이 공존하거나 교체되는 어떤 전체 또는 마음의 모순된 양극 사이의 역설적 균형 상태를 일컫는 그늘과 밀접한 관련을 맺고 있다.[16] 또한 우주를 바꾸는 가장 기초적인 정서인 그늘은 카오스적이면서 코스모스이고, 음이면서 양이고, 어둠이면서 빛인 상호모순적이고 역설적인 통합을 가리키는 움직임을 뜻한다.[17] 이러한 그늘은 어떤 원한이나 슬픔 등을 폭력적인 자기발현이나 해소하는 데서 발생하지 않는다. 애써 눈물을 자제하고 억울한 것을 감내하면서 그 속에서나마 올바르게 살려고 노력하고 정진하는 데서 그늘이 드러난다. 온갖 세파와 천신만고를 뚫고 이겨나가는 과정에서 기쁨과 슬픔, 웃음과 눈물, 선과 악, 빛과 어둠 등이 대립하면서도 공존하는 역설적인 영역인

---

13) 김지하, 『예감에 가득 찬 숲 그늘』, 실천문학사, 1999, 22-23쪽 참조.
14) 위의 책, 97쪽 참조.
15) 위의 책, 85쪽 참조.
16) 위의 책, 21-22쪽 참조.
17) 위의 책, 28쪽 참조.

그늘이 확보된다. 또한 그늘은 현실과 환상, 자연과 초자연, 주관과 객관, 두뇌와 신체 등 서로 대립되는 것들을 서로 연관시키고 또 하나로 일치시키는 미적인 창조 능력과 연결되어 있다.[18]

작가들이 어렵고 힘들더라도 시대의 고통을 애써 받아들여야 하는 이유도 여기에 있다. 개인적인 정한이나 망국한 또는 중생한(衆生恨)을 일방적으로 거부하거나 배출하기보다 기꺼이 수용하고 인내하는 데서 발생하는 그늘은 작가의 삶과 텍스트를 하나 되게 한다. 즉 삶에서 일어난 미적 감동이 텍스트 안에서 꽃을 피우고, 그 텍스트에 피어난 꽃이 바로 독자의 감동으로 이어지며, 그러기에 그늘은 단순히 미학적인 데 그치는 것이 아니라 윤리적 패러다임으로 작용할 수 있다.[19] 곧 무의식과 의식, 주체와 타자, 두뇌와 신체의 통합을 기본 원리로 하는 그늘을 체득할 때 비로소 예술가는 동물의 마음에서 한 걸음 더 나아가 물방울까지도 감동시킬 수 있으며, 또한 그러기에 최고단계의 예술은 미적인 동시에 윤리적인 패러다임일 수 있다.[20]

김지하 말하는 '흰 그늘' 역시 이러한 그늘과 밀접하게 연결되어 있다. 다만 그늘이 환한 빛과 검은 것이 어우러진 상태인 혼성체의 성격을 지닌 것이라면, '흰 그늘'은 일차적으로 그의 환상체험과 관련되어 있는 일종의 초월성으로서 영적 예감 같은 것을 의미한다.[21] 또한 동시에 그것은 내면적 삶의 창조적 생성 혹은 성스러운 초월성을 말하는 것으로서 지구는 물론 우주적인 사물들과의 우주적 소통을 뜻한다.[22] 그늘이 고통과 기쁨, 웃음과 울음, 여성적인 것과 남성적인 것, 이승과 저승이 엇섞여 있는 상태를 나타낸다면, 흰 그늘에서 '흰'은 그러한 그늘에서

18) 위의 책, 30-31쪽 참조.
19) 위의 책, 74-76쪽 참조.
20) 위의 책, 146쪽 참조.
21) 위의 책, 104쪽 참조.
22) 위의 책, 96쪽 참조.

발생하는 어떤 이상한 신성함이나 거룩함, 또는 숭고함과 가깝다.[23] 달리 말해, 그늘과 흰 그늘은 인간의 정동체험이라는 점에서 큰 차이는 없지만 흰 그늘은 그늘보다 성스러운 미적 체험을 가리키며, 예술가의 내부에 우주적인 내면성이 생성된 상태를 일컫는다.[24]

즉 '흰 그늘'은 세계에 대한 열린 의식이자 총체적인 우주 체험, 혹은 창조적인 생명체험이 전일체로서 생태계 체험을 뜻하는 영성과 연결된다. 그리고 이러한 영성은 먼저 스스로 움직이는 생태계의 특성을 함축한다. 특히 근본 생태학이나 사회 생태론과도 밀접하게 관련을 맺고 있는 영성은 인간을 포함한 자연계의 전일적 체계에 대한 인식을 의미하며, 그 전일적인 구조에서 창조 진화하는 인간의 정신과 같은 지극한 기운을 뜻한다. 우리가 말하는 생명현상은 바로 '살아 있음의 과정' 속에서 영성이 발현된 것에 다름 아니다. 그의 생명론의 핵심에 놓여 있는 영성은 너와 내가 다른 존재가 아닌 인간과 자연과 우주가 서로 적대적 존재가 아닌 살아있는 전체로서 서로 연결되고 순환한다는 깨달음을 의미하며,[25] 예술가는 살아 생동하는 이러한 영성 또는 빛나는 생명의 창조 또는 확장체험을 그의 작품 속에 구현한다.

한편으로 영성은 노동 또는 자식출산, 살아 존재하는 모든 것들에 대한 애틋한 사랑과 공경 등을 통해 체득되는 그 어떤 것이다. 자기 과거의 모든 삶을 성찰하고 참회하는 가운데 모든 인간을 비롯한 모든 만물 안에 신령한 우주생명이 생성 활동하고 있음을 인정하고 그 내부의 흐름을 존중하면서 스스로의 차원변화에 조심스럽게 개입하는 과정을 통해 드러난다.[26] 인간 스스로가 우주적 영성을 모시고 있는 존재라는 확신 아래 타자와의 친교와 화해, 사랑과 교감 속에서 모든 사물과 우주

23) 김지하, 『화두』, 화남, 2003, 212쪽 참조.
24) 『예감에 가득 찬 숲 그늘』, 150쪽 참조.
25) 「생명의 미술로!」, 『김지하전집3 미학사상』, 실천문학사, 2002, 175쪽 참조.
26) 김지하, 『생명학』 1, 화남, 2003, 185-186쪽 참조.

생명 전체가 따로 떨어져 있되 분리할 수 없는 전체로 차원변화와 더불어 생성, 진화하는 생명현상의 전체적 유출 활동을 가리킨다.27) 곧 영성은 지금 여기에서 여전히 살아 생성하는 것과 그 생성 자체에 대한 거리를 둔 모심, 윤리적 공경을 통한 수평적 우정,28) 그리고 그것들의 본래의 성정과 유출 경향대로 살려내면서 변화시키는 섬김을 통해 확보되는 그 어떤 것이다.29)

5. 추의 미학에서 숭고미로

김지하 시인은 일찍이 주관적 보편성에 주목하는 아름다움이나 미보다 추(醜)의 예술 또는 미학에 주목해 왔다.30) 그의 첫 시론이자 '고 김수영 추도 시론'으로 쓴 <풍자냐 자살이냐>가 그 증거다. 거기서 그는 추가 현실의 악에 설움 받아온 군중의 증오가, 예술적 표현을 통해 그 악을 향해 던지는 돌멩이와 같은 풍자와 달리 현실적인 악 또는 폭력의 반영이면서 저항을 의미한다고 말한 바 있다.31). 그러나 추가 예술의 전면에 나타나기 시작하는 것은 결코 행복한 사회가 아니다. 추의 예술은 병든 사회로 인한 미의 탄력성 상실과 감수성의 퇴폐와 연결되어 있으며, 또한 일반화된 고통과 절망, 증오와 적의, 한과 폭력의 예술적 반영물로서 대립과 갈등의 정서와 밀접하게 관련되어 있다.32) 즉 추의 예술

---

27) 김지하, 『생명과 자치』, 솔, 1996, 129쪽 참조.
28) 위의 책, 167쪽 참조.
29) 위의 책, 54쪽 참조.
30) 일찍이 그는 1963년 4월 당시 서울대 문리대 학생회 신문 ≪새세대≫에 평문 「서귀西鬼의 미학 소요－칼 로젠크란츠를 중심으로」를 발표한 바 있다.
31) 김지하, 「諷刺냐 自殺이냐」, ≪詩人≫, 월간 시인사, 1970, 6·7호, 38쪽 참조.
32) 김지하, 「풍자냐 자살이냐」, 36-37쪽 참조.

은 현실적인 폭력이 전면화 될 때 등장하며, 그로 인해 "삶이 하나의 불가사의한 괴물처럼 보"[33]일 때에 발생한다.

그의 첫시집 『황토』가 그 증거다. 소수의 작품을 제외하고 이 시집에 수록된 대부분의 시들은 현실의 폭력과 비애로 인한 정서적 장애와 연관된 추의 미학과 관련되어 있다. 김수영의 시적 성과를 묻는 자리에서 그는 추의 미학을 부정적으로 보았지만, 정작 그것이 자신의 중요한 문학적 핵심으로 자리 잡고 있고 있다. 저항적 풍자를 바탕으로 하는 그의 '담시' 또는 '대설'이란 새로운 장르 역시 이와 무관하지 않다. 표면상 타락하고 부정적인 현실을 풍자하고 비판하는데 초점이 맞춰져 있지만, 다른 각도에서 보면 이러한 담시 또는 대설은 기존의 예술이나 그것의 형식이 적대시하거나 거부하는 것들을 적극 수용하는, 이전에 접하지 못한 예술 개념의 확장이나 개척과 관련되어 있다. 또한 추는 기존의 예술로부터 배척당하고 방치된 것들 가운데서 판소리 형식 같은 것을 되살리는 것을 통한, 불가피하게 폭력을 행사하는 형식과의 결합을 의미한다.

그러나 추는 단지 사회적 폭력이나 추한 사회에서만 발생하는 것은 아니다. 의식적인 담론과는 다른 담론 공간을 창조하고자 한다는 점에서 명백히 무의식과 연결되기도 하며, 때로 이데올로기적인 환상적인 것과 연결되어 나타나기도 한다. 그 어떤 확정적인 의미나 통합적인 질서로 환원해 볼 수 없는 환상이라는 속성 자체가, 기괴하거나 섬뜩하다고 할 수밖에 없는 추의 체험과 긴밀하게 연결되어 있다. 즉 그의 시에 나타난 환상적인 요소들은 다분히 사회적이고 역사적인 성격을 띤 것으로서 대부분 육이오 체험이나 한국 진보운동의 좌절 등과 그 맥을 같이 한다.[34] 즉 그의 시적 환상은 그 어떠한 타자성이 깃들여 있지 않은, 지

33) 위의 글, 25쪽.

34) 그에 따르면, 그가 '가상의 땅끝'이라고 명명한 '용당리'에서 환각 체험은 6·25 직전 사전 검속된 남로당원의 수장과 깊게 관련되어 있으며, 한 노동자의 절망적 죽음으로 대변되는 한국 극좌운동의 좌절과 깊은 연관을 맺고 있다. 勞傔 김영일

극히 개인적인 초월과 신비체험과 관련되어 있는 것이 아니라, 역사적이고 사회적이며 이데올로기적인 것과 명백히 관련되어 있다. 그의 시에 편재하는 죽음과 그것과 관련되어 있는 환상적인 흰 빛의 시적 이미지들은 지옥 같은 추한 현실 공간의 억압과 고통의 산물인 셈이다.

보통 주체의 인식능력을 벗어나는 불가사의한 대상과의 대면에서 비롯되는 숭고 체험에 대한 그의 관심은 여기에서 비롯된다. 주체의 인식범위의 밖에 있거나 관찰자의 지각을 벗어나는, 그저 눈앞의 사물이나 대상이 단지 분절 안 된 덩어리로 다가올 때 체험되는 숭고미에 관심은 지금 여기의 난폭하고 불규칙적인 혼돈과 무질서와 깊은 관련을 맺고 있다. 특히 추의 미학에 대한 그의 관심은 일차적으로 기존의 미학적 법칙과 비례, 이미지와 비유체계의 혼돈과 밀접한 관련을 맺고 있다. 또한 이러한 '추'를 통과하지 않으면 제대로 된 생태학과 참된 무의식에 도달하지 못한다는 생각과 맞물려 있다. 즉 그는 또한 추의 미학을 통해 생명과 영성, 생태학과 무의식, 에콜로지와 사이버네틱스, 리비도와 아우라, 주체와 타자, 농경문화와 유목문화가 결합해 이뤄내는 참다운 숭고미 또는 존재미의 세계에 도달하고자 한다.[35] 후기에 올수록 격렬한 자기부정과 대립, 불안과 공포를 내면화하는 과정에서 발생하는 추의 세계와 일정한 거리를 유지하는 대신, 인간과 자연 또는 우주와의 합일을 지지향하는 숭고의 세계로의 전향을 꾀하고 있다.

중요한 것은, 이러한 숭고미는 모든 것을 개념으로 파악하려는 지성적이고 이성적인 능력과 무관하다는 점이다. 즉 그의 숭고미 추구는 '추'로 대변되는 일명 '기괴한 것'(unheimlich)과 감각과 지각의 불확실성을 기조로 하고 있으며, 우리의 자족적인 동일성이 뜻밖의 것에 의해 도

(김지하), 후기 「깊이 잠든 이끼의 샘」, 『김지하 서정시 100선—꽃과 그늘』, 195-198쪽 참조 바람.

35) 김지하, 「추의 미학」, 수묵시화첩 『절, 그 언저리』, 창작과 비평사, 2003, 5-6쪽 참조.

전 받을 때 경험되는 그 어떤 것이라고 할 수 있기 때문이다. 무엇보다도 이러한 숭고는 자연의 웅대함이나 장엄함을 드러내기 위해 인간을 작고 미약하게 취급하거나, 아예 눈에 보이는 것을 포기하는 침묵을 택함으로써 이 세상에 서술할 수 없는 것(Nicht-Dastellbares)들이 존재한다는 것을 보여주고자 하는 것과 관련되어 있다. 예컨대 '풀 한 포기에게 말을 건네고 시멘트 입자와 대화를 나누겠다'는 의지 표명은, 일견 보통 인간의 이성적이고 지적인 능력에서 벗어나는 행위다. 지금까지 대해온 방식과 다른 차원에서 어떤 대상이나 사물에 접근하지 않으면, 이러한 인간 아닌 생물과 무생물과의 대화는 그야말로 공허한 궤변이나 한갓 광인의 넋두리에 지나지 않는다. 곧 자연의 웅대함이나 장엄함을 넘어 그 자체를 살아있는 대화의 상대로 인정하지 않는 한, 바로 그 자연과 그것에 의지하는 인간적의 삶의 '성스러움'이나 '숭고함'을 체험하지 못한다. 일명 기괴한 것 또는 환상적인 것들을 통해 어떤 존재에 대해 합리적의 설명하거나 명명할 수 없는 것들에 접근하려 시도할 때만이 바로 자신 안에 우주생명이 있을 뿐만 아니라 타인의 마음속에도 역시 우주 생명이 내재함을 인정할 수 있다. 결코 말로 표현할 수 없으나, 그렇다고 없다고 할 수 없는 어떤 존재사건에 연관된 것이 바로 숭고미의 세계이다.

6. 역설 또는 모순어법의 구현과 제유적 세계인식

김지하는 그의 문학론 또는 생명론을 뒷받침하는 논리의 하나로 '역설'과 '모순'의 중요성을 강조한 바 있으며, 특히 그의 시 텍스트에서는 이러한 역설 또는 모순의 개념에 의거한 시들이 곧잘 발견된다. 또한 서로 모순되고 역설적인 관계에 있는, 존재하는 그 모든 것들의 이중성 내지 양면성에 주목한 시들이 자주 눈에 띈다. 그리고 그가 세계 이해를 위한 하나의 방법론의 내세우는 '역설paradox' 또는 '모순'은, 바로 생명논리 그 자체가 비합리적인 역설일 수밖에 없다는 사실과 밀접하게 관련되어 있다. 또한 그것들은 보이지 않은 것과 보이는 것의 유기적 관계, 보이는 것 내부에서의 보이지 않은 질서의 간섭과 개입 혹은 견인, 즉 서로 대립적이면서도 상호보완적인 역설적 관계에 대한 논리적 인식체계를 의미한다. 비가시적인 숨겨진 질서에 대한 신비적 직관과 가시적 세계에 대한 검증적인 접근 사이의 역설적이고 카오스적이면서 일원적인 생성 전체를 이해하는 논리는 변증법이 아니라 역설적인 논리일 수밖에 없다는 사실과 맞물려 있다.[36)]

특히 이러한 역설적 세계인식은 보이는 것과 보이지 않는 것 사이처럼 얼핏 서로 상충되고 모순되어 보이는 것들이 서로를 배척하는 것이 아니라, 상호 대립되면서도 동시에 상호보완적인 역설의 관계에 있다는 것을 인식하는데 그 의의가 있다. 다양성이 무시되거나 도외시되는 통합 또는 통일을 의미하는 것이 아닌 각기 나름대로 독자성을 유지하되, 이 두 세계가 병렬되어 전체를 구성하는 것이 아니라 상호침투 속에서 서로 대립되어 있는 것의 절대적 일체성, 즉 서로 반대되면서 동시에 이루어 주는 상보적 사유(complementary thinking)가 역설적 세계의 진정한 의미라고 할 수 있다. 무엇보다도 역설과 모순적 세계인식을 기반으로 하는 시들의 진정한 의미는 모든 양자택일적인 결정으로부터 자유로워지는데 있다. 서로 상반된 대립상태(Widerstreit)에 서 있으면서도 서로 구분되고 동시에 서로 잇닿아 있는 양가적 모습의 제시는 단지 세계인식이나 논리로 그치는 것이 아니라 인간과 세계구성의 본래 모습에 다가가는 시도의 일종이다. 곧 그의 시 텍스트에 나타난 역설적인 세계인식은

---

36) 김지하, 『생명과 자치』, 240쪽 참조.

양자택일적인 존재논리, 즉 부분을 전체에 종속시키는 동일성에 빠져 있는 서구 철학에 대한 대안적 사유의 하나로 제시되고 있다. 다시 말해, 형식논리상으로 보면 모순되지만 실제로는 옳은 논리라고 할 수 있는 역설은 어떤 전체가 그 자신을 전체의 부분으로 포함시킬 때 발생한다. 중국엔 부분과 전체의 구분이 무의미해지는 '다중일(多中一)' 또는 '일중다(一中多)'의 논리 속에는 서구의 실체론적인 세계관을 극복하기 위한 전체와 부분의 통일적 인식을 바탕으로 하는 생성논리가 관철되어 있다.

구체적으로 이것은 그의 시 텍스트에서 양립 불가능한 것들의 자연스런 동거(同居) 형태로 나타난다. 또한 모순적이고 적대적이기까지 한 하나일 수 없는 하나이자, 그렇다고 둘도 아닌 둘을 동봉(同封)하는 있는 것으로 나타난다. 나눠볼 수 있으되 나눠볼 수 없는, 드러나되 결국 숨어 있는 것들이 동시에 제시되고 있다. 그가 강조하는 역설은 근본적으로 일자로서의 전체와 부분으로서 다자가 되먹임을 전체로 하고 있다. 즉 전체 또는 일자는 다자 또는 부분을 함축하고 있지만, 동시에 그 부분 또는 다자는 역시 전체 또는 일자를 포함하고 있다. 하지만 그러한 부분 또는 다자는 '나'라는 전체 또는 일자의 지배를 받는 것이 아니다. 그 모든 것이 제각기 나름대로 '있음'에서 부분이 전체가 되고 또 부분이 전체가 된다. 즉 즉 주객전도의 현상, 곧 어느 것이 주체이고 객체이며 부분이고 전체인가를 구별할 수 없는 관계가 그가 말하는 역설적 세계인식이자 우주와 생명의 본질이다. 달리 말해서 하나가 다른 하나를 통합하거나 지양하는 것이 아니라, 서로 다른 것들이 자연스레 공존하거나 대등하게 참여하면서 어떤 생성의 사건에 관련되어 있는 것이 생명의 진정한 실상이다. 특히 이러한 그의 역설적 세계인식은 그야말로 세계가 역설적인 장(場)이라는 사실에 바탕하고 있다. 세계는 만물을 포함하며, 동시에 세계는 만물 가운데 포함되는 역설적 사실과 깊은 관련을 맺고 있다. 무엇보다도 이러한 세계인식은 아무리 하찮은 미물이라도 그 나름대로 완전한 유기체적 존재, 즉 부분과 전체가 상호 침투되어 있다는 사실과 연관되어 있다. 모든 생명체 또는 유기체는 전체와 부분이 서로 별개로 존재하는 것이 아니라, 모든 부분이 곧 전체 그 자체가 되는 유기적 전체성을 가지고 있다는 것을 전제로 한다. 이와 관련된 모순통합적 사유 역시 각기 사물이나 대상의 특수성과 개별적 차이를 추상화하지 않는다. 이원론적인 병렬도 아니고, 그렇다고 일원론적인 통합의 관계도 아닌 '차이를 통한 화합' 또는 '통일성 속의 차이'로 대변되는 그러한 이중성의 연계를 나타내는 것이 모순 통합적 사유의 핵심이라고 할 수 있다.

한편으로 이러한 역설적이고 모순 통합적인 사유는 일차적으로 '제3자 배제'와 연관된 서구 변증법의 모순 개념, 즉 하나의 명제와 반대되는 명제가 양립할 수 없어 영원히 대립 또는 투쟁의 관계로 보는 서구의 변증법적 사유의 비판과 그 맥을 같이 한다.[37] 즉 그가 볼 때 변증법에서 말하는 모순과 대립 또는 투쟁의 개념설정은 실재하지 않은 허구이자 추상으로 결국 세계를 분할하여 통치하려는 죽임의 논리에 불과하다. 반면에 생명의 논리로써 역설 또는 모순통합적 사유는 그러한 형식논리 또는 변증법적 세계이해 방법의 한계를 극복하기 위해, 이른바 현상과 본질의 다중적인 이중관계 또는 그들 사이의 다양성과 순환성, 관계성과 영성 등을 동시에 살펴보려는 사유의 일종이라고 할 수 있다.[38]

달리 말해 모든 존재와 삶의 복합적인 실상을 구체적인 세목 속에서 그대로 포착하는 열린 대화의 장으로 존재케 하는 모순 통합적 사유는, 서로 대립되거나 반대되는 것들이 서로를 조건지우고 상호 의존하며 상호침투하면서 화합을 이루는 대대적(對待)적 세계와 밀접한 관련을 맺고

---

37) 위의 책, 233-234쪽.
38) 위의 책, 238-241쪽.

있다. 즉 모순통합적 사유는 "신비는/신비대로//과학은 과학대로" 존재하는, 이를테면 "너는 너고/나는 나로되" "그저/이리저리/서로 얽힘"(<얽힘>)의 관계에 주목하는, 서로간의 차이성에 의한 상호 의존과 상호 접목의 연쇄과정을 중시한다. 그리고 바로 그 점이 생명을 하나의 존재나 본질, 개념이나 대립의 관점에서 보기보다 끊임없이 새로운 세계로 생성해 가는 경향성의 관점에서 바라보게 하는 사유의 일종이다.

따라서 이러한 사유는 또한 부분 속에 전체를 담는 양식인 제유적 세계인식과 무관하지 않다. 생명체를 비롯한 모든 사물들의 차이와 반복을 그대로 긍정하면서도 우주와 하나 되는, 타자와 함께 자신을 발현하는 전체와 부분의 제유적 세계가 탄생한다. 모든 타자를 자기 또는 자아의 관점이나 이념 속에서 규정하거나 동일화하려는 시도를 포기하는 태도나 자세에서 전체가 부분이고 부분이 전체인 제유적 작용이 일어난다. 각 주체의 모든 표상과 척도들을 넘쳐흐르는 타자의 타자성을 있는 그대로 유보 없이 받아들이려는 데서 '나'아닌 모든 타자를 드높이는 '공경' 또는 '모심'으로 이어지며, '나'의 자발성과 주관성을 넘어서 타자를 위한 타자 중심의 윤리적 관계 설정이 가능해진다.

7. 결 론

여전히 존재논리적 사유를 바탕으로 한 인식론과 가치관이 지배하는 있는 현실에서 생성적 사유를 바탕으로 하는 김지하 문학은 일부 학자나 연구자에 의해 비과학적이고 신비주의적인 것으로 타매되거나 비판의 대상이 되고 있는 실정이다. 하지만 그러한 지적과 비판이 일정 부분 설득력이 있다고 하더라도 우주만물을 자발적인 자기 생성적 생명과정으로 이해하면서 이성보다는 직관, 실체보다는 과정, 물질보다 생명, 상쟁(相爭)보다는 상보적 세계를 중시하는 그의 문학은 충분히 이해받지 못하고 있다. 그리고 그것은 하나의 불변하는 존재가 아니라 존재 사이에 벌어지는, 하나의 존재에서 다른 존재로 바뀌어 가는 변화의 내재성(immanence)에 주목하는, 끊임없이 탈영토하고 변화하는 삶에 주목해온 그의 생성의 사유를 간과한데서 온다. 무엇보다도 여전히 인식주관과 객관, 사유와 존재 사이의 동일성을 근거 지으려는 서구의 존재론적 사유가 문학계뿐만 아니라 우리 사회의 전반에 만연되어 있는 탓도 있을 것이다.

그러나 그는 그러한 상황 속에서도 서구의 이성중심적 존재사유의 전통과 일정한 대립과 길항작용 속에서 동아시아 또는 한국 예술과 사상의 핵심 코드라고 할 수 있는 생성의 사유를 바탕으로 그의 문학과 사상체계를 줄기차게 추구해 왔다. 특히 동학 등 우리 전통사상을 바탕으로 하되 서구의 사상 또는 후기 현대 철학과의 창조적 대화 혹은 대결을 통해 새로운 시대에 걸맞는, 인간과 세계를 새로이 창출하는 한국문학 내지 민족문학을 지향해 왔다고 할 수 있다. 자신의 고유한 전통에 정통하거나 충실할 때 낯선 타자로서 근대 또는 근대화를 진정한 타자를 받아들일 수 있으며, 무엇보다도 낯선 것과 고유한 것 사이의 상호규정적인 의미있는 문학의 탄생이 가능하다고 보았던 까닭이다.

그러한 그의 시적 사유는 타자를 배제하거나 은폐하는 자기동일성에 기초하기보다는 주체와 타자, 주관과 객관의 상호 구성성의 강조에 초점이 맞추어져 있다고 할 수 있다. 타자의 주체성을 단지 반명제로 설정하여 결과적으로 타자를 주체의 영역에 포섭하는 서구적 변증법에 강도 높은 비판이 그 일례이다. 그는 '변증의 논리'가 '변화와 운동'을 이해하는데 유효하지만, 근본적으로 진정한 통합을 지향하는데 한계가 있다고 보았다. 따라서 그는 서로 대립되는 것들 사이의 절대적인 일체성을 인정하지 않으려는 것이 존재론적 사고와 일정한 거리를 두면서, 나의 존재는 완전히 고립되어 홀로 존재할 수 없기에 다른 존재에 의존하는 것이 필수적이라는 생성의 사유를 그의 문학과 사상의 핵심으로 삼고 있다. 즉 그는 당대현실의 모순과 역사적 부조리에 맞서 일정한 대립과 투쟁을 전제로 하는 풍자시 또는 풍자담론을 펼쳐가는 가운데서도, 차이나는 것들의 필연적인 결합과 내재적 생성에 주목, 후일 그의 생명론 또는 생명문학을 정립해 갈 수 있다

그러나 어느 한쪽을 배제하거나 거부하는 것이 아니라 그 차이를 인정하면서 재편하는 것을 의미하는 생성적 사유에 기반하는 그의 시적 사유는, 단지 시 텍스트의 생산 또는 새로운 세계관 모색과 문학을 위한 인식틀 또는 사유문법에 만족하지 않는다. 타자에 대한 윤리적 응답과 도덕적 책임의 문제에까지 이른다. 인간뿐만 아니라 무생물에 이르는 낯선 타자를 향한 자기 공간을 열어놓음으로서 자아의 독립성과 함께 타자의 타자성을 확보하고자 한다. 서로가 상극(相剋) 또는 상반(相反)의 관계에 있으면서도 상생하거나 상보하는, 각기 개별성을 유지하되 전체적으로 화합하는 세계와 깊은 관련을 맺고 있는 생성의 사유를 바탕으로 윤리적이고 이타적인 삶으로의 초월을 열어 놓은 것이 그가 주창하는 생명사상 또는 경물윤리와 그의 미학론의 핵심이라고 할 수 있다.

▸▸▸ 참고문헌

김지하, 『김지하전집 제3권(미학사상)』, 실천문학사, 2002.
______, 「諷刺냐 自殺이냐」, 『詩人』, 1970, 6·7호.
______, 『검은 산 하얀 방』, 분도출판사, 1986.
______, 『생명』, 솔, 1992.
______, 『생명과 자치』, 솔, 1996.
______, 『김지하 서정시 100선 꽃과 그늘』, 실천출판사, 1999.
______, 『예감에 가득 찬 숲 그늘』, 실천출판사, 1999.
______, 『화두』, 화남, 2003.
______, 『생명학』, 화남, 2003.
______, 『절, 그 언저리』, 창작과비평사, 2003.

황지우

시적인 것, 실재적인 것, 증상적인 것

1. 황지우 시론의 맥락과 특질

황지우의 시학(詩學)은 '의사소통'이라는 중핵(中核)을 중심으로 회전한다. 왜 '의사소통'이 문제인가? 모더니즘이 대개 자폐적 독백에 그치고 만다는 비판이 만약 일리가 있다면, 리얼리즘이라는 의장(意匠)을 채택하는 순간 신비롭게 대화가 이루어진다고 믿는 것도 순진한 발상이라고 해야 한다. 독백 속에 안주하거나 상상적인 대화를 믿는 곳에 진정한 의미의 의사소통이 들어설 자리는 없어 보인다. 황지우는 자신의 시를 '리얼한 모더니즘' 혹은 '모던한 리얼리즘'이라고 말한 적이 있다. 이 발언을 리얼리즘과 모더니즘이라는 두 진영으로부터 그 자신을 변호하기 위한 알리바이에 불과하다고 비판하는 것은 쉬운 일이다. 그러나 그가 모더니즘과 리얼리슴의 경계선을 걸어간 이력의 밑자리에 의사소통에 대한 열망이 화인(火印)처럼 찍혀 있다는 것을 확인하는 일, 혹은 그 화인이 찍혀진 순간으로 적시될 수 있을 법한 다음과 같은 시공간 속에 가

* 신형철 / 한신대학교 강사

담해 보는 일은 쉬운 일이 아닐 것이다.

> 1980년 5월 30일 오후 2시, 나는 청량리 지하철 플랫폼에서 지옥으로 들어가는 문을 보았다. 그 문에 이르는 가파른 계단에서 사람들은 나를 힐끔힐끔 쳐다만 보았다. 가련한지고, 서울이여. 너희가 바라보고 있는 동안 너희는 돌이 되고 있다. 화강암으로 빚은 위성도시여, 바람으로 되리라. 너희가 보고만 있는 동안, (중략) 문이 닫히고 나는 칼이 쏟아지는 하늘 아래로 갔다.
>
> —「44」(Ⅱ)[1] 부분

1980년 5월 광주에서 끔찍한 학살이 자행된다. 이 소식을 접한 황지우는 '땅아 통곡하라'라는 제목의 유인물을 들고 청량리로 나간다. 그 때문에 그는 "계엄령 하의 합수부에 끌려가 모든 희망을 포기한 채 고문 기술자의 의도대로 김대중 내란 음모 사건의 관련자가 되어야 했고, 연일 되풀이 되는 고문에 못 이겨 한 친구를 끌어들여 그가 받았던 물고문, 몽둥이 찜질을 당하게 만들었다. 그리고 아무런 영문도 모른 채 들어온 그 친구의 입으로부터 그를 저주하는 비명과 고통의 외침을 들어야 했다."[2] 광주의 비극은 서울로 의사소통되지 않았고 그는 스스로 의사소통의 위태로운 도체(導體)가 되려고 했다. 그러나 사람들은 그를 "힐끔힐끔 쳐다만 보았다." 의사소통이 '목숨을 건 도약'이라는 말은 옳다.[3] 게다가 소통되어야 할 것이 '죽음'이거나 혹은 '사랑'일 때 그 말은 더더욱 옳다. 학살당한 자들의 죽음과 학살당한 자들에 대한 사랑은 말

---

1) 황지우는 총 다섯 권의 시집을 출간했다. (Ⅰ)『새들도 세상을 뜨는구나』, 문학과지성사, 1983, (Ⅱ)『겨울-나무로부터 봄-나무에로』,민음사, 1985, (Ⅲ)『나는 너다』, 풀빛, 1987, (Ⅳ)『게 눈 속의 연꽃』, 문학과지성사, 1990, (Ⅴ)『어느 날 나는 흐린 주점에 앉아 있을 거다』 문학과지성사, 1998. 본문에 인용된 시의 출처를 표기할 때는 시 제목 옆에 해당 시집의 숫자를 표기하는 것으로 대신한다.

2) 임동확,「솔섬에서 율도국, 화엄에서 진흙밭으로의 시간 여행 (황지우 연대기)」,『황지우 문학앨범-진창 속의 낙원』, 웅진출판, 1995, 46쪽.

3) 가라타니 고진(柄谷行人),『탐구 1』, 새물결, 1998, 1장 참조.

해지지 않는다. 그 죽음을 말하기 위해 황지우는 예컨대 「묵념 5분 27초」(Ⅰ)라는 제목의 시를 공백으로 채웠고(물론 제목에서의 '5분 27초'는 광주 도청이 '함락'된 5월 27일을 가리킨다), 그 사랑을 말하기 위해 「호명」(Ⅰ)이라는 제목의 시에서 "이름 없는 그대여"를 스물 한 번 부르짖었다.

이렇듯 그의 시에는 의사소통에 대한 절박한 욕망이 있고("누군가 뗏목 위에서 런닝 샤츠로 수기(手旗)를 흔든다"(「81」, Ⅲ)), 의사소통의 도체가 되려는 자살적 충동이 있으며("박해받고 싶어 하는 순교자"(「서풍 앞에서」, Ⅰ)), 소통을 거부하고 "힐끔힐끔 쳐다만" 보는 독자에게 기어이 죄의식을 심어 놓고야 마는 초자아적 응시가 있다("젊음이 죄야. 젊은 놈들은 모두 용의자야"(「191」, Ⅲ)). 그는 의사소통의 불가능성이 초래하는 불행－그것은 그를 "지옥으로 들어가는 문" 앞에서 "칼이 쏟아지는 하늘 아래"로 가게 한다－으로 시 썼고, 의사소통의 가능성에 대한 희망－그것은 궁극적으로 "나는 너다"의 경지를 넘본다－으로 시 썼다. 이 불행과 희망은 대체로 시의 형태로 분출했지만 더러 논리화된 형태로 제출되기도 했다. 이 글에서 검토하고자 하는 것은 그 논리화된 발언들이다.

'논리화'라고 했거니와, 이런 맥락에서 그의 시론은 획기적이다. 많은 경우 한국 시인들의 시론은 '론(論)'이라는 이름을 감당해 내지 못했다. 인색하게 말하면 또 한 편의 시였고, 넉넉하게 말하면 시적 산문이었다. 아마도 김수영, 김현, 고은, 김지하 등의 선배들이 없었다면 씌어질 수 없었을 테지만, 황지우의 시론들은 확실히 시(적 산문)의 층위와 결별하고 있다. 이런 평가는 특히 그의 「사람과 사람 사이의 신호」(1982)와 「시적은 것은 실재로 있다」(1985)[4]를 염두에 둔 것이다.[5] 과학적인 논변의

4) 이 글은 1985년 11월 16일 '한국미학회' 학술연구발표회에서 처음 발표되었고, 이후 ≪우리 세대의 문학≫ 8호에 수록되었으며, 다시 산문집 『사람과 사람 사이의 신호』, 한마당, 1986 에 수록되었다. 처음 판본의 제목은 「시적인 것은 실재로 있다」이고, 산문집 판본의 제목은 「시적인 것은 실제로 있다」이다. '실재로'의 경우에는 '실재로서'의 의미가, '실제로'의 경우에는 '실제적으로'의 의미가 부각될 것이다.

형태를 갖추고 있는 저 글들은 말의 바른 의미에서의 '시론'이라는 명칭에 값한다. 대학(원)에서 미학과 철학을 공부했다는 그의 개인적 이력 탓도 있겠지만, 그의 산문은 특유의 '문학적' 발랄함과 '논리적' 치밀함을 동반한다. 황지우의 시론이 내용의 차원에서도 철저하게 반(反)낭만주의적인 지향을 드러내고 있다는 점도 주목할 만하다. 시적인 것은 나와 너 사이의 '간(間)주관적' 영역 속에서 '발견'되는 것이라거나 혹은 그것이 시인이라는 주관 외부에 '실재'적으로 존재하는 것이라고 주장할 때, 그가 단호하게 결별하고 있는 것은 시적인 것이 시인의 '주관 내부'에서 어떤 정서적 감응(영감)을 통해 무에서 유로 '생성'된다는 식의 낭만주의적 관념이다.

이 글은 바로 그 산문들을 가능한 한 자세히 검토 · 비판 · 재구성하기 위한 것이다.[6] 우리는 저 두 편의 글을 필요한 만큼 요약 · 해설할 것이고(검토), 그의 텍스트가 갖고 있는 빈틈들을 또한 지적할 것이며(비판), 그 빈틈을 메우는 작업, 즉 그가 알고 있었으나 미처 쓰지 못한 그것들을 이어서 쓰는 작업을 시도할 것이다(재구성). 그의 시론을 그의 시와 유기적으로 엮어 읽는 일까지 시도할 필요는 없겠다. 그런 작업들은 이미 더러 시도된 바 있는데다가,[7] 시론을 시로 인준하고 시를 시론으로 공증하는 일은 무의미하다고 할 수야 없겠지만 그 성과가 제한적일 수밖에 없다. 시인의 시론은 궁극적으로 작품으로 결과해야만 가치가 있

여기서는 그것이 주체의 인식이나 경험과는 독립적으로 존재한다는 황지우의 본의를 살려서 '실재'로 통일할 것이다.

5) 이 글에서는 산문집 『사람과 사람 사이의 신호』에 재수록된 글을 텍스트로 한다. 인용문 뒤의 숫자는 이 책의 쪽수다.

6) 이 글은 초기 황지우의 두 편의 글로 그 대상을 한정할 것이다. 그가 이후에 다시 본격적인 시론을 쓴 바가 없다는 것이 일차적인 이유고, 그가 이 두 글에서 제시한 입장을 최근에까지 여전히 고수하고 있다는 점(황지우 · 박수연 대담, 「시적인 것으로서의 착란적인 것」, ≪문학과사회≫, 1999년 봄호 참조)이 본질적인 이유다.

7) 김수이, 「시대의 전위에서 '아름다운 폐인'에 이르는 길-황지우의 시세계」, ≪경희대 인문학연구≫, 1999. 12. 등을 보라.

다는 통념 역시 전적으로 수긍할 필요는 없어 보인다. 시론은 그 자체로 독자적인 논리적 구조물이어야 한다. 그것은 일차적으로 창작방법론의 표명이지만, 논리적 담론이 갖는 보편성에 힘입어 시의 바깥으로 나갈 수 있고 담론의 장에 참여할 수 있다. 황지우의 시론은 논리적으로 독자적일 뿐 아니라 여전히 현재적이다.

2. 시, "사람과 사람 사이의 신호"―'의사소통'으로서의 시

「사람과 사람 사이의 신호」(1982, 이하 「신호」)는 1980년에 등단한 황지우가 처음으로 발표한 시론이다. 무크 운동이 활발하던 당시, 계간 ≪문학과지성≫의 후신으로 간주되었던 신생 잡지 ≪우리 세대의 문학≫은 제 2호 특집 기획의 일환으로 젊은 문학가들의 문학관에 대해 설문을 실시한다. 황지우의 위 글은 그 답변으로 제출된 것이다. "왜 문학을 하는가?"라는 질문을 그는 "우리에게 문학이란 무엇인가?"로 바꾸고, 이에 대해 "문학이란 '의사소통'의 일종이다"라는 일반화된 결론을 당겨 제시한다. 이를 체계적으로 논증하기 위해 그는 "우리에게 문학이란 무엇인가"라는 앞의 질문을 다시 1) '우리'란 무엇이며, 2) '문학'이란 무엇인가로 양분한다. 경제학에 빗대 말하자면, 앞의 질문은 '시는 어떻게 씌어져 독자에게 읽히는가'라는 '유통(소통)'의 신비를 겨냥하며, 뒤의 질문은 유통되는데 성공함으로써 상품이 된 그것의 '가치'의 실체는 무엇인가라는 문제와 대결한다. 먼저 첫 번째 실문. 문학이 소통되고 있는 장(場)으로서의 '우리'란 무엇인가?

> 사람은 그냥 살지 않고 삶에 대한 '되뇌임'을 하는 내면의 동공이 있다. 의심하고, 캐보고, 떠올리고, 짐작하고, 재보고, 믿고, 두려워하고, 바

> 라고, 느낀다. 즉 '마음'의 움직임들이 있다. '밖으로 끌려나와 기호로 눌려'졌을 때, 그 기호를 보고 다른 사람들도 똑같이, 비슷하게, 혹은 전혀 반대로 의심하고, 떠올리고, 느낀다. 이 때 '나'는 다른 사람에게도 '나'와 같은, 비슷한, 혹은 전혀 다른 마음이 있다는 것을 알게 된다. 어쨌든 '나'와 '다른 사람'은 뭔가 서로 **통했다**(강조는 원저자).[8] (13쪽)

하나의 "기호"를 매개로 어찌하여 "나"의 마음과 "다른 사람"의 마음은 "통"할 수 있는가? 나와 너 사이에 동일한 의미 내용이 교환될 수 있다는 것은 실로 하나의 불가사의라고 말하면서 황지우는 이러한 의사소통이 가능하다는 사실 때문에 우리는 '원초적인 의사소통'(메를로 퐁티)의 존재를 전제하지 않을 수 없다고 말한다. 그리고 문학(시)은 이 원초적 의사소통의 가능성에 의지하여 이루어지는 "일종의" 의사소통이라는 것이다. 시가 의사소통의 일종이라는 주장은 얼핏 당연해 보인다. 그러나 이 명제는 다음 두 가지 논점으로 분기되면서 자못 심각한 질문을 내포하기 시작한다.

첫째, 의사소통에 참여하는 '주체'의 문제. 황지우가 '의사소통'론을 통해 거부하고자 하는 것은 소위 "문학 본질론"이다. 어떤 시(문학)를 시(문학)로 규정할 수 있게 하는 어떤 본질적인 요소가 존재하고 그 요소는 확정적으로 기술될 수 있다는 이론에 반대하면서 그는 시의 개념은 당대의 "의미 공동체"의 구성원들이 갖고 있는 어떤 패러다임에 의해 "공시적으로" 규정된다고 주장한다. 특정 시기 특정 공동체의 구성원들은 '시적인 것(문학적인 것)'에 관한 어떤 공통감각(common sense)을 갖게 되며 이는 하나의 "제도"를 구성한다는 것이다.

둘째, '시적인 것'이 존재하는 '장소'의 문제. 그렇다면 그 '시적인 것'은 어디에 존재하는가? 그것은 시인의 주관 내부에 어떤 "섬광"처럼 존재하는 것도 아니며(주관주의), 객관적인 세계에 어디에 "리얼하게" 존재

8) 앞으로 원저자의 강조는 굵은 글씨로, 필자의 강조는 고딕체로 표시해서 구분한다.

하는 것도 아니다(객관주의). 시적인 것은 "간주관성의 역장(力場)" 속에, 즉 나와 너 '사이'에 있다. 여기에서 이 두 번째 논점은 첫 번째 논점과 합류한다. 나와 너 '사이'란 결국 의미 공동체의 '내부'와 다르지 않기 때문이다. 종합하면, 의미 공동체의 구성원들에게는 '시적인 것'에 대한 공통감각(이것이 '시적인 것'인가 아닌가를 직관적으로 알아차릴 수 있는)이 존재하고 '시적인 것'은 바로 그 구성원들 '사이'에서 인정·생성된다는 것이다.

> 어느 경우든 시적인 것은 그렇게 극단적으로 주관적인 것이 아니듯이 그렇게 극단적으로 객관적인 것도 아니다. 그것은 진정한 주관성, 진정한 객관성의 다른 이름인 '간주관성'의 역장 속에 있다. (중략) 우리가 주목하는 것은 '시적인 것'의 자격 부여와 그 틀의 형성이 시를 쓰는 사람과 읽는 사람들이 구성하는 의미 공동체에 의해 이루어진다는 사실이다. 좀 더 정확히 말해서 쓰는 자와 읽는 자 사이의 의사소통에 의존하고 있다는 점이다. (20쪽)

이 '문학=의사소통'론은 극단적인 주관주의적 관념론과 극단적인 객관주의적 유물론을 동시에 넘어서려는 시도로 간주될 수 있다. 늘 그렇듯이 이런 태도가 '극단적인' 태도들에 비해 진실에 더 가까워 보이는 것은 사실이다. 그러나 위 논변에는 간과할 수 없는 어떤 논리적 결함이 있다. 위에서 본 바대로 '문학=의사소통'론의 핵심을 이루는 것은 '시적인 것'을 의사소통할 수 있는 '우리'의 존재다. '시적인 것'과 '우리'가 '문학=의사소통론'의 두 필수 항목이라는 말이다. 그런데 문제는 이 두 항목이 서로가 서루를 전제하는 관계라는 데에 있다. 말하자면 '시직인 것'은 우리의 공통감각에 의해 규정되고 '우리'는 시적인 것을 알아보는 능력에 의해 규정된다. 말할 것도 없이 이는 순환논법에 불과하다. 순환논법에서 벗어나기 위해서는 어느 한 항목이 실체화되지 않으면 안 된다. '시적인 것'이 먼저인가, '우리'가 먼저인가. 적어도 「신호」를 쓸 무렵인 1982년까지 그는 '시적인 것'을 규정하지 않는다. 그것을 규정하는 순간 우리는 다시 '문학본질론'으로 되돌아갈 수밖에 없기 때문이다. 그렇다면 당대의 의미공동체를 구성하는 '우리'의 실체를 규정할 수밖에 없다. 그 '우리'는 어떻게 의미공동체를 이룰 수 있는가? 혹은 '소통'은 어떻게 가능한가? 그는 "원초적으로" 가능하다고 말한다. 「신호」의 논리적 결함은 바로 이 부근에서 발생한다.

이 논리적 오점은 앞서 인용한 대목에서 이미 그 단초를 드러내고 있는 듯 보인다. 얼핏 인용문의 논리적 흐름에 큰 무리가 없어 보일 수 있다. 그가 강조하고 있는 대목을 주의 깊게 관찰하지 않는다면 말이다. 왜냐하면, 그 자신이 무심히 서술한 대로, 나와 타자 사이의 의사 (불)소통은 적어도 세 가지 차원을 갖는다. (1)나와 타자가 동일한 사유에 도달한다. (2)나와 타자는 비슷한 사유에 도달한다. (3)나와 타자는 정반대의 사유에 도달한다. 이 세 가지 경우의 수는 그러나 인용문의 마지막 문장에서, 오도적인 강조와 함께, 하나로 통합되어버리고 만다. "어쨌든 '나'와 '다른 사람'은 뭔가 서로 **통했다**"는 것이다. 그러나 황지우가 '통했다'고 표현한 의사소통의 '성공' 사례는 (3)에만 해당되는 것이 아닌가. 비슷한 사유나 정반대의 사유에 도달한 경우를 의사소통이라고 할 수 있을까. 그것은 '소통'이 아니라 '불통'이다. 그러니 이 대목의 진실은 강조점을 다른 곳으로 옮길 때 제대로 드러날 것이다. **"어쨌든 '나'**와 '다른 사람'은 뭔가 서로 통했다." 엄밀히 말해 황지우의 '우리'는 서술적(descriptive) 범주가 아니라 규범적(normative) 범주라는 말이다.

> 이러한 '또 다른 나 자신', '또 다른 주관성'의 존재에 의해 다른 사람과 뭔가 통하는 것을 메를로 퐁티는 '원초적 의사소통'이라고 부르는데, 실제로는 그러한 **간주관성이 있기 때문에 의사소통이 되는 것이라기보다는 의사소통이 되었기 때문에 그것의 존재가 전제되었다**고 보여진다. **어찌되었건**

> '우리에게 문학은 무엇인가'라고 했을 때의 그 '우리'는 원초적 의사소통이 가능한, 이러한 간주관적인 자장(磁場)권을 가리킨다고 나는 말하고 싶다. (14쪽)

그의 '우리'는 불특정 다수인 우리가 아니라 특정한 '우리'다. 그것은 "원초적인 의사소통이 가능한, 이러한 간(間)주관적인 자장권"으로 규정되며 이 '의미 공동체'는 "동일한 사회적 사건, 동일한 행동 양식, 동일한 역사 안에 있는 유적 존재"라고 부연된다. 촘촘히 논리적 그물을 짜는 황지우로서는 이례적이게도 다시 한 번 징후적인 '어찌되었건'이 등장하는 위 인용문은 시의 소통을 가능하게 하는 '간주관성'이라는 신비는 소통이 성공한 사례를 통해서 소급적으로 '전제'되는 것이라는 사실을 드러낸다. 따라서 '우리'를 "의사소통이 가능한 간주관적인 자장권"이라고 정의하는 그의 방식은 엄밀히 말하자면 규정(definition)이라기보다는 한정(limitation)이라고 해야 한다. 그는 "**아무튼** 인간은 **기적적**으로 언어가 있고, 그래서 대화를 하고, 그래서 이해를 한다"(25)는 것, 즉 의사소통은 '어쨌건' 이루어지고 있다는 것을 경험적으로 관찰하고, 이를 통해 '원초적인 의사소통' 메커니즘이 존재하는 것이 분명하다고 귀납적으로 '전제'한 뒤, 그것을 '어쨌든', '어찌되었건', '아무튼'의 방식으로 일반화하고 있다.

이와 같은 관찰(의사소통이 성공하는 사례가 있다), 소급적 전제(원초적 의사소통이 존재한다고 봐야한다), 일반화(따라서 원초적 의사소통은 존재한다)를 거치면서 그의 '의미 공동체'라는 개념은 중립적인 사실 개념이 아니라 이상적인 가치 개념이 되어 버린다. 간주관성, 의사소통, 의미공동체 등의 개념은 '지금-여기'에서 벌어지고 있는 현실적 사태와 관계하는 것이 아니라, 마땅히 그래야만 한다고 가정되는 규범적 사태와 관계한다. 의사소통이 가능한 나와 너를 의미 공동체라 부른다는 규정의 이면은 의사소통이 가능한 나와 너만이 의미 공동체에 포섭될 수 있다는 한정이다. 그가 사실상 후자를 말하고 있는 곳에서 그럼에도 불구하고 전자를 말하고 있다는 제스처를 취할 때 황지우의 글에는 논리적 애매함이 발생한다.

그가 하버마스(Habermas)에 의지하고 있다는 점에 주목해야 한다.[9] 그의 동요는 하버마스적인 동요이다. 하버마스의 '보편 화용론(Universal-pragmatiks)'[10]은 우리의 일상적인 의사소통 행위 안에는 해방된 삶의 모델을 예시하는 '이상적 담화상황'이 내재되어 있다고 주장한다. 이 주장은 곧장 다음과 같은 의문을 부른다. '이상적 담화상황'은 우리가 도달해야 할 '이상'인가, 아니면 구조적으로 내재하는 하나의 '선험'인가? 이 물음을 황지우에게 다시 물을 수 있다. 문학적 의사소통은 우리가 쟁취해야 할 하나의 이상인가, 아니면 구조적으로 내재하는 선험(소위 '원초적 의사소통')인가? 그것을 '선험'이라고 주장하는 것이 (지금까지 살펴본) 「신호」의 전반부라면, 그것을 '이상'이라고 말하는 것이 (앞으로 살펴볼) 「신호」의 후반부이다. 전・후반부 사이에는 어떤 균열이 있다.

> 문학이 의사소통의 진정한 양식이라면, 누구에게나 자신의 느낌과 확신을 내적・외적 억압을 받지 않고 말할 수 있는 **자유로운 담화 상황의 보장**을 먼저 필요로 한다. 이 점에서 문학은 어쩔 수 없이 정치와 대응된다. (중략) 정치가 '다원적인 것'보다 '연대적인 것'을 강조하고, 자유로운 토론의 값비싼 비능률성을 강력한 영도력의 값싼 능률성으로 대체하거나 정치권력이 직접적인 폭력의 극약 처방에 의해 지탱되고 있을 때, 문학의 의사소통의 통로는 크게 위축되거나 아예 끊겨버린다. 문학은 그럼에도 불구하고 그 통로를 뚫으려 한다. (27-8쪽)

---

9) 황지우는 "나는 의사소통의 일반이론으로서 하버마스의 보편적 화용론을 문학적 언어 행위에 약간 단순화시켜 적용하고 있다. 특히 그의 『의사소통과 사회진화』의 34-6쪽을 참조한다"(25쪽)라고 썼다.

10) ≪우리 세대의 문학≫에 발표된 판본에는 '보편활용론'으로 표기되어 있고 이후에 『사람과 사람 사이의 신호』에 재수록된 판본에는 '보편활동론'이라 표기되어 있다. 이 반복적인 오류가 황지우의 오해인지, 편집자의 실수인지는 알 수 없다.

이 대목에 이르면 "어떻게 (문학의) 소통은 가능한가?"라는 질문과 "원초적 의사소통이 존재하기 때문에 가능하다"라는 대답은 "(문학적) 의사소통은 어째서 불가능한가?"라는 질문과 '이상적 담화상황'을 쟁취하기 위해서 문학은 무언가를 해야 한다"는 응답에 자리를 내준다. 이 문제설정의 교체는 잉여를 남기며, 적어도 「신호」 안에서 이 균열은 해소되지 않는다. 배치되는 두 종류의 문답이 역설적으로 동거하고 있다는 말이다. (1)문학이 '소통'되고 있다는 그 신비를 증명하기 위해서는 의사소통의 성공을 전제할 수밖에 없거니와, 이는 나의 메시지를 온전히 수신하는 타자를 자동적으로 전제하게 만든다. (2)그러나 문학이 그 자신의 존재 '가치'(의사소통의 매체가 된다는 가치)를 증명하기 위해서는 '의사소통의 일반화된 실패'를 가정하지 않을 수 없으며, 이는 메시지를 온전히 수신하는 데 실패하는 타자를 가정하지 않을 수 없게 된다.

이는 타자의 이중화와 주체의 분열을 동시에 초래한다. 이런 식이다. (1)나는 의사소통을 억압하는 사회적 현실 때문에 의사소통으로부터 차단되어 있는 독자를 향해 쓴다. 그것이 내 문학의 가치다. (2)그러나 나의 문학이 존재하려면 내 문학과의 의사소통이 가능하다고 간주되는 독자를 설정하지 않을 수 없다. 그들이 나의 실제적인 독자다. (1)과 (2)를 종합하면, 나는 내 문학이 필요한 독자를 향해 쓰지만, 내 문학과 소통할 수 있는 사람은 그들이 아니라 내 문학이 필요 없는 사람들이다, 라는 모순이 발생하고 만다. 이 패러독스를 다음과 같이 정식화해 볼 수 있을 것이다. **나는 나를 필요로 하는 사람들을 위해 쓰고, 나를 필요로 하지 않는 사람들에 의해서만 이해된다.** 이것은 과연 소통인가? 가라타니 고진(Karatani Kojin)이라면 아니라고 대답할 것이다. 그에 따르면 같은 말을 사용하는 동일자들 내부에서는 소통의 곤란이 발생하지 않는다. 내가 말하면 네가 듣고 우리는 소통한다. '말하다-듣다'의 관계만이 존재할 뿐 여기에는 타자가 없다. 그러나 같은 말을 사용하지 않는 나와 너 사이의 대화에서 나는 가르치고 너는 배워야 한다. 여기에서 성립되는 것은 '가르치다—배우다'의 관계이고 이제 동일자들 내부의 소통이 아니라 타자와의 소통이 문제가 된다.[11] 그리고 진정한 의사소통은 오직 후자에서만 문제시된다.

황지우가 '우리'라고 말할 때 그는 그 개념을 서술적 개념으로, 즉 "동일한 사회적 사건, 동일한 행동 양식, 동일한 역사 안에 있는 유적 존재"를 지칭하는 집합적인 범주로 사용하고 있지만, 이 개념 안에는 타자의 존재가 배제되어 있다고 해야 한다. 그런데 문제는 그의 시가 겨냥하고 있는 대상이 다름 아닌 그 타자라는 점에 있다. 의사소통으로부터 배제되어 있는(다른 말을 사용하고 있는) 타자, 혹은 이데올로기에 지배당하고 있는 타자 말이다. 그렇다면 앞의 정식화는 다음과 같이 재정식화될 수 있을 것이다. **난 타자를 위해 쓰고 동일자들에 의해서 이해된다.** 황지우가 보편화용론에 입각하여 '우리'를 전제할 때 그가 놓치고 있는 것은 바로 타자다. 의사소통의 문제를 '우리'의 범주에서 논리화하려는 시도는 '순환논법이냐 패러독스냐'라는 양자택일로 귀착된다. 그리고 이것은 이미 시(문학)의 범주를 넘어서는 것이다.

3. "시적인 것은 실재로 있다"—간주관성에서 실재성으로

의사소통의 문제를 '우리'로부터의 추론으로 감당하기 어렵다면 다른 길은 없는가? 반대 방향에서 돌파하는 길, 즉 '시적인 것'의 실재성을 주장하는 길이 있을 것이다. '우리'가 실재하고 그 '우리'가 '시적인 것'을 규정한다고 보는 것이 아니라, 반대로, '시적인 것'이 실재하고 그것이

11) 가라타니 고진(柄谷行人), 앞의 책, 같은 곳.

'우리'를 규정한다고 생각해 볼 수 있지 않겠는가. 우리가 앞에서 지적한 교착을 황지우가 인식했든 못했든, 그가 '우리'를 전제하여 '시적인 것'의 간주관성을 주장하기를 그치고 시적인 것의 '실재성'을 주장하는 방향으로 나아간 것은 논리적으로 필연적이다. 그러나 그가 「신호」에서는 시적인 것의 간주관성을, 「시적은 것은 실재로 있다」(이하 「실재」)에서는 시적인 것의 실재성(객관성)을 주장했다는 식으로 그 단절을 단언하기는 어렵다. 이미 「신호」에서 '시적인 것'이라는 개념 역시 그의 '우리' 개념이 그러하듯 어떤 혼란을 동반하고 있는 탓이다.

> **"나는 시를 쓸 때, 시를 추구하지 않고 '시적인 것'을 추구한다**. 바꿔 말해서 나는 비시(非詩)에 낮은 포복으로 접근한다. '시적인 것'은 '어느 때나, 어디에도' 있다. 물음표 하나에도 있고, 변을 보면서 읽는 신문의 심인란(尋人欄)에도 있다. (중략) 나에게 시는 '시적인 것'의 '보기'(창조가 아니다!)에 의해 얻어진다. 시를 통해서 우리는 하마터면 못 보았을 것을 본다. 나는 소리, 비명까지도 그것의 음운론적 '메아리'를 따라 마치 슬로우 비디오를 보듯 보여주려고 한 적이 있지만, 시적인 것을 '보면서 보여주는 것'이 시라고 생각한다. (16-17쪽)

위 인용문은 「신호」에서 가져온 것이다. 위 인용문의 논지는 "'시적인 것'의 자격 부여와 그 틀의 형성이 시를 쓰는 사람과 읽는 사람들이 구성하는 의미 공동체에 의해 이루어진다"는 같은 글에서의 다른 주장과 미묘하게 엇갈린다. 그는 '시적인 것'을 간주관적인 것이라고 말하면서 동시에 그것이 "어느 때나, 어디에도" 있는 실재적인 것, 즉 객관적인 것이라고도 말한다. 그는 간주관성과 객관성 사이에서 머뭇거리고 있는데, 이는 앞서 얘기한 바대로 그의 '우리' 개념이 그 서술적 성격과 규범적 성격 사이에서 흔들리고 있는 것과 나란한 것이다. 그러나 3년 뒤에 발표한 「실재」에서 그는 시적인 것의 존재론적 지위를 객관적인 것으로 보는 관점으로 이동한다. 어떤 것을 '시적인 것'이라고 부를 수 있을 때 그 명명은 시인과 독자의 공동 작업이었으나 이제는 아니다.

> **시적인 것은 그것을 받아들이는 이가 부여한 가치가 아니죠. 그것은 시 안에 서든 밖에서든 발견되는 어떤 아이디어와 같은 것입니다.** (중략) 내가 시적인 것은 객관적인 것이다라고 말하는 것은 대담한 발언입니다. 그러나 브레히트가 갈릴레이의 발견을 시적인 발견과의 유추로 끌어 들였던 것을 예로 들어 말한다면, 갈릴레이에 의해 발견된 아이디어가 그의 마음 상태에 객관적으로 존재하는 것과 마찬가지로, '시적인 것'은 주체에 대해 객관적으로 존재합니다. 그것은 실제로, 자율적으로 존재합니다. (34-5쪽)

그렇다면 독자가 할 일은 이제 없는가? 그렇지는 않은 것 같다. 첫 두 문장에 주의해야 한다. 이제 문제는 더 이상 '시적인 것'에 대한 가치 부여가 아니다. 시적인 것은 가치를 부여 받기 전에 '거기에 이미' 존재한다. 시인과 독자가 할 일은 어떤 것을 시적이라고 '가치 부여'하는 것이 아니라 그것을 '발견'하는 것이다. 독자가 할 일이 없어진 것은 아니지만 그 역할은 확실히 바뀐 것처럼 보인다. "시는 시의 주체인 **시인과 독자에 의해 발견되고 만들어지고 받아들여진,** 그리고 시의 객체인 언어 속에 육화되어진 '시적인 것'"12)에 의해 지탱된다. '가치 부여'에서 '발견'으로 강조점이 이동한 것은 물론 시적인 것이 간주관적인 것에서 실재적인 것으로 이동한 것에 이끌려나온 변화이다. 이 변화는 그가 동일한 비유를 전혀 다른 맥락에서 사용하는 것에서도 발견된다. 「신호」에서 그는 '시적인 것'이 간주관적이라고 말하면서 그것은 "우리가 TV에서 보는 영상들을 객관적으로 '리얼하다'고 부르는 것처럼 객관적으로 리

12) 그러나 이런 정리를 위협하는 것은 또 다시 시인 자신이다. 그는 "시적인 것을 우리가 인식하기 때문에 그것이 존재하는 것이 아니라 그것이 존재하기 때문에 우리가 그것을 인식한다"고 단언하면서도, 본문에서 또 다시 시적인 것을 "시인과 독자에 의해 발견되고 **만들어지**"는 것이라고 하여 혼란을 초래한다. 시적인 것은 이미 존재하며, 우리는 사후적으로 그것을 발견하는 것인가, 아니며 우리가 그것을 발견하기 때문에 그것은 만들어지는 것인가?

얼하다고 말할 수 없"(20쪽)다고 말한 바 있다. 그러나 「실재」에서 그는 시적인 것은 실재적이라고 말하면서 그것을 "우리가 TV 화면 위에 떠오른 그림들을 그냥 실재적이라고 부르는 그런 범위에까지 좀 과감하게 확장할 수는 있을 것"(36쪽)이라고 말한다. 그러고 보면 이 글에서 황지우는 유독 물리학적 비유를 즐긴다. 예컨대 그는 전류나 가스가 눈에 보이지 않지만 실재하듯이 시적인 것도 그런 방식으로 실재한다는 식으로 말한다. 이것은 단지 비유들일 뿐인가?

이 비유들이 의미심장한 것은 역설적이게도 이것이 더 이상 비유가 아니기 때문이다. '시적' 대상의 존재를 '과학적' 대상과 유비하여 시적인 것의 과학적 실재성을 주장하는 것은 실상 「실재」의 궁극적 목표이기 때문이다. 그는 "시적인 앎과 과학적인 앎 사이의 경계가 흐려져 있다"(40쪽)는 것만 입증되면 논의는 끝난다고 단언한다. '시적인 것'의 존재론적 지위라는 그의 논점은 사실상 시론이 도달할 수 있는 최대치의 물음이자 궁극의 물음이다. 아울러 시적인 것과 과학적인 것과의 구조적 동일성까지를 증명할 수 있다면 이는 시학에 있어서 궁극의 물음에 대한 궁극의 논증일 수 있을 것이다. 이 "대담한" 기획이 확증된다면, 즉 시적인 것의 (과학적) 실재성이 확증된다면, 어느 날 시가 내게로 찾아 왔다든가 혹은 나는 신의 말을 대신 받아쓴 것에 불과하다든가 하는 식의 낭만주의적 발상은 척결되고 말 것이다. 그 논증·확증은 과연 성공했는가?

황지우가 "시적인 앎과 과학적 앎 사이의 경계가 흐려져 있다"는 것을 입증하는 방식은 다음과 같다. 시적 언어와 과학적 언어의 차이를 규정하는 일반화된 방식 중의 하나는 전자가 비지시적(환기적, 표현적) 기능을 갖고 후자는 지시적(전달적, 재현적) 기능을 갖는다는 식으로 분별하는 것이다. '지시적인가 비지시적인가'라는 문제는 '검증 가능한가 아닌가'라는 문제와 연결된다. 따라서 시적 언어는 비지시적이기 때문에 그

참·거짓을 검증할 수 없으므로 '무의미한' 명제이고, 과학적 언어는 지시적이기 때문에 참·거짓을 검증할 수 있는 '유의미한' 명제라는 결론에 도달하게 된다. 그렇다면 이 둘의 차이를 무화시키는 방법은 (1)'시적 언어도 지시적이다', (2)따라서 '참·거짓을 가릴 수 있다'는 것을 입증하는 것일 터다. 황지우가 시도하는 것 역시 이것이다. 그의 주장을 테제화하면 다음과 같다.

> (1) 시적 진술은 사실적 진술에 비해 그 지시 방식이 다르긴 하지만 거기에 지시 기능이 있다는 것은 분명하다. (43쪽)

이를 예증하기 위해 그는 자신의 시 「심인」(Ⅰ)을 예시한다.

> **김종수** 80년 5월 이후 가출
> 소식 두절 11월 3일 입대 영장 나왔음
> 귀가 요 아는 분 연락 바람 누나
> 829-1551
>
> (중략)
>
> 나는 쭈그리고 앉아
> 똥을 눈다

신문의 심인란을 패러디한 위의 시에서 작품 안에 거명된 인명, 전화번호, 날짜 등은 허구다. 현실에서 그에 상응하는 지시체를 찾을 수 없다는 의미에서는 지시적 기능이 없다. 그러나 역설적이게도 이 허구는 현실 속에 그에 상응하는 지시체가 없기 때문에 오히려 지시체를 '생산'해낸다. 즉 시적 진술은 그것이 허구임에도 불구하고, 아니 오히려 허구이기 때문에, "현실을 **생산적 방식**으로 지시한다"(42쪽)는 것이 황지우의 첫 번째 논점이다. 다음은 두 번째 테제다.

> 2) 픽션작품(시, 비극, 소설)을 이해하는 데 있어서도, 그 이해가 믿음에 의존한다는 것을 받아들인다면, 참·거짓을 가릴 수 있다.(45쪽)

픽션은 허구이지만 오히려 허구이기 때문에 더 감동적일 수 있다. "허구의 감동은 그 허구에 대한 우리의 '불신의 자발적인 정지'를 전제하"기 때문에 발생한다. 허구는 우리가 그것을 믿을 때 현실보다 더 현실적인 어떤 것이 된다. 물론 이에 대한 반론은 과학적인 것은 우리의 '앎'의 대상이지만 허구적인 것은 단지 '믿음'의 대상일 뿐이므로 엄밀히 말해 둘은 다르다는 것이 될 것이다. 그러나 '앎' 역시 어느 수준에서는 '믿음'을 기초로 하는 것이라면? 붉은색과 푸른색이 다르다는 '앎'은 보라색의 입장에서 볼 땐 하나의 '믿음'이 아닌가라고 그는 반문한다. 이제 '앎'과 '믿음'의 절대적인 구분은 침식되며, 허구적인 것이 던져주는 어떤 통찰은 이제 '믿을 수 있는가 없는가'의 문제가 아니라 '정확한가 아닌가'의 문제로, 즉 참·거짓 판단이 가능한 명제로 전이된다. 요컨대 시적인 앎과 과학적인 앎은 그것에 대한 명제가 (그 방식은 다르지만) 공히 지시적 기능이 있으며 진위 판단이 가능하다는 점에서 서로 다르지 않다는 것이다. 그렇다면 논증은 끝났는가?

그러나 이것은 기묘한 논증이다. 이 논증이 밝혀낸 것은 시적 명제(앎)와 과학적 명제(앎) 사이에는 공통점이 있다는 것이다. 그런데 앎의 기능 혹은 지시적 '기능'의 구조적 동일성은 그 지시 '대상'의 동일성을 보증하는가? 그렇지는 않은 것 같다. 명제의 구조적 동일성은 대상의 본질적 동일성을 보증하지 않는다. 따라서 시적인 것(대상)의 실재성을 과학적인 것(대상)의 실재성에 의지하여 확증하려고 한 본래의 목표는 충족되지 못한 것으로 보인다. 그렇다면 다른 길은 없는가? 우리가 개입해야 할 대목이 바로 여기다. 개입의 빌미를 제공하는 것은 황지우 자신인데, 그는 시적인 것의 실재성을 주장하기 이전에 흥미롭게도 '문학은 징후다'(31쪽)라는 명제를 제출한 적이 있다. 이 명제에 대해 그는 충분히 말하지 않았다. 어쩌면 이 명제를 통해서 시적인 것의 실재성을 더 강하게 주장할 수 있었을 지도 모르는데 말이다.

4. "시는 증상(과의 동일시)이다"—황지우의 윤리학과 시학

여기에서 다시 음미해야 할 것은 전류나 가스가 눈에 보이지 않지만 실재하듯, 시적인 것 역시 보이지는 않지만 실재한다는 황지우의 유비다. 전류, 가스, 시적인 것, 이 모든 것들은 가시적인 현실이 아니지만 엄연히 존재하는 실재다. 우리는 감전될 때 전류를 지각하고 가스레인지에서 파란 불꽃이 점화될 때 가스를 인지한다. 그것들의 실재성은 현실 속에서 드러나지 않지만, 우리는 현실의 어떤 틈을 통해서, '감전' 혹은 '점화'의 형식으로 그것을 지각한다. 어쩌면 전류 혹은 가스와 시적인 것의 차이는 그 감전과 점화가 일어나는 장소의 차이일 뿐이라고 말할 수 있을지 모른다. 시적인 것은 전선이나 가스레인지에서가 아니라 "씌어진 것과 씌어지지 않은 것"(39쪽) 사이에서, "텍스트와 침묵"(39쪽) 사이에서 '점화'되어 우리를 '감전'시키기 때문이다. 그렇다면 시적인 것과 과학적인 것 사이의 유비를 그 명제적·구조적 동일성에서 찾기보다는 그 대상성(objectivity)의 차원에서 찾아보는 편이 낫지 않겠는가. 시와 과학이 모두 눈에 보이는 현실 이면의 어떤 '리얼한 것(the real)'을 추구하는 것이라면, 오히려 현실적인 것(reality)과 실재적인 것(the real)을 분별하는 방향으로 나가야하는 것이 아닐까?

정신분석학의 도움을 받아 논증을 진전시켜 볼 수 있을 것이다. 현실적인 것과 실재적인 것의 구별이 정신분석 임상에서 핵심적인 중요성을 갖는다는 사실은 잘 알려져 있다. 주체는 상징적 질서 속에서 끊임없이 미끄러지면서, 스스로 '현실'이라 상상적으로 믿고 있는 어떤 세계 속에서 산다. 상징적 질서는 주체의 존재 조건이고, 상상적인 것은 그 버팀목이다. 그러나 이런 '현실'이 가능할 수 있는 것은 거기에 무언가가 은폐되어 있기 때문이다. 주체의 세계 속으로 상징화되어 포섭될 수 없기 때문에 누락된 그것을 정신분석학은 외상(trauma)이라고 명명한다. 주체가 드러내는 증상에는 이 외상이라는 실재가 그 '증상의 뿌리'[13]로 자리 잡고 있다. 이것이 주체의 '현실' 이면에 있는 '실재'다.[14] 이와 같은 실재의 논리가 사회적-이데올로기적 영역 속에서는 '적대(antagonism)'(Laclau · Mouffe)의 형태로 작동한다. 사회적-이데올로기적 영역이 조화로운 '전체'로 (상상적으로) 통합되지 못하게 만드는 "순수한 부정성, 외상적인 한계"로서 말이다. 사회적 '현실'이라는 상징적 질서는 이 '적대'를 (이데올로기를 통해) 은폐함으로써만 상상적으로 구성될 수 있다. 그 틈에서 사회적 증상(징후)이 출현한다. 그리고 그 증상은 이 사회 어딘가에 심각한 고장이 발생했다는 것을 폭로한다.

현실적인 것과 실재적인 것을 이렇게 구별할 수 있다면, 시적인 것은 현실적인 것은 아니지만 실재한다는 황지우의 테제("시적은 것은 실재로 있다")는 약간의 수정을 통해 더 명료해질 수 있을 것이다. "시적인 것은 실재로(서) 있다"라고 말이다. 시적인 것은 실재적인 것과 대등한 것이

---

13) Paul Verhaeghe & Frédéric Declercq, "Lacan's Analytic Goal : Le sinthome or the Feminine Way", Luke Thurston (ed.), *Re-inventing the Symptom-Essays on the final Lacan*, Other Press, 2002, p.60 참조.

14) 이와 같은 라캉-지젝의 '실재' 개념의 그 내포와 의의에 대한 간명한 정리는 Slavoj Žižek · Glyn Daly, *Conversation with Žižek*, Polity, 2003에 수록되어 있는 Glyn Daly의 서론에서 찾아볼 수 있다. 아울러 1)주체의 수준에서 그 실재는 그의 '증상(증환)'이며, 2)간주체적 관계에서 남성과 여성의 '성적 차이(sexual difference)'는 실로 상징화 불가능한 실재라고 할 수 있을 것이고, 3)오늘날의 포스트모던 사회에서 실재는 곧 '자본' 그 자체라고 할 수 있다. 1)에 대해서는 각주 13의 글을, 2)와 3)에 대해서는 Slavoj Žižek, *The Ticklish Subject*, Verso, 1999, ch.5를 참조.

고, 그것이 "씌어진 것과 씌어지지 않은 것 사이"에서, "텍스트와 침묵 사이"에서 점화될 때 시가 탄생될 수 있다면, 우리는 현실을 도외시한 채 내적인 우주를 유영하기를 즐기는 낭만주의의 유아론(唯我論)과 거리를 두면서 동시에 현실 반영을 지고의 가치로 내세우는 '소박한' 리얼리즘과도 거리를 둘 수 있게 되지 않겠는가. 이런 까닭에 황지우의 테제는 다음과 같이 재정식화될 수 있을 것이다. **시적인 것은 실재적인 것**이다. 그리고 이 테제에 기반 한다면, 황지우의 다음 말 속에서 우리가 읽어낼 수 있는 것은 더 많아질 것이다.

> 문학은 혁명에 관여하는 것이 아니라 그것의 조짐에 관여한다. 그리고 문학은 반혁명에 관여하는 것이 아니라 그것의 상처에 관여한다. **문학은 징후이지 진단이 아니다.** 좀 더 정확히 말해서 징후의 의사소통이다. 작가는 독자로 하여금 그 징후를 예시 받을 수 있게 하는 것으로 그쳐야 한다. 그래서 독자가 단순히 읽는 것이 아니라 그 징후의 내적 의미를 '자발적으로' 해석하고 재구성할 수 있게 해야 한다. 바로 이것이 해방을 예시하는 방식이다. (31쪽)

시적인 것이 실재적인 것이라면, 그리고 실재적인 것이 증상(징후)을 통해 귀환하는 것이라면, 또 하나의 테제가 추가되어야 할 것이다. **시적은 것은 증상(징후)적인 것이다.** 황지우가 위 인용문에서 지적하고 있는 것은 문학은 그 자신을 배태한 한 시대, 한 사회를 진단하고 치료하는 것이기 보다는 증상(징후)을 드러내는 것이어야 한다는 것, 더 정확히 말하면 문학은 바로 그 증상이 되어야 한다는 것이다. 말하자면 시인은 의사가 아니라 환자여야 한다는 것, 그리고 시는 사회의 어딘가에서 발생한 심각한 고장을 바로 자기 자신의 고장으로 받아들여야 한다는 것이다.[15] 이는 문학의 계몽적 기능(진단과 치료)을 강조한 동시대의 다른 이

15) 황지우가 유마힐의 사례를 통해 암시하려고 했던 사태가 바로 이것이다. 문수보살이 몸져누워 있는 유마거사를 방문했을 때, 병의 원인에 대해 묻는 문수보살에게

들과 황지우를 구분하지 않을 수 없게 만드는 '황지우적인 것'의 한 실체다.

이를 구체화하기 위해 다시 정신분석의 임상적 차원으로 이동해보자. 시가 증상이 '되는' 단계는 정신분석 임상에서 소위 '분석의 종결' 단계와 유사한데, 이 단계를 '증상과의 동일시(identification with the symptom)'라 부른다. 성공적인 분석은 주체를 (자신의 증상으로부터 떼어놓는 것이 아니라) 자신의 증상과 '동일시'하는 지점으로 데려간다는 이 역설적인 언명은 일반적으로 분석 이전의 주체가 그 자신을 '**타자**(the Other)'와 동일시하고 있기 때문에 그 자신으로부터는 소외되어 있다는 사실을 염두에 두어야 이해될 수 있다. 성공적인 분석을 통해 주체는 '타자는 없다'는 사실을 받아들이게 되며('환상의 횡단(traversing of fantasy)'), 비로소 그 자신 스스로 무언가를 '선택(choice)'하고 '창조(creation)'할 수 있게 된다.[16] 앞에서 '실재' 개념을 사회화했듯 이 '증상과의 동일시' 단계 역시 사회화할 수 있다. 이 경우 타자는 '사회'가 된다. 우리는 타자는 없다는 것을, 즉 하나로 통합되어 있는 조화로운 **사회**(Society)는 없다는 것을 인식하면서('환상의 횡단'), 체제가 개선되면 제거될 것처럼 보이는 것들이 사실은 체계 자체의 필연적 산물이라는 사실을 확인하고 그 비정상적인 '파열'과 '과잉' 속에서 진실로 접근해 들어가는 열쇠를 찾아야 한다('증상과의 동일시').[17]

유마힐은 이렇게 대답한다. "문수보살이시여, 모든 중생들의 아픔이 남아 있는 한, 제 아픔 역시 앞으로도 계속 될 것입니다. 혹시 모든 사람들이 병고에서 벗어나게 되면 그때 비로소 제 병도 씻은 듯이 낫겠지요." 불전간행회 편, 『유마경』, 박용길 역, 민족사, 1993, 90쪽.

16) '증상과의 동일시'를 비롯한 분석 종결에 관해서는 여러 2차 문헌들이 있지만 Paul Verhaeghe, "Causation and Destitution of a Pre－ontological Non－entity : On the Lacanian subject", Dany Nobus ed., *Key Concepts of Lacanian Psychoanalysis*, Other Press, 1999가 특히 간명하다. 특히 분석 종결 이후의 '선택'과 '창조'에 대해선 이 책의 pp.182-183을 참조.

17) Žižek, 앞의 책, 223쪽. 이와 같은 (사회적) 증상과의 동일시를 예컨대 다음과 같은

이런 맥락에서 문학은 그 자신을 사회적 증상과 동일시함으로써, 즉 한 사회의 증상이 '됨'으로써, '(조화로운 총체로서의) **사회**는 없다'는 사실을 입증할 수 있다.[18] 아울러 문학은 사회 속에서 의사소통됨으로써 '증상(징후)의 의사소통'을 촉발하고, 이는 독자로 하여금 '타자는 없다(사회는 없다)'는 것을 깨닫게 하면서 그 자신을 사회적 증상인 문학과 동일시할 수 있게 되고, 궁극적인 증상과의 동일시를 달성할 수 있을 것이다. 그럴 때 주체는 자신의 욕망을 타자(사회)에게 양도하고 타자(사회)를 '믿는' 단계에서 벗어나, 이데올로기의 너머에서, 스스로 무언가를 '선택' 혹은 '창조'할 수 있게 된다. 이것은 '믿음'에서 '선택'으로의 이동이다. 황지우가 말하는 저 "해방의 예시"란 바로 이 과정의 다른 이름일 것이다. 물론 이는 아직 시학이라기보다는 윤리학에 더 가까워 보인다. 그러나 이 윤리학은 하나의 시학을 잉태하고 있다.

> 나는 말할 수 없음으로 양식을 파괴한다. 아니 **파괴를 양식화**한다. (28쪽)

황지우의 가장 유명한 언명이자 그의 초기 시학의 골자를 압축하고 있는 이 에피그램은 그가 단지 기존 시의 고답적인 형식을 과감하게 파괴했다는 차원에서 읽혀져서는 안 된다. 여기서 중요한 것은 그의 시에 '해체시'라는 부적절한 명칭을 선사하는 데 일조한 첫 번째 문장이 아니라 두 번째 문장이다. '파괴의 양식화'란 과연 무엇인가? 이 질문은 이 글의 마지막 물음이자 궁극적 물음이다. 지금껏 우리가 재구성해 온 황

표현으로 정식화할 수 있다. "우리가 유태인이다, 우리는 모두 체르노빌에 살고 있다, 우리는 모두 보트피플이다 등등." Žižek, 『삐딱하게 보기』, 김소연 외 역, 시각과언어, 1995, 227쪽.

18) 이것이 시의 책무라면 시인의 임무는 아마도 다음과 같은 것이 될 수 있을 것이다. "오늘날의 포스트모던한 세계에서 비판적 지식인의 임무는 (중략) [상징적 질서라고 하는 큰 타자 안에 있는—인용자] **바로 이 구멍의 자리를 시종일관 점유하는 것**이다." Žižek, Tarrying with the Negative, Duke University Press, 1993, 서론 참조.

지우의 시론은 다음 테제들로 이루어진다. "시적은 것은 실재로 있다"가 황지우의 애초 판본이었다면, 우리는 그것을 정신분석학과의 접속을 통해 "시적인 것은 실재로서 있다", 혹은 "시적인 것은 실재적인 것이다"로 변주했다. 여기서 우리는 '문학은 진단이 아니라 징후다'라는 황지우의 또 다른 명제에 의지하여, "시적인 것은 증상적인 것이다"에로 나아갈 수 있었다. 그리고 이 테제가 어떻게 하나의 윤리학을 배태하는지 보았거니와, 이는 "시는 증상과의 동일시다"라는 말로 정리될 수 있다. 이것은 '이곳엔 무언가 훼손된 것이 있다, 내가 바로 그것이다'라는 윤리적 태도를 내포한다. 이 글의 서론에서 우리는 황지우의 의사소통에의 열망이 추구하는 것은 죽음과 사랑의 소통이라고 했거니와, '이곳엔 무언가 훼손된 것이 있다'가 죽음에 관여한다면, '내가 바로 그것이다'는 사랑에 관여한다.

'이곳엔 무언가 훼손된 것이 있다, 내가 바로 그것이다'라는 이 윤리학의 시학적 판본은 '이곳엔 무언가 말해질 수 없는 것이 있다, 나는 말해질 수 없는 것 그 자체이다'가 될 것이다. 주의해야 할 것은 이 명제가 '이곳엔 무언가 말해질 수 없는 것이 있다, 나는 그것을 말한다'와는 전혀 다르다는 것이다. 전자가 환자(증상)의 담론이라면 후자는 의사(진단)의 담론이다. 후자는 '파괴의 양식화'라는 방법론을 요청하지 않는다. 단지 '그것'을 말할 수 있는 용기와 관련된 실존적 결단의 문제를 환기할 뿐이다. 반면 '파괴의 양식화'란 이런 것이다. 앞서 인용한 바 있는 작품 「묵념 5분 27초」를 다시 음미해 보자. 이 시는 '5월 27일'에 일어났던 일을 말하고 있지 않다. 다만 '5월 27일'에 있었던 어떤 '파괴'에 대해서는 '말할 수 없다'는 바로 그 사실을 말하고 있을 뿐이다. '이곳엔 무언가 훼손된 것이 있다, 내가 바로 그것이다'라는 윤리적 차원이 시학적 차원으로 전이되면서 시 형식 자체의 훼손을 가져오게 된 것이다. '파괴'의 흔적을 '공백(침묵)'이라는 '양식'으로 말하기, 혹은 시 자신이

'파괴된 것' 그 자체가 되기의 한 사례다. 이럴 때 시는 증상에 대해 말하기를 그치고 그 자신 증상이 되어 앓는다. '파괴의 양식화'란 바로 이와 같은 시학적 차원에서의 '증상과의 동일시'다. 따라서 황지우의 최종적 테제는 다음과 같이 정식화될 수 있다. **시란 윤리적 차원과 시학적 차원에서 '증상과의 동일시'**다.

5. '증상의 시학'을 위하여

> 그때는 뭐가 뭔지 모르게, 그냥 '견딜 수 없어서' 시를 썼습니다. 그때나 지금이나 문학이란 "나, 당신과 통하고 싶다"는 의사소통의 인류적 본능에 의해 저질러지는 것이라고 나는 생각합니다. 제 이야기가 여러분에게 통했다면 인간은 지옥 속에서도 사는구나, 어쩌면 지옥 속의 삶에도 따뜻함이 있고 그 따뜻함이란 서로 통한다는 것이겠구나 하는 감이 전달되었을 것입니다.[19)]

이상, 김수영, 황지우로 이어지는 한국의 전위적 모더니즘이 보여준 유례없는 활력은 한 시대의 증상과의 철저한 동일시를 딛고 얻어진 성취다. 그리고 더욱 중요한 것은 그 윤리학이 하나의 시학을 산출해 냈다는 점이다. 오늘날의 모더니즘은 저 윤리학과 시학에 과연 얼마나 철저한가? 시를 통해 의사소통을 고민하는 일의 고통스러운 보람은 이미 낯선 것이 되어버린 것은 아닌가? 그럼에도 불구하고 이 좋은 세상에 아직도 '의사소통'이라는 화두를 붙안고 용맹정진하는 이들이 있어 "지옥의 문" 앞으로, "칼이 쏟아지는 하늘" 아래로 기꺼이 걸어가기를 원한다면, 시적인 것과 실재적인 것 그리고 증상적인 것을 계열화해서 사유하

---

19) 황지우, 「끔찍한 모더니티」, 『황지우 문학앨범 - 진창 속의 낙원』, 웅진출판, 1995, 161쪽.

는 일은 불가피하다. 적어도 우리가 시의 사회적 책무를 포기하지 않으려 한다면 말이다. 오늘날 가장 필요한 것 중의 하나는 바로 그와 같은 고민이고, 그 고민과 더불어 모더니즘은 갱신될 것이다. '증상의 시학'은 그 고민과 갱신의 노력들을 위해 준비된 명칭이다.

▸▸▸ 참고문헌

황지우, 『사람과 사람 사이의 신호』, 한마당, 1986.
이경호 · 이남호 편, 『황지우 문학앨범—진창 속의 낙원』, 웅진지식하우스, 1995.
황지우, 「이제 문학은 은둔하자」, 『21세기 문학이란 무엇인가』, 민음사, 1999.
_____, 「격류 위의 나뭇잎—모더니티, 대중문화사회, 시」, 『경계를 넘어 글쓰기』, 민음사 2001.
_____, 「근대적인 것의 붉은 반점」, 『평화를 위한 글쓰기』, 민음사, 2006.
_____, 「사람과 사람 사이의 신호」, ≪우리세대의문학≫ 2호, 문학과지성사, 1983.
_____, 「도대체 시란 무엇인가」, ≪세계의문학≫, 1983 겨울호.
_____, 「'시적인 것'은 실재로 있다」, ≪우리시대의문학≫ 5호, 문학과지성사, 1986.
_____, 「끔찍한 모더니티」, ≪문학과사회≫, 1992 겨울호.
_____, 「새로운 시의 길을 찾아서」, 한국문화예술진흥원 주최 '금요일의 문학 이야기' 강연(2000년 3월 31일) 원고, www.kcaf.or.kr
황지우 · 박수연 대담, 「시적인 것으로서의 착란적인 것」, ≪문학과사회≫, 1999 봄.
황지우 · 황현산 대담, 「그대는 모더니스트인가?」, ≪포에지≫ 창간호, 나남출판사, 2000.
황지우 · 이인성 · 김화영 대담, 「한국문학의 사생활」, ≪문학동네≫, 2005.

제3부 존재탐구의 새로운 지평

서정주

김현승

이형기

정한모

오세영

최동호

정현종

서정주의 서정시학과 동양적 심미주의

1. 서정주 시론의 맥락과 특징

서정주의 시는 김소월과 김억 등의 민요시파와 정지용, 이병기와 같은 문장파, 자연과의 유기적 세계를 보였던 청록파의 시들과 더불어 전통적 서정시로 분류된다. 그런데 동일한 서정시의 계열로 분리된다고 해도 중요한 것은 서정주 시의 독자적 특징으로 귀속되는 전통성을 어떤 것으로 볼 것인가와 서정성의 개념은 무엇인가에 관한 논의일 것이다. 가령 문장파의 전통성이 상고취미로 구체화되는 유가적 세계관이고 청록파와 민요시파의 그것이 구전되어 온 재래의 가락으로 나타난다면 서정주 시의 전통성은 무엇일까하는데 문제의 핵심이 놓여져 있다고 할 수 있을 것이다. 그리고 우리 근대시의 큰 획의 하나인 모더니즘 시나 리얼리즘 시, 소위 민중시와 구별되는 서정시의 명칭은 어느 자리에 놓이는 것일까 하는 것도 관심의 초점이 된다고 하겠다.

한편 전통의 근거를 어느 시점으로까지 거슬러 올라갈 수 있는지가

---

* 송기한 / 대전대학교 교수

여전히 모호한 문제로 남아 있으며 모더니즘 시나 참여시가 통칭 서정시와 동일한 의미로 사용되는 시의 하위 개념으로 남아 있게 된다. 따라서 '전통적 서정시'라는 말은 다분히 편의적으로 사용된 개념이라고 할 수 있다.

그러나 지금까지 서정주에 대한 연구는 이 범주 위에서 전개되어 온 것이 사실이다. 가령 서정주 시의 동력으로 분석되었던 '영원'이나 '풍류'에 대한 논의는 동양미학의 실체를 드러내는 것인데,[1] 이들 연기설이나 윤회설 등의 영원주의는 고대로부터 이어져온 우리 민족의 전통적 세계관이자 삶의 양식이었던 것이다. '질마재'라는 협소한 지방색을 통해 우리 민족의 생활이 묘사되었을 때에도 '전통성'은 여전히 유효한 범주였다. 아울러 모더니즘 시나 민중시가 아니라는 의미에서 '서정시'라 명칭한 것 역시 어떠한 문제의식을 불러일으키지 않았다.

이에 근거를 두고 서정주를 다룬 대다수의 연구들은 영원주의를 가장 분명하고도 안정되게 그리고 있는 『신라초』, 『서정주시선』, 『동천』 등 중기시를 초점으로 하고 있고, 이것과 이질적인 초기시집 『화사집』은 이들과 어떻게 차질되고 혹은 연결되고 있는가에 대한 관심으로 이어지기도 했다. 『화사집』에 대한 논의가 중기시들과의 차이점을 드러내는 데에 주어지고 있는 것은 서정주를 영원주의라는 전통적 세계관의 범주

---

1) 서정주 시에 대한 연구는 본능적 관능을 보인 초기시 『화사집』에 대한 것과 『귀촉도』 이후의 변모 과정을 영원성 추구의 관점에서 살피는 것, 혹은 이 두 과정 사이의 변모를 밝히는 것, 그리고 후기시 『질마재 신화』나 『떠돌이의 시』들을 민간적 신화의 세계로 보는 것으로 크게 구분해 볼 수 있다. 첫 번째에 해당되는 것으로는 조연현의 「원죄의 형벌」(『문학과사상』, 세계문화사, 1949. 12), 남진우의 「남녀 양성의 신화」(『시운동』, 1987. 3.) 등이 있고 서정주의 시적 변모 과정을 살피는 연구로는 송욱의 「서정주론」, 김인환의 「서정주의 시적 여정」, 천이두의 「지옥과 열반」, 황동규의 「탈의 완성과 해체」, 김재홍의 「미당 서정주」(모두 『미당연구』, 민음사, 1994.에 수록됨) 등이 있다. 후기시에 관한 연구는 김윤식의 「전통과 藝의 의미」, 신범순의 「질기고 부드럽게 걸러진 영원」(같은 책)을 참고할 수 있다.
이들 연구에서 초기시 이후의 시적 편력은 동양적 세계관으로 침윤되어 가는 과정으로 나타나고 있다.

로 확고히 위치시키는 결과를 낳는다. 서정주를 근대에 대한 미달현상인가 혹은 반근대인가 하는, 근대성을 중심으로 한 부정적 혹은 긍정적 평가가 뒤이은 것도 바로 이 점 때문이다.[2)]

그런데 서정주의 시에 연구자들의 관심이 집중되었던 것에 비해 볼 때 서정주의 시론은 거의 주목의 대상이 되지 못하였다.[3)] 이는 서정주의 시가 규모나 깊이, 그리고 언어적 매력으로 연구자들을 관심을 끈 반면, 시론의 경우는 그 내용이 피상적일 뿐만 아니라 체계적이지 못해서 하나의 정립된 시학으로 나아가지 못했기 때문이다. 시작법이나 현대시사같은 강의 자료로 사용한 것들은 대부분 개괄적인 소개에 그치고 있어 서정주만의 득의의 영역이 보이지 않는 것이다.

그러나 그의 시론 중「시의 체험」,「시의 상상과 감동」,「시의 영상」,「시의 지성」,「시의 언어Ⅰ」,「시의 언어Ⅱ」,「시의 암시력」,「시작과정」 등은 그의 시학을 보여주는 중요한 자료가 된다. 이들 시론에서는 먼저 리얼리즘 시와 주지주의, 주정주의 시관의 편견과 오해에 대해 다루고 있다. 시가 다룰 수 있는 '현실'의 범위가 상당히 넓은 것이며 위대한 시는 知와 情이 서로에게 우월적으로 존재하는 것이 아니고 특히 동양에서는 이들이 '마음'으로 합치된다고 말하고 있다. '시심' 곧 동양적 '마음'은 과잉되지 않도록 절제와 지혜로 다스려지는 감정을 의미한다. 시인은 이러한 시심을 다루는 데 있어서 개념적인 언어가 아닌 민족 생

2) 서정주에게 리얼리즘 정신이 결여되어 역사의식으로 이탈된 시세계를 보인다고 지적한 경우는 대표적으로 김우창의「한국시와 형이상」, 과 최두석의「서정주론」(위의 책)이 있다. 이들은 서정주의 영원주의적 시들이 전근대적인 것이며 현실인식이 없는 것이라며 부정적으로 보고 있다.

3) 서정주의 시론에 대한 연구는 이승훈의 것이 있으나 기존의 모더니즘과의 변별을 드러내는 측면만을 다룸으로써 서정주 시론에 대한 본격적인 연구는 이루지 못하고 있다. (이승훈,「서정주의 시론」,『한국현대시론사』, 고려원, 1993) 한편 신범순의「서정주에 있어서 '침묵'과 '풍류'의 시학」(『한국 현대 시론사』, 한국현대문학연구회, 1992)는 김춘수와의 대담과 관련하여 서정주 시 창작의 문제를 다루고자 한 시도로 보여진다.

활어를 시어로 써야 한다고 주장한다. 나아가 서정주는 시의 암시성과 산문문학에 대항한 시의 정형성에 대해 표명하기도 한다.

이런 그의 주장을 따라가다 보면 그의 시론이 작품 못지 않은 깊이와 넓이가 있음을 알게 해 준다. 한 시인에게 있어 시론은 시창작의 근본원리에 해당한다. 시론이야말로 특정 시인의 시세계를 밝히는 좋은 자료가 되는 것이다. 이 글은 서정주가 제시했던 이러한 시론들의 의미를 탐색하고 이를 근거로 하여 그의 시의 일단을 살펴보고자 한다. 그리고 그것이 서정주 시학의 기본 특색이라 할 수 있는 서정시학이 어떻게 정초되고 있는가를 이해하고자 한다.

2. 동양적 세계과 심미주의

2.1. 지, 정의 통합과 시심의 표현

서정주가 '생명파'라는 용어를 처음 사용하면서 김동리, 오장환, 유치환과 더불어 하나의 유파를 형성하였을 때, 이들의 지향점은 주지주의 문학이나 계급주의 문학의 편내용적이고 편지성적인 성격에 대한 대항에 있었음은 잘 알려진 일이다.[4] 이들은 생의 궁극적인 의미를 탐구하는 것을 문학의 과제로 보았고 이에 따라 원시적 본능과 충동이라는 존재론적 조건과 이것의 초극을 주된 주제로 설정했다. 이러한 태도는 서구 생철학자들의 정신과 유사한 것이었다. 서정주는 "이들(생명파－필자 주)의 정신은 東洋에 발을 디디고 있은 게 아니고, 그 基礎는 西洋의 르

4) 서정주는 <現代朝鮮詩略史>에서 처음으로 '生命派'라는 명칭을 사용했다고 하면서 "이것(생명파)은 鄭芝溶氏流의 感覺的 技巧와 傾向派의 이데오로기－어느쪽에도 安着할 수 없는 心情의 필연한 발현이었듯이 기억된다"고 한 바 있다.

네상스 언저리에 있었"[5]다고 함으로써 이를 뒷받침한다.

유치환의 다음 진술은 생명파가 지성주의에 대한 대타의식으로 성립되었음을 드러내는 동시에 생명의 본질에 대한 탐구 의지를 보여준 좋은 참고 자료가 된다.

> 오늘날 시의 조류가 대체로 深部意識과 言語가 가진 次元의 세계를 동원함에 있는 경향이긴 합니다마는 그 본질은 어디까지나 서정시에 있을 것입니다. 왜냐하면 무릇 예술이란 인간의 심리 활동의 세 가지, 커다란 방향인 知, 情, 意에 있어 그것은 情, 즉 느낌에 바탕을 두고 있음은 두말할 것 없기에 말입니다.[6]

유치환의 위의 언급은 시의 본질이 서정시인 만큼 그 바탕은 '情'에 있음을 말하고 있는 것이다. 이러한 주장은 당시 생명파들에게 공유되었고 그들의 시세계를 형성하게 되는 계기가 된다. 그리고 서정주의 초기시 「화사집」은 그러한 지향의 직접적인 결과에 해당한다.

하지만 '知'에 선을 긋기 위해 '情'을 내세우고 또 그것을 강조하기 위해 '서정시'를 거론한 것은 주의를 요하는 부분이다. 해방 후 집필된 서정주의 시론 「시의 체험」, 「시의 지성」 등에 이르면 '情'에 대한 강조가 눈에 띄게 줄어들기 때문이다. 서정주는 유치환이 '서정시'를 '主情的'인 것으로 보았던 것과 달리 주정적 경향의 서정시는 일본에 의해 왜곡된 성격이 강하다며 비판하고 '서정시'를 전통적인 개념, 즉 Lyric의 차원에서 규정해 나간다.

서정주는 Lyric을 抒情詩라 부르게 된 것은 명치유신 직후 일본이 도입한 서구 문물이 19세기, 즉 낭만주의 시대에 속했던 만큼 당시 시의

5) 서정주, 「한국 현대시의 사적 개관」, 『전집2』, 134쪽.
6) 유치환, 『구름에 그리다』, 신흥출판사, 1958, 156쪽. 오세영, 『20세기 한국시 연구』, 새문사, 1989, 213쪽 재인용.

이미지를 주정적인 것(Sentimentalism)으로 보았기 때문이라고 한다. 그러나 사전적으로 Lyric은 '感情과 思想을 표현하는 비교적 짧은 형식의 詩'이다. 이 리릭은 서구에서 낭만주의와 고전주의가 교차함으로서 어느 정도 주정적 혹은 주지적으로 성격을 달리하게 되지만, 이는 어디까지나 상대적인 것이라고 하면서 리릭 자체는 감정과 함께 '지혜의 정신'을 담아내는 용기라고 강조한다.[7)]

그런데 서정주가 말한 '지혜'는 주지주의에서 말하고 있는 위트나 풍자와 같은 단순한 지성이 아니고 나라와 민족마다 존재하는 고유한 지성이다. 그는 민족의 독자적인 성격이 있다고 함으로써 '지혜'와 '恒情'이라는 동양적인 지성과 정서를 제시한다. 恒情이란 희로애락과 같은 감정의 다양성이 아닌, 가령 '한 개의 사과를 어떻게 하면 늘 맛있게 味覺하고 사느냐'하는 문제에 속한다.[8)] 즉 대상을 가장 심미적인 차원에서 전유하려는 의지가 서정주에게 있어서의 '恒情'이고 이것을 드러낼 수 있는 힘이 '지혜'인 것이다. 그 결과 백퍼센트의 감동과 백퍼센트의 앎이 이루어졌을 때 이것을 '시의 體得'이라 하였다.[9)]

요컨대 해방 후 서정주는 생명파 형성 초기의 담론과 다르게 지성과 감성을 위치시키고 있으며 이 둘 사이의 구별을 강조하기보다는 종합을 사유하고 있다. 그리고 바로 이 점으로부터 동양적 시정신을 도출하고 있음을 알 수 있다.

> 東洋의 전통적 指導精神이라는 것은 오랜 옛날부터, 主知的으로 知性을 偏重한다든지 主情的으로 感性을 더 重視한다든지 하는 일이 없이, 말하자면 그 좋은 종합체로서의 '마음'이라는 걸로만 經營되어 왔기 때문이다. 詩의 知性이니 感性이니를 따로 따질 必要 없이 그 綜合體인

7) 서정주, 「시의 체험」, 『전집2』, 15-17쪽.
8) 위의 글, 17쪽.
9) 위의 글, 18쪽.

'詩心'만을 생각하면 족했으니 말이다.[10]

실제로 서정주는 유년기를 동양 고전을 익히고 '唐詩'를 읊조리는 환경 속에서 보냈거니와[11] 장년기에 이르러 원숙한 정신력과 균형있는 시세계를 보이게 되는 것도 유년기의 전통적 교양 습득에 힘입은 바 있다고 할 수 있다. 시를 知, 情, 意의 통합체로 보는 유기적 사고는 물론 동양적 생명사상과 관련되는 것이고 이러한 사고를 대변하는 것이 유교 혹은 불교나 도교의 세계관이라고 할 때, 중기시를 기점으로 서서히 전개되어 온 서정주의 동양주의가 이 시기 그가 펼친 시론의 자장에 놓인다는 것은 흥미로운 사실이 아닐 수 없다. 또한 이로 말미암아 우리 문단에 새로이 전통론이 대두하게 되었음을 우리는 확인할 수 있는 것이다.

2.2. 시각적 영상과 운율의 창조

동양적 시 전통에 입각해 있을 때 서정주가 시어로 삼을 수 있었던 것은 무엇일까? 서정주는 주지주의를 비판하면서 문학적 언어는 마땅히 철학적 언어와 질적으로 차이가 나며 개념어가 아닌 민족생활어 속에서 그 언어를 길어올려야 한다고 했다.[12] 개념어가 인식을 위한 것이라면 문학적 언어는 정서 유발을 위한 것이기 때문이다.

그런데 정서 유발을 일으키는 언어라는 것이 문학 전반에 걸친 언어 규정이라면 시에 고유한 언어는 어떠한 양상을 띨 것인가? 이에 대해 서정주가 가장 표나게 내세우고 있는 것이 '시의 암시성'이다.

말하자면 소설은 표현하고 싶은 무엇을 언어의 全範圍를 전부 動員

---

10) 「시의 지성」, 『전집2』, 33쪽.
11) 유종호, 「소리지향과 산문지향」, 『미당연구』, 민음사, 1994, 340쪽.
12) 「시의 언어 I」, 40쪽.

> 하여 말해 보는 길이지만, 시란 백 마디 천 마디 만 마디로 말해야 할 것을 될 수 있는 대로 적은 수효의 言語 안에 含蓄, 암시하여 표현해야 하는 문학인 것이다.[13]

이러한 규정은 시에 관한 매우 평범한 진술이다. 그러나 주지주의나 프로시의 전개를 지켜본 한국 근대시사 속에서 서정주의 이러한 언급은 도전적일 만큼 매우 당당한 것이었다. 이것은 곧 리얼리즘 문학에 대한 대타의식의 발로였으며 자유시를 포함한 산문지향문학에 대한 저항 의지를 드러내는 것이기도 했다. 실제로 그는 고도의 함축성을 빚어내는 방법으로 오랜 '침묵'을 요구하는데 오랜 침묵 끝에 떠오르는 '전형적인 이미지'와 '정형적 언어구성' 노력은 그의 시학의 핵심에 속하는 내용이라고 할 수 있다.

개념적인 언어보다는 구상적인 언어가 상상을 자극하여 암시력을 갖는다는 것은 상식에 속한다. 그런데 이 이미지를 통해 감동을 전달하겠다는 것은 곧 '回感'을 원리로 하는 서정시[14]를 바로 세우겠다는 의지의 표현에 다름 아니다. 암시가 강하면 강할수록 정서의 울림의 정도는 크기 때문에 여기에서 함축적인 이미지를 찾아내는 것은 매우 중요한 일이다.[15]

이때 이미지를 환기시키는 경우는 오감에 모두 해당되지만 이중 시에서 가장 풍부하게 활용할 수 있는 것은 시각적인 것과 청각적인 것이라

---

13) 「시의 암시력」, 47쪽.

14) 회감(回感,Erinnerung)주체와 객체가 상호융화됨을 의미하는 개념이다. 우리가 마주 대한 것에 심취되어 情調 속에 놓일 때, 그 속에 시인이 동화되는 것을 일컬어 '회감한다'고 한다. 따라서 '회감'의 순간 주체는 객체와 거리를 느끼지 않는다. E. 슈타이거, 『시학의 근본개념』, 오현일, 이유영 역, 삼중당, 1978, 95-96쪽.

15) 본래 서정시Lyric는 리라라는 악기에 맞추어 불렀던 노래로부터 연원하므로 음악성을 주된 속성으로 갖게 되지만 오늘날 발전된 서정시 이론에서는 음악성뿐 아니라 시의 이미지 비유, 역설, 상징 등의 기제를 통해 시의 서정성을 보증하고 있다. 이들 기제들의 상상과 암시 작용은 동일하게 회감을 불러일으키며 이를 통해 자아는 세계와의 동일성을 성공적으로 이루게 된다.

한다.[16] 그런데 시의 이미지와 관련하여 서정주 시론에서 주목해야 할 부분은 그가 시각적인 이미지를 상당히 강조한다는 점이다. 그는 김영랑의 시들을 분석하면서 청각적 이미지가 효과적으로 실현된 예라 칭찬하였지만 섣불리 음악성에 편승하는 것은 경계하였다. '음향의 조화'까지를 부여하게 되는 것은 시각의 이미지들을 충분히 구축한 뒤의 일이라야지 영상의 조직이 불철저할 때 음악성을 추구하는 것은 '유행가'로 전락하기 쉽다는 것이다.[17]

이러한 주장은 「시의 언어II」에서 음악성이 고도로 되어 있다고 할 수 있는 '정형시'를 추구하는 것과 서로 모순되는 것처럼 보인다.

그것은(자유시－필자주) 19세기 이래 全盛期를 現出한 산문 문학의 餘勢的 표현인 것이고 詩의 정도는 역시 定型에 있어 왔다.

> 일본과 우리 나라와 중국이 新開化 후 自由詩를 쓰게 된 것은 19세기 末과 20세기 初 西洋思潮와 西洋文學을 移入하기 시작하면서부터로서, 東洋 在來의 守勢的 安定思潮와 安定情緖와는 다른, 저쪽(서구－필자주)의 攻勢的, 急進的 정신의 영향들을 담기에는 당시 서양에서도 상당히 유행하고 있었던 自由詩의 형식이 어울린다고 자각한 데에 공통의 이유가 있었다. 그리고 또 일본과 우리 나라만이 갖는 이유로선, 우리 나라와 일본의 在來의 詩歌傳統이 가져온 定型詩에 있어서의 未備를 들 수가 있다. 중국 사람들은 옛부터 韻律學을 원만히 이루어 왔지만, 우리 在來詩歌나 일본의 그것에선 겨우 글자 定數를 맞추는 것 외엔 별다른 韻律學의 적용도 볼 수 없으니 말이다.[18]

---

16) 「시의 암시력」, 48쪽.

17) 「시의 암시력」, 51쪽. 서정주는 음악성을 배타적으로 지향할 경우 나타날 수 있는 문제를 옳게 지적하고 있다. 김영랑의 음향시가 사고나 의미의 깊이를 희생한 위에서 생겨난 것임은 일반적으로 동의되는 바이다. 다만 현대시가 사고나 의미를 추구할 경우 개념적이고 산문화되기 쉬운데 서정주는 시각적 구상을 통해 이 두 가지, 깊이 없는 음악성과 개념화 모두를 견제하고 있다고 볼 수 있다.

18) 「시의 언어2」, 45쪽.

서정주가 자유시를 일시적이고 파행적인 형식으로 보는 것은 의외이지만 "우리 민족 정신의 호흡에 맞는 定型的 韻律形式"을 탐구하자고 거듭 촉구하는 대목에 이르면 쉽게 무시되지 않는 것 또한 사실이다. 서정주는 차제에 우리 시의 정형화에 대해 언급하겠다고 했지만 그의 계획을 실행에 옮기지는 않은 것으로 보인다.

그렇다면 최소한 그가 염두에 두고 있었던 시의 정형이 무엇이었을까를 유추해보는 것이 주어진 당면 과제일 것인데 분명한 것은 우리의 전통적인 시가들, 가령 민요조나 시조의 음수율을 상정한 것은 아니라는 점이다. 근대시사에서 민요시를 실험한 김억이 경직된 자수율을 고집함으로써 결국 민족의 고유의 서정시형의 모색이 실패로 돌아갔던 것은 잘 알려진 일이거니와[19] 서정주에게 있어 일정한 자수를 추구하는 것이 현대적 정형시로 받아들여지지 않았음을 헤아릴 수 있다. 음수율이 문제되지 않았다고 한다면 서구의 정형시나 한시에 있는 운이나 율을 하나의 모델로 가정했을 수도 있고 우리말에 있는 음운을 통해 그들의 것과 똑같은 운율의 규칙은 아니더래도 유사한 효과를 도모하였다는 추측 또한 해 볼 수 있을 것이다. 서정주는 「시의 암시성」에서 볼 수 있듯이 김영랑 류의 청각적 음향만을 추구한 것은 아니다. 따라서 시각적 영상을 주요하게 다루고 있는 한시의 전통 속에 서정주가 놓여 있다면 이러한 추측을 발전시켜보는 것이 전혀 무의미하지는 않을 것으로 보인다.

3. 「귀촉도」, 「신라초」, 「동천」의 안정된 서정성

유종호는 20세기 우리의 시를 운문에 가까워지려는 음악성을 추구하

---

19) 오세영, 『한국낭만주의시연구』, 일지사, 1980, 147쪽.

느냐 혹은 대담하게 산문 쪽으로 근접하면서 의미를 지향하느냐 하는 기본 충동 사이의 긴장으로 설명할 수 있다고 하면서 서정주의 시 역시 산문지향과 소리지향의 두 경향으로 구분하고 있다.[20]

사실상 서정주의 시에서 음악성은 매우 중요한 부분에 속한다. 우리 시사에서 서정주 만큼 우리 언어의 맛갈스러움을 자유로이 구사한 사람은 없다는 것이 정설로 되어 있을 만큼 그의 언어 사용에 있어서의 창의성은 독보적인 경지에 올라 있다. 방언과 속어의 적절하고도 유연한 사용, 민중의 생활어에 밀착함으로써 그 속에 오랜 시간 배어든 리듬감의 구현, 그리고 특히 남도 토속 민요 가락인 육자배기 리듬의 모방은 그의 시에서 음악성이 차지하는 비중을 암시한다.

그러나 청각적 이미지를 단일하게 구한다거나 앙상한 음수율을 고집하는 것은 서정주 스스로 경계하였던 것이라는 점을 고려하면, 그의 서정성은 그가 말한 바 몇몇 요건의 보완으로 이루어진다. 가령 민족생활어를 시어로 사용하고 있고 현대적 음운을 통한 음악적 완전성을 지향한다는 점, 또 한편으로 시각적 영상의 면모를 강하게 위치지우고자 한 점이 바로 그것이다.

필자가 보기에 『귀촉도』 이후 시편들에서 이러한 요건이 가장 완전하게 구현되고 있는 시는 『귀촉도』, 『신라초』의 「무제」, 『동천』의 「동천」, 「연꽃 만나러 가는 바람같이」 등을 들 수 있을 것 같다.

「귀촉도」는 서정주 시학의 서정성이 어느 정도로 完美하게 구현되고 있는가를 알게 해준다. 「밀어」나 「견우의 노래」 등 또한 서정주의 많은

---

20) 그리고 유종호는 서정주의 경우 소리지향이 가장 잘 구현된 시로 『귀촉도』 전후의 시들을 들고 있다 (유종호, 앞의 글, 341-342.). 음악성과 산문성의 지배적 요소의 경중에 따라 서정시를 이 두 경향으로 구분해 보는 것은 매우 적절하다. 그가 서정주의 시에서 소리지향성이 강하다고 한 것들로는 「밀어」, 「견우의 노래」, 「꽃」, 「목화」, 「행진곡」, 「멈둘레꽃」 같은 것이 있다. 그런데 유종호의 이러한 분류의 기준이 된 것은 단순한 음수율 내지는 음보율로서 재래의 것으로부터 보다 진전된 것으로 보이지 않는다.

시편들처럼 음악성이 강하게 나타나지만 「귀촉도」와 같은 완전한 리듬감은 아니라는 점을 보면 서정주 시의 서정성을 확고히 하는 것은 위에서 언급한 몇 가지 요건들인 것을 확인할 수 있다.

> 눈물 아롱아롱
> 피리 불고 가신 님의 밟으신 길은
> 진달래 꽃비 오는 西域 三萬理.
> 흰 옷깃 여며 여며 가옵신 님의
> 다시 오진 못하는 巴蜀 三萬里.
>
> 신이나 삼아 줄걸, 슬픈 사연의
> 올올이 아로새긴 육날메투리.
> 은장도 푸른 날로 이냥 베어서
> 부질없는 이 머리털 엮어 드릴걸.
>
> 초롱에 불빛 지친 밤하늘
> 굽이굽이 은핫물 목이 젖은 새
>
> 차마 아니 솟는 가락 눈이 감겨서
> 제 피에 취한 새가 귀촉도 운다
> 그대 하늘 끝 호올로 가신 님아.

—「귀촉도」 전문

정병욱은 한국 시가의 운율은 音數律이 아니라 音步律이라 하면서 한국 시가의 기본 음보율에는 3步格과 4步格이 있고 이중 3보격은 경쾌한 느낌을 주고 4보격은 장중한 느낌을 준다고 밝힌 바 있다.[21] 위의 시 '귀촉도'는 3음보가 엄밀하게 지켜지고 있는데, 이 시의 음악성은 여기서 그치지 않는다. 먼저 첫째행 '눈물 아롱아롱'의 'ㄴ, ㅁ, ㅇ, ㄹ' 음운

---

21) 정병욱, 「고시가운율론서설」, 최현배 환갑 기념 논문집, 1954(오세영, 위의 책, 305쪽 재인용).

들은 친연성이 강한 것으로 구성되어 있으며 1연의 둘째 행부터 다섯째 행까지 3음보에 해당하는 '밟으신 길은', '서역 삼만리', '가옵신 님의', '파촉 삼만리'를 살펴보면 둘째 행과 넷째 행, 셋째 행과 다섯째 행이 음운상 서로 완전한 댓구를 이루고 있음을 알 수 있다. 또한 네 행 모두 동일하게 'ㅅ' 음운이 배치되어 있는데 이것은 유음인 'ㄴ'과 'ㅁ'과 함께 3음보의 청각적 이미지를 지배한다. 이러한 음운 구성은 한시에서의 각운과 유사한 효과를 내는 것들이다. 또한 이들 3음보는 각행의 의미를 맺는 기능을 하는데 앞의 1음보와 2음보의 시각적 이미지의 역할에 힙입어 그 의미가 구현되고 있다.

2연의 경우 각 행의 각 음보는 동일한 음운으로 구성되어 있는 까닭에 그 리듬감이 강조되고 있다. 첫째행의 'ㅅ'음운, 둘째행의 'ㅇ' , 셋째행, 넷째행의 'ㅇ'음운은 각 음보의 첫음절에 반복적으로 놓임으로써 강약강약강약의 음향 효과를 가져온다. 셋째행의 2음보와 넷째행의 1음보가 예외에 속하나 인접한 음보의 의미와 시각적으로 관련됨으로써 이의 결여를 보완하고 있다.

이 시의 경우 음보율이라는 우리 시가의 기본적 단위에 한국어의 음운의 성격을 살림으로써 강한 음악성을 드러내고 있음을 살펴본 바 있다. 한편 이 시의 시각적 이미지들은 음악성을 유연하게 운용하도록 하면서 청각적 이미지들을 보완하는 기능을 하고 아울러 의미를 이끌어 준다는 것을 알 수 있다. 이러한 사실은 서정주가 말한 '시의 암시성'이 바로 '전형적 이미지'와 '응축된 언어'를 통해 이루어짐을 보여주는 것이며 곧 시의 서정성의 원리를 밝히는 것이다. 여기에서 '응축된 언어'란 서정주가 정형시의 율격을 염두에 두고 의미한 시어이다.

서정주 시 가운데 역시 수작에 해당되는 '동천'은 시각적 영상의 기능이 보다 강조되는 경우에 속한다.

내 마음 속 우리 님의 고운 눈썹을
즈문 밤의 꿈으로 맑게 씻어서
하늘에다 옮기어 심어 놨더니
동지 섣달 날으는 매서운 새가
그걸 알고 시늉하며 비끼어 가네.

—「동천」 전문

자연과 인간의 유기적 세계라는 인식을 드러내고 있는 위의 시는 시적 화자의 정서가 시각적 대상으로 처리되는 대표적 예라 할 수 있다. 마음 속 고이 간직한 님이 절대적 존재임이 시각적 이미지를 통해 매우 적절하게 표현되고 있는 것이다. 서정주의 표현대로라면 '恒情'의 지적인 구현이다. 앞에서 '恒情'이란 '한 개의 사과를 어떻게 하면 늘 맛있게 味覺하고 사느냐'하는 문제라고 했거니와 어떻게 하면 님을 향한 고운 마음을 가장 효과적으로 그릴 수 있는가 하는 것이 시인의 의도였을 것이고 그것의 결과가 '눈썹'을 '하늘에 심기'이자 '매서운 새'의 '시늉하듯' '비껴가는' 행위의 시각적 처리인 것이다. 여기에서 정서의 시각화는 한시의 '先景後情'에서와 같이 정서와 사물을 유비적으로 구성하는 것과 유사한 것으로 여겨진다. 나아가 이 시에는 안정된 기승전결의 구조가 보인다.

이 시는 3음보가 지니는 경쾌함을 십분 살리고 있는데 각 행의 3음보에 규칙적으로 제시되는 'ㅅ' 음운은 역시 각운의 효과와 함께 경쾌한 3음보의 정조를 상승시킨다. 또한 2음보의 마지막 음절들은 '—의', '—로', '—어', '—는', '—며'의 모음 혹은 약한 자음으로 이어지면서 완만한 리듬감을 형성한다. 첫행을 예외로 하면 1음보의 마지막 음절들도 같은 효과를 가져온다.

4. 서정주의 서정 시학

한국 현대시의 역사이자 민족 언어의 아버지라고까지 칭할 수 있는 시인인 서정주의 시세계가 갖는 매력은 계속해서 빛을 발하고 또 탐구될 것이다. 그런데 지금까지의 연구가 대부분 그의 시 작품에만 집중되었고 주제 또한 동양적 세계관 분석에 치우쳐 있어 온 것이 사실이다. 그의 언어 의식에 관련된 관심이 왕왕 있어 왔으나 그것에 대해 본격적인 분석으로 이어지지는 못한 듯하다.

그러나 시론에 주목할 경우 서정주가 언어에 대해 강한 의식을 지니고 있었음을 느낄 수 있고 그 속에 그가 내세운 언어관이 희미하게나마 윤곽을 드러내고 있다. 결론부터 말하자면 그것은 곧 서정시의 본질과 관련되는 것이다.

서정주의 시론에서 확인할 수 있었던 시각적 영상의 강조라든가 정형시에 가까울 만치의 시적 음악성 추구는 본격적인 의미의 '서정시'를 구현하기 위한 요건이다.[22] 이때의 서정시의 원리는 서정주의 표현에 의하면 '시적 암시성'이다. 즉 '회감'의 기능인 것이다.

서정주는 시의 음악성을 정형화시키고자 하였거니와 우리는 그의 시를 '전통적 서정시'로 분류할 때, 그때의 전통성을 정형적 음악성의 구현이라는 언어적 특성에서 찾는 것도 가능할 것이다. 이때의 전통성은 그러나 민요나 시조 같은 재래의 양식을 답습하는 것은 아니며 한시를 모델로 취하되 그와 동일한 것도 아니다. 그것은 우리 민족의 내면의 리듬감에 부응하는 우리 언어의 발굴인 것이다. 따라서 이것은 전통적인 동시에 현대적이다. 우리는 현대적인 서정시의 다른 모델을 다른 형태

22) 『시학의 근본개념』에서 슈타이거는 독일의 낭만적 가요시를 분석하면서 서정시에 있어서의 음악성을 대단히 중요하게 취급하고 있다. 서정시를 서정적으로 만드는 것은 정조와 화음을 이루며 변화하는 율격이라고 하고 있다. 이 운율이 있음으로써 자아와 대상은 상호 대면하지 않는다고 한다. 슈타이거, 앞의 책, 38쪽.

를 통해 발견할 수 있을 것이지만 전통적 서정시에 이르러서는 서정주의 서정미학이 하나의 의미 있는 형태를 대표할 것이다.

이러한 서정주의 시학은 비판 정신이나 참여 자세를 내세우지는 않지만 完美한 서정성을 추구함으로써 서정시가 갖는 본질적인 기능을 발휘하고 있다. 그러한 노력은 산문지향적 시 혹은 리얼리즘 문학에 비해 볼 때 가감없이 독자적 영역을 구축하는 것이다. 완전한 서정성 자체는 분열된 자의식을 치유하고 세계와 자아의 화해를 이끌어내기 때문에 근대에 대해 혹은 사회와 역사에 대해 이미 역학 작용을 하는 것으로 볼 수 있다. 이 점에서 볼 때 서정주의 서정시가 근대에 역행하는가 혹은 미달하는가 등의 평가보다는 과연 자아와 세계의 동일성이 어떻게 이루어지는가를 살펴보는 것이 의미있는 문제가 될 것이다.

5. 서정주 시와 시론의 상관관계

이 글은 서정주의 시론을 통해 그의 전통적인 의미에서의 서정 시학을 도출해내는 것을 목표로 하고 있다. 그의 시론이 체계적이고 풍부하게 정립되어 있는 것이 아니므로 연구의 초점이 되지 못한 것이 사실이나 그가 언급한 단편적 진술을 통해 일정 정도의 가정을 이끌어 낼 수가 있었다. 그 가정이란 한시를 모델로 한 우리의 정형시의 실험이었다. 그가 동양적 세계관에 침윤되어 있음은 기존의 여러 논자들에 의해 밝혀진 바이므로 이것이 시 작법에까지 어떻게 이어지는가가 먼저 검토의 대상이었다. 즉 지성과 감성의 통합체는 곧 '詩心' 혹은 '恒情'이었으며 이를 효과적으로 드러내는 방법으로서 회감의 원리인 '시의 암시성'이 과제가 되었고 이를 위해 시각적 이미지와 음악성이 주요하게 고려되었다.

음악성은 서정시의 어원과 직접적으로 관련된 것인 만큼 서정시에서는 빼놓을 수 없는 요소이다. 그러나 현대적인 발전의 과정을 밟아온 현대의 서정시가 음악성만으로 그 원리를 다할 수는 없다. 지적인 여러 기제가 그 요소에 속할 것이나 본고에서는 서정주의 시론에 기대어 이미지와 음악성을 중심으로 살펴보았던 것이다. 그리고 이 점으로부터 서정주의 서정시가 한시와 유사성을 지니고 있음을 확인할 수 있었는데 이는 어디까지나 유사성일 뿐 언어 체계가 다른 우리로서는 독자적인 것이라고 하지 않을 수 없다.

서정주의 서정시는 지금 내면의 소리에 부응한 현재의 우리의 언어의 예술이라는 점에서 현대적이며 우리 민족 고유의 리듬과 함께 어우러지고 있다는 점에서 전통적이다. 이로써 전통적 서정시의 범주에 대해 질문하고 서정주 시에 있어서의 전통성과 서정시의 개념에 대해 되돌아본 계기가 되었다고 생각한다.

▸▸▸ 참고문헌

서정주, 「시의 이야기」, ≪매일신보≫, 1942. 7. 13-17.
______, 「시의 표현과 그 기술」, ≪조선일보≫, 1946. 1. 20-24.
______, 「시의 운율」, ≪학풍≫, 1948. 10.
______, 「시와 시평을 위한 노트」, ≪민성≫ 5권 4호, 1949. 7.
______, 「문학에의 길: 시작과정」, ≪민성≫ 5권 5호. 1949. 8.
______, 「시인으로서의 책무」, ≪현대문학≫, 1963. 3.
______, 「시의 암시력」, ≪문학춘추≫, 1964. 3.
______, 「속, 시의 언어」, ≪문학춘추≫, 1964. 8.
______, 「비평가가 가져야 할 시의 안목」, ≪문학춘추≫, 1964. 9.
______, 「한국 현대시의 사적 개관」, ≪동국대논문집2집≫, 1965. 11.
______, 「시정신의 재인식」, ≪한국일보≫. 1965. 12. 5.
______, 「시의 지성의 재반성」, ≪예술서라벌≫, 1967. 10.
______, 「시정신과 민족정신」, ≪월간문학≫, 1974. 6.
______, 「한국시의 전통성」, ≪한국문학≫, 1976. 8.

김현승

언어 의식과 사상성을 결합한 시정신의 탐색

1. 머리말

'시론(詩論)'이란, '시(詩)'라는 문학 장르에 대한 미학적이고 역사적인 인식을 담은 글을 총칭한다. 물론 그 안에 일목요연한 논리적 체계가 반드시 필요한 것은 아니지만, 시론에는 그것을 쓴 사람의 시를 바라보는 미학적 관점이 고스란히 반영될 수밖에 없다. 더구나 그것은 하나의 산문적 형식으로 진술됨에 따라, 비교적 주장하는 바가 명징하고 분명할 때가 많다. 그래서 우리는 시가 숙명적으로 안고 있는 모호성 내지는 함축성 너머에 뚜렷이 존재하는 논리적이고 원론적인 속성을 각양각색의 시론을 통해 알아볼 수 있는 것이다.

말할 것도 없이, '시론'은 논자에 따라 실로 다양한 양상의 담론을 형성한다. 그것은 시를 쓰는 이의 체험적 인식을 다루는 이른바 '창작시론(創作詩論)'으로 나타날 수도 있고, 또 시에 대한 원론적 탐구 곧 '이론비평'의 형태로 나타나기도 하고, 또는 작가 및 작품 또는 시사에 대한

* 유성호 / 한국교원대학교 교수

'실제 비평'의 형태를 취하기도 한다. 특히 시를 직접 쓰는 시인이 스스로 시론을 남긴 경우, 그것은 자신의 시 창작 경험과 두루 연관되는 체험적 인식의 소산일 경우가 많다. 이때 시인들은 시론을 통해 자신이 형상적으로 이룩해 놓은 시적 이념 및 방법에 대해 산문적 명징성으로 말하게 되는 것이다. 따라서 시인들의 시론에는 자신이 평소에 가져왔던 시에 관한 이러저러한 생각과 느낌이 메타적으로 남겨져 있게 마련이고, 우리는 그러한 글들을 통해 시인 자신이 인식하고 있었던 시의 범주 또는 기능을 이해할 수 있게 된다. 나아가 그가 남긴 실제 작품과 그가 인식하고 있는 시라는 장르에 대한 생각의 상호 관계를 추출할 수도 있다.

물론 유기적 형상으로 제시되는 실제 작품과 논리적 인식의 산물인 시론은 그 근본 성격에서 일대일 대응의 상동성을 이루지는 않는다. 다만 유추적 의미에서 일정한 친화력을 띨 뿐이다. 그 까닭은 시인 스스로 창작시론을 가졌을 경우라도 그것이 자신의 시세계를 귀납하여 정리한 글이 아닐 수도 있고, 나아가 자신이 해나가는 창작의 방향이 시론에 구현하고 있는 논리의 시적 번안이 아닐 수도 있기 때문이다. 원론적 의미의 시론을 가졌다고 하더라도 시인 스스로 처해 있는 조건이나 능력 혹은 당대적 관심 등에 따라 시 창작의 궤적은 변용되게 마련이다. 따라서 우리가 한 사람의 시인을 연구하는 데, 시론을 탐색하는 근본적 이유는 시세계와 시론이 갖는 의미론적 상동성을 추적하여 그가 이론과 실제가 부합하는 시인임을 논증하는 데 있는 것이 아니라, 그 둘 사이의 창조적 긴장이 빚어내는 굴절의 각도를 엿보기 위해서이다. 그리고 그것은 그가 실제 시를 쓰는 사람이라는 사실을 의식적으로 배제한 채, 시론 자체의 정당성 및 논리적 타당성을 평가하기 위한 것이라는 두 번째 목적도 아울러 지닌다. 그런 의미에서 시인의 시론 연구는 그 같은 두 가지 의식을 염두에 둔 이중적 해석 행위인 것이다.

이 글의 초점이 되고 있는 다형(茶兄) 김현승(金顯承)은, 우리 시사에서 관념 그 자체를 시적 주제로 삼아 줄기차게 노래한 드문 시인으로 고평받아왔다. 그리고 그는 서정주, 박두진, 김수영, 김춘수 등과 함께 동시에 정치(精緻)한 시론을 보여준 시이론가 및 감식가이기도 하였다. 그러나 이에 대한 총체적인 분석과 시 창작과의 관련에 대한 면밀한 해석은 아직 이루어지지 않고 있다. 따라서 이 글에서는 김현승이 남긴 여러 편의 시론을 통하여 그가 보여준 창작시론, 그리고 그가 견지했던 시에 대한 생각, 그리고 그가 우리 시의 역사적 전개를 바라보는 사적 안목 등을 점검해보려고 한다.

2. 창작시론의 양상—'자기 탐구'의 의미

'창작'과 '비평'은 밀접한 관계를 맺고 있을 뿐만 아니라, 이 두 개의 정신적 활동은 감수성의 두 방향과 같은 것이어서 일정하게 상호 보완적 기능을 갖고 있다.[1] 김현승의 경우 창작과 시론의 연관성은 긴장과 중첩의 이미지를 그리면서 서로 그늘과 자양이 되어주는 양상을 두루 보인다. 따라서 우리로서는 그 두 부분이 무의식적으로 친연성을 띤다고 전제할 수 있다.

김현승은 모두 40여 년에 걸친 시작 생활을 통해 매우 독자적인 시세계를 구축해왔다. 주지하듯 그의 시는 현실 지향의 역사적, 이념적 언어와는 언제나 일정 거리를 유지한 채 인간의 '관념' 속에서 역동적으로 내재하는 갈등 양상을 주목해왔다. 그러나 그는 그 같은 창작 역량에 못지 않은 괄목할 만한 시론을 남긴 시론가로도 평가받을 수 있다. 아닌게 아니라 그는 해박한 문학적 지식을 토대로 우리 시의 역사적 전개를

1) T. S. Eliot, 『엘리어트 선집』, 이창배 역, 을유문화사, 1960, 387쪽.

개괄하고, 또 시 한 편 한 편을 미시적으로 꼼꼼하게 분석해낸 감식가이기도 하다.[2] 그를 뛰어난 시론가로 규정하려고 하는 논리적 소여가 바로 여기에 있다. 그 중에서 그가 시를 직접 쓰는 시인으로서의 체험과 그 과정에서 얻은 경륜을 밝히는 '창작시론'의 경우, 그것은 김현승의 시적 궤적을 밝히는 데 매우 유용한 자료가 될 수 있을 것이다.

그의 대표적 창작시론이라고 할 수 있는 「쓴다는 것의 의의(意義)」에서 김현승은 작가가 창작 행위를 하는 것 곧 예술 행위의 근원을 '자기표현 본능설'에서 찾고 있다. '발생학적 기원설'은 지나치게 문학이나 예술의 기원론을 과학화하고 공식화한 느낌을 준다는 것을 피력하면서, 그는 '자기 표현'으로서의 시를 가장 중요한 서정적 충동의 원류로 보고 있는 것이다. 보편 타당한 시대사적 과제나 사회의 문제를 언제나 당연스럽게 우위에 놓는 태도에 이의를 제기한 후, 그는 "쓴다는 것의 의의―그것은 첫째 자기에 대한 충실이다."라고 말한다.

여기서 다형이 주장하는 시의 기원론은 시인 스스로의 내적 필요에 따라, 다시 말하면 시인 자신의 내부에서 솟구치는 서정적 충동에 따라 필봉이 움직이는 것이 올바른 시적 자세라고 보는 안목에 근본적인 토대를 둔다. 그것은 시의 창작 심리 곧 '예술 충동(art impulse)'을 중심 인자로 놓는 견해이기도 한데, 여기서 그는 시란 무슨 다른 목적을 위해 존재하는 것이 아니라 스스로 존재한다는 자족적인 순수시론으로 경도할 가능성을 비치게 된다. 그러나 이 같은 예단이 섣부르다는 것을 우리는 금방 알 수 있는데, 왜냐하면 여기서 무게중심이 놓이는 곳은 '자기 탐구'라는 서정시 본래의 언어적 측면이기 때문이다. 그는 서정시란 궁극적으로 '자기 탐구'라는 믿음을 갖고 있던 것이다. 그렇다면 예의 그 '자

2) 김현승은 자신의 저서 『한국현대시해설』, 관동출판사, 1974에서 우리 근현대시의 미시적 분석을 선구적으로 해낸 바 있다. 이 책은 꼼꼼하고 설득력 있는 시 해석을 보여주어, 근자에 더욱 활발하게 출간되고 있는 수많은 시 해설집의 원류(源流)가 되고 있다.

기 탐구'란 무엇인가.

> 시인들은 왜 시를 쓰느냐? 자기가 가치 있다고 생각하는 절실한 것을 표현하려고, 이것을 강렬하게 나타냄으로써 자기 자신을 표현하려고 시를 쓴다. 이 말 가운데는 시란 자기 자신을 떠나서는 존재하지 않는다는 깊은 뜻이 포함되어 있다. 시인들 자신은 그러므로 자기가 가장 가치 있다고 생각한 바를 거리낌없이 신념을 가지고 표현해야 한다.[3)]

사르트르가 그의 유명한 논문 「문학이란 무엇인가」에서 문학의 사회참여(앙가주망)를 주장한 것과는 대극의 위치에 서 있는 견해라고 할 수 있다. 그러나 '참여'의 대극에는 두 가지 방향이 있다. 하나는 언어의 자족성을 근본적인 토대로 삼는 이른바 순수시의 경우이고, 또 하나는 계몽의 대상(청자)을 따로 설정하지 않고 시인이 스스로 시 안으로 기투(企投)하여 자기 탐구를 하는 경우이다. 자기 탐구로서의 서정시 다시 말하면 시인 스스로에게 삶의 '거울'이 되고 '등불'이 되는 그런 언어적 양식이 시라는 것이다. 다형의 창작 방향이 후자로 집중됨은 그의 시론에서 구가되고 있는 자기 탐구의 몫이 어떤 것인가를 보여준다고 할 수 있다. 이때 자기 탐구에서의 '자기'라는 내포에 '신(神)'의 존재가 언제나 암묵적으로 전제되었다는 것은 잘 알려진 사실이다.

> 나는 인간의 삶 자체를 자연의 유로(流露)라고는 생각지 않는다. 그것은 오히려 비평이라고 생각한다. 나는 자연을 있는 대로 받아들이지 않고, 자연에다 어떤 주관적인 해석을 가하고 주관에 의하여 변형시키기를 요구한다. 이런 점에서는 나는 동양적이 아니고 서구적이다. 그리고 그것은 곧 기독교적이다. 그리고 그것은 성선설(性善說)에 입각한 생활이 아니고 원죄설(原罪說)에 뿌리박은 생활임을 나 자신이 언제나 인식하고 있다.[4)]

3) 김현승, 「쓴다는 것의 의의」, 『孤獨과 詩』, 지식산업사, 1997, 315쪽.
4) 김현승, 「나의 고독과 나의 시」, 위의 책, 201쪽.

우리가 알고 있듯이, 시인으로서의 그의 생애는 하나의 편력 그리고 그것의 극적 종결로 상징화할 수 있다. 마치 신약성서에 나오는 '탕자의 비유' 서사처럼 그의 생애는 신과 끊임없이 길항했던 드라마틱한 순례자로서의 상(像)을 갖고 있다. 따라서 '서구적 감각'이라고 스스로 고백하고 있는 그의 정신사적 자양은 철저히 기독교를 배경으로 한 것이었는데 그 방향은 두 가지로 요약할 수 있다. 그것은 첫째 자연의 인격화 또는 이미지화이고, 둘째 자기 자신에 대한 가혹한 질책이 될 수 있는 원죄 의식을 밑바탕에 깐 것이었다. 이처럼 자기 인식의 원형으로서의 '기독교'와 방법적 의미에서의 '이미지즘'은 김현승의 시적 방법론의 두 기둥이었다고 할 수 있다. 그가 절대 타자인 신과 어떤 길항적 관계에 있었는지는 그가 스스로 밝힌 글 속에 잘 나타나 있다. 여러 편의 글에서 뽑아본 그의 '편력(遍歷)'의 흔적이다.

(1) 내 시풍(詩風)은 수월찮이 낭만조와 감상조에 기울어지고 있었다. 그 소재는 주로 자연이 대상이었으나 나는 소박한 자연을 단조롭게 노래하는 데 만족치 않고 즐겨 해학과 기지를 삽입시켜 인사(人事)와 결부시켜보려고 노력해본 것만은 사실이다. 그러한 예로서는 나의 초기 작품 가운데 아마 「새벽교실」과 같은 시편을 들 수 있을 것이다.[5)]

(2) 중기까지의 나의 시는 이러한 청교도적 입장에서 썼다. 원죄 의식을 바탕으로 하여 우러나는 반성과 참회 또는 정서와 의지를 노래하였다. 때로는 신앙과 순수와 정의에 입각한 사회적 관심을 표명하기도 하였다. 포괄적으로 말하면 신앙과 이상에 대한 긍정적 입장에서 초기와 중기까지의 시를 썼다.[6)]

(3) 시 「제목」을 계기로 하여 나의 시세계에는 적지 않은 변화가 일어났다. 나는 중기까지 유지하여오던 단순한 서정의 세계를 떠나, 신과 신

5) 김현승, 「시인으로서의 '나'에 대하여」, 위의 책, 218-219쪽.
6) 김현승, 「나의 고독과 나의 시」, 위의 책, 205쪽.

앙에 대한 변혁을 내용으로 한 관념의 세계에 발을 들여놓았다.[7)]

(4) 그러나 나의 나이 50대에 이르러, 나의 이러한 긍정적인 청교도 사상에는 큰 변혁이 일어났다. 간단히 말하여 무조건 부모에게 전습(傳襲)한 신앙에 대하여 나는 50을 넘어서야 회의를 일으키게 되고, 점점 부정적인 데로 기울어져갔다.[8)]

(5) 이 나의 신앙적 배반을 오래 참고 보시다 못하여 나를 주관하시는 하나님 아버지께서 나를 치셨던 것이다. 나를 치셔서 영영 쓰러뜨리셨더라면 나는 그때부터 지금까지 지옥의 불덩이 속에서 후회 막급하여 구원을 부르짖고 있었을 것이다. 그러나 하나님 아버지께서는 나를 다시 깨어나게 하시어 나의 과거를 회개할 기회를 주시고, 그리하여 나는 고혈압 증세를 앓기 전보다 신앙을 회복하고 나 자신의 죄과를 깨닫고 신앙에 전진하려고 지금은 노력하고 있다.[9)]

(1) → (5)로 변모해온 과정이 그가 언제나 자신의 삶 속에서 '신'과 '자연' 그리고 그 안에서 숨쉬고 갈등하는 '자기 탐구'에 열중했는가를 통시적으로 보여주고 있다. 그것은 언제나 시적 대상과 시적 자아 사이에서 무한히 파동치는 '관념적 진실'을 좇다가 이룩한 과정인 셈인데, 우리로서는 그 표면적 변모 행간에 관류(貫流)하고 있는 그의 일관된 태도, 곧 어떤 의미에서건 절대 타자를 의식하고 있는 그의 태도의 일관된 성격을 엿볼 수 있다.

김현승은 이처럼 궁극적으로 자기 탐구를 위해 시를 쓴다는 지론을 갖고 있었다. 자기가 가장 가치 있다고 생각하는 것을 쓰는 것이 '시'라는 것이다. 따라서 시의 독자는 우선적으로 자기 자신이 되이야 한다. 그는 "요즘 시인 가운데는 시는 독자를 위하여 써야 한다고 주장하는

---

7) 김현승, 위의 글, 208-209쪽.
8) 김현승, 위의 글, 206쪽.
9) 김현승, 「하느님께 감사를 보내며」, 위의 책, 162-163쪽.

이들이 있다. 그러한 시인들의 시일수록 안이하고 그 가치가 공리적이다. 그리하여 독자를 시의 가치, 즉 자신의 수준으로 끌어올리는 것이 아니라, 독자의 수준으로 그 자신이 내려간다. 이것은 결코 시의 순수한 정도는 아니다."[10]라면서 문학의 공리성을 비판하고 한결같이 시에서의 '본질적 가치'를 강조한다. 여기서 김현승이 공리적 가치를 부정하고 시의 순수한 '본질적 가치'를 중요시하고 있음은 그의 문학관을 살피는 데 매우 중요한 시사점이 된다. 마치 '말씀'에 의해 '카오스(혼돈)'가 '코스모스(질서)'로 옮겨진 것처럼 그에게 시는 개인적이고 특수한 영혼의 질서를 담아내는 기능을 한다.

> 내가 지금까지 어느 정도 어느 수준의 시를 썼다면 그것은 나 자신의 재능도 아니고 나 자신의 자격도 아니다. 엘리오트는 개성으로부터의 도피를 강조하였거니와 나는 이 나의 개성과 이별을 고하는 곳에서부터 내 만년의 시는 출발하지 않으면 아니 된다고 깊이깊이 깨닫고 있다. 이 깨달음은 나의 속에서 절로 일어나는 것이 아니고 초월자이신 그 분이 나의 속에다 기름 붓듯 불어넣으시는 줄 알아야 한다.[11]

이 글은 그가 편력을 끝내는 시점인 마지막 시기의 고백이다. 이 시기 그가 고백하고 있는 시를 쓰는 일의 의미는 '신'으로부터의 일종의 영매(靈媒) 역할이다. 결국 그가 안착한 곳은 신의 품인 셈이고 사제적(司祭的) 시 의식이었던 것이다. 시인 자신이 결국은 사물의 본질을 적극적으로 수용하는 이른바 '단독자(單獨者)'[12]의 위치에 설 필요가 있다는 고백이 그것을 뒷받침한다.

---

10) 김현승, 「시의 난해성에 대하여」, 위의 책, 289쪽.

11) 김현승, 「겨울의 예지」, 위의 책, 9-10쪽.

12) '단독자(單獨者)' 개념은 실존주의 철학자 키에르케고르의 개념으로서, 그는 삶의 진리란 그것에 대해서 소극적인 고립자(孤立者, der Isolierte)에 의해서가 아니라 적극적인 단독자(der Einzelne)에 의해서만 전달되고 수용된다고 보았다.

> 이러한 시(김광섭의 「아내」 — 인용자)에서 우리는 서정시의 본질의 아름다움은 사회적이고 외면적인 것보다 개인적이고 내면적인 것에 있음을 다시 경험할 수 있다. 우리의 시가 그동안 많이 변하여 사회적이고 외면적인 것에 매력을 느끼고 있기는 하지만, 이러한 때이기에 또는 이러한 때일수록 이러한 시를 읽으면서 서정시의 미질은 사회성보다도 개인적인 특수성과 독자성에 있음을 다시 한번 명백히 확인할 수 있다.[13] (밑줄 인용자)

이 글에서도 그의 시에 관한 입장은 분명히 나타난다. 그것은 내면적이고 필연적인 요구에서 우러나오는 개인적이고 특수한 진실이다. 그것은 개인적 삶 속에서 얻어진 뜻에서의 '개체성'을 강조하는 것이 아니라, 한 사람의 영혼 속에 각인되고 솟구치고 있는 개인적 정서나 사상을 드러낸다는 뜻의 '진실성'을 강조하는 것이다. 그러기에 김현승의 시관(詩觀)은 형이상적 열정을 추구할 개연성이 높아지게 된다. '형이상시'는 고도의 문명 상태에서 사고와 감각의 분열을 일으킨 인간 존재에 대한 근원적 물음과 함께, 심오한 자기 성찰을 기도한 점에 그 역사적 의의가 있기 때문이다.

김현승이 자신의 창작 과정에서 보여준 '창작시론'의 경우, 그것은 다음과 같이 요약될 수 있다. 먼저 그는 공리적 사회 참여에 반대하였고, 시인 스스로의 내적 필요에 따라 솟구치는 언어를 표백하는 것이 시라고 믿었다. 하지만 그는 사회로부터의 고립을 자초하는 순수시론으로 경도되지 않고, 개인의 특수한 경험에서 조직되는 '관념적 진실'이 가장 중요한 시적 매질(媒質)이라고 보았다. 결국 그의 창작시론은 '기독교'라는 정신적 자장 속에서 '이미지즘'이라는 방법론을 고수하면서 자기 탐구에 매진한 시각을 보여준 것으로 정리할 수 있겠다.

---

13) 김현승, 「시의 비평적 감상」, ≪창작과 비평≫, 1972 가을, 550쪽.

3. '시'와 '언어'에 대한 인식

1950년대는 현대시사에서 꽤 다양한 역동적 가능성이 숨쉬고 있던 시기이다. 특히 이 시기는 그동안 일제 강점기에 미처 꽃피지 못했던 모국어에 대한 시적 가능성에 대한 탐구가 본격화되었다. 왜냐하면 당시에 외래성 짙은 박래품(舶來品)으로 들어온 서구 추수적 모더니즘 운동이 등장하여 그 대척점으로서 모국어에 대한 관심이 고조되었기 때문이다. 이때 김현승은 시적 언어에 대한 그 나름의 정치한 통찰을 피력하는데, 1950년대에 발표된 세 편의 글이 이를 잘 보여준다.

그의 대표적 시론 가운데 하나인 「인생파와 모던이즘」[14]은 당대에 가장 우세를 점했던 모더니즘에 대한 강한 비판을 담고 있다. 그는 시의 새로움이란 '소재'에 있는 것이 아니라 이것을 처리하는 '시정신'에 있는데 모더니스트의 시정신이란 서정주, 유치환 같은 인생파에 비해 새로운 것이 없고 현실 인식에서도 전위적 면모가 부족하다고 비판하고 있다.

> 앞으로의 시는 현대의 불안과 고민을 한갓 반영함에 만족하는 시가 되지 말고, 그러한 창백한 주지성이나 환각성을 벗어나 주의적인 적극성과 인격적인 창의성을 발휘하여 현대의 절망과 위기를 해결하여나가는 내면적 건강성을 견지하여야 하리라고 믿는다.[15] (밑줄 인용자)

"현대의 불안과 고민"을 시 안에다 소재적으로만 반영하는 모더니즘의 몰역사성을 지적하면서, 그는 현대시가 "주의적인 적극성과 인격적인 창의성"으로 나아가야 한다고 보았다. 이러한 시각은 당대의 신진 비평가였던 유종호가 관습화된 모더니즘에 대해 비판한 글(「불모의 도식」,

14) 김현승, 「인생파와 모던이즘」, ≪현대문학≫, 1956. 2.
15) 위의 글, 156쪽.

『문학예술』 1957. 7)과 함께 당대 모더니즘에 대한 강력한 비판이자 올바른 시의 방법에 대한 성찰을 보인 것이라 할 수 있다.

일반적으로 문예사조에서 모더니즘은 이미지즘, 주지주의, 쉬르리얼리즘, 신심리주의, 야수파등 문학뿐만 아니라 예술 전반에 걸쳐 전개된 현대적인 다양한 기법 등을 총칭한다. 그것은 제1차세계대전을 기점으로 20세기 현대 예술에 나타난 전위적이고 실험적인 문학의 제경향을 지칭하는 것으로, 사실주의와 자연주의에 깊이 뿌리박힌 유물론적 세계관에 의한 합리주의적 낙관론에 철저히 반발하는 문명 비판적 세계관을 근본으로 한다.[16] 이처럼 상투화된 기존의 언어 의식과 표현에 대한 파괴와 재양식화를 꿈꾼 것이 모더니즘이라면, 김현승이 제기하고 있는 문제는 한국의 모더니즘이 이러한 이념에 철저하지도 못했을 뿐만 아니라, 우리말의 올바른 방향에도 기여하지 못했다는 것이다.

그 다음 글인 「우리말의 특질과 현대시의 과제」[17]는 김현승의 시 인식을 보여주는 좋은 자료가 된다. 먼저 그는 이 글에서 현대시의 언어로서 우리말이 지닌 결함이 '문화어(文化語)의 빈곤'임을 실제 작품들을 분석하면서 보여준다.

> 문화어는 기본적인 생활에 쓰이는 감각어와 달라, 그것은 문화적인 성장에 수반되는 언어들이다. 그러므로 그 문화의 진전에 따라 오늘 발생하고 내일에 또한 새로이 발생될 수 있는 말들이다. 그런데 우리의 문화어는 진정한 언문일치가 실현된 연조로 보나 서구 문화의 수입이란 것을 중심하여 생각할 때 그 가장 오래인 것이 반세기의 전통밖에 갖지 못하였다는 이론이 성립될 수 있다. 그리고 정상적인 상태에서는 정신적 진전의 내적 수요에 따라, 그에 공급된 외면적인 언어가 언제나 동일한 템포로 발달되어나감이 문화 성장의 이상적인 조건일 텐데 우리 문화의 이러한 후진적 특수성은 전체의 언어가 개인의 사상에 뒤떨어지는

16) Eugene Lunn, 『마르크시즘과 모더니즘』, 김병익 역, 문학과지성사, 1989, 80쪽.
17) 김현승, 「우리말의 특질과 현대시의 과제」, ≪현대문학≫, 1956. 11.

> 현상을 면하지 못하고 있다. 뿐만 아니라 이러한 상태의 문화어조차 주로 외래어—그 중에도 그 대부분이 한자어로 되어 있다. 한자어란 그 표의문자의 성질상 학문상의 용어나 문명 사상을 함축있게 표명하는 실용적인 용어로서는 간편하고 적합할지 모르나, 미학적 가치에 있어서는 그 불필요한 면적과 둔중성 때문에, 우리의 감각어가 가지는 것과 같은 그러한 친밀감을 도저히 줄 수 없는 예술적 동화성이 희박한 언어이다. 그리하여 이와 같은 우리의 문화어의 빈곤성 때문에 가장 많은 고통을 받아야 하는 사람들은 누구보다도 현대의 주지적인 시인들이다.[18]

우리의 문화어적 전통이라는 것이 워낙 일천한 데다 우리 문화가 또한 후진성을 면치 못하고 있기 때문에 그의 반영인 언어에도 그 불균형 양상("전체의 언어가 개인의 사상에 뒤떨어지는 현상")이 나타난다고 보고 있다. 곧 우리말은 감각어가 잘 발달되어 있어서 시인들에게 천혜의 자원이 되기는 하지만, 문화어의 대부분이 한자어로 되어 있어서 현대 문화를 표현하는 데 어려움을 겪는다는 것이다. 문화어가 일상 용어로서 정착하지 못했을 뿐만 아니라 미적으로도 표의문자인 한자의 특성상 많은 면적을 차지하고 둔중하여 예술적 동화성을 적게 가진다는 것이다. 그런데 김현승이 마지막에 지적한 '문화어의 빈곤성'이란 좀 더 정확히 말하자면 빈곤성이라기보다는 심미적 작용의 상대적인 열등성[19]이라고 할 수 있다. 따라서 그는 우리의 현대시에서 '문화어'가 빈곤하고 당대 모더니즘시의 시어인 이 문화어가 아직 우리에게 생경하기 때문에 문화어의 창조적 계발이야말로 중요한 현대시의 과제라고 보는 것이다. 같은 시기에 유종호도 「토착어의 인간상」(『현대문학』, 1959. 12)에서 현대시의 관념어는 서구어를 일인(日人)들이 번역한 일상 한자어로서 비개성적이고 생경한 언어라고 비판한 바 있다. 김현승의 이 글은 1950년대 비평사에서 우리 모국어에 대한 자각을 심화시키는 데 일조를 한다. 그만큼

18) 김현승, 위의 글, 24-25쪽.

19) 한수영, 「1950년대 한국 문예비평론 연구」, 연세대 박사학위논문, 1995, 195쪽.

유종호, 송욱 등과 더불어 김현승은 시와 언어에 대한 관심을 많이 기울인 논자였다고 할 수 있다.

그는 이어서 "우리의 현대시가 주지적 방향을 취하게 된 사실은 이십세기의 시대적 사명으로 보나, 우리 문학 자체의 성장 단계로 보아 당연한 과정이다. 또한 철학을 문학에 도입시키는 노력이나 문명 사상을 비판 검토하여 시의 소재로 소화시키는 것과 같은 주지적 태도는 단순한 감각이나 서정의 자연 발생적인 발로에 의하여 얻는 심미적 가치보다도 시의 가치를 인간 생활의 보다 근본적인 철학적 진실에까지 접근시켜 구하는 점에 있어서 보다 높은 단계에 속하는 노력이라고 아니 할 수 없다."[20]라고 하면서 우리 시사를 개관하는데, 이는 김소월로 대표되는 '서정(抒情)'적 흐름과 정지용으로 대표되는 '감각(感覺)'적 흐름을 지적한 뒤 지금의 시적 과제가 이들을 지양, 통합한 '주지(主知)'적 흐름으로 이어져야 한다는 변증적 사유로 이어진다. 결국 그가 강조하고 있는 것은 여전히 문화어의 시적 언어로의 활용을 통한 주지적 태도의 확립이다. 다시 말하여 현단계의 생경한 우리의 문화어를 어떻게 하면 '친절력'을 가지는 우리의 시어로서 개척할 수 있을까 하는 문제이고 그것을 '주지적인 시인들'이 해내야 한다는 것이다. 그는 이처럼 시의 현대성과 시어의 난맥상과의 관계를 천착하였다.

그 다음 글로 우리는 「현대시의 재음미-한국적인 주류를 위하여」[21]를 들 수 있다. 그는 이 글에서 한국 특유의 것과 민족적 현실 속에서 이른바 '현대성'을 찾자고 주장한다. 그와 같은 인식은 앞의 글 「인생파와 모던이즘」의 연장선상에 있다.

우리가 흔히 서구 현대시의 공통적인 특징으로서 지적하는 것은 기

---

20) 김현승, 앞의 글, 26쪽.
21) 김현승, 「현대시의 재음미-한국적인 주류를 위하여」, ≪현대문학≫, 1959. 2.

> 성의 전통과 이상과 또는 합리에 반항하는 시정신, 따라서 감상과 낙천을 아울러 지양하는 주지적인 태도 그로부터 파생하는 시 형식의 회화적인 양상 또는 유연하고 소박한 자연 환경으로부터 우울한 인간의 내부와 그와 밀접한 관계에 있는 복잡다단한 도회 문명으로 변환을 단행한 소재의 혁신 등이다.[22]

이 글에서 김현승은 '세계적 동시성 또는 보편성'과 '민족적 특수성'을 일종의 토대론에 입각하여 진술하고 있다. 그는 "한국의 현대성이란 것을 분석하여 볼 때, 우리는 시간적으로는 현대에 살고 있지만, 공간적으로는 아직도 현대에 살고 있지 못하다."라는 인식을 가지고 우리 시의 과제를 "우리들 자신의 자각도, 현대성이라는 저편에만 치우치지 말고, 민족적 현실이라는 이편에도 기울여져야 할 것이다."라고 주장한다.

그는 여기서 우리가 서구 현대시로부터 배워야 할 덕목을 정당하게 지적하고 있음에도 불구하고, 서구와 한국의 정체성을 지나치게 대타적으로 인식하는 모습을 보인다. 그런 과도한 수세적 염결성은 자연스럽게 그로 하여금 신라로 귀의한 미당의 시세계에서 가장 한국적인 모습의 맹아를 찾게 한다. 물론 미당이 거둔 당대의 눈부신 시적 성취를 십분 감안하더라도 서구의 전형적 대립항으로서 그를 떠올리고 그에게 한국의 서정시가 나아갈 길을 대표 단수화하여 짐지운다는 것은 그의 서구 인식이 지나치게 협애했던 게 아닌가 하는 의구심을 갖게 한다. 모더니티의 보편성을 한국적 특수성에서 찾아야 한다는 그의 입론의 정당성은 평가될 수 있지만, 그의 실천적 각론은 협애한 실례와 대안으로 말미암아 설득력을 떨어뜨리는 결과를 가져왔다고 볼 수 있다.

결국 그의 시어에 대한 인식은 문화어의 창조적 계발과 그것의 시정신과의 결합 그리고 한국적 특수성의 시적 인식 등으로 모아진다. 이 같은 논의는 이후 쓰게 되는 1960년대의 시인론들에서도 이어진다.

---

22) 위의 글, 220쪽.

> 단순한 감각적인 시에서는 가장 우수하고 가장 발달한 우리말의 감각어로써만 그 표현의 목적을 다할 수 있다. 그 좋은 실례가 정지용의 시와 같은 것이다. 지용은 아직까지는 우리말의 극치에 도달한 시인이다. 그러나 우리는 지용의 언어는 감각을 표현하기에만 만족한 언어라는 점에 착안하지 않으면 아니 된다. 지용의 그러한 언어로써 어떤 사상이나 관념을 나타낼 수는 결코 없다. (중략) 또 단순한 자연 대상의 시라면 40년대에 있어 청록파 시인들이 쓰던 순수한 우리말이나 소월의 언어로써 표현의 완벽을 어느 정도는 달성할 수 있을 것이다. 뿐만 아니라, 사상성을 갖되 소박하고 회고적인 것이라면 서정주의 독특하고 세련된 언어로써 표현의 목적을 얼마간은 달성할 수 있을지 모른다. 그러나 현대적 의미의 사상성이나 관념을 나타내는 데는 아무런 전형도 아직까지는 우리에게 없다. 뿐만 아니라, 우리말의 관념어란 우리말의 감각어와는 달라 그 대부분이 외래어, 그 중에도 그 대부분이 한자어로 되어 있다. 현대적 의미의 복잡한 사상성을 표현해야 할 새로운 우리말의 시인들이 첫 번째로 부닥쳐야 했던 난관은 다름이 아니라, 우리말의 관념어의 빈약 내지 불충분이었다.[23]

관념어의 빈곤과 감각어의 발달이 한국어의 특성임을 전제하고 문화어를 발달시켜야 한다는 인식은 우리말의 특성을 올바로 통찰한 실제적 대안이었다고 생각된다. 감각어는 1930년대의 뛰어난 이미지스트인 정지용의 시에서 그 극대화된 가능성을 우리는 경험한 바 있다. 그러나 김현승은 그의 시를 현대적 감수성으로 보아 최고봉에 놓지는 않는다. 다시 말하여 현대 문명의 복잡다단한 사상성을 표현할 수 있는 관념어를 더욱 시적 언어로 적극적으로 편입시켜야 한다는 견해를 보인다. 그것은 소월이나 청록파를 지나 그것들('감각'의 시와 '자연'의 시)을 지양한 관념어로의 발양을 추구해야 한다고 본다. 역시 미당의 시세계에서 부족하나마 그 편린을 엿보고 있는 그는 이와 같은 사상성[24]의 심화가 우리

23) 김현승, 「김광섭론」, ≪창작과 비평≫, 1969 봄, 137-138쪽.

24) 김현승의 인식 구도 속에서 시의 진화 단계는 '감각 → 자연 → 사상(관념)'으로 설정되어진다. 이것은 그 정당성은 차치하더라도 그의 시세계의 진화와 상동성을 이룬다.

시의 과제라고 보고 있는 것이다.

> 그들(보수주의적 시인들—인용자)이 시에서 줄기차게 주장하는 한국적인 언어란 실상 분석하여 보면 재래종에 속하는 토속적인 언어이다. 그것이 한국어임에는 틀림없다. 그러나 오늘의 한국어는 지식인을 중심으로 하여 사용되는 문화어로 점차 바뀌고 있다는 사실에 그들은 착안하지 못하고 있다. 한국 사회의 과학화와 지적 성장에 따라 오늘의 한국적인 언어는 관념어와 기술어가 뒤섞인 문화어로 바뀌어, 이러한 언어가 일상 용어의 상당한 비중을 차지하고 있다. 시의 언어란 국민들이 쓴 일상 용어에서 가져오는 것이라면 오늘의 한국 시에 문화어가 상당한 비중으로 등장하게 되는 것은 개연의 추세이다.[25)]

토속적 언어와 문화어에 대한 분절적 인식을 토대로 김현승은 그 대안을 김수영의 시적 실천에서 찾는다. 김수영에게서 언어적 사용 방식이 사상성을 담는 문화어 지향의 싹이 보이기 때문이다. 여기서 우리는 김현승이 토착어에서 현대시로서의 언어적 한계를 느끼고 더욱 확대된 언어 의식만이 우리 시의 지성적 심화를 이룰 수 있다고 주장하는 면모를 볼 수 있다.

4. 시와 종교의 관련성

김현승은 시를 통해 자신의 체험 속에서 누적되어 왔던 '관념'의 우수한 질을 형상화하였고, 원론적으로도 서정과 감각이 변증적으로 지양된 주지(사상)의 시를 가장 차원 높은 시로 생각하였다. 더불어 그는 타락한 현실에 맞설 수 있는 시적 방법론을 지사적 '양심(良心)'이라고 생

---

25) 김현승, 「김수영의 시사적 위치와 업적」, ≪창작과 비평≫, 1968 가을, 444-445쪽.

각했는데, 그는 그것을 신 또는 종교적 가치로 이월시켜 통합해낸다. 그 같은 인식의 근저에는 기독교라는 그의 태생적 조건이 결정적 발생학으로 작용한다.

한국의 기독교는 원래 반봉건, 근대 지향, 자주 독립, 항일 민족 운동에 직접적 혹은 간접적으로 영향을 끼친 한국 민족사의 한 부분이었다. 그러나 갈수록 권선징악적 도식을 뛰어넘지 못하고 지적 성찰이 결여된 감성적 종교로 받아들여졌다. 하지만 김현승의 행보는 천상과 지상이라는 이원적 세계 속에서 정신적 형극의 생애를 살았으며, 신의 시선을 끝까지 의식한(끝내는 합일할 수 없는) 가운데 '고독'[26]에 이르렀고, 그리고 나서 신에 귀의하기까지 일종의 기독교의 지성화 작업을 보여준 것이라고 할 수 있을 것이다. 기독교적 자장 안에서 뿌리를 내리고 동요하고 또 다시 재착근할 때까지 기독교적 지성은 그를 움직이는 근본 힘이었던 것이다.

그러는 중에 그는 그가 시종일관 천착해 마지않던 '고독'이 관념에 다다른다. '고독'은 믿음의 대상이었던 신과 시인의 내면이 조용히 교류하는 과정에서 발생하는 추상적 상황이다. 그리고 '고독'이란 기존의 최고 가치가 소멸되어지는 이른바 '무(無)'의 세계와도 연결되는 것이다. 따라서 신을 떠난 것 같은 느낌을 주는 '고독'은 그 내포에 절대자를 갈구하는 영혼의 역동하는 모습이 역설적으로 함의되어 있다. 왜냐하면 신앙이란 부조리를 포용함으로써만 획득될 수 있는 것인데, 그는 시적 영감 속에 불가항력적 대상인 신을 외부로 끊임없이 밀어버리려고 했기 때문이다. 결국 신은 바깥으로 일시적으로 밀렸다가 힘껏 밀어버린 용수철처럼 다시 힘차게 다가온 셈이다. 따라서 부정적 가치를 떨쳐버리려는 시인의 절망적인 노력[27]으로 그의 '고독'을 읽는 방법 또한 의미

26) 김용성, 『한국현대문학사탐방』, 현암사, 1984, 365쪽.
27) 곽광수, 「사라짐과 영원성」, 『김현승－한국현대시문학대계 17』, 지식산업사, 1982,

있다고 본다.

그에게 직간접으로 영향을 끼친 국내외의 시인은 정지용, 김기림, 엘리엇, 발레리, 릴케, 엘뤼아르 등이다. 그러나 그보다도 그는 기본적으로 기독교의 성경 그 중에서도 특히 예수의 언행이 담겨 있는 사복음서를 좋아하였다.[28] 그러나 성서는 그의 비유 체계의 인유적(引喩的) 원천이라든가 사상적 연원으로 작용하였고, 기법이나 시적 정조의 면에서는 릴케의 영향이 뚜렷하다고 할 수 있다. 릴케는 김현승의 시 안에서 종교적 정조를 짙게 착색시키는 영향 관계를 형성한 시인이었다고 할 것이다.

그가 타계하기 전 약 4년간의 시작 활동은 신에 귀의한 행적으로 가득하다. 그러나 다시 한번 강조하지만, 그 전에 그가 고독을 추구하던 시기, 신에 대한 회의와 갈등 속에서 신을 잃고 인간적인 고독을 시적 대상으로 삼았던 시기에도 그의 관념 안에는 여전히 '신'이 내재해 있었다.

> 나는 지금껏 인간 중심의 문학을 하면서 썩어질 그 문학 때문에 하마터면 영원한 생명의 믿음을 저버릴 뻔하였던 것이다. 오늘도 하나님께서는 이 새로운 생명과 믿음과 자각을 내게 주시고 아직도 나의 실낱같은 생명을 지켜주신다. 이 실낱 같은 나의 생명을 주님이 거두시는 날까지 나는 무엇을 할 것인가? 나는 그때까지 믿음의 시를 쓰다가 고요히 눈을 감고 싶다. 이 이상의 하나님의 축복은 지금의 나에게는 있을 수도 바랄 수도 없다.[29]

인간과 신의 의미론적 영역의 철저한 분화, 마지막 시기의 김현승의 문학관을 잘 설명해주는 도식이다. 이 같은 극적이고 대단원적인 그의 시적 귀의는 시적 긴장이나 인간에 대한 복합적 투시라는 면에서 볼 때 오히려 퇴행이며 또 지나치게 단순화되고 교조화될 위험을 안고 있다고

243쪽.

28) 김현승, 「시였던 예수의 언행」, 『고독과 시』, 지식산업사, 1977, 195-199쪽.

29) 김현승, 「종교와 문학」, 위의 책, 140-141쪽.

해석될 여지도 있다. 하지만, 이는 그의 끊임없는 신 의식이 결국 가 닿은 궁극의 영역(이성이나 합리성이 거세된 신앙의 영역)이라고 할 수 있을 것이다.

> 이 시의 기저에는 기독교 정신이 깔려 있다. 이 시는 내가 그렇게도 아끼던 나의 어린 아들을 잃고 나서 애통해 하던 중 어느 날 문득 얻어진 시다. 나는 내 가슴의 상처를 믿음으로 달래려 하였었고, 그러한 심정으로 이 시를 썼다. "인간이 신 앞에 드릴 것이 있다면 그 무엇이겠는가. 그것은 변하기 쉬운 웃음이 아니다. 이 지상에 오직 썩지 않은 것이 있다면 그것은 신 앞에서 흘리는 눈물뿐일 것이다"라는 것이 이 시의 주제라고 할 수 있을 것이다. 그리고 이 시는 눈물을 좋아하는 나의 타고난 기질에도 잘 맞는다.[30]

자신의 대표작인 「눈물」을 설명하면서 그것을 기독교 정신과 연결시키고 있는 글이다. 기질적으로 벗어날 수 없었던 종교적 감성과 모든 사물을 역설적으로 받아들일 수 있는 영혼의 마음밭은 그의 기독교적 사색과 교양의 힘에 기인된 바 크다. 자아 존재 속에 일어나는 상황이 본질적으로 보상을 허락하지 않을 경우 우리가 맛보는 것이 자기 소원(self—estrangement)[31]인데, 그의 '고독'이 매우 형이상학적이고 종교적인 문제로부터 시작되고 있다는 점[32]은 그를 소원(疎遠)과 충일(充溢)의 극단에서 진자 운동을 하게끔 움직이고 있다.

그만큼 시는 그에게 자신의 교양과 인식 그리고 기질과 인생 체험을 표백하는 언어적 매질이었고, 따라서 그가 기독교라는 특정 종교에 의지했건 아니면 그것을 떠나려 했건, 역설적으로 기독교에 연루되고 신박된 그의 생애는 그로 하여금 시와 종교에 대한 통합적 인식을 가져다

30) 김현승, 「굽이쳐가는 물굽이같이－나의 시, 그 변모의 과정」, 위의 책, 236-237쪽.
31) 정문길, 『소외론 연구』, 문학과지성사, 1985, 224-225쪽.
32) 오규원, 「비극적 종교의식과 고독」, 『현실과 극기』, 문학과지성사, 1976, 111쪽.

주었다고 볼 수 있다.

5. 시정신에 대한 인식—시적 건강성의 문제

김현승의 뛰어난 능력 가운데 하나는 세계 문학 사조를 그 나름의 체계로 정리해낸 안목에 있다. 그가 남긴 저서 『세계문예사조사』(1974)에서도 알 수 있듯이 그는 현대 문학 사조에 대한 폭 넓은 인식과 일이관지하는 안목으로 그 일관된 흐름과 변화상, 그리고 그 역사적 의미를 꼼꼼하게 따져 하나의 문학사로 기술하고 있다. 그것을 통해 그가 시를 통해서 가장 옹호한 시정신의 정수를 우리는 우회적으로 알아볼 수 있다.

김현승은 「한국 현대시의 서구적 경향」이라는 글에서 한국 현대시의 전개에 영향을 끼친 서구시의 양상을 세 가지 조류로 정리하고 있다. 하나는 프랑스 중심의 쉬르리얼리즘적 경향이고, 또 하나는 영미 중심의 모더니즘적 경향, 그리고 마지막으로 릴케를 대표로 하는 독일의 관념적 경향을 든다. 그러면서 그 영향을 직접적으로 받은 시인들을 이상(쉬르리얼리즘), 김기림・김광균(모더니즘), 김춘수(릴케)라고 일별하면서 그들의 시적 공과(功過)를 분석하고 있다. 김현승의 관점에서 볼 때 쉬르리얼리즘적 경향은 1930년대에 이상이라는 예외적 개인에 의해서 실험적으로 펼쳐졌다가 1940-50년대의 잠복기를 거쳐 1960년대에 현대시의 요구에 의해서 다시 맹렬하게 개화하고 있다고 판단된다. 반면 김기림 등의 모더니즘은 1950년대에 김경린, 박인환 등의 '후반기'로 계승되지만 그들이 "애초부터 지니고 있던 비주체성과 비현실성이 지적되면서, 그 세력은 점차로 감퇴되어갔다. 그리고 그것은 당연한 역사적 귀추라고 말할 수 있다."라고 본다. 특히 그들의 활동은 "진정한 문화의 창조자로서 자임하여야 할 시와 시인과는 동떨어지게 거리가 멀고, 우연적 가치를 버리고, 본질적 가치를 추구하는 시와 시인의 본연한 태도와도 배치되는 시작 행위이었다."라고 판단된다. 반면 김춘수로 대표되는 슈르적 경향은 "쾌적한 연상의 배가 운동"을 통해 "슈르적 특징의 하나인 의식의 대조적 결합과 과거와 현재의 동시성과 같은 독특한 수법을 충분히 엿볼 수 있다."라고 본다. 그러나 이렇게 긍정적으로 보였던 슈르적 경향의 시들도 근자에 들어서는 시적 건강성을 상실하고 있다고 그는 지적한다. 결국 시정신의 변혁을 목표로 내걸었던 이들이 시적 언어의 운용에서만 방법적으로 달리했을 뿐 그 이념의 면에서나 시정신의 면에서는 오히려 철저히 답보 내지는 뒷걸음질을 하고 있다는 것이 그의 진단이다.

> 그러나 이 시인들 역시 한국적인 독자성을 타개하지 못한 채 서구적인 방법론을 그대로 답습하는 감이 농후하고 현저하다. 앞에서 본 송욱의 「얼림얼림아가씨」나 김춘수의 「타령조」의 표현 수법의 어디에서 한국적인 독자성을 찾을 수 있는가? 그것은 프랑스 중심의 슈르적 방법을 그대로 답습한 것에 지나지 않는다. 뿐만 아니라, 프랑스의 그것보다도 더욱 기교를 위한 기교에 치우쳐 시의 체력과 건강미를 상실하고 있음을 볼 수 있다.[33]

이어서 그는 엘뤼아르의 시적 성취와 비교하면서 김춘수의 시에 대해 "이러한 시(「타령조4」-인용자)는 성(性)을 대상으로 하면서도 지나치게 무위(無爲)한 기교로 티락한 감을 금할 수가 없다. 같은 작자의 「꽃을 위한 서시」의 건강미와는 격세의 감이 있을 만큼 기교와 허약에 빠진 시이다."라고 지적한다.

그렇다면 김현승이 추구해 마지않는 '시적 건강성'이란 무엇인가? 그

---

33) 김현승, 「한국 현대시의 서구적 경향」, 『고독과 시』, 지식산업사, 1977, 275-276쪽.

것은 그의 논의를 귀납해보면 어느 정도 자명해지는데, 그 뜻은 그가 건강미를 상실했다고 보는 시를 역추적하면 명료해진다. 건강미를 상실한 시학이란, 형식 위주에 탐닉된 주제의 천박성, 외래 사조의 모방과 답습에 급급한 한국적 정체성의 몰각 등이다. 따라서 시적 건강성이란 인생을 적극적으로 해석하고 나아가 정신적 좌표를 제시하되 그것이 한국적 뿌리를 가질 것으로 요약된다고 할 수 있다.

또 시인론으로 그는 김광섭, 박두진, 김수영의 것을 남기고 있는데, 이러한 글에서 김현승이 시종 초점을 맞추고 있는 것은 '시정신'이다. '시정신'이란 시인이 대상이나 상황에 대하여 지적, 정서적으로 인식, 반응하는 창조적, 상상적 능력이라고 할 수 있다. 그 스스로는 "상상이 풍부하고 주관적인 이상이나 이념에 기우는 시정신에 비하여, 산문 정신은 논리의 경향을 띠고 객관적 사실의 묘사에 치중한다."[34]라면서 산문 정신과의 차별성을 강조하고 있다. 따라서 그것은 시인들이 창조적 공간인 시적 방법론의 총화라고 할 수 있다.

> 사상성을 강조하지 않을 수 없는 현대시에 있어서 한 시인의 시가 어떤 관념을 시의 대상으로 삼는 것은 오히려 바람직한 일이다. 그러나 관념의 시가 관념적인 표현이 되어서는 아니 된다. 그것은 시 표현의 본질적 특징인 구체성을 드러낼 수가 없기 때문이다.[35] (밑줄 인용자)

'관념'을 관념적으로 드러내지 않고 형상의 옷을 입혀 구체화시키는 일, 그것이 그가 말하는 사상과 형상의 결합으로서의 시적 지성이다. 따라서 그가 '고독'이라는 관념의 세계를 형상적으로 천착할 수 있는 바탕이 여기서 마련된다. 이어서 김현승은 시에 대한 사상성의 도입을 김수영의 시사적 업적으로 보는데, 곧 "한국의 유능한 시인들이 언어의 예술

---

34) 김현승, 「시의 난해성에 대하여」, 위의 책, 280쪽.
35) 김현승, 「김광섭론」, ≪창작과 비평≫, 1969 봄, 131쪽.

성에만 사로잡혀 있을 때 김수영의 현명한 눈은 그의 시에 건전한 사상성을 도입함으로써 한국 현대시의 메커니즘을 깨우쳐주었다."[36]라고 보는 것이다. 이러한 견해는 김수영 시에서 나타나는 궤적을 일별할 때 매우 타당한 결론이라고 할 수 있다.

또 김현승은 「철학자와 시인과 역사가」라는 글에서 현대시에 대한 경향을 예사롭지 않게 내다보고 있다. "오늘의 시는 벌써 음유(吟遊)의 대상도 아니고, 연애 감정의 만족을 위한 것도 아니며, 음악의 일부도 아니고, 또는 음악의 상태를 동경하지도 않는다. 오늘날 흔히 말하는 생각하는 시란 다른 말로 표현하면 철학의 상태를 말하는 것"[37]이라는 게 그의 견해다. 그는 이러한 현대시의 성격에 토대를 두어 시에 필요한 지성의 의미에 대해 일침을 가한다. 시가 철학의 상태를 지향하면서도 철학과 궁극적으로 다른 것을 그는 "철학의 사상은 필연적으로 추상화되지 않을 수 없으며, 시의 사상은 필연적으로 구상화되지 않을 수 없다."는 것이다. 곧 그에게 중요한 시적 지성의 몫은 상당 부분 '시적 구상 능력'에 있는 것이다. 따라서 지금의 시의 중요 과제는 "현대 정신으로써 시의 내용을 삼았는가 하는 그러한 주제의 문제와 병행하여, 아니 어떤 의미에서는 그보다도 더 중요하게 그러한 것들이 어떻게 구체적으로 표현되었는가 하는 형상 능력에 속하는 기술적인 문제가 비평의 대상으로서 클로즈업되어야 할 것"이라는 데 동의하고 있다. 결론적으로 그는 '시정신'과 '시적 구상 능력'이라는 것의 온전한 결합을 통해서만이 현대시의 지성의 문제를 제대로 해결할 수 있다고 본다.

> 현대시에 있어 유달리 운위되는 지성의 문제를 시정신(詩精神) 면에만 치중하려고 하는 안이한 생각을 우리는 버려야 할 것이다. 그것을 형

---

36) 김현승, 「김수영의 시사적 위치와 업적」, ≪창작과 비평≫, 1968 가을, 444쪽.
37) 김현승, 「철학자와 시인과 역사가」, 『고독과 시』, 지식산업사, 1977, 175쪽.

> 상 능력에까지 보급시켜 생각하고 노력하는 것은 오늘날 새로움을 자처하는 시인들의 중대하고도 필요한 역사적 임무이지 않을 수 없다.[38)]

"현대시의 지성=시정신+형상 능력"이라고 보는 그의 시각은 그대로 자신의 시에 구현된다. 시정신이 형식적 완결성이나 내용적 타당성에 머물지 않고 그것을 통합해내는 '지성(知性)'의 힘을 요구하는 것이 바로 그 스스로의 시세계였던 것이다.

"시는 아무런 관념이나 정서도 추상적으로 표현하지 않고 구체적으로 표현해야 한다. '구상화(具象化)'란 이를 두고 하는 말이다. 말하자면 아무런 관념이나 정서도 머리나 가슴속의 막연한 상태에서 건져내어 새로이 눈이나 귀로 느끼게 만들어야 한다. 눈으로 보게 하기 위하여는 그 관념이나 정서에 해당하는 이미지를 붙잡고 표현해야 하고, 귀로 듣게 하기 위하여는 그것에 해당하는 리듬, 즉 청각적인 이미지를 붙잡아야 한다."[39)]라는 그의 견해 역시 자신의 시에 대한 다짐이기도 하였다. 여기서 그가 강조하는 시의 구체성은 현대시의 가장 요긴한 덕목인데, 여기서는 '구상화'의 뜻으로 쓰였다. 다시 말하여 정서나 관념의 이미지화를 두고 하는 말이다. 이미지즘으로 불릴 수 있는 이 같은 견해는 그의 시 전반을 꿰뚫으며 관류하는 방법적 전략이기도 하였다.

6. 맺으며

결국 시론과 해석 사이의 관계는 가장 탁월하게 상보적인 관계라는 것을 전제할 경우 김현승의 시론적 업적은 미시적이고도 꼼꼼한 시 분

---

38) 김현승, 위의 글, 179쪽.

39) 김현승, 「시의 난해성에 대하여」, 위의 책, 284쪽.

석을 토대로 획득한 사적 안목이라고 할 것이다. 실제로 존재하는 작품들에 대한 고찰이 밑받침하지 않는, 시론에 대한 이론적인 성찰이란 비생산적이고 쓰임새 없는 것이 되고 만다. 해석은 시론에 앞서며 동시에 그것을 뒤따른다. 시론의 개념들은 구체적인 분석이 필요로 하는 바에 따라 고안되며, 구체적인 분석은 또 그것대로 이론이 애써 고안해놓은 도구들을 이용함으로써만 진척될 수 있는 것이다.[40] 그 점에서 시를 직접 쓰면서도 시에 대한 여러 가지 촘촘한 분석과 제안 그리고 정치한 개념화를 시도하였던 그의 시론 작업은 귀중한 것이다. 김현승이 남긴 시론은 결국 창작시론의 방향과 시적 언어에 대한 역사적, 비평적 인식, 그리고 종교와 시 정신에 대한 강조로 이어져왔다고 볼 수 있다. 그것은 온당한 사적 안목을 토대로 한 견해였고 또 어떤 의미에서는 자기 자신의 작품에 대한 논리화였다고 할 수 있다.

이제까지 우리는 '고독'과 '지성'의 시인으로 평가받아왔던 그가 시에 관한 논리적 인식을 드러낸 시론들이 과연 동시대인들의 주목과 관심에 값할 수 있을 만한 가치가 있는 것인지를 검증해보았다. 신과 인간적 진실 사이에서 실존적 고민을 집요하고 성실하게 감당해낸 그가 "고독의 먼 끝"을 바라보며 그것을 논리적 인식 속에 담아낸 시론의 가치는 당대적 의미에서건 '현대성'이 초미의 화두가 되어버린 이 시대에서건 재음미해볼 만한 충분한 가치가 있다고 할 수 있다. 또한 그것은 고독의 시인이기도 했던 그 스스로의 시적 고백을 담은 논리적 언술 행위였다고 할 수 있을 것이다.

---

40) Tzvetan Todorov, 『구조시학』, 곽광수 역, 문학과지성사, 1985, 21-22쪽.

▸▸▸ 참고문헌

김현승, 『고독과 시』, 지식산업사, 1977.

_____, 『김현승전집 1・2・3』, 시인사, 1985-1986.

곽광수, 「사라짐과 영원성」, 『김현승—한국현대시문학대계 17』, 지식산업사, 1982.

권오만, 「김현승과 성・속의 갈등」, 『한국현대시사연구』, 일지사, 1984.

기진오, 「김현승의 시의식 연구」, 『전농어문연구』 6집, 1994.

김인섭, 「김현승 시의 상징체계 연구」, 숭실대 박사학위논문, 1994.

박이도, 『한국 현대시와 기독교』, 예전사, 1994.

소재영, 「다형 김현승의 삶과 문학」, ≪숭실어문≫ 12집, 1995.

윤여탁, 「신이 될 수 없는 인간의 고독」, ≪한양어문연구≫ 13집, 1995.

정재완, 「김현승의 <견고한 고독>」, 『한국대표시평설』, 문학세계사, 1988.

조태일, 「김현승 시정신 연구」, 경희대 박사학위논문, 1991.

이형기 詩論 연구

1. 이형기 시론의 특징

시인과 시, 그리고 시론이 혼융일체가 되어있다는 점은 이형기의 시론으로 들어가기 전에 우리가 거쳐야 할 가장 중요한 도입부이다. 그것은 우리의 문학사에서 대단히 의미 있는 경우에 해당된다. 왜냐하면 그의 시론은 현대시에 대한 순수한 학문적 연구의 소산이나 지적 탐구의 귀결이 아니라 대학이나 학술적 이론과 다소 멀리 떨어진 지점에서 독특하게 형성되었기 때문이다. 이형기의 시론은 문학이론이라는 표준적 지식보다 불교로 대변되는 종교적이고 철학적인 직관. 그리고 언어의 '광장'과도 같은 언론계에서의 경험, 학자로서의 이론탐구가 총체적으로 반영된 소산이라 할 수 있다.

이형기의 시론에 가장 중요한 토대가 된 것은, '문학은 내가 혼자 공부해도 된다는 건방진 생각'[1]에서 선택한 '불교'(1956년 동국대학교 불교

---

* 허혜정 / 동국대학교 교수

1) 이형기, 「나의 이력서」, ≪시와 시학≫, 1992 봄, 111쪽.

학과 졸업)와, 1949년 ≪문예≫지로 등단한 이후 『寂寞江山』(1963)을 비롯한 8권의 시집 및 3권의 시선집을 발간한 시인으로서의 창작경험, 그리고 80년 ≪국제신문≫이 언론통폐합에 의해 폐간되어 논설위원 생활을 끝낼 때까지의 기나긴 언론활동, 뒤늦게 재직하게 된 대학(동국대학교 국문과)에서의 학문적 탐구가 한꺼번에 제련된 소산이라 해도 무방할 것이다.[2] 그러한 의미에서 학술적인 차원에서 발간된 그의 논문이나 시론은 물론, 평론집, 시집 속에 수록된 시론적 아포리즘을 한꺼번에 주목해 보는 것은, 이형기 시론 전반에서 교차로를 형성하는 이슈들을 짚어보기 위한 매우 중요한 접근법이라 할 수 있다.

잘 알려진대로 약관 17세에 등단한 이형기는, 50여 년간의 세월을 통해 비평/시/소설/에세이에 이르기까지 전방위적 활동을 열정적으로 펼쳐오며 볼온한 자유주의자로서의 문학적 초상을 독자에게 깊이 각인시켰다. 이형기가 시에 관해 심도 있는 고민을 해온 것은 그의 첫시집 『寂寞江山』(63)에서부터 엿보이지만,[3] 시론적 수준에서의 구체적인 논의는 1962년 ≪현대문학≫에 평론 「상식적 문학론」을 연재하던 무렵부터 시작된 활발한 평론활동을 발단으로 한다. 이형기의 시론적 입장은, 현대시와 관련된 그의 논문 및 『감성의 논리』(1976), 『한국문학의 반성』(1980), 『시와 언어』(1987) 등의 저술을 거쳐, 시창작 입문서라 할 수 있는 『당신도 시를 쓸 수 있다』(1991), 『시란 무엇인가』(1993), 그의 마지막 시집 『절벽』(1998)과, 고희기념 시선집인 『낙화』(2002), 『아포리즘집－존재하지 않는 나무』(2000)에 아포리즘 형식으로 표명되어 있다. 『감성의 논리』를 비

2) 그에 관한 연대기 및 총 서지는 고희기념 시선집인 『낙화』(연기사, 2002)에 총괄정리되어 있다.

3) 이 시집은 그의 첫 등단 이후 중간중간의 동인지 활동을 제외하면 (최계락과 함께 펴낸 동인지 『二人』(1951), 김관식 · 이중노와 함께 펴낸 3인 합동시집 『해넘어 가기 전의 祈禱』(1955)) 무려 14년만에 나온 셈이므로 그간 치열한 시적 모색이 있었음을 가늠케 한다.

롯한 5권의 시론집과 다양한 저술들 속에서 우리는 세 개의 범주로 묶여 질 수 있을 중요한 시론적 이슈를 발견할 수 있다. 첫째는 현대라는 공간에서 시라는 것이 가지는 세계관적 의미와 언어예술행위로서의 시의 개념에 관한 학술적인 시론이다. 둘째는, 시적인 분석을 위한 가이드로서, 특히 현대시의 수사와 관련된 다양한 주제를 다루고 있는 평론적 시론이다. 셋째는 『당신도 시를 쓸 수 있다』(1991), 『시란 무엇인가』(1993)와 같은 창작론적인 가이드 혹은 시집에 분재된 방식으로 표명된 시론적 단상이다.

이형기 시론의 가장 커다란 특징은 첫째, 시와 관련된 모든 논의는 '창작'이라는 곳으로 집중되며, 끝없는 현대시의 쇄신을 위해, 고정된 확신에서 도망치는 모든 현대문학이론의 기류를 그가 피해가지 않았다는 점이다. 그것이 우리에게 총체적으로 제시하는 것은 습관화된 의미들에 대한 무한한 반격이며 수사의 혁신이다. 둘째 특징은, 그의 시론이 총체적으로 마무리되고 있는 『시와 언어』같은 저술 외에, 그의 다양한 저작에서 제기된 중요한 논점들을 아포리즘 형식으로 시집에 한 장으로 분재하고, 작품으로 그의 시론적 입장을 재표명 해왔다는 점이다. 때문에 이형기의 시론은 시를 통해 끊임없이 재확인된다. 그의 고희기념 시선집 『낙화』에 수록된 바, "시를 쓰기 시작한 지 오십 여년 동안에 나는 '시란 무엇인가'하고 때로는 막연하게, 또 때로는 제법 진지하게 끊임없이 되물어왔다. 그러한 되물음의 결과물이 이 책에 수록된 시들이다"[4] 라는 언급은, 시론적인 질문과 시창작이 매우 자각적인 방식으로 병행되어왔음을 의미한다.

그러나 무엇보다 이형기 시론의 가장 중요한 특징은, 그의 시론의 가장 강력한 토대가 된 것이 현대시에 대한 이론적인 논의들만이 아니라, 그가 폭넓게 탐닉했던 여러 시작품과 불교적 논리였다는 점이다. 중학

4) 「책머리에」, 『낙화』(고명수 · 허혜정 엮음), 연기사, 2002, 5쪽.

생 시인이었던 이형기가, 대학전공으로 선택했던 분야가 다름 아닌 '불교'였다는 사실과, 그가 문학적 생에 전체에 걸쳐 유일하게 남겼던 소설이 바로 『석가모니』였다는 사실은 그의 문학 속에 불교가 차지하는 커다란 비중을 증명해주는 한 예가 될 수 있다. 실제로 불교는 이형기의 시론에도 막대한 영향을 미치고 있으며, 그의 문학적 풍경을 전반적으로 특징짓고 있는 '허무'와 '소멸, 그리고 문학을 바라보는 방식을 가장 잘 집약하고 있는 것이다. 불교는 시인의 청년기부터 말년에 이르기까지 평생의 관심거리였고, 가장 중요한 문학적 토대이지만, 지금까지 이형기의 시론에 대한 빈약한 논의들은 물론, 시세계에 대한 연구들도 주로 98년 발간된 『절벽』 같은 후기시에서 엿보이는 불교적 허무관에 초점을 맞추었을 뿐, 그의 문학세계를 전체적으로 관통하고 있는 불교적 정신을 소홀히 해온 감이 있다.5)

하지만 불교적 인식은 이형기의 후기의 문학세계 뿐 아니라 그의 시작의 출발점부터 엿보였다고 해야 옳다. 우리가 처음으로 주목해볼 만한 불교적 인식의 맹아는 그의 초기 서정시에서도 발견된다. 그의 등단작이자 시집 『적막강산』에 수록된 「낙화」에서 엿보이듯 시인은 존재는

5) 학위/학술논문만 아울러본다. 이형기 시에 나타난 삶과 죽음의 성찰을 "무아(無我)와 무상(無常)"이라는 불교적 관념을 중심으로 논하고 있는 논문으로 「이형기의 『절벽』에 나타난 초월의식」(김경미 ≪국어국문학≫, Vol.19, 동아대학교, 2000)이 있다. 이형기 시를 변모양상을 초기의 서정시에서 도시적이고 문명비판적이며 생태주의적인 경향으로 이행해간 과정을 세목화하여 해설하고 있는 「이형기 시 연구 : 시세계의 변화를 중심으로」(목필균, 성신여자대학교 석사, 1996), 이형기의 초기시에 나타난 서정성의 본질과 자연과의 연관성을 탐색한 「이형기 시 연구-초기시를 중심으로」 이재훈, 중앙대 석사논문. 2000) 이형기의 중기시에 나타난 악마적 상상력과 전복적인 언어실험에 집중된 논의로, 「이형기 시 연구 : 중기 시를 중심으로」(박선영, 성신여자대학교 석사, 1997), 이형기의 시세계를 관통하는 주제를 '소멸'로 보고, '소멸'에 대한 시각의 변화가 시인이 자신만의 개성을 확보하는 과정과 일치함을 이형기의 중기시를 중심으로 살펴보고 있는 「이형기 시의 창작 방식에 대한 연구-중기 시를 중심으로-」(문혜원, 우리말글, 27호), 「이형기 시론 연구」(허혜정, ≪어문론총≫ 42호. 한국문학언어학회, 2005)는 우로보로스의 미학과 상상력의 영구혁명이란 명제를 중심으로 이형기의 시론의 전개양상을 논한다.

스러지고 소멸하는 것이라는 자각을 얻게 된다. 만나는 것은 헤어지는 것이며, 한때 무성한 꽃잎처럼 타오르던 열정도 자연의 순리에 의해 소멸해간다. 그것은 전통서정시라는 자연과의 합일이나 서정을 노래하기 위함이 아니라 '내 영혼의 깊은 눈'이라는 구절이 암시하듯, '무상(無常)과 존재에의 자각을 노래한 시로 읽혀야 하지만, 이러한 불교적 인식의 모상에 대해서는 충분히 그 의미가 지적되지 않은 듯 여겨진다. 하지만 「낙화」에서 "무상의 슬픔"을 깨우치고 묵묵히 자기의 길을 가는 "슬픈 사람"은 이형기가 남긴 유일한 소설 『석가모니』의 소년 싯달타의 모습과 상당히 닮아 있다. 자서에는 이에 대한 암시적인 구절이 나타나 있다.

> "인간은 완전하지 못하다. 숙명적으로 유한하고 불완전한 존재인 것이다. (중략) 그러나 인간의 정신 속에는 또 스스로의 한계를 극복할 가능성이 있다. 만인이 공유하는 그 가능성을 불교에서는 불성이라고 이름짓고 있다. 자신이 불성의 소유자라는 사실을 깨닫고 자각적으로 노력하면 인간은 그것을 최고의 수준으로 구현한 완성자, 즉 부처가 될 수 있다는 것이 불교의 가르침이다. 그리고 석가모니는 실제로 불퇴전의 노력을 통해 그 부처가 된 인간의 역사적으로 실재하는 표본인 것이다. //석가모니가 이룩한 이 위업은 앞뒤에 다른 예가 아직 없다. //(중략) // 석가모니는 불난 집, 괴로움의 바다에서 수많은 고통과 슬픔을 겪지 않을 수 없다. 아니 사실은 누구보다도 큰 고통과 깊은 슬픔을 겪으면서 살아간 인간이 석가모니이다. 그리고 그 고통, 그 슬픔은 부처가 되기 이전보다도 부처가 된 이후에 더욱 심화되었다고 나는 생각하고 있다. // 나는 그러한 석가모니의 생애를 '위대한 슬픈 사람'이라는 관점에서 조명해보려고 이 소설을 썼다."[6] (이형기 소설 『석가모니』 자서)

6) 이 소설은 전체 10장으로 나뉘어지는데, 제 1장은 소년 싯달타가 존재의 슬픔과 무상을 발견하는 내용, 제 2－3장은 출가사문으로서 고행과 성도의 길을 걷는 내용, 제 4장에서 10장은 죽림정사/기원정사 등을 중심으로 해 석가모니가 반야의 가르침을 펼치는 내용으로 구성되어 있다.(이형기, 『석가모니』 한국문연, 1993, 5-6쪽) 밑줄은 논자.

이 소설은 소년 싯달타가 아시타 선인의 눈물로부터 존재의 슬픔을 배우고, 고통과 인욕을 거쳐 "자기 자신과의 약속"인 '반야지혜(般若智慧)'의 길을 찾아가는 과정을 장대하고 박력있게 그리고 있다. 또한, 존재의 무상함, 악과 욕망의 형상, 말세의 문제 등 시공간만 현대로 바꾸면 우리 현대인이 겪게 되는 존재의 고통과 혼란으로 이해될 수 있는 내용들을, 다양한 대중의 삶과 꿈 등의 비유를 통해 중점적으로 다루고 있다. 싯달타 소년처럼 소년시절부터 존재의 슬픔을 자각한 시인에게 불교는 단순한 문학적 취향이 아닌 그의 사상적 핵심 그 자체였으며, 문학의 길을 그는 마치 수선(修禪)하듯 자기완성의 도정으로 견지해왔다고 여겨진다. 불교적인 인식은 수사적인 차원의 도색이 아니라 그의 시정신, 언어감각, 구체적인 작품들, 시론에 이르기까지 철저히 관통하고 있다. 이렇듯 그의 시론은 단순히 현대시에 관한 이론적인 제출이 아니라 시인으로서의 날카로운 직감, 불교적 사유에서 얻어진 철학적 지성, 현장감각이 총체적으로 어우러진 소산이다.

본 논문의 일차적인 목적은 이형기의 시론이 형성되어온 과정과 그가 가치있는 것으로 제시해온 시론적 이슈들을 총체적으로 짚어보는 데 있다고 할 수 있다. 그러나 그것은 보다 중요한 문제를 논의하기 위한 교량에 지나지 않는데, 그 이차적인 목적이란, 그의 시론적 물음과 답변의 줄기들을, 그의 문학적 사유의 핵을 이루고 있는 불교적 인식과 연관지어 논의해보는 데 있다.

2. 우로보로스의 시학과 공(空)의 세계관

불교의 인식론적 요체는 모든 것에 자성(自性)이 없음을 통찰하는 것이다. 특히 대승불교의『반야경 般若經』에서 강조하고 있는 공(空, Sunyata) 사상은, 의식의 분별심을 넘어선 자유로운 직관을 통해 만상의 실체를 파악할 수 있다고 보는 선불교의 근간을 이루고 있다. 불교에서 '지혜'를 의미하는 '반야(般若)'는 일상적인 지혜가 아니라 마음의 본체와 우주의 철리를 아는 것을 뜻한다. 지식과 배움을 통해 얻는 점수(漸修)도 물론 지혜의 한 부분이지만 이는 지혜의 일부분에 지나지 않기에 참선과 수행을 통해 얻어지는 돈오(頓悟)를 선불교에서는 강조하고 있는데, 반야는 마음의 오묘한 변화로 인한 존재의 번민, 탄생과 죽음, 현세의 삶의 고통 속에 묶어놓는 인간의 욕망, 아집 등과 그것의 인과를 이해하는 데서 얻어진다. 이러한 의미에서 반야의 지혜는 바로 존재의 기원에 대한 탐구와 연관되는 것이다. 그 기원이라 불리는 것은 인과(因果)와 연기(緣起)적인 관계 속에 있는 '공'이다. 불교의 공의 교의는 일체 현상이 자성과 본질을 갖지 않는다고 가르친다. 또 이 교의는 확정적인 어떤 것도 참일 수 없으며 실재의 본성을 표현할 수 없기 때문에, 실재에 대해 완벽한 긍정이나 부정의 양단법을 부정한다. 반야는 "우주의 상관성에 대한, 지성에 오염되지 않은 즉각적이고 분별 없는 사실에 대한 포착"7)에 의해 가능해진다. 이는 지식과 논리, 관념의 권위에 기대지 않고 자유롭게 보는 상태[觀自在]에서 가능한 것인데, 모든 경계를 넘어 자유로이 실재를 직관하는 관자재의 정신은, 이형기의 시론에 깊이 깔려 있는 시의 창조적인 상상력과 깊이 관련을 맺고 있다.

이형기에게 있어 시인은 '혼돈, 공허, 흑암'으로 규정된 창조 이전으로 끝없이 되돌아가, 세계를 자유로이 인식하고 새로이 명명하는 자유인으로 존재해야 한다고 여겨졌다. 시인의 언어는 화석화되고 보편타당한 공리가 된 말과 자동화된 인식을 깨뜨리기 위해 끝없는 일탈을 기도한다. 이러한 시의 언어를 그는 '해방의 언어'라고 명명한다. 시인은 이

---

7) Nancy Wilson Ross, *The World of Zen*, (Random House; New York) 1960, p197.

미 만들어진 의미를 허무로 되돌리고, 상상적 인식의 자유를 통해 "존재의 근원, 세계의 그 의미를 묻는 질문의 언어'[8]를 내던진다. 이형기 시인은 이러한 시인으로서의 자각을 얻게 된 계기에 대해 의미심장한 구절을 남기고 있다. 그는 세 번째 시집 『꿈꾸는 한발旱魃』(1975)의 서문에서 "비로소 시인이란 자각을 가지게 되었다"고 토로한 바 있다.[9] 또한 그는 "시란 필경 언어로써 구축되는 架空의 비젼"(『꿈꾸는 한발』자서)이라고 함으로써, 자연발생적 서정을 중시하는 전통시와 결별한다. 시인으로서의 철저한 자각에서 배태된 부정의 언어는, '현대성'의 선구로 간주되는 보들레르와 세스토프, 카뮈와 같은 부조리한 세계에 대항한 서구 시인들에게서 영향받은 것으로 알려져있다. 그가 악마적이고 그로테스크한 가공의 언어를 추구하게 된 것도, 특히 "시는 실현되지 않는다는 사실을 대전제로 하는 꿈의 언어"이며 "허무를 자각적으로 확인하는 작업"이라고 한 그의 진술도 서구 모더니즘 정신을 한국적으로 구현해 온 한 양상으로 간주할 수 있다.[10]

시가 언어적인 인공적 구축물이라는 방법론적 자각은 입장은 그의 저술을 일관되게 가로지르고 있는데, 그의 시론이 가장 깊이있게 개진되고 있는 학술서인 『시와 언어』에서 그는, 시적 자유는 '대상을 허구화시키는 시인의 상상력'에서 탄생한다. "실제로 모든 경험이 바로 상상적 경험"[11]이라고 언명한다. 그것이 바로 이상적으로 질서화된 절대세계를 염원했던 플라톤과 끝없이 상상력의 발동을 통해 다른 세계를 꿈꾸는 시인이 대립할 수밖에 없었던 지점이다. 플라톤에게 있어, 완벽한 질서로 존재하는 공화국에서 또다른 세계를 상상하는 시인은 어쩌면 가장 가증스러운 과격주의자였을지 모른다. 하지만 이형기는 그 당돌한 영구

---

8) 「시인의 언어」, 『시와 언어』, 302-303쪽.
9) 「자서」, 『꿈꾸는 한발』, 창조사, 1976, 2쪽.
10) 고명수, 위의 글, 125쪽.
11) 이형기, 『시와 언어』, 문학과 지성사, 1987, 55쪽.

혁명론자 시인에게 정중한 박수를 보낸다.

> "절대적 자유를 추구하는 그 끝없는 욕망의 추구자인 인간은 본질적으로 반사회적 존재라고 규정될 수 있는 것이다. 시는 그런 인간이 쓰는 것이기도 하다.(중략) 가장 적극적인 탈출 기도자의 이름이 시인이다. 그리고 시인은 그 탈출기도가 영원해야 할 것임을 잘 알고 있기 때문에 이제 우리는 다 왔다고 말하는 플라톤의 공화국과 같은 대안을 결코 준비하지 않는다"[12)]

가장 적극적인 탈출 기도자요 세계폭파의 상상력을 소지하고 있는 위험한 시인이 이 세계에 존재하는 것은 궁극적으로 인간이 자유인임을 욕망하기 때문이다. 시인에게 있어서는 어떤 세계도 결코 자유로운 세계가 아니기 때문에, '절대적 자유'를 추구하는 시인은 결코 이미 질서화된 의미의 공화국, 즉 사회논리의 '수인(囚人)'이 될 수 없는 존재이다. 세계에 대한 급진적인 반역성은 시인의 가장 근본적인 자질이며, 이에 대한 적극적인 옹호는, '이상향'에 안착한다거나 "어느새 빈털털이가 되어 나이밖엔 팔아먹을 것이 없는 그런 시인만은 되지 않게 해달라고 나는 뮤즈에게 기구하고 있다"[13)]는 말에서 선명하게 엿보인다. 그가 시인을 단순히 세계에 감응하고 기존질서를 장식하기 위해 노래하는 자가 아니라, 항상적인 의미체계를 전복하는 '탈출기도자'로서 규정한 것은, 현대예술에 대한 깊이있는 통찰에 기반한다.

이형기는 오르테가가 현대예술의 가장 큰 특질로 지적하고 있는 '비인간화'라는 규정과 전세기의 예술이 '전반적으로 보아 사실주의적인 것'이라는 진단에 동조하며, "시인은 현실에는 존재하지 않는 '비현실적 대륙'을 첨가시킴으로써 세계를 확대해 나간다"[14)]는 주장을 펼치며 상

---

12) 「시와 사회」, 『심야의 일기예보』 수록 시론.
13) 「기도」, 『아포리즘집-존재하지 않는 나무』, 고려원, 2000.
14) Ortega Y. Gasset, 張鮮影 역, 『藝術의 非人間化』, 삼성출판사, 352쪽.

상력 이론에 치밀한 관심을 기울이는데, 그것을 가장 핵심적으로 드러내는 것은 '묵시록적 상상력'과 '우로보로스의 미학'이 될 수 있을 것이다. 묵시의 시간은 최종화된 현재 혹은 역사의 '끝'이 아니라, 시인의 의식 속에 닥쳐오는 위기의 시간이라고 할 수 있다. 그러므로 '묵시록적 상상력'은 시의 본질적인 감수성의 문제이며 시간의 메트로놈에서 해방된 끝없는 혼돈, 즉 세계의미를 '공'으로 되돌리고자 하는 허무의 감수성의 표현이다. 즉, 시인은 이미 세계로 구축되어있는 의미들에 안착할 수 없으며, 그것을 끝없이 허무로 바라봄으로써 무한한 의미세계를 창조할 수 있다는 역설적 논리도 성립될 수 있는데, 모든 생성된 의미의 죽음을 분명히 인식하는 '묵시록적 상상력'은 바로 '우로보로스'라는 그의 시학용어를 이해하는 열쇠이다.

> "고대 희랍인들은 우로보로스라는 상징의 동물을 만들어냈다. 그것은 입으로 제 꼬리를 물고 있는 원형을 이룬 한 마리의 뱀이다. 보르헤스의 『幻想動物辭典』에 의하면 대영박물관에 보관되어 있는 3세기경의 희랍의 악마를 쫓는 부적에 이 우로보로스가 그려져 있다고 한다. 이것이 뜻하는 바는 스코틀랜드의 여왕 메어리가 소중한 금반지에 새겨 갖고 있었다고 전해지는 글귀, "나의 끝남의 자리에 나의 시작이 있다"는 사상이다. 그러니까 그것은 동양의 태극 사상과도 통한다. 붉은 푸른색이 소용돌이 모양으로 맞물고 있는 태극도는 한 마리의 뱀이 아니라 두 마리의 뱀이 서로 상대방의 꼬리를 물고 있는 형상이다. 일체만유가 인연의 사슬에 의해 끝없이 돌고 돈다는 불교의 윤회 사상도 뿌리를 같이 하는 것이 아닐까.
>
> 그것은 여하간 끝남의 자리에 시작이 있다면 거기에는 끝도 없는 시작도 없다. 다만 영원한 되풀이가 있을 뿐이다. 허무의 다른 이름이라 할 수 있는 이 영원한 되풀이의 과정에서 그러나 시인은 포에지의 생포를 노린다. 그것은 물론 한 편의 시, 아니 하나의 세계를 창조하는 작업이다. 창조된 그 새로운 세계는 어떠한 힘으로도 훼손될 수 없는 확실한 실체, 가장 완벽한 절대의 구현체가 되지 않으면 안된다. 그러한 절대

앞에서는 시작도 없고 끝도 없는 영원한 되풀이의 수레바퀴 자체가 멈춰서게 될 것이다. 그런 뜻에서 시인은 바로 영원에 대한 도전자인 것이다"[15)]

위의 문맥에 의하면 '우로보로스'는 창조의 싸이클에 대한 상징적 표현이라 할 수 있다. 시작과 끝이 맞물려 있는 우로보로스의 상징은 매순간 새로운 의미를 탄생시키고자 하는 시인이 살아가는 실존의 시간이며 영원한 시적 모험을 은유한다. 동시에 우로보로스는 매순간 반복되는 파괴와 생성의 표지이며, '윤회'에 대한 미적이고 철학적인 표현이다. 이렇게 소멸을 통해 매순간 창조의 근원으로 돌아오는 존재의 가멸성은, 불교적 공(空)사상과 '윤회'의 논리와도 맞닿으며, 이러한 의미에서 '묵시록적 상상력'과 '우로보로스의 미학'으로 표명된 그의 시론은 불교적 성찰의 일면을 보여준다고 할 수 있다.

또한 이러한 논의는 19세기의 상징주의자들의 데카당스적 취향을 깊은 맥락에 깔고 있는데, 여기서 우리는 이형기가 경도했던 몇 시인들의 목록을 살필 필요가 있다. 이형기의 시론에 가장 깊이 깔려있는 것은, 에밀 시오랑, 이반 고올, 보들레르, 버나드 쇼, 실존주의자 L.셰스토프, 러스키같은 이들의 저작에서 이끌어낸 자유주의의 정신이다. 특히 그는 관습적인 문학전통에 이반한 오스카 와일드나 발리에 드 릴라당과 같은, 당대의 현실보다 가장 개인적인 망상에 파묻힌 자들의 작품이 문학사에 미친 영향을 주목한다. "셰스토프, 오스카 와일드, 릴라당, 포우, 레르몬토프, 다자이 오사무 등 체계없이 난독하는 습관" 속에 그가 가장 깊이 영향을 받은 이는 셰스토프이다. 그가 "이 러시아의 철학자로부터 배운 것은 보편주의(혹은 만인주의)로부터의 일탈과 허무의 철학이었다."[16)]

---

15) 「우로보로스의 詩學」(1981. 9), 『이형기 시선』, 오늘의 시인총서 99, 도서출판 선, 2003, 187쪽에서 재인용(밑줄은 논자).

16) 윤재웅, 「허무에 이르는 길」, ≪현대시≫, 1993. 6.

이형기에게 있어 만인의 진실이야말로 이미 갱신력을 상실해버린 '사문화된' 의미체계이며 시인이 절망하는 세계이다.

이러한 시론적 입장은 그의 작품 속에도 적극적으로 표명되어 있는데, 한국의 전통서정주의에 기대지 않고, 허무와 반란, 악마적이고 파멸적인 세계부정의 상상력을 구사하는 「랑겔한스 섬의 가문 날의 꿈」(『꿈꾸는 한발』 수록)과 같은 시는 세계부정의 상상력을 짙게 보여준다. 또한 '우로보로스의 시학'과 '묵시록적 상상력'을 가장 잘 집약해내고 시집은 『심야의 일기예보』(1990), 『죽지 않는 도시』(1994)인데, 가령 "세기말의 감수성한테 보내는/은밀한 스탠바이 신호/지구 폭파의/디데이통보"(「일기예보」)는 시인의 의식 속에 몰아친 창조적 감수성의 회오리를 비유하고 있다. 이러한 종말론적 의식은 단순히 우리에게 낯익은 19세기의 문학유파들이 조정했던 파멸의식이나 문명비판의식만을 의미하는 것이 아니라, 매순간 직면하는 시의 문제임을 확인할 수 있다. 사실상 모든 시란, 궁극적으로 세계를 새로이 명명함으로써 부정하고자 하는 것일지는 몰라도 결국 다시 관습화된 의미로 고착됨으로써 세계의 윤곽 속으로 끌려오지 않을 수 없기에, 시라는 것은 늘 묵시의 시간을 목도하듯 세계의 미의 종말을 선언하고 새로이 출발하는 '우로보로스'의 도정 그 자체로밖에 존재할 수 없게 된다.

그는 이러한 문학적 인식과 지혜를 짧은 아포리즘으로 많이 남겼는데, 그것을 총체적으로 아우르는 것은 「불꽃 속의 싸락눈」이다. 논자는 이형기 시인의 투병기의 시집 『절벽』(1998)과, 고희기념 시선집인 『낙화』(2002) 발간에 미력을 보탠 경험이 있다. 그의 문학세계를 핵심적으로 드러낼 시론을 상의하여 정리하는 중 논자가 받은 사신(私信)에서, 이형기 시인은 자신의 모든 아포리즘들을 "「불꽃 속의 싸락눈」이라는 제목으로 통일하고 싶"[17]다는 견해를 밝혔는데, 그가 마지막으로 확정한 「불꽃

17) "허양 시원찮은 원고를 꼼꼼하고 자세하게 봐 주고 또 첨삭까지 해주어서 참어로

속의 싸락눈」은 시력 50년간 갈무리해온 그의 시적 논리의 총결산이며 동시에 그의 시를 읽기 위한 안내표지판같은 역할을 하고 있다.

그는 「불꽃 속의 싸락눈」 제하의 아포리즘에서 "존재를 존재이게 하는 근원적 조건은 소멸이라는 존재의 결락 바로 그것이다"[18]라고 말한다. "시란 본질적으로 구축해놓은 가치를 허무화시키는 작업이며 시에 절대적 가치란 존재하지 않는다." "세계와의 화해를 거부하고 끊임없이 절망을 확인할 때만이 꿈은 꿈으로써 참답게 존재한다." "허무의 세계에서 실존을 증명할 수 있는 길이란 절망을 확인하는 일 뿐이다"라는 시인의 아포리즘처럼, 끝없는 미적 혁신의 도정 그 자체라고도 할 수 있다. 변화와 소멸을 전제로 한 존재, 궁극적으로는 '공'의 세계에 대한 철학적 깨달음은 이형기가 남긴 최후로 시에서도 거듭 확인된다. 그의 시론적 입장을 보다 분명히 하기 위해, 시인의 타계 후 논자에게 사신으로 전달된 시인의 미발표 유고를 한 편 소개한다.

이윽고 나 떠나갈 것이다
언젠가 그날이 오면

그러나 그 언젠가를
언제까지나 기다릴 수 없어서
실은 어제 이미 떠나버린 나
어제 뒤에는
무수한 어제가 줄을 서있다
줄선 그 끝에서 보면
어제는 떠 영겁의 내일이다

고맙소. 그러나 원고는 두 세편 더 새로 써서 보태고 싶소. 그러니 당분간 시간을 주시오 그리고 아포리즘은 『불꽃 속의 싸락눈』이라는 제목으로 통일하고 싶소. 통일된 그것에 일이삼사오의 번호를 붙일까 하오 전체적인 편수가 너무 많으면 허양이 알아서 적당히 조절해 주시오. 아까말한대로 시를 더 써 보텔려면 시간이 좀 걸릴것이오 수고하오"(1998. 8. 31, 이형기)

18) 이형기, ≪절벽≫, 문학세계사, 1998, 93쪽.

그리하여 빙빙 돌고 돌아서
태어나기 전부터 떠나버린 나
떠나간 다음에도 떠나갈 나를
아직 여기서 기다리고 있는 나

깨달은 것은 아무것도 없다
깨달은 것은 아무것도 없다는
그 하나의 깨달음만 가지고

언젠가 나 떠나갈 것이다 이윽고
흙먼지 한줌으로 모른체 돌아올 것이다

—마지막 유고 「먼지로 돌아오다」 전문

유고시 「먼지로 돌아오다」는 궁극적으로 그의 문학세계의 핵심이 바로 '공'의 추구와 깨달음에 있음을 여실히 보여주고 있다. 존재란 '먼지'로 뭉쳐진 가아(假我)이고, 연기아(緣起我)이다. 일체 모든 연기된 존재는 다 공하다. 형상도 모양도 생겨나고 사라짐도, 오고 가고, 태어나고 죽음도 없다. 공한 존재는 대방광(大方廣)의 우주법계에 충만하다. 그렇게 자신을 비우고, 깨달았다는 의식마저 버린 자리에는 부증불감의 '먼지'만이 존재한다. 막막한 허공에 실려 오고 가는 '먼지'의 자리는 없음의 세계가 아닌 있음과 없음의 분별이 다 끊긴 '공'의 자리이다. 그의 우로보로스의 시학이나 마지막 시가 전하는 메시지처럼, 그의 시론이 총체적으로 강조하는 것은, 한 편의 시란 궁극적으로 '공'에 바쳐지는 영원히 유예된 완성이며, 언제나 '시작'의 자리로 돌아오는 무한대의 기투라는 점이다.

3. 시와 개인의 언어

이형기의 시론에서 가장 중요한 논점 중의 하나는 언어와 인식에 대한 점검이다. 빼어난 문학작품은 '그 표현매체인 언어의 힘에 기인하는 기적'이며 "언어는 그 자체의 실체성을 내세우는 사물로서가 아니라 상징으로 존재한다."[19])는 언명으로 보아, 그의 시론은 광범위하게 보아 프랑스 상징주의자들의 시론과 긴밀하게 관련되어 있지만, 그의 시론이 상징주의자들의 시론을 변용한 것에 그치는 것은 아니라, 사회적 기호체계인 언어와 시적 언어에 대한 치밀한 탐구로 심화된다. 모든 언어는 상징이다. 심지어 우리가 사실적인 풍경화라 주장하는 것조차도, "사실 그대로 재현하는 그림이 아니라 화가의 정신과 감수성이 그것을 재구성한 것"이다. "그러므로 모든 언어는 상상의 언어요" "그 어느 곳에도 존재하지 않는 나무도 그릴 수 있는 것이 바로 시인"이다.[20] 상징주의자들의 경우, 기표는 충만한 기의를 드러내기 위한 전략이었다. 시적 언어라는 것은, 시학적으로 이미지의 신화적인 자연인 상징을 지시하기 위한 것이며, 시는 분명한 사실로서 존재하는 현실세계의 이면에서 전체적인 또다른 질서로 존재하는 세계이다. 때문에 시라는 자기충족적인 기표의 세계는 이 세계가 포착하지 못한 비의를 드러낼 수 있고 세계를 무효화할 수도 있는 것이라는 상징주의자들의 논리 속에 그의 시론은 존재하지만,[21] 그 모든 것을 풍부한 음향 즉 음악적인 효과로 드러낼 수 있다는 상징주의자들의 견해는 수정받는다.

이형기 시론의 핵심축은 음악성보다는 철학적 인식과 언어, 문체에 대한 탐구에 놓여있다. 이형기는 시론서인 『시와 언어』의 「왜 문학인가」에서 "문학만이 유일한 언어예술이다."라고 강조하며, 문학이 철학적 요

19) 『시와 언어』, 29쪽.
20) 「존재하지 않는 나무」, 『낙화』, 243쪽.
21) "시인의 언어에는 시니피에가 없다. 시니피에를 다 날려버린 시니피앙 뿐이다. 그래야만 누구나 제 맘에 맞는 시니피에를 거기 갖다 붙일 것 아닌가. 그것은 완전한 자유의 언어, 황제와 노예를 위해서도 문을 활짝 열어놓고 있는 전면 개방의 언어이다.", 「자유의 언어」, 『낙화』, 241쪽.

소를 내포하게 되는 것은 언어와 사고의 관계에서 비롯되며, 이는 비언어예술인 여타의 예술과 문학이 구분되는 중요한 특질임을 강조한다. 문학을 여타의 예술장르로부터 분리시키는 특별한 매질인 언어는 인식적 요소를 가지고 있는 상징[22]이고, 세계의 진부한 인식을 혁신해가는 것은 시의 가장 중요한 역할 중의 하나이다. 비판적인 인식은 어느 예술도 대치할 수 없는 중요한 시의 자질이다. 그는 세계에 대한 특별한 인식과 자각 없이 쓰여지는 시를 인정하지 않는다. 아담이 처음으로 세계에 대한 명명을 통해 의미를 불러내었듯, 시인은 지시된 세계를 새로이 명명하는 '제 2의 아담'으로 존재해야 한다. 시인의 언어는 화석화되고 보편타당한 공리가 된 말과 자동화된 인식을 깨뜨리기 위해 끝없는 일탈을 기도한다. 이러한 시의 언어를 그는 '해방의 언어'라고 명명한다. 아담이 세계에 대한 상상력을 통해 의미의 세계를 탄생시켰듯, 시인도 이미 만들어진 의미를 허무로 되돌리고, 상상적 인식의 자유를 통해 "존재의 근원, 세계의 그 의미를 묻는 질문의 언어"[23]를 내던진다.

이러한 시인의 언어는 근본적으로 세계의 논리나 사회적 요구를 투영하기에 부적당하다. 왜냐하면 시인의 언어는 세계의 충실한 하수인으로 사용되는 실용적인 언어가 아니라, 내면적 삶의 격렬한 긴장과 체험을 표현하기 위한 지극히 개인적인 언어이기 때문이다. 언어를 언어로서 존재하게 하는 요건 중의 하나는 '의미의 고정성'이지만, 시의 언어는 이런 보편적 의미의 조명을 받는 조건에서 존재하는 것이 아니라 '관습화된 개념의 정리를 거치기 전의' '개별적 의미'를 지향한다. 강렬한 개성의 소유자는 보편적인 언어가 확정한 의미 밖에서 새로운 경험을 할

---

22) 언어는 언어가 갖는 청각적 요소인 소리는 의미와의 결합을 통해 즉각 어떤 상징으로 바뀐다. 그리고 그 상징이 환기시키는 심상은 '공간의 제약을 받는 감각의 영역에 속하는 것이 아니라 그것을 초월하는 정신 작용의 일종인 상상의 영역에 속하는 것이다.『시와 언어』, 16-23쪽.

23)「시인의 언어」,『시와 언어』, 302-303쪽.

수 있고, 그런 "새로운 경험을 새로운 그대로 자신의 정신 속에 간직해 두고자 한다는 것은 그 경험의 언어화를 통한 사회적 공유를 거부하겠다는 뜻이 된다." 시인의 "언어화 작업은, 자신의 인식과 경험을 언어라는 소통체계를 빌려 남과 더불어 공유하자는 것이 아니라, 오히려 그러기를 거부하고 그 경험의 독자성의 보존을 노리고 있다." "언어 자체가 주목의 대상이 되게끔 사용된 언어란 결국 '자기목적적인' 언어인 것이며, 따라서 그것은 실용성을 박탈당한 언어에 다름 아닌 것이다." "실용성이 박탈된 언어란 곧 관습이 보장하는 전달 기능의 테두리에서 해방된 언어"이며, 사회적 약속으로 존재하는 보편적 언어와 개별적 의미를 언어의 양대 지주라고 한다면, 시의 발언은 "전적으로, 또는 거의 전적으로 그 시인 혼자만의 세계인 개별적 의미에 의존해있다."[24)]

하지만 우리가 일반적으로 사용하는 언어는 실용적으로 틀잡힌 세계가 요구하는 인식을 유도하는 말이다. 그것은 간략히 말해 '수인(囚人)의 언어'이다. 즉, 사회를 움직이고, 대중적 인식을 구성하는 언어는 리챠즈가 '과학적 언어'라고 명명한 실용성과 명백함을 그 조건으로 가지지만, 시인은 모든 이가 동의할 수 없는 특별한 인식과 비의를 드러내기 위해 자신만의 특별한 스타일로 언어를 사용한다. 시인의 언어는 상징주의자들의 시처럼 특별한 언어조직을 통해 때로는 지시의 토대를 뒤흔들어놓거나 인식의 시야를 벗어난 우주적 실재와 맞닿을 수 있다. 사회적 인식을 넘어선 '견자'[25)]로서의 특별한 인식을 가진 시인은, 그것을 표현하기 위해 특별한 정신적 작용인 상상력을 발동해 개성적인 언어를 구사하게 된다. 이는 문법적 조직 안에 갇혀있는 일상적 언어가 아니라, 경험주체의 인식이 적극적으로 투영되고 그에 의해 규정된 파격의 언어이다. 시인은 낡은 감각 속에 운동하는 언어논리를 폐기하고, 자신의 맨눈으로

---

24) 위의 책, 43-57쪽.

25) 고명수, 「견자의 시학」, 『시로 여는 세상』, 2002 여름.

경험한 세계와 우주적 비의를 표현하기 위해 언어를 특별한 방식으로 조직한다. 언어를 어떻게 사용하는가 하는 데서 시인의 개성은 구축되며, 매순간 선택하는 무한한 언어적 우주가 곧 시인의 '얼굴'이자 '심장'이다.

> "시인은 수많은 세계를 가져야 한다. 불교에서는 우주공간에 삼천대천(三千大千) 세계가 있다고 말하고 또 현대의 과학적 천문학에서는 거기에 약 2억개의 은하계가 있다고 추정한다. 시인의 세계는 그보다 훨씬 많고 다양하다. 그리고 그 세계 하나하나가 모두 그 시인의 얼굴이요 심장이다. 그러니까 시인은 무수한 얼굴, 무수한 심장을 가진 가면의 인간이다. 그러나 그 가면은 그것을 벗으면 안에 진짜 얼굴이 있는 일종의 부착물이 아니라 시인의 맨살 바로 그것이다. (중략) 요컨데 시인은 온통 가면으로 되어있는, 본질적으로 가면의 인간이다"[26]

시인은 불교의 '삼천대천(三千大千) 세계' 만큼이나 무한의 얼굴을 가진 '가면의 인간'이라는 그의 인식은, '자신의 죽음마저도 허구화할 수 있는'(「시인과 죽음」, 『존재하지 않는 나무』) 투철한 언어제작자로서의 시인에 대한 인식을 표함한다. 시인은 불교에서 말하는 무한의 세계처럼, 무수한 화자를 구성함으로써 세계인식의 한계를 부수고 자동화된 일상으로부터의 탈출을 기도한다. 이러한 논리는 한국시 서정시의 정형화된 관습을 비판하고, 새로운 인식과 표현의 영역을 치열하게 개척하고자 하는 '감성의 논리'의 핵심을 이룬다. 그의 평론집 『감성의 논리』(1976)는, 정서의 단순성을 극복하고 내밀한 자기 인식에 도달하고 있는 시에 대한 옹호적 시론이며, 상투화된 정한이나 자연발생적 정서에 기대는 한국시에 대한 자각적 반성을 촉구하는 『한국문학의 반성』(1980)의 논지 또한 이와 동궤에 있다.

---

26) 「가면의 인간」, 『낙화』, 연기사, 2002, 236쪽.

4. 시와 사회

시인은 세계를 재창조하는 존재이지만 세계 안에 갇혀 있는 존재이기도 하다는 이율배반적인 상황에 대한 자각을 통해 기존세계로부터의 적극적인 '해방과 자유'를 기도한다. 이형기는 60년대의 순수참여 논쟁에서, '순수'의 입장을 견지하지만, 이는 사회적 상황이나 부조리를 도외시한다는 뜻이 아니라, 그런 부조리한 상황을 구성하고 있는 언어논리 자체를 적극적으로 전복한다는 점에서, 대단히 급진적으로 해석될 소지가 있다. 단순히 시가 이념만을 두드러지게 강조할 때 그것은 당대의 세계를 구성하는 언어논리 속으로 스며들게 됨으로써 언어의 해방은 사라진다. 하지만 사회적 이념을 소통시키고 강고하게 지지하는 언어에 대한 반역은, 곧 당대의 이념, 정치, 모든 것에 대한 근본적인 거부를 내포하는 것이다. 그러므로 "시인은 이데올로기를 갖지 않는다. 왜냐하면 그는 어떤 이데올로기도 세계의 그 전부를 포괄할 수 없다는 사실을 알고 있기 때문이다."[27] 언제나 절대자유와 우주적 진리를 꿈꾸는 시인에게 있어 사회적 이념이란 항상 불완전한 것이며 시대는 근본적으로 항상 불행한 것이다. "내게 어떤 상황인식자인가? 라고 묻는다면 나는 개인주의자일 뿐이라고 말하겠습니다."라는 그의 발언은, 이념과의 '타협'과 '무리'를 거부하는 것이며, 창조를 꿈꾸는 시인은 어떤 확실한 신념과도 야합할 수 없음을 의미한다. "확실한 신념은 권력을 만들고, 현실을 위해 수단화되는 언어는 권력의 도구이다. 그러나 시인의 언어는 그 의미의 종말과 파멸을 선언한다."[28]

사회적 이념이나 신념에 대한 근본적인 거부는, 이 사회가 선에 의해

27) 「이데올로기」, 『낙화』, 239쪽.

28) 「시를 쓰는 매순간이 디 데이」, 이형기 특집 대담(대담자 허혜정), 『시와 시학』, 1997 가을.

구축되었다는 상식과 일상적 반응에 대한 절망과도 맞닿아있다. "「사필귀정」이란 말에 속아서는 안된다. 모든 일이 반드시 정의로만 귀결된다면 그때는 그것이 상식이기 때문에 사람들이 「사필귀정」이란 말을 구태여 의미있게 기억할 필요가 없다." 그에게 정의와 같은 것은 인간의 '꿈의 등불'(「꿈의 등불」 『존재하지 않는 나무』)이며, 이런 사회에 대한 절망은 그가 정치적 구호적 태도에 기대지 않고, 가장 깊은 언어적 차원에서 정치성을 노정했던 중요한 까닭이 된다. 사회적 표준이나 정의의 구호에 의연한 이런 태도는 일견 그를 '순수주의자'라고 불리게 했던 한 연유가 되지만, 그의 정치적 태도는 사회의 의미체계를 가격하는 언어적 탐구로 집중되며, 선악과 같은 사회적 관념의 노예가 되어 어느 한쪽을 옹호하거나 거부하는 이념적인 태도는 그에게 철저히 배격된다. 현대시라는 것은 바로 그의 시대가 강고하게 지지하고 있는 고정관념 뿐 아니라, 그런 고정관념을 생산하는 의미의 틀 전체와의 싸움을 전제로 하기 때문이다. 문학을 떠나 사회 안에서는 얼마든지 사회적인 발언을 할 수 있다. 하지만 문학 안에서는 원천적으로 불가능하다.29)

세계논리 그 자체에 개인의 언어로 맞서는 시는 사회적 이념의 차원에서 말해지는 불온성보다 더 근본적인 불온성을 노정하는 것이다. 때문에 오르테가 이 가셋트는 대중들은 현대예술 전반에 대해 적의를 가지고 있다고 지적한다. 본질적으로 자유주의자인 시인은 결코 세계가

29) 이형기는 이에 대해 이렇게 언급한다. "해롤드 러스키의 말을 보면 반드시 사회에는 지배층이 생긴다. 하지만 우리 모두 다같이 행복하자, 잘살자, 그런 식으로 말하는 것이 기본적으로 틀렸다고 말하는 자가 러스키이다. 셰스토프의 만인부정론과 고바야시의 역사추억론도 좁게는 이런 맥락에 있는 것이다. 시인은 결코 정치인과 같은 실용적 인간이 아니다. 민주주의는 전혀 시인과 관계가 없다. 현대는 행복의 감각이 근본적으로 물질적 감각에서 나오고, 불행에 대한 감각이 흐려진 시대이다. '저주받은 시인들'이란 말은 자신들의 고귀함에 대한 상징적 표현이다. 그런 저주받은 자가 없는 사회는 무서운 사회이다. 왜 시인이 고의적으로 대중을 기피하는가에 대한 철저한 자각을 가지고 있어야 한다."(「시를 쓰는 매순간이 디데이」, 이형기 특집 대담 중)

선전하는 이념이나 신념과 야합할 수 없기에 일견 그는 사회로부터 동떨어진 존재처럼 보이기도 한다. 하지만 그런 방외성이야말로 세계에 대한 가장 전복적이고 위협적인 무기가 된다. 만인의 진실이나 이념에 대한 철저한 부정은 그의 시작품을 관통하고 있는 가열한 반문명적 인식에서도 선명하게 드러나는데, 모든 의미의 자유를 통제하고 자리매김시키려는 문명적 힘에 대한 허무적 폐허의식이야말로 시인의 언어가 다시 탄생할 수 있는 중요한 전제이다.[30] 모든 의미가 궁극적으로 폐허로 돌아가기라는 소멸의 운명을 직시하지 않으려는 것은 현대적 의식의 기본적인 생리일 뿐만 아니라, 바로 그러한 영원불사에의 욕망 때문에 현대문명은 필연적으로 실존적 부정직을 범하지 않을 수 없었다. 하지만 그러한 세계가 강고하게 지지하는 의미가 다름 아닌 폐허라는 인식은, 세계의 부조리에 대한 근본적인 '불화의식'에서 비롯된다.[31] 여기에서의 부조리는 역사적이고 사회적인 현실에서 빚어지는 갖가지 비리와 모순이 아니라, 실존의 근본 상황으로서의 부조리이다. 부조리는 무엇보다도 논리와 이성으로만 파악할 수 없는 삶의 의미의 혼돈이며, 세계 속에 사는 인간이 도무지 피할 수 없는 한계 상황이기도 한데, 이러한 인식은 자각적이고 적극적인 시인의 파멸의식을 낳는다. "위대한 시인들은 현대사회가 병들고 사악한 것이라는 판정을 이미 내리고 있었던 것이다. 보들레르가 '미국이라는 거대한 금전회계기관속의 천재'라고 규정한 포우도 그렇다. 그들은 니체가 『병자의 과학』에서 말한 현대의 병리성에 주목했던 것이다. 그런 브르조아지, 금전주의 사회에서 귀적적인 정신으

30) 그러한 의미에서 90년대에 발간된 『심야의 일기예보』와 『죽지 않는 도시』에 수록된 시들은 시론적 차원에서도 주목해볼 만하다. 이 두시집은 문명적 인식과 이념적 선전의 도구로 사용된 언어를 정면으로 문제삼고 있다는 측면에서, 시인의 언어는 어떻게 존재하는가 하는 이형기의 시론적 이슈와 연관지어서도 충분히 음미해볼 가치가 있다.(허혜정, 「세계의 균열, 판타즘으로서의 글쓰기」, ≪현대시≫, 1995. 4)

31) 이건청, 「세계와의 불화, 혹은 파멸의 미학」, ≪현대시학≫, 2001. 11.

로 자각적으로 파멸하는 것을 신경쓰지 않는다. 시인이란 기본적으로 파멸의식을 매순간 전제함으로써 삶의 의미를 규정해나가는 존재다."[32]

시인은 근본적으로 부조리한 세계에 절망하고 끝없는 전복을 기도함으로써 창조를 지속한다. 불완전한 세계에 대한 시인의 비관주의는 역설적으로 시인으로 하여금 그런 세계에서 탈출하고자 하는 언어의 세계를 절망적으로 구축하게 한다. 시를 쓰는 것은 "나는 바위를 쪼아 한 방울의 물을 얻는 사람"이라는 플로베르의 말처럼 각고의 인내와 절망을 껴안고 있는 행위이다. 에밀 쇼랑의 "사람이 늙으면 쇠약해지는 것은 지적인 능력이 아니고 절망하는 힘이다"라는 발언 등은 그가 가장 적극적으로 공감했던 시적 태도이다.[33] 즉 절대자유와 정신의 고귀함을 지킬 수 없게 하는 상황의 도전을 고통과 절망으로 느낄 수 있는 감수성을 가진 자가 바로 시인이다.

이형기의 '귀족주의'에 대한 옹호는, 이러한 세계에 대한 시인의 근본적인 적대감에 기인한다. 그가 『악셀의 성』의 릴라당같은 이에게서 적극적인 시인의 모델을 찾았다는 것은, 시인은 바로 부조리한 세계와 적당한 선에서 타협할 수 없는 개인주의자라는 인식에서 비롯되는 것이다. 그러나 불행하게도 자유로운 인식의 삶을 위해 세계가 요구하는 일상적 삶을 팽개친 시인은, 사회적 상식과 관습적인 논리에 오염되어 있는 대중의 멸시와 몰이해로부터 자유롭지 못하다. 이형기는 그의 논문 「어느 개인주의자의 자각적 파멸」에서 이한직을 주목하고, '퇴폐적 모더니즘'이라고 이름붙여질 수도 있는 그의 귀족주의적 개성에 주목한다. 시인은 자신의 생을 우주적 인식과 표현에 바친 존재이기 때문에 결코 세계의 하수인으로 존재할 수 없는 개인적이고 유아론적 존재이다. 이

---

32) 「시를 쓰는 매순간이 디 데이」, 이형기 특집 대담(대담자 허혜정), ≪시와 시학≫, 1997 가을.

33) 논자는 이형기의 시론을 대학/대학원 수업에서 지속적으로 배워왔고 개인적인 훈도를 받았다. 본인의 대학노트 중.

한직의 시작품과 자각적인 파멸은, 바로 세계에 대한 절망과 허무에서 비롯되며, 보들레르, 랭보같은 이들 또한 세계에 대한 허무적 통찰을 통해 빼어난 시작품을 창조했다. 그들은 세계에서 버림받은 탕아였지만 대중들의 평준화된 인식을 거부함으로써, 자신의 인식과 정신에 충실한 귀족이자 개인주의자로 남았던 것이다.

늘 세계를 재창조하는 시인에게는 세계의 기존질서에 안주한 대중들에게 소외당하는 고통이 수반된다. 하지만 그 고통은 영광스런 것이다. 시인은 세계를 이념적으로 지지하거나 묘사/관찰하는 것에 의해서가 아니라, 적극적인 내면적 인식과 표현을 통해 그 시대의 정신과 영혼을 넘어서고자 한다. 그들의 시가 당대에는 불온한 것이었다 할지라도, 부조리한 세계에 절망하고 그와 유사한 내면을 소유한 자에게라면 언제든 이해될 수 있는 것이다. 시인의 작품이 제시하는 인식과 경험의 충격은, 궁극적으로 시대와 사회를 넘어 '공감'이라는 개인적 반응에 의해 소통된다. 그러한 공감의 가능성을 희망하며 시인의 언어는 당대에 소통되지 못한다는 절망을 견딘다. 시인의 꿈은 역설적으로 실현되지 않기 위해서 존재하는 꿈이며, 절망을 확인하기 위해 있는 부조리한 꿈이다. 결론적으로 말해 시인은 사회를 위해서가 아니라 그 사회의 맹목적인 지속성과 부조리에 대한 영원한 반역과 우주적 인식을 위해 존재한다. 사회에 대한 이러한 '본질적 불온성'[34)]은 그의 시론 뿐 아니라 작품을 동시에 관통해온 중요한 주제이다.

5. 현대시의 난해성과 선(禪)적 직관주의

선적인 수사에서 중요한 것은 진실한 인식을 방해하는 일상적 지식이

---

34) 「본질적 불온성」, 『낙화』, 225쪽.

나 이념, 사유의 고리들을 절단하고 실재를 드러내는 것이다. 날카로운 언어도단에 의해 일상인의 상식과 인습이 범하는 오류와 허구성을 날카롭게 드러내는 선시의 수사는, 불교의 공안집이나 선어록을 닮은 이형기의 시론이나 직관적 아포리즘에서도 잘 드러난다. 여기서 "선시적이라 함은 내용적으로 선사의 오도송을 비롯하여 불경이나 어록, 공안집을 바탕으로 하거나 혹은 형태적으로 고전 선시에 자주 나타나는 절연, 압축, 기상과 모순적 어법의 조화를 말한다. 결국 절연, 압축, 기상이 모순적 어법에서 충분히 읽을 수 있으므로 모순적 어법을 철저히 규명하면 선시의 바탕을 대략 읽게 된다.[35] 선시는 일반적으로 관념적 연결이 불가능한 언어의 접합과 벽력과도 같은 일성으로 새로운 인식의 통로를 열어준다. 이형기에게 있어 선적 표현이 가지는 언어의 돌발성과 난해성은 '본질적 불온성'을 노정하는 현대시의 불가피한 요소로 여겨졌다. 진실을 가린 허위와 부조리의 세계에서 시는 날카로운 '복수의 비수'[36]이기 때문이다.

그의 시론 뿐 아니라 시 속에서도 굳어버린 인식을 깨치고 새로운 인식을 노리는 날카로운 "검의 언어"는 자주 강조되는데, 특히 이형기의 중기시 이후 자주 도드러지는 '검(劍)의 언어'[37]가 불교적 인식의 순간과 깊이 관련된다는 점을 서옹선사의 게송과 연관시켜 살펴보기로 하자.

---

35) "모순적 어법을 세 가지로 요약하면, 선시의 반상합도反常合道 선시의 초월은유超越隱喩 선시의 무한실상無限實相을 일컫는다. 이 세 수사법은 선시를 표현하는데 불가분의 관계를 서로 내포하고 있다."(송준영, 「서래밀지의 실참실수에 관한 보고와 5가7종 법계도 및 우리나라 선 법계 고찰」, ≪2006 동서비교 문학회 가을학술대회 논문집≫)

36) 이형기, 『감성의 논리』, 문학과 지성사, 1976, 207쪽.

37) 그의 중기시에 나타나는 파괴와 전복의 제스쳐는 "시라는 선입견"에 의존하고 있는 일체의 지식, 정서, 이미지를 배격하고, 일상적 용법에서 과격하게 이탈한 칼날의 언어로 나타난다. 예컨대 달을 '한자루 비수'로 비유한 「尖銳한 달」이나 「절망아 너는 요새」 등의 시편들은 죽음과 절망의 인식, 시인의 내면세계를 격렬한 메타포를 통하여 날카롭게 형상화한다. 그것은 현대시의 한 특성인 언어적 돌발성을 통하여 사물에 대한 기존의 상투적 인식을 뒤바꾼다.

暗殺은 틀림없이 감행되었다
物證보다도 확실한 心證
心證보다도 더욱 확실한 것은
저 下弦의 달이다

刺客이 누구냐고 묻는가
被殺者가 누구냐고 묻는가
보라 저기 저 高山 萬年雪에 꽂혀 있는
한자루 비수
대답은 이미 소용없는 시간이다
눈물은 과거의 人類가 모두 흘리고
지금 남아있는 것은
다만 이 尖銳한 겨울 나의 노래
소리없는 외마디소리의 스타카토

—「尖銳한 달」 부분

위의 시에서 비수는 "物證보다도 확실한 心證" 즉 즉각적인 인식의 찰라를 의미한다. 이와 연관지어 선사들의 게송에는 불교적 인식의 순간을 '검'으로 비유하는 구절이 간혹 등장하는데, 하나의 예를 살펴보면 이러하다.

반야의 칼이여 부처와
조사를 쳐죽이고
싶어런 칼을 쓰고는
급히 갈어라 나무 까치는 날러서
하늘 밖에 사모치니
바로 천 봉오리 만
산악을 통과해 가도다

—佛紀2535年 辛未年 4월 3일 西翁[38]

38) 송준영, 「서래밀지의 실참실수에 관한 보고와 5가7종 법계도 및 우리나라 선 법계 고찰」, ≪동서비교 문학회 가을학술대회 논문집≫ 2006.

위의 게송을 보면, "반야의 칼"은 '부처'와 '조사'로 암시되는 강고한 고정관념, 허상, 곧 일체분별을 넘어선 인식의 경지에 가닿는 순간을 노래하고 있다. 이형기의 시에서도 비수는 아둔한 인식을 깨치는 "소리없는 외마디소리의 스타카토"(「尖銳한 달」) 즉 전광벽력(電光霹靂)과도 같은 일성과 결부된다. '刺客'과 ''被殺者'의 분별지를 넘어 닿은 "高山 萬年雪에 꽂혀 있는/한자루 비수"로 즉각적으로 포착된다. "대답은 이미 소용없는 시간이다"라는 구절은 불교의 언어도단(言語道斷)의 사유를 그대로 보여주고 있다. 이렇듯 그의 시 뿐 아니라 시론에서도 자주 '비수'로 표현되는 시의 언어는, 실재의 우주로 다가가기 위한 세계부정의 언어, 새로운 인식의 찰라를 포착한 것이라 할 수 있다. 이는 익숙한 서정시의 의미맥락에 전율의 충격을 가함으로써 새로운 인식과 상상의 공간을 열어놓는다. 물론 이는 전체적으로 익숙한 의미맥락을 절단하는 직관과 병치의 수사에 상당부문 의존함으로써 가능해진다.

하지만 개인의 경험과 인식을 이렇게 돌발적인 언어접합으로 표현해내는 시는 그 감각의 독자성과 독특성으로 인해 필연적으로 상식적인 의미에 길들여져 있는 독자에게 난해하게 여겨질 수밖에 없다. 이형기가 현대시의 난해성을 옹호하는 것은, "해방된 세계는 기존 언어의 질서와 그 관습적 용법에 의한 공유를 거부하는 것"이며, 그 "세계는 새로운 언어와 새로운 해석에 의한 공유를 기다리고 있다"[39]는 인식에 기반한다. 새로운 인식과 체험을 담아낸 시인의 언어를 이해하기 위해서는, 상투적인 말에 익숙한 독자 또한 적극적인 훈련을 받을 필요가 있다. "시를 왜 쉽게 쓸 것인가/어렵게 어렵게 미로를 만들고/또 시계제로의 짙은 안개를 피워서/그 어느 후미진 행간에/누구도 보아서는 안될 나의 상처를 감추자"(「상처 감추기」)라는 작품 속의 언명을 통해서도 엿볼 수 있듯이, 이형기는 대중의 평준화된 감수성과 상투성을 전복하는 시의 난해

39) 「시와 언어」, 『시와 언어』, 58쪽.

성을 긍정한다.

난해한 시는 독자의 외면을 받을 수밖에 없는데, '대중성의 상실'은 '현대시 일반이 정도의 차이는 있을망정 공통적으로 보여주고 있는 현상'으로 그는 진단한다.[40] 우리는 현대시의 난해성의 문제와 관련하여, 그가 특별히 시는 개인적인 언어라는 점을 강조한 사실을 환기할 필요가 있다. 이형기는, 시란 독자의 사랑을 받고 사회적으로 널리 소통되어야 한다는 낭만적 기대에 굴복하지 않고, 독자와의 평준화된 대화를 거부하는 개인주의적 방식을 고수한다. 정신적 탐구와 모험을 계속하는 "시인이 독자의 구속을 받지 않는 것처럼 독자도 시인의, 또는 그의 의도의 구속을 받지 않고 자유롭게 시를 읽을 밖에 없다"[41]

이형기는 모순어법을 시학의 원리로 하는 현대시의 '난해성'을 시인이 누리는 '일종의 명예'라고 진단하고, '아이러니와 초자연주의'를 시의 근본적인 두 가지 특질로 강조했던 보들레르의 관점을 받아들인다.[42] 그는 보들레르의 후예들인 '랭보와 말라르메와 로트레아몽' 또는 중국의 이하와 같은 괴기스러운 시인들에게 경도한 것으로 알려져 있는데, 이를테면 「말도로르의 노래」에서 "수술대 위에서 재봉틀과 우산이 만난 것처럼 아름답다"는 언어적 연결의 낯설음과 충격을 현대시의 새로운 미적 수사로 강조하고 있다. 시인의 정신은 이 사회의 원칙과는 각자 다른 법칙을 가질 수 있고, 한정된 인식을 벗어나기 위해 시인은 이러한 충격적인 언어를 사용하기도 한다. 시는 개인의 정신이 강요하는 법칙에 따라, 그렇게 되어야 할 필연성에 의해 수사를 개성적으로 구사한다. 각 시인들의 시가 같을 수가 없음은 물론, 한 시인이 쓴 각각의 시편들도 동일한 방식으로 쓰여질 수 없다.

---

40) 이형기, 「현대시의 선시」, 『현대문학과 선시』, 1992, 불지사, 41쪽.
41) 「시와 언어」, 『시와 언어』, 58쪽.
42) 「시의 世界性이란 무엇인가」, 『시와 언어』, 80쪽.

이런 맥락에서 이형기는 상투적으로 반복되는 한국시의 관습적인 표현을 비판하고, 현대에 어울리는 전율적인 수사를 적극적으로 모색하는데, 그런 현대시의 수사적 돌파구를 불교적 상상력에서 찾아내고 있다. 이형기는 '통일원리가 상실된 분열과 혼란의 세계'의 비극성 뒤에는 세계가 비현실적인 대륙의 첨가를 통해 확대되고 재창조될 수 있으리라는 가능성을 포기하지 않는다. 현대의 허무주의 속에 연단된 그의 날카로운 감각은 불교의 직관주의와 상당히 맞닿는 부분이 있다.[43] 앞에서도 살펴보았듯이 그는 언어논리를 넘어선 표현의 간극, 불립문자의 경지를 강조하는 선(禪)적 논리를 주목한다.

> "음성으로 실현된 언어만을 언어라 할 수는 없다. 음성화되지 않고 우리의 의식 속에만 떠올라 있는 사물의 관념도 언어에 속한다. 쉽게 예를 들면 우리가 머리 속에서 '이것은 볼펜, 저것은 종이'라고 행각했을 때 '볼펜'이나 '종이'라는 생각 그 자체도 언어인 것이다. 현실적인 언어행위는 이러한 관념으로서의 언어가 음성이라는 형식을 부여받은 결과에 불과하다. 그러므로 선은 음성화되기 이전에 성립된 의식차원의 분별에 오히려 중점을 두고 언어의 초월을 뜻하는 불립문자의 경지를 추구하는 것이다."[44]

이형기는 선시의 언어도단 불립문자(不立文字)의 언어적 감수성을, 현대시의 모순어법과 연관시키며, 유럽의 아방가르드 시인 뿐 아니라, 한국의 미당과 같은 전통서정주의 시인, 불교적 관심을 표명해본 적이 없는 이상같은 초현실주의자들에게까지 연결시키고 있다. 선적 수사는, 은유의 일반적인 전제를 깨는 병치나 현대시의 반상식적이고 일탈적인 모순어법과 깊은 층위에서 소통하고 있다. 논리적이라기보다는 직관을 바탕으로 한 이러한 현대적 수사들은, 독자를 인식의 밀폐성으로부터 벗

---

43) 『현대문학과 선시』, 55쪽.
44) 위의 책, 39쪽.

어나게 하고, 우연히 우주적 진실을 드러낼 수도 있다. 이러한 선적 수사에 대한 경도는 직관적 아포리즘을 선호하는 그의 시론의 취향이나, 작품에 대한 세밀한 읽기를 통해 시적 메시지를 파헤치는 평론에서도 잘 발견될 수 있다. 그는 우리가 소홀이 넘겨왔던 작품들에 대한 놀랍도록 세밀한 읽기를 통해, 현대시의 돌발적 언어, 놀라운 구성, 미적 효과를 세세히 짚어냄으로써 그의 시론적 주장을 우회적으로 표명한다. 가령 「두 편의 시」에서 변영로의 「논개」에서 "아! 강낭콩꽃보다도 더 푸른/그 물결 위에/양귀비꽃보다 더 붉은/ 그 마음 흘러라"와 이상화의 「빼앗긴 들에도 봄은 오는가」에 나오는 맨드라미와 들마꽃에 관한 비유를 통해, 시인의 인식착오가 역설적으로 가져오는 미적 효과를 지적한다거나, 이한직, 이상, 김춘수, 등의 시인들의 난해한 작품, 그가 활동하던 시기의 시인들의 작품을 치밀하게 분석하고, 언어의 돌발성에서 비롯된 깊이 있는 미감을 드러내기도 한다.

현대시는 단번에 이해되기 어려운 정교하고 복잡한 수사적 직물이다. 그 매서운 구성의 세부를 이해하기 위하여 분명 시는 공부해야 할 무엇이며, "누워서 떡 먹듯 그렇게 쉽게 시를 이해하려고 드는 것은 로마를 공짜로 구경하겠다는 생각보다 더 뻔뻔스"[45]러운 것이다. 현대시는 난해성을 무릅씀으로써 독특한 개인의 인식을 유일하고 개성적으로 저장한다. 특히 고착화된 문맥을 조각내고 부수는 병치의 수사는 시적 인식의 새로움을 보여주는 현대적 수사로 그의 시론 속에서 자주 언급되는데, 선적 직관주의는, 현대의 우연성의 원칙에 기반한 이런 수사적 전략들과 깊은 층위에서 맞닿는다. 시인은 사회석 논리를 넘어서는 창조적 인식을 언어로서 명명하고 질서화하기 위해 낯선 수사를 구사할 수 있고, 그것에서 느껴지는 난해성은 현대시의 필요악이다.

45) 「사기꾼」, 『낙화』, 245쪽.

6. 결 론

이 논문은 이형기의 시론에서 개진되고 있는 중요한 이슈들을 개관하고, 그것에 깊이 깔려 있는 불교적 사유의 의미를 시인의 세계관, 언어와 사회의식, 수사 등의 층위로 나누어 탐구해보았다. 이형기는 우리가 현대시의 전위적인 시의 조건으로 지적하고 있는 '위반성'을 불교로부터 찾아냄으로써 일상적인 언어질서, 전통적인 시의 문법, 부조리한 세계질서에 대한 부정을 노정한다. 이형기의 시론은 줄곧 인간의 인식을 길들이고 가두는 '수인의 언어'를 극복하고, 세계논리에 대항하는 단독자로서의 자유의식을 올곧게 지향할 것을 강조한다.

이형기의 시론이 총체적으로 강조하는 것은, 시는 파괴의 창조와 순환 속에 영원히 쇄신되는 무목적의 장르이며, 세계의 인식수준을 넘어선 가공의 비젼이며 '해방의 언어'라는 것이다. 기존의 언어질서에 대한 맹종은 세계와 문명을 강고하게 지지하는 토대이지만, 시인은 '상상력의 영구혁명'을 통해 의미들의 난동을 기도하고, 특별한 인식과 경험을 표현해내기 위해 기존의 의미체계를 뒤흔드는 전복적인 수사를 구사하기도 한다. 궁극적으로 시의 언어는 사회나 이념에 봉사하지 않으며 그 자체로 자기목적적이다. 이미 확립된 의미영토의 무효성과 '폐허'를 직시함으로써 현대시는 존재한다. 이는 시라는 것이 일상적이고 평준화된 대중적 인식과 근본적으로 적대적임을 암시한다. 특별한 개인의 인식과 체험을 저장한 시는, 이미 틀지워진 상식의 논리들을 무덤 속에 파묻고 끝없이 새로이 출발한다.

시가 개인적인 방식으로 존재할 때, 시는 경험의 독특성과 직관을 드러내기 위해 난해한 수사를 사용할 수 있는데, 허위의 인식과 경험을 가두고 있는 언어를 깨뜨리는 것은 영원한 시적 당위이다. 그가 현대시의 난해한 수사전략과 불교적 직관주의에 초점을 맞추는 것도 이러한 맥락에 기반한다. 특히 논리적 일탈성과 우연성에 바탕한 모순어법이나 병치의 수사는 현대시의 수사적 전략을 대변하는 중심장치라 할 만한 것인데, 이를 통해 시인은 독자의 인식의 한계를 깨뜨리고 우주적 진실을 표현한다. 유형화된 인식, 고착화된 이미지를 혁파하는 시의 모험을 그는 강력히 옹호하는데, 이러한 태도는 "오늘 쓰는 시보다 내일 쓰는 시가 영원히 더 낫다"46)라는 인식을 낳는다. 그것은 강렬한 개성의 생산과 스타일의 혁신을 지향하는 모더니스트로서의 미적 인식이 그의 시론에 반영되었음을 의미하기도 한다.

이형기의 시론은 어떠한 우회로를 통해서도 시에 이르기 위한, 아니 궁극적으로는 도달할 수 없는 시를 향한 무한한 쇄신의 과정을 강조한다. 파괴의 윤무에서 벗어날 수 없는 시인의 언어는, 끊임이 관습화된 의미의 파괴와 소멸을 전제로 새로운 성취를 획득한다. 그러한 의미에서 결국 그의 시론을 가장 간명하게 요약할 수 있는 명제는, 시작과 끝이 꼬리를 물고 있는 '우로보로스의 미학'과 '묵시록적 상상력'으로 압축될 수밖에 없다. 묵시록적 상상력이 지향하는 것이 현대의 억압적인 의미질서의 해체라면, 우로보로스의 미학은 소멸과 생성이 상호전화하는 '공'사상의 또다른 표현이라 말해질 수 있을 것이다. 그가 '우로보로스'의 미학으로 상징한 연기(緣起)와 공의 세계는, 시인으로서의 존재론적 철학, 논리적 지성, 창작정신이 총결합된 이형기 시론의 미학적 정점이라 할 수 있을 것이다.

---

46) 『낙화』, 237쪽.

▸▸▸ 참고문헌

이형기·김광식·이중로 『해 넘어가기 전의 기도』, 현대문학사, 1955.
이형기, 『적막강산』, 모음출판사, 1963.
_____, 『돌베개의 시』, 문예사, 1971.
_____, 『꿈꾸는 한발(旱魃)』, 창원사, 1976.
_____, 『풍선심장』, 문학예술사, 1981.
_____, 『보물섬의 지도』, 서문당, 1985.
_____, 『그 해 겨울의 눈』, 고려원, 1985.
_____, 『이형기 시선』, 도서출판 선, 2003.
_____, 『감성의 논리』, 문학과 지성사, 1976.
_____, 『시와 언어』, 문학과 지성사, 1987.
_____, 『오늘의 내몫은 우수 한 짐』, 문학사상사, 1986.
_____, 『심야의 일기예보』, 문학아카데미, 1990.
_____, 『별이 물 되어 흐르고』, 미래사, 1991.
_____, 『당신도 시를 쓸 수 있다』, 문학사상사, 1991.
_____, 「나의 이력서」, ≪시와 시학≫, 1992 봄.
_____, 「현대시의 선시」, 『현대문학과 선시』, 불지사, 1992.
_____, 『석가모니』 1998, 한국문연.
_____, 『아포리즘집-존재하지 않는 나무』, 고려원, 2000.
_____, 「허무로 가는 꿈꾸기」 ≪현대시≫, 1993. 6.
이형기·허혜정, 「대담-시를 쓰는 매순간이 디 데이」, ≪시와 시학≫, 1997 가을.
이형기·허영자 「대담- 무상한 것을 꿈꾸는 영원한 시인」, ≪시로여는세상≫, 2002.
고명수·허혜정 엮음, 『낙화』, 연기사, 2002.
_____, 「견자의 시학」, ≪시로 여는 세상≫, 2002 여름.
_____, 「존재의 페러독스를 투시한 見者」, 『문학과 창작』. 2003.
김영철, 「이형기론」, 『한국현대시연구』, 민음사, 1989.
김혜영, 「파괴의 초월의 미학」, ≪시작≫, 2002 겨울.
나민애, 「이형기 시에 나타난 몸의 변이와 생성 양상 연구」, ≪심상≫, 2005. 3.
박재원, 「이형기 시인의 『꿈꾸는 旱魃』 시 분석」, 『한국문예창작』, 한국문예창작학회, 통권 제 4호, 2003.
오세영, 「이형기의 '그 해 겨울의 눈'」, 『한국현대시의 행방』, 종로서적, 1988.
유한근, 단독자의 사상 혹은 허무화, ≪월간문학≫, 1983. 3.

윤재웅, 「허무에 이르는 길」, ≪현대시≫, 1993. 6.
이건청, 「세계와의 불화, 혹은 파멸의 미학」, 『현대시학』, 2001. 11.
이재훈, 「이형기 시 연구– 초기시를 중심으로」 중앙대 석사논문, 2000.
이형우(대담), 「나는 시를 찾는 사람」, ≪현대시≫, 1993. 6.
최동호 외 8인 공저, 『서정시가 있는 21세기 문학강의실』, 청동거울, 2002.
허혜정 「이형기 시론 연구」 『어문론총』 42호 한국문학언어학회, 2005. 6.
______, 「세계의 균열, 판타즘으로서의 글쓰기」, 『현대시』, 1995. 4.
홍기삼, 「이형기론」, 『한국현대시인논총』, 충남대출판부, 1993.
황종연, 「현대성 또는 허상의 폐허」, ≪현대시≫, 1993. 6.
Ortega Y. Gasset, 張鮮影 역, 『藝術의 非人間化』, 삼성출판사.
Nancy Wilson Ross, The World of Zen, Random House, New York. 1960.

'생명'과 '존재'의 의미를 중심으로

1. 정한모 시론의 특징

일모 정한모(1923-1991)는 1945년 『백맥』에 「귀향시편」을 발표하여 등단한 이래 6권의 시집[1]과 2권의 시선집[2]과 한권의 수필집,[3] 마지막으로 시론집 및 다수의 학술서적[4]을 남겼다. 그는 시인이자 시론가이며 국문학자였다. 기존의 연구[5]는 시집 『카오스의 사족』과 『여백을 위한

* 양소영 / 서울대학교 국어국문학과 박사과정

1) 제1시집: 『카오스의 사족』, 범조사, 1958.
제2시집: 『여백을 위한 서정』, 신구문화사, 1959.
제3시집: 『아가의 방』, 문원사, 1970.
제4시집: 『새벽』, 일지사, 1975.
제5시집: 『아가의 방 별사』, 문학예술사, 1983.
제6시집: 『원점에서서』, 문학사상, 1989.

2) 『나비의 여행』, 현대문학사, 1983.
『사랑시편』, 고려원, 1983.

3) 『바람과 함께 살아온 세월』, 문음사, 1983.

4) 『현대시론』,보성문화사, 1992.
『한국현대시의 정수』, 서울대학교 출판부, 1979.
『한국현대시문학사』, 1974. 일지사

5) 김시태, 「정한모와 휴머니즘」, 김용직 외, 『한국현대시사 연구』, 일지사, 1983.

서정』에 나타난 관능적인 시편에 대해 '생명력과 삶의 충동'을 추구하였다고 밝히고 있다. 또한 이들은 시집 『아가의 방』을 전후로 '부정적 현실인식에서 휴머니즘'으로 전환된 것으로 보고 있다. 특히 오세영[6]은 중기시에서 『아가의 방』에 나타난 '아가'를 현실단절과 퇴행심리의 표현이라고 보고 '아가의 방'을 현실도피와 모태회귀의 공간으로 파악했다. 즉, '아가의 방'을 고통스런 현실로부터의 도피라는 일종의 심리적 방어기제로 보았던 것이다.

이상 정한모 시에 대한 연구는 단일시집이나 특정한 이미지의 언급 등 단평 형식이지만 나름대로 체계를 가지고 연구되어 왔다. 또한 아직까지 그의 시론에 대한 연구는 드물지만 그의 시론과 관계되는 글이나 또는 평론 및 시사연구 업적 등을 통해 우리는 어느 정도 그의 시론의 틀을 구성해낼 수 있다. 이와 같은 시론들은 정한모의 시세계를 깊이 이해하도록 하는 데 도움을 주고 있으며 더 나아가 시인들과 당대의 시단에 대한 사유를 깊이 있게 하는 데 충분한 자극을 주고 있다.

그의 시론 중에 "고전시대부터 우리는 한시를 외고, 운을 맞추는데서 생과 우주의 질서를 터득했고, 생의 질서를 배웠다 .여기서 시인은 일정한 생의 형성으로 자기실현을 보인다고"[7] 언급된다. 이것은 유기체 시론 및 구도 시론과 맞닿아 있다. 그것은 정한모가 시인을 자연의 생명과 같은 것으로 파악하고 있으며 시를 통해 인간으로서의 원초적, 시대적, 개인적 소외를 극복하고자 하는 데 뜻을 두고 있다는 의미이다. 이것은 시와 시인이 이 우주 속에서 하나의 생명으로 존재하며 살아갈 수 있을 때 시와 시인은 그들이 놓여 있는 시대, 그들이 만나는 독자와 함께 생명

김재홍, 「휴머니즘 또는 미래지향의 역사의식」, 시선집 『나비의 여행』 해설, 현대문학사, 1983.

신용협, 「생명의 외경과 휴머니즘」, 『현대한국시연구』, 학문사, 1983. 6.

6) 오세영, 「자아와 세계의 화해」, ≪현대문학≫, 1975. 5.

7) 정한모, 『한국현대시의 정수』, 서울대학교 출판부, 1979, 18쪽.

감과 구원에의 가능성 속에서 특별한 시간을 보낼 수 있다는 의미이다.

생명이란 살아 있음이다. 살아 있다는 것은 스스로 성장-발달-유지-전파하는 생명과정을 겪는다. 이러한 생명과정에 일정한 방향과 목적이 내재되어 있음은 물론이다. 따라서 그 방향과 목적이 내재되어 있음은 물론이다. 따라서 그 방향과 목적은 생장과 소멸로 이어지는 시간성, 자기구현이라는 삶의 가치와 관련을 맺는다. 스스로 성장하고 생명을 전파하는 본성적인 의지와 함께 자기 구현이라는 내재적 가치를 지니고 있다.[8] 정한모가 말하는 생명의 시란 생명 자체를 노래함으로써 생명의 본질과 가치를 추구하는 시세계를 의미한다.

이렇듯 생명을 통해 장한모의 시론을 살펴보면 그의 시론을 보다 풍부하고 깊이 있게 논할 수 있는 기초를 마련할 수 있을 것이다.

2. 전쟁과 휴머니즘

전쟁은 죽음에 대한 두려움을 극대화하기 때문에 생명의 본능을 더 고무시키는 계기가 된다. 정한모에 대한 기존 연구자들이 주목했던 또 하나의 주제가 휴머니즘이다. 그의 휴머니즘적인 특성은 인간적인 것, 순수한 것, 아름다운 것을 추구하는 세계로 규정할 수 있다. 그의 휴머니즘은 이상적인 세계의 지향과 다르지 않다. 이상향에 대한 의식, 곧 유토피아 의식이다. 그에게 유토피아는 생명을 통해서만 실현될 수 있는 세계이다. 요컨대 휴머니즘이란 비인간적이고 폭력적인 문명에 대한 시인의 대결의식을 의미한다. 또한 그 시적 대결 방식이 생명예찬이기도 하다.

---

8) H. 요나스, 이진우 역,『책임의 원칙- 기술시대의 생태학적 윤리』, 서광사, 1994, 66쪽.

정한모 시의 본질을 밝히기 위해서는 휴머니즘 즉, 생명의식에 기초를 두어 출발해야 할 것이다. 이것은 일모의 시세계 및 그의 시론을 밝히는 데 있어서 중요한 항목이다. 이는 시인이 스스로 고백한 창작 동기에서 충분히 엿볼 수 있다. 정한모 시인이 시를 쓰게 된 계기는 다름 아니라 "걷잡을 수 없는 혼돈"[9], 즉, 전쟁이었다. 시집 제목이 '카오스'라는 말의 의미를 주목해본다면 특히 전쟁은 시인이 현실의 삶에 대해 결핍을 느끼게 하는 요인이 되고 있음을 알 수 있다.

> 현대시란 무엇이냐 하는 문제에 대해서, 여기서는 시의 본질론보다도 우선 시에 있어서의 현대성이란 무엇인가 하는 점을 밝히는 일이 문제의 핵심에 접근하는 길이 되지 않을까 생각한다. 현대시란 시인과 현대와의 상호 감응의 관계 위에서 이루어지는 것이기 때문이다. 급진적으로 발달한 기계주의 내지 비인간화의 현상은 20세기에 이르러 특히 제2차 세계대전 이후 가공할 만한 상태로 팽창하고 있다. 기계의 인간에 대한 점진적 지배현상, 그리고 그로 인한 인간의 소외현상이 이미 이 시대를 가득 채우고 있는 것이다. 극단적으로 말한다면 인간과 기계와 관계가 '인간에게 있어 유용하고 편리한 것으로서의 기계'의 관계가 아니라 도리어 '기계를 위하여 필요한 것이 인간'이라는 식의 바람직하지 못한 관계로 전락되어 가고 있는 것이다. 인간 자신들의 물질적인 행복, 육체적인 안락을 위하여 발전시키고 개발하였던 것이 도리어 인간 자신을 위축시키고 위협하는 공포의 대상으로 변하고 만 것이다. 이와 같은 현대사회 속에서 어떻게 개인이 소중한 생명을 유지하고 지켜나가는가 하는 데 커다란 문제가 놓여 있다. 시인은 직관적으로 인간이 그러한 현대문명사회 속에서 있는 위태로운 개인이라는 사실을 의식하는 사람이다. 인간성 침투해온 기계주의, 집단주의의 소용돌이 속에서 인간으로서의 고귀한 개성을 지키고 유일한 창조자, 또는 존재하는 자의 경험적 직관으로 이 현실을 받아들이고 극복하고자 하는 것이 현대에 살고 있는 시인들의 자각이라는 생각이다. 현대에 살고 있는 시인들의 현대문명사회에 대한 투철한 자각과 더불어 그들 현대 시인들에게 요구되어지는 것은 언어에 대한 자각이다.[10]

---

9) 오세영 외, 『정한모의 문학과 인간』, 시와 시학사, 1992, 293쪽.
10) 정한모, 『현대시론』, 보성문화사, 1992, 33쪽.

첫 시집 『카오스의 혼돈』과 『여백을 위한 서정』은 바로 이러한 전쟁이라는 카오스적 세계에 대한 체험과 관련이 있다. 전쟁의 폐허더미 속에서 생의 욕구도 그 갈망도 모두 상실한 모습은 정한모의 모습만이 아닐 것이다. 그것은 전후 시인들의 공통적인 특성에 해당된다. 그러나 그들은 전쟁이라는 상황에 공통적으로 절망하면서도 그 대응방식에서는 각기의 다른 특성을 드러낸다.

그는 현실에서의 자기 자신의 위치를 인식하는 심도에 따라서 시인의 현실에 대한 태도를 크게 둘로 구별하는 데 그 하나는 현실의 가장 상징적인 새로운 제재에 대하여 적극적으로 맞서서 거기에 가로놓인 문제를 극복하기 위하여 자신의 에너지를 경주하는 태도이며 다른 하나는 현실에서의 자기의 위치를 분리시켜 초시대인 입장에서 인간성의 영원한 면을 노래하는 태도이다. 후자의 경우 주로 자신의 내부세계를 제시하는 데 의의가 있다고 한다. 다시 말하면 일부 시인은 절망에 빠져 미래에 대한 비전이 결여된 채 허무주의에 빠지거나, 또 다른 시인은 절망적 현실을 개혁하기 위해 목소리를 드높이거나 현실에 직접 참여하기도 한다. 정한모는 시인에게 "인간성에 침투해 온 기계주의, 집단주의의 소용돌이 속에서 인간으로서의 고귀한 개성"을 지킬 것을 말하며, "현실을 받아들이고 극복하라"고 하며 "이것이 곧 시인들의 자각"이라고 언급한다.

정한모는 시인이라면 현실을 받아들이고 극복하라고 외치면서 다른 시인과 다른 자리에서 삶을 초극하려는 자세를 지닌다. 이 진술은 정한모의 시세계의 특질을 압축적으로 잘 나타내고 있다. "현실에서의 자기 위치를 분리시켜 초시대적인 인간성의 영원한 면을 추구[11]"즉, 비인간적인 현실의 현대문명과 부딪히면서 인간적인 것을 지키고자 하는 것이 그가 말하는 시세계이다. 시 <바위의 의장>에서 "나의 생활을 출입시킬 문도/나의 사념을 호흡시킬 창도/나는 가지고 있지 않다"는 표현은

11) 정한모, 『한구 현대시의 정수』, 13쪽.

갑갑하고 암담한 현실을 형상화하고 있다. 외부와 단절되어 내면 속으로 고립되는 것을 표현한 '문닫힘'은 '단단하고 영속적인 존재'[12]의 돌의 의미와 맞닿아 있다. 이것은 폐쇄적인 상황에서 화자는 '인내'와 '결의'를 통해 욕망을 다스리면서 자기 내면의 세계를 구축한다. 이러한 인내와 결의를 통한 침묵의 세계 즉, 그가 선택한 초극적인 세계가 카오스적 현실에 대한 대응 방식이다.

말하자면 현실의 혼돈상태에 절망하지 않고 생명이 흐르는 내면의 세계를 통해 그 현실을 초극하려는 의지가 시집『카오스의 사족』과 『여백을 위한 서정』의 주된 테마이다. 이 세계에서 시인은 그의 꿈을 키우게 되는 데, 그것이 곧 '아가'의 세계가 된다.

그의 시의 주된 이미지인 '아가'는 초기시에서부터 이미 시인이 지향하는 바를 잘 반영해주고 있다. 이렇다면 "'아가'의 이미지가 인류의 마지막 보류[13]"라 할 때 아가는 한국전쟁과 현대물질문명과 집단이기주의에 대한 인간성의 보루에 해당하는 것이라 이해할 수 있다.

3. 시인이라는 존재와 시라는 존재

1) 여성으로서의 시인

정한모에게 시인은 여성과 같은 존재로 인식된다. 시와 시인의 창조성, 그리고 이들 속에 내재된 사랑, 자유, 포용, 화해, 화응, 관계, 생명, 헌신, 인내 등의 속성은 그에게 시와 시인을 여성적인 것이자 여성적인

12) 돌은 '안정, 영속성, 신뢰성, 불사, 응집성' 그리고 '우주의 정체성' 등을 상징한다. M. Eliade, 『상징, 신성, 예술』, 박태규 역, 서광사, 1991, 183쪽.

13) 오세영 외, 앞의 글, 293쪽.

것의 덕목으로 생각하게 만들었다. 즉, 인류의 마지막 보류이자 존재의 본질인 '아가'의 시세계는 어머니의 의미와 결합된다. 정한모가 말하는 어머니는 존재의 본질에 대한 갈망을 지속시켜주는 원동력이다.

시인을 여성으로 이해할 때 시는 만들어지는 기술적 세계가 아니라 낳아지는 자연의 세계이고 목적을 앞세운 도구적 세계가 아니라 목적 이전에 존재하는 생명적 세계이다.

<어머니1>란 시에서 정한모는 여성을 "생명의 샘꼭지"로 등식화하고 있다. 그것은 무엇을 의미하는가. 결핍과 단절과 어둠의 현실을, 충만과 만남과 밝음의 세계로 열어 보이고 열어준다는 것이다. 이것은 물리적인 힘만으로 어쩔 수 없는 여성의 소중한 생래적 능력이라고 그는 생각한다. 여성들이 그의 몸속에 배태된 생명을 낳는 일이 바로 이 영역에서 속하는 대표적인 것이라고 그는 말한다. 그 낳는 일은 아주 상징적인 것으로서 그 속에는 생과 세계에 대한 긍정, 포용, 승화, 재생, 부화, 부활 등의 의미가 담겨있다. 바로 이 의미를 이 땅에 구현시키는 상징적 이름이 여성이고 그 일은 시인의 길이도 한다.

이처럼 어둠에서 밝음으로의 열림 혹은 열어줌의 저변에 정한모는 승화란 표현을 쓴다. 승화란 정한모에게 시인의 특질이자 사명이며 목표이다.

> 시를 쓰는 행위는 <가장 보람된 이해의 행위>이며, <자유정신의 표현>이며 <세인을 정화하는 계기>가 된다 등등... 약간의 뉘앙스는 있다고 해도 승화를 쉽게 풀이한 표현들이다. 원래 승화란 그 자체로서는 금지된 충동 내지 동기가 사회적으로 인지된 표현과정을 통하여 제고됨을 뜻한다. 즉 승화는 하나의 충족상태라는 것이다.[14]

정한모가 말하기를 "시를 쓰는 행위는 <가장 보람된 이해의 행위>

14) 정한모, 『한국 현대시의 정수』, 서울대학교 출판부, 1979, 12쪽.

이며, <자유정신의 표현>이며 <세인을 정화하는 계기>가 되 있는 자 그가 바로 시인이다"고 하며 그는 곧 이것을 승화라고 하며 여기서 그 정신의 승화작용을 업으로 삼고 있다. 그리고 그때의 그 시인이란 앞서 언급한 여성으로서의 시인이다. 승화란 '살림의 길'이다. 세상의 어떤 것도 살려내는 신비가 그것이다. 정한모는 '여성의 방, 여성의 자궁, 여성의 몸'에서 이 일이 가능하다고 보는 것이다. 그리고 앞에서 말했듯이 시인이야말로 이런 여성의 방과 자궁과 몸을 갖고 있는 이러한 살림의 창조자이다.

> 어머니의 생활이 뻗어나간다.
> 어머니의 기운이 뻗어나간다.
> 어머니의 보람이 뻗어나간다.
> 살구나무에 살구 열매가
> 앵두나무에 앵두들이
> 조롱조롱 매달려 익어가는
> 담 안/마당 한구석에 딴 솥을 내걸고
> 아침부터 올해 담은 장을 달이신다.
> 장맛은 집안의 근본이다.
> 장맛이 떨어지면 집안도 기운다.
> 살구 열매가 토실토실 살이쪄 가면
> 어머니는 해마다 잊지 않고 장을 달여 오셨다.
>
> —어머니2

<어머니2>에서 여성을 낳고 기르고 키우는 삶을 넘어서 "어머니의 생활이 뻗어나간다"에서 알 수 있듯이 실천하는 자의 상징이다. 낳는다는 것, 기른다는 것, 키운다는 것은 긍정과 창조와 생성과 승화의 삶을 산다는 뜻이다. 그것을 할 수 있을 때 그 때 시인이 될 수 있고 시의 길은 바로 그 길이라고 정한모는 생각한다. 그런 사유 위에 어머니가 있다. 어머니는 여성의 대표적 표상이자, 좋은 시인의 다른 이름이다. 그

어머니는 기다림과 사랑의 힘으로 충만과 화해 그리고 전일성의 세계를 낳는 사람이다. <장>은 그런 승화의 실체이자 실물이다. 정한모에서 시는 이런 <장>의 모습이다. 즉, 사랑과 화해와 충만함의 양식이다.

시인됨을 여성의 속성에서 찾은 정한모의 위와 같은 시론은 긍정과 사랑을 바탕으로 한 재생과 치유의 시학이라 부를 수 있다. 끊임없이 상처를 어루만져 새살이 돋도록 만드는 힘, 그것은 일체에 대한 긍정과 사랑에서 비롯되는 것이며 그 재생과 새살의 가능성 및 영속성은 치유의 길을 열어 가는 일이기 때문이다. 여성으로서의 시인이 이런 과정에서 낳은 상징이 정한모가 말하는 '따뜻한 상징'이다. 요컨대 '따뜻한 상징'을 낳는 자, 그가 여성으로서의 시인이다. 어머니야 말로 좋은 시인의 상징이다.

2) 생명의 의미로서 시 창작

시를 문화양식의 생물학적 차원에서 바라보는 일은 시의 인위성 이전에 그것의 자연성을 강조하는 시학이다. 자연성을 강조하는 시가 언어의 인공적 조합물이 아니라 생명체와 같은 것으로 여겨질 때 시는 만들어지는 것이 아니라 낳아지는 것이고 이것은 생명의 몸과 같은 것이다. 자연분만은 생명체로서의 시 창작을 '생명의 탄생'이라는 말로 표현한다. 이 때 시인과 시작품 사이에는 아무런 억지나 속임수도 끼어들지 않는다. 그것은 열 달을 기다렸다 어머니의 몸을 통하여 이 땅에 나오는 아가의 탄생과 같은 것이다. 그것이 바로 '아기'를 제재로 하는 시창작이다. 이것은 시가 의지의 산물 이상의 것이자 이전의 것임을 알려주는 내용이다. 그것은 달리 말하여 시인이 의도적으로 시를 만들어낸 것이 아니라 시 자체가 그 나름의 자율성 속에서 성장하고 성숙하여 이 세상 속으로 나왔다는 것이다. 시 자체가 가지고 있는 생태적 흐름과 질서 그리고 율동이 시속에 있어서 시인이 작위적으로 시를 통제할 수만은 없다는 것이다. 이와 같은 시의 생태적 자율성은 어머니의 뱃속에 잉태된 아기의 생태적 자율성과도 유사하다. 즉, 시인의 시작행위가 자연분만의 그것과 같고 시는 그렇게 자연 분만된 생명체라는 것이다. 이렇듯 시가 자연분만의 생명체일때 그 시는 생명체로서의 시인의 몸의 성장이고 확대이다. 따라서 이 땅에 탄생된 생명체로서의 시 또한 유기적 구조물로 기능해야 한다.

1. 비단 시의 표현에서 뿐만 아니라 일상적인 언어생활에서도 우리는 많은 비유적 표현을 하고 있다. 비유는 그만큼 인간의 역사와 더불어 있어온 것이다. <태초의 말씀>의 시대, 그 <말씀>은 그대로 은유였다고 단언해도 좋을 것이다. 하늘과 땅사이, 사물과 더불어 인간이 있을 뿐, <말씀>이 아직 없었을 때 인간과 사물과의 관계는 미루어 생각조차 어려운 일이다.

2. 이리하여 하나하나 탄생된 태초의 <말씀>의 시대는 <말씀>이 그대로 은유였고, 따라서 그 말씀의 위력은 오늘날 시인들에 의해서 의식적인 조작으로 이루어지는 은유 표현의 효력이상으로 컸던 것이다. 말씀의 그대로 은유였던 시대의 말씀의 위력은 그것이 곧 창조의 힘, 생명 자체의 힘이었고 나아가서는 역신이나 질병, 마귀까지도 무리치고 행운과 소망을 이루는 힘을 발휘할 수 있는 것으로 믿어왔던 것이다.

오늘날 우리는 매우 어려운 언어적 상황 속에 살고 있다. 이것은 현대라는 시대가 지니고 있는 역사적, 문화적 제 조건과 결합되어 있는 일이지만, 우리는 현대시가 출발한 무렵부터 이미 무력해진 언어만을 갖게 된 것이다. 이러한 상황 속에서 현대시에 은유가 많아진 것은 당연한 일이 아닐 수 없다. 새로운 생명력을 소생시키고자 하는 시인들의 피나는 노력으로 현대시는 현대라는 비시적 상황 속에서 그나마 시를 있게 하는 것이다.[15]

---

15) 정한모, 『한국 현대시의 정수』, 18-19쪽.

위 인용문의 '말씀'이란 '생명'의 다른 말이다. 그는 "태초의 말씀 그대로가 은유이고 말씀의 그대로 은유였던 시대의 말씀의 위력은 그것이 곧 창조의 힘, 생명 자체의 힘이었고 나아가서는 역신이나 질병, 마귀까지도 무리치고 행운과 소망을 이루는 힘을 발휘할 수 있는 것으로 믿어왔"다고 말한다. 그에게 좋은 시란 태초의 말씀처럼 사람들의 마음을 은폐하고 억압하는, 그것과 독자와 작품과의 거리감을 조장하는 일반적인 '말'과 다르다. 즉, 말과 말씀이 다르다. 새로운 생명력을 소생시키고자 하는 시인들의 피나는 노력 그것이 바로 일반적인 말과 다른 시작품인 것이다. 요컨대 정한모에게 좋은 시를 읽는다는 것은 의식의 열리는 일이다. 의식이 맑게 트이고 환하게 열리는 것은 좋은 시를 경험한 것이나 마찬가지이다. 하지만 좋은 시가 완성되기 전에 그는 시인의 확고한 의식을 갖게 되길 바란다.

> 시인이 소극적인 자기 실현의 맴을 돌고 있으면서 自嘲가 촉촉이 배어 있는 자아영상이 생겨난 것이다. 자아영상이란 일종의 착각상태로서 스스로 생각하는 대상아(me)를 말한다. 선택된 인간인 것처럼 자기도취하는 것이 바로 자아영상인 것이다. 가장 고귀한 인간임을 자부하고 시작 행위를 고귀한 일이라고 생각하는 것을 말한다. 시인의 아나크로니즘에 빠진 자아영상이 시의 효용을 잘못된 방향으로 이끈 그 장본인의 하나이다. 원래 시인은 그 기질로 보어 객체아(me)보다 주체아(I)가 강한 인간형이다. 그러나 객체아를 기만하고 위장하는 주체아는 건강할 수 없다. 최소한도의 신뢰라도 주기 위해서는 주체아가 늘 객체아를 지평으로 삼아야 할 것이다.[16]

위 인용문에서 객체아란 객관적 현실과 관련을 맺는 자아의 또 다른 측면이다. 시인은 기질상 주체아 중심이지만 그것은 객체아를 지평으로 삼을 때만이 그 신뢰성을 지니게 된다. 좋은 시를 짓기 위해서 객체아만

---

16) 정한모, 『한국 현대시의 정수』, 17쪽.

의 시나 객체아를 무시한 주체아 만의 시가 아닌 객체아를 지평으로 한 주체아의 시를 정한모는 강조한다.

4. 생명에서 존재의 시로

> 적극적인 소리를 얻기 위하여 시인이라는 은폐된 존재에 끊임없이 도전할 때 시의 본질 탐구의 발판은 비로소 마련되는 것이다. 어느 때보다 인간의 본질이 붕괴되고 매몰된 현대에 있어서 시는 '신의 부재'가까이에서부터 우러나오는 일종의 용기, 다시 말해 니힐리즘의 밑바닥에 잠긴 정열로써 쓰여져야 할 것이며 시가 단지 정서나 지성의 표현으로서만이 아니라 인간을 근원으로부터 떠받치는 힘으로서 작용할 것이다. 시는 이처럼 '존재의 본질'에 대한 동경에서부터 출발한 것이기 때문에 '영원히 변하지 않는 본질 세계'와의 생생한 접촉을 위해 끊임없이 노력하는 것이 바로 시인의 임무이다.[17)]

'신이 부재'하는 현실에서 그것에 치열하게 고민하면서 도달한 세계, 곧 "존재의 본질"을 추구하는 것, 이것이 바로 시인의 임무이다. 이것은 바로 생명의 의미와 연결된 '아가'의 시세계이기도 하다. 정한모 스스로 "역사적 의식이라든지 내 속에 충분히 여과해서 나온 시"라 할 때 '아가'의 시세계는 신이 부재하는 시대에 '존재의 본질'이자 '인류의 마지막 보루'에 해당되는 것이다. 정리하자면 '아가'의 세계는 존재의 본질 세계를 전달해주는 매개체로서 시인의 역할에 대한 자각을 의미한다.

시집 『아가의 방』에서부터 일모의 시세계는 '아가'의 세계를 중심으로 하여 전개된다. 존재의 본질로서의 '아가'의 세계를 통해 시인은 그 본질의 언어를 통해 본질의 소리를 전달하게 된다. <아가>의 존재의

---

17) 정한모, 『현대시론』, 45쪽.

방에서 '아가'의 눈을 통해 비인간적인 현실을 인식하고 그리곤 '아가'의 세계를 '아가'의 언어로 제시하는 것, 그것이 일모의 시세계이다. 비로소 그는 <아가의 방>에 이르러 그의 시 세계를 구축하게 되고, 자신의 목소리를 가지게 된다.

시집 ≪새벽≫은 바로 '아가'의 본질적 의미로 향하는 첫걸음에 해당된다.

> 새벽은 새벽을 노래한 것이 아닙니다. 어두운 밤에 새벽을 꿈꾸는 것, 새벽이 오기전의 그 어두움, 지루함, 괴로움, 기다려지는 새벽을 말하는 것입니다. 어둠 속의 몸부림이 아니라 어둠 속에 무엇을 우리가 찾아야 하는, 전망이랄까 바라보는 눈 같은 것이 새벽을 찾는 것입니다. 우리가 흔히 말하는 데카당, 그런 어떤 절망, 그 몸짓은 나는 쉽다고 생각합니다. 시인은 좀 더 앞을 내다보고 몸부림치는 대중을 이끌어 갈 사명이 있어야 한다고 생각하지요.[18]

시인에게 현실은 여전히 비인간적인 어두운 현실이다. 그 어두운 현실에서 시인은 나아갈 좌표를 잃고 몸부림치는 것이 아니다. 그가 설정한 존재의 본질인 아가의 세계를 통해, 어두운 현실 속에서도 본질적인 것을 추구하는 것이다. 따라서 새벽은 아무나 추구할 수 있는 것은 아니다. 어두운 시대에 존재의 본질을 깨우친 시인만이 어두운 현실 속에서도 그것을 추구할 수 있는 것이다.

> 수정의 다각면에 어리고 명멸하는 아라베스크 어지러운 내 악몽 속에서도 영롱한 한 줄기 빛이던 당신의 손은 새벽의 군중을 흔들어 울리고 무겁게 드리워진 암묵의 자락을 능선따라 천천히 걷어올린다. 당신의 목소리는 이제 단단한 씨앗을 야무지게 터뜨리듯 어둠을 찢어대는 참새소리도 되고 일찍부터 기침하여 마루로 들로 오르내리시는 칠순 노

---

18) 오세영 외, 『정한모의 문학과 인간』, 294쪽.

> 모의 정정하신 기침소리로 울리면서 가득히 차는 맑은 음향으로 내 수면의 창을 활짝 열어 놓는다.
>
> —새벽 2

"새벽의 군중을 흔들어 울리고 무겁게 드리워진 암묵의 자락을 능선 따라 천천히 걷어올린다."란 표현에서 새벽이야말로 미래에의 전망을 가지고 어두운 현실을 타파하는 의미를 지닌다. 따라서 시인이야말로 신의 목소리를 전달하는 자이며, 대중을 이끌어갈 사명이 있는 자인 것이다. 그는 "시인이란 나와 사물과 신선한 관계, 즉 새로운 본래적 질서를 창조하는 자"[19]이라고 말하며 현대의 시인들에게 요구되는 가운데 하나는 자기와 실재와의 사이를 차단하는 무감각, 무교감의 닫힌 장막을 찢어버리는 일이라고 언급한다. 즉, 시인이란 실재를 덮고 있는 인습적인 인식을 파괴하고 새로운 생명의 핵심을 이끌어 내는 것이다. 정리하자면 정한모는 '아가'의 세계를 통해 부정적인 현대문명을 비판하고 인간과 사물이 합일되는 세계를 추구한다. 이것은 현실에 대한 비판, 그 대안으로서의 존재의 본질에 대한 갈망인 것이다. 즉, 그의 본질 세계에 대한 끊임없는 동경과 본질세계의 접촉을 위한 시적 실천은 현대인의 사유방식과도 밀접하게 결부시킨다. 인간본연에 대한 향수는 시인은 물론이고 모든 사람들의 영원한 갈망이며 탐구과제이다.

정한모는 시를 이처럼 '생명'에 대한 동경에서 '존재의 본질'로 이행하는 것으로 보았고 그 때문에 '영원히 변질하지 않는 본질세계'와의 생생한 접촉을 위해 끊임없이 노력하는 것을 바로 시인의 임무라고 생각했던 것이다.

---

19) 정한모, 『현대시론』, 45쪽.

▸▸▸ 참고문헌

정한모, 『한국현대시의 정수』, 서울대학교 출판부, 1979.
______, 『현대시론』, 보성문화사, 1992.

오세영

총체적 진실을 향한 '신화적 언어' 연구

1. 오세영 시론의 맥락

근대 문학이 형성된 이래 연구의 대상은 대개 일가(一家)를 이룬 작가들에게 그 초점을 두곤 하였다. 문학(文學)의 가치에 대한 절대적 믿음과 장인으로서의 수련 과정을 통해 창조적 성과를 드러낸 이들이 여기에 속한다. 이들이 보여준 문학의 양태는 이념의 측면에서나 사조 및 형상화 방법의 측면에서 모두 다르지만 문학을 향한 신념과 열정을 바탕으로 자기 나름의 개성과 특수성을 구현하였다는 점에서 동일하다고 할 수 있다. 이들은 다른 시대 의식이나 문화적 성향에 의해 비판받을지언정 자신의 창조성이나 문학적 행위 자체에 대하여는 불가침의 영역을 확보하고 있다. 그리고 이 부분은 변화하는 시대, 변화하는 의식과 상관없이 문학이라는 장을 이끌어갔던 원동력이자 개개인의 실존이 투영된 공통의 지대이다. 이 공통의 지대에 자신의 생을 기투(企投)한 자가 우리 문학의 중심인물이며 곧 문학인으로서의 일가를 구축한 자라 할 수 있다.

---

* 김윤정 / 서울대학교 강사

시인이자 시학 연구자인 오세영의 시론을 논할 때 문학에 관한 가장 본질적이고 추상적인 이 부분에 관한 이해가 마땅히 이루어져야 한다. 1960년대에 등단한 이후 이념 논쟁이 극에 달했던 7, 80년대를 오세영은 오로지 본질로서의 시의 정신을 통해 헤쳐 나갔던 흔하지 않은 인물에 속하기 때문이다. 문단의 인맥이나 시대의 조류에서 항상 비켜서 있었으므로 외로웠다[1]고 하는 시인의 진술에서도 알 수 있듯이 오세영은 시대의 유행하는 흐름으로부터 비껴난 채 시의 내면적 요소를 밝혀나가는 일에 주력하였다. 그 내면적 요소는 단순히 이념을 부정하고 시적 미장(美匠)들을 내세우는 예술론과 관련되는 것이 아니다. 오세영의 문학세계는 흔히 문단의 쟁점이 되곤 하였던 순수인가 참여인가, 예술인가 이데올로기인가, 자율성인가 이념인가 하는 문제를 넘어서는 지점에서 형성되고 있는 것이다. 이 모두를 아우르고 또한 넘어선 자리에 그의 문학은 존재하는 것으로, 이 점에서 비롯된 초월성 때문에 그를 향한 수다(數多)하고도 상반되기까지 한 일련의 평가들이 양산되었으리라 짐작할 수 있다.

오세영의 문학이 문단의 대립을 넘어서는 지점에 위치하고 있다는 사실은 그의 시론에 마련된 여러 진술들에서도 그 논리적 근거를 찾을 수 있다. 시와 현실과의 긴장관계를 논하는 부분이나[2] 이념의 수용은 자유의 견지에서 이루어져야 한다고 주장하는 것,[3] 시를 과학과 구분지어 규정하는 일,[4] 인간성의 관점에서 순수와 참여문학을 포괄할 것을 요구하는 일[5] 등이 그것이다. 오세영은 서로 융합되기 힘든 두 측면에 대해 공정하고도 초월적인 시선을 던져 이들을 서로 상승적으로 조화시킬 것

---

1) 오세영, 「운명 그리고 외로움」, 『시의 길, 시인의 길』, 시와시학사, 2002, 104-5쪽.
2) 위의 책, 「시에 있어서의 현실」, 69-71쪽.
3) 위의 책, 「문학과 이념」, 117쪽.
4) 위의 책, 「총체적 진리와 부분적 진리」, 169-70쪽.
5) 위의 책, 「순수와 참여」, 186쪽.

을 제안한다. 이것이 그의 문학 세계의 본질이자 초월성이며 그가 문단의 일시적인 경향에 휘둘리지 않고 지속적인 세계를 구축할 수 있게 된 뿌리에 해당한다.

오세영의 시세계와 관련하여 지금까지의 연구자들에 의해 이루어진 사상과 서정의 조화[6]라든가 미학적 차원과 철학적 차원의 결합,[7] 일상적 세계와 형이상학의 통합[8] 등의 평가 또한 조화와 통합, 균형과 화해를 추구하는 오세영 문학의 특성을 논증해주는 것이라 할 수 있다. 이러한 논의의 연장선상에 있는 본고는 오세영 문학의 화해와 통합이 시론에서 어떻게 구체화되고 있으며 이로써 논리적 차원에서의 토대가 어떻게 확보되고 있는지를 탐색하고자 한다. 이는 조화나 화해라는 말이 내포하기 마련인 논리의 상투성을 오세영 문학이 어떠한 방식으로 피해가고 있는가를 확인하는 작업이 될 것이며 동시에 오세영 문학의 초월성이 관념이나 형식 논리에 의한 것이 아니라 그만의 독자적 방법론에 의해 확고한 근거로써 지탱되고 있는가를 가늠하는 일에 속한다.

2. 모순으로서의 총체적 진리

오세영의 시론을 고찰하기에 앞서 먼저 오세영의 시인으로서의 면모를 확인하는 일이 선행되어야 할 듯하다. 시인으로서 못지않게 시학 교수로서 오랜 시간을 시내온 오세영에게 시론은 또 다른 하나의 거대한 세계이다. 그의 시론을 다루는 작업은 방대한 시학 서적을 쓰는 일을 훨씬 웃도는 일일 터인데, 이는 그의 시론이 일반적인 시의 원리에서부터

6) 김재홍, 「사랑과 존재의 형이상」, ≪현대문학≫, 1985. 10, 418쪽.
7) 이승원, 「모순의 인식과 존재의 탐색」, ≪현대시학≫, 1992. 6, 234쪽.
8) 고형진, 「정통시의 변주와 완전한 사랑노래」, ≪문학과 의식≫, 1998 봄, 79쪽.

구체적인 형상화기법에 이르기까지 넓고도 세부적인 부분을 모두 망라하는 데서 비롯한다. 오세영의 문학을 보다 풍요롭게 이해하기 위해서는 이처럼 폭이 넓은 시론 가운데에서 텍스트를 추려내고 범주를 확정하는 일이 요구된다. 본고는 오세영 시의 핵심에 놓이는 구성 원리가 대립물의 상정과 이의 역설적 통합이라는 점에 착안하고자 한다. 이는 오세영이 초기의 모더니즘 경향을 지나 존재론적 시세계를 구축하기 시작한 시기부터 보인 시적 특성과 관련되는 것으로 이미 오세영의 대표작이라 할 수 있을 「그릇」 연작시라든가 「무명연시」의 시편들, 혹은 『모순의 흙』이라든가 『불타는 물』과 같은 시집들의 표제 및 불교적 세계의 형상화를 통해 그 면면들을 드러내곤 하였다.[9] 여기에서 본고가 관심을 두는 부분은 오세영 시에 나타나 있는 이들 다양한 모순 구조가 단지 시의 미적 의장을 위해 의도된 것이 아니라는 점에 있다. 즉 이러한 모순과 역설의 미적 구성은 창작 원리에서부터 세계관을 관통하는 핵심에 해당하는 것으로 오세영 문학에서 보다 근본적인 의미망을 형성하고 있는 것이다.

시의 이러한 양상과 관련하여 오세영의 시론에서 살펴볼 수 있는 것이 "시적 진리는 부분적 진리가 아니라 총체적 진리다"[10] 내지 "시는 논리적 진실이 아닌 비논리적 초월적 진실이다"[11]라는 명제다. 이들 명제는 오세영의 시세계가 구현하고 있는 모순과 역설의 미학을 단적으로 말해주고 있을 뿐 아니라 시를 이해하고 구축하는 데 있어 필요한 것이 이성이나 논리와 같은 과학적 사유가 아니라 이를 포괄하고 초월할 수

9) 오세영 시의 모순과 역설의 시학에 대하여는 김재홍, 「물과 불 또는 운명과 자유」, ≪현대시학≫, 1990. 8, 최동호, 「욕망을 다스리는 영혼」, ≪소설문학≫, 1986. 2, 조창환, 「존재의 모순, 그 영원한 질문」, ≪현대시학≫, 1989. 3, 정효구, 「모순구조의 다양한 의미」, ≪문학정신≫, 1986. 12 등 참조.

10) 오세영, 앞의책, 「총체적 진리와 부분적 진리」, 168쪽.

11) 위의 책, 「인간회복과 시」, 112쪽.

있는 또 다른 성질의 사유임을 강조하는 것이다.

> 시적 진리가 총체적 진리이고 시의 본질이 대립되는 가치의 갈등에 있다면 총체적 진리는 또한 시에 내재한 가치들의 갈등에서 해명되지 않으면 안 될 것이다. 그런데 시에서 가치의 갈등은 모순의 관계가 조화됨에 의해서 궁극적인 가치의 완전성에 도달한다. 말하자면 '갈등 하는 가치'가 '초월된 가치'로 가치 전환을 이룩하기 위해서는 모순이 해소되지 않고는 불가능하다. (중략)
>
> 총체적 진리는 이렇게 서로 적대적이고 모순되는 가치, 즉 부분적 진리들이 그 모순의 관계에서 해방되어 조화된 완전성을 이룩할 때 탄생하는 진리이다. 현실적으로는 모순되지만, 그 모순을 초월함으로써 완성에 이르는 진리, 그것은 조화의 진리이며 시적 진리라 할 수 있다. 이에 대해서 과학적 진리는 일방적이며 배타적이다. 그것은 부분적인 특징을 띠고 있기 때문에 모순의 조화나 초월 같은 것을 상상할 수 없다.[12)]

위의 부분에서 언급하고 있는 부분적 진리란 '한 개의 패러다임을 통해서 사물을 바라보는' 과학적 사유에 의한 것이고 총체적 진리란 '한 사물이 지닌 모든 패러다임을 동시적으로 조망할 수 있는'[13)] 포괄적이고 통합적 사유를 가리킨다. 전자가 근대와 더불어 인간의 사유를 지배하기 시작한 합리적이고 논리적 사유를 지시한다면 후자는 그와 같은 지배적인 사유에 의해 소외되고 억압되었던 구체적 현상의 세계에 해당된다. 전자의 사유는 진보와 발전이라 간주되는 과학과 더불어 보편적 진리라 인정된 반면 후자는 논리화되지 않는 까닭에 무질서하고 혼란스러운 세계로 여겨져 배척되었다. 이러한 관점에서 지금까지 후자의 세계는 전자의 사유에 의해 조명을 받을 때에만 또 그 한도 내에서 의미 있는 것으로 인정될 수 있었다. 즉 과학과 이성의 패러다임은 그 외의 다양한 사유의 형태들 위에 철저하게 군림하고자 하였던 것이다. 그러

12) 위의 책, 「총체적 진리와 부분적 진리」, 177쪽.

13) 위의 글, 175쪽.

나 과학과 이성이 근대에 비로소 가치 있는 사유로 인정되어 그리 길지 않은 역사를 지니고 있다는 것과 그것에 의한 진리가 절대적일 수 없다는 사실을 알고 있는 우리로서는 이에 대해 오세영이 말한 '부분적 진리' 이상의 평가를 내릴 수가 없다. 그것은 시대에 의해 지지된 상대적 진리일 따름이며 명백하기 때문에 단순하고 단순하기 때문에 명백한, 한계 내의 진리이다.

시적 진리의 의미를 밝히고 있는 오세영은 과학적 사유가 지닌 한계를 분명하게 지적하면서 과학적 패러다임과 이를 넘어서는 무한한 지평 사이의 가치의 위계 구조를 뒤집는다. 세계는 논리화되기 때문에 진리인 것이 아니라 논리화될 수 없기 때문에 오히려 진실에 가깝다는 것이다. 과학적 진리에 대해 부분적 진리라는 진단을 내리는 오세영은 그동안 전제 권력을 행사한 이성과 논리가 시마저도 지배할 수는 없음을 주장한다. 그리고 시적 진리가 추구해야 할 세계의 드넓은 지평을 우리에게 펼쳐놓는다. 오세영이 제시한 명제에 의해 우리는 시적 진리란 혼란을 혼란 그대로 밝히되 그 속에서 상승과 고양의 길을 모색하는 것임을 시사받게 된다. 또한 시야말로 세계의 진실을 담아내는 그릇이자 과학적 사유의 한계까지도 끌어안을 수 있는 넓은 품의 그것임을 엿보게 된다.

오세영은 예술의 영역에서 과학적 사유를 대표적으로 드러내는 것이 진,선,미를 구별하는 태도라고 말한다. 가령 예술을 오로지 '미'와 관련시키거나 단지 '진'과 관련시키는 양상은 과학의 '명백하고 변별적인 것'으로 보는 사유 방식이 문학과 예술의 범주에 적용되어 나타난 것이라는 점이다. 이때 '미'를 배타적으로 추구한다면 극단적인 유미주의자가 되고 '진'을 절대시하면 논리성, 사상성을 일면적으로 강조하는 이데올로그가 된다.[14] 오세영에 따르면 그러나 이들은 모두 시적 진리와 과학적 진리 사이의 변별점에 대해 무지한 경우에 해당된다. 시적 진리는

14) 위의 글, 170쪽.

과학적 진리와 달리 어느 한 부분에만 국한된 단일 체계를 따르는 것이 아니라 진, 선, 미 모두를 아우르는 차원 높은 곳에서 얻어질 수 있는 것이다.

시적 진리에 관한 오세영의 이러한 규정은 일견 형식논리인 것처럼 보이지만 사실 매우 명석할 뿐만 아니라 예술성과 사회성을 둘러싼 우리 문단의 고질적인 대립 구도를 일거에 극복케 해주는 지혜를 담고 있다. 이어 오세영은 예술에서 진, 선, 미의 각 가치들이 조화롭게 융화되어 있는 상태, 즉 총체적 진리를 구현할 수 있는 방법으로 사물을 본질 그대로 담아낸다는 의미인 '구체성'을 제시한다. 여기에서 '구체성'이란 '사물 그 자체'[15]로서 유용성에 따른 어떠한 추상화도 이루어지지 않은 채 구현된 순수 존재를 뜻한다. 이는 사물이 도구적 층위, 물질로서의 층위, 개념의 층위 등 다수의 성질을 지니고 있으나 시적 진리를 위해서는 이들 층위가 한 부분으로 국한되는 것이 아니라 모두 어우러져 사물의 유일무이하고도 개성적인 면으로 드러나야 한다는 점을 밝히는 것이다. 이것이야말로 '구체성과 보편성의 상호 대립된 두 개념이 하나로 종합 통일되어 모순이 지양된 상태의 완전성'[16]을 의미하는 것이자 총체적 진실을 구현한 것으로 볼 수 있다는 것이다.

그러나 과학적이고 추상적인 사유에 길들여져 있는 현대의 일상인들이 사물의 고유하고도 개성적인 면과 조우하는 일은 결코 쉬운 일이 아니다. 이들은 사물의 본질에 다가가기에 앞서 치밀하게 짜여있는 추상화의 그물들 속에 걸리기 마련이다. 즉 이성에 의한 추상적 사유는 사물을 그 자체로 인식하는 것에 대한 방해 요인이 된다. 하지만 사물의 본질적인 지대는 이성의 그물로 잡아 올릴 수 없는 무한하고 거대한 영역에 해당되며 이러한 무한 지대에 비해 과학적 사유는 빙산의 일각에 불과하다는 사실을 받아들인다면 사물을 보다 다른 관점으로 보는 것이

15) 위의 글, 171쪽.
16) 위의 글, 171쪽.

가능해진다. 사물의 본질에 닿고자 하는 이러한 시선이 곧 직관이다. 직관은 눈에 보이거나 논리로 이해될 수 있는 차원을 초월하여 얻어진 사물에 관한 깊은 통찰을 의미하는 바, 이러한 시선에 의해 구현된 사물은 단순한 사물로서의 가치를 넘어 존재 자체가 된다.

또한 이 점에서 시적 직관에 의해 체현된 '구체성'은 존재로서의 사물을 제시해주는 것에 그치지 않고 사물을 존재이도록 해주는 광활한 우주적 세계를 함께 드러내게 된다. 본질로서의 사물은 일정하게 구획된 시간이나 공간 속에서 존재하는 것이 아니기 때문이다. 우주는 사물을 지금 여기에서 눈에 보이는 감각적 대상으로만 있게 하지 않고 무한한 시간과 공간에 걸친 낯설고 독특한 이야기를 빚어낸다. 이 눈에 보이는 대상과 눈에 보이지 않는 세계를 동시에 인지하며 이 어긋나는 층위의 비틀어진 사실을 있는 그대로 제시하는 것이 '시'가 되는 것이다. 이러한 관점에 서 있을 때 사물은 무변(無邊)의 세계에 대한 가장 직접적이고도 분명한 증거를 제공한다. 직관적으로 응시된 사물은 더 이상 감각적이거나 추상적이지 않은 채 자신의 내부에 지닌 무한하고 깊은 의미를 펼쳐내게 된다는 점에서 그러하다.

오세영의 시에 구현되어 있는 역설의 어법은 사물을 우주적 지평 속에서 존재론적으로 전유코자 하는 오세영 특유의 시관을 잘 드러내주고 있다. 예컨대 "지금 나는 맨발이다./ 베어지기를 기다리는 살이다./ 상처 깊숙히서 성숙하는 혼"(「그릇」)이나 "부르르 떠는 칼날 앞에서/ 서 있는 木刻人形,/ 너는 지금 목으로 칼을 받지만/ 너에겐 죽음이 곧 완성이다."(「칼」)라고 했을 때 여기에는 과학적이고 논리적인 사유와 시적 진실 사이의 거리가 고스란히 나타나 있음을 알 수 있다. 시간의 전후, 원인과 결과, 목적을 위한 행위라는 합리적인 관점에서 본다면 이들 시에서 형상화되고 있는 '베어지기를 기다린'다라든가 '죽음이 곧 완성'이라는 것은 어불성설에 해당될 것이나 이러한 역설적 진실이 있음으로써 시는 더욱 깊은 깨달음의 의미를 드러내고 있는 것이다.

오세영의 시는 모순과 역설의 어법이 사물을 중층적이고 우주적인 차원에서 통찰하였을 때 비롯되는 것임을 우리에게 보여준다. 사물은 직관에 의한 시인의 시선을 받음으로써 고정된 논리의 틀에 갇히거나 개체로 머물지 않고 그 자체로 무경계의 넓은 세계로 통하게 된다. 그곳은 과거와 현재, 미래가 부단히 이어지며 사물과 인간이 서로 조화를 이루는 세계다. 이곳에서 길어 올려진 시의 언어는 곧 총체적이고 본질적인 진실을 함의하게 되는 것이다.

3. '상상력'과 '신화적 공간'으로서의 언어

오세영은 총체적 진리를 찾아가는 과정, 즉 모순되는 다양한 계기들에 보다 깊은 의미의 관점에서 통일성을 부여하는 작업이야말로 삶을 통합하고 주체를 확립시키는 효과를 발휘한다고 말한다. 그것은 부조화하는 대상들을 조화시킴에 따라 자아가 의식적이든 무의식적이든 가치지향적 행위를 하게 되기 때문에 그러하다.[17] 이 점에서 시가 총체적 진리를 구현한다는 것은 부조리와 모순을 그대로 방치하여 분열과 퇴폐를 조장하는 현대적 병폐와 대립하는 것이며 또한 문명 극복의지를 보이는 것이라 할 수 있다. 서정시의 원리에 포괄되는 이러한 시적 진리를 구하기 위해 시인은 사물을 둘러싼 거대한 세계에 몸을 던질 수 있는 과감함을 지녀야 한다. 그것은 합리화되고 편리한 논리의 세계로부터 자신을 끌어내어 낯설고 새로운 영역으로 투기할 수 있음을 뜻한다. 이러한 행위는 모험에 값하는 것이 아닐 수 없는데 이를 통해서라야 대상

17) 위의 책, 「하고 싶은 이야기」, 153쪽.

에게서 가장 우주적 상태의 얼굴을 찾아내는 것이 가능하다.

오세영의 시론에서 이에 해당하는 것이 곧 '상상력'이다. 그는 '상상력'을 '논리를 초월한 사고'로 정의하면서 논리적이거나 합리적인 사고와 구분되는 모순의 사고라고 한다.[18] 그가 '상상력'을 초월의 사고, 모순의 사고라 규정짓는 것은 상상력을 통해 획득되는 사유의 또 다른 경지를 밝히기 위해서이다. 상상력은 논리적 세계와 그 이면에 놓인 무한한 세계 사이를 건널 수 있게 해주는 매개가 되며 혼돈과 무질서의 세계에 질서와 통일을 부여할 수 있는 방법적 도구에 해당한다.

오세영의 시론에서 상상력의 중요성은 거듭 환기되고 있다. 오세영은 상상력이 '보편성과 구체성, 영원성과 현실성, 존재성과 사회성을 일원화시킬 수 있는 것'[19]이며 '문학과 현실 사이에 놓인 거리를 지양'[20]시키고 '미학성과 철학성을 적절하게 결합'[21]시키는 요인이 된다고 말한다. 그런데 여기에는 상상력의 두 가지 측면의 계기가 한데 뒤섞여 있다. 하나는 대상에 대한 직관적 인식에 해당하며 다른 하나는 획득된 통찰을 언어의 미학적인 구조로 변용시키는 것이 그것이다. 상상력과 관련하여 제시된 언급들 가운데 '통찰에서 얻은 시적 진실을 감각적 인지가 가능한 상태로 구체화하고 체계화하는 힘'[22]이라든가 '사회적 현실을 단지 내용 혹은 소재로서 반영하지 않고 완결된 미학적 구조로 형상화시킬 수 있는 힘'[23]이라는 부연은 전자보다는 후자와 관련되어 있는 내용이다. 이어 오세영은 '이미지, 은유, 상징, 신화, 아이러니, 역설' 등의 구조적 언어들을 이에 대한 구체적인 형태로 제시하고 있다.

우리는 여기에서 오세영의 시론에서 가장 중요시되는 것 중의 하나인

---

18) 위의 책, 「시 창작의 원리」, 42쪽.
19) 위의 책, 「현실과 영원 사이」, 98쪽.
20) 위의 책, 「시에 있어서의 현실」, 70쪽.
21) 위의 책, 「시의 예술성과 철학성」, 62쪽.
22) 위의 책, 「시 창작의 원리」, 42쪽.
23) 위의 책, 「시에 있어서의 현실」, 70쪽.

상상력이 대상에 대한 인식과 표현 양 측면에서 주된 방법적 구실을 하는 것임을 알 수 있다. 오세영이 말하듯 상상력은 직관을 형성하여 대상을 가장 구체적이고 개성적으로 인식할 수 있게 해주는 한편 대상을 가장 미적으로 구조화하는 데 역시 기여하는 요소이다. 이 때문에 시에서 상상력을 중요시하고 그것의 역할을 명시하는 일은 반드시 필요하다. 문제는 오세영의 목소리가 상상력이 그 기능을 발휘하는 두 계기들 사이에서 어느 지점에서 발원하는가 하는 데에 있다. 이는 인식과 표현이 서로 분리될 수 없는 동시적 계기임에도 불구하고 어느 부분에 더 큰 의미와 가치를 부여하는가에 따라 시적 세계의 방향에서 큰 차이가 노정될 수 있다는 사실을 환기시킨다. 가령 후자를 강조할 경우 인식의 측면은 상대적으로 축소되어 시를 기교 및 기법의 차원으로 한계지우게 된다. 또한 이러한 경향이 극단화되어 나타날 때 문학은 자율성을 배타적으로 추구하는 예술지상주의가 될 수 있는 것이다. 반면 상대적으로 인식의 측면을 중시할 경우 예술은 어떠한 양상으로 전개될까. 오세영 시론에서 다루어지고 있는 상상력의 범주에서 볼 때 표현 중심의 예술지상주의적 경향과 대척점에 놓이는 것은 현실성이나 사회성, 혹은 철학성이나 관념성과 같은 이념적인 성질의 것이 아니다. 오세영은 틈나는 대로 철학성을 주창하는 이념적 문학과 함께 예술의 미학성을 고집하는 부류를 동시적으로 비판하고 있거니와, 이는 상상력이 중요한 기능을 발휘하는 지점이 다른 것이 아니라 시적 진리를 구하는 데 있음을 말해주는 것이다.

> 예술이란 본래 아름다움을 추구하는 인간의 행위이면서도 거기에 반영된 작가의 세계관이나 인생관, 달리 말해 철학성이 항상 문제가 된다. (중략) 그럼에도 불구하고 시인들은 그들의 시 창작에서 대체로 두 가지 태도를 고집하는 것 같다. 하나는 시가 예술의 한 종류라는 사실에만 집착하여 사상성이나 철학성 따위에는 전혀 관심을 갖지 않고 오직 미적

> 세계관만을 탐닉하는 경우이다. 그러나 여기서 '철학성'이란 본질적으로 삶의 가치를 향상시키고 어떤 의미로든 도덕성이라는 개념이 전제되지 않을 수 없는 까닭에 만일 시에서 예술성이나 미학성만을 고집하게 되면 궁극적으로 문학은 퇴폐적인 경지에 떨어지기 쉽다.[24)]

인용 부분을 통해 우리는 오세영이 미적 언어의 사용을 중시하되 그것을 배타적으로 고집하지 않는다는 점을 확인할 수 있다. 우리는 그가 이미지나 은유, 상징이나 신화 등의 언어의 미적 장치를 반복적으로 강조하지만 이들 미학적 형태들에 대한 옹호가 그 자체로 의미를 띤다기보다 예술성을 외면하는 시적 경향에 대한 비판과 반작용으로서 제기된 것임을 분명히 해야 할 것이다. 그는 철학성을 중시하되 철학성이 단지 철학적 형태로만 표출되는 것을 부정했던 것이다. 다시 말해 언어의 미적 구조에 대한 강조는 문단의 편향성에 대한 질타와 극복의 의도를 띠고 이루어진 셈이다. 이로써 우리는 오세영의 시론에서 상상력이 표현의 측면보다는 인식의 측면에, 그러나 이와 동시에 표현이 방기되지 않은 부분에서 그 자리를 형성하고 있음을 알 수 있다. 오세영은 이에 대해 "시인에게 이미지나 은유, 신화의 창조는 그만큼 중요하다. 시인은 그것을 단지 미학적 목적에서만이 아니라 철학이나 이념을 반영하는 좀 더 고차원적인 책략에서 운용해야 한다."[25)]라고 말하고 있다.

이러한 논의는 오세영이 이념주의자가 아닌 까닭에 예술주의자로 인식되곤 하던 세태를 지양시키기 위해서라도 유용하다고 생각된다. 그는 참여론자가 아니었지만 그렇다고 순수론자도 아니었던 것이다. 그는 문단의 잘못된 경향에 대해 누구보다도 열성적으로 비판의 목소리를 드높였는데 이러한 그의 태도가 그를 순수론자로 혹은 예술주의자로 오인하게 만든 계기가 된 듯하다. 그러나 그는 그가 주장하여 마지않듯이 두

24) 위의 책, 「시의 예술성과 철학성」, 61쪽.
25) 위의 글, 64쪽.

경향 모두에 속해 있지 않다. 그는 이러한 판도 자체를 초월해 있는 것이다.

그렇다면 그가 놓인 자리는 정확히 무엇이라 명명할 수 있을까? 철학이 예술과의 만남을 이루는 곳, 추상이 구체가 되고 현실이 영원이 되며 사회적 개체가 존재가 되는 곳은 어느 지점을 의미하는가. 우리는 그가 규정하고 있는 상상력의 개념이 대상에 대한 인식의 측면, 즉 직관의 영역과 표현의 측면 사이에 진동하면서 걸쳐져 있다는 사실에 주의할 필요가 있다. 다시 말해 오세영에게 상상력은 인식과 표현이 동시적 순간으로 포착되는 지점에 있었던 것이다. 그의 상상력은 직관과 미학을 뒤섞어내면서 철학이기도 하고 예술이기도 하며 예술이면서 철학이 되는 그러한 형상을 빚어내고 있는데, 이는 결국 '은유나 이미지, 상징이나 신화'등의 형태로 아스라하게 표출될 수 있는 성질의 것을 의미한다. 우리는 이 자리가 그만의 독특한, 어쩌면 어느 누구도 걸어간 적이 없는 대단히 외지고 포착하기 힘든 곳이라는 사실을 감지한다. 이 세계는 결코 일반적인 곳이 아니며 오직 홀로 존재하며 체험할 수 있는 곳이다. 우리는 다만 그의 시가 그가 놓인 자리를 현상시키고 있음을 짐작할 따름이다.

이러한 관점에 섰을 때 오세영의 시론에서 '은유, 이미지, 상징, 신화, 역설, 아이러니' 등의 시적 장치들은 예술적 기교로서가 아니라 그 자체의 의미를 지닌다. 그것들은 그의 세계 전체를 이루는 것이자 따라서 그의 세계관이라고도 할 수 있기 때문이다. 이들 언어는 앞서 논의한 상상력과 그 내포와 외연을 공유하는 것으로서 대상에 대한 구체성에 의해, 즉 합리와 비합리의 모순 및 철학과 예술이 일순간에 융해됨으로써 현상한다. 이러한 언어를 오세영은 '신화적 공간으로서의 언어'라고 명명하고 있다.

> 예술적 장인 의식으로 씌어진 시가 있는가 하면, 체험적 진실을 표출하는 데 관심을 둔 시 가 있다. (중략) 시 역시 예술인 한 수사적 기교과 언어 건축의 아름다움을 나쁘다고 말할 순 없다. 그러나 현실적 삶의 진실이나 체험이 배제된 장인 의식에 생명이 깃들이기는 어렵다. 그것은 피가 돌지 않는 납 인형의 아름다움과 같을 것이다. 반면 **언어의 신화적 공간**(강조—인용자)이 창출해 내는 아름다움 없이 현실적 체험만으로 진정 예술의 경지에 도달한다는 것도 상상할 수 없다.[26]

우리는 오세영이 자신의 세계를 단지 기법적인 문학과 변별시키고자 어느 정도로 애썼는가를 살펴볼 수 있다. 오세영은 '예술적 장인 의식에 의한 시' 즉 '체험'이 전제되지 않은 시를 '생명이 없는' 문학이라 말한다. 여기에서 '체험'이란 물론 구체적이고 총체적인 세계이며 논리와 비논리가 한데 어우러진 모순의 세계를 지칭한다. 그러한 세계는 결코 논리적인 언어로 표출될 수 없기에 '현실적 체험만으로 진정 예술의 경지에 도달할 수 없다'는 말도 성립한다. 따라서 '언어의 신화적 공간'은 기법도 아니고 체험도 아닌 대단히 미묘하고도 섬세한 지점에 위치하는 것임을 알 수 있다. 그것은 미학주의와 합리주의를 초월한 자리에 놓여 있는 것이다.

4. 신화적 세계와 성스러움의 정신 현상

오세영이 이미지, 은유, 상징, 신화, 역설과 아이러니 등의 언어를 가리켜 '신화적 언어'라고 규정할 수 있는 근거는 무엇인가. '신화적 언어'란 지적이고 합리적인 것과 다른 형태의 사고를 이루는 것으로서 생생한 이미지로 전달되는 생명력이 풍부한 언어이다. 원초적 상징의 형식

---

26) 위의 책, 「어려운 시와 쉬운 시」, 79쪽.

으로 나타나는 이 신화적 언어는 인간 자신과 세계를 매개해주며 궁극적으로 인간을 인간성의 근원과 직결시켜주는 기능을 한다.[27] 우리는 신화에서 다루는 원형적 이미지나 상황에 의해 일상적인 것에서 벗어나 영원과 연결되며 인간의 보편성에 이르게 된다. 곧 세속적 현실로부터 분리되어 어떤 힘의 원천으로의 회귀가 가능해지는 것이다.[28] 이러한 관점에서 볼 때 '이미지, 은유, 상징, 신화' 등의 미적 장치들이 '신화적 언어'인 것은 이들 언어가 일으키는 독특한 경험 구조 때문임을 알 수 있다. 이것이 단순히 주지(tenor)를 매체(vehicle)로 대체하는 수준의 일이 아님은 물론이다. 지금까지 오세영의 시론에서 살펴본 대로 시적 언어가 세계의 완전하고 총체적인 진실에 이르게 한다면 모순을 감싸는 이들 언어들이 '신화적 언어'라고 하는 명제는 참이 된다.

논의를 좀더 분명히 하기 위해 역명제를 생각해보도록 하자. 즉 '이미지, 은유, 상징, 신화, 아이러니, 역설' 등의 언어 형태가 신화적 언어라고 한다면 신화적 언어는 이러한 형태의 언어여야만 하는가가 그것이다.

종교 현상을 설명하는 자리에서 기호(sign)와 상징(symbol)을 구별하고 있는 엘리아데는 기호가 단일한 의미만을 전한다면 이에 비해 상징은 하나의 의미만 전하지 않는 '의미의 더미'를 이룬다고 전제하고 이 '의미의 더미'야말로 사물의 현존을 드러내줄 수 있는 조건이 된다는 사실을 밝히고 있다. 사물이 특정한 의미가 아닌 다양한 의미들을 중층적으로 지닌 채라야 스스로 존재의의를 지닌다고 볼 때 기호가 의도적으로 사물의 의미를 조작하는 반면 상징은 사물을 자의적으로 해석하지 않음으로써 의미가 사물과 근원적으로 조화로울 수 있도록 한다는 것이다.[29] 이러한 상징은 이질적이고 갈등적인 삶의 부면들을 전체적인 구

27) K.K.Ruthven, 『神話』(김명렬 역), 서울대출판부, 1987, 101-102쪽.
28) 위의 책, 104쪽.
29) 정진홍, 『종교와 신화』, 살림, 2003, 35-37쪽.

조로 수용하여 세계의 총체성을 드러내준다고 엘리아데는 말하고 있다.[30)]

상징에 관한 엘리아데의 언급은 오세영이 제시하는 시적 언어와 대단히 유사하다. 오세영 또한 총체적 진실을 드러내는 것이 시적 본질이라 하였고 이를 위해 여러 의미들을 통합하고 조화시키는 모순의 언어를 강조하였기 때문이다. 한편 이때의 모순의 언어를 우리는 세계에 총체적 질서를 부여하는 행위로서의 '은유화'라 부를 수 있다.[31)] 세계는 본래 현재에만 국한되지 않은 영원한 역사적 실재이다. 때문에 아득한 태고부터 계속되어 온 이러한 경험들은 응축된 보편의 언어에 의해서만 비로소 수용될 수 있다. 이 점에서 볼 때 사물을 존재성 그대로 드러내고자 한다면 은유화가 필수불가결하다 할 수 있다. 결국 우리는 '이미지, 은유, 상징, 신화' 등의 은유화가 신화적 언어와 일치한다는 것을 알 수 있다. 이는 오세영이 신화를 언급하면서 신화 언어를 은유 구조로 해명하는 것과도 관계된다.

> 모든 신화는 존재의 근원적 질문에 대한 해답인데 그것은 논증적·설명적·직접적인 언사가 아니라 비유적·직관적·암시적인 이야기이다. 우리는 이를 신화적인 언어(mythos)라 부른다. (중략) 신화언어가 하나의 사물이며 통찰을 촉발시키는 매체라면 그것을 구현하는 방법에는 두 가지가 있을 수 있다. 소위 설화체(이야기, narrative)라 부르는 방법과 은유화(metaphoric)라 부르는 방법이다. 이 둘은 비록 언어 형식에 있어서 ―전자가 행동과 사건의 기술이고 후자가 짤막한 주관적 자기 고백적 진술이라는 점에서―서로 다르지만 그 본질적 기능에 있어서는 동일하다. 양자 모두 개념이나 지식, 정보 따위를 직접 전달하지 않고 사물 제시를 통해 독자들을 간접적으로 깨우치기 때문이다. 그러한 의미에서 설화체도 넓은 의미로 하나의 은유라 할 수 있다.[32)]

---

30) 위의 책, 39쪽.
31) 최승호, 「서정시의 미메시스적 읽기」, 『오세영의 시 깊이와 넓이』, 국학자료원, 2002, 29쪽.
32) 오세영, 앞의 책, 「멀고도 먼길」, 138-140쪽.

신화의 언어가 상징적, 비유적 암시적인 언어, 즉 은유화에 의해 그 성격이 지지되는 것이라면 이는 신화와 은유가 현상시키는 경험의 구조가 일치하기 때문이다. 은유의 언어는 합리적 세계가 논리화하지 못하는 사물의 본질적 의미를 총체적 세계 인식을 통해 통찰해내는 언어이다. 그것은 서로 모순된 질서를 화해시켜 승화와 구원을 이루어낸다.[33] 은유의 언어가 이러하기 때문에 은유는 자아로 하여금 신화가 구현하고자 하는 세계의 영원성과 존재의 근원성에 근접할 수 있게 한다. 결국 신화는 필연적으로 상징적이고 함축적인 은유의 언어가 되는 것이다.

은유의 언어가 신화의 언어이고 신화의 언어가 은유의 언어라는 사실은 시적 진리가 미적 영역을 넘어서는 보다 높은 차원에 놓여 있는 것임을 말해준다. 그것은 시적 진리가 총체적 진리라는 사실과 관련되는 것이며 또한 시적 진리가 불완전한 세계를 완성의 순간으로 고양시키는 우주적 힘을 제공한다는 점과도 상관한다. 이는 상징을 통해서 인간이 실존의 차원에서 경험할 수 있는 '성현(聖顯, hierophany)'[34]과 동일한 경험을 하게 된다고 말한 엘리아데의 통찰과도 일맥상통한다. 요컨대 시적 진리는 우리를 합리적이거나 비합리적이거나 일상적이거나 현실적인 것, 비루하거나 세속적인 것을 일시에 넘어설 수 있게 하는 깊은 영감과 직관을 가져다주는 것이다. 이 점에서 우리는 시적 진리를 속(俗)과 구별되는 성(聖)의 세계라 말할 수 있게 된다. 그리고 우리는 여기에 이르러 오세영이 "시(詩)는 신(神)이 없는 종교"[35]라고 말한 이유의 일단을 이해할 수 있게 된다.

---

33) 위의 책, 「현실과 영원 사이」, 99쪽.

34) M.Eliade, 『성과 속』(이은봉 역), 한길사, 1998, 49쪽. 성현(聖顯), 즉 hierophanysms 그리스어 hieros=신성한, phainomai=나타나다의 합성어로서 '어떤 성스러운 것이 우리에게 나타나는 것'을 의미. 엘리아데는 나무나 돌 등의 사물이 숭배된 것은 그것이 성현이기 때문이라고 하면서 종교의 역사가 많은 성현, 곧 성스러운 여러 실재의 현현으로 이루어져 있다고 말한다.

35) 오세영, 「문명사의 위기와 시의 기능」, ≪시와 정신≫, 2005 가을, 18쪽.

> 시는 본질적으로 종교적이니 세계를 지향해야 합니다. 그것은 과학이 부분적 진리(partialtruth)를 추구하는 가치임에 비해서 시는 총체적 진리(whole truth)를 추구하는 가치인데 이는 본질적으로 종교의 영역에 속하는 문제이기 때문입니다.[36)]

> 부분적 진리란 논리적입니다. 그것은 대립된 가치들을 하나로 조화 혹은 통합시킬 수 없습니다. (중략) 그러므로 부분적 진리가 지배하는 세계는 삶의 갈등과 대립과 분열을 근본적으로 치유할 수 없습니다. 그러나 총체적 진실이 지배하는 세계는 다릅니다. 본질이 그러하듯 거기에서는 대립되고 적대적인 모든 것들이 하나로 조화 통일되기 때문입니다. 사랑과 미움이, 적과 친구가, 분노와 용서가 하나로 일원화됩니다. 그러므로 이같은 총체적 진실을 본질로 한 시가 인간의 분열되고 대립된 삶을 화해와 용서와 사랑의 삶으로 승화시킬 수 있다는 것은 너무도 당연하지 않습니까.[37)]

위의 인용 부분은 은유의 언어가 신화의 언어이자 종교 지향적 언어가 될 수 있는 근거를 잘 말해주고 있다. 그것은 은유의 언어가 총체적이기 때문에 분열과 갈등의 상황을 극복하게 해준다는 점에서 비롯된다. 즉 은유는 종교가 그러하듯이 인간의 대립과 불완전함을 화해와 사랑으로 감싸 안는 속성을 지닌다는 것이다. 은유와 관련하여 우리는 모두가 돌을 던지는 자라 할지라도 신의 세계에 이르러서 구원받음이 가능해지는 점이 종교적 진리가 지향하는 통합성 때문임을 상기할 필요가 있다. 우리는 은유로 구현된 총체적 진리 안에서 종교적 세계에서 경험할 수 있는 승화와 구원을 역시 체험할 수 있거니와 이는 시가 영원하고 우주적인 의미를 구현함으로써 자아를 실존적이고 진정한 자아로 변모시켜준다는 사실을 말해주는 것에 다름 아니다. 오세영은 이를 '시의 성스러움', '성스러움으로서의 시'[38)]라 하고 있는 바, 이 점에서 오세영

---

36) 위의 글, 21쪽.
37) 위의 글, 26쪽.

은 시가 종교와 유사한 속성을 지닌다고 보는 것이다.

오세영은 '시의 성스러움', '성스러움으로서의 시'를 현대의 물질문명의 병폐와 관련시켜 매우 힘주어 주장하고 있다. 시는 신(神)이 그 존재성을 상실하고 종교적 믿음이 흔들리는 현대에서 과거 종교가 행하였던 역할과 기능을 대신해주어야 한다는 것이다. 이는 시가 총체적 진리를 구현한다고 하는 언어의 속성상 신이 부재하는 자리에서도 '신적인 것, 성스러운 것의 존재'를 가능케 한다는 점에서 그러하다. 오세영은 시가 지닌 이러한 신적인 것, 성스러움을 통해 현대인들이 물신화된 삶으로부터 존엄한 존재로의 고양을 이룰 수 있다[39]고 말한다.

시적 진리는 총체적 진리요 총체적 진리를 구현하는 언어는 상상력을 통한 은유화의 언어라는 점, 그리고 은유화의 언어가 신화적 속성에 그 기반을 두며 시가 성스러움의 세계를 본령으로 한다고 하는 지금까지의 추론은 오세영의 시가 어떻게 불교적 세계관과 그 미학에 도달하게 되었는지를 가늠할 수 있게 해준다. 불교적 세계는 '신(神)'의 존재를 내세우지 않으면서도 승화와 고양으로서의 존재론을 추구한다. 오세영이 불교를 가리켜 '신이 없는 종교'[40]라고 한 것도 이 때문이다. 또한 불교에서의 선(禪)적 직관의 언어가 합리적이고 논리적인 언어와 무관한 초월적이고 총체적인 언어에 다름 아니라는 점을 고려할 수 있다. 언어와 본질의 측면에서 불교가 지닌 이러한 속성은 오세영이 추구하는 시적 세계와 상당히 일치하는 부분이 아닐 수 없다. 현대 문명에 대응하는 시와 불교의 역할을 논하는 자리에서 오세영 스스로도 시가 불교적 세계관의 도움을 받으리라[41]고 지적한 것도 이와 관련된다.

---

38) 오세영, 앞의 책, 「시와 성스러움」, 129쪽.

39) 위의 글, 128쪽.

40) 오세영, 앞의 책, 「문명사의 위기와 시의 기능」, 28쪽.

41) 위의 글, 28쪽.

5. 오세영 시론의 문학사적 의의

아직까지 많은 조명을 받지 못한 오세영의 시론은 시의 본령에 관한 일반론을 다루는 동시에 시인 오세영의 시적 세계를 이해할 수 있는 실마리 역시 제공한다는 점에서 주목을 요한다. 우리는 오세영의 시론을 살펴봄으로써 그의 시에 드러나는 세계관과 미학 또한 짐작할 수 있게 되는 것이다.

그의 시와 시론이 대화적 관계 속에 놓여 있기 때문에 본고는 오세영 시론을 탐색하기 위한 범주로 '모순의 언어' 및 '총체적 진리'를 일차적으로 구할 수 있었다. 시적 진리는 총체적 진리를 지향하므로 세계를 모순과 역설 그대로 담아낼 수 있다는 점이 그것이다. 총체적 진리를 추구하는 시인은 세계를 단일한 논리나 합리성에서 세계를 고찰하는 대신 시간과 공간의 중층적이고 우주적인 지평 속에서 통합적인 진실을 끌어낼 수 있어야 한다. 이러한 진실을 찾을 수 있는 것은 시인의 직관에 의해 가능한 것인데 시인으로 하여 직관을 지닐 수 있게 하는 방법적 도구에 해당하는 것이 상상력이다.

오세영의 시론에서 상상력은 매우 큰 의미와 비중을 지닌다. 오세영은 상상력을 시를 이룰 수 있는 가장 핵심적인 요소로 보고 있다. 즉 상상력은 세계에 대한 통찰에서부터 그것의 표현에 이르기까지 시 전체를 이끌어가는 힘을 제공하는 것으로 자리 매김 된다. 그런데 주의할 점은 오세영에게 통찰과 표현은 분리되지 않으며 표현은 통찰의 차원으로 끌어올려진다는 점이다. 즉 오세영은 표현을 철학 및 세계로부터 분리된 기교나 장식의 하나로 볼 것을 경계하면서 표현이 철학이 되고 철학이 표현이 되는 경지를 우리에게 열어보인다. 그것이 곧 신화의 세계이다. 신화는 그 자체로 우주론이며 또한 그 자체로 은유의 세계이다. 따라서 이 세계에서 표현은 인식과 통찰의 경지로 상승하여 그것과 일치할 수 있게 된다. 오세영은 이 세계를 거의 절대적으로 추구해나간다. 그는 모든 순간에 존재의 우주적 실체를 탐구하곤 하였고 이것이 곧 그의 시가 되었던 것이다.

신화적 세계에의 지향은 성스러움의 개념과 통한다. 성스러움은 신의 유무를 떠나 초월적이고 본질적인 존재의 자리를 마련해준다. 오세영의 시론에서 성스러움으로서의 시의 성격은 다른 범주들에 비해 상대적으로 가려져 있는데 사실상 오세영이 추구하는 시적 본령은 궁극적으로 성스러움에 닿는다고 할 수 있다. 이는 그가 자신의 시를 통해 부단히 응전한 세계도 곧 우주적 진실에 속하는 것이었다는 점에서 유추할 수 있다. 오세영이 시적 기능을 종교와 연관시키는 것도 이 때문이다.

우리 문학사에서 오세영은 우주적 관점에서의 시적 본령을 우직할 정도로 구명하고자 한 매우 독특한 인물에 속한다. 그의 시론은 우리 문단에 상당한 정도로 축적되어 온 정통 서정시에 대한 논리화라 할 수 있는데, 이는 그 동안의 시적 성과에 비해 상대적으로 빈약했던 서정시론을 정립한 것이라는 점에서 의미있는 업적이 아닐 수 없다. 특히 오세영은 이미지, 은유, 상징, 신화, 역설, 아이러니, 텐션 등의 미적 언어를 신비평적 개념으로부터 탈피시켜 신화적 의미로 자리매김하고 있다. 이는 서정시를 미적 자율성의 문학이라는 협소한 틀로써 보는 일반화된 편견을 불식시키는 계기를 마련하는 것이라는 점에서 높이 평가되어야 할 부분이다. 뿐만 아니라 이러한 그의 시도는 오랜 시간 우리 문단을 고착시켰던 문학의 순수와 참여, 자율성과 이념성이라는 오래되고 고질적인 구도를 와해시켜 한 차원 높은 문학의 지평을 열어줄 것이라는 점에서도 그 의의가 크다고 할 수 있다.

▸▸▸ 참고문헌

오세영, 『시의 길, 시인의 길』, 시와 시학사, 2002.
______, 「문학에 있어서 시간과 문제」, ≪한국문학≫, 1976. 1.
______, 「권위주의 시대에 있어서의 한국시의 굴절; 상황과 영향, 변화와 형성」, ≪현대시학≫, 1988. 11.
______, 「현실 극복 의지의 시적 형상화」, ≪한국문학≫, 1992. 11.
______, 「한국 여성시<좌담>」, ≪현대시≫, 1992. 2.
______, 「시에 있어서 진보와 보수」, ≪현대시≫, 1993. 11.
______, 「선시의 범주와 그 전통」, ≪현대시≫, 2000. 11.
______, 「현대시론에 끼친 불교의 영향」, ≪한국어문학연구≫, 2004. 8.
______, 「신시의 세계와 현대시의 전망<좌담>」, ≪시안≫, 2005 봄.
______, 「영원 탐구의 시학」, ≪시문학≫, 2006. 5.

최동호

최동호의 정신주의 시론

1. 정신, 정신주의, 생성적 세계관

최동호는 1976년 첫 시집 『황사바람』을 간행하면서 작품 활동을 시작하였고, 1979년 ≪중앙일보≫ 신춘문예에 평론이 당선되었다. 『아침책상』, 『황사바람』, 『딱따구리는 어디에 숨어 있는가』, 『공놀이하는 달마』 등의 총 4권의 시집과, 『현대시의 정신사』, 『불확정시대의 문학』, 『한국 현대시의 의식현상학적 연구』, 『평정의 시학을 위하여』, 『삶의 깊이와 시적 상상』, 『하나의 道에 이르는 시학』, 『디지털문화와 생태시학』, 『현대시사의 감각』 등의 시론집을 내면서, 한국현대시사에 있어서 '정신'에 대한 깊이 있는 성찰을 보여주었다. 여러 권의 저서를 저술하는 동안 최동호는 지속적으로 '정신주의'라는 주제를 가지고 그의 시론을 전개해 나가고 있으며, 급변하는 사회 속에서의 시인의 운명과, 역사 속에서 시인이 있어야 할 자리를 '정신'이라는 키워드로 풀어나가고 있다.

그의 '정신주의 시론'을 탐색하기 위해서는 두 가지 의문을 해결하는

---

* 이성희 / 동양공업전문대학 강사

것이 필요하다. 하나는 최동호의 시론에서 사용되고 있는 '정신'이란 개념이 어떤 의미를 함축하고 있는가이며, 다른 하나는 '정신주의 시론'이라는 이름이 우리에게 불러일으키는 오해 즉, 그의 시론이 지나치게 이원론적인 관점을 갖고 있는 것은 아닌가 하는 것이다. 최동호의 시론을 이해하는데 있어서 핵심적이라고 할 수 있는 이 두 가지의 질문에 대답하는 방식을 통해 정신주의 시론의 의미를 탐색해 보자.

먼저 첫 번째 질문, 즉 그가 주장하는 '정신'이란 무엇인가. 그가 주장하는 '정신'이라는 개념은 한국에서 자생적으로 발생한 개념이 아니라는 점에서 이 '정신'이라는 개념이 한국적 토양에서 어떻게 정착되었는지를 살펴보아야 한다. 우리말 '정신'은 본디 한자말로, '정신'은 한자어 '精神'을 한국 사람들의 발음으로 읽어 적은 것이다. 이 정신이라는 개념의 유래는 1870－80년대 일본인들이 서양사상을 받아들이면서 'Spirit'. 'Geist' 등을 '精神'으로 번역한 것을 받아쓰기 시작한 데서 비롯한 것으로 보아야 할 것이다.[1] 즉, 한국의 토양에서 정신이라는 단어는 자생적으로 발생한 개념이라기보다는, 서양사상의 '정신'개념을 번역한 것이다. 그런데 이러한 '정신'이라는 개념은 마음이나 영혼, 정령 등의 단어와 매우 유사한 개념이라서, 그 의미가 명확하게 파악되지 않는다. 그렇다면, 최동호가 강조하는 정신은 어떤 의미를 함축하고 있는 것일까.

그의 정신주의 시론에서 사용되는 '정신'이라는 개념은 헤겔의 '시대정신'에 그 뿌리를 두고 있다. 최동호는 헤겔의 시대정신에서 출발해서 독자적인 자신만의 정신주의 시론을 확립한다. 그렇다면 먼저 헤겔의 '시대정신'에 대해 잠시 살펴볼 필요가 있다.[2] 헤겔은 그 자체로 존재하

---

1) 백종현, 「정신(精神)의 개념」, 『우리말 철학사전』2, 지식산업사, 2002, 273쪽.

2) 최동호가 정신에 집중하면서, 헤겔의 '시대정신'이라는 개념을 원용한 것은 그가 「헤겔시학」을 번역한 것과도 관련성이 있다고 볼 수 있다. 최동호는 헤겔의 '시대정신'이라는 개념이 '자민족 중심주의', '이성중심주의'라는 비판이 제기될 수밖에 없지만, 이 개념을 쓸 당시에, 다른 어떤 것보다도 우선하는 것은 주체적이며 객관

는 하나뿐인 것으로서 '정신(Geist)'을 세계생성과 운동의 중심에 놓는다. 정신은 현실에서 결코 안정 가운데 있는 일이 없으며, '항상 전진하는 운동' 속에 있다. 이 전진운동은 자기 자신을 부정하면서 이루어진다. 이러한 과정을 통해서 정신은 자신의 진정한 '진상'을 마침내 획득한다.[3] 최동호는 그의 시론에서 정신이 '살아있는 실체이면서 이념적인 자기 지향성'을 갖는 것이라고 언급하고 있는데, 이러한 특징은 헤겔의 시대정신과 같은 맥락에서 이해될 수 있는 것이다. 따라서 최동호가 그의 시론에서 강조하고 있는 정신은 마음, 혼, 정령, 정기 등의 유사한 개념으로 치환되지 않는 독자적인 것이며, 역사를 추동하는 힘을 가진 실체인 시대정신을 가리키는 것이다. 이처럼 최동호의 정신주의 시론이 헤겔의 '시대정신'에 그 뿌리를 두고 있다는 사실은 그의 정신주의가 구체적인 현실을 외면하고 '초월'을 지향한다는 오해로부터 벗어나게 해준다. 최동호가 주장하는 정신은 '인간의 삶과 역사'와 깊이 관련된 것이며, 정신의 이러한 특징에 대해서 다음과 같이 언급하고 있다.

> 정신(spirit)은 마음(mind)이나 혼(soul)과 다르다. 정신은 살아있는 실체이면서 이념적인 자기 지향성을 갖는다. 마음이 구체적이기는 하지만 지나치게 광범위한 것이며, 혼이 절대적이기는 하지만 초월적인 것이라면, 정신은 인간의 삶과 역사의 전개과정을 통합시켜 파악할 수 있는 개념일 터이다.[4]

최동호는 정신의 힘이 '인간의 삶과 역사의 전개과정을 통합'시켜 파악할 수 있다는 사실에 있다고 보았다. 그는 정신(spirit)과 마음(mind), 혼(soul)의 미묘한 차이들을 구분하면서 왜 '정신'이라는 개념이 독특한 지점을 확보할 수밖에 없는지를 역설한다. 혼은 초월적인 것이라는 점에서,

---

적인 한국 시사의 정립이었기 때문이었다고 언급한 바 있다.

3) 백종현, 「정신(精神)의 개념」, 『우리말 철학사전 2』, 지식산업사, 2002, 209쪽.

4) 최동호, 「詩의 精神史 序說」, 『現代詩의 精神史』, 열음사, 1985.

마음은 지나치게 광범위하다는 점에서 모두 '정신'과는 구별된다. 최동호는 우리의 시가 정신이라는 '형이상학'을 가져야 할 것을 주장했지만, 이러한 형이상학이 구체적인 현실의 결여를 의미하는 것은 아니라는 입장을 분명히 하고 있다. 최동호는 시란 깊이를 가져야하는 것이면서 동시에 구체성을 확보해야한다고 생각했는데, 깊이와 구체성을 모두 만족시킬 수 있는 것으로서 '정신'이라는 개념에 집중하게 된 것이다. 즉 그가 주장하는 정신주의란 인간의 삶과 동떨어진 추상적이고 신비주의적인 것을 추구하는 것이 아니라, 인간의 삶과 역사의 전개과정에 깊이 관련된 것이다. 최동호는 현대시의 정신사에 대해 이야기하면서, '헤겔은 시대정신이 역사를 움직이는 형이상학적인 힘이며, 객관정신 속에 표현되는 민족정신이라 생각하였다.'[5]라고 언급하고 있는데, 이는 그의 시론이 지향하는 바를 알 수 있게 해준다. 또한 그는 종교 사상들이 정신사에서 중요한 요소로 작용했음을 지적하면서, 그 범위를 한국의 전통 종교사상인 불교와 유교, 도교뿐만 아니라 기독교의 종교사상까지 포함하고 있다.

최동호의 시론을 탐색하는데 중요한 열쇠가 되는 다른 하나의 질문, 즉 그가 강조하는 정신이 이원론을 전제하고 있는 것은 아닌가. 그래서 물질과 정신을 대립되는 것으로 파악하여, 기형적인 정신주의를 산출해 낸 것이 아닌가에 관한 문제를 살펴보자. 이 점에 대해 최동호는 그가 주장하는 정신주의가 물질과 정신, 근대와 반근대, 참여와 은둔을 대립적인 것으로 파악하는 것이 아니라 이러한 이원대립을 아우르는 위치에 놓여있다고 주장한다.

> 물질과 정신을 분리시키는 것이 아니라, 물질과 정신을 아우르면서 주체적 인간으로서 개인주의를 극복하는 창조적 세계관이 정립되어야

---

5) 최동호, 「시의 정신사 서설」, 『현대시의 정신사』, 열음사, 1985.

> 한다는 것이다. 분화보다는 종합을, 부정보다는 긍정을, 불화보다는 화합을, 허무주의보다는 낙관주의를, 기계보다는 인간을, 문명보다는 자연을 강조하면서 끝내는 인간과 자연과 문명이 하나의 전체로서 조화되는 생성적 세계관에 근거한 것이 정신주의의 미학적인 토대일 것이다.[6]

> 여기서 내가 말하는 새로운 정신주의란 복고나 초월의 삶의 인식방법이 아니다. 그것은 어디까지나 지금 여기에서의 문제를 고민하고 모색하는 하나의 생성적 세계관이다. 이미 확립된 사고의 틀이 아니라 새롭게 정립시켜야 될 시대사적 명제이다.[7]

위의 인용에서, 최동호는, 그가 주장하는 정신주의가 물질과 정신을 분리시켜서, 어느 한쪽만을 강조하는 입장에 놓여있는 것이 아님을 주장한다. 이러한 그의 정신주의 시론은 '분리'에 목적이 있는 것이 아니라, 물질과 정신을 아우르는 것, 그리고 이를 통해 주체적 인간으로서의 개인주의를 극복하는 창조적 세계관을 확립하는 것에 있다. 이를 통해 확인할 수 있는 것은 그의 정신주의 시론의 중심에 '인간'에 대한 관심이 자리 잡고 있다는 사실이다. 인간과 자연과 문명이 하나의 전체로서 조화되는 것을 지향하는 것, 이것이 바로 그가 '생성적 세계관'이라 명명하는 것이다. 최동호는 생성적 세계관이 이미 확립된 것이 아니라, 새롭게 정립시켜야할 시대사적 명제라고 언급하고 있다. 생성적 세계관은 파괴보다는 질서를 세우는 것, 불화보다는 화합을 추구하는 것이다. 그러나 이러한 조화는 막연한 것이 아니라, '정신의 자기 훈련'이라는 방법을 통해 구체성을 획득한다. 최동호는 이러한 '정신의 자기 훈련'을 선불교에서 발견하고 있다.

---

6) 최동호, 「정신주의와 우리 시의 창조적 지평」, 『삶의 깊이와 시적 상상』, 민음사, 1995.
7) 최동호, 「1990년대 시에 대한 몇 가지 단상」, 『삶의 깊이와 시적 상상』, 민음사, 1995.

> 제 시적 사고의 근저에는 한국의 선불교가 지난 천년 동안 축적시켜 온 정신적 자기 훈련이 깊게 자리 잡고 있습니다. .....
>
> 나라는 자아가 우주로 확대되고 우주를 바로 하나의 나라는 그릇에 집약시키는 것입니다. 자아와 세계를 분리시키는 것이 아니라 그것을 하나로 일치시켜 모래알 하나에 숨은 영겁의 시공을 하나로 인식하는 일입니다. 그 궁극은 언어를 떠나고, 시공을 떠나고, 나를 초월해서 만유와 함께 하는 것이며, 生과 死가 하나임을 깨닫는 것입니다.[8)]

최동호는 자신의 시적 사고의 근저에 한국의 선불교가 자리 잡고 있다고 언급하고 있다. 선불교에는 '천년 동안 축적 시켜온 정신적 자기 훈련'이 깊게 자리 잡고 있다고 언급하면서 이러한 훈련을 '나라는 자아가 우주로 확대되고 우주를 바로 하나의 나라는 그릇에 집약시키는 것'으로 설명한다. 최동호에게 있어서 정신은, 천년을 이어 내려오면서 축적되는 것이며, 역사 속에서 끊임없이 자신을 완성해 가는 것으로 형상화 된다. 즉, 최동호의 정신주의는 한번의 깨달음에 의해 완성되는 것이 아니라, 천년이라는 장구한 세월동안에 끊임없는 자기 극복의 과정을 통해서 생성되어 가는 것이다. 또한 이러한 정신주의는 자아와 세계를 분리시키는 것에 목적이 있는 것이 아니라 그것을 일치시키는 데 있다. 최동호는 이를 '모래알 하나에 숨은 영겁의 시공을 하나로 인식하는 일'과 같은 것으로 비유한다. 그의 정신주의 시론은, 역사 속에서 시대정신을 포착하는 것을 목적으로 하기에, 자아와 세계를 분리시키는 것이 아니라 일치시키는 것이다. 정신주의 시론이 추구하는 것에 관해서 최동호는 자신의 정신주의가 어느 특정한 이데올로기나 시인들만을 지칭하는 것은 아님을 강조하면서, 시인의 정신을 연금술의 은유로 설명한다.

---

8) 최동호, 「왜, 그리고 어떻게 쓰는가」, ≪동서문학≫, 1993 봄.

2. 시의 정신과 언어의 연금술

시인의 정신은 현실로부터 초월된 어떤 것이 아니라, 현실 속에서 의미가 있는 것이며, 현실의 압력을 견뎌낼 수 있는 것이어야 한다. 이러한 현실과의 관계에 대한 강조는 그가 시인의 정신을 용광로에 비유한 글에서 확인할 수 있다.

> 시인의 정신이란 어떤 현실의 압력 속에서도 이를 시적인 용기(容器) 속에 담아내는 힘을 뜻한다. 그것은 삶의 파편을 통해서 우리들 삶 속에 감추어진 정신적 황금부분을 객체화시키는 정신을 뜻한다.
>
> 즉, 무정형하게 떠도는 시대정신의 핵심을 시적 언어로 치환시킬 수 있는 능력을 뜻한다. 어느 시대나 시인의 정신은 잡박한 쇳물을 끓이는 용광로이며, 시라는 것은 모든 불순물을 제거하고 새롭게 만들어진 철강제품과도 같은 것이다. 화력을 견디지 못하는 가마솥으로는 조악한 제품도 만들기 어려울 것이다.[9]

위의 인용에서 시의 정신이란 시대정신을 시라는 그릇에 담아낼 수 있는 힘이라고 언급한다. 현실의 압력이 거셀지라도, 시적인 용기에 담아내는 능력이 바로 시의 정신인 셈이다. 시인의 정신은 쇠를 끓이는 용광로와 같으며, 시는 이러한 과정을 거쳐서 모든 불순물을 제거하고 탄생되는 결정체가 되는 것이다. 최동호는 시의 정신이 '삶을 파편을 통해서 우리들 삶 속에 감추어진 정신적 황금부분을 객체화시키는 정신'이라고 정의한다. 최동호는 우리가 처한 시대를 신성함을 잃어버린 시대로 진단하고 있으며, 정신의 작용을 통해서, 삶의 파편속에 숨어버린 정신의 황금부분을 복원하는 것이 가능하다고 보았다. 그는 시의 정신을 가마솥에 비유하여 설명하면서 '화력을 견디지 못하는 가마솥은 조악한

9) 최동호, 「서정시와 정신주의의 극복」, 『삶의 깊이와 시적 상상』, 민음사, 1995, 15쪽.

제품도 만들기 어렵다'라고 하였다. 이 비유는 시가 현실을 외면한 채 단순히 시인의 정서만을 노래해서는 안되는 것임을 의미한다. 즉 시의 정신이 역사와 현실을 정신 안에서 통합해야 함을 역설하고 있는 것이다. 이러한 과정을 통해서 시는 하나의 결정체로 탄생된다. 그러나 시의 탄생과정을 설명하는 이러한 비유에서 알 수 있듯이, 최동호가 주장하고 있는 정신주의는, 한번 깨달으면 모든 생성이 중지되고 완전한 피안에 들어가는 것이 아니라 끊임없는 자기극복의 과정을 필요로 한다는 것을 알 수 있다. 그는 정신주의 시에 대하여 한번 깨달으면 道가 완성되는 것으로 보지 않았다. 오히려 이러한 정신주의의 복제품, 아류 정신주의에 대해 강도 높게 비판하고 있는데, 도사주의나 달관주의 같은 것들이 자칫 정신주의 시로 오해되는 것을 경계했다. 도사주의나 달관주의는 궁극적으로 현실을 초월한 세계를 지향한다. 이러한 도사주의나 달관주의가 정신을 강조하고 있는 것은 사실이지만, 초월성을 지향하고 있다는 점에서 최동호의 정신주의와는 뚜렷이 구별되는 것이다.

최동호의 정신주의가 초월주의나 달관주의를 지향하는 것이 아님을 알 수 있는 것은, 그가 '정신'이라는 개념을 사용할 때부터 이미 분명하게 드러난다. 왜냐하면 그가 혼이나 마음과는 뚜렷이 구별되는 것으로서의 '정신'의 개념을 상정하고 있기 때문이다. 최동호는 혼과 정신을 구분하면서, 혼이 초월성을 가지고 있는데 반해 정신은 구체성을 갖고 있는 것임을 강조한 바 있다. 초월성이 아니라 구체성을 기반으로 하고 있다는 점에서 그의 정신주의는 도사주의나 달관주의라는 오해로부터 자유로워진다. 이처럼 그가 주장하고 있는 정신주의 시론은 한번의 깨달음으로 완성되는 것이 아니라, 끊임없는 자기 극복의 과정을 통해서 완성되는 것이며, 끊임없는 긴장 속에서 시대정신을 포착해 내는 것이라는 점에서 그가 말하는 '생성적 세계관'의 다른 이름일 것이다.

중심은 사라지고 무수한 다른 기호들로 치환되는 시대, 기호들만이 유령처럼 떠도는 시대에 '시대정신'을 포착할 수 있는 힘은 오직 시적 언어에 의해서만 가능해 진다. 최동호는 시인의 정신을 거대한 가마솥에 비유하면서, 가마솥에서 모든 것을 녹여서 새로운 것을 만들어 내듯 시가 탄생된다고 언급한다. 이러한 과정을 거쳐서 탄생한 결정체로서의 시에는 정신이 응축되어 있으며, 이러한 정신은 구체적인 시의 언어를 통해서 형상화 된다. 아무리 위대한 정신이라도, 언어에 의해 살을 입히는 과정이 있지 않고서는 온전하게 그 의미가 드러날 수 없다. 즉 정신만큼이나 이러한 정신을 견뎌내는 언어의 중요성이 강조되는 것이다. 그러나 최동호에게 그가 우려하고 있는 현대사회는, 말들이 낭비되는 시대, 말들의 쓰레기 더미에 쌓여 있는 시대이다. 그에게 있어서 언어는 두 가지로 나누어지는데, '헛된 말'과 '시의 언어'가 그것이다. 그는 '헛된 말'에 해당하는 것으로 상품 선전문구들을 지적하고 있다.

> 오늘날은 말들이 과다하게 소모되고 글이 도처에서 낭비되는 시대입니다. 가장 많이 소모되는 말들이 상품 선전문구들이며, 가장 많이 낭비되는 글들이 읽고 생각할 가치 없는 무모한 책들입니다. 오히려 헛된 말들의 쓰레기 더미가 사람들이 쓰고 버리는 폐기물만큼이나 엄청나게 증가하고 있다는 사실을 심각하게 반성해보아야 한다고 생각합니다.[10]

상품선전문구들은 그자체로 자본주의의 논리에 따른 교환가치를 반영하는 것이라고 할 수 있다. 이는 신의 창조에 동참했던 태고적 언어에 반대되는 도구적 언어의 상징이다. 상품 선전문구들의 궁극의 목적은 상품의 소비에 있으며, 이를 위해 인산의 모든 감각을 자극하여 소비를 부추긴다. 이러한 언어는 상품의 판매를 위해서만 존재 의미를 가지는 언어이다.

이러한 언어는 숭고한 정신을 담을 깊이를 갖지 못한 언어이며, 신성

---

10) 최동호, 「왜 그리고 어떻게 쓰는 가」, ≪동서문학≫, 1993 봄.

한 깊이를 잃어버린 세속의 언어이다. 그가 현대사회를 말들의 쓰레기 더미가 사람들이 쓰고 버리는 폐기물만큼이나 증가하고 있는 시대, 말들이 과다하게 소모되고 글이 도처에서 낭비되는 시대라고 진단하고 있는 것은, 신성함을 잃은 언어에 대한 심각성을 단적으로 보여준다. 상품의 선전문구들은 정신의 작용을 거치지 않는다. 정신의 깊이에 도달하지 못하고, 언어의 표면에서만 맴돈다. 상품 선전문구들은 능동적인 정신의 작용을 필요로 하지 않으며, 직접적으로 몸의 감각[11]을 자극한다. 최동호는 한국의 현대시가 너무 감각에 의존해왔다고 지적하면서, 정신의 깊이를 가질 것을 강조한다. 그러나 최동호가 주장하는 정신은 감각을 배제하고 성립되는 것은 아니다. 다만 말초감각만을 자극하고, 소비의 도구로 전락해 버린 언어의 세속성에 대해 경계하고 있는 것이다.

최동호는 정신주의 시론이, 관념성에 치우치지 않기 위해 시적 언어에 의해 구체적으로 표현되어야 함을 강조하고 있다. 그는 혼돈의 시대를 살아가는 인간들이 추구해야 하는 지향점으로 정신주의를 내세우면서 동시에 깊이 없는 말과 글들이 난무하는 것을 경계했다. 이러한 그의 정신주의는 '수평의 세계에서 수직상승의 세계를 내세워 보려'[12]는 시도라고 볼 수 있는데, 이는 정신의 숭고함을 나타내는 표현이라고 할 수 있다. 정신의 숭고함은 그 정신을 담는 언어에 의해서 발현되는 것이기에 시적 언어의 중요성이 강조되고 있는 것이다. 시적언어는 삶의 깊이와 연결된 시적 상상력의 발현을 가능케 하며, 이를 통해 인간에게 감동을 준다. 최동호에게 있어서 언어는 단순한 정보전달의 수단이 아니다.

---

11) 여기에서 언급하는 감각의 개념은 최근에 활발하게 논의되고 있는 메를로 퐁티의 '지각'에서 들뢰즈의 '감각'으로 넘어가는 감각의 개념이 아니라, 사전적인 의미에서 몸의 말초감각을 의미한다.

12) 도정일은 현대는 정치적으로나 문화적으로 대체적인 경향이 수평화의 추구였다고 말하면서, 그런 의미에서 최동호의 화두가 수평의 세계에서 수직 상승의 세계를 내세워 보려고 하는 것 같다고 지적한다.
김주연, 도정일, 최동호, 「특집좌담－정신주의 문학의 위상」, ≪문학정신≫, 1992. 2.

정신의 작용에 의해서 시라는 결정체를 만들어 내는 것이며, 이를 위하여 언어를 갈고 다듬어야 하는 것이다.

> 이 짧은 순간의 만남을 위해, 시인은 얼마나 많이 고뇌의 시간을 보내면서 정서를 집중시킬 그릇으로서 말을 가다듬어야 하는 것입니까. 내부에서 끓어오르는 격렬한 감정을 담고 있으나 밖으로는 분출되지 않게 그것을 지킬 수 있는 고도의 언어적 훈련이 요구된다는 것입니다. 자신이 지닌 감정의 열도를 견디어 내지 못하는 언어밖에 갖지 못한 사람은 좋은 시인이 될 수 없다는 것이 저의 생각입니다. 자신의 감정을 더 잘 조절할 수 있는 사람만이 더 많은 사람에게 더 깊게 전달할 수 있는 언어를 사용할 수 있다는 것입니다. 어떻게 보면 시를 쓰는 과정은 이와 같은 정신의 훈련이며, 시를 읽고 즐긴다는 것은 이러한 정신의 작용에 동참하고 그것을 공유하는 것이라 볼 수 있습니다.…… 끓어오르는 감정의 열도를 처리한 정서로서 언어라는 그릇에 담길 때 모든 사람이 공유할 수 있는 하나의 객체로서 예술품이 된다는 것입니다. 흙덩이는 숙련된 도공의 손과 고온의 가마솥을 거쳐야 도자기가 되는 것입니다. 우리는 깨어진 언어의 파편을 시라고 하지는 않습니다.

'감정'을 흙덩이에 비유한 위의 글에서 흙덩이를 다루는 도공의 손과, 가마솥은 흙의 질적 변화를 가져오는 데 있어서 핵심적인 요소로 설명되고 있다. 시의 언어는 내부의 열을 견뎌낼 수 있어야 하며, 그러나 또한 그것을 밖으로는 분출되지 않게 지켜야 하는 이중적인 역할을 감당해 내야한다. 이러한 내부와 외부의 압력을 견뎌낼 수 있는 언어라야 비로소 정신을 담는 그릇이 될 수 있다고 보는 것이다. 그가 주장하는 정신주의 시론이, 물질을 배제한 정신만을 추구하는 것이 아니라, 정신과 물질의 조화를 추구하는 것이며, 이러한 조화를 통해 '생성'을 추구하는 것이라고 할 때, 언어의 역할을 바라보는 그의 시선은 정신주의 시론이 지향하고 있는 시선과 동일선상에 있는 것임을 알 수 있다. 정신을 담는 그릇으로서의 언어는 내부의 뜨거움과 절제의 차가움을 동시에 함축하는 것이어야 하는데, 시인은 이를 위해 시대정신을 포착하는 일과 함께, 언어를 위해 고도의 훈련을 해야 함을 역설하고 있다. 이렇게 언어가 중요한 이유는 '시가 언어에 의해 표현되며, 그 표현된 언어 속에 담겨 있는 정신사의 맥을 짚어가야 한다'[13]는 사실에 있다. 시의 정신이 아무리 깊이 있는 것이라고 할지라도, 시를 구체적으로 성립하게 하는 언어가 이것을 견디지 못한다면, 좋은 시가 될 수 없기 때문이다.

아직 원초적 상태에 있는 흙덩이와 같은 내부의 정열을 고도로 훈련된 시의 언어에 담을 때 흙덩이가 도자기로 완성되는 것처럼, 시인의 감정은 시대정신을 반영할 수 있을 때 좋은 시로 탄생하게 되는 것이다. '우리는 깨어진 언어의 파편을 시라고 하지는 않습니다'라는 마지막 문장은 언어가 시에 있어서 얼마나 중요한지를 암시하는 대목이라고 할 수 있다. 깨어진 파편의 언어라는 비유가 지시하고 있는 것은, 언어 자체가 지닌 신성함이 파괴되고, 깊이가 없어진 언어를 의미하는 것이다. 이러한 파편의 언어로는 '정신'을 담을 수 없다. 시의 언어는 정신을 담는다는 점에서 그릇의 역할을 하고 있지만, 동시에 시에 있어서 생성에 동참하는 것이라는 점에서 단순히 매개의 차원을 넘어선다.[14]

최동호의 정신주의 시론에서 시와 정신, 언어는 불가분의 관계에 있다고 할 수 있는 것이다. 최동호에게 있어서 시를 쓰는 과정은 곧 정신

---

13) 최동호, 「詩의 精神史 序說」, 『現代詩의 精神史』, 열음사, 1985.

14) 그릇에는 두 가지 차원의 그릇이 있을 수 있다. 하나는 빈 그릇으로서, 단순히 내용물을 담는 도구적 기능을 하는 그릇이다. 반면에 다른 하나는 그릇 자체가 풍성한 창조의 중심에 있는 것을 생각해 볼 수 있는데, '성배'가 바로 이러한 이미지라고 할 수 있다. 성배는 분명 그릇이지만, 단순한 그릇이 아니라 무한한 생명력의 원천이며, 그릇 자체가 끊임없이 생명의 양식을 생성해 내는 마르지 않는 샘의 근원과 같은 것이다. 그런데 최동호는 언어를 그릇의 비유를 통해서 설명하고 있다. 최동호에게 있어서 시적 언어란 도구적 그릇이 아니라, 신성함과 생명의 창조력을 함축한 신성한 그릇을 의미하는 것으로 여겨진다. 따라서 그가 언어를 바라보는 관점도 도구적 관점이라기 보다는, 생성에 동참하는 신성한 언어라고 보는 것이 적절할 것이다.

의 훈련이며, 시를 읽고 즐긴다는 것은 이러한 정신의 작용에 동참하고 그것을 공유하는 것이다. 정신주의 시론은 '시'란 정신의 작용의 산물이며, 시의 언어는 이러한 정신의 작용을 잘 담아낼 수 있는 그릇이 되기 위해서 고도로 훈련된 것이어야 함을 강조한다. 최동호는 '글쓰기를 위한 언어와의 싸움이란 자기 자신과의 싸움이며, 이 싸움이 인간의 아이덴터티를 지켜주는 일'[15]이라고 믿고 있다. 언어의 문제가 존재의 문제로 연결되고 있음을 발견할 수 있는데, 이러한 과정이 인간의 아이덴터티 즉, 정체성을 지켜주는 일이라는 점에서 언어와 존재, 존재에서 인간의 정체성으로 이어지는 최동호의 정신주의의 사유를 읽어낼 수 있다. 이러한 인간의 정체성은 매체의 발달로 인해서 더욱 위협받고 있는데, 최동호는 이러한 혼돈의 시대에 대한 대안으로 정신주의를 강조한다.

3. 가상의 시대와 숭고한 정신

최동호가 주장하는 정신주의 시론은, 중심이 사라진 시대, 신성한 것이 사라진 시대에 대한 비판적인 시각에서부터 출발한다. 서구중심의 이성중심주의가 해체된 이후, 포스트모더니즘이 휩쓸고 간 해체주의와, 그 해체주의가 남긴 떠도는 말들에 대한 반성과 대안이 정신주의 시론의 핵심이라고 할 수 있다. 최동호는 현대문명을 세속주의, 가상이 현실을 압도하는 공간으로 바라보고 있는데, 이러한 혼돈의 상황에서 인간은 '인간다움'을 상실한다. 인간이 인간다움을 상실했다는 것은, 인간이 고유성을 상실하고, 익명성으로 환원된다는 것을 의미한다. 컴퓨터의 발달과 물신주의는 인간의 가치와 기계 혹은 상품의 가치가 전복될 수 있

---

15) 최동호, 「왜, 그리고 어떻게 쓰는가」, ≪동서문학≫, 1993 봄.

는 가능성을 내포하고 있다는 점에서 위협적이다. 중심과 변방의 경계, 인간과 인간이 만들어낸 것들 사이의 경계가 허물어지는 혼돈의 상황 속에서 인간이 인간다움을 지켜 나갈 수 있는 길이 '정신주의'에 있다고 보았다.

> 중심이 해체되고 중심과 변방의 경계가 모호한 1990년대의 혼돈 상황에서 인간적 삶의 지향점으로 <정신주의>가 절실히 요구된다고 보았기 때문이다. 컴퓨터의 용도가 가공할 힘을 발휘할수록 그리고 물신주의적 마성에 깊이 빠져들 위험이 커질수록 인간의 인간다움을 지켜주는 것이 시적 상상의 힘이요, 그 중심에 자리 잡고 있는 것이 정신주의라고 생각한다. 시의 힘은 감동할 줄 아는 인간의 힘이다.[16]

최동호는 컴퓨터가 가공할 힘을 발휘하고, 인간의 필요에 의해 만들어진 상품들이 인간보다도 더 중요하게 여겨지는 주객전도된 상황 속에서, 인간이 어떻게 인간다움을 지켜나갈 것인가를 고민한다. 인간의 정신작용에 의해 행해지던 모든 것이 컴퓨터에 의해 행해지고, 물신주의적 마성에 깊이 빠져들수록 인간은 인간 본연의 모습을 상실하게 된다. 주체적 인간으로 서기 위한 창조적 세계관, 생성적 세계관이 정립될 틈도 없이, 컴퓨터와 물신주의가 인간을 가상의 안락함 가운데로 인도한다. 최동호는 이러한 가상의 시대에 인간의 인간다움을 지켜주는 것이 바로 시적 상상의 힘이라고 언급한다. 그의 정신주의 시론은 시를 존재의 측면에서 조명하고 있다는 점에서 흥미로운데, 시가 인간의 정체성을 지켜주는 것으로 이해하고 있다. 상상하는 힘은, 기계에 의해 대치될 수 없는 인간의 고유한 것이며, 이러한 상상력의 힘이 인간을 인간답게 지켜주는 것이다.

실현의 기능인 상상력은 의지력이나 생의 도약보다도 더 정신적 창조

16) 최동호, 『삶의 깊이와 시적 상상』, 민음사, 1995.

의 힘 그 자체이다. 정신적으로 우리들은 우리들의 몽상에 의해서 창조되는 것이다.[17] 상상력은 정신의 작용에 의한 것이며, 상상력은 정신적 창조의 힘 그 자체라는 점에서 시적 상상의 중요성이 부각된다. 그는 시의 힘이 감동할 줄 아는 인간의 힘이라고 생각했는데, 그가 시에서 힘을 발견해내고 있다는 사실이 주목된다. 최동호는 시속에서 시대를 이끌어 나갈 수 있는 가능성을 보았으며, 물신주의로 가득찬 세상에 인간다움을 가져다줄 수 있는 것으로 보았던 것이다. 이러한 최동호의 정신주의 시론은 기술문명시대를 살아가는 '인간'에 대해 깊은 관심을 가진다. 그런데 현대의 인간은 가상과 현실의 구분이 모호한 시대에 살고 있으며, 가상이 현실을 추월하고, 복제품이 원본을 능가하는 시대에 살고 있다. 이러한 현대문명은 양적 팽창, 수평적 지평이 확대되는 것에 기여하였는지는 몰라도, 정신의 깊이는 사라지게 했으며, 진실 속에서 나오는 마음 깊은 곳의 감동도 사라지게 만들었다. 그러나 인간을 움직이는 것은 감동에 있으며, 이것은 정신의 영역에 속하는 것이라고 할 수 있는데, 이러한 감동은 상업주의의 마술과 가상의 스크린 속에서 자취를 감추게 되었다.

최동호에게 있어서 시란, 언제나 현실에 뿌리를 박고 있는 것이며, 유령처럼 떠도는 기호들 사이에서 시대정신을 포착해 내는 것이다. 파편화된 언어들로서는 '시대정신'을 포착할 수 없다던 그의 논지처럼 언어와 시대정신은 삶의 깊이와 깊게 관련된다. 해체주의, 포스트모더니즘은 권위적이고 확고한 중심은 파괴시켰을지 몰라도, 이러한 결과로 새로운 중심을 세우는 일에는 비흡하였다. 중심을 잃은 기호들이 부유하게 되었고, 삶의 깊이와, 시적 상상의 힘은 사라지게 되었으며 신성한 것들은 세속적인 가치로 대체되었다. 바로 이러한 위기감 가운데, 최동호의 '정신주의' 시론이 놓이게 되는 것이다.

---

17) 곽광수, 『가스통 바슐라르』, 민음사, 1995.

최동호는 물신주의 마성에서 인간의 인간다움을 지켜주는 것으로 시적 상상의 힘을 든다. 시적 상상의 힘은, 기계의 메커니즘에 의해 생성될 수 없는 인간 고유의 것으로, 시적상상은 인간에게 감동을 가져다 줄 수 있을 뿐만 아니라 현대문명이 잃어버린 신성성을 회복할 수 있는 통로가 된다. 그런데 현대의 사회는 정신주의의 모태라고 할 수 있는 시의 창조마저도 컴퓨터에 의해 대체되고 있는 상황인 것이다. 대량생산이 가능한 시대, 원작을 능가하는 모조품이 나오는 예술 작품의 복제시대는 컴퓨터에 의해 가속화 되었으며, 인간의 고유성을 나타내는 시적 상상은 차가운 금속성의 기계에 자리를 내주게 된다. 그는 빠르게 변화해 가는 시대, 컴퓨터와 매체의 기술이 인간의 존재와 고유성을 위협하는 시대에서 살아가는 시인의 운명과 임무에 대한 깊은 성찰을 그의 시론 안에 풀어놓는다. 예술작품의 복제는 기술의 발전과 함께, 예술작품이 가진 유일한 일회성과 현존성을 박탈했다. 이러한 기술의 발달은 현대사회 전반에 걸쳐 진행되었으며, 이제 인간은, 인간성의 상실이 아닌 인간자체를 상실하는 시대를 맞이하게 된 것이다. 벤야민은 이러한 기술의 발전이 단순히 예술작품을 복제하는 것에서 멈추지 않고, 예술작품 자체에 변화를 주게 되었다고 언급한다. 그러나 복제에는 한 가지 요소가 빠져 있는데, 그것은 시간과 공간속에서 예술작품이 갖는 유일무이한 현존성, 다시 말해 예술작품이 위치하고 있는 장소에서 그 예술작품이 지니는 일회적 현존성이다. 이러한 복제에는 예술작품의 유일무이한 현존성인 '분위기 Aura'가 빠져있다.[18] 최동호의 정신주의 시론은 예술작

18) 최동호는 기술복제 현상의 부정적 징후들에 대해 경계하고 있다. 그러나 아우라에관해 이야기한 벤야민은 궁극적으로는 아우라의 붕괴를 긍정하는 입장에 있다. 벤야민은 아우라의 붕괴를 긍정적으로 평가한다. 기술복제는 "전승된 것의 동요, 전통의 동요를"를 가져온다. "전통적 가치의 절멸"이라는 "이 파괴적이며, 카타르시스적인 측면"에서 그는 복제예술의 "가장 긍정적인 내용"을 본다. 전통의 거부는 모더니즘의 첫째 계명이다.
진중권, 『현대미학강의』, 아트북스, 2003.

품만이 갖고 있는 이러한 고유성을 중요시하는데, 특히 시에는 감동할 줄 아는 인간의 힘이 내포되어 있다는 점에서 중요하게 다루었다.

그러나 최동호의 정신주의 시론이 기술문명자체를 부정하고 전통의 세계로 회귀할 것을 주장하는 것은 아니다. 기술문명의 발전을 긍정하되, 이러한 기술의 발전을 뒷받침하고, 균형을 부여해줄 '정신'의 결여를 문제 삼고 있는 것이다. 이러한 '정신'의 결여는 가치관의 상실로 이어진다. 이러한 세속주의, 물질만능주의가 만연한 시대에 진정한 가치를 세우는 작업은 잃어버린 '정신'을 회복하는 것과 관련된다. 그가 이렇게 정신주의 시론을 주장하는 배경에는, 과거보다는 미래를 예견하고, 미래를 바라보는 시선이 깔려있다. 그는 자신의 정신주의 시론이 생성의 세계관을 확립하는 것이라고 언급한 바 있는데, 해체의 시대에 무엇보다 우선시 되어야 했던 것이 새로운 질서를 세우는 일이었던 것이다. 이러한 정신주의는 또한 민족의 신성함을 회복하려는 시도이며, 잃어버린 정신의 황금부분을 복원하려는 시도이다.

현실보다 가상이 더 현실 같아 보이는 시대에서, 현실의 모든 압력을 견뎌내는 정신의 숭고함은 힘을 잃는다. 가상은 눈을 현혹시키는 신기루일 뿐이며, 실체의 심연을 응시하지 못하고 표면만을 맴돌게 된다. 이렇게 표면을 맴도는 예술로는 인간의 삶과 역사의 전개과정을 통합시킬 수 없다. 그러나 정신보다는 현란한 감각이 우선시되는 시대에서 인간은 '인간성 상실이 아니라, 인간 그 자체를 상실할 위기에 처한다. 바로 이러한 위기의식 가운데에 최동호의 정신주의 시론이 자리 잡고 있는 것이다. 현실과 가상의 경계가 무너지고, 원본과 복제의 경계가 무너지는 시대는 인간 역시 무수한 복제물들 중의 하나로 전락할 수도 있음을 예고한다. 정신주의는 이러한 위기 속에서 시라는 예술작품 뿐만 아니라, 인간이란 무엇이냐 하는 인간의 존재 자체에 대한 근원적인 물음으로까지 나아간다.

이제 현대문명은 인간성 상실이 아니라 인간 그 자체의 상실에까지 이르게 되었습니다. 유전공학의 발달로 생명체 자체의 원형 그 자체가 복제 가능한 시기가 올 것이고, 예술작품마저 복제가 가능할 때, 그때 인간은 과연 뭐냐 하는 것은 심각히 생각해 보아야 할 문제겠지요. 좀더 폭넓게 말하자면 결국은 정신주의란 인간의 생명, 인간의 존엄성을 보위하는 것입니다. 그리고 인간이 가치추구의 동물이라고 할 때, 깊고 넓은 세계로 나아가려고 하는 것이 인간의 충동들인데, 이 충동을 만족시켜주는 인간중심주의가 바로 정신주의라고 하고 싶습니다. 또 정신주의는 현실의 모순점을 수용하고 감싸안는 의지이며 방향감각의 표현이라고도 하겠습니다.

정신주의란 현실에 대한 고뇌 속에서 자기 정립의 과정이며 자기생성. 에너지를 도출시키는 명제일 것입니다. 자기의 진지한 목소리를 내고 자기를 천착하여 자기 세계를 탐구하는 것, 이런 것들이 필요한 시점이지 아류 정신주의 시에서 볼 수 있는 것처럼 지적인 편의주의나 지적인 안이함으로 주저앉아서는 안되겠지요. 국화빵을 찍어 내는 듯한 속성주의는 타파의 대상입니다. 정신주의 문학이라는 것은 물화되고 모든 것이 일그러진 가치 속에서, 또 비정상적인 가치들이 모든 현실을 장악하는 시대 속에서, 그런 것들로부터 깨어나고 그런 것들을 타파하려는 노력이며, 고뇌 속에서 가치를 찾는 노력이라고 포괄적이긴 하지만 정의하고 싶습니다.19)

그는 정신주의가 인간의 생명과 인간의 존엄성과 직결된 것임을 강조한다. 또한 정신주의는 현실의 모순점을 수용하고 감싸 안는 의지이며, 방향감각의 표현이라고 언급하고 있다. 현실을 배제한 가상의 안락함 가운데 거하는 것이 아니라, 현실 속에서 모순이 있는 그대로를 수용하고 감싸 안는 의지라는 점에서 '정신'의 중요성이 강조되고 있는 것이다. 이러한 정신주의는 '자기 정립'의 과정이며, '자기생성'의 명제를 가

---

19) 김주연 · 도정일 · 최동호, 「특집좌담-정신주의 문학의 위상」, 『문학정신』, 1992. 2, 22쪽.

지고 있다는 점에서 인간의 존엄성을 회복하는 문제를 제기하고 있음을 알 수 있다. 일그러진 가치, 비정상적인 가치들이 모든 현실을 장악하는 시대로부터, 이런 것들을 타파하려는 노력, 가치를 찾는 노력이 정신주의인 것이다.

> 시대의 변화가 가속화될수록 세속주의의 범람이 유행처럼 번진다. 절제 없는 세속주의나, 세속 없는 정신주의는 모두 불행하다. 가짜 정신주의의 발호도 두렵다. 그러나, 오늘날 우리는 너무 깊게 세속주의에 탐닉해 있는 것은 아닐까. 스크린의 화려함과 꿀의 달콤함을 누가 모를까. 가상현실 속에서는 현실이 가짜와 같다.[20]

최동호는 신성함은 사라지고, 세속주의가 범람하는 현실을 불행한 시대로 바라보고 있다. 스크린의 화려함과 꿀의 달콤함은 현실을 압도하는 가상과 세속주의가 마련해주는 거짓된 안락함의 은유일 것이다. 이러한 세속주의는 '순간'에 집중한다. 그러나 '정신'은 현실의 모순을 감싸는 끊임없는 의지이며, 미래를 예견하는 방향감각이다.

방향이 없는 것은 결코 앞으로 나아갈 수 없다. 최동호의 정신주의 시론은 바로 이러한 방향을 제시하는 역할을 하고 있는 것이다. 최동호의 시론은 길을 잃어버린 시대에 길을 제시하고자 하는 시론이라고 할 수 있다. 그러나 그의 정신주의 시론은 세속주의 없는 공허한 정신을 강조하는 것이 아니라, 팽배한 물질문명 속에서 중심을 세우는 일에 집중한다. 가상이 현실을 위협하고 있는 시대에, 인간의 감동과 정신의 깊이를 회복하는 것이 무엇보다 중요하다고 생각하였다. 물질만 기형적으로 부풀려진 사회에 균형을 주고, 조화를 가능하게 하는 것이 '정신주의'라고 보았던 것이다.

---

20) 최동호, 「시작노트」3, 『딱따구리는 어디에 숨어 있는가』, 민음사, 1995.

> 인간적인 것과 기술정보 사이에서 중심축이 기술정보 쪽으로 기울면 더욱더 인간적인 것에의 갈망과 향수가 촉발될 것이다. 유토피아에서나 가능하다고 꿈꾸어 왔던 모든 일들이 실제 현장에서 가능하게 된다면, 인간의 삶은 기괴하고 끔찍한 것이 되고 말것이며, 오히려 그러한 현실에서 도피하고자 하는 시도를 하지 않을 수 없다는 것이다. 이때 가상과 현실을 판별하고 완충하는 작용을 하는 것이 예술이 될 것이며, 그 핵심에 시적 감수성이 작용하리라는 것이다.

기술정보는 계속해서 발달할 것이다. 기술정보가 인간의 고유성을 위협한다고 해서, 과거로 돌아간다거나, 기술의 발전을 멈추는 것은 어리석은 일일 것이다. 다만, 이러한 기술정보의 발달과 인간적인 것이 조화를 이룰 수 있어야 하는데, 이러한 조화의 중심에 시적 감수성이 자리잡고 있는 것이다. 시적 감수성은 가상과 현실을 판별하는 역할을 하며 궁극적으로 가상과 현실의 완충작용을 하게 될 것이다. 가상이 현실과 같고, 현실이 가상과 같아지는 시대에, 예술은 가상과 현실을 판별하고 완충하는 중간지대로서의 역할을 감당할 것이라는 그의 사유에서, 예술이 짊어진 시대의 운명을 예감할 수 있다. 이러한 예술의 핵심에 시적 감수성이 작용할 것이라는 지적은, 시를 정신의 표현으로 보고 있는 그의 시론이 인간의 존재와, 시대의 운명에 대한 방향성을 부여하고자 하는 시도임을 알 수 있다. 실체를 상실한 사물이 하나의 기호로 전락하여 떠도는 시대에서, 확고한 중심을 세워주고, 잃어버린 황금부분을 복원하는 것은 정신의 작용에 의해 가능해지며, 시는 이러한 '정신'을 표현해 내야 하는 것이다.

▸▸▸ 참고문헌

최동호, 「왜 그리고 어떻게 쓰는 가」, ≪동서문학≫, 1993 봄.

_____, 『현대시의 정신사』, 열음사, 1985.

_____, 『불확정시대의 문학』, 문학과 지성사, 1987.

_____, 『한국 현대시의 의식현상학적 연구』, 고대민족문화연구소, 1989.

_____, 『평정의 시학을 위하여』, 민음사, 1991.

_____, 『삶의 깊이와 시적 상상』, 민음사, 1995.

_____, 『하나의 道에 이르는 시학』, 고려대학교출판부, 2004.

_____, 『디지털문화와 생태시학』, 문학동네, 2000.

_____, 『한국현대시사의 감각』, 고려대학교출판부, 2004.

김주연 · 도정일 · 최동호 「특집좌담－정신주의 문학의 위상」, ≪문학정신≫, 1992. 2.

'숨'의 시학, '꿈'의 지향

1. 정현종 시론의 특징

鄭玄宗은 1964년 5월 ≪현대문학≫지에 「화음」, 「주검에게」와, 1965년 3월에 「獨舞」, 그리고 같은 해 8월에 「여름과 겨울의 노래」가 추천되어 시단활동을 시작한다.[1] 1960년대 시인들의 공통적인 관심사였던 '시적 언어와 대상에 대한 인식문제'[2]는 정현종의 경우에도 예외가 아니어서, 사물의 존재성에 주목하고 그것을 시적 주체의 인식 체계, 혹은 욕망의 구조 속에 편입시키고자 하는 시적 태도와 그 방법으로서의 자율적 언어구조는 그간 평자들의 많은 주목을 받아왔다. 시론집 『숨과 꿈』(1982)은 그의 이러한 시적 인식과 기법적 특징들이 꾸준한 방법적 모

* 서진영 / 서울대학교 강사

1) 정현종은 첫 시집 『사물의 꿈』(민음사, 1972) 이후 『나는 별아저씨』(문학과 지성사, 1978), 『떨어져도 튀는 공처럼』(문학과 지성사, 1984), 『사랑할 시간이 많지 않다』(세계사, 1989), 『한 꽃송이』(문학과 지성사, 1992), 『세상의 나무들』(문학과 지성사, 1995), 『갈증이며 샘물인』(문학과 지성사, 1999) 등의 시집과 『고통의 축제』(1974), 『달아 달아 밝은 달아』(1982) 등 5권의 시선집, 그리고 시론집 『숨과 꿈』(1982)과 산문집, 다수의 번역서를 상재하였다.

2) 권영민, 『한국현대문학사』 제 2권, 민음사, 1993, 235쪽.

색에 의해 성취된 것임을 드러내준다. 주지하듯이 정현종은 창작 활동과 병행하여 여러 편의 시론을 발표해왔는데 이는 시 창작에 있어서 하나의 방법론으로 기능하게 된다.

시에 대한 시인의 논리적 견해가 후속의 창작활동을 이끄는 견인차 역할을 하게 됨은 물론이지만 동시에 시인의 시론이란 언제나 작가가 자기 시작품의 발생 과정을 논리적 사유를 통하여 해명하게 됨으로써 작품의 정당성을 인정받고자 하는 의도를 노정하기 마련이다. 그러므로 정현종의 시론을 분석하고자 하는 자리에서 우리가 시론이라는 형식을 통해 자신의 시 세계를 해명하는 정현종을 만나게 되는 것은 어쩌면 당연한 일이다. 예컨대 그가 예술의 창조적 정열은 '취함'의 순간에서 나온다고 말하거나 그 때 모든 대립적인 것들은 서로 융합하여 현상계와 이데아의 구분이 무의미해지는 사랑의 시공을 이루게 된다고 시론에서 역설할 때, '방법적 사랑과 교감의 시학'[3]으로 명명되는 정현종 시 자체를 떠올리게 되는 것도 그 때문이다. 그러므로 이 글에서는 정현종 시론이 보여주는 논리적 정합성 여부보다는 그 의미에 주목하고자 한다. 시인의 시론이라는 것이 어차피 의도가 논리에 우선하게 마련이라면 시인의 시적 의도와 사유방식이 실제 시 창작과 어떻게 맞물려있고 또 변형되고 있는가의 문제, 그리고 그 과정에서 드러나는 시적 자의식의 정체를 밝히는 일이 더 중요할 것이기 때문이다.

먼저 정현종의 시세계, 혹은 시적 지향이 기본적으로 1970년 가을에 창간된 『문학과 지성』의 입장과 동일한 선상에 놓여 있음은 주지의 사실이다.[4] "참여문학과 순수문학의 대립이 얼마나 관념적이고 추상적인 것인가"라는 『문학과 지성』 창간호의 지적은 현실적 대립을 넘어서는 본

3) 최현식, 「데포르마시옹의 시학과 현실 대응 방식」, 『1960년대 문학연구』, 깊은샘, 1998.

4) 1970년대 『문학과 지성』 동인의 시론에 관한 자세한 사항은 권보드래, 「1970년대 '문학과지성' 동인의 시론」(『한국현대시론사 연구』, 문학과 지성사, 1998)을 참조할 것.

질적 가치와 그 구현체로서의 '진정한 시'를 추구해야 한다는 집단적 이념으로 정착된다. 이 때 시란 "생의 불완전성으로부터 꿈꾸는 세계와 현실 사이의 아득한 거리를 절감한 자의 시선"으로부터 나오는 것이며 그런 의미에서 "무, 부재의 상태"의 기술이 된다.[5] 이러한 사유의 배경에는 60년대를 감싸고 있던 허무주의, 실존주의적 분위기가 자리하고 있는 것이 사실이지만, 여하튼 '진정한 시'에 대한 지향은 타락한 현실과 거기에서 소통되는 오염된 언어를 넘어선 "순수하고 이상적인 것"으로서의 '절대성'의 영역을 시 속에 끌어들이게 된다. 이것은 현실과 절대성을 오가는 창작 주체에게 고도의 정신적 긴장을 요구하게 되는데 이들에 의해 탐색되는 다양한 언어적 방법론은 이 정신적 긴장의 한 측면으로서, 불완전한 현실적 체험에서 해방된 순수하고 이상적인 자율기호로서의 언어를 지향하는 과정이 된다. 정현종이 그의 시론들에서 보여주는 시의 창작 원리와 시의 본질에 관한 이해 역시 근본적으로는 『문학과 지성』이 지향하는 집단적 이념의 테두리에서 크게 벗어나지 않는다. 앞으로 살펴보게 되겠지만 정현종의 시론에서 두드러지는 합일이나 도취, 자유로움의 문제, 그리고 명상적 상태의 강조 등은 실존적 영역에 있어서의 본래성의 회복과 관계하며 동시에 경험세계, 혹은 도구합리적 세계로 환원되지 않는 심미적 자율세계로서의 서정시의 절대적 현존[6]을 확립하는 문제와 관련되어 있다.

---

5) 김현, 「나르시스 시론」, 『김현 문학 전집』12, 문학과 지성사, 1993, 17쪽.

6) K. H. Bohrer가 말하는 '절대적 현존'이란 문학 외적인 것으로 환원될 수 없는 문학 작품의 자기준거성을 가리킨다. 보러에 의하면 '도취', '우연성', '주관성', '무시간성' 등으로 표현되는 문학의 '비합리적 심미성'은 경험세계에 대하여 비동일성을 형성하면서 자기준거적 언어로 형상화되는 서정시의 자율적 영역을 확보한다. K. H. Bohrer, 『절대적 현존』, 최문규 역, 문학동네, 1998.

2. 대상에 대한 인식문제

모두 다섯 장으로 구성되어 있는 시론집『숨과 꿈』에서 제 1장은 추억의 회상 또는 몇 가지 사물들에 대한 명상이 가벼운 수필 형식으로 제시된다. 이 중에서 대학시절과 유년시절에 얽힌 몇 개의 삽화들은 정현종 시의 방향을 결정한 중요한 체험으로서 시의 근저에 자리하는 원초적인 경험으로 의미화된다. 정현종이 "가장 깊은 내적 체험"으로 서술하고 있는 사건은 먼저 대학시절의 체험으로서 숲 위쪽에서 던진 돌 하나가 저 아래로 떨어지는 소리를 듣는 순간과 그 느낌에 관한 것이다.

> 그때 이 숲에서 나는 돌 하나를 던진 적이 있다. 숲 위쪽에서 던진 돌은 저 아래 어디엔가 떨어졌다. 돌이 떨어지는 소리를 듣는 순간 나는 지구 무게 만한 어떤 느낌이 마치 지진처럼 내 속으로 지나가는 걸 느꼈다. 즉 내가 방금 던진 돌에 의해, 나에 의해 여기서 저기로 옮겨진 돌 하나에 의해 우주의 균형이 달라졌다는 느낌이 그것이었다. 내가 던진 돌 하나가 우주의 균형을 바꾼다! 만일 대학 시절에 내가 한 일이 있다면 그것은 그때 그 돌을 던진 일이며, 그리고 그때 돌 떨어지는 소리가 거의 신비로울 정도로 내 귀를 <깊이> 열어준 일은 분명히 가장 깊은 내적 체험 중의 하나이다.[7]

우연히 던진 돌이 떨어지는 한 순간에 그는 "지구 무게만한 어떤 느낌이 마치 지진처럼 내 속으로 지나가는" 일종의 전율을 체험하며 그 돌 하나에 의해 우주의 균형이 달라졌다는 느낌을 받는다. 즉 이 작은 사건이 정현종 자신에게 있어서는 인식론적 측면에서 사유방식의 일대 전환을 가져온 의미있는 사건이었다는 것인데, 이를 정현종은 "내가 던진 돌 하나가 우주의 균형을 바꾼다"라고 말하고 있다. 이는 행위와 인

7) 정현종,「대학 시절을 향하여」,『숨과 꿈』, 문학과 지성사, 1982, 11-14쪽.

식의 주체로서의 인간이 세계와 관계 맺는 방식을 암시하면서 주체의 존재론과 연결되는 그러한 것이다. 정현종이 이 순간의 돌 떨어지는 소리를 "거의 신비스러울 정도로 내 귀를 <깊이> 열어주었"던 것으로 언급하는 장면은 주체의 대상세계에 대한 인식론적 사유방식이 궁극적으로 주체의 존재론에 귀결되는 것임을 암시한다.

이 때의 인식론적 전환의 체험은 이후 그의 시세계를 구성하는 몇 가지 중요한 특성으로 자리잡는다. 그 하나는 그의 시에서 주된 테마인 '사물'과 '주체'의 관계 방식을 규정하는 문제이다. 사물의 문제가 60년대 시적 특성을 논할 때 간과할 수 없는 부분임은 이미 언급한 바 있거니와, 정현종은 한 산문에서 그가 말하는 '(事物)'이란 영어의 (things)의 번역어로서, 삶의 모든 현상들과 모든 피조물들을 총망라하는, 그야말로 물질적 대상들뿐만 아니라 非물질적인 것으로서의 정신적인 대상이나 정서적 현상들까지를 모두 포함하는 것이라고 밝힌 바 있다.[8] 그렇다면 이 '사물'이란 객관적 실체로서가 아니라 주체가 바라보거나 사유할 수 있는, 인식의 모든 대상을 포괄적으로 일컫는 용어인 셈이다. 이 때 사물은 선험적으로 존재한다기 보다는 주체의 '인식하는 행위'에 의해 그 본질과 속성이 규정되게 된다. 정현종이 "시인은 모든 사물의 자기동일성 또는 대상으로서의 모든 존재의 자기동일성을 가장 깊이 인식하는 사람"이라거나 "우리들 사람의 삶의 모든 현상들을 포함한 사물의 리얼리티, 사물의 진실을 밝히는 사람"[9]이라고 말할 때, 모든 인식적 대상들은 미결정적인 상태에서 주체의 인식적 시선에 의해 본질적 속성이 규정되고 존재의 의미를 부여받게 되는 것이다. 즉 사물, 혹은 대상이 그 자체로서 중요한 것이 아니라 대상세계를 의미화하는 주체의 인식작용이 중요한 문제로 부각된다. 그렇다면 60년대 신진작가들에게 사물에의

---

8) 정현종, 「시와 感受性, 그리고 그 對象」, 『날자, 우울한 영혼이여』, 민음사, 1975.
9) 위의 글, 97쪽.

관심, 혹은 대상에의 인식문제가 중요하게 부각되었다는 사실은 뒤집어 말하면 주체의 인식행위와 이에 전제되는 주체의 자기동일적 시선이 중요하게 인식되었다는 것을 반증하는 것이다.

이를 우선 경험적 주체의 현실과 관련하여 생각해보면, 전대에 유례없던 진보, 근대를 향한 폭력적 질주와 그에 수반되는 가치관의 혼란, 그리고 모든 것을 전체성의 구도로 통합하려는 파시즘적 국가주의의 규율권력과도 무관할 수만은 없을 것이다. 즉 사물에의 관심, 혹은 대상에의 인식문제는 현존재가 느끼는 소외감과 자기 해체의 절박감 앞에서 주체의 영역을 확보하고 자기동일성을 증명하는 방편으로 기능하게 되는 것이다. 앞서 정현종이 말한 바, “내가 던진 돌 하나가 우주의 균형을 바꾼다”는 진술 역시 ‘현상학적 주체’의 시선[10]에 입각해서 사물, 혹은 대상세계를 자기의 인식지평 하에 두고있는 주체를 드러낸다. 이는 정현종의 또 다른 언급을 빌자면 “사물의 꿈이 곧 나의 꿈”이며 “나의 시적 대상들, 내가 노래하는 것들은 나를 통해서 그들의 꿈을 실현한다”는 인식방법으로서, 달리 말하면 나를 억압하는 현실세계, 대상세계를 나의 인식적 시선의 구도 속으로 포섭, 재편함으로써 자기 해체적 현실에 대하여 인식 주체의 독자적 영역을 확보하고 자기 정립을 기획하기 위한 것이다. 이 때 사물의 인식문제는 궁극적으로는 주체의 존재론을 현시하는 그러한 것이다.

정현종이 자신의 시세계를 구성하는 원체험으로 기술하고 있는 또 하나의 사건으로서 유년기의 6·25체험 역시 위와 유사한 태도를 드러낸다. 달 밝은 여름날 밤 냇가의 모래 사장에는 시체들이 묻힌 모래무덤들이 즐비하고 살은 이미 썩어서 뼈가 이리저리 뒹굴고 있는데 유년기의 시인을 비롯하여 모든 군인들은 벌거벗은 채 각자 뼈들을 하나씩 주워들고 괴

10) 현상학적 사유체계에서 의식이란 항상 ‘무엇에 대한 의식conscience de’으로서 사물과 세계는 주체의 의식적 관점에 의해서 의미화된다.

상한 소리를 지르며 춤을 춘다. 정현종은 달빛과 춤과 원시적 奇聲, 그리고 뒹구는 뼈와 해골의 이 기괴하고 원시적인 장면이 자신의 詩와 육체에 원천으로서 깃들어 있음을 고백하고 있거니와,[11] 이는 인식 주체의 의미 부여와 해석 여하에 따라서 비극적인 전쟁조차도 전혀 다른 것으로 의미화될 수 있음을 보여준다. 이러한 인식론적 사유방식이 '나'를 억압하는 대상세계, 현실세계로부터 자기동일성을 확보하는 방식으로 기능하고 있음은 물론이다. 죽음의 공포와 실존의 불안을 축제적 도취로 극복하고자 하는 미적 대응 속에서 현실의 압박은 무력화되고 주체는 현실 세계와는 전혀 다른 미적 가상의 세계를 체험할 수 있게 되기 때문이다. 정현종이 시와 시론을 통해 드러내는 기본적인 입장은 이처럼 현상학적 주체의 인식적 구도 속에서 현실세계와 사물들을 포섭하고 그 의미를 재편해냄으로써 새로운 미적 가상의 세계를 창조하는 데 있다. 그리고 그 속에서 생의 불완전성을 극복하는 진정한 삶(혹은 시)을 선취하고자 하는 것이다.

정현종의 이러한 기획은 예술 지상주의적 미학의 유토피아 기획과 비교할 만 하다. 예술 지상주의적 예술은 스스로 창출해 낸 <새로운 문학적 삶과 세계> 속에서 자아와 세계가 합일되는 황홀한 순간, 즉 추악한 고통과 전율이 미(美) 속으로 전환되는 순간을 그려냄으로써 유토피아적 세계의 현현epiphanie에 대한 암시적인 기능을 수행한다. 이것은 삶의 세계로부터 이탈된 듯이 보이는 예술 지상주의적 예술이 삶과 세계의 근본을 無로써 파악하는 허무주의적 실존성에 토대해 있으면서도 기존 생활세계에 대한 비판성으로 전환될 수 있는 가능성을 제시하는 부분이기에 중요한 의미를 지닌다.[12]

---

11) 정현종, 「5분짜리 추억 두 커트」, 위의 책, 15-17쪽.
12) 최문규, 「예술지상주의의 비판적 심미적 현대성」, 『탈현대성과 문학의 이해』, 민음사, 1996, 56-71쪽 참조.

3. 시에 대한 사유—융합

『숨과 꿈』의 제 1장에서 제시되었던 몇 개의 장면들이 그의 시를 배양해내는 원초적인 체험으로서 그의 시적 방향성을 제시하는 것이었다면, '薄明의 詩學'이라는 제목의 2장은 본격적인 의미에서의 시론이라고 할 수 있다. 「박명의 시학」(1979)에서 그는 시가 태어나기 위한 조건, 혹은 상태를 '(薄明)'의 시공에 비유하여 설명한다. 그는 먼저 이 글의 서두에서 60년대를 취기에 의지하지 않고는 걸어올 수 없었던 "사막의 시간, 시간의 사막"이라고 규정한다. 이는 "쇠사슬이 시간을 끌고 가고 있다"는 진술과 함께 60년대를 거쳐온 이들이 현실에서 느꼈던 중압감이나 절망감의 정도를 짐작하게 하지만, 어쩐지 시의 탄생 원리를 설명하려는 글의 주제와는 다소 동떨어진 것처럼 보이는 도입부가 아닐 수 없다.

물론 이것은 뒷부분에서 '薄明'을 '낮과 밤이 서로 녹아들면서 술이 되는 시간'에 비유하면서 등장하는 '술'의 이미지를 정현종이 미리 떠올리고, 술과 술에 젖었던 60년대를 동시에 기억해 낸 데에서 비롯한 것이다. 그러나 이 짧은 비유는 많은 것을 암시하는 부분이 아닐 수 없다. 60년대 작가들의 문학적 전의식(前意識)으로서 '세계상실의식와 허무주의'[13]를 지적할 수 있다면 그것은 "쇠사슬의 시간"이라는 고통스런 현실인식과 분리하여 생각할 수 없는 것이다. 즉 「박명의 시학」 도입부에서 60년대를 술과 쇠사슬, 사막 등으로 떠올리는 장면은 정현종의 문학적 전의식을 은연중 드러낸 것이면서 동시에 그의 시가 유토피아 기획과 관련되어 있다는 것을 암시하는 것이다. '시간은 금이다'로 말해지듯이 자본주의적 가치로 환산된 시간의 논리가 1960년대에 비로소 현실의 구성원들 개개를 제한하는 규정력을 지니게 되었던 것을 기억한다면, 당시 그

13) 김준오, 「현대시의 추상화와 절대은유」, ≪현대시사상≫, 1995 가을호 참조.

누구도 비껴갈 수 없었던 폭압적 시간으로서의 "사막의 시간", 혹은 "쇠사슬의 시간"이란 언급은 현존재의 소외와 실존적 위기의식을 투사하는 것이 아닐 수 없다. 이처럼 자본주의적인 비가역적 시간에 대한 압박감은 정현종 뿐만 아니라 60년대 시인들의 근원적 강박으로 자리하였던 것인데 60년대의 시와 시론을 이해하기 위해서는 이에 대한 이해가 우선적으로 전제되어야 할 것이라 여겨진다. 현실을 고통과 불안으로 인식하는 시적 주체의 실존적 위기의식은 이들로 하여금 세계의 무의의성과 현존재의 불안을 초극하는 방법을 탐색하게 할 것인데, 이는 곧 60년대 시인들이 특히 집착했던 미적 자율성의 문제나 언어의 자기준거성 문제, 그리고 유토피아 기획으로서의 가상세계 창조와 맞물리는 문제이기 때문이다.

> 모든 창조적 정열은 취하는 데서 나온다. 취하는 것은 미덕이다. 깨어있는 마음이 미덕이라는 것을 우리는 잘 안다. 그러나 시(예술)의 자리에서 말하자면 시인은 각성에 취하지 않으면 안 된다. 그냥 깨어있는 것과 각성에 취해있는 것은 다르다. (…) 시인이 깨어있는 모습은 꿈꾸는 의식이며 깨어있는 무의식이라고 할 수 있다.[14)]

정현종은 현실상황에서 비롯한 <취하지 않을 수 없음>에서 논의의 실마리를 이끌어내어 이를 예술 창조적 공간에 적용한다. 즉 모든 창조적 정열은 취하는 데서 나온다는 것이다. 그러나 이 때 취한다는 것의 의미는 의식없이 몽롱한 상태를 말하는 것이 아니다. 오히려 정현종은 "시인은 각성에 취하지 않으면 안 된다"고 말함으로써 '취함'의 문제가 자각적 의식의 영역에 귀속된다는 것을 명확히 하고 있다. 일상적인 어법에서 '각성에 취한다'라는 말은 모순적인 것으로 여겨진다. '각성'과 '취함'이 각각 '의식'과 '의식 없음'에 연결되는 것으로 인식되기 때문이다.

---

14) 정현종, 「薄明의 詩學」, 『숨과 꿈』, 문학과 지성사, 1982, 58쪽.

그러나 정현종은 '취함'의 문제를 의식적 각성의 영역에 귀속시킴으로써 그것이 비자발적이거나 우연적인 것으로서가 아니라 주체의 자발적인 의도와 의지를 수반하는 것임을 강조하고 있는 것이다.

한편 시인이 깨어있는 모습을 "꿈꾸는 의식이며 깨어있는 무의식"으로 설명할 때나, 혹은 '각성에 취한다'고 말할 때 그가 모순어법을 즐겨 사용하고 있음을 눈여겨 볼 필요가 있다. 서로 대립적인 의미의 언어들을 하나로 묶는 이러한 언어적 방법이 인위적인 수사학이나 단순한 미학적 기교가 아니라면 이것은 시란 근본적으로 상반된 것들의 결합이라는 정현종의 시에 대한 사유를 설명하는 장치의 하나로서 기능하는 것일 수도 있기 때문이다. 극과 극의 이질적인 것이 하나로 융합하는 상태란 정현종의 시에 대한 사유에서 핵심이 되는 내용으로서, 그가 앞서 장황하게 전개했던 '취함'에 대한 논의 역시 궁극적으로는 이를 지칭하기 위한 것이었다고 할 수 있다.

> 시는, 그리고 모든 탁월한 예술창조는 상반되는 두 가지가 어울려 녹는 자리에서 태어난다. 여기에서 녹는다는 표현을 쓴 것은 물리적 혼합이 아니라 화학적 융합을 나타내기 위해서이다. 술이 익는 상태와 같다. 예컨대 薄明은 낮고 아니고 밤도 아니며 낮과 밤이 서로 스며들고 있는 時空이다. 낮은 밝음 속에 정지해 있고 밤은 어둠 속에 정지해 있다면 박명의 푸른 빛은 움직이고 있다. 낮과 밤이 서로 녹아들면서 술이 되는 시간이다.
>
> 박명은 취한 시공이며 깊은 시공이다. 사물은 그의 비밀을 박명 속에서만 드러낸다. 아니, 박명은 사물의 비밀을 가장 뚜렷이 드러내는 시공이다. 사물의 비밀이 푸른 도깨비처럼 나타나고, 꽃의 향기처럼 냄새나는 시공이다. 박명은 안심할 수 없는 시공이다. 하나와 다른 하나가 만나서 화학변화를 일으키는 지점은 안심을 허락하지 않는 지점이다. (…) 대립되는 둘은 박명 속에서 서로 스며들어 시공의 전체적인 모습을 이룬다. 그리하여 박명은 필경 사랑의 시공이다. 우리는 시가 박명의 아들이기를 바란다.

위의 인용에서 정현종은 시란 상반되는 두 가지가 어울려 녹는 자리에서 태어난다고 말하면서, 이 두 가지의 이질적인 것들이 어울려 녹는 것은 물리적인 혼합이 아니라 화학적인 융합이며 이는 마치 술이 익는 상태와 같다고 한다. 화학적인 융합이란 대립되는 두 가지가 서로 혼합되어 제3의 것으로 존재의 변용을 이루는 것을 지칭하는데 실상 정현종은 단순히 제3의 것이 아닌, 더 완전한 것으로의 승화라는 의미를 염두에 두고 있는 것 같다. 그렇다면 그것은 일종의 연금술이 될 것인데, 시인은 각각의 이질적인 사물들에 내재되어 있는 비밀스런 잠재태들을 뽑아내어 서로 결합시킴으로써 더 완전한 것, '금'으로 변화시키는 연금술사가 되어야 하는 것이다.

그가 상반되는 두 가지가 화학 변화를 일으키는 것으로 예시하는 '薄明'이란 낮도 아니고 밤도 아니며 낮과 밤이 서로 스며들고 있는 時空이다. 그것은 낮이 밝음 속에 정지해 있고 밤이 어둠 속에 정지해 있는 것과는 달리 밝음과 어둠이 서로 스며들면서 움직이는 역동성을 지니고 있다. 정현종이 위의 인용문에서 사물은 그의 비밀을 박명 속에서만 드러낸다고 말할 때, 사물의 비밀이란 관습화된 시선에 의한 것이 아니라 인식 주체의 창조적인고 개별적인 시선에 의해서 새롭게 떠오르는 사물의 속성을 의미할 것이다. 여기에서 정현종이 앞서 언급했던 바, 모든 창조적 정열은 취하는 데서 나온다거나 시인은 각성에 취하지 않으면 안 된다고 할 때 이는 곧 이분법적으로 대립되거나 경직되지 않은 시인 의식의 자유로운 상태를 의미했던 것임을 알 수 있다. 이 때 시인의 자유로운 시선은 극과 극의 서로 상반되는 대립의 경계를 허물면서, 어느 한 극점에 고착된 편향적인 시선, 관습화된 시선으로는 붙잡을 수 없는 사물의 본질을 포착해낸다.

이처럼 정현종은 움직이지 않는 고정적인 것으로서의 마음의 나태함을 거부한다. 어느 한 쪽으로 편향되어 있는 경직된 사고, 혹은 일상적이거나 관습적인 마음의 '안심' 상태에서 사물을 바라보는 것을 거부하고 극과 극의 서로 상반된 것들의 경계를 허무는 자유롭고 유연한 방식으로 사물을 바라봄으로써 일상적인 시선으로는 포착할 수 없는 사물의 본질과 존재성을 드러낼 수 있다고 생각했던 것이다. 그리고 시란 이와 같은 시인의 자유로운 시선 속에서 대립되는 둘이 융합함으로써 역동적인 변이를 이루는 '사랑'의 산물이 된다.

> 그래서 시에서는 예컨대 이데아나 현상계의 구별이 없고, 형상이나 질료의 구별이 없다. 철학의 장에서는 구별을 해야 얘기가 될는지 모르겠지만 시의 공간에서는 현상으로부터 이데아가 피어나고 사물로부터 형상이 뿜어오른다. 살 속에서 영혼은 피어나고 사물로부터 형상이 뿜어오른다. 살 속에서 영혼은 피어나고 영혼으로부터 살은 솟아오른다. 모든 대립적인 것으로 알려진 것들이 서로 상대편으로부터 피어난다.[15)]

대립적인 것들이 서로 융합하는 시의 공간에서는 이처럼 이데아나 현상계의 구별이 없고 형상이나 질료의 구별이 없어진다. 현상으로부터 이데아가 피어나고 사물로부터 형상이 뿜어 오른다는 것은 형이상학적 관념론에서의 오랜 관습인 물질/정신, 주체/대상의 이원론을 벗어나는 것으로, 실체론적인 세계관을 넘어서서 현상학적인 세계관을 도모하는 정현종의 존재론적 내지는 인식론적 입장이 나타나 있는 대목이다. 모든 대립적인 것으로 알려진 것들이 서로 상대편으로부터 피어난다고 할 때 그것은 서로 완전히 분리되어 있는 것이 아니라 뫼비우스의 띠처럼 서로 맞물려 돌아간다는 것을 의미한다. 정현종이 "살 속에서 영혼은 피어나고 영혼으로부터 살은 솟아오른다"고 말할 때, '살'은 단순히 육체성의 영역에 한정되는 것이 아니라 육체이면서 동시에 영혼이 구현되는 장소인 것이며 이는 곧 육체와 정신이라는 이원적 대립이 하나로 융합

15) 정현종, 「태어나고 있는 도덕」, 『숨과 꿈』, 69쪽.

하는 접점이라는 의미를 지니게 되는 것이다.

'살'이라는 접점에서 구현되는 정현종의 일원론적 인식은 메를로-퐁티의 '살chair'16)에 관한 논의를 연상시키는 측면이 있다. 메를로-퐁티는 세계에 소속되는 동시에 세계를 나타나게 만드는 몸에 주목한다. 이는 실존의 토대가 되는 몸이, 현전하는 것들을 감각하는 몸이면서 동시에 감각 이면에 존재하는 비가시적인 의미를 구축하는 몸이라는 이중성을 지니고 있음을 지적하는 것이다. 이 때 몸과 세계는 상호 교환적으로 맞물려 있으며, '살'은 몸과 세계의 주객이분법을 넘어서는 접점이 된다. 즉 '살'은 지각 가능한 가시적인 대상들을 비가시적인 것들과 통합하는 총체가 된다. 이는 곧 지각행위와 분리할 수 없는 어떤 의미로서의 관념성, 즉 "감각의 이면이자 깊이인 개념"을 내포하고 있음을 말한다. 여기에서 '살'은 몸이 세계, 우주와 소통하는 매개적 통로가 되며 이 때 가시태와 비가시태의 즉각적이고 이분법적인 구별은 인정되지 않는다. 주체는 "살" 속에서 세계의 육신에 속해 있으면서 감각함과 동시에 의미를 창출해내고 있는 것이다.17)

4. 시가 태어나는 공간-명상

사물에 내재하는 속성과 사물을 바라보는 시인의 의식에 있어서 이원

16) '살chair'은 독일어로는 Leib에 해당하는 것으로 살의 신체(corps de chair)이자 살아있는 신체(corps vivant)를 뜻한다. 여기서 Leib가 leben동사에서 기원한 것을 알면 이해에 도움이 된다. 즉 살의 신체는 객관적 신체와는 구별된다. 우리말에서도 '살(肉)'을 '살다'의 의미와 연관시켜 보면 메를로-퐁티의 살의 의미와 근접하게 된다. 즉 그것은 물질도 정신도 아닌 것으로서, 물질의 실체성을 지닌 육체임과 동시에 '지금-여기'라는 상황 속에서 이루어지고 있는 '시공간의 개방'을 의미한다. 신인섭, 「메를로-퐁티와 공동 신체성」, ≪철학연구≫제76호, 2000. 11, 192-193쪽 참조.

17) 메를로-퐁티의 논의에 관해서는『가시태와 비가시태 Le Visible et l'Invisible』,Gallimard, 1964, 183-185쪽, 194-200쪽. 조광제, 「메를로-퐁티의 후기 철학에서의 살과 색」, 『예술과 현상학』, 한국현상학회 편, 철학과 현실사, 2001 참조.

적 대립체계를 거부하는 「박명의 시학」의 논의는 정현종의 가장 대표적인 시론인「力動的 고요의 공간」(1978)에서 시에 관한 보다 구체적인 논의로 좁혀진다. 여기에서 그는 한 편의 시가 태어나는 공간, 즉 한 편의 시가 탄생되기 위해서 진행되는 시인과 바깥 세계와의 상호작용에 관하여 말한다. 제목에서 드러나듯이 이는 한마디로 '역동적 고요'로 일컬어진다. '역동적 고요'라는 모순 어법적 표현이 그렇거니와 이는 앞서 말했던 '박명의 (時空)'처럼 두 개의 상반된 것들이 하나로 용해된 상태를 일컫는다. 즉 고요한 공간이면서도 그 내부에서는 역동적인 움직임이 끊임없이 진행되고 있는 상태인 것이다.

먼저 그는 한 편의 시가 태어나는 공간을 이해한다는 것은 시인이 시를 쓰고 있는 자기 자신의 내면공간을 관찰할 때 가능한 일이라고 말한다. 이 때의 내면공간이란 우리가 상상력·의식·지성·감정 혹은 정서·무의식·몽상 등의 이름으로 부르는 여러 힘들이 운동하고 상호 작용하는 공간인데 이 역동적인 내면공간을 관찰하는 데는 외부의 대상세계와 관계하는 눈, 코, 입, 귀, 피부 등 모든 감각기관들까지도 외부가 아닌 내면을 향해서 열려있는 상태를 필요로 한다. 쉽게 말해서 그는 한 편의 시가 태어나기 위해서 감각기관들에 의해 지각된 외부 대상세계가 시인 내부의 역동적인 힘, 상상력과 의식, 몽상 등에 의해 내면화되는 과정을 상술하고 있는 것이다. 이러한 과정을 그는 '명상'이라고 부른다.

명상을 "모든 주의력이 비상하게 모아지는 상태"라고 그가 지칭할 때, 이는 또 다른 글(「시와 그 작자」)에서 말하고 있는 '의식의 극점' 상태와 다르지 않을 것인데 이 상태에 이르면 시인은 육체적인 눈으로 사물을 바라보는 것과는 다른 방식으로 사물, 혹은 대상세계와 관계하게 된다. 육체의 눈이 대상의 자극에 대하여 즉각적으로 반응하고 비교적 경황없이 접수하는 데 반해 명상의 눈은 우리의 감각체험들 위에 앞서 말한 내면공간의 여러 힘들, 즉 상상력과 정서, 의식과 무의식 등이 모두 통합되어 대상을 감싸는 시선을 보낸다. 즉 명상의 눈은 위에서 말한 '박명의 시공'처럼 서로 반대되는 것처럼 보이는 이질적인 힘들, 예컨대 의식과 몽상, 또는 지성과 정서 등이 서로를 간섭하고 보충하면서 합쳐지는 가운데 파생되는 역동적인 힘으로 시인 자신의 안팎을 향해 동시에 움직이게 되는 것이다. 정현종은 명상의 눈이 작용하는 이와 같은 상태야말로 한 편의 시를 낳기 위한 최상의 상태라고 말한다. 그러니까 명상의 상태는 그 고요함의 이면에 역동적인 내면의 힘을 간직하고 있는 것인데 정현종은 이를 <역동적 고요의 상태>로 명명한다.

> 되풀이 하자면 시인의 마음이 역동적인 고요의 상태에 이르기란 여간 어려운 일이 아니다. 그것은 참을성있고 고통스러운 준비기간을 필요로 하기 때문이다. 심리적인 차원에서 말하자면 그것은 더불어 사는 우리의 삶이 때때로 강요하는 조악한 감정을 제거하는 과정이며, 인식의 차원에서 말하자면 뒤틀리고 어리석은 생각, 이념, 신념 등을 제거하는 과정을 말할 터인데, (중략) 이렇게 의식의 촉수(볼티지)가 광명의 정점에 있고 감정의 공간에 사랑의 창이 열려 있는 상태, 모든 게 다 있으면서 동시에 아무 것도 없는 미친 듯이 풍부한 상태—그 역동적 고요의 상태에 이르기 전에는 단 한 편의 시도 쓸 수 없다. 한 편의 시는 그것이 씌어지기 전에 결정되는 것이다.

위의 인용에서 말하는 심리적 차원과 인식의 차원을 모두 종합하여 역동적 고요의 상태를 정의하자면, 그것은 감정과 인식의 차원에서 조악하고 왜곡된 것들을 모두 제거한 순수한 상태로서 "의식의 촉수(볼티지)가 광명의 정점에 있고 감정의 공간에 사랑의 창이 열려 있는 상태, 모든 게 다 있으면서 동시에 아무 것도 없는 미친 듯이 풍부한 상태"이다. 이러한 가운데에서 사물은 미리 규정되거나 왜곡되지 않은 투명한 의미로 시인에게 다가간다.

이처럼 '명상'에 의해 구현되는 의식의 정점으로서의 역동적 고요의

"생각은 없고 움직임이 온통 춤의 풍미에 몰입하는" 순간, 그는 시인의 의식과 감정 속에 자리한 모든 조악하고 뒤틀린 것들을 잊는다. 이 때를 그는 "영혼의 밝은 한 색채이며 大空일 때!"라고 하여 감정과 인식의 차원에서 조악하고 왜곡된 것들을 모두 제거하고 모든 집착에서 자유로운 순수한 상태로서의 '空'으로 표현하고 있다. 이는 그가 말한 바, <의식의 극점>상태이기도 하고 <진정한 나>가 구현되는 때이기도 할 것인데, 그의 시「독무」에서의 "저 낱낱 찰라의 딴딴한 발정(發精)"이란 춤에 도취된 이 순간에 <진정한 나>, 즉 영혼의 정수(精髓)가 발현되고 있음을 나타내는 표현이다. 이 순간 시적 주체는 생의 불완전성과 타락성으로 인하여 헤매는 현존재의 한계를 잊고 고향이 환기하는 근원적 안정감을 누리게 된다. 그가 "비틀거림도 나그네도 향그러이 드는 고향하늘 입성의 때"로 묘사하는 이 순간은 현실적으로 시적 주체를 규정하는 모든 억압을 넘어서면서 주체의 비틀거림과 헤매임을 정착시키는 근원으로서의 고향 이미지로 환기된다.

5. 숨의 의미

정현종이 그의 시 「독무」를 예시하면서 어디에도 얽매이지 않는 시인의 자유로운 마음이 미적 가상으로서의 절대적 영역, 즉 <꿈꾸는 자유의 공간>을 창조하고 있는 장면을 보여주었거니와, 이런 의미에서 정현종이 말하는 <자유로운 마음>이란 타락한 생의 불완전성을 뛰어넘는 절대성의 세계를 추구하는 일, 즉 끊임없이 미래로 연기되는 유토피아를 현재화하려는 부단한 욕망에 다름 아니다. 실상 정현종의 시론을 통틀어 가장 강조되고 있는 개념이 있다면 바로 이 <자유로움>이다. 위의 글「역동적 고요의 공간」에서 시를 쓰기 위한 최상의 상태를 유지하기 위해 시인에게 요청되는 덕목으로서 그가 자유로운 마음을 꼽았거니와, 이는 예술가 자신의 마음이 자유로운 공간이 아닐 때 문학 예술의 가장 본질적이고 변함없는 기능인 자유의 확충은 사실상 불가능하다고 보았기 때문이다.

『숨과 꿈』에는 실려 있지 않지만 1982년에 한 심포지엄에서 발표한 시론「시란 무엇인가」[20]에서 시의 본질이자 가장 핵심적인 개념으로 그가 설명하고 있는 것 역시 이 <자유로움>이다. 정현종은 여기에서 시는 숨쉬는 것이지 시에 대해 '생각'하는 것은 적절하지 못하다고 말한다. 모든 살아있는 것은 숨을 쉰다는 생물학적 차원에서, 숨은 생명의 가장 확실한 징표가 된다. 정현종은 시를 숨쉰다고 말하면서 은유적인 의미에서 시의 본질과 기능성을 설명하는데 이는 마음의 차원과 사회적 차원에서 설명된다.

그가 말하는 '숨'의 마음의 차원이란 "심리적 억압이나 육체적 긴장 또는 사회적 억압으로부터 해방되는 순간"이다. 정현종은 이러한 순간의 예를 춤의 도약의 상태에서 찾고 있는데 마음 안팎의 답답한 상태, 나쁜 상태로부터 벗어나는 순간은 곧 무거움이 해방되는 순간으로서 마치 무용가가 높이 뛰어올라 용약(踊躍)의 정점에 이를 때 중력으로부터 해방되는 것과 같다는 것이다. 정현종의 이와 같은 설명은 그의 시에서 주된 테마로 자리하고 있는 '춤'과 특히 '춤의 도약하는 정점의 순간'의 의미를 해명하고 있는 장면이기에 주목할 만 하다. 요컨대 '숨'으로서의 시는 우리의 마음에 숨을 불어넣어 정신을 용약하게 함으로써 우리를 무거움에서 해방하고 열림의 순간을 체험하도록 하는데, 이러한 의미에

20) 1982년 10월 스웨덴의 스톡홀롬 대학의 한국 현대문학 심포지엄에서 발표한 이 글은 원 제목이 '시의 자기 동일성'이었으나 『정현종 깊이읽기』(문학과지성사, 1999)에 재수록되면서 '시란 무엇인가'라는 제목으로 바뀌었다.

서 시를 <자유의 숨결>이라고 말할 수 있다는 것이다.

이처럼 '숨'으로서의 시가 기능하는 마음의 차원이 한 개인에게서 일어나는 정신의 도약과 열림을 이야기한다면, 이른바 사회적 차원에서의 '시의 숨'이란 사회적으로 겪는 좌절과 정체의 극복과 관련되어 있다. 문명과 제도, 이데올로기와 관계하는 사회적 자아는 자기를 억압하는 이러한 사회적 규율들에 대한 자기 방어적 차원에서 의식과 감각이 무디어지고 타성적이 되는 경향이 있다. 그러나 정현종은 의식과 감수성이 충분히 신선하고 민감한 때라야만 정말로 살아있는 것이라고 할 수 있으며 시는 이러한 신선함과 민감성을 회복시키는 숨결이라고 말한다. 즉 시란 문명과 제도와 이데올로기에 의해 왜곡되고 쭈그러든 인간의 원초적 자아가 회생(回生)하는 공간을 마련한다는 것이다.

시란 무엇인가에 관하여 전개되는 이러한 논의를 정리해보면, 시란 곧 숨과 같은 것인데 이 '숨'의 의미는 정현종이 분류하는 바, 마음의 차원과 사회적 차원으로 나뉠 수 있지만 아울러서 말하자면 인간을 억압하는 어떠한 조건들에도 얽매이지 않는 자유로운 본성의 실현을 의미하는 것이라 할 수 있다. 즉 자유로운 본성을 실현케 하는 것이 시의 본연의 기능이라는 것인데 실상 자유로움의 실현이란 정현종 자신에게 있어서 삶의 궁극이자 이상태 자체이다. 예컨대 그가 『숨과 꿈』의 「태어나고 있는 도덕」이란 글에서 시와 도덕의 관계를 말할 때나, 「창조의 위험과 신성 모독」이라는 글을 통해 시와 지성을 말할 때에 있어서도 그 각각 도덕과 지성의 의미개념은 <자유로움>이라는 궁극적 지향으로 포괄, 규정되는 것이다.

「태어나고 있는 도덕」에서 정현종은 도덕체계라는 것이 한 사회가 그것 자신을 유지하기 위해 만들어진 장치, 다시 말해서 소위 질서를 유지하기 위한 수단임에 틀림없다고 한다면 거기에는 분명 그것이 누구를 위한 것이고 무엇을 위한 것이냐는 문제가 개입되어 있다고 본다. 이 때

도덕이란 어떤 의도가 개입된, 뭔가를 숨기기 위한 허구요 위선이기 쉬운데 이런 의미에서 인간을 억압하고 생명과 자유에 대한 감각을 마비시키는 인위적인 규범체계를 그는 마이너스 도덕이라고 규정한다. 그러나 도덕이 진정한 의미에서 "우리의 삶을 한껏 탄력적이게 하고, 우리가 바라는 바 가장 그럴 듯한 인간관계를 가능케 하는 어떤 힘"이어야 한다고 할 때 이른바 플러스 도덕은 현실적 도덕과는 정반대로 자유로운 본성을 회복시키고 잠재력의 실현을 위한 조건을 성숙시키는 것이 되어야 할 것이다. 그렇다면 시야말로 참다운 의미에서의 도덕이 될 것이라고 그는 말한다. 이 때 정현종이 말하는 참다운 의미에서의 도덕, 즉 플러스 도덕은 그가 「시란 무엇인가」라는 글에서 상술한 '시'의 본질, 혹은 기능과 동일하게 진술된다. 즉 그것은 "인간을 해방하고 생명과 자유에 대한 감각을 회복시키고 모든 것을 친화케하는" 그러한 것이며 이것이 플러스 도덕이자 시인 것이다.

여기에서 자유로움의 실현은 도덕의 의미를 규정하는 가장 중요한 요건이 되고 있음을 알 수 있다. 이는 시와 지성을 논하는 다른 글에서도 마찬가지이다. '시와 知性'이라는 부제가 달려있는 「創造의 위험과 神聖모독」이라는 글에서 정현종은 예술은 우리를 마비시키는 것과의 싸움이며 동시에 자기도 모르게 마비되기 쉬운 자신과의 싸움이라고 말한다. 여기에서도 정현종의 자유로움에의 지향과 자유로운 본성의 실현을 억압하는 것에 대한 강한 거부감이 내재하고 있음을 알 수 있다. 즉 예술이 일체의 마비와의 싸움이라고 한다면 그것이 어떤 이념이나 도덕 규범이든지, 혹은 사회적인 것이든 개인적인 것이든 간에, 피어나는 활기를 제한하고 사회적, 심리적으로 우리를 억압하여 그것에 길들게 하는 모든 타성과 마비의 원천에 대해 주의력을 모으는 움직임이 필요할 것이다. 정현종은 이를 작품 제작 공간에서 일어나는 지적 운동으로서 '지성'이라고 정의하는 것이다. 즉 "아주 공정하고 명징한 마음의 힘"(「운명과 싸우는 모습」)으로서의 지성이란 요컨대 예술을 일체의 타성과 마비로부터 자유로운 상태로 개별화하기 위해 요청되는 시인 내면의 자기 성찰인 것이며 이 또한 궁극적으로는 예술의 자율성, 일체의 억압으로부터의 자유를 확보하기 위한 것이다.

결론적으로 정현종이 시론을 통해 드러내고자 했던 시의식을 요약하면 그것은 모든 현실적인 억압, 혹은 문학 외적인 이데올로기 및 선입견 등을 넘어서 존재하는 본질적 가치로서의 자유로움에의 지향이라고 할 수 있다. 그것은 달리 말하면 현실세계의 무의의성과 현존재의 불안을 뛰어넘는 유토피아적 이상태로서의 절대성의 세계를 추구하는 과정이기도 하다. 이를 위해 정현종은 '역동적 고요'로 명명되는 명상을 통해 자아의 의식을 최대한으로 끌어올림으로써 스스로에 침잠하는 무시간성의 순간 속에서 사물의 꿈이 곧 나의 꿈이 되는 세계를 발견해내고자 한다. 이 때 주체의 '인식하는 행위'에 의해 비로소 사물로서의 본질과 속성을 부여받는 시적 대상들은 주체와 합일되는 '사랑'의 순간, 혹은 도취의 순간을 펼쳐내게 된다. 앞서 언급한 바 이는 '절대적 현존'이라 일컬을 수 있는 문학 작품의 심미적 자율성을 확보하는 것으로서 의미를 지니는데, 현실참여적인 시와는 또 다른 의미에서 전체성의 현실, 혹은 도구합리적 세계에 대한 비판성을 내재하는 것이다.

▸▸▸ 참고문헌

정현종, 『날자, 우울한 靈魂이여』, 민음사, 1975.

______, 『숨과 꿈』, 문학과 지성사, 1982.

______, 「시란 무엇인가」, 『정현종 깊이읽기』, 문학과지성사, 1999.

______, 「시의 자기동일성」, ≪태능어문≫2, 1983. 2.

______, 「자유로서의 시 : 두 가지 자유」, ≪人文科學≫제59집, 1988. 6.

______, 「진정성, 시적 탁월성의 지표 : 또는 진정성의 연금술」, ≪人文科學≫ 제66집, 1991, 12.

저자소개

남기혁_군산대학교 교수
이새봄_서울대학교 국어국문학과 박사과정
박현수_경북대학교 교수
정효구_충북대학교 교수
김윤태_인하대학교 전임연구원
김유중_한국항공대학교 교수
곽명숙_서울대 기초교육원 강사
강정구_경희대학교 강사
임동확_한신대학교 강사
신형철_한신대학교 강사
송기한_대전대학교 교수
유성호_한국교원대학교 교수
허혜정_동국대학교 교수
양소영_서울대학교 국어국문학과 박사과정
김윤정_서울대학교 강사
이성희_동양공업전문대학교 강사
서진영_서울대학교 강사

(논문 게재순)

20세기 한국시론 2

초판1쇄 인쇄 2006년 12월 20일 | **초판1쇄 발행** 2006년 12월 28일
지은이 한국현대시학회 | **펴낸이** 최종숙 | **펴낸 곳** 도서출판 글누리
책임편집 김주헌
편집부 이태곤 | 권분옥 | 박소정 | 이소희
마케팅부 안현진 | 정태윤
등록 제303-2005-000038호(등록일 2005년 10월 5일)
주소 서울 성동구 성수2가 3동 301-80 (주) 지시코별관 3층
전화 3409-2055 | **팩스** 3409-2059 | **이메일** nurim3888@hanmail.net
ISBN 89-91990-43-6 93810
ISBN 89-91990-41-x (전2권)

정가 22,000원

* 잘못된 책은 교환해 드립니다.